LE RÊVE BRISÉ

Marie-Bernadette Dupuy est née et vit en Charente. Écrivaine aux multiples talents, elle aborde avec un immense succès les genres les plus variés : biographies historiques, grandes sagas familiales, policiers, romances. Son œuvre, traduite jusqu'en Russie, lui a permis de conquérir le cœur de très nombreux lecteurs et de devenir la reine française de la saga.

Paru au Livre de Poche :

ABIGAËL, MESSAGÈRE DES ANGES (6 tomes)

ABIGAËL

1. Les Voix du passé
2. Abigaël ou la Force du destin
3. Le Secret des anges

ANGÉLINA

1. Les Mains de la vie
2. Le Temps des délivrances
3. La Force de l'aurore

LA GALERIE DES JALOUSIES (3 tomes)

LARA

1. La Ronde des soupçons
2. La Valse des suspects
3. La Danse macabre

LE MYSTÈRE SOLINE

1. Au-delà du temps
2. Le Vallon des loups
3. Un chalet sous la neige

L'ORPHELINE DE MANHATTAN

1. L'Orpheline de Manhattan
2. Les Lumières de Broadway
3. Les Larmes de l'Hudson

L'ORPHELINE DES NEIGES

1. L'Orpheline des neiges
2. Le Rossignol de Val-Jalbert
3. Les Soupirs du vent
4. Les Marionnettes du destin
5. Les Portes du passé
6. L'Ange du lac

LE SCANDALE DES EAUX FOLLES

1. Le Scandale des eaux folles
2. Les Sortilèges du lac

ROMANS INDÉPENDANTS

Les Amants du presbytère
Amélia, un cœur en exil
L'Amour écorché
Les Feux de Noël
Les Fiancés du Rhin
Le Refuge aux roses
Le Val de l'espoir

MARIE-BERNADETTE DUPUY

Le Rêve brisé

Le Château des secrets *

CALMANN-LÉVY

ISBN : 978-2-253-24874-3 – 1re publication LGF

Je tiens à dédier cette nouvelle série
à mon éditeur, monsieur Philippe Robinet,
très attaché à son terroir natal,
la Bourgogne, une belle région
au riche patrimoine, que j'ai voulu mettre
à l'honneur au fil de ces trois ouvrages.

Je dédie aussi cette saga à mes enfants chéris,
Isabelle, Yann, Louis-Gaspard et Augustin
qui m'entourent de tout leur AMOUR
et me soutiennent fidèlement.

Merci à tous !

Note de l'autrice

Chères amies lectrices, chers amis lecteurs,

Je suis ravie de vous inviter à suivre un nouveau périple, au fil des pages de cette série de trois ouvrages, Le Château des secrets *dont le décor principal sera la Bourgogne, une de nos belles régions françaises.*

Entre les vignobles renommés et les témoignages d'un riche passé historique, découvrez l'itinéraire de Victoire, une jeune fille passionnée par la danse classique, mais qui devra surmonter de nombreux obstacles avant d'atteindre ses rêves.

Autour de ce personnage féminin gravitent bien des secrets et de mystérieuses menaces. J'espère que vous aurez plaisir à faire sa connaissance et à partager ses émotions, ses peurs et ses joies.

J'ajouterai en confidence que l'action se déroule à notre époque, ces dernières années, un petit défi encore pour moi qui aime tant dépeindre le passé.

Je redirai également, comme dans chacun de mes livres, que toute ressemblance avec des personnes existantes ou ayant existé serait fortuite et indépendante de ma volonté, et que les événements sont fictifs, hormis ceux signalés comme authentiques par une note.

Je vous en souhaite une bonne lecture.

Marie-Bernadette Dupuy

1

La fuite

Département de la Côte-d'Or,
samedi 24 août 2013

Fuir, il fallait fuir sans jamais se retourner. Avec l'agilité de ses quinze ans, l'adolescente courait entre les rangs de vigne. Terrorisée, elle espérait atteindre l'abri des bois sombres que le clair de lune couronnait d'un reflet d'argent. Elle était sûre d'être poursuivie, obsédée par les moments d'épouvante qu'elle venait de vivre.

Il lui semblait entendre aboyer des chiens de meute, lancés à ses trousses, ainsi que le grondement d'un moteur.

— Non, non, non, gémissait-elle, haletante.

Les cailloux et la terre sèche meurtrissaient ses pieds, chaussés de sandales légères. Elle ne songeait pas à reboutonner le haut de sa robe en cotonnade, dont l'échancrure dévoilait une poitrine menue, à peine formée. Ses idées se bousculaient au rythme de sa fuite. Encore une fois, comme dans un film qu'on lui aurait passé en accéléré, elle entrevit la cave voûtée, éclairée par des ampoules rouges, où un homme en costume tenait contre lui une fille de son âge, à moitié dénudée. L'image manquait de netteté, sans rien perdre de son impact affolant. C'était à cet instant précis qu'on l'avait prise par la taille pour l'entraîner dans un recoin. Là, des mains brutales s'étaient posées sur son corps.

— Non, je ne veux pas, ce n'est pas possible, j'ai inventé tout ça, gémit-elle.

Le couvert des arbres était proche maintenant. L'obscurité se referma sur la fugitive qui s'arrêta le temps de reprendre son souffle. Elle scruta le sous-bois, en priant pour se trouver en sécurité dans sa chambre et que rien ne soit arrivé. Pendant quelques secondes, il lui vint le regret poignant d'avoir agi à sa guise, poussée par sa soif obstinée de liberté.

— Je suis près de l'étang, s'étonna-t-elle.

La fraîcheur de l'eau sur sa peau lui apparut comme l'unique moyen d'effacer ce qu'elle venait de vivre. Encore une dizaine de mètres et elle tomba à genoux sur la berge tapissée d'une herbe douce. La clairière où s'étendait l'étang laissait filtrer une vague luminosité bleuâtre, suffisante cependant pour révéler un délicat visage impassible, sous la surface à peine troublée par la brise nocturne.

— Non, qu'est-ce que c'est ?

Une fille dénudée d'une atroce pâleur reposait là, les paupières closes. Ses cheveux blonds lui composaient une dérisoire auréole.

Saisie d'une panique viscérale, Victoire Desmarets se mit à crier de toutes ses forces. Elle hurla, les yeux fermés, le cœur saisi de folie, désormais incapable de réfléchir ou d'agir, juste en état de se débattre à l'aveuglette, quand on la força à se mettre debout.

— Ils arrivent, venez, je vous ramène chez vous, lui répétait-on.

Sourde à tout ce qui n'était pas son effroi, Victoire se laissa enfin emmener, à demi inconsciente. Elle perçut un bruit de moteur, puis ce fut le noir absolu, le silence.

Château Desmarets, le lendemain matin

Lorsqu'elle se réveilla dans son lit, Victoire eut un léger soupir de soulagement en retrouvant le cadre familier de sa chambre. Un timide soleil se devinait derrière les rideaux en lin écru. Elle observa sa coiffeuse en marqueterie, le bouquet de roses qu'elle avait cueilli la veille, puis elle contempla ses posters qui représentaient des danseuses en tutu et ses affiches de ballet, certaines assez anciennes.

— J'ai dû rentrer toute seule, murmura-t-elle. Arthur me le paiera, il devait me ramener en scooter si j'arrivais à le rejoindre chez ces gens. Ne jamais écouter son grand cousin, comme le serine maman.

D'un bond, elle se leva pour passer dans le cabinet de toilette installé dans sa chambre, où elle prit une douche chaude, après avoir constaté des égratignures et des coupures sur ses pieds, ainsi qu'une tache sur ses draps.

Victoire sécha ses longs cheveux bruns qui descendaient jusqu'à sa taille en douces ondulations. Ils étaient encore un peu humides quand elle retourna se glisser sous sa couette. Elle avait enfilé un tee-shirt blanc et une culotte, sans oublier d'enfouir la robe qu'elle portait la veille au fond de la panière à linge. Le vêtement froissé gisait devant l'armoire et, en le ramassant, l'odeur de transpiration qui s'en dégageait l'avait consternée.

« J'ai dû boire beaucoup, hier soir, se dit-elle, adossée au montant en velours rose de son lit. Mais ni vu ni connu, je l'ai échappé belle. »

Assise en tailleur, l'adolescente récapitula les circonstances de son escapade. Arthur lui avait téléphoné, car il savait que ses parents dînaient chez des amis. Il l'avait invitée à une fête des vendanges chez les Colombet, des voisins, à quatre kilomètres de chez elle. Elle y était allée à pied, en coupant par les vignes.

Songeuse, Victoire se revit marchant sur un sentier, fière de son initiative, satisfaite de sa robe rouge à petites fleurs blanches, assortie à l'air tiède de cette fin d'été. Elle s'était coiffée d'un chignon strict, pour paraître plus âgée.

« J'ai entendu de la musique, il y avait des guirlandes lumineuses dans le parc, se souvint-elle. Une fois là-bas, je n'ai pas trouvé mon cousin. On m'a offert du vin, oui, et c'était délicieux. Ensuite… »

Rien d'autre ne lui revenait en mémoire. Elle chercha en vain à retrouver des images, des noms, des sensations.

« Le trou noir dont m'a parlé papa un jour ! Moi qui ne le croyais pas. »

Deux coups frappés à sa porte précédèrent l'apparition de sa mère, en peignoir de soie verte, ses boucles brunes en désordre, ce qui était rare.

— Ah, Vicky, tu es réveillée ! Tant mieux, je dois te parler.

Prudente, l'adolescente devança le discours imminent de la sage Catherine Desmarets, qui l'éduquait depuis des années par des cours de morale énoncés d'une voix feutrée, autant d'exemples à suivre pour mener une vie convenable :

— Moi aussi, maman, j'ai quelque chose à te dire et tu seras contente. J'ai perdu un peu de sang cette nuit, je l'ai vu en me levant. Je changerai le drap.

— Dieu merci, la nature se décide quand même à faire de toi une femme, répondit Catherine, debout au milieu de la pièce, les bras croisés sur sa poitrine. La chose est tardive, Vicky, mais c'était mon cas également, et celui de ta grand-mère Élodie. Une histoire de génétique, à n'en pas douter. Bon, je t'ai acheté le nécessaire au début de l'été, tu n'as pas besoin de conseils. Si tu as mal au ventre, prends des cachets analgésiques.

— D'accord, maman. Sois tranquille, même si je souffre, ça ne m'empêchera pas de danser. J'ai prévu de m'entraîner ce matin.

Avec un soupir de lassitude, Catherine s'installa au bout du lit. Elle scruta les traits ravissants de sa fille unique, toujours en admiration devant ses grands yeux bleus, sertis entre des cils noirs très fournis.

— Si tu veux devenir ballerine à l'Opéra de Paris, ma chérie, il faudra surveiller ton poids et travailler dur, très dur. Ton grand-père le souhaitait, malheureusement il ne te verra pas sur une scène.

Ces propos alarmants intriguèrent Victoire. Elle jeta un regard anxieux vers la fenêtre et ses rideaux que le soleil avait désertés.

— Les gendarmes sont venus nous annoncer la mauvaise nouvelle il y a une heure, reprit sa mère d'un ton monocorde. Je pensais que tu avais peut-être entendu des bruits de moteur, le commandant Terrier s'était garé au milieu de la cour.

— Qu'est-ce qui est arrivé, maman ? Un accident ?

— Nous y avons cru, avant d'apprendre la vérité. Gilles a succombé à une crise cardiaque.

L'adolescente fit non d'un signe de tête. Elle évoqua Gilles Desmarets, le patriarche de la famille, sa haute taille, ses traits austères, ses manières impérieuses. Il avait su préserver durant toute son existence son précieux héritage, le domaine viticole que lui avait légué son père, Léonard Desmarets, et où s'élaboraient les crus parmi les plus chers de Bourgogne.

— Sans Gilles, tu n'aurais pas grandi dans une telle aisance, commenta Catherine. Il m'a toujours méprisée, pourtant moi je le vénérais. Que veux-tu, il désirait un petit-fils pour reprendre le flambeau de l'exploitation, et je n'ai eu que toi.

— Il y a papa pour ça, souffla Victoire. Tu me dis depuis longtemps qu'il a fait prospérer nos vignobles grâce à son sens du commerce.

— Oui, mais après Jacques, qui aura la force de lutter contre les Mongenot ? Tu verras, Jean-Charles tentera de profiter du décès de ton grand-père. Pauvre Gilles, même si nous n'avons jamais éprouvé d'affection l'un pour l'autre, il ne méritait pas de mourir ainsi.

— Papa et toi, vous m'avez souvent parlé de ses problèmes de cœur, fit remarquer Victoire. Il était bien soigné, pourtant ?

— Je sais, mais depuis le décès de ta grand-mère, sa

santé restait fragile. Le jour de l'enterrement, il a fait un grave malaise au cimetière. Sans la présence de son médecin, il serait mort ce jour-là, et il était suivi depuis. As-tu des souvenirs de ta grand-mère, Vicky ? Béatrice était une femme charmante, qui t'adorait.

— Non, à l'époque j'avais trois ans, alors je ne me souviens de rien, maman. Je dois avoir une très mauvaise mémoire.

Ses propres mots lui causèrent une gêne inexplicable. Elle pensa à ce fameux « trou noir », entre l'instant où elle sirotait du vin, entourée de garçons et de filles de son âge, et celui où elle avait ouvert les yeux ici même, entre les murs rassurants de sa chambre.

— Gilles a été découvert mort au milieu de la nuit, chez nos voisins, les Colombet, qui donnaient une fête. Hélas, il y a eu un départ d'incendie dans une de leurs caves. Ton grand-père a dû s'y rendre pour aider. Selon les premiers constats, la fumée très dense aurait provoqué une asphyxie et son cœur n'a pas résisté. Il se trouvait au milieu de l'escalier en pierre, le front en sang. Une plaie due à une chute sûrement brutale. Voilà, je ne peux pas t'en dire davantage. Jacques va partir pour la morgue, il doit identifier le corps.

— Chez les Colombet ? répéta Victoire, stupéfaite. Que faisait grand-père là-bas ?

— Fidèle à ses manies, il gérait sans doute une transaction avec Gérard Colombet, puisqu'ils se disputent certains clients étrangers.

— Je veux embrasser papa, il doit avoir tellement de chagrin ! s'écria l'adolescente. Descends le prévenir, maman, je t'en prie, dis-lui de m'attendre.

— Très bien, habille-toi vite dans ce cas.

Sa mère sortit en lui adressant un sourire attendri. Restée seule, Victoire étouffa un sanglot. Il n'était pas coutume de pleurer dans la famille Desmarets, aussi fit-elle l'effort de ne pas verser une larme. Ses pensées se bousculaient, tandis qu'elle cherchait de nouveau à se souvenir de la soirée chez leurs voisins.

— Je réfléchirai plus tard, chuchota-t-elle. Je téléphonerai à Arthur tout à l'heure, il saura forcément quelque chose.

Jacques Desmarets esquissa un faible sourire en voyant sa fille dévaler l'escalier qui débouchait sur le hall. En jean et chemisette, Victoire se jeta à son cou.

— C'est terrible, papa, chuchota-t-elle, blottie contre lui.

À quarante-cinq ans, c'était un homme charpenté et d'une physionomie agréable. Le teint vif, les cheveux roux, le regard brun, il avait acquis une réputation de traditionaliste et de travailleur acharné.

— Au moins ton grand-père n'a pas eu le temps de souffrir, soupira-t-il. Il redoutait de finir invalide, dépendant de nous ; ce sort lui a été évité. Sois courageuse et surtout respecte son vœu. Comme maman et moi, il tenait à ce que tu réussisses une belle carrière de danseuse. Tu es très douée, alors la meilleure façon de lui rendre hommage, c'est d'avancer sur la voie que tu as choisie sans jamais reculer ni faiblir. On m'attend, ma chérie, je reviens en milieu d'après-midi.

Il la repoussa gentiment en lui caressant la joue du bout des doigts. Victoire comprit que l'essentiel avait été dit. Sa mère, immobile sur le seuil du salon, avait assisté à l'échange.

— Catherine, nous aurons beaucoup de visites quand la nouvelle se répandra, ajouta Jacques avant de sortir. Prépare la maison.

— Bien sûr.

Désemparée, Victoire observa tour à tour ses parents qui ne témoignaient guère d'émotion. C'était la règle sempiternelle sous ce toit vieux de deux siècles, mais, en ce jour de deuil, l'adolescente eut envie de se révolter.

« Je voudrais des larmes, des câlins, du réconfort », se disait-elle, campée sur ses chaussures de sport, enfilées à la hâte afin de cacher l'état de ses pieds. La voix de sa mère la sortit de ses réflexions.

— Tout doit être impeccable, à l'image de ton père ce matin. Jacques porte si rarement un costume et une cravate ! Je suis plus habituée à le voir en pantalon de velours et en chemise.

— Sauf lors des cérémonies importantes, maman. Et puis tu oublies son éternel foulard en cachemire, le détail chic dans sa tenue de *gentleman-farmer*.

— Ne sois pas ironique, Vicky. Va plutôt prendre ton petit déjeuner, je monte m'habiller.

— Maman, pourquoi êtes-vous aussi froids, papa et toi ? J'ai souvent craint grand-père, parce qu'il était sévère et autoritaire, mais j'ai de la peine qu'il soit mort.

— Personne ne t'interdit de pleurer, à ton âge c'est tout à fait compréhensible, Vicky. Je suis déjà fatiguée, épargne-moi les discussions inutiles.

Dépitée, Victoire traversa la salle à manger pour aller dans la cuisine, sa pièce préférée. Leur femme de ménage était occupée à nettoyer la colossale gazinière qui avait servi des années, depuis le mariage de Catherine et de Jacques.

— Bonjour, mademoiselle Vicky, marmonna-t-elle en reniflant.

— Bonjour, Colette !

Leur employée avait les yeux et le nez rouges. D'un geste, elle désigna la table mise, où un verre de jus d'orange et des céréales attendaient Victoire.

— Merci, Colette. Dites, pourquoi vous pleurez ? Des soucis chez vous ?

— Vingt d'joux[1] ! Monsieur Gilles est mort, ça me retourne les sangs. Toute jeune, j'étais au service de sa dame, Béatrice, un ange sur la terre.

— Ici, au château ?

— Eh oui ! Devenu veuf, monsieur Gilles a vite déménagé, il ne se supportait plus ici.

— C'est pour ça qu'il habitait l'ancien chai ?

— Pour sûr, je croyais que vous étiez au courant. Allez, j'ai assez bavardé, j'ai du pain sur la planche.

Victoire but d'un trait le jus d'orange, sans daigner s'asseoir à la longue table rectangulaire. Elle n'avait pas faim, en proie à un malaise indéfinissable. Par les petits carreaux de la porte-fenêtre, elle contempla la vaste cour pavée, les murs ocre jaune des bâtiments du domaine. Tout était en ordre, le chien blanc du contremaître déambulait près des anciennes écuries et des pigeons étaient perchés au sommet du porche voûté, au bout de l'allée gravillonnée. Au loin s'étendaient les vignobles de la famille, qui avaient pris leur

1. Juron bourguignon.

teinte de fin d'été, dans un camaïeu de couleurs, du vert pâle au jaune d'or.

« Si seulement j'avais un téléphone portable, je pourrais appeler Arthur discrètement, déplora l'adolescente en son for intérieur. Mais je dois attendre mes seize ans ! »

Colette lavait à présent le carrelage rouge, sans cesser de renifler. Victoire se résigna à manger un bol de céréales, assise sur le bord de la table. Elle avait à peine terminé qu'un scooter déboula dans la cour.

— Tiens, voilà votre cousin, lança Colette d'un ton sec. Faudrait lui dire de rouler moins vite, à ce garçon.

— Je lui passerai le message.

Âgé de dix-sept ans, Arthur était le fils de Guy, le frère aîné de Catherine Desmarets, née Quinot. Respectable famille bourguignonne, les Quinot possédaient jadis trois vignobles de qualité, dans le Sud-Est, près de Mâcon. Victoire rejoignit son cousin dehors. Il venait d'enlever son casque et secouait ses cheveux blonds. Elle n'avait jamais vu un air aussi sérieux sur son visage rond au teint vif. Ils s'embrassèrent en silence.

— Comment ça va, Vicky ? s'enquit-il tout bas. J'ai appris le décès de ton grand-père, alors je suis vite venu.

— Papa est parti pour la morgue. Tu connais les traditions de la famille, on ne montre aucun sentiment, mais au fond, on accuse quand même le choc. Viens, on va parler dans le jardin.

— D'accord, on sera plus tranquilles.

Ils contournèrent l'angle du château, construit deux cents ans auparavant au milieu des vignobles de la famille. C'était en fait une belle demeure en pierre de taille, à deux étages, à laquelle avait été ajoutée une tour ronde à la toiture pointue.

— Vu ce qui s'est passé chez les Colombet, tu as bien fait de ne pas venir hier soir, lâcha Arthur lorsqu'ils furent à l'ombre des tilleuls centenaires du parc.

— Mais je suis venue !

— Qu'est-ce que tu racontes ? Je ne t'ai pas vue !

Troublée, l'adolescente s'adossa au tronc d'un arbre. Elle lança un coup d'œil agacé à son cousin.

— Dis plutôt que tu as dû arriver en retard comme toujours et que tu n'as même pas pris la peine de me chercher, peut-être à cause de ta chère Ingrid !

— Il n'y a pas de danger, on a rompu la semaine dernière. Bon, ne joue pas les dures avec moi, ton grand-père est mort, tu te retiens de pleurer, et, te connaissant, j'ai pensé que tu avais besoin de ton grand cousin.

Arthur lui tendit les bras, cependant la réaction de Victoire le désorienta. Les traits tendus, elle recula et lui tourna le dos.

— Je ne me souviens de presque rien, avoua-t-elle dans un souffle. J'allais t'appeler pour te poser des questions sur la soirée.

Elle lui fit face, son ravissant visage durci par une colère impuissante.

— Je suis partie chez les Colombet juste après ton appel. Une fois là-bas, j'ai discuté avec un groupe de jeunes. On m'a servi à boire. On était sur la pelouse, sous le dais, il y avait des guirlandes lumineuses. J'avais mis ma robe rouge, celle que je t'ai montrée dimanche. Je crois avoir dansé aussi. Ensuite, je ne sais plus.

— Comment ça ? s'inquiéta son cousin.

— Je me suis réveillée dans mon lit ce matin, sans aucun souvenir. Voilà. Maman est venue m'annoncer la mort de mon grand-père, dans une cave des Colombet. Elle m'a parlé d'un départ d'incendie, de fumées asphyxiantes... J'ignorais qu'il était invité à cette fête, sinon je n'aurais pas osé y aller.

— Assieds-toi, tu trembles, Vicky, recommanda Arthur en la guidant vers un banc en fer forgé, abrité par une tonnelle drapée d'une abondante glycine. Je te promets que je ne t'ai pas vue et que je t'attendais. Mais il y a eu le feu et là, ça a été la panique. Les gens couraient en hurlant, surtout ceux qui se trouvaient à l'intérieur. Pourtant les employés des Colombet sont venus à bout de l'incendie très vite. Quand les pompiers ont débarqué, ils ont sécurisé la zone enfumée et ils ont découvert le corps de ton grand-père. Crois-moi, j'étais soulagé que tu n'assistes pas à tout ça.

— J'aurais préféré, le contredit-elle. Peut-être que j'ai eu peur moi aussi et que je me suis enfuie. Mes pieds sont tout égratignés. J'ai dû courir...

Ces derniers mots résonnèrent étrangement dans l'esprit de Victoire. Sous le regard soucieux de son cousin, elle répéta :

— J'ai dû courir, oui.

— Sûrement, approuva-t-il. Et je t'assure, tant mieux si tu n'es pas restée. Mais ça ne m'explique en rien le fait que je ne t'aie pas vue, surtout si tu portais une robe rouge. Les filles que j'ai croisées étaient habillées en blanc ou en beige.

Ils demeurèrent silencieux un certain temps, tous les

deux s'interrogeant sur les circonstances de ce « trou noir » dont avait été victime l'adolescente.

— Tu devrais consulter un médecin, suggéra soudain Arthur. Imagine un peu, si tu as subi un choc quelconque.

— Quel choc ? Je ne suis pas blessée. Et pour être examinée par notre docteur, il faudrait tout raconter à maman. Tu la connais bien. Elle serait outrée et elle le dirait à papa. Ils pourraient décider d'une sanction exemplaire, comme m'interdire d'entrer au lycée à Dijon, et, dans ce cas, je n'intégrerai pas le cours de danse où je rêve d'aller depuis des mois.

— Donc tu ne vas rien dire à tes parents ?

— Non, rien.

Arthur acquiesça d'un haussement d'épaules.

— Bah, la mémoire te reviendra bientôt, ma petite Vicky, dit-il d'un ton affectueux.

— Ne sois pas condescendant, s'il te plaît, lui reprocha-t-elle. Tu oublies un détail, c'est toi qui m'as proposé de te rejoindre à cette fête. S'il savait la vérité, papa te le ferait payer cher.

— Exact ! Bon, tu as l'air de tenir le coup, je dois rentrer à la maison, enfin chez ma marâtre.

— Le terme est démodé, nota Victoire avec un sourire sans joie. Je suis désolée pour toi, Arthur. Je sais que tu te plaisais davantage à Cluny.

— Oui, on peut dire ça. Et on s'amusait bien quand tu venais en vacances. Tu te souviens du soir où on a voulu grimper jusqu'en haut de la roche de Solutré ? Ton grand-père nous avait raconté qu'un président de la République montait au sommet chaque année, en souvenir de la Résistance[1]. On voulait faire pareil, alors on était sortis en douce, mais à mi-pente, un orage a éclaté.

— On a dû faire demi-tour et tes parents nous ont fait un gros sermon, précisa l'adolescente. Je me plaisais chez toi.

— C'est fini, ce temps-là, soupira son cousin. Depuis le décès de maman, je suis condamné à vivre par ici. Heureusement j'ai une consolation, je peux te voir souvent, Vicky.

— Mais dans une semaine, je m'installe à Dijon, chez notre grand-mère Élodie. J'espère que tu me rendras visite.

— Bien sûr.

Catherine Desmarets les observait le cœur serré. Elle avait ouvert la fenêtre de sa chambre qui donnait sur le parc, à l'arrière du château, afin de ne pas les perdre de vue.

— Combien y aura-t-il encore de morts suspectes dans notre famille ? déplora-t-elle à mi-voix.

Elle évoqua le doux visage de sa belle-sœur Corinne, tuée par un chauffard alors qu'elle se promenait à VTT sur une piste forestière. L'accident datait de six ans et il avait fait couler beaucoup d'encre dans la presse régionale.

— On supposait qu'il s'agissait de la vengeance d'un amant éconduit, ou d'un règlement de comptes entre viticulteurs, se remémora-t-elle tout bas. Arthur avait

1. Il s'agit bien sûr de François Mitterrand, qui a contribué à faire connaître ce site.

onze ans, il a tellement souffert de tous ces ragots. Et mon frère s'est vite remarié après avoir vendu sa propriété de Cluny.

Soudain l'écho d'un sanglot lui parvint. Catherine constata que Victoire pleurait sur l'épaule de son cousin qui la tenait contre lui. Sa fille hoquetait et gémissait.

— Vicky, appela-t-elle en se penchant. Tu devais t'entraîner, je t'attends, dépêche-toi.

Tout de suite, Arthur se leva du banc. Il salua sa tante d'un geste de la main, puis il embrassa Victoire.

— À bientôt, souffla-t-il. Danse bien, ton avenir est en jeu.

— Et un semblant de liberté, répliqua-t-elle en séchant ses larmes du bout des doigts.

— Oui, juste de quoi t'envoler.

Elle le raccompagna jusqu'à son scooter. Bientôt Arthur s'éloigna sur la route tracée au milieu des vignes. Personne ne le vit s'arrêter après un kilomètre, ôter son casque et sortir son téléphone portable de sa poche. Fébrile, il composa un numéro.

— Florian ? Tu en mets du temps à décrocher !

— J'ai dû chercher un coin tranquille. Alors, tu as parlé à ta cousine ?

— Victoire ne se souvient de rien, elle m'a dit être rentrée seule à pied, après avoir trop bu. J'ignore qui est responsable, mais je te préviens, s'il lui arrive quelque chose, je ferai un malheur. Tu sais de quoi je suis capable. Elle part dans une semaine pour Dijon, fais en sorte qu'on lui fiche la paix.

— Te bile pas, Arthur, je la protégerai. Je l'aime bien, ta cousine, et un peu plus que ça pour être honnête. Si la mémoire lui revenait, insiste, dis-lui qu'elle a rêvé. Je raccroche, voilà mon père et toute sa clique.

Les traits altérés par l'angoisse, Arthur rangea son téléphone. Tout était flou pour lui aussi, cependant il voulait croire que sa petite Vicky avait échappé au pire.

Un quart d'heure plus tard, Victoire retrouvait sa mère dans la salle de danse aménagée sous les combles de la demeure ancestrale, à l'instigation du défunt Gilles Desmarets.

— Applique-toi aujourd'hui, lui recommanda Catherine. Pense à ton grand-père. Il a dépensé sans compter pour t'offrir ce lieu consacré à ton art.

— Je sais, maman. Je l'ai remercié à chaque fois qu'il venait ici. Je m'échauffe d'abord.

En justaucorps noir et collants bleu ciel, l'adolescente se plaça à la barre. D'un œil critique, elle étudia son reflet dans l'immense miroir qui lui faisait face. Elle se sentait mal, mais il était hors de question de le montrer.

— Je mets de la musique, Vicky ?

— Du Mozart pendant mes exercices. Merci, maman.

— Très bien, ensuite j'aimerais que tu répètes sur un des airs de *Giselle*. Qui sait, tu auras peut-être le rôle-titre dans ce ballet un jour. Dis-moi, ma chérie, pourquoi pleurais-tu dans les bras de ton cousin ?

— À ton avis ! J'ai du chagrin pour grand-père, ça me semble normal. Et Arthur m'a parlé de sa maman, de nos vacances à Cluny. On était tristes tous les deux.

— Tu devrais apprendre à contrôler tes émotions,

répondit Catherine. En position, ne te laisse pas distraire, commence par des pliés et tu enchaîneras avec des ronds de jambe et des battements.

Victoire aurait préféré être seule. Elle détestait ce genre de situation où sa mère jouait les professeurs malgré son peu de qualifications en la matière. Pourtant, petit à petit, le travail de ses muscles eut un effet bénéfique sur son moral.

Lorsque la sono diffusa la musique envoûtante d'Adolphe Adam, le compositeur du ballet *Giselle*, l'adolescente oublia tout ce qui n'était pas sa passion, la danse. Aérienne, gracieuse, elle exécuta à la perfection arabesques et sauts, au point de faire applaudir son unique spectatrice à la fin du morceau interprété.

— Tu es merveilleuse, Vicky ! s'extasia Catherine. J'espère t'admirer un jour sur la scène de l'Opéra de Paris.

— J'en doute, maman. Malgré les deux stages que j'ai faits là-bas, je ne serai jamais admise parmi les ballerines.

— Il ne faut jamais dire jamais, rétorqua sa mère. J'ai oublié de te prévenir que ton père ne rentrera pas pour le déjeuner. Il m'a téléphoné pendant que tu discutais avec Arthur. Il tient à passer chez les Colombet pour en savoir plus sur les circonstances du décès de Gilles.

— Arthur m'a un peu raconté le début d'incendie, la fumée. J'espère que grand-père n'a pas souffert.

— Nous en saurons davantage au retour de ton père. Descendons à présent, et reprends une douche, je te prie.

— Bien sûr, maman.

— Au fait, as-tu mal au ventre ?

— Non, et je ne saigne plus.

Catherine approuva avec un sourire gêné. Elle quitta la salle de danse la première. Victoire respira à fond, les poings noués, sans réussir à se débarrasser de la sensation d'oppression dont elle souffrait.

— Vivement que je sois au lycée, à Dijon, loin des parents, murmura-t-elle. J'étouffe ici, je n'en peux plus…

Chez les Colombet, même jour

Le commandant de gendarmerie Louis Terrier était dans le salon des Colombet où s'étaient réunies quelques personnes qu'il avait prévu d'interroger. Pour l'instant, il guettait la moindre expression de Jacques Desmarets, en quête d'une trace manifeste de chagrin ou de révolte. C'était en pure perte, celui-ci n'affichant aucun de ces sentiments.

— Excusez-moi, monsieur, mais on dirait que la mort de votre père ne vous affecte guère, lâcha-t-il enfin, agacé. Le légiste a conclu à un décès accidentel, néanmoins je voudrais ouvrir une enquête.

— Faites ce qui vous semble nécessaire, commandant, déclara Jacques Desmarets. Si l'extrême pudeur qui m'est propre me place dans le rang des suspects, je suis à votre disposition. Mais comme je vous l'ai dit ce matin quand vous m'avez annoncé la triste nouvelle, j'ignorais que mon père assistait à cette fête hier soir. Mon épouse et moi avons de surcroît dîné chez un de mes meilleurs clients, en compagnie de cinq autres convives.

— Nous avons vérifié, en effet. Et nous allons procéder aujourd'hui aux interrogatoires des invités à la fête. Quant à Gérard Colombet, il m'a précisé la raison de la présence à la fête de Gilles Desmarets. Ces messieurs avaient une affaire en cours et souhaitaient la régler. Ils se sont entretenus dans le bureau situé à l'arrière de cette pièce. Pour le reste, le rapport de la police scientifique nous en dira plus. Une question se pose : pourquoi votre père est-il descendu dans la cave, et l'a-t-il fait avant le départ d'incendie ou après ? Personne n'a pu répondre.

— Mon père avait quatre-vingts ans et le cœur fragile, indiqua le viticulteur d'une voix moins ferme. Mais tout le monde vous le confirmera, il ne manquait pas de courage et était toujours prêt à aider son prochain. J'imagine qu'il s'est rué sur le lieu de l'incendie, au cas où quelqu'un serait en danger. Je n'ai rien à ajouter, commandant. À présent, je dois me rendre à Dijon pour l'identification du corps.

Le policier acquiesça d'un marmonnement à l'instant précis où quatre hommes pénétraient dans le salon. Le plus grand en taille, ses cheveux gris coupés en brosse, s'avança vers Jacques Desmarets pour lui serrer la main.

— Cher ami, je suis sincèrement navré, dit-il d'une voix grave. Je comptais aller vous présenter mes condoléances, et je vous rencontre ici. Votre père était un personnage d'exception, une figure emblématique de notre région. Jacques, si vous avez besoin de quoi que ce soit…

— Je vous remercie, Jean-Charles, répliqua celui-ci sans quitter son air impassible. Mais qu'est-ce qui vous amène ?

— Dès que j'ai su la mauvaise nouvelle, je suis venu apporter mon soutien à mes amis, les Colombet. Ils sont sûrement très affectés par cet épouvantable accident.

Pendant ce dialogue, le commandant Terrier étudiait les physionomies des trois individus escortant Jean-Charles Mongenot, le plus riche viticulteur du pays. Il reconnut les contremaîtres de ses exploitations, vêtus de costumes noirs pour la circonstance. Accoutumé à les croiser en tenue de travail, il songea qu'ils avaient ainsi des allures de vigiles, aux faciès peu amènes.

— Sait-on ce qui est arrivé exactement ? demanda Mongenot en arborant un rictus soucieux.

Quinquagénaire, il soignait son apparence et passait pour un bel homme. Le nez aquilin, le menton carré, il posait sur ceux qui l'entouraient l'éclat métallique de son regard.

— L'origine du feu n'est pas encore déterminée, décréta le gendarme. Il n'y a pas eu d'autre victime que M. Gilles Desmarets.

— C'est une chance, si je peux m'exprimer de la sorte sans vous blesser, mon cher Jacques. En fait, mon fils faisait partie des invités et il aurait pu être blessé. Il m'a téléphoné tôt ce matin, car il n'a pas dormi de la nuit, n'est-ce pas, Florian ?

L'injonction s'adressait à un garçon de vingt ans, assis dans un des fauteuils en cuir. Il lissa ses mèches brunes avant de se lever. À quelques détails près, c'était la fidèle réplique de son géniteur, en plus jeune et ayant hérité des yeux gris-bleu de sa mère. Grand et mince, il avait beaucoup d'allure.

— Je ne t'avais pas remarqué, Florian, s'étonna Jacques. Tu continues l'université en octobre, si je ne me trompe.

— Oui, monsieur, j'entre en seconde année de droit.

— Nous aurons un avocat dans la famille, affirma Mongenot. Ce garnement refuse de me succéder. Le domaine sera géré par son frère Bastien, notre cadet.

Seul le commandant Terrier capta le regard dur, presque haineux, que Florian Mongenot jeta à son père. Il n'eut pas le loisir d'en tirer la moindre conclusion, car son portable sonna. Il sortit du salon pour prendre la communication. Quand il raccrocha, il avait un goût amer dans la bouche. Une fille de seize ans, censée avoir fugué de son foyer d'accueil un mois auparavant, venait d'être découverte au bord d'une voie ferrée secondaire, entièrement nue et morte par noyade, selon le premier constat du légiste. On avait dû déplacer son cadavre durant la nuit.

« Le même schéma qu'il y a deux ans, pensa le policier. Et on me charge de l'enquête, avec ordre de clore le dossier sur Gilles Desmarets. »

Château Desmarets, lundi 26 août 2013

Victoire dansait sur un des airs du célèbre ballet *Le Lac des cygnes*, qu'elle adorait. Ses formes minces d'adolescente moulées dans son justaucorps favori, rose fuchsia, elle évoluait avec aisance et dynamisme sur le parquet ciré. Ses jambes fuselées gainées d'un collant noir, elle se rêvait sur une scène, parmi d'autres ballerines, mais ayant le premier rôle.

— Désolé de t'interrompre, lui lança-t-on tandis qu'elle s'abandonnait à la musique de Tchaïkovski.

— Papa, tu es là depuis quand ?

— Un petit moment et tu ne t'en es pas aperçue !

Elle esquissa un sourire en courant éteindre la chaîne hi-fi. Jacques, toujours en costume, hocha la tête.

— Tu es douée, ma chérie. Mais rien n'est gagné, il te faudra mettre les bouchées doubles à Dijon. Aurélia Novak est réputée pour ses exigences et sa sévérité.

— Oh, ça ne me changera pas trop, murmura-t-elle. Papa, je n'avais pas fini de m'entraîner, je peux danser encore une petite heure ?

— Non, je t'emmène à la chambre funéraire, pour que tu dises adieu à ton grand-père. Ta mère est déjà prête. Nous déjeunerons tous les trois au restaurant.

Jacques Desmarets faillit ajouter une recommandation, mais il pinça les lèvres. Même s'il n'était guère démonstratif, il vouait un amour inconditionnel à sa fille unique, dont il effleura la joue au velouté de pêche. Charmée par ce timide geste de tendresse, Victoire se réfugia dans les bras de son père.

— Tu veilleras toujours sur moi, papa ? chuchota-t-elle.

— Dans la mesure du possible, oui, ma chérie. Et sache-le, je suis fier de toi. Tu es une fille sérieuse, disciplinée et bonne élève. Tellement jolie, aussi. J'espère que tu sauras te concentrer sur la danse et les études, sans trop t'intéresser aux garçons. Surtout, sois très prudente quand tu seras en ville.

— Je te l'ai promis, papa. Je me moque des garçons, et je ne vous demande pas de téléphone ni de scooter ni d'ordinateur. Je vis dans mon petit monde paisible et ça me convient, mentit l'adolescente.

— Très bien, ton grand-père aurait aimé t'entendre parler ainsi. Catherine m'a confié que tu pleurais beaucoup hier matin, je le comprends, mais raisonne-toi, la mort n'est pas une fin en soi pour les croyants.

— Tout à l'heure, quand je dansais, je me disais que grand-père me voyait peut-être de l'au-delà, avoua-t-elle.

Cette fois, Victoire était sincère. Jacques approuva et recula vers la porte qu'il referma derrière lui, tout en gardant précieusement la vision de sa fille, d'une beauté juvénile avec sa chevelure brune relevée en chignon, ses prunelles d'un bleu pur et ses lèvres au dessin exquis.

De son côté, l'adolescente traversa la salle sur ses pointes.

— Pauvre papa, murmura-t-elle. Pourquoi faire semblant de ne pas avoir de peine ? S'il savait que j'étais chez les Colombet, moi aussi, il serait terriblement déçu.

Debout en face du miroir, Victoire fixa son reflet un long moment, en sondant surtout son regard. Elle tenta à nouveau de se souvenir de la soirée chez leurs voisins.

Soudain son cœur s'emballa. Elle savait par son père qu'un commandant de gendarmerie enquêtait la veille sur les lieux de la fête et devait interroger les invités.

— Je venais en cachette, sans avoir été conviée. Arthur m'avait bien dit de passer par le parc, il prétendait qu'on ne ferait pas attention à moi. Je n'aurais pas dû l'écouter. Quelqu'un m'aura forcément vue. Même si les jeunes qui m'ont accueillie ignoraient mon nom, ils parleront d'une fille en robe rouge. Les parents sauront la vérité.

Tremblante d'angoisse, Victoire descendit à son tour. Elle se doucha et enfila une robe d'été en flanelle bleu marine, à col blanc, un modèle que sa mère appréciait beaucoup.

— J'attends encore avant d'avouer ce que j'ai fait, décida-t-elle en attachant ses cheveux sur la nuque. Et ce soir, j'essaierai d'appeler Arthur. C'est sa faute, tout ça.

Tapies au fond de son esprit meurtri, enfouies dans sa mémoire cadenassée par un paroxysme de terreur, d'atroces images patientaient, prêtes à resurgir et à instiller leur poison, dès qu'une faille, même infime, s'ouvrirait. La marche du temps importait peu, puisqu'il suffirait d'une étincelle de lucidité pour les tirer de leur somnolence.

Cimetière de Gevrey-Chambertin,
jeudi 29 août 2013

Le ciel était d'un bleu pur et il faisait très chaud. En robe noire, un foulard sur ses cheveux relevés en chignon, Victoire avait faussé compagnie à ses parents pour chercher son cousin parmi la foule qui venait d'assister aux obsèques de Gilles Desmarets. Il y avait là tous les notables du canton, des relations du défunt, mais aussi les employés du domaine viticole, les anciens comme les nouveaux.

— Où est passé Arthur ? déplora tout bas l'adolescente.

Durant les quatre jours qui s'étaient écoulés depuis le décès de son grand-père, elle s'était entraînée chaque matin jusqu'à l'épuisement, pour danser une partie de l'après-midi, l'esprit vide de questions, mais le cœur plein de rêves de réussite.

Maintenant tout était terminé, la cérémonie religieuse, les discours devant le cercueil couvert de gerbes de fleurs. Victoire n'avait plus qu'une hâte, entrer au lycée en classe de seconde et s'installer chez sa grand-mère maternelle.

— Oh pardon !

En reculant pour s'engager dans une allée secondaire, elle avait bousculé quelqu'un. Une voix masculine lui répondit.

— Il n'y a pas de mal, Victoire.

Elle se retourna, surprise de découvrir Florian Mongenot. Il était plus grand qu'elle et se pencha un peu pour lui sourire.

— Je suis heureux de te revoir, ça faisait un moment, deux mois je crois, dit-il tout bas. Je te présente mes plus sincères condoléances. J'aimais beaucoup ton grand-père.

— Merci, c'est gentil. J'ai aperçu ton père dans l'église, je ne savais pas que tu étais là aussi, répliqua-t-elle, troublée par sa beauté virile et son regard insistant.

— Je viens d'arriver, j'étais du côté de Beaune.

Il secoua ses clefs de voiture sans rien ajouter. Victoire eut l'impression soudaine d'être une gamine en face de lui. Elle s'éloigna un peu, mais il la suivit d'une démarche nonchalante.

— As-tu croisé Arthur ? hasarda-t-elle pour meubler le silence qui la gênait.

— Non. Vous êtes toujours inséparables, ton cousin et toi ?

— Plus ou moins, mais je vais habiter à Dijon dès la rentrée, alors on se verra souvent, puisqu'il va au lycée là-bas, lui aussi.

— J'espère que tu continues la danse, s'enquit-il d'un ton très doux. Tu es tellement douée. Tu te souviens, j'étais parmi le public, en décembre dernier, à ton spectacle de fin d'année, mes parents aussi.

— Bien sûr, je m'en souviens.

Secrètement flattée, Victoire se décida à poser la question qui lui brûlait les lèvres.

— Florian, il paraît que tu étais à la soirée chez les Colombet. Tu n'as rien remarqué de particulier avant l'incendie ?

Elle se demandait surtout s'il l'avait vue parmi les invités, malgré ce qu'il avait dit précédemment, en précisant que leur dernière rencontre datait de deux mois.

— J'y suis passé assez tard, Vicky, et c'était déjà la panique à cause de l'incendie. Pourquoi cette question ?

Sur la défensive, Victoire le toisa de ses yeux bleus, où il lut une étrange angoisse.

— Mon grand-père est mort ce soir-là, je m'interroge sur ce qui s'est passé.

— À quoi bon ? C'était un tragique accident. La police a fait son travail, ta famille doit avoir eu des infos que je n'ai pas. À plus, voilà ton cousin, je te laisse avec lui.

Arthur s'approchait d'eux d'un pas rapide. Il s'empressa de prendre Victoire par l'épaule d'un geste protecteur. Florian Mongenot les salua d'un signe de la main avant de se frayer un chemin parmi les personnes rassemblées à quelques mètres de là. Le trio se connaissait depuis l'enfance, sans jamais avoir tissé de vrais liens d'amitié.

— Comment vas-tu, ma petite Vicky ? s'inquiéta son cousin. Calme-toi, tu es toute tremblante. Tes parents organisent un brunch d'ici une heure, on pourrait rentrer chez toi à pied.

— Non, je n'en ai aucune envie, Arthur. Je t'en veux, plus j'y pense, plus je t'en veux ! lui assena-t-elle.

— Explique-toi, et puis parle moins fort. Viens par là.

Il l'entraîna à l'écart, entre deux rangées de tombes, dans l'ombre étroite d'un cyprès.

— Je n'y comprends rien, Vicky, dit-il d'un ton anxieux.

— Si tu ne m'avais pas proposé d'aller à cette soirée, je ne mentirais pas à ma famille et je ne serais pas si stressée. Chaque fois que le téléphone sonne, j'imagine le pire. Je me dis qu'un des invités a mentionné ma présence aux gendarmes. Florian vient d'affirmer que l'enquête est bouclée, mais je n'en sais rien. J'ai réfléchi, personne n'a parlé de moi, pourtant j'étais avec un groupe de jeunes, deux filles et trois garçons.

— Sans doute les stagiaires que Gérard Colombet accueille avant le début des vendanges. Tu as réfléchi de travers, si je t'ai dit de venir, c'est justement parce qu'il n'y avait aucun risque.

— Et Florian ? Il est arrivé quand l'incendie s'était déclaré, mais il aurait pu être là plus tôt et me voir.

— Comment je pouvais deviner qu'il viendrait ? Arrête ça, en plus c'est toi qui rêvais d'aller à cette soirée pour t'amuser un peu. Si tu as oublié ce détail, tu as vraiment de gros soucis de mémoire.

Dépitée, Victoire n'osa pas le contredire, car elle l'avait supplié de l'aider à briser les règles établies par ses parents.

— D'accord, tu as raison, soupira-t-elle. J'étouffe, coincée entre papa et maman. Même s'ils m'adorent, ils refusent que je sorte avec mes amies ou avec toi. Ils me traitent comme si nous étions encore au siècle dernier ou comme si j'étais une denrée précieuse à garder sous cloche.

Leur discussion fut interrompue par le passage d'un couple assez âgé, qui avançait doucement en se tenant par le bras. L'homme aperçut Victoire et la salua d'un signe amical. Elle se sentit obligée d'engager la conversation, ayant reconnu un ancien ouvrier agricole de leur exploitation.

— Ah, mademoiselle, j'ai bien du chagrin, avoua-t-il en lui donnant une chaleureuse poignée de main. Votre grand-père était quelqu'un de très généreux, sous ses airs durs. Un vrai monsieur ! Enfin, votre papa n'est pas en reste. Nous avons un peu discuté, à l'instant.

— Ils ont causé des vendanges, bien sûr ! Elles commenceront tard cette année, précisa son épouse, une petite femme maigre au dos voûté.

— Eh oui ! Le printemps a été difficile, renchérit l'homme. Nous avons eu beaucoup de pluie et de la fraîcheur. Malgré les chaleurs de cet été, le raisin n'est pas encore à bonne maturité. Votre papa pense comme moi, les vendanges devront attendre la fin du mois de septembre, voire la mi-octobre.

Victoire approuva poliment. Elle ne s'intéressait guère à l'exploitation des vignobles, qui avait pourtant fait la richesse des siens. Lorsque le vieux couple prit congé, Arthur fit une mimique exaspérée.

— J'ai postulé auprès de tes parents pour travailler tous les week-ends sur votre domaine. Je préférerais vendanger chez nous, mais il n'y a plus de chez nous. Sais-tu, Vicky, ça date de cinq ans et je suis toujours aussi furieux. Mon père a vendu nos vignes et notre maison sans penser à moi. Tout ça pour se lancer dans l'immobilier. En plus, j'ai su récemment que Mélinda était déjà sa maîtresse alors que maman agonisait. D'où son remariage précipité avec cette mégère.

— Je suis désolée, Arthur. Mais tu as de l'argent placé grâce à cette vente. Tu seras majeur en janvier, tu pourras faire ce dont tu as envie…

Victoire se tut brusquement et saisit la main de son cousin. Elle désigna d'un signe de tête un homme robuste, assez grand, dont les cheveux châtains étaient coupés très court.

— Regarde, le commandant Terrier vient vers nous. Il était à l'enterrement, je me demande bien pourquoi.

— Sans doute par politesse, Vicky.

En tenue civile, le policier marchait droit sur eux, escorté d'un auxiliaire.

Le cœur de Victoire s'emballa. Elle essaya d'arborer un visage impassible, sans se rendre compte qu'Arthur avait pâli.

— Mademoiselle Desmarets, monsieur Quinot, leur dit Louis Terrier en les dévisageant de ses yeux bruns, enchâssés entre des paupières un peu lourdes. Toutes mes condoléances.

— Je vous remercie, répliqua l'adolescente d'une petite voix.

— Monsieur Quinot, sans vouloir vous importuner dans de telles circonstances, puis-je vous poser une question ?

— J'ai déjà été interrogé, commandant.

— Je sais, rassurez-vous, ce n'est qu'une formalité, à laquelle Florian Mongenot s'est plié sans discuter il y a trois minutes. Ce matin, nous avons reçu un appel anonyme, nous signalant la présence d'une jeune fille en robe rouge à la fête et qui aurait quitté les lieux avant l'incendie. Vous étiez là-bas, ça ne vous dit rien ?

— Absolument rien, je suis navré, trancha Arthur d'un air étonné. J'étais fréquemment à l'intérieur. De plus, les jeunes filles invitées portaient des toilettes claires, dans une gamme de beige ou d'ivoire, c'était la consigne de Mme Colombet. Une robe rouge, ça m'aurait marqué. Cela dit, le parc n'est pas clôturé, il pourrait s'agir d'une personne du village attirée par la musique…

— C'est tout à fait possible, je vous l'accorde. De surcroît, Florian Mongenot n'a pas remarqué de robe rouge non plus. Nous nous méfions de ce genre d'appels, mais il vaut mieux vérifier. Au revoir.

Au prix d'un terrible effort, Victoire avait su donner le change. Elle respira avidement après le départ des gendarmes, tout en prenant la main de son cousin.

— Quelqu'un m'a vue, chuchota-t-elle. Je suis perdue.

— Mais non, Vicky, tu n'es pas la seule à avoir une robe de cette couleur dans le pays. N'y pense plus. Je me demande même pourquoi ça intéresse le commandant. Il n'y a pas de rapport avec la mort de ton grand-père, sauf s'il prend cette fille pour l'incendiaire.

— J'en suis malade, Arthur. Si seulement je me souvenais de ce que j'ai fait… Peut-être que mes parents sont au courant pour l'appel anonyme. Maman sait que j'ai une robe rouge.

— Tiens bon. Même dans ce cas-là, tu nies, tu joues le jeu, tu fais l'innocente. Je t'en prie, Vicky, bats-toi pour te retrouver plus libre à Dijon. On se verra tous les mercredis.

— C'est le jour de mon cours de danse.

— Avant ou après, peu importe, on se verra, c'est promis.

Obsédée par son propre sort, Victoire n'eut pas conscience de la peur qui altérait le timbre grave de son cousin.

— Vivement la rentrée, répondit-elle en lui étreignant les doigts.

À une centaine de mètres de l'enceinte du cimetière, le commandant Louis Terrier fixait d'un air absorbé le volant de sa voiture. Le capitaine qui l'accompagnait gardait un silence respectueux, afin de ne pas déranger son supérieur.

— Le cauchemar continue, déclara enfin celui-ci.

— Que voulez-vous dire, commandant ?

— Je pense à cette malheureuse fille retrouvée nue au bord de la voie ferrée. Et aux autres ! Toujours le même schéma. Ce sont des pauvres gamines, soit elles ont fugué d'un foyer, soit d'une famille d'accueil où elles manquaient de considération et d'affection.

— Il y aurait un rapport avec la fille en robe rouge du coup de fil anonyme ?

— Comment le déterminer, capitaine ? Je me penche

sur le problème depuis longtemps. Hélas, ça ne date pas d'aujourd'hui, il suffit de consulter les archives. Vous pouvez me répondre qu'en France et que dans la plupart des pays, on découvre des femmes et des adolescentes violentées et tuées… Mais là, c'est différent, ma belle région est concernée, ma terre natale. Il faut poursuivre les fouilles au bord des rivières, des étangs, trouver un indice, aussi infime soit-il.

Sur ces mots, le commandant crispa les mâchoires, hanté par l'expression de terreur qu'il avait vue sur le visage de la jeune noyée.

2

Triste automne

Dijon, lycée privé Les Arcades,
mardi 15 octobre 2013

La salle d'études occupée par seulement une dizaine d'élèves était plongée dans le silence. Après avoir regardé sa montre, Victoire délaissa le texte de littérature anglaise qu'elle étudiait pour contempler la pluie qui ruisselait sur les vitres. Ce temps maussade lui plaisait, car il semblait mieux assorti à sa nouvelle existence en ville.

Son amie d'enfance, Anna, mit fin à sa rêverie. Les cheveux noirs coupés aux épaules, les yeux sombres dessinés en amande, elle avait un teint de porcelaine.

— Vicky, dès que ça sonne, on sort en vitesse, souffla-t-elle à son oreille. Pas question de rater le bus, sinon on sera en retard au cours de danse.

— Dis plutôt que tu as peur de faire attendre David, ton cher petit copain !

— Ne sois pas jalouse, ton tour viendra.

— Sans façon, ça ne m'intéresse pas. Si tu voyais l'air idiot que tu as dès que David t'approche !

— Que veux-tu, moi je ne me destine pas au couvent, rétorqua Anna, rieuse, en haussant le ton.

La surveillante leva le nez de son livre et leur décocha un regard menaçant, ce qui n'empêcha pas Victoire de pincer la taille d'Anna, à l'instant précis où la sonnerie retentissait dans les couloirs de l'établissement. Vite, elles rangèrent leurs affaires en échangeant des sourires complices.

— Enfin libres ! dirent-elles en chœur une fois franchi le porche du lycée.

Un grand garçon brun les rejoignit, les mains serrées sur les sangles de son sac à dos. C'était le fameux David, un élève de première, qui suivait le même cours de danse classique.

— Salut les filles, on y va ? proposa-t-il d'un ton désinvolte. Ce soir, on répète le pas de deux pour le concours.

Il embrassa Anna au coin des lèvres, sans se soucier du cri moqueur d'un de ses camarades. Le trio se dirigea en bavardant vers l'arrêt de bus le plus proche.

— Est-ce que ça va aujourd'hui, Victoire ? demanda soudain David. Mercredi après-midi, tu n'étais pas très en forme.

— Je dois juste m'habituer au rythme de travail. Mes parents m'avaient prévenue que ce serait plus difficile chez Madame Aurélia, mais c'est pour ça que j'ai changé de cours. Pour progresser, il faut plus de discipline, des échauffements plus durs.

— C'est bon, du calme, j'ai compris, trancha-t-il en attirant Anna contre lui.

— Laisse Vicky tranquille, protesta celle-ci. De toute façon, en forme ou non, c'est la plus douée ! En plus, elle a déjà fait des stages à l'école de danse de l'Opéra de Paris.

— Oui, c'était vraiment génial ! J'ai l'intention d'être admise là-bas d'ici un an, déclara Victoire. Tant pis si je suis interne et si je dois t'abandonner, Anna.

— Je ne te lâcherai pas, Vicky, j'irai te voir à Paris, assura son amie d'un ton exagérément solennel. En deux heures de train, je suis dans la capitale…

Lorsqu'ils prirent place dans le bus, Victoire se retrouva seule sur un siège, Anna et David s'étant installés au fond pour s'embrasser pendant les dix minutes du trajet.

Énergique quadragénaire d'origine slave, Aurélia Novak accueillait fidèlement ses élèves en se tenant debout près du piano, une main posée au bord de l'instrument. Depuis vingt ans, son cours était le plus réputé de Dijon et du département. Mince et musclée, elle portait un justaucorps et des collants noirs. Ses courts cheveux d'un blond roux étaient retenus en arrière par un bandeau.

En sortant des vestiaires où elle s'était mise en tenue de danse, Victoire lança un regard passionné sur le mur tapissé de miroirs, sur le parquet brillant et l'alignement des barres. La première fois qu'elle avait découvert la salle, ses dimensions l'avaient surprise. Située au dernier étage d'un ancien immeuble bourgeois, une verrière circulaire l'éclairait la journée.

— Venez me voir, Victoire, lui lança Madame Aurélia de sa voix grave.

L'adolescente, chaussée de ses pointes, s'empressa d'obéir. Elle s'inclina quelques secondes dans une sorte de révérence. Sa professeure l'attira un peu à l'écart.

— Qu'est-ce qui se passe, petite ? interrogea-t-elle tout bas. Tu es capable de remporter le concours en janvier, je te l'ai déjà dit, tu as de sérieux atouts pour faire carrière. Mais ces jours-ci, tu sembles fatiguée, tu n'as plus le même entrain, sans oublier ton malaise de la semaine dernière.

— Ne vous inquiétez pas, madame, j'en ai parlé à ma grand-mère, elle m'a acheté des vitamines.

— J'espère que tu ne te prives pas de nourriture par crainte de grossir !

— Non, pas du tout. Ceci dit, je n'ai jamais eu beaucoup d'appétit, encore moins en ce moment. Maman pense que c'est lié au changement.

Sous sa couronne de boucles mordorées, Aurélia Novak fronça les sourcils.

— Victoire, fais un effort. Tu mérites de gagner le concours et d'obtenir un stage à Paris. Montre-moi que tu n'as pas perdu le feu sacré !

— Je ne vous décevrai pas, madame.

Déterminée à bien faire, l'adolescente alla s'échauffer à la barre. Ce soir-là, par la seule force de sa volonté, elle domina l'étrange faiblesse de son corps et, de nouveau, aérienne et d'une grâce infinie, donna satisfaction à sa professeure, fascinant son amie Anna et les autres élèves. Mais, à la fin du cours, elle s'enferma dans les toilettes. Le front moite, en proie à un léger vertige, elle se mit à vomir.

« Qu'est-ce que j'ai mangé à midi pour être malade ? se demanda-t-elle. En tout cas, maintenant je me sens mieux. »

Une heure plus tard, Élodie Quinot, sa grand-mère, lui préparait une infusion d'anis. De taille moyenne, la chevelure argentée, c'était une sorte de sosie de sa fille Catherine, en plus âgée et en plus expansive.

— Tu me causes du souci avec tes problèmes de digestion, Vicky. J'achète pourtant des aliments bios, en suivant toutes les directives de ta mère.

Accoudée à la table de la cuisine, Victoire respirait d'un air perplexe l'odeur de la tisane.

— Je suis désolée, mamie, plaida-t-elle. Ce n'est rien, un peu de fatigue.

— Ce n'est pas étonnant, tu fais beaucoup d'heures de danse chaque semaine ! Et puis il y a le lycée. Certes, tu es une bonne élève, mais si ta moyenne baisse, tes parents seront contrariés ! Je suis certaine qu'ils me tiendront responsable. Tu devrais monter prendre une douche et te coucher, je t'apporterai un plateau.

— Oh, merci, j'en rêvais !

— Tête folle, tu en as des rêves ! Intégrer le corps de ballet de l'Opéra de Paris, voyager, créer tes propres chorégraphies une fois célèbre.

— Je réussirai, mamie, tu verras !

— En attendant, va te reposer. On ne vomit pas sans raison. Si ces symptômes persistent, nous consulterons un médecin, avec l'accord de Catherine, bien sûr.

— Pourquoi pas ! Mais ne dis rien à maman, je t'en prie. Je me plais trop chez toi, au cœur de la ville aux cent clochers[1]...

— Tu essaies de m'amadouer avec tes connaissances

1. Un des surnoms donné à Dijon.

en histoire, n'est-ce pas ? D'accord, cela restera entre nous deux. Allez, au lit, jolie demoiselle.

Ravie par le compliment, Victoire grimpa l'escalier quatre à quatre, heureuse d'être sous l'aile de sa grand-mère. Le château Desmarets, où elle était allée passer seulement trois week-ends depuis la rentrée, lui faisait désormais l'effet d'une prison dorée.

— Et je me suis échappée, murmura-t-elle. Un jour, après ma formation à l'Opéra, j'irai encore plus loin, à Londres, à New York.

Un sourire illumina son visage délicat, à l'ovale de madone. Le lendemain, son cousin Arthur venait déjeuner et, en début d'après-midi, il l'accompagnerait jusqu'à la porte du cours de danse.

— Et je danserai comme si ma vie en dépendait, se dit-elle, son regard noir étincelant de joie.

Dijon, lycée privé Les Arcades,
lundi 4 novembre 2013

Les cours étaient terminés. Anna et Victoire s'attardaient devant l'établissement, un peu à l'écart des groupes d'élèves qui sortaient du porche avant de se disperser dans la rue.

— On n'a pas eu beaucoup le temps de parler ce matin, Vicky. Allez, raconte-moi tes vacances ! Tes parents ont encore refusé que je t'invite à la maison, alors je veux tout savoir. As-tu retrouvé des souvenirs de ton escapade chez les Colombet ?

— Mais non, c'est toujours le trou noir. Tant pis, je préfère ne pas y penser, alors ne me pose plus la question. J'ai assez d'Arthur qui s'en charge chaque fois qu'il déjeune chez ma grand-mère.

— Désolée, Vicky ! D'accord, on oublie. As-tu revu le beau Florian Mongenot ?

— Non plus ! Même si Florian me plaît, il a cinq ans de plus que moi. Pour lui, je suis une petite fille sans intérêt. Je n'ai fait que m'entraîner, surveillée par ma mère. Elle adore jouer au professeur. Nous avons répété la danse de la fée Dragée, comme l'exigeait Madame Aurélia. C'était épuisant, alors je me couchais tôt.

— Franchement, tes parents sont bizarres, très « vieille France », comme dit mon père.

— Ils sont comme ils sont, soupira Victoire. Le décès de mon grand-père les a secoués, même s'ils ne le montrent pas. La succession est compliquée d'après ce que j'ai compris. Et puis, pour eux, à quinze ans je suis toujours une enfant, leur fille unique en plus.

— Je n'aimerais pas être à ta place, heureusement mes parents sont du genre cool.

— Super cool, même ! Tu as le droit d'avoir un copain et ils t'ont acheté un téléphone portable. Au fait, et toi avec David ? Quand tu m'as appelée jeudi, tu disais vouloir franchir le cap samedi soir...

Anna esquissa une grimace de déception. Elle prit le bras de Victoire et commença à marcher le long de la rue, loin des oreilles indiscrètes.

— Je ne pouvais pas, du coup j'ai tout annulé, avoua-t-elle. C'est dommage, David était seul chez lui, on aurait pu dormir ensemble, mais devine, manque de chance, j'ai eu mes règles pile vendredi matin. Alors j'ai inventé une excuse, du genre un imprévu familial.

Je n'osais pas lui dire la vérité, c'était trop gênant. Et toi, au fait, toujours rien de ce côté ?

— Maman m'a posé la même question pendant les vacances, et non, rien. Je suis bien contente, au moins je suis tranquille. Quand je te vois pliée en deux par le mal au ventre, ça ne donne pas envie.

— J'ai mal le premier jour, c'est tout. Au bout de deux ans, je suis habituée, Vicky. Tu n'y échapperas pas, en plus tu as pris de la poitrine, j'ai vu ça au cours de danse. Toi qui étais si plate !

Le ton moqueur d'Anna agaça Victoire qui lui décocha un coup de coude en riant. Elles s'aimaient comme des sœurs et se taquinaient à la moindre occasion, liées par des années de confidences, de la maternelle au collège.

— Ma grand-mère m'a accordé une heure de liberté à la sortie du lycée, et comme David ne se montre pas, je t'offre un milk-shake au salon de thé de la rue Bossuet.

— Ah oui, bien sûr, comme ça, tu vas pouvoir admirer les maisons à colombages ! Vicky, renonce à la danse, tu devrais devenir prof d'histoire.

L'adolescente haussa les épaules sans répondre. Sa jeune âme d'artiste se réjouissait de l'harmonie des vieux quartiers de Dijon, à qui elle trouvait un charme rare. Elle s'imagina même dans un tel décor, interprétant le passage d'un ballet en plein air, devant un public subjugué.

— Mes parents m'ont élevée à l'ancienne, admit-elle, mais au moins j'ai appris beaucoup de choses grâce à la lecture, Anna. Et la solitude m'a donné le goût du rêve.

— Moi, j'ai le goût de l'amour. Je n'ai qu'une ambition, ne pas te perdre, dénicher l'homme de ma vie et avoir des enfants. Si tu arrêtais la danse, je ferais pareil. De toute façon, je ne suis pas très douée.

Elles bavardaient à mi-voix, en marchant côte à côte. Une pluie fine tombait du ciel gris et faisait miroiter le revêtement des trottoirs. Les vitrines des magasins étaient déjà illuminées, ce qui conférait une atmosphère hivernale à la ville.

Victoire ne devait jamais oublier ce soir de novembre, où elle vivait ses derniers instants d'insouciance, où elle avait foi en son avenir. Depuis quelques mois, des zones d'ombre s'étaient étendues sur son aptitude innée à la joie, mais pas assez noires pour lui nuire vraiment.

— Si tu y réfléchis bien, nous sommes privilégiées toutes les deux, dit-elle à Anna en savourant son milk-shake à la fraise. Nos familles sont riches, nous avons droit à des cours de danse de qualité, nous allons dans un des meilleurs lycées. Voilà pourquoi je veux que mes parents soient fiers de moi.

Anna approuva d'un air sérieux. Si elle se sentait souvent très différente de Victoire, elle l'admirait et la chérissait.

— Ils sont déjà fiers de toi, Vicky, affirma-t-elle en souriant.

Dijon, chez Élodie Quinot, même soir

Lorsqu'elle rentra chez sa grand-mère, Victoire se crut seule dans la maison. C'était une élégante construction du siècle dernier, en plein centre-ville et proche de la cathédrale gothique Saint-Bénigne.

« Tiens, mamie n'est pas là, ça ne lui ressemble pas », se dit-elle en allumant les lampes du vestibule, puis celles de la cuisine.

Elle monta l'escalier le plus vite possible, pressée d'enfiler un pyjama et de s'allonger. Avant même d'ouvrir la porte de sa chambre, l'adolescente entendit du bruit. Un peu inquiète, elle tourna la poignée et regarda qui était là.

— Mais qu'est-ce que tu fais ? s'écria-t-elle en voyant sa grand-mère fouiller son armoire.

— Je rangeais ton linge, celui que j'ai mis à laver hier soir.

— C'est bien la première fois depuis que j'habite ici !

— Je voulais t'aider, car il paraît que tu es très fatiguée. Tes parents m'ont appelée cet après-midi pour m'en parler. Ils m'ont dit que, pendant ton séjour au château, tu as passé beaucoup de temps couchée, et tu n'as presque rien mangé.

— Maman exagère ! J'ai beaucoup dansé, c'est épuisant.

— Vicky, qu'est-ce qui se passe ? Je ne suis pas dupe, ce matin, je t'ai entendue qui vomissais dans la salle de bains.

— Je sais, mamie, et tout à l'heure j'ai encore eu un malaise au salon de thé après avoir bu un milk-shake. Mais je ne me plains pas, c'est la règle instaurée par papa. Tu le connais, non, c'est ton gendre ! Il estime impudique d'évoquer ses soucis de santé. Il faut supporter la douleur, être courageux, etc.

Ce petit discours n'eut pas l'effet espéré. Élodie Quinot fit signe à Victoire de s'asseoir sur son lit.

— Je voudrais que tu me fasses confiance, ma chérie, dit-elle en restant debout, les bras croisés sur sa poitrine. Je t'ai observée ces dernières semaines, et j'ai eu un terrible doute.

Intriguée, l'adolescente attendit la suite sans prendre la peine d'interroger sa grand-mère.

— Tu n'as plus ce joli teint de pêche qui est un de tes atouts, certains aliments te dégoûtent et, en plus, tu vomis souvent. Peut-être as-tu aussi des nausées dont tu ne parles pas ?

— Oui, ça m'arrive au lycée ! Mamie, tu crois que je suis très malade ?

— Je t'en prie, ne fais pas l'innocente ! As-tu eu des relations avec un garçon ces derniers mois ?

— Mais non !

— Ne me mens pas, Vicky ! Tu as tous les symptômes d'un début de grossesse. Tu peux te confier à moi, je suis tolérante et je ne te jugerai pas.

Une chape de froid pesa soudain sur Victoire, très choquée par la supposition de sa grand-mère. Elle eut ensuite un rire nerveux, comme si c'était une mauvaise plaisanterie.

— Mamie, excuse-moi, mais tu dis n'importe quoi. Par quel miracle je serais enceinte ? Je n'ai pas de petit copain et le seul garçon qui m'approche, c'est mon cousin.

— Vicky, par pitié, dis la vérité ! Tu as pu te croire à l'abri de ce genre d'accident car tu n'étais pas encore indisposée. Une erreur courante, d'après mon pharmacien.

— Tu lui as raconté ça, mamie ? Franchement, c'est du délire. Je suis vierge, voilà... Es-tu contente ?

La colère submergeait Victoire. Elle se leva pour ouvrir la fenêtre et respirer l'air humide du soir.

— Tu te rends compte à quel point je me sens humiliée ? Il n'y a pas une fille plus sage que moi. On m'interdit les sorties entre jeunes de mon âge, je n'ai même pas le droit d'aller dormir chez Anna. Je ne suis pas enceinte, c'est impossible. Laisse-moi tranquille.

— D'accord, je sortirai de ta chambre lorsque tu auras fait ce test de grossesse. S'il est négatif, tant mieux, et nous irons voir un médecin pour tes problèmes gastriques. Vicky, dans le cas contraire, je serai obligée de prévenir tes parents qui devront aviser.

Élodie tendit à sa petite-fille un carton rectangulaire, qu'elle gardait dans sa poche de cardigan. Victoire poussa un cri de rage, mais elle prit le test, les larmes aux yeux.

— Très bien, je t'obéis, comme ça tu sauras que je dis la vérité.

— Pardonne-moi, ma chérie. Si je me trompe, je serai infiniment soulagée. Je n'ai jamais voulu t'humilier, juste t'aider. Te retrouver enceinte à quinze ans serait une catastrophe. Pense à la danse, à ton avenir.

Furieuse, Victoire alla s'enfermer dans la salle de bains sans avoir desserré les dents. Elle avait l'impression de faire un cauchemar éveillé, d'autant plus qu'un soupçon innommable traversait son esprit. Confrontée à la menace que représentait le trou noir dont elle avait été victime, son imagination conçut un épouvantable scénario.

« Il a dû se passer quelque chose quand j'étais

inconsciente, songea-t-elle. Non, je suis folle, ça n'a pas pu arriver, je m'en souviendrais ! »

Elle hésitait à faire le test, désireuse de retarder l'échéance du résultat.

— Je dois savoir, murmura-t-elle finalement, malade de peur.

De l'autre côté de la porte, sa grand-mère s'impatientait, l'oreille collée au battant verni. Son cœur torturé battait aussi fort que celui de Victoire.

— Ma chérie, qu'est-ce que tu fabriques ? gémit-elle après un interminable quart d'heure.

L'adolescente ouvrit enfin, la mine défaite, les joues rouges, les yeux embués de larmes. Sans un mot, elle montra le test qui était positif.

— Tu as raison, je suis enceinte, mamie, souffla-t-elle avant de sangloter éperdument.

— Viens là, ma pauvre petite, répondit Élodie en la prenant dans ses bras. Pleure un bon coup, ensuite nous discuterons.

Hébétée, Victoire éprouva un vague réconfort à être câlinée comme elle ne l'avait jamais été. Elle respirait le parfum discret de sa grand-mère, vanille et ylang-ylang, dont la fragrance subtile marquerait à jamais pour elle ce moment d'extrême désespoir.

— Je voudrais mourir ! s'écria-t-elle dans un hoquet.

— Ne dis pas de sottises. Qui est ce garçon ? Je suppose que tu étais amoureuse de lui. Allons, Vicky, du courage, raconte-moi tout. C'était quand et où ?

— Je n'en sais rien, mamie. Je te le jure, je n'ai couché avec personne, ou alors je ne m'en souviens pas du tout.

— Explique-toi au lieu de t'enfoncer dans le mensonge.

Elles s'écartèrent l'une de l'autre, chacune irritée et affolée par l'imminence d'un drame intolérable. Élodie anticipait la réaction de sa fille et de son gendre, tandis que Victoire cherchait comment prouver sa bonne foi.

— Je t'en supplie, mamie, je dis la vérité, je n'ai rien fait. Je ne connais aucun garçon. Le test est peut-être faux ou défectueux. Tu sais bien que je ne sors pas de chez moi au château.

— Mais ici, à Dijon, tu bénéficies d'une certaine liberté, fit remarquer sa grand-mère. Je ne peux pas surveiller ce que tu fais au lycée ou au cours de danse. Mon Dieu, quand Catherine apprendra ce qui se passe, elle sera dévastée.

Victoire s'était assise en tailleur sur son lit. D'un geste las, elle dénoua ses cheveux attachés sur la nuque. La perspective d'être enceinte la terrassait.

— C'est impossible, déclara-t-elle d'un ton dur. Ou bien…

— Ou bien quoi ? Ma chérie, je peux tout entendre, même le pire. Aurais-tu été abusée ? Dans ce cas, il faut me le dire.

— Non, enfin je refuse cette idée. Mamie, écoute, j'ai menti sur un point. À la fin du mois d'août, je suis allée en secret à une fête que donnaient nos voisins, les Colombet. Je ne devais pas rester longtemps, Arthur m'avait promis que les invités étaient étrangers à la région et que personne ne ferait attention à moi.

D'un trait, mais d'une petite voix tremblante, Victoire relata son escapade, l'angoissant trou noir et le réveil dans sa chambre, en sécurité.

— J'avais perdu un peu de sang, alors, toute contente, je l'ai annoncé à maman. Tu connais la suite, puisque c'était le soir où mon grand-père est mort.

Abasourdie, Élodie prit place dans le fauteuil proche du lit de sa petite-fille. Les traits crispés, elle mesura en silence le poids angoissant de cette révélation.

— Il n'y a qu'une solution, on t'a droguée, Vicky ! Du moins si tout ceci est vrai. Sois honnête, admets que tu as pu coucher avec quelqu'un après avoir trop bu. L'alcool désinhibe, un individu sans scrupules en aura profité.

— Et j'aurais tout oublié, mamie ? J'ai beau me creuser la tête, je te le répète, je ne me souviens de rien. Le lendemain, Arthur pensait que je n'étais pas venue. Je lui ai parlé de ce trou noir. Anna est au courant aussi. Tu peux les interroger, ils te confirmeront que j'ai eu une grave perte de mémoire.

Certains accents pathétiques de Victoire ne trompaient pas. Elle était sincère, ce qui acheva de consterner sa grand-mère.

— D'accord, je te crois, soupira celle-ci. Si tu as été droguée et violée, il faut porter plainte. Mon Dieu, tes parents ne s'en remettront pas. J'en suis malade. Comment leur avouer une telle tragédie ?

— Ne leur dis rien, mamie. Pas tout de suite, je t'en prie. Ils sauront que j'ai trahi leur confiance, que j'ai désobéi. Aide-moi, par pitié. On pourrait faire un autre test demain ou voir un docteur.

À soixante-douze ans, Élodie Quinot avait gardé le fort tempérament de sa jeunesse. Le premier choc encaissé, elle était capable de cerner une situation complexe et de trouver la meilleure solution pour la démêler. Déjà, elle envisageait la nécessité d'un avortement, certaine que le délai légal n'était pas dépassé.

— Oui, accordons-nous un jour ou deux, décréta-t-elle. Pour l'instant, change-toi et repose-toi un peu, je descends préparer le dîner. Nous devons bien réfléchir avant d'agir. Et arrête de pleurer, ma chérie.

Elle quitta la chambre en se forçant à sourire. Une fois seule, Victoire ferma les yeux, envahie par un sentiment d'irréalité. À l'idée qu'un homme avait abusé de son corps, une nouvelle nausée l'accabla. Alors, révoltée, honteuse, elle commença à se donner des coups de poing dans le ventre, à se frapper le visage. Elle se sentait souillée, salie à jamais.

3

Traîtrise

Dijon, chez Élodie Quinot, mardi 5 novembre 2013

En se réveillant, Victoire replongea immédiatement dans la terreur et le désespoir. Elle revit le test en plastique blanc, la barre indiquant un résultat insensé. Un cri d'incrédulité et de révolte lui échappa, suivi de gros sanglots spasmodiques.

— Je ne peux pas être enceinte ! hurla-t-elle plusieurs fois.

Sa grand-mère avait fait irruption pendant qu'elle se griffait et se frappait.

— Je t'en prie, arrête, par pitié, répétait Élodie, qui avait réussi à la calmer en la câlinant.

L'adolescente s'était endormie à bout de forces, après avoir avalé un anxiolytique.

Malgré l'état d'égarement où elle avait vu sa petite-fille la veille, Élodie doutait de plus en plus de la véracité de son histoire. Aussi, lorsqu'elle entra dans la chambre, une tasse de lait chaud à la main, elle comptait l'interroger de nouveau.

— Je t'ai entendue pleurer d'en bas, Vicky ! Tu as

fait une bonne nuit, il est 10 heures. Ne t'inquiète pas, j'ai téléphoné au lycée. Officiellement tu es grippée.

— Il ne fallait pas dire ça, mamie, j'y retournerai demain. Je veux continuer à vivre comme d'habitude et j'irai au cours de danse cet après-midi.

Victoire se redressa pour s'adosser au montant capitonné de son lit. Elle jeta un regard éperdu vers la fenêtre par laquelle un jour gris entrait dans la chambre.

— Mamie, ça ne peut pas être vrai, tout ça. Il faut que tu achètes d'autres tests, ils seront négatifs, tu verras.

— J'aimerais te croire, ma pauvre chérie. Sois raisonnable, tu vas te reposer aujourd'hui et toute la semaine. Mon docteur passera à midi pour t'examiner. Et puis tu t'es griffé les joues et le front, tu ne peux pas te montrer à tes professeurs ni à tes camarades. Allons, bois un peu. Tu as dû retrouver tes esprits, alors je voudrais discuter, puisque nous n'avons pas pu hier soir.

— Discuter de quoi ? Je t'ai raconté la vérité.

— Non, tu m'as menti, Vicky. J'ai téléphoné à Arthur, tôt ce matin. Il nie catégoriquement t'avoir proposé de venir à la fête des Colombet, où de surcroît il ne t'a pas vue ! Selon lui, peut-être que tu y es allée en cachette, de ta propre initiative, mais s'il l'avait su, et je le crois sur parole, il t'aurait dissuadée de faire pareille folie. Ton cousin est sérieux et il connaît tes parents. Alors dis-moi où tu étais, je ne te jugerai pas ! Surtout, dis-moi avec qui tu étais !

Complètement sidérée, Victoire songea que le cauchemar continuait dans des proportions insupportables. Arthur, en qui elle avait toute confiance, la trahissait.

— J'ignore pourquoi, mamie, mais il ment, répliqua-t-elle. Il m'avait appelée au château, il savait que maman et papa partaient dîner chez un client. Arthur a insisté, en prétendant que nous resterions dans le parc. Je devais juste y faire un petit tour et je rentrais chez moi.

Le chagrin et l'effroi de l'adolescente se muèrent en colère. Elle avait envie de frapper son cousin pour lui faire avouer son rôle dans cette tragédie qui s'annonçait.

— Tu es vraiment têtue, Vicky. Je suis prête à arranger les choses, mais en retour j'aimerais que tu sois franche. Le mal est fait, rien ne sert de gémir ou de plaider l'innocence. Tu n'es pas la première fille de quinze ans à se laisser embobiner par un garçon et à en payer les conséquences.

Victoire noua ses bras autour de ses genoux relevés, une moue boudeuse sur le visage.

— Demande à Arthur de venir, il n'osera pas mentir si je suis en face de lui. Attends, mamie, tu ne lui as pas dit que j'étais…

Elle était incapable de prononcer le mot : « enceinte ». Cela équivalait à donner une réalité à une chose qu'elle s'obstinait à penser impossible.

— Non, bien sûr, je n'ai rien dit.

— Mais si tu n'as rien dit, Arthur a dû se demander pourquoi tu lui posais des questions sur cette soirée-là…

— Bien sûr, aussi lui ai-je répondu que tu t'étais confiée à moi, à propos de ton escapade et de ce trou noir qui t'inquiète un peu. Ton cousin était au courant, en effet, cependant il m'a promis qu'il n'y était pour rien.

— C'est un sale traître, mamie. Tu aurais dû lui expliquer ce qui m'arrive !

— Surtout pas. Mieux vaut garder le secret et résoudre au plus vite le problème. Ce sera déjà assez pénible d'avertir tes parents.

— Tu ne devais pas leur en parler, pas tout de suite !

— Je n'ai pas le choix, Vicky. Sans l'accord de Catherine ou de Jacques, tu ne pourras pas avorter. Si j'étais ta tutrice légale, ce serait différent.

— Avorter ? s'effara Victoire d'un ton inquiet.

— C'est la seule solution, sauf si tu es folle amoureuse et désires épouser le père du bébé. Dans ce cas, adieu tes beaux rêves et ta carrière de danseuse. Réfléchis, tu es très jeune, ne choisis pas de gâcher ta vie. Je suis désolée, tu dois trouver mes paroles très dures, mais c'est dans ton intérêt.

Les mains jointes sur ses genoux, Élodie soupira tout en guettant la réaction de l'adolescente.

— Il n'y a pas de « père du bébé » et sans doute aucun bébé, rétorqua celle-ci. Ton médecin le prouvera. Tu peux me laisser, mamie, je vais me doucher et je descendrai au salon.

— Donc tu ne lâcheras rien !

— Si je pouvais, je le ferais et je serais soulagée de savoir ce qui s'est passé. À quoi bon, tu préfères croire Arthur.

Victoire haussa les épaules en se levant avec vivacité. La porte de la salle de bains claqua, tandis qu'Élodie fermait les yeux un instant, amèrement déçue et profondément blessée par ce terrible coup du sort.

« Mon Dieu, notre famille serait-elle maudite ? » se disait-elle.

Le docteur Ferriol était un vieil ami des Quinot. Dix ans auparavant, il avait assisté à l'agonie du mari d'Élodie, Herbert, terrassé par un cancer. Confronté à Victoire, qu'il avait déjà rencontrée fillette, il fit preuve d'une extrême délicatesse.

— Je t'examinerai quand tu seras prête, dit-il en préambule. Ta grand-mère peut rester, mais si cela te gêne, je la prierai de sortir de ta chambre.

En pantalon de jogging et pull à col roulé, l'adolescente le fixait d'un regard anxieux.

— Est-ce que ta mère t'a déjà emmenée consulter un gynécologue ? s'enquit-il d'une voix apaisante.

— Non, jamais.

— D'après ce que j'ai appris de ta grand-mère, tu n'étais pas encore menstruée et tu affirmes n'avoir eu aucun rapport sexuel.

— Oui, c'est la vérité, docteur. J'étais à une soirée et j'ai bu deux verres de vin, ensuite je ne me souviens de rien. Je me suis réveillée dans mon lit et j'avais saigné, relata Victoire, soucieuse de se justifier.

— Accepterais-tu que je procède à une vérification ? Nous saurons ainsi ce qu'il en est. Ne crains rien, je reçois beaucoup de patientes de ton âge. Si tu veux bien te déshabiller…

— Je peux sortir, Vicky, hasarda Élodie.

— Reste là, mamie, mais tourne un peu le dos, s'il te plaît.

Tremblante d'appréhension, Victoire ôta ses vêtements et ses sous-vêtements. Une fois nue, elle fixa le plafond, les paumes de ses mains posées sur ses seins.

Le médecin, qui avait remarqué les griffures sur ses

joues et son front, découvrit un hématome au coude droit et des traces rouges sur les côtes un peu saillantes.

— Tu as voulu te faire du mal ? murmura-t-il.

— J'avais envie de mourir, souffla l'adolescente.

— La vie est trop précieuse, petite. Courage, ce ne sera pas long. Sais-tu qu'on peut être enceinte sans avoir eu ses règles ? Et il me semble que, dès le collège, on vous enseigne comment se protéger lors d'un rapport.

— Mais je n'ai rien fait, se défendit-elle. Rien ! Pourquoi personne ne me croit ?

— Du calme, voyons ! Respire à fond, détends-toi.

Le médecin palpa son ventre avec minutie, puis sa poitrine, ensuite il l'inspecta à l'endroit le plus intime de son anatomie.

Très pudique, Victoire ferma les yeux. Pour résister à la panique, elle pensa que, sous les doigts du docteur, un souvenir lui reviendrait peut-être, mais elle se heurta encore une fois à un vide obscur.

— Tu n'es plus vierge et tu es enceinte d'environ deux mois, déclara-t-il en soupirant. Tu peux te rhabiller… Élodie, j'aimerais vous parler. Sortons un moment.

Il n'y avait plus aucun doute, plus aucun espoir. Tétanisée, Victoire demeura étendue sur le lit. Quand sa grand-mère et le docteur Ferriol la laissèrent seule, elle se glissa nue entre ses draps.

— Deux mois, chuchota-t-elle, effarée. C'était le soir de la fête, on a dû me droguer. Le sang entre mes jambes, ça voulait juste dire qu'on avait abusé de moi.

Terrifiée, elle imagina la réaction de ses parents, celle de son amie Anna, en se répétant le terme rebutant d'avortement. Bien qu'informée sur le sujet, elle était terrifiée sans raison précise.

— Eh bien tant pis, je n'ai pas le choix, sanglota-t-elle.

Il s'écoula plus d'une heure avant le retour de sa grand-mère dans la chambre. Les traits tirés, celle-ci prit place au chevet de Victoire.

— Le docteur Ferriol nous conseille de déposer une plainte, dit-elle d'une voix altérée par l'émotion. Selon lui, et je me fie à son expérience, tu as pu être abusée sexuellement après avoir été droguée. Il te croit sincère. Hélas, il est trop tard pour le vérifier par une prise de sang.

— Et toi, mamie, tu me crois enfin ?

— Si cela s'est passé ainsi, je suis horrifiée, ma chérie. Mon Dieu, pourquoi es-tu allée là-bas ? Tu te plaignais de manquer de liberté, mais c'était pour ton bien. Tu as voulu t'amuser et à présent tu vas devoir en subir les tristes conséquences. Tes parents sont accablés. Autant te prévenir, Catherine ne va pas tarder. Je lui ai tout avoué, elle était comme folle.

— Maman arrive ?

— Oui, il n'y a pas de temps à perdre si l'on veut éviter un scandale. Sors de ce lit et viens l'attendre au salon.

En descendant l'escalier, Victoire eut l'impression d'être une condamnée à mort en chemin pour l'échafaud. Si Élodie l'avait laissée seule, l'adolescente aurait été prête à se jeter par une fenêtre afin d'éviter la scène qui allait suivre. À son chagrin s'ajoutait la cruelle déception d'avoir été trahie par Arthur, en qui elle avait toujours eu confiance.

« Pourquoi a-t-il menti ? se demandait-elle. Si je pouvais lui téléphoner… »

Élodie avait préparé du café. Elle disposait les tasses sur la table basse du salon lorsqu'un coup de sonnette retentit.

— Ta maman, Vicky, soupira-t-elle.

Assise sur le canapé en cuir, Victoire hocha la tête. Elle se sentait faible et fragile, échouée dans un univers hostile qui la briserait en mille morceaux. Les bruits des talons hauts de sa mère dans le couloir accélérèrent les battements désordonnés de son cœur. Catherine fit irruption dans la pièce, toujours d'une sobre élégance malgré les circonstances.

— Toi, toi ! cria-t-elle en marchant droit sur sa fille. Quelle honte !

Trois paires de gifles s'abattirent à la volée sur les joues de l'adolescente, assorties de vindictes vociférées.

— Tu veux nous tuer, ton père et moi ! Tu veux notre ruine, sale petite ingrate ? Tu as bien profité de tout, maintenant tu nous craches à la figure !

Les mots faisaient plus souffrir Victoire que les gifles. Elle ne chercha pas à se défendre ni à protester. Durant des années, elle revivrait ces instants où elle avait ressenti l'extrême douleur d'être jugée coupable en étant innocente.

Sans les appels au calme de sa mère, Catherine Desmarets aurait continué à se répandre en reproches et en paroles pleines de venin. Mais elle se tut brusquement lorsque Élodie la saisit par un coude en lui lançant un regard furibond.

— Arrête, Cathy, c'est suffisant ! Si j'avais su, je

ne t'aurais pas appelée aujourd'hui. Victoire va mal, et quoi qu'elle ait fait, nous devons l'aider. Tu ferais mieux de l'écouter, ensuite nous pourrons prendre une décision, déjà porter plainte contre X ou non, puis consulter un gynécologue et un psychologue.

— Jacques a été catégorique, il est impensable d'ouvrir une enquête pour viol, donc nous laisserons la police en dehors de cette affaire. Si toutefois c'est la vérité, cette histoire de drogue, de perte de mémoire... Ferriol est un bon médecin, mais il a pu avoir pitié de Victoire et t'influencer.

— Ce n'est pas du tout mon genre, Catherine, et tu le sais très bien ! Ne m'oblige pas à remuer un passé douloureux que nous avons tous voulu oublier.

— Quel passé ? interrogea Victoire tout bas.

Elle en était à un tel point d'abattement qu'on aurait pu lui raconter n'importe quelle atrocité. Ses joues la brûlaient et une des gifles assenées avait fait saigner une des griffures qu'elle s'était infligées.

— Tais-toi ! s'égosilla sa mère.

Jamais l'adolescente ne l'avait imaginée capable d'être aussi brutale. Elle la découvrait sous un autre angle, ce qui ne la rassurait pas, pourtant elle trouva le courage de lui désobéir.

— Je ne peux pas me taire, maman, parce que je vis un affreux cauchemar. Tout ce que j'ai raconté à mamie est vrai, mais vous ne me croyez pas, ni elle ni toi.

— Même si c'est vrai, tu nous as trompés en profitant de notre absence pour aller je ne sais où, ce soir-là. Ton père et moi avons une vie mondaine, tu n'étais peut-être pas à ton coup d'essai ! Tu as pu rencontrer un garçon bien avant ou durant tout l'été, puisque nous étions souvent invités à dîner. Est-ce que tu comprends, Victoire ? Nous avions confiance en toi !

— Et moi, j'ai fait confiance à Arthur, mon cousin, ton neveu. C'est lui qui m'a téléphoné la veille en me proposant de « faire un saut » chez les Colombet, je reprends ses mots... Il prétendait qu'il y aurait surtout des stagiaires et des gens venus de l'étranger. Je devais rester une petite heure. Tu connais la suite, maman. Le matin, tu m'as annoncé la mort de grand-père, et moi, tu t'en souviens, je t'ai dit que je perdais du sang. Réfléchis un peu, si j'avais couché avec un garçon pour la première fois, je n'aurais rien dit !

Le raisonnement de Victoire troubla sa mère. Elle pinça les lèvres, les bras croisés sur sa poitrine.

— C'est assez sensé, commenta Élodie. Moi, je suis d'avis de déposer une plainte. Si Vicky a été droguée, et tu sais que ce sont des pratiques actuelles, il faut alerter la police. Nous ne sommes plus au siècle dernier, le viol est passible des assises désormais, car il s'agit d'un crime.

— Ai-je dit le contraire ? Quoi qu'il en soit, je ferai ce que souhaite Jacques. Nous sommes contraints d'étouffer l'affaire, notamment pour préserver l'image de notre propriété, de nos vignobles. La presse locale se régalerait d'étaler nos déboires familiaux en première page. Il y aurait de quoi décourager nos clients.

Désorientée, Élodie servit du café à sa fille. La mine soucieuse, elle pesait le pour et le contre d'une décision qui la choquait.

— Vous êtes suffisamment influents dans la région, dit-elle enfin. La police peut se montrer discrète, ne pas ébruiter la chose. Pense à Vicky qui se retrouve enceinte à quinze ans ! Le responsable pourrait s'en prendre de nouveau à elle.

La principale intéressée demeurait sagement assise au bout du canapé, sachant que ses parents ne changeraient pas d'avis. Afin de s'occuper l'esprit, elle cherchait à comprendre pourquoi son cousin avait menti. Un ordre de sa mère la fit sursauter.

— Monte dans ta chambre, Victoire ! Si tu te voyais, tu ne ressembles plus à rien.

— Ne la renvoie pas, Catherine ! s'insurgea Élodie. Pourquoi la torturer ? Elle est déjà très malheureuse. Mon Dieu, comment peux-tu être aussi dure avec elle ?

— C'est simple, nous n'en serions pas là si elle n'était pas allée traîner dans la campagne, alors qu'elle avait l'interdiction de quitter la maison. Ceci étant dit, abordons le sujet essentiel. Victoire doit avorter le plus vite possible, d'où ma présence ici. Je repartirai après l'intervention.

— Je suis d'accord avec toi. Il n'y a pas d'autre solution qu'un avortement. Je craignais que tu refuses, toi qui es si pieuse.

— En effet, cet acte me répugne, mais c'est un cas de force majeure.

Élodie approuva d'un signe de tête. À présent sa petite-fille lui inspirait une profonde compassion. Elle s'approcha du canapé pour lui caresser les cheveux.

— Ne crains rien, mamie, je n'ai plus envie de mourir, et je suis soulagée d'avorter. Après je reprendrai le lycée et les cours de danse, si mes parents le permettent.

— Le lycée, oui, mais dans un autre établissement, trancha sa mère. Nous préférons t'éloigner de ton amie

Anna, au cas où tu lui raconterais tes malheurs. Quant à la danse, ton père envisage de t'en priver, une punition bien méritée.

— Pas ça, maman, c'était votre rêve à tous les deux aussi ! s'écria l'adolescente. Vous ne pouvez pas m'empêcher de faire carrière dans la danse… Je t'en prie, ce serait trop injuste.

Victoire se leva brusquement. Elle montra le téléphone d'un geste tremblant.

— Appelle Arthur, maman ! Tu ne doutes pas de lui, pourtant tout est sa faute. S'il n'avait pas insisté autant, je n'aurais pas osé le rejoindre à cette maudite fête ! J'en ai assez ! Il y a un autre coupable, celui qui a mis ce bébé dans mon ventre. Un jour je le retrouverai et je lui ferai payer cher, alors tu auras honte de m'avoir traitée comme ça…

Un gros sanglot enfantin lui coupa le souffle. Sa mère en fut apitoyée, cependant elle le dissimula, par orgueil et pour ne pas s'attendrir davantage.

— Monte dans ta chambre, Victoire, répéta-t-elle d'un ton un peu las. Je dois prendre des rendez-vous, dont un avec Arthur. C'est mon neveu, je veille sur lui depuis le décès de ma belle-sœur, alors s'il a menti, je le saurai. Sois tranquille, s'il est vraiment en cause, nous en tiendrons compte, ton père et moi.

— Très bien, merci maman, je monte me reposer.

— Mais tu n'as rien mangé, ma chérie, s'alarma Élodie. Va à la cuisine, il y a du pain d'épice et de la brioche.

— Je n'ai pas faim, mamie. Je voudrais dormir jusqu'à ce soir et qu'en me réveillant, tout soit redevenu comme avant.

Sur cet aveu pathétique, elle quitta le salon et longea le couloir en direction de l'escalier. Soudain une idée folle la traversa et, de victime docile, Victoire se changea tout à coup en rebelle exaltée.

Dijon, près du lycée Carnot, même jour,
une demi-heure plus tard

La capuche de son sweat noir rabattue sur ses boucles blondes, Arthur marchait à côté d'un camarade en direction de la station de tramway. Élève de terminale, il s'était lancé dans un débat sur le texte de philosophie qu'ils avaient étudié. Il s'arrêta net quand Victoire lui barra le passage.

— Salut, cousin ! J'ai besoin de te parler en privé, c'est même très urgent.

— Vicky ! Qu'est-ce que tu fais là ? s'étonna-t-il.

— Je connais ton emploi du temps par cœur, je sais que tu n'as plus cours aujourd'hui, alors je suis venue t'attendre.

Il l'observa d'un air surpris. Vêtue d'un jogging bleu marine, elle avait mis un bonnet en laine et une écharpe cachait le bas de son visage.

— Tu as quoi sur les joues ? s'enquit-il à voix basse. Hé, Enzo, ne m'attends pas, je dois discuter avec ma cousine.

Le dénommé Enzo s'éloigna après avoir marmonné un « OK ». Victoire entraîna Arthur à l'écart.

— Pourquoi tu n'étais pas au lycée ce matin ? demanda-t-il en la suivant.

— Il paraît que j'ai la grippe, rétorqua-t-elle d'un

ton dur. Notre grand-mère a inventé ça. Arthur, je dois reprendre le bus et rentrer au plus vite, je ne suis pas censée être là, je suis sortie par la fenêtre de ma chambre. C'était facile grâce aux leçons d'escalade que tu m'as données à l'époque où j'avais confiance en toi, où je te considérais comme un grand frère.

Gêné, il se détourna en haussant les épaules. Son attitude prouva à l'adolescente qu'il y avait un problème.

— Qu'est-ce que tu as ? J'aimerais le savoir, insista-t-elle. Vas-y, pose-moi d'autres questions ! Pourquoi je me suis enfuie d'un premier étage, qui m'a griffé les joues et le front... ?

— Tu délires un peu, là. Désolé, j'ai du mal à croire que mamie te retenait enfermée.

— Je n'ai pas dit que j'étais prisonnière, mais je n'avais pas le droit de sortir, à cause de toi. Arthur, pourquoi tu as joué les innocents, au sujet de la soirée chez les Colombet ? En fait, tu n'es qu'un sale traître ! Je te déteste, tu entends, je te déteste !

Exaspérée par l'air désabusé de son cousin, Victoire l'aurait frappé s'ils s'étaient trouvés dans un lieu isolé.

— Ne crie pas si fort, lui reprocha-t-il. Il y a deux filles de ma classe qui nous regardent.

— Je m'en fiche !

— Vicky, je vais t'expliquer. Viens, je te raccompagne à l'arrêt de bus.

— J'espère que tu as une excellente raison de m'avoir trahie et fait passer pour une menteuse.

— Et toi, qu'est-ce qui t'a pris de raconter ton escapade à mamie ? C'était entre nous, cette histoire. Au cas où tu l'aurais oublié, je te rappelle que tu ne devais pas me mettre en cause s'il y avait un souci. Qui c'est le traître, toi ou moi ? Combien de fois tu m'as supplié de t'emmener à une fête ? Je refusais et, la seule fois où j'accepte, tu vends la mèche à notre grand-mère.

— J'étais obligée, se défendit-elle.

— Je me demande bien pourquoi ! Est-ce que tu imagines les conséquences, si tu me mêles à ça ? Tes parents ne voudront plus me voir, et mon père me fera un grand sermon, avant de me priver d'argent de poche et de mon scooter.

Abasourdie, Victoire eut presque pitié de son cousin. Elle mesura le fossé qui les séparait désormais.

— Pauvre chou, tu as peur de perdre tes petits avantages, ironisa-t-elle. Alors que moi, maintenant, je...

Elle avait retenu *in extremis* les mots « je suis enceinte », se souvenant des mises en garde de sa mère. De plus, en parler avec Arthur lui semblait impossible, par pudeur et à cause de la honte qu'elle éprouvait.

— Toi quoi ? maugréa-t-il. Assume tes bêtises, Vicky !

— Je voulais juste comprendre, plaida-t-elle froidement. Et puis devancer maman qui va te téléphoner sous peu pour te rencontrer et savoir si tu mens ou non.

— Tante Catherine est à Dijon ? Tu lui as dit à elle aussi ?

Empourpré, il ponctua ces derniers mots d'un juron très vulgaire.

— Oui, mamie lui a relaté mes tristes exploits. Mais surtout ne t'inquiète pas, Arthur, je vais faire en sorte de préserver ta petite vie tranquille. Tu ne perdras pas ton scooter ni ton argent. Au fond, c'est vrai, j'aurais très bien pu décider toute seule d'aller à cette fête.

Un bus approchait. Victoire sortit un ticket de sa poche et se plaça sous l'abri.

— Attends, Vicky, quand même ce n'est pas une affaire d'État, ton escapade chez les Colombet, nota son cousin.

— Pour mes parents, si ! Je leur ai désobéi, j'ai trahi leur confiance. Salut, je dirai que tu n'y es pour rien.

Le cœur lourd, l'adolescente grimpa dans le bus. Elle prit un des sièges à l'avant du véhicule, derrière le chauffeur. Ses pensées se bousculaient.

« Arthur a raison, j'ai eu tort de l'impliquer. Si seulement je pouvais voir Anna ! À elle, je lui raconterais tout… Mais qu'est-ce qui s'est passé ce soir-là ? Pourquoi je ne me souviens de rien ? »

Elle ferma les yeux un court instant, en quête d'une image, d'une sensation. Une fois de plus, ses efforts furent vains. Quant à son cousin, il suivit longtemps le bus des yeux, d'un air anxieux. Ensuite il sortit son portable de sa poche et appela Florian Mongenot.

— Qu'est-ce que tu fabriques ? s'enquit-il à voix basse. Si je n'ai pas ton sale fric demain à la même heure, je lâche des infos à ton père. Je viens de voir Vicky, elle n'était pas en forme du tout. On fera comment si elle retrouve la mémoire ?

— Tu paniques pour rien. Je suis sûr qu'il ne s'est rien passé de terrible pendant le temps où elle a disparu.

— J'espère bien ! Je te préviens, j'attends l'argent.

— Sois à midi et quart dans la cathédrale Saint-Bégnine, demain. J'apporterai ce que je t'ai promis.

À environ un kilomètre de là, dans une ruelle, Victoire se lançait à l'assaut d'un mur qui faisait exactement sa hauteur. Elle se hissa sans peine sur le faîte couvert de petites tuiles, d'où elle put atteindre un autre toit, à droite de la fenêtre de sa chambre. Le moindre appui lui servait, un rebord en pierre, les gouttières en zinc. Survoltée, elle se moquait du danger, prête à tomber dans une étroite cour en contrebas.

Lorsqu'elle se blessa la main gauche sur un gros clou rouillé, serti dans le crépi, la douleur lui fit du bien. Enfin elle put se glisser dans sa chambre, non sans laisser des traces de sang sur le parquet.

— Ni vu ni connu, chuchota-t-elle. Mais je dois désinfecter ma plaie.

Des éclats de voix lui parvenaient du rez-de-chaussée. Elle en déduisit que sa mère et sa grand-mère discutaient encore.

— J'aurais pu me suicider une dizaine de fois, enragea-t-elle dans la salle de bains, en rinçant sa blessure. Elles ne sont même pas montées voir ce que je faisais !

L'eau rougie qui tourbillonnait au creux du lavabo en faïence blanche la fascina, sans lui provoquer de nausée.

— Si je pouvais perdre tout mon sang, souffla-t-elle. Avant, les femmes utilisaient des aiguilles à tricoter pour avorter. J'ai vu ça dans un film.

Les traits tendus et le teint pâle, Victoire se désinfecta et enveloppa sa paume d'une bande. Ensuite elle ôta sa veste de jogging et sortit sur le palier en chaussons pour ne faire aucun bruit. Avec précaution, elle commença à descendre les marches, en cherchant à saisir des bribes de la conversation entre Élodie et Catherine.

— Je refuse d'admettre qu'un pervers a abusé de ma petite Vicky, disait cette dernière. Je serais soulagée si elle nous avouait une amourette avec un garçon de son âge. Quand je songe aux épreuves qu'elle va devoir endurer ! L'échographie, l'hôpital, l'anesthésie. Crois-moi, maman, je me force à paraître sévère, mais je suis anéantie.

— Sois courageuse, Cathy ! Déjà, tu devrais convaincre ton mari de porter plainte, répliqua sa grand-mère. Au début, j'ai eu des doutes, plus maintenant. Victoire est sincère ! Si tu l'avais entendue sangloter. J'ai eu vraiment peur quand elle se griffait les joues en hurlant. D'après mon docteur, c'est difficile de feindre à ce point le désespoir. Mets-toi à sa place, comment réagirais-tu dans la même situation ? J'ai consulté Internet, il existe des drogues qui plongent les victimes dans un état d'inconscience total. Le plus souvent, elles n'ont aucun souvenir par la suite.

— Mon Dieu, quelle horreur... Jacques m'en a touché un mot, cependant il maintient sa décision, il faut faire avorter notre fille dans la plus grande discrétion.

— Pourvu qu'il ne regrette pas un jour sa décision de dissimuler ce drame, soupira Élodie.

— Oh, je n'ai pas vu l'heure, nous avons tellement parlé que je n'ai pas appelé Arthur ! s'écria Catherine.

Victoire sursauta. Elle se rua en bas de l'escalier et entra dans le salon.

— Je vous écoutais, annonça-t-elle d'une voix nette. Maman, c'est inutile d'ennuyer mon cousin. J'ai menti, je suis allée de ma propre initiative chez les Colombet. C'était une grave erreur de ma part, mais j'avais envie de m'amuser. Voilà, rien d'autre. Je pensais qu'en accusant Arthur, vous me pardonneriez plus vite mon erreur. Je ferais ce que vous me direz, mais je ne peux pas renoncer à la danse.

Catherine aperçut alors la main enveloppée d'une bande, où se devinait une tache rouge. Tremblante de nervosité, elle se leva et désigna le pansement.

— Tu t'es mutilée, Vicky ? Ma pauvre enfant, ne recommence pas, je réussirai à fléchir ton père.

Comme dans un rêve, l'adolescente se retrouva dans les bras de sa mère qui déposait de légers baisers sur ses joues et son front.

— Nous allons surmonter tout ceci ensemble, ma chérie, dit-elle en la serrant plus fort. N'aie pas peur.

Malgré la dérisoire satisfaction d'être câlinée, Victoire se dégagea de l'étreinte maternelle. Quelque chose de précieux s'était brisé en elle. Jamais plus ses parents ne lui inspireraient du respect et de la confiance. Il en serait de même envers son cousin. En quelques heures, elle avait définitivement quitté le monde de l'enfance et un ferment de haine prenait naissance au fond de son cœur.

— Je ne me suis pas mutilée, mais blessée en me penchant à ma fenêtre, déclara-t-elle. Et si j'ai menti pour Arthur, tout le reste est vrai. Papa tient à éviter un scandale, par crainte de perdre sa riche clientèle, pourtant il devrait me protéger. Celui qui m'a violée fait forcément partie des invités des Colombet. La police les a tous interrogés à cause du décès de grand-père et…

Impressionnée par la soudaine froideur de sa fille, Catherine tressaillit en lui faisant signe de se taire.

— En effet, c'est arrivé le soir où Gilles est mort, avança-t-elle. J'étais si choquée, je n'avais pas fait le rapprochement !

— Sans doute parce qu'il n'y a aucune relation entre ces deux tragédies, commenta Élodie. Néanmoins, j'approuve Vicky, car la décision de Jacques me consterne. En fait, il cautionne un crime commis sur son enfant de quinze ans.

Déterminée à se battre, Victoire considéra tour à tour sa grand-mère et sa mère.

— Tant pis pour lui, dit-elle d'un ton amer. Je ne contrarierai pas mon père, mais tu lui diras, maman, que je tiens à rester dans le même lycée et à continuer la danse. Il y a un concours important au début de l'année prochaine, pour gagner un stage dans une école renommée, à Paris.

Médusée par l'aplomb et l'air farouche de sa fille, Catherine songea que son enfant avait dû hériter du fort caractère de Gilles Desmarets. Curieusement, cela la rassura.

— Tu es courageuse et volontaire, Vicky, murmura-t-elle. Je t'aiderai à poursuivre tes rêves. À présent, il faut agir et faire le nécessaire.

Dijon, clinique privée des Glycines,
jeudi 14 novembre 2013

Tremblante d'angoisse, Victoire s'obstinait à regarder le mur bleu pâle, sur sa gauche, afin de ne pas voir l'écran où allait apparaître l'embryon indésirable niché en elle. La gynécologue de la clinique lui avait tout expliqué avant de passer une sonde enduite d'un gel froid sur son ventre.

— Maman, pourquoi il y a des bruits ? souffla-t-elle en serrant fort la main de Catherine, qui assistait à l'échographie.

— Ne t'inquiète pas, Vicky. Cet examen est indispensable avant l'intervention. Tu vas vite retourner dans ta chambre.

La voix de sa mère lui sembla très douce. Elle saurait un jour la vive émotion qui l'étreignait à cet instant-là, devant l'image d'un être minuscule, en l'occurrence son petit-fils ou sa petite-fille.

— J'ai terminé, décréta la doctoresse en éteignant l'écran. Vous pouvez vous relever, mademoiselle.

L'adolescente crut percevoir du mépris dans son intonation, mais elle n'en fut guère surprise. Une infirmière lui avait déjà parlé sèchement, une heure auparavant.

« Si ces femmes savaient que j'ai été droguée et violée, peut-être qu'elles auraient un peu de compassion, pensa-t-elle. Bien sûr, comme elles ignorent ce qui m'est arrivé, elles me jugent, et à leurs yeux je suis une ado irresponsable. »

Nantie de ce triste raisonnement, Victoire suivit sa mère jusqu'à l'étage où se trouvait sa chambre. Élodie les attendait, assise près de la baie vitrée.

— Tu es venue, mamie ! Je suis contente, admit-elle.

— Vous avez toutes les deux besoin de mon soutien. Tu es blanche à faire peur, Cathy. Et toi aussi, Vicky.

— J'ai hâte que ce soit fini. On me pose une perfusion dans une heure, est-ce que ça fait mal ?

Dotée d'une excellente santé, Victoire n'avait jamais été hospitalisée. Le milieu médical qu'elle découvrait la rebutait et la rendait extrêmement nerveuse.

— Disons que c'est un peu plus désagréable qu'une piqûre, répondit sa grand-mère.

— Allonge-toi un peu, recommanda Catherine. Je descends dans le hall pour appeler ton père. Mon portable ne capte pas ici.

— D'accord, maman. Tu pourras me rapporter une boisson ?

— Non, tu dois être à jeun pour l'anesthésie.

Dès que sa fille sortit de la chambre, Élodie se leva et alla prendre Victoire dans ses bras.

— Je suis désolée, ma petite chérie. J'espère qu'on ne t'a pas fait de remarques gênantes ?

— Pas vraiment, mais une des infirmières m'a regardée de travers.

— N'en tiens pas compte, sois forte. Tu es une victime, pas une coupable. Sais-tu que j'ai téléphoné à Jacques tôt ce matin ? Tout est arrangé, j'ai su trouver les mots pour plaider ta cause. Dès lundi, tu pourras retourner dans ton lycée, à condition de ne rien dire à ton amie Anna. Et tu continues la danse. Il faudra oublier tout ceci, Vicky, te concentrer sur ton avenir.

L'adolescente acquiesça en prenant place au bord du lit. Elle adressa un faible sourire à sa grand-mère.

— Je te remercie, ça me donne du courage, mamie. Mais je voudrais tant que papa vienne me voir ce soir. Je l'adore et il me manque.

— Il t'adore lui aussi, n'en doute pas une seconde.

Sur ces mots, la gorge nouée, elle se posta devant la baie vitrée, en se remémorant les paroles de son gendre. « Sachez que je n'agis pas ainsi de gaieté de cœur, Élodie, avait-il avoué. Je conçois votre colère et votre indignation, mais étouffer cette sordide histoire de viol est peut-être le meilleur moyen de protéger ma fille. Si je contactais la police, elle serait sûrement en danger. Catherine l'ignore, alors gardez le secret. Je vous prie de me laisser gérer la situation. J'adore ma Vicky, je ferai en sorte qu'on ne lui fasse plus jamais de mal. »

— Tes parents t'aiment, ma chérie, affirma-t-elle.

— Existe-t-il des parents qui n'aiment pas leurs enfants ? lui demanda Victoire.

— Oui, hélas ! Si Jacques et Catherine se sont montrés aussi sévères, en te privant de liberté bien souvent, c'était par peur de te perdre, ou par peur d'une catastrophe comme celle que nous vivons en ce moment. Réfléchis, l'homme qui a abusé de toi aurait pu faire pire.

— Que veux-tu dire ?

— T'enlever, te séquestrer, exiger une rançon ! Mon Dieu, on lit tellement de choses atroces dans les journaux et sur Internet.

Le retour de Catherine coupa court à la discussion. Elle tenait un bouquet de fleurs à la main.

— Je l'ai acheté pour toi, Vicky, dit-elle en le tendant à sa fille. Tu aimes tant les roses. Papa t'embrasse et il te pardonne. Tu verras, quand nous fêterons Noël, ce cauchemar sera loin derrière nous.

Son joli visage enfoui parmi les roses, Victoire libéra enfin les larmes qu'elle refoulait depuis le matin. Bientôt, elle pourrait danser de nouveau et rien d'autre n'avait d'importance.

4

Les Desmarets

Dijon, clinique privée des Glycines, même jour, jeudi 14 novembre 2013

Les pieds de Victoire effleuraient à peine le sol, si bien qu'elle était certaine d'avoir des ailes. La légèreté de son corps la ravissait et elle sautait de plus en plus haut, pour s'envoler enfin. Le monde qui l'accueillait était lumineux et parfumé.

— Le plus beau, c'est la musique ! s'écria-t-elle. Tous mes airs préférés de ballet !

Des images radieuses défilaient autour d'elle, composées de ballerines en tutu neigeux, de danseuses étoile coiffées de diadème.

— Moi aussi je veux danser, dit-elle en souriant. Mais dans le ciel ! Tout là-haut !

Cette fois elle s'élevait dans un tourbillon mélodieux, transportée de bonheur. Ses doigts touchaient le tulle aérien de son costume et elle sentait sa longue chevelure draper ses épaules menues d'une cape soyeuse.

— Oh non, non !

La clarté merveilleuse s'était éteinte. Il faisait soudain très noir et Victoire tombait, aspirée par un abîme effrayant. Durant cette chute interminable, des mains rudes tentaient de la toucher, de la saisir. Une plainte affolée jaillit de ses lèvres.

— Non, au secours, papa, maman…

— Vicky ! Mon Dieu, sonne l'infirmière, Jacques !

Au prix d'un effort surhumain, l'adolescente cligna des paupières. Elle devina des silhouettes floues, en qui elle crut reconnaître ses parents.

— Ma chérie, tout va bien, tu te réveilles, fit la voix grave de son père.

Catherine lui caressait le front, tout en répétant :

— Ne pleure pas, Vicky, nous sommes là !

Victoire se rendit compte qu'elle sanglotait de manière convulsive. Terrifiée, elle essaya de se redresser.

— Je t'en prie, ne bouge pas, s'alarma son père. L'infirmière va venir. Elle saura quoi faire.

— Qu'est-ce que j'ai, papa ?

Sa lucidité revenue, elle fixait le tuyau transparent de la perfusion. Ce détail la renseigna.

— Je suis à la clinique, balbutia-t-elle. Et c'est fini ?

— Oui, ma chérie, affirma sa mère. L'intervention a eu lieu, mais il y a eu un problème, tu as fait une hémorragie. Mon Dieu, nous avons eu si peur…

Il faisait nuit derrière la baie vitrée qui reflétait l'intérieur de la salle de soins où ils se trouvaient.

— Ce n'est pas ma chambre, murmura Victoire.

— Tu y retourneras un peu plus tard, quand le médecin sera passé. Ah, voilà quelqu'un.

L'infirmière appelée par Jacques Desmarets se

pencha sur l'adolescente. Après avoir vérifié ses constantes, elle eut un sourire très doux.

— Tout va bien, il faut vous reposer, mademoiselle. Dans une petite heure, je vous ramènerai dans votre chambre et vous pourrez prendre un repas.

Elle salua et sortit en souriant encore. Catherine poussa un soupir de soulagement.

— Je vais téléphoner à ta grand-mère, Vicky. Elle est rentrée chez elle, mais je lui ai promis de donner de tes nouvelles. Je reviens vite.

Seule avec son père, Victoire se rappela le rêve étrange qui avait précédé son réveil.

— Papa, c'était bizarre, je volais dans le ciel et je dansais en même temps !

— Quand donc ? s'enquit-il en s'asseyant au bord du lit.

— Je rêvais sûrement, mais c'était merveilleux ! Il y avait de la musique, des airs de ballet, surtout ceux de Tchaïkovski... Je me sentais si légère, si heureuse. J'avais un costume blanc et les cheveux dénoués.

— Ma pauvre chérie, souffla-t-il, les larmes aux yeux. Je suis tellement désolé de ce qui t'est arrivé. Au début, j'étais déçu par ta conduite et furieux bien sûr, ensuite j'ai réfléchi. Ta mère et moi nous sommes en partie responsables. Nous t'avons trop couvée, surveillée, sans jamais te mettre en garde de certains dangers. Et puis nous pensions qu'au collège, tu étais quand même confrontée à la réalité de notre époque, ainsi qu'aux garçons et aux filles de ton âge.

— C'était le cas, papa. Sans compter Anna, qui est bien plus libre que moi. Elle en sait des choses. Vous ne l'appréciez pas, pourtant nous sommes amies depuis l'école primaire, et maman a toujours refusé de l'inviter ou de me laisser passer un week-end chez elle.

— À l'avenir, nous serons plus souples, affirma Jacques en lui caressant la joue. Tu es notre trésor, ma chérie.

— Alors, pourquoi tu ne veux rien dire à la police, papa ? Celui qui m'a fait ça peut s'en prendre à d'autres filles. Il faudrait l'arrêter.

— Je suis désolé, Vicky, mais lancer une enquête impliquerait nos voisins et amis. Gérard Colombet était associé avec ton grand-père. Nous devons éviter un scandale, mais je retrouverai le coupable, je te le promets.

— Tu veux faire justice toi-même ?

— Si c'est possible, oui, je le ferai. Ne pense plus à tout ceci. Rétablis-toi vite pour te concentrer sur tes études et tes cours de danse. Dans ton malheur, tu as la chance d'avoir oublié ce qui s'est passé. Hélas, c'est peut-être provisoire. Si la mémoire te revient un jour, si tes souvenirs resurgissent brusquement, tu devras être forte. Tu verras une psychologue dès la semaine prochaine, afin de t'aider à te remettre du choc que tu as subi. C'est indispensable.

Victoire approuva d'un signe de tête. Elle était habituée à obéir sans discuter à son père. Il l'embrassa sur le front.

— Repose-toi, je suis obligé de rentrer au château. Tu sais tout le travail qu'il y a après les vendanges.

— Attends, papa ! Je voudrais te raconter la fin de mon rêve, celui où je dansais, comme si j'étais une étoile de ballet. Tout à coup, je me suis retrouvée dans l'obscurité et je tombais, je ne pouvais plus voler. Là, des mains essayaient de m'attraper par le coude, par la taille. Je sentais leur contact et j'avais très peur. S'il y avait un rapport avec ce qui m'est arrivé ?

Jacques se leva en retenant un soupir. Il enfila sa veste en daim et prit sa sacoche en cuir fauve.

— J'en doute ! Tu es encore perturbée par l'anesthésie. Ces images ne signifient rien de précis. N'y pense plus, insista-t-il.

Il sortit de la salle de soins au moment où Catherine allait entrer, escortée d'une infirmière.

— Je vous ramène dans votre chambre, mademoiselle, dit celle-ci avec un bon sourire. Ce n'était pas si long que prévu. Vous aurez droit à un bouillon de légumes et à un yaourt.

L'adolescente demeura silencieuse, en lançant un dernier regard à son père. Malgré son état de faiblesse physique et émotionnelle, elle avait le sentiment inquiétant qu'il lui cachait quelque chose de grave.

Plus tard, après un repas frugal, elle interrogea sa mère qui feuilletait un magazine, calée dans le fauteuil près de la baie vitrée.

— Maman, est-ce qu'il y a des secrets dans notre famille ?

— Absolument pas, ma chérie ! Que vas-tu imaginer ? Et quel genre de secrets ? Tu devrais dormir un peu.

Cependant, Victoire n'avait pas sommeil. Les yeux fermés, en apparence assoupie, elle resta éveillée. Des allusions de sa grand-mère Élodie lui revenaient à l'esprit, tout comme certaines paroles incompréhensibles échangées entre ses parents. Elle fit l'effort de récapituler tous ceux qui leur étaient liés, du côté Quinot et du côté Desmarets, les vivants et les morts.

« Béatrice, l'épouse de mon grand-père Gilles, s'est tuée en voiture quand j'avais trois ans. Je n'ai pas connu mon oncle Damien, le frère aîné de papa, mort avant ma naissance, d'un arrêt du cœur lui aussi. Il vendangeait, paraît-il, et il est tombé d'un coup… Ensuite il y a mamie Élodie, veuve depuis des années, je ne me souviens pas de son mari, Herbert. Mais ils ont eu une fille, maman, et un fils, mon oncle Guy, le père d'Arthur, qui, lui, a perdu son épouse Corinne il y a six ans, à cause d'un chauffard… Elle était si jolie, Corinne. »

La voix de sa mère la tira de ses réflexions. Elle sursauta et ouvrit les yeux.

— Vicky, tu ne dormais pas, je le devinais à ta respiration, déclara Catherine. Je demanderai un sédatif à l'infirmière quand elle repassera.

— Je réfléchissais. Il y a eu beaucoup de décès chez nous, murmura Victoire en guise de réponse.

— Comme dans bien des familles. Le sujet est clos, pense plutôt à ton avenir. Cet épisode tragique de ton adolescence ne doit en aucun cas te freiner. Tu me le promets ?

— Oui, si je peux, j'oublierai, maman.

Dijon, lycée Les Arcades, mardi 19 novembre 2013

Anna poussa un cri de joie lorsqu'elle aperçut Victoire parmi les autres élèves qui franchissaient le porche de l'établissement. Elles s'embrassèrent en riant.

— Alors, Vicky, tu es guérie de cette affreuse grippe ? J'ai appelé plusieurs fois chez ta grand-mère, j'ai même laissé un message sur son répondeur. Je voulais te rendre visite pour te passer les cours. Mais il paraît que tu étais contagieuse et patati et patata !

Le regard sombre d'Anna pétillait de malice. Elle saisit son amie par le bras.

— Tu n'es pas au courant, le prof de maths est absent ce matin, on commence par deux heures d'études.

— On devrait aller au CDI, proposa Victoire. Souvent c'est plus tranquille.

— Et tu préfères te retrouver au milieu de tes chers bouquins. D'accord, on fait ça, je chercherai de la doc sur un ordinateur.

La rumeur constante qui s'élevait de la foule de lycéens oppressait Victoire. Elle était remise de l'intervention pratiquée jeudi, mais son esprit et son corps lui semblaient différents. Parfois, son ventre la faisait souffrir, ou bien des idées noires la hantaient.

— Tu viens à la danse demain après-midi ? s'enquit Anna tandis qu'elles longeaient un couloir presque désert.

— Non, j'y retournerai la semaine prochaine, je ne suis pas assez en forme.

— Dommage, Madame Aurélia espérait que tu serais là. Elle nous fait répéter dur en vue du concours.

Un terrible dilemme tourmentait Victoire. Elle brûlait d'envie de se confier à Anna, mais elle hésitait à trahir la promesse faite à ses parents. Son besoin de mettre des mots sur sa dramatique expérience triompha. Installées toutes les deux dans un angle de la grande salle emplie de livres, elle chuchota à l'oreille de son amie :

— Je n'avais pas la grippe.

— Ah bon ? Qu'est-ce que tu as eu… ?

— Tu te souviens de mon trou noir ? Ce soir-là, on m'a droguée et… et on a abusé de moi.

— Quoi ? Tu as retrouvé la mémoire ? murmura Anna, épouvantée. Vicky, mais qui a osé ?

— Chut, moins fort, je t'en prie. Écoute, j'ignore qui est le coupable, mais on m'a violée et je suis tombée enceinte. Ma grand-mère y a pensé la première à cause de mes vomissements et de mes malaises.

Complètement sidérée, Anna jeta un coup d'œil sur le ventre de Victoire, en faisant un geste explicite.

— Non, c'est terminé, j'ai avorté jeudi dernier, précisa celle-ci tout bas. Surtout pas un mot à ta mère, ni à David. Jure-le ! J'ai promis à mes parents de garder le secret, mais je devais te le dire, parce que ça m'étouffait de me taire.

— Je te le jure, souffla Anna les larmes aux yeux. Vicky, tu as enduré tout ça et je n'ai pas pu t'aider. Tu as eu très mal ?

La documentaliste était assise à son bureau à l'autre bout de la salle. Un peu irritée par leur conciliabule, elle toussota, prête à se lever.

— On prépare notre exposé, madame ! s'écria Anna.

— Très bien, mais ne dérangez pas vos camarades, répliqua-t-elle en désignant un groupe de filles qui travaillaient sur les ordinateurs.

— On discute à voix basse, riposta Victoire. On ne dérange personne, à mon avis.

La femme, une quinquagénaire fort tolérante, fut surprise par le ton insolent de l'adolescente, d'ordinaire très polie et respectueuse.

— Dans ce cas, parlez encore moins fort, mademoiselle Desmarets, ordonna-t-elle.

Changée par l'épreuve dont elle sortait, Victoire éprouva une colère désespérée. Ayant perdu ses repères, elle céda à la révolte qui grondait dans son cœur depuis une semaine.

— Viens, on s'en va, dit-elle à Anna.

— Où veux-tu aller, Vicky ?

— Suis-moi, invente n'importe quoi, murmura-t-elle.

— Madame, j'accompagne Victoire à l'infirmerie, elle a des vertiges, claironna son amie.

Stupéfaite, la documentaliste n'eut pas le temps de les retenir. Ensuite ce fut une fuite complice le long du couloir jusqu'aux toilettes réservées aux filles.

— Je ne supporte plus les adultes, déclara Victoire avec un regard dur. Si tu avais vu ma mère quand elle a su que j'étais enceinte. Elle m'a giflée plusieurs fois. La veille, je m'étais griffé le visage, mais je n'ai plus de marques.

— Si, on voit encore des traces, je n'osais pas te poser de questions. Vicky, je suis vraiment désolée. Tu as dû être tellement malheureuse. Mais la police va enquêter ?

— Même pas, mon père refuse ! Il faut éviter le scandale, comprends-tu ! Ma mère le soutient. On me serine d'oublier, d'étudier, de penser à mon avenir, comme si c'était facile. Au moment de m'endormir, je me revois sur la table d'examen, quand j'ai passé une échographie. Il y avait des bruits bizarres, et j'avais envie de regarder l'écran. Je ne l'ai pas fait… C'était horrible à l'hôpital, les perfusions, la douleur le premier soir après l'intervention. En plus, je dois faire un suivi psychologique. Si je pouvais, je m'en irais le plus loin possible.

Elles s'étaient appuyées sur le rebord du grand lavabo muni de six robinets. Anna entoura les épaules de Victoire d'un bras câlin.

— On fugue ensemble si tu veux, lui dit-elle. Histoire de faire honte à ton père ! Les gendarmes nous chercheront et là, tu leur racontes tout. Je connais une super planque. Ou alors on rejoint ton cousin à Londres.

— Arthur ?

— Tu n'en as qu'un, Vicky. Il m'attendait devant le lycée vendredi soir. D'abord, j'ai cru qu'il venait de ta part, pour me donner de tes nouvelles. Mais il ignorait que tu étais encore absente.

— C'est normal, je n'avais pas le droit de le mettre au courant lui non plus.

— Il n'avait pas l'air en grande forme, je t'assure. Finalement, il m'a annoncé qu'il partait étudier en Angleterre. Il sera pensionnaire et, le week-end, il logera chez une grande amie de son père. C'est un peu étrange, non ?

— Tu es certaine qu'il y est déjà ?

— Oui, il prenait le train samedi.

Songeuse, Victoire s'interrogeait sur les véritables raisons du départ de son cousin. Il pouvait s'agir d'une sanction ou des conséquences d'une nouvelle querelle avec Mélinda, la deuxième épouse de son oncle Guy.

— Bon débarras, marmonna-t-elle.
— Vicky, tu adores ton cousin, protesta Anna.
— C'est un lâche, il m'a trahie pour ne pas avoir d'ennuis.

En quelques phrases, elle se libéra de l'amertume que lui causait l'attitude d'Arthur. Lorsqu'elle se tut enfin, elle avait un vague sourire au coin des lèvres.

Anna lui tenait la main, tout en l'admirant en silence. Ce matin-là, pour son retour au lycée, Victoire avait natté sa longue chevelure en une seule tresse. Ses grands yeux bleus embués par l'émotion erraient d'un coin à l'autre du triste décor des toilettes. Vêtue d'un jean moulant et d'un pull à col roulé noir, il se dégageait d'elle une grâce infinie et un charme mystérieux.

— Tu es encore plus belle qu'avant, admit sa fidèle amie. Bon, pas de fugues dans l'immédiat, on retourne au CDI, sinon on aura des ennuis.

— Et puis si je fuguais, je ne pourrais plus danser. Alors pas de folie…

Forêt communale de Marsannay-la-Côte,
mercredi 20 novembre 2013

La pluie ruisselait sur les toits de brique de l'ancienne maison forestière. Accoudé à son bureau, Emmanuel Nevers étudiait la carte topographique de la forêt. Une bonne odeur de légumes en train de mijoter lui parvenait.

Dans son dos, il distinguait les pas feutrés de sa mère, assortis de ses sempiternels soupirs. Toujours affairée, elle brassait des couverts et des assiettes.

— Alors, fiston, as-tu fait des découvertes intéressantes ? lui demanda-t-elle en se rapprochant.

— Non, maman, rien de nouveau. Pourtant j'ai la conviction que la jeune inconnue retrouvée morte il y a deux mois le long de la voie ferrée était une nouvelle victime de ceux que je recherche depuis des années. La presse a révélé une partie des analyses de la police scientifique, et elle serait morte noyée.

— Noyée ou pas, cette pauvre malheureuse n'avait plus de famille, déplora sa mère. Personne ne la pleurera. Tu devrais arrêter tout ça, Emmanuel.

— Si j'avais arrêté, maman, je n'aurais pas rencontré Victoire Desmarets ce soir-là. Elle était comme folle. J'ignore ce qui s'était passé, mais au moins j'ai pu la ramener chez elle sans encombre, sans être vu non plus.

— C'était une bonne chose, tu as raison. Allons, viens à table, c'est prêt. Tu as sans doute sauvé cette jeunette.

— Une sur combien ? Sans oublier ma sœur…

Janine Nevers se signa d'un air effaré. Coiffée de courtes boucles grises, elle était en deuil depuis la mort de sa fille aînée et de son mari.

— Ne prononce pas son prénom, je t'en prie, Emmanuel. À chaque fois, mon cœur se brise.

Le jeune homme, coiffé de courtes boucles d'un blond foncé et le regard noir, secoua la tête, tout en serrant les poings.

— J'avais onze ans, maman, quand j'ai découvert Emma sous des branches d'arbre. Je n'oublierai jamais combien sa peau était blanche, et tout ce sang. Alors laisse-moi penser à ma sœur, dire et redire son prénom.

Il y a eu tellement de crimes impunis dans la région. Je finirai par démasquer les monstres qui les ont commis.

— Tu aurais dû passer l'examen pour entrer dans la police, alors, soupira sa mère. Pourquoi as-tu arrêté ?

— Je ne pouvais pas t'abandonner, maman, dans l'état où tu étais. Maintenant je gagne bien notre vie, et je me plais dans la forêt. Chaque fois que je m'y promène, j'ai l'impression d'être avec ma sœur.

Un sanglot sec secoua Janine Nevers. Elle avait du mal à comprendre son fils, mais elle l'aimait et le vénérait. Il disait vrai, car sans lui à ses côtés, elle n'aurait pas survécu.

Après le déjeuner, Emmanuel mit ses bottes en caoutchouc et enfila un ciré. C'était l'heure où il partait marcher sous le couvert des arbres dépouillés par l'automne.

— Sois prudent, fiston, recommanda sa mère. Je regarde mon émission à la télé, pendant ce temps.

— Mais oui, maman, ne t'inquiète pas.

Un grand chien à poils longs, de couleur fauve et noire, se leva aussitôt du recoin où il somnolait sur sa couverture. C'était un leonberg, une race de mâtins proches du patou pyrénéen et du terre-neuve. Il impressionnait par sa carrure et sa force, sans faire montre d'agressivité.

— Je ne suis jamais seul, ajouta Emmanuel en prenant la laisse de l'animal.

— Ta grosse bête ne ferait pas de mal à une mouche, voulut plaisanter Janine.

— Qui sait…

L'averse était terminée. Emmanuel s'engagea dans

une allée forestière parsemée de flaques. Ses balades à travers bois lui offraient un peu d'apaisement et il pouvait penser à son aise. Cette fois, il évoqua la toute jeune Victoire Desmarets. Comme bien souvent, il s'exprima à mi-voix, en s'adressant à son chien.

— Je l'ai sauvée juste à temps, tu sais ! Ils étaient après elle. Il y avait un 4 × 4 garé sur la piste menant à l'étang et des dobermans dans une cage. Pauvre gamine, elle était terrifiée, hébétée. Elle avait réussi à leur échapper, ils n'ont rien pu lui faire, enfin je l'espère.

Il savait que le grand-père de l'adolescente, un des riches et illustres viticulteurs du pays, Gilles Desmarets, était mort ce soir-là, officiellement d'une crise cardiaque.

— Qu'est-ce qui s'est vraiment passé ? murmura-t-il. Si j'osais, j'aborderais cette jeune fille, mais ce serait risqué si elle m'identifie. Non, il vaut mieux patienter. Un jour, je l'espère, justice sera faite.

Dijon, mardi 26 novembre 2013

C'était la première fois que Victoire revenait au cours de danse après une absence de quinze jours. Le docteur Ferriol lui avait fourni un certificat médical à la demande de sa grand-mère, qui, selon ses propres termes, avait « eu des mots » au téléphone avec Aurélia Novak.

— Vous voilà enfin, lança-t-elle à l'adolescente qui venait lui parler, en justaucorps et collant. Avant toute chose, et je le dis aussi pour les autres, j'attends de mes élèves du courage, de la volonté et la force de dominer les soucis de santé, du moins quand ils ne sont pas gravissimes.

— Je suis désolée, madame, j'étais vraiment malade, répondit Victoire. Je voulais reprendre les cours mardi dernier, le médecin me l'a déconseillé. J'ai un certificat pour vous.

— Pourtant vous êtes retournée au lycée, je l'ai su par votre amie Anna.

Très digne, la professeure s'empara du papier que tenait Victoire et le froissa entre ses mains.

— Vous étiez grippée, c'est tout ! Quelques cachets d'aspirine, des vitamines et vous pouviez danser. Je serai franche, Victoire, vous ne serez jamais prête pour le concours de janvier. Aussi ai-je inscrit Vanessa à votre place.

Incrédule, Victoire dissimula sa déception. Elle approuva d'un léger signe de tête, puis elle alla s'échauffer à la barre. L'immense miroir lui renvoya son image : en tenue noire, d'une minceur élégante, sa longue chevelure coiffée en chignon.

— Prouve-lui qu'elle se trompe, tu es la meilleure, souffla Anna en la rejoignant.

— À quoi bon ? C'est trop tard…

— C'est une question d'honneur !

Son amie la foudroya du regard sans rien ajouter, car la musique de *Giselle* s'éleva dans la salle.

— Je vous mets dès maintenant dans l'atmosphère du ballet, ensuite nous répéterons les pas de deux, clama leur professeure de sa voix rauque, à l'accent indéfinissable.

Mal à l'aise, Victoire se serait contentée de renouer

avec les mouvements habituels qu'ils effectuaient tous à la barre. Mais lorsqu'elle capta le sourire triomphant de Vanessa, elle décida de suivre les conseils d'Anna.

Une heure plus tard, Madame Aurélia l'appela. L'air pensif, elle se tenait debout près du piano, comme toujours à la fin du cours.

— Victoire, je suis consciente que vous avez fait des efforts aujourd'hui. Votre technique est excellente, votre dynamisme aussi, mais il y avait quelque chose de mécanique dans votre interprétation de Giselle. Rien ne sert d'être parfaite, si vous ne mettez pas d'émotion dans votre prestation. Je ne vous reconnais plus ! Qu'avez-vous fait de votre âme, celle qui touche le public, celle qui doit le transporter d'admiration ?

Vexée, l'adolescente chercha une réponse à la hauteur de ces critiques. Elle avait cru se donner tout entière, comme quand elle était seule dans sa salle de danse, au château. De toute évidence, elle avait échoué.

— Je suis navrée, madame, je n'ai plus d'âme, sans doute ! Elle a été aspirée par un trou noir.

La gorge serrée sur une brusque envie de pleurer, Victoire salua et courut vers les vestiaires. Anna, qui avait tout entendu, eut une expression affolée.

— Qu'est-ce que cela signifie ? lui demanda Aurélia Novak.

— Peut-être que Victoire était gravement malade, madame, plus que vous ne l'imaginez. La danse est très importante pour elle, c'est sa raison de vivre. Et vous l'empêchez de participer au concours.

Anna prit la fuite à son tour, laissant leur professeure abasourdie.

La nuit précoce de novembre conférait aux rues des quartiers anciens de Dijon une ambiance presque festive, grâce aux vitrines tout illuminées, où certains commerçants avaient déjà installé des décorations de Noël.

Blotties sous le même parapluie, car il tombait une pluie fine, Victoire et Anna se dirigeaient vers la station de tramway, tout en discutant de l'incident du cours de danse.

— Tu as vraiment dit ça à Madame Aurélia ? Elle me tiendra encore plus à l'écart désormais.

— Et toi, qu'est-ce qui t'est passé par la tête ? Tu lui as parlé de ton âme aspirée par un trou noir ! Excuse-moi, Vicky, c'était idiot de lui sortir ça !

— Je n'ai pas réfléchi, et au fond c'est la sensation que j'ai eue pendant le pas de deux avec David. Je dansais comme un robot.

— Tu exagères, c'était super ! J'étais même un peu jalouse de vous voir tous les deux, si proches l'un de l'autre.

— David ne m'intéresse pas du tout, Anna, ne crains rien.

— Je plaisantais, Vicky ! Tu as perdu ton sens de l'humour !

— Un peu, après ce qui m'est arrivé. Au fait, le week-end prochain, tu es invitée à dormir chez ma grand-mère. Tu te rends compte, c'est un événement ! On regardera un film ou alors tu amènes ton ordinateur portable pour me montrer tes photos de vacances.

Très embarrassée, Anna s'arrêta net pour regarder son amie droit dans les yeux.

— Je suis désolée, je ne pourrai pas venir, Vicky. Les parents de David seront à Paris et je dois passer la nuit avec lui. Cette fois, on le fera… Tu comprends ?

— Je n'ai pas le choix, soupira Victoire.

— On en a tellement envie, surtout lui. J'ai peur mais je ne veux plus reculer. Il pourrait me quitter pour une autre fille, plus expérimentée que moi.

— Si David te quitte pour ça, il est nul et ce ne sera pas la peine d'être triste. Tiens, le voilà justement !

Le jeune homme leur faisait un grand signe de la main depuis le trottoir d'en face. Un peu essoufflé, il traversa et, vite, il enlaça Anna.

— Vous auriez pu m'attendre, leur reprocha-t-il. Madame Aurélia m'a interrogé sur toi, Vicky. Elle s'inquiétait. Je lui ai dit que tu avais eu une mauvaise grippe, de quoi être clouée au lit plus d'une semaine.

— C'est la vérité.

Il haussa les épaules en donnant un baiser insistant à Anna qui en fut bouleversée.

— On rentre ensemble ? souffla-t-il.

Agacée, Victoire s'éloigna en reculant, malgré le tintement répétitif qui annonçait l'approche du tramway.

— J'ai envie de marcher, à demain, dit-elle.

Ils l'entendirent à peine, car ils s'embrassaient encore. Quand Anna voulut répondre, son amie avait disparu.

— Flûte, où est-elle passée ?

— On s'en fiche ! Franchement, Vicky et ses caprices me portent souvent sur les nerfs.

La rue Verrerie qu'avait empruntée Victoire était réservée aux piétons. L'adolescente savourait sa liberté en foulant des petits pavés vernis par la pluie. Des maisons à colombages abritaient au rez-de-chaussée des magasins de luxe, sous des arcades en pierre claire. Jadis des artisans verriers s'étaient établis là, d'où le nom donné à cette voie commerçante et très fréquentée.

— Je suis mieux que dans le tramway, se dit-elle à mi-voix.

Elle allait s'engager sur une place où étaient garées plusieurs voitures lorsqu'un grand jeune homme sortit d'une bijouterie.

— Hé ! Mais c'est Victoire ! s'écria-t-il.

Florian Mongenot se précipita vers elle. En manteau noir et écharpe couleur ivoire, il avait une incontestable prestance.

— Bonsoir, murmura-t-elle timidement.

— Je suis ravi de te rencontrer ! J'ai su par ton cousin que tu avais été souffrante. Mais tu m'as l'air rétablie, et tu es toujours aussi jolie.

— Merci. Tu as vu Arthur récemment ?

— La veille de son départ pour l'Angleterre.

Victoire se contenta d'approuver. Comme par un caprice du destin, il se remit soudain à pleuvoir. Ce n'était plus une averse de bruine, mais des flèches argentées qui s'écrasaient au sol dans une petite gerbe d'eau.

— Tu n'as pas de parapluie ? s'étonna Florian.

— Non, j'étais avec Anna, je m'abritais sous le sien.

— Ma voiture est là, à quelques mètres. Viens, je te ramène chez ta grand-mère.

D'autorité, il lui prit la main pour l'entraîner. Ils coururent jusqu'au cabriolet blanc de marque allemande, doté d'un toit ouvrant. Victoire se retrouva au sec, sur un siège en cuir.

— Je suppose qu'Élodie Quinot n'a pas déménagé, lança Florian d'un ton malicieux.

— Comment sais-tu que je vis chez elle ?

— Par Arthur, et ton père l'a confirmé samedi soir puisqu'il dînait chez nous avec ta mère. Les Desmarets et les Mongenot sont bons amis depuis des années.

— Tu es sûr que nos deux familles entretiennent des liens d'amitié ? fit-elle remarquer. Je n'aurais pas dit ça.

Victoire jeta un regard de côté au jeune homme, qui fixait le tableau de bord sans songer à démarrer. Elle fut troublée par la beauté de son profil. Il émanait de lui un subtil parfum aux notes citronnées.

— Je suis soumis à un examen, se moqua-t-il gentiment en la dévisageant à son tour. Quand j'y pense, il y a quelques siècles, on nous aurait sans doute mariés, toi et moi, pour associer de grands vignobles et regrouper des terres propices au raisin. À certaines époques, les filles de ton âge ou même plus jeunes épousaient celui que choisissaient leurs parents.

L'allusion irrita Victoire qui en oublia sa timidité. Elle eut un léger rire dédaigneux.

— Tu parles d'un temps révolu, et ce n'est pas drôle du tout, Florian. Maintenant, on considérerait ça comme du détournement de mineure. Tu voulais me choquer ou tu t'amuses à mes dépens ?

— Pas du tout ! Pardonne-moi, Victoire ! C'était stupide de ma part.

— Oui, tout à fait stupide. Tiens, il pleut moins fort, je peux rentrer à pied. Salut !

Elle s'apprêtait à ouvrir la portière, mais il la retint

par le coude. Surprise, elle lut au fond de ses yeux gris-bleu une réelle douceur.

— Je t'en prie, pardonne-moi, répéta-t-il. Je te ramène et on oublie mes sottises. Arthur m'a prié de veiller sur toi, et je manque à ma promesse.

Il démarra en trombe, comme pour lui prouver sa bonne foi. Victoire boucla sa ceinture, à la fois exaltée et contrariée.

— Mon cousin et toi, vous n'êtes pas non plus de grands amis, pourquoi il t'aurait demandé ça ?

— On se connaît tous les trois depuis l'enfance. Vous veniez parfois jouer chez moi, pendant les vendanges. Je me souviens d'un été, tu devais avoir dix ans. Tu étais adorable, avec tes longs cheveux noirs et tes yeux bleus. Tu avais même dansé pour nous dans le salon.

— Je n'ai pas les cheveux noirs, ils sont bruns, protesta-t-elle, secrètement flattée.

— Victoire, tu m'en veux encore ?

— Non, disons que tu as essayé de plaisanter.

Elle lui adressa un sourire indulgent, en songeant cependant qu'avant la fête chez les Colombet, les paroles de Florian ne l'auraient pas dérangée autant.

« Papa m'a tenu des propos similaires un jour, en visitant les hospices de Beaune. Il évoquait des alliances de ce genre entre riches viticulteurs, au Moyen Âge et à la Renaissance, raisonna-t-elle. Mais je ne suis plus la même, j'ai perdu mon innocence, ma joie de vivre. J'ignorais combien j'étais heureuse, avant… »

Florian s'était abstenu de la moindre remarque. Il se gara devant la maison d'Élodie sans couper le moteur.

— Et la danse ? s'enquit-il alors.

— Tout va bien, dit-elle. Merci de m'avoir raccompagnée.

— Présente mes respects à ta grand-mère, ajouta-t-il.

— C'est un peu démodé, mais je le ferai.

Victoire s'empressa d'entrer dans la maison afin d'échapper au regard clair du jeune homme. Elle jeta son sac par terre et enleva sa parka humide. Élodie sortit du salon pour l'accueillir. À sa mine soucieuse, sa petite-fille comprit qu'il y avait un problème.

— Madame Aurélia m'a téléphoné, Vicky. Que lui as-tu dit ? Elle t'estime très perturbée. Tu étais sa meilleure élève et il paraît que tu as perdu ta fluidité, que tu n'as plus le feu sacré !

— Ma fluidité ?

— Oui, ta professeure t'a dépeinte de façon navrante. Je suis désolée, Vicky, elle était très déçue, au point d'envisager de ne plus t'accepter dans son cours si tu ne changeais pas de comportement. J'ai eu beau lui préciser que ses leçons sont très coûteuses et que nous payons rubis sur l'ongle, elle est restée sur ses positions. J'ai prévenu ta mère qui s'est vexée aussitôt. Elle va te trouver un autre cours.

— Mamie, ce n'est pas possible. Madame Aurélia est la seule capable de m'emmener au sommet de mon art !

— N'emploie pas de grands mots ! Le mieux, ce serait l'école de ballet de l'Opéra de Paris. Si tu pouvais y accéder, je serais prête à te suivre là-bas. J'ai suffisamment d'économies pour nous louer un studio dans la capitale.

— Je n'ai aucune chance d'y entrer un jour. J'aurais

pu participer à un stage dans une autre école si j'étais sélectionnée à la fin du concours, en janvier. Mais c'est terminé, Madame Aurélia en a décidé ainsi. Je monte dans ma chambre.

Élodie se préparait à une crise de larmes, à des plaintes sur l'injustice du sort. La froideur de Victoire, le sourire absent qu'elle arborait lui parurent encore plus suspects. Durant un quart d'heure, elle demeura en bas de l'escalier pour guetter l'écho d'un sanglot ou d'un geste de chagrin. Enfin, n'y tenant plus, elle grimpa sans bruit chaque marche.

— Ma chérie, qu'est-ce que tu fais ? dit-elle une fois près de la porte de la chambre.

— Entre, mamie !

L'adolescente était assise à son bureau, une feuille noircie de son écriture sous la main. Elle la replia sous le regard perplexe de sa grand-mère et la glissa dans une enveloppe.

— Demain, j'irai donner cette lettre à Madame Aurélia, dit-elle d'une voix dure. C'est ma dernière chance.

5

« Le feu sacré »

Dijon, cours de danse d'Aurélia Novak,
mercredi 27 novembre 2013

Victoire était arrivée en avance d'une vingtaine de minutes devant la double porte du cours d'Aurélia Novak. Elle avait gravi les trois étages sur la pointe des pieds, le cœur battant à se rompre.

— Ma dernière chance, murmura-t-elle.

Dès qu'elle entra dans le vestibule, de la musique lui parvint. Tout de suite l'adolescente reconnut un air du ballet *L'Oiseau de feu*, d'Igor Stravinski. Quelques pas discrets la conduisirent à l'entrée de la grande salle, où un spectacle rarissime l'attendait. Aurélia Novak dansait, vêtue d'un costume flamboyant, des voiles noués à ses poignets.

« C'est sublime, elle touche à peine le sol », songea Victoire, fascinée.

Par prudence, néanmoins, elle recula discrètement et alla dans les vestiaires, bouleversée par ce qu'elle venait de voir. Une fois en justaucorps rose fuchsia et en collants assortis, elle sortit l'enveloppe de son sac.

Au même instant, la musique s'arrêta et Aurélia apparut, le front perlé de sueur, le teint coloré.

— J'étais sûre d'avoir entendu quelqu'un, dit-elle. Victoire, qu'est-ce que vous faites ici ? Je croyais avoir été catégorique hier soir, lorsque j'ai téléphoné à votre grand-mère.

— Je suis venue quand même, pour vous donner cette lettre.

Sa professeure leva les yeux au ciel. Ensuite elle toisa l'adolescente d'un air consterné.

— Une lettre ! C'est puéril, Victoire. Qu'allez-vous me promettre pour reprendre votre place dans mon cours ? Gardez votre prose, je ne changerai pas d'avis.

— S'il vous plaît, lisez ma lettre. Mes parents et ma grand-mère m'avaient interdit d'ébruiter ce qui m'est arrivé, mais vous devez le savoir. Je suis incapable d'en parler, alors oui, je vous ai écrit. De là à être un geste puéril, vous en jugerez par vous-même. Il faudra garder le secret, mais je vous fais entièrement confiance.

Intriguée, Aurélia s'empara de l'enveloppe et l'ouvrit. Elle déplia la feuille et se mit à lire.

Madame,

Samedi 24 août, j'ai désobéi à mes parents et je me suis rendue à une fête chez des voisins. Là-bas, on m'a droguée afin d'abuser de moi, or je ne me souvenais de rien le matin, au réveil.

La semaine dernière j'ai consulté une psychologue. Elle m'a dit que je pouvais retrouver la mémoire subitement et revivre ce viol. Elle est censée me préparer au choc que cela me causera.

Si j'ai été absente deux semaines, c'était afin de

subir un avortement, puisque j'étais enceinte, d'où mes malaises et ma fatigue. Il n'y a pas eu de plainte déposée, par crainte du scandale. Il ne fallait pas entacher l'illustre nom de nos vins...

Je n'ai plus que la danse pour survivre. Je pourrais m'inscrire dans un autre cours, je refuse. Vous êtes la seule à pouvoir m'emmener au sommet et rallumer le feu sacré que cette tragédie a éteint.

Si Victoire n'était pas restée la tête baissée, elle aurait vu trembler la feuille de papier entre les mains d'Aurélia. Mais elle osait à peine respirer tant elle était anxieuse.

— Très bien, va t'échauffer à la barre ! Personne ne savait pour ton éviction de mon cours. Sois tranquille quant à la teneur de ta lettre, je n'y ferai plus jamais allusion. Maintenant, tu dois travailler dur.

— Merci, madame, mille fois merci !

— Une fois suffit, mon enfant.

L'adolescente se sentait des ailes. Ses doigts caressèrent la barre en bois verni, comme une amie retrouvée. Un brouhaha du côté du vestibule lui annonça l'arrivée des autres élèves. Peu après, Anna accourait.

— Madame Aurélia a passé l'éponge ? demanda-t-elle tout bas à son amie. Hé, réponds, Vicky !

— Tout est arrangé ! Ne sois pas surprise, désormais elle me tutoie, comme Rémi Berger.

— Carrément, s'étonna Anna.

Vanessa, une grande fille blonde de dix-sept ans, les avait écoutées. En prenant place à la barre, elle décocha un coup d'œil méprisant à Victoire.

— Rémi suit ce cours depuis dix ans et c'est le plus

doué des garçons, c'est pour ça que Madame Aurélia le met en avant. Mais quand on a des parents très riches, on peut s'acheter les faveurs des professeurs, n'est-ce pas ?

— Pense ce que tu veux, rétorqua Victoire.

Madame Aurélia s'était éclipsée cinq minutes, le temps d'ôter son costume d'oiseau de feu et d'enfiler une tenue plus sobre. Elle observa le groupe en plein échauffement, tout en choisissant une musique sur sa chaîne hi-fi. L'air d'un des pas de deux du ballet *Giselle* résonna bientôt.

— Je vais former les couples, précisa-t-elle. On continue les exercices à la barre.

Elle battait la mesure du bout des doigts sur le dessus du piano lorsqu'un homme entra et lui serra la main. Les cheveux mi-longs et grisonnants, il portait un costume en velours noir, un foulard rouge autour du cou. Grand et mince, il avait tout d'un ancien danseur.

— Qui est-ce ? chuchota Anna.

— Aucune idée, répliqua Victoire.

L'inconnu s'installa sur une chaise, les bras croisés sur sa poitrine. De toute évidence, il assisterait au cours.

Château Desmarets, même jour, même heure

Furieux, Jacques Desmarets observait son épouse qui faisait les cent pas dans leur salon. Elle demeurait sourde à ses protestations et il revint à la charge.

— Catherine, j'avais mon mot à dire ! Pourquoi as-tu pris une telle décision sans me concerter ?

— Je te le répète, pour mettre notre fille en sécurité ! Toi, tu sembles te moquer de ce qui lui est arrivé. Je ne te pardonnerai jamais de ne pas avoir alerté la police. Que craignais-tu autant ? J'ai la certitude que l'affaire n'aurait pas été ébruitée.

— Les journalistes mettent leur nez partout. Tu voulais vraiment que tous nos clients, nos amis, nos employés, sachent que Victoire avait été violée ? Crois-tu qu'elle l'aurait supporté ? J'ai agi au mieux.

Jacques se leva et appuya son front au manteau en pierre de la colossale cheminée où des flammes jaunes léchaient deux grosses bûches.

— Tu me sépares de mon enfant, ma fille unique, ma joie et ma fierté, marmonna-t-il.

— Mais elle reviendra pendant les vacances et parfois le week-end. Mme Novak parlait de ne plus l'accepter dans son cours, ma mère me l'a confié hier soir. J'étais furieuse et sachant qu'il n'y avait pas de temps à perdre, je devais faire jouer mes relations. Vicky ira dans une école de danse à Paris, tant pis si ce n'est pas celle de l'Opéra. Grâce à John Wilde, elle aura encore ses chances d'y être admise d'ici ses dix-huit ans.

Déterminée, Catherine dévoilait le fond de son caractère, en désaccord avec son apparente placidité.

— J'en ai assez de faire tes quatre volontés, Jacques ! J'avais le droit de contacter mon ami John Wilde et j'ai eu raison de l'envoyer chez Aurélia, car finalement il verra Victoire aujourd'hui. J'ai eu un appel de maman, notre fille est allée à son cours malgré tout. Réfléchis un peu, à Paris elle ne risquera plus rien. Son agresseur est quelqu'un d'ici, nous l'avons peut-être déjà croisé.

Désabusé, Jacques se dirigea vers le bar, dissimulé dans un superbe buffet en bois sculpté. Il se servit un verre de whisky.

— Fais à ton idée, décréta-t-il entre ses dents. J'ai assez de soucis en ce moment.

— Lesquels ?

— Peu importe, n'est-ce pas ? Prépare ton plan, je suppose que tu es ravie d'avoir ainsi des occasions de fuir le domaine.

— Ma mère et Vicky partiront après les vacances de Noël, tu pourras profiter de ta fille pendant les fêtes. Je monte me reposer, cette discussion m'a épuisée.

Son mari demeura silencieux. Il regrettait d'avoir cédé à la colère, sa femme ayant de solides arguments. Mais Victoire lui manquait déjà beaucoup, après trois mois de lycée.

— Mon trésor ! Je n'ai pas su te protéger.

La gorge nouée par le chagrin et l'angoisse, il sortit de la poche intérieure de sa veste un téléphone portable. C'était un modèle récent et perfectionné acheté par Gilles Desmarets au cours de son dernier été.

— Pourquoi m'a-t-il tenu à l'écart ? soupira-t-il. J'aurais pu l'aider et surtout éviter le pire. Lui aussi a préféré ne pas alerter la police.

Oppressé, Jacques relut les messages qu'avait reçus son père au mois d'août. Il s'agissait de menaces anonymes qui visaient les membres de sa famille. On exigeait de lui la cession de parcelles de vignobles parmi les plus rentables.

— Ma petite Vicky était la première victime, même si elle n'était pas nommée, murmura-t-il.

Il éteignit l'appareil qu'il rangea avec soin. Ensuite, le visage enfoui entre ses mains, il chercha encore une fois à comprendre d'où venait l'attaque.

— Je ne peux rien dire à Catherine, hélas, d'autant plus que j'ai découvert ces maudits messages trop tard, le lendemain du soir où Élodie nous a appris que notre fille était enceinte. On aurait dit que tu me poussais à rallumer ton téléphone, papa.

Très croyant, il regarda le portrait de Gilles Desmarets qui trônait sur la cheminée, une photo en couleur prise un jour de vendanges. Le cœur serré, il se demanda quand et comment on s'en prendrait de nouveau à sa fille ou à son épouse.

— Catherine a raison, Vicky sera peut-être plus en sécurité loin d'ici.

Après un second verre d'alcool, Jacques monta rejoindre sa femme. Elle était allongée sur leur lit, en peignoir de satin rose, ses boucles brunes répandues sur l'oreiller.

— Pardonne-moi, Cathy ! Tu n'es pas malade, au moins ? souffla-t-il, surpris de la voir déshabillée en plein après-midi.

— Non, viens, je t'attendais. Je n'ai pas su te donner un fils ni d'autres enfants, mais je sais te donner du plaisir…

Il s'étendit à ses côtés et l'attira sur lui. De baisers en baisers, ils s'abandonnèrent au désir, tous deux avides d'oubli.

Dijon, cours de danse d'Aurélia Novak, même jour, une heure plus tard

Le visiteur au foulard rouge n'avait pas bougé de son siège depuis son arrivée. Aurélia Novak semblait ignorer sa présence, concentrée sur ses élèves. Elle venait de former des couples pour le pas de deux de l'acte I de *Giselle*.

— Anna et David, vous commencez ! Puis Astrid et Jérôme. En dernier, Victoire et Rémi.

— Mais madame, hier j'ai répété avec Rémi, protesta Vanessa. Victoire et lui n'ont jamais dansé ensemble.

— Justement, je voudrais voir s'ils s'accordent bien. Et vous n'avez pas à discuter mes choix.

Stupéfaite, Victoire lança un rapide coup d'œil sur son futur partenaire à qui elle n'avait jamais osé adresser la parole. Rémi lui souriait et il s'approcha d'une démarche glissante. Grand, les cheveux châtain clair et les yeux verts, c'était un des garçons les plus séduisants du cours. Son sourire témoignait de sa douceur et de sa gentillesse.

— Je suis très content d'être avec toi, dit-il à son oreille.

— Merci, répondit-elle aussi bas, tandis qu'Anna et David commençaient à danser.

En dépit de leurs efforts, ils manquaient de synchronisation et d'harmonie. Aurélia Novak en fut exaspérée et, d'un geste, elle les renvoya à la barre. Le couple suivant lui donna plus de satisfaction, mais elle le montra à peine.

— C'est à nous, dit Rémi dans un souffle.

Victoire pensait qu'elle n'avait pas droit à l'erreur.

Il fallait prouver à leur professeure ses capacités en dansant comme elle n'avait jamais dansé.

« Je dois retrouver mon âme, se dit-elle. M'envoler vers ce monde de lumière que j'ai vu en rêve. »

À la fin de leur prestation, Aurélia hocha la tête, un léger sourire sur les lèvres, ce qui n'était pas dans ses habitudes. Le visiteur se leva souplement pour lui parler. L'entretien fut bref, étouffé par la musique.

Anna avait entraîné Victoire au fond de la salle, là où une fenêtre ronde offrait une vue sur la rue en contrebas.

— Le cours est bizarre, aujourd'hui, Vicky ! Qui est cet homme ? En tout cas, il a contrarié Madame Aurélia. Regarde, elle l'emmène dans son bureau.

— Sûrement quelqu'un de la profession, ça ne nous concerne pas. Anna, sois franche, est-ce que j'ai bien dansé ?

Comme Rémi s'était éloigné avec Vanessa, son amie livra ses impressions à sa manière abrupte.

— Tu as été excellente, promis ! J'en avais les larmes aux yeux. Rémi et toi, vous étiez parfaits tous les deux ! Avoue, tu as récupéré un petit bout de ton âme, celui resté accroché au bord du trou noir !

— Moque-toi, répliqua Victoire en riant. Bon, je vais faire des étirements et des battements. On va sans doute répéter pour le spectacle de Noël.

— Ah, le visiteur s'en va, Madame Aurélia le raccompagne, nota Anna. Bon débarras, ce type me mettait mal à l'aise.

Elles n'eurent pas le loisir d'en débattre davantage. À la surprise générale, leur professeure annonça la fin du cours.

— Victoire, tu peux venir, je te prie ? ajouta-t-elle en désignant la porte de son bureau.

Les autres élèves se dirigèrent vers les vestiaires, non sans protester à voix basse. Anna s'attarda un peu, inquiète pour son amie, mais David la prit par la main et elle le suivit.

Depuis son inscription en septembre, Victoire n'était plus entrée dans la petite pièce où Aurélia Novak recevait en priorité les parents et ses relations professionnelles. Les murs étaient tapissés de posters colorés, en majeure partie des affiches de ballets. Une vitrine abritait des chaussons en satin blanc, dont les rubans serpentaient sur du velours rouge sombre.

— Asseyons-nous, soupira sa professeure. Je suis un peu lasse et toi tu es toute pâle. Je vois que tu regardes mes pointes. Ce sont celles que je portais lors de ma première représentation. J'avais le rôle de la fée Dragée, dans le *Casse-Noisette*.

— Quel âge aviez-vous ?

— Dix-huit ans ! L'âge où, si tout se déroule selon le vœu de ta mère, tu auras intégré l'école de ballet de l'Opéra. L'homme que vous avez tous observé avec bien peu de discrétion est un ancien danseur étoile britannique. À la suite d'un accident sur scène, il a dû mettre fin à sa carrière, mais il a ouvert sa propre école de danse à Paris. Il était là pour toi seule, afin d'évaluer ton talent et tes possibilités.

— Mais pourquoi ?

— Il s'agirait d'un vieil ami de ta mère, qui lui a demandé de venir à Dijon au plus vite. Il accepte de te prendre dans son école. Cependant, si tu l'avais déçu, il aurait refusé malgré ses liens avec ta famille. En fait, tu m'as avoué ton secret pour rien puisque tu vas quitter mon cours.

Sidérée, Victoire prit le temps de réfléchir. Elle avait de nouveau la sensation d'être trahie et manipulée comme une marionnette.

— Tu rêvais d'aller à Paris, il me semble, insista Aurélia.

— Oui, évidemment, mais pas tout de suite, pas grâce à l'appui de ma mère. Elle aurait pu m'avertir. Ou bien il y a eu un malentendu. Ma grand-mère a dû lui dire que vous ne vouliez plus de moi dans votre cours et maman s'est empressée de trouver une solution.

— Effectivement. J'ai moi-même été surprise en voyant John Wilde arriver ce matin. C'est lui qui m'a tout expliqué. Victoire, tu pensais que j'étais en mesure de t'emmener au sommet, c'est faux. Tu y arriveras à force de travail et de volonté. Je te souhaite d'entrer à l'école de l'Opéra, la plus prestigieuse du monde. Tu as deux ans devant toi pour réussir ce défi. Le plus important, c'est le feu sacré dont tu parlais dans ta lettre. Tout à l'heure, il brûlait en toi. Ne le laisse jamais s'éteindre. Même s'il n'en subsiste qu'une braise, tu as le pouvoir de le faire renaître. C'est très cliché ce que je te dis, je suis d'accord, mais simple et explicite.

— Je m'en souviendrai, madame.

— Je l'espère. Va vite te rhabiller, j'ai un rendez-vous en ville, je dois me préparer.

— Est-ce que je participerai au spectacle de Noël ?

— En principe, tu termines le trimestre ici. À samedi

matin, Victoire, je distribuerai les rôles pour l'acte du *Casse-Noisette* que nous jouerons en décembre.

Chez Élodie Quinot, une heure plus tard

Deux appels passés du téléphone portable d'Anna avaient suffi. Pour la première fois, Victoire pouvait inviter son amie à dormir chez sa grand-mère. Élodie, soucieuse du moral de sa petite-fille, avait accepté immédiatement l'idée des deux adolescentes.

— Je n'y crois pas, Vicky, on a toute la soirée devant nous. Je t'avais dit que mes parents seraient d'accord. Ils sont cool.

— Oui, je suis trop contente. Mamie nous fera son super gratin de pommes de terre. Je te prêterai un pyjama, tu choisiras lequel.

Elles échangèrent un sourire complice en posant leurs sacs dans un angle de la chambre. Anna étudia la décoration de la pièce d'un air perplexe.

— C'est joli mais un peu sobre, finit-elle par déclarer.

— J'aime bien le style classique. Et puis c'était une pièce réservée aux amis. Quand tu viendras au château, tu verras ma vraie chambre, elle est un peu plus sophistiquée.

Sous une apparente bonne humeur, Victoire cachait le choc que lui avaient causé les révélations de Madame Aurélia. Elle n'en avait encore rien dit à Anna.

— J'avais besoin de te parler et de passer du temps avec toi, avoua-t-elle soudain.

— C'est grave, Vicky ?

— Au fond, je devrais sauter de joie, mais je ne peux pas. Je vais t'expliquer.

Une fois informée, Anna retint ses larmes. Elle qui se disait prête à rejoindre souvent Victoire à Paris si jamais elle s'y installait prenait conscience de la réalité de leur séparation.

— Tu partiras en janvier, gémit-elle. Tes parents sont vraiment bizarres. D'abord ils t'enferment dans une bulle, ensuite ils t'envoient vivre dans la capitale.

— Une bulle, tu exagères ! J'ai droit à quelques heures de liberté. Et l'unique fois où je me suis échappée, le résultat a été tragique. Anna, au début j'étais triste et révoltée de quitter Dijon, à présent ça me rassure presque…

— À cause du violeur ?

— Oui, j'ai une peur terrible de le reconnaître dans la rue ou chez moi, au domaine. La psychologue m'a mise en garde : si ma mémoire revient, ce sera très pénible. Pour le moment, je suis comme anesthésiée émotionnellement par rapport à ce que j'ai subi. Au moins, à Paris, je pourrai respirer.

Des coups discrets à la porte interrompirent Victoire. Elle alla ouvrir à sa grand-mère qui entra, un plateau entre les mains.

— Voici les chocolats chauds promis, les filles, et des cookies maison ! Régalez-vous, nous dînerons à 20 heures. Anna, ton frère est passé à vélo, il m'a remis ton sac pour le lycée. Si tu as du travail pour demain, tu descendras le chercher.

— Merci, madame, je m'en occuperai après le goûter. On doit juste réviser une leçon d'anglais.

Élodie se retira, soulagée et heureuse de les savoir ensemble.

— Mamie fait un gros sacrifice aussi, murmura Victoire. Par ma faute, elle va devoir habiter un studio à Paris. Ici, elle a des amies et une maison confortable.

— C'est la preuve qu'elle t'aime très fort !

— Je sais. Anna, je t'enverrai des billets de train et tu nous rendras visite ?

— Promis.

— Écoute, quelque chose me rend malade. Chaque année, avant Noël, mon grand-père Gilles organisait un après-midi pour ses employés. Il y avait un sapin dans la salle de réception d'un des chais et une sorte de banquet. Les enfants recevaient des cadeaux. Papa tient à conserver cette tradition et il m'a demandé d'y assister. Il invite aussi les Mongenot, les Colombet et d'autres viticulteurs, ça fera un monde fou ! Je suis certaine que mon agresseur viendra. Imagine si je le reconnais et si je revis ce qu'il m'a fait... Je ne pourrai pas supporter son regard sur moi. Je suis capable de hurler de terreur.

Un sanglot nerveux lui coupa la parole. Anna la prit dans ses bras en lui tapotant le dos.

— Invite-moi, je te protégerai ! Et si tu es sûre que c'est lui, ce salaud, je téléphonerai à la police. Tant pis pour le scandale !

— D'accord, viens ! Je dirai à mon père que je participerai à condition que tu sois là, balbutia Victoire.

— Tope là ! Maintenant on boit nos chocolats, proposa Anna en la couvant d'un regard affectueux.

Château Desmarets, dimanche 22 décembre 2013

La foule était si dense dans la grande salle de réception que Catherine avait du mal à repérer la silhouette de sa fille parmi les invités. Inquiète, elle saisit le bras de son mari.

— Jacques, as-tu vu Vicky ? Tout à l'heure, elle était près du sapin, avec son amie Anna. Elles ont disparu.

— Peut-être sont-elles sorties un peu, on étouffe ici. Je n'aurais jamais dû te montrer les messages que mon père avait reçus, depuis tu vis dans l'angoisse. Allons, ne crains rien. Tant que je serai en possession de toute ma fortune, je paierai des vigiles comme aujourd'hui.

Son épouse leva les yeux au ciel au rappel de l'initiative qu'il avait prise et qu'elle estimait insensée. Pourtant, dès qu'elle apercevait les mines sérieuses des deux hommes engagés pour les protéger, elle se sentait réconfortée. Ils se fondaient dans le décor, en costume civil et chemise ordinaire.

— Quand même, j'aimerais trouver Vicky, souffla-t-elle.

— Eh bien, va la chercher.

Le couple se sépara sur ces mots, à l'instant où Jean-Charles Mongenot marchait vers eux. Il se frayait aisément un passage, les gens s'écartant à son approche, sans omettre de le saluer avec respect.

— Catherine, ne vous sauvez pas, dit-il d'un ton cordial. Je ne vous ai pas encore vue. Vous êtes vraiment ravissante !

— Bonjour et merci, Jean-Charles. Ah, vous avez une coupe de champagne ! Servez-vous en amuse-bouche aussi. Frédérique est avec vous ?

— Hélas, ma tendre et chère est souffrante. Elle vous envoie ses amitiés. Je suis en compagnie de Florian et de Bastien, mon cadet et mon successeur.

— Le temps n'est pas encore venu pour vous de passer le flambeau, plaisanta-t-elle, très mondaine. Excusez-moi, je suis à la recherche de ma fille. Si vous la croisez, dites-lui de me rejoindre près du sapin.

— Votre adorable Victoire, une future étoile ! Justement elle et son amie bavardaient avec Bastien sous le porche des caves.

— Dans ce cas, tout va bien, je vous remercie. L'heure de distribuer les cadeaux approche, je vous laisse.

De son côté, Jacques Desmarets étudiait la physionomie des hommes de tout âge. Dans d'autres circonstances, il se serait réjoui, à l'instar de son père, de réunir ainsi les familles de ses ouvriers agricoles et les riches exploitants des vignobles voisins. Mais le cœur n'y était pas.

— Bonjour, Denis, dit-il à son contremaître qui le saluait, au bras d'une jolie brune d'une trentaine d'années, au ventre rebondi.

— Bonjour, monsieur, c'est gentil à vous de donner cette fête comme le faisait votre papa, avança son employé.

— Je maintiendrai la tradition aussi longtemps que je le pourrai ! La naissance est prévue pour quand ? s'enquit Jacques.

— Au mois d'avril, répondit le futur père. Un garçon, d'après l'échographie.

— Formidable ! Buvez un verre de jus d'orange, madame.

Il s'éloigna pour serrer la main d'un retraité endimanché. Victoire réapparut au même moment. Elle portait une robe en velours noir à la jupe évasée et Catherine l'avait coiffée d'un chignon natté. Un collier en or brillait à son cou. Suivie de près par Anna, elle prit Jacques par le coude.

— Papa, ai-je droit à une coupe de champagne ? s'enquit-elle. Je la partagerai avec Anna. Bastien Mongenot en boit et il a notre âge.

— Pas d'alcool, ma chérie, ordonna-t-il tout bas.

— D'accord, papa. On va boire du jus de fruits.

Les adolescentes se glissèrent parmi la masse animée et bruyante des invités. La sono diffusait des chants de Noël, à la grande joie des enfants regroupés dans un espace bien à eux, délimité par des caisses et des coussins. Colette, l'employée des Desmarets, disposait des parts de gâteau devant eux et des gobelets de limonade, secondée par une des serveuses engagées pour l'occasion.

— Tes parents font bien les choses, commenta Anna en désignant le gigantesque sapin illuminé. Chez vous, je me sens un peu comme le vilain petit canard.

— Ne dis pas de bêtises ! Ta famille aussi est aisée et même si ce n'était pas le cas tu as ta place ici. Tu sais, j'aurais voulu t'avoir pour sœur ou pour cousine, avoua Victoire.

— À ce sujet, Arthur n'est pas rentré de Londres ?

— Non, mon cousin passe Noël là-bas, mais il vient fêter le Premier de l'An chez lui. Je l'ai eu au téléphone vendredi soir. Au début cet idiot m'a parlé en anglais. Il m'a encore demandé pardon pour la soirée chez les Colombet. Tiens, en parlant d'eux, Gérard

Colombet c'est ce monsieur trapu et quasiment chauve qui trinque avec mon père. Ils vont s'associer, c'était le souhait de mon grand-père.

— Il a l'air inoffensif. Dis, Vicky, tu n'as reconnu personne jusqu'à présent ? chuchota Anna à son oreille.

— Non, mais comment savoir ? J'ai pu me retrouver en face de lui sans l'identifier.

— Je reste près de toi. Si tu ressens un malaise, serre-moi le poignet.

— On n'est pas un peu ridicules ? hasarda Victoire.

— Pas du tout, je m'amuse comme une folle à jouer les gardes du corps.

Jacques Desmarets ne tenait pas en place, soucieux de dire un mot aimable à chacun et à chacune. Soudain, il se pencha pour prendre entre ses mains celles d'une dame aux courtes boucles grises et toute vêtue de noir. Il discuta avec elle, avant de faire signe à sa fille de le rejoindre.

L'adolescente s'empressa d'obéir, touchée par l'expression effarée de la femme.

— Vicky, je voulais te présenter madame Janine Nevers, qui m'a fait le plaisir de répondre à mon invitation cette année.

— Bonjour, madame !

— Seigneur, qu'elle est devenue belle, votre petite demoiselle, monsieur Desmarets. Pensez donc, je l'ai connue haute comme trois pommes.

— Vicky, sans le mari de Janine, tu ne serais pas née, expliqua son père. Paulin Nevers, qui travaillait pour nous, m'a sauvé la vie. J'avais raté un virage, ma voiture a percuté un poteau télégraphique et elle a pris feu. Paulin taillait la vigne mais il a vu l'accident et il m'a sorti des flammes. Son courage lui a coûté cher, il a été brûlé aux bras et au visage…

— Mais vous lui avez payé tous les soins nécessaires, murmura Janine Nevers d'une voix tremblante. Et deux ans plus tard, il faisait une mauvaise chute du haut d'une cuve, sur le ciment. Ah, nous en avons eu des malheurs !

Touchée par ce qu'elle venait d'entendre, Victoire approuva, tout en souriant gentiment à la sexagénaire, dont la modeste toilette en laine embaumait l'eau de Cologne. Elle s'apprêtait à reculer vers Anna qui l'attendait lorsqu'un regard noir attira son attention. Un jeune homme aux courts cheveux blonds la fixait.

— Ah, c'est gentil, votre fils vous a accompagnée, Janine, ajouta alors Jacques qui adressa un signe amical à ce dernier.

— Emmanuel met un point d'honneur à veiller sur sa vieille mère, affirma Janine Nevers. Savez-vous qu'il est ingénieur des Eaux et Forêts ? Le métier lui plaît bien.

— Félicitations, mon garçon !

— Merci, monsieur. Bonsoir, mademoiselle, dit Emmanuel en continuant à fixer Victoire avec insistance.

Tout de suite, le cœur de l'adolescente battit un peu plus vite. Troublée, elle détourna la tête.

— Qu'est-ce que tu as ? l'interrogea Anna en l'emmenant à l'écart. Allons près de l'arbre de Noël, ta mère commence à offrir les cadeaux.

— Cette voix, je la reconnais, confia Victoire à son amie. Je l'ai déjà entendue.

— Quelle voix ? Celle de ce jeune type ?

— Mais oui, elle est particulière, sonore, grave, chaude. Je dois me souvenir, Anna.

— Ce serait lui ?

— Peut-être, je ne sais pas. Tant pis pour les parents, je veux rentrer à la maison. Tu as vu comment il me dévisageait ?

— Pas vraiment, j'observais le charmant Bastien Mongenot. Florian, son grand frère, n'est pas mal non plus.

— Anna, je me moque des Mongenot ! C'est grave, et tu es censée me soutenir, chuchota Victoire. Si mon agresseur est le fils de cette pauvre dame, elle vit avec un monstre qu'elle adore, en plus !

Témoin de la panique qu'éprouvait la jeune fille, Emmanuel essaya de l'approcher, mais elle obliqua en direction du sapin que les enfants entouraient. Anna la prit par le bras.

— Ah, vous voici, se réjouit Catherine en les voyant. Aidez-moi, les noms sont marqués sur le papier. Anna, prenez ces trois paquets. Vicky, apporte celui-ci à ce petit garçon en pull rouge, sur ta gauche.

— Oui, maman.

Blessé par les coups d'œil hostiles de Victoire, Emmanuel se plaça près de l'enfant.

— N'ayez pas peur, mademoiselle, lui dit-il très vite et tout bas. C'est moi qui vous ai ramenée chez vous, le soir de la fête des Colombet.

Il était désorienté par sa coiffure impeccable et la brillance de ses nattes d'un brun intense. Ses formes douces moulées de velours noir, elle paraissait un peu plus âgée et d'une élégance accomplie. Il la revoyait telle qu'elle était dans le bois, près de l'étang : vêtue d'une légère robe rouge, échevelée et en pleine crise de terreur.

— Laissez-moi tranquille, souffla-t-elle. Je ne me souviens de rien. De rien du tout.

— D'accord, calmez-vous, je ne veux pas créer d'esclandre. Ceci dit, vous n'avez rien à craindre de moi. Au revoir.

Victoire songea qu'il pouvait être innocent et la renseigner sur le lieu où elle se trouvait, ce fatidique soir du mois d'août. Mais il se faufila entre les parents regroupés pour assister à la remise des cadeaux. Elle l'aperçut encore qui prenait sa mère par la taille et la guidait vers la porte principale de la salle.

— Alors, il t'a parlé, qu'est-ce qu'il t'a dit ? s'enquit Anna d'un ton anxieux.

— Il prétend m'avoir ramenée à la maison, c'est peut-être pour ça que j'ai reconnu sa voix. Il semble gentil et sérieux. En plus, papa aime bien ces gens. C'est impossible que ce soit lui mon agresseur. Finalement on reste là.

— Tu es sûre, Vicky ?

— Oui, ce sont mes derniers jours au domaine, et tu es avec moi. Tout le monde devra valser, encore une idée de maman. Bastien Mongenot t'invitera sans doute, il ne te quitte pas des yeux.

Elles se sourirent, en quête d'insouciance et de gaieté. En dépit des ombres qui planaient sur le destin de Victoire, elle fut la première à tournoyer sur la musique de Strauss, au bras de son père. Ses pensées se mêlaient au rythme de ses pas aériens.

« Le spectacle de danse de Noël a eu du succès, mamie a loué un appartement boulevard du Montparnasse et je vais vivre à Paris. Anna viendra souvent. Petit miracle, Rémi sera dans l'école de John Wilde lui aussi. Madame

Aurélia a tout arrangé. Et si je revois Emmanuel Nevers un jour, cette fois je l'écouterai… »

Château Desmarets, mardi 31 décembre 2013

Toute la famille était réunie dans le grand salon. Un sapin nappé de neige artificielle étincelait, décoré de boules en verre dorées et de minuscules lumières d'un éclat chaud. Le dîner achevé, Catherine proposa des digestifs. Son frère aîné, Guy Quinot, se prélassait sur le canapé en cuir, sa seconde épouse assise très près de lui. Plus jeune d'une dizaine d'années, elle se teignait en blond platine et se couvrait de bijoux. Le maquillage élaboré dont elle était si fière n'atténuait pas la dureté de ses traits anguleux.

— Le repas était divin, Cathy, déclara-t-elle d'un ton affecté.

— Merci, Mélinda, répliqua celle-ci. Mais je n'ai guère de mérite, il faudrait remercier mon traiteur.

Arthur décocha un coup d'œil presque haineux à sa belle-mère. Il serait volontiers resté en Angleterre s'il n'avait pas eu envie de passer un peu de temps avec Victoire.

— Ma chère fille, tu es quand même l'instigatrice du menu, et tes choix étaient judicieux, commenta Élodie. N'est-ce pas, Jacques ?

— Ma femme est une perle, je vous l'accorde.

Assise sur un pouf en cuir, Victoire contemplait le feu qui pétillait dans l'âtre. Les flammes éclairaient la grande plaque en fonte ornée d'un bas-relief représentant une scène de chasse à courre. Depuis son enfance, elle observait le cerf poursuivi par une meute de chiens et deux cavaliers qui sonnaient du cor, et, petite fille, elle priait en secret pour l'animal traqué.

— Dites-moi, vous avez relâché la bride en ce qui concerne Vicky, insinua Guy. L'école de danse à Paris, la fête de Noël où vous avez invité son amie Anna, malgré le manque d'éducation de cette adolescente.

— Quelle calomnie, cette petite est adorable, malicieuse et, de surcroît, une excellente élève ! s'insurgea Jacques. Il faut vivre avec son temps, cher beau-frère ! Nous n'avions pas vu grandir Victoire. Pourtant elle aura seize ans en mai prochain.

— Il paraît que tu as reçu un téléphone portable pour Noël, Vicky, minauda Mélinda.

— C'est vrai, et en attendant minuit où nous échangerons des baisers de convenance, je vais lui apprendre à s'en servir, déclara Arthur en se levant. Viens, cousine, on sera mieux dans la bibliothèque.

— D'accord !

L'adolescente était soulagée de s'échapper de la pièce. Son oncle fumait un cigare, dont elle détestait l'odeur.

— Nous avons vingt minutes, tu veux appeler qui, demanda Arthur lorsqu'ils furent seuls au milieu des centaines de livres reliés qui recouvraient les murs jusqu'au plafond. Un coup de fil à Anna, celle qui manque d'éducation ? Bon sang, mon père n'en rate pas une !

— Maman pense la même chose mais elle fait l'effort de se taire, avoua Victoire. Pour être franche, la façon de parler d'Anna me gêne de temps en temps. Enfin, le soir où elle a dormi ici, elle surveillait son langage. C'était même assez drôle.

— Je suis content de te voir sourire, ma petite Vicky ! Je m'inquiétais pour toi. Quand je suis parti, tu étais malade.

— Si tu te tourmentais autant, tu pouvais appeler chez ma grand-mère. À présent, je suis en pleine forme et j'ai hâte d'être à Paris.

— Il faudra me rendre visite à Londres. Mon anglais est presque parfait et je fais des rencontres intéressantes, surtout de jolies Anglaises.

— As-tu une nouvelle amoureuse ? s'enquit Victoire pour le taquiner.

— Déjà trois conquêtes, parce que je suis français. Mes compatriotes ont la réputation d'être de bons amants.

— Tais-toi, je n'aime pas ce genre d'allusions.

— Tu changeras d'avis quand tu auras découvert les joies du sexe, Vicky. Ne sois pas pressée, guette le bon candidat.

Exaspérée par les propos de son cousin, Victoire composa un numéro sur son téléphone flambant neuf.

— Depuis le temps que j'en voulais un, j'ai vite appris comment l'utiliser, ironisa-t-elle. Ce n'est pas sorcier, j'envoie même des messages. Je n'ai pas besoin de toi.

Arthur se pencha par-dessus son épaule et déchiffra un prénom qui le fit tiquer.

— Rémi ? Tu ne m'as jamais parlé de lui.

— Il est très beau et il danse admirablement. Tu n'en sauras pas plus. Dommage, c'est son répondeur. Je le rappellerai après minuit pour lui souhaiter une bonne année. Une année à Paris, avec moi…

6

Une nouvelle année

Château Desmarets, même soir,
mardi 31 décembre 2013

Victoire et son cousin se défiaient du regard. Ils étaient toujours seuls dans la bibliothèque, à une cinquantaine de centimètres l'un de l'autre.

— Qu'est-ce que tu as dit ? marmonna Arthur.

— J'ai dit : « Une année à Paris avec moi ! » Je parlais de Rémi. Nous sortons ensemble. Le soir du spectacle de danse, il m'a embrassée sur la bouche, dans les vestiaires. C'était très agréable.

— Change de vocabulaire, sortir avec quelqu'un, c'est ringard. Si tes parents savaient ça !

— Ils ne me diraient plus rien. Maintenant ils me traitent normalement, comme une fille de quinze ans et demi. Je suis même allée passer un week-end chez Anna.

— Vicky, il y a eu autre chose qu'un baiser ?

— En quoi ça te concerne ? Tu t'amuses à Londres, moi j'ai l'intention de profiter de ma liberté quand je serai à Paris. Et Rémi me plaît beaucoup.

— A-t-il détrôné le beau Florian Mongenot dans ton petit cœur innocent ? Je l'ai vu à Dijon, hier matin. Selon lui, tu étais toute contente de monter dans son superbe cabriolet et de te faire ramener chez mamie.

Indignée, Victoire prêta à peine attention à la sonnerie mélodieuse de son portable.

— Florian raconte n'importe quoi, décréta-t-elle en s'écartant d'Arthur. Excuse-moi, je dois répondre, c'est Anna. Elle est ponctuelle, il est minuit !

Catherine fit irruption dans la pièce, un air de reproche sur le visage.

— Venez vite, c'est l'heure de s'embrasser et d'échanger nos vœux !

— Attends une minute, maman, j'ai Anna en ligne, protesta Victoire.

— J'arrive, tante Cathy, répondit Arthur. Et je commence par toi. Bonne année.

Il la prit par l'épaule pour déposer une bise sur sa joue, qu'elle lui rendit aussitôt. Ils sortirent de la bibliothèque en laissant l'adolescente discuter avec son amie.

— Vicky, c'est toujours d'accord, tu viens chez moi demain ?

— Oui, papa me déposera en fin d'après-midi. Alors, avec David ?

— Je te raconterai, mais on ne l'a pas encore fait ! Soit c'est lui qui ne peut pas, soit c'est moi.

— On en discutera… Arthur est là et je le reconnais à peine. Il devient prétentieux et en plus il me sort des inepties sur Florian. Je dois raccrocher, maman m'appelle. Bisous.

— Bonne année, Vicky !

— Merci, toi aussi.

De retour dans le grand salon où scintillait l'arbre de Noël, Victoire se plia sagement au rituel des embrassades et des souhaits habituels. Lorsque son cousin l'attira par la taille avant d'effleurer ses joues, elle se souvint d'un baiser bien différent, celui que lui avait donné Rémi quelques jours plus tôt.

« C'était doux et tendre, ses lèvres sur les miennes. J'ai hâte de le revoir. »

Empestant le tabac et l'alcool, son oncle Guy la souleva en la faisant tournoyer comme si elle avait encore une dizaine d'années.

— Lâche-moi ! hurla-t-elle.

Il fut tellement surpris qu'il la libéra d'un geste brusque. Elle lui lança un regard noir avant de s'enfuir. Ils la virent passer dans le hall, puis ils l'entendirent monter l'escalier.

— Vicky n'est plus une petite fille, s'emporta Catherine. Tu n'aurais pas dû te comporter ainsi, Guy !

— Ta sœur a raison, chéri, nota Mélinda.

— Bon sang, je ne pensais pas la contrarier à ce point, se défendit-il.

Arthur secoua la tête d'un air dédaigneux, cependant il capta l'expression anxieuse des parents de Victoire. La scène avait duré juste quelques secondes, mais il comprit qu'elle n'était pas anodine.

— Je vais la voir, déclara Catherine.

— Non, je m'en occupe, intervint Élodie. Reste là, tu voulais servir le vacherin aux fruits rouges et le champagne.

— D'accord, maman, je te fais confiance.

Elles échangèrent un regard entendu, toutes deux certaines que Victoire avait besoin de réconfort.

Victoire s'était enfermée à clef dans sa chambre. Sa grand-mère tapota contre la porte.

— Je t'en prie, ouvre, ma chérie ! Nous devons parler toutes les deux. N'aie pas peur, je suis seule.

À son grand soulagement, l'adolescente mit peu de temps à entrebâiller le battant.

— Entre, mamie !

— Mais tu pleures ! Qu'est-ce qui t'est arrivé ? La mémoire t'est revenue ? Ne me dis pas que ton oncle serait suspect…

— Bien sûr que non, mamie, comment tu peux imaginer une chose pareille ? Mais quand il m'a saisie par la taille sans me prévenir, je me suis souvenue du rêve que j'avais fait à la clinique. Ces mains brutales qui essayaient de m'attraper et même de me retenir de force. Tout est allé très vite dans mon esprit, comme un éclair, j'étais terrifiée.

Élodie l'attira dans ses bras pour la conduire jusqu'à son lit. Elle la fit asseoir et s'installa à ses côtés.

— Vicky, tu dois te préparer pour le moment où tu revivras le traumatisme que ta conscience a enfoui afin de te préserver. C'est un mécanisme d'autodéfense en quelque sorte. La danse t'aidera à acquérir du sang-froid et à maîtriser ton esprit et ton corps.

— Mais en danse classique, il y a des portés, hasarda Victoire en essuyant ses larmes. Si je réagis comme ça dès qu'un garçon me prend par la taille, je n'ai aucune chance de grimper les échelons.

— Reste positive, de surcroît le contexte sera différent !

— Peut-être, j'avoue que l'odeur de tabac et de whisky que dégageait mon oncle m'a révulsée. Tu te rends compte, mamie, si c'est un homme de cet âge-là qui a abusé de moi ? Rien que d'y penser, j'ai envie de vomir.

— L'âge n'a rien à voir, le crime est le même, que le coupable soit jeune ou vieux, affirma sa grand-mère.

— Pas pour moi ! Il y avait beaucoup de stagiaires à la fête des Colombet, venus de toute la France et aussi de l'étranger. Je suis sans doute stupide, mais ça me répugne moins d'imaginer quelqu'un de jeune. Parfois je soupçonne Florian Mongenot.

Abasourdie, Élodie étouffa une exclamation incrédule, avant de respirer profondément pour dominer son émotion.

— Aurais-tu un motif sérieux ?

— Aucun, mamie. D'après lui, il est passé très tard à la fête, quand l'incendie était maîtrisé et que mon grand-père était déjà mort. Mais je répète, c'est « d'après lui ». On ignore d'où il venait, au fond.

— Le commandant Terrier n'a rien dû laisser au hasard, ma chérie. Ceci dit, il enquêtait sur le décès de Gilles, pas sur un viol. Vicky, écoute-moi. Depuis ton agression, tu t'es retrouvée en présence de Florian. Si c'était lui, tu aurais sans doute ressenti un malaise ou de la gêne. En plus, je crois savoir que ce garçon te plaisait beaucoup. Tu m'as confié ce petit secret il y a environ deux ou trois ans.

Désemparée, Victoire approuva d'un faible sourire. Soudain elle se remémora la gentillesse de Florian envers elle, lors de leur rencontre rue Verrerie. Malgré ses allusions douteuses sur les mariages arrangés de jadis, il s'était montré attentionné et respectueux.

— Je ne sais plus où j'en suis, mamie, admit-elle. À notre fête de Noël, dans le chai, j'ai aussi pris Emmanuel Nevers pour le coupable, parce qu'il me fixait avec insistance.

— Emmanuel ? Non, c'est impossible, trancha Élodie. Ce jeune homme ne commettrait jamais un acte aussi odieux.

— Pourquoi en es-tu certaine ?

— Je le sais, voilà tout, je ne peux pas t'expliquer, du moins pas ce soir. Vicky, si nous descendions, afin de rassurer ton oncle. Il doit s'en vouloir.

— Non, je reste dans ma chambre. S'il te plaît, mamie.

— Et que puis-je inventer pour justifier ta réaction ? Il faut aller au bout de nos choix. Personne ne devait être au courant de ce qui s'est passé, mais là, Mélinda et Guy vont se poser des questions.

— Bon, d'accord. Je vais leur dire bonsoir et inventer une excuse. De toute façon, je suis fatiguée. Je me suis entraînée presque toute la journée, alors je remonterai aussitôt me coucher.

L'excuse fantaisiste de Victoire parut amuser Guy Quinot. Il s'esclaffa en prenant son épouse et sa sœur à témoin.

— C'est nouveau, je ne pouvais pas deviner que ma nièce était devenue chatouilleuse à ce point, déclara-t-il. Je ferai bien attention à l'avenir, Vicky.

— Tu auras intérêt, Guy, car l'adolescence est un passage difficile, prêcha Mélinda. Les très jeunes filles sont souvent d'une grande nervosité.

— Oui, d'autant plus que Victoire appréhende un peu son installation à Paris, même si ma mère sera auprès d'elle, argumenta Catherine d'un ton neutre.

— Le souci est réglé ! Il serait temps de trinquer à cette nouvelle année, j'ai débouché le champagne, clama Arthur d'une voix pâteuse.

— Juste une demi-coupe pour toi, ordonna Guy. Tu as bien assez bu ce soir. Je déteste te voir tituber et marmonner.

— Pardon, cher père, rétorqua celui-ci. Quoi que je fasse, je te décevrai toujours, n'est-ce pas ? D'où mon exil à Londres !

Mélinda se leva du canapé et s'approcha du jeune homme. Elle le dévisagea d'un air provocant.

— Que me voulez-vous, belle-maman ? ironisa-t-il. Vous allez encore vous plaindre de mes sales manières ?

— Mon pauvre garçon, tu te fais des idées. J'ai plaidé ta cause auprès de Guy, mais ton père a été inflexible. Ne joue pas les victimes ! Es-tu malheureux outre-Manche ?

— Je suis au comble de la félicité, parce que je ne vous vois plus au quotidien. D'ailleurs, réveillonner en votre présence me file de l'urticaire.

Aussitôt, Guy Quinot bondit de son fauteuil et se rua sur son fils qu'il gifla à la volée.

— J'ai honte de toi ! vociféra-t-il. Quand vas-tu cesser de t'en prendre à mon épouse ? Que ça te plaise ou non, Mélinda est ma femme, tu lui dois le respect. Tu aurais dû rester à Londres, nous aurions pu réveillonner tranquillement. Cathy, je suis navré, mais nous partons. Je ne vous imposerai pas davantage l'insolence du petit crétin que j'ai engendré. Bonsoir.

Personne n'osa interférer, encore moins Jacques, qui était très pâle. Victoire fit un signe de la main à son cousin dont les joues gardaient la marque rouge des doigts paternels.

— L'année 2014 commence mal, fit remarquer Élodie.

Nul ne songea à la contredire.

Chez Anna, mercredi 1er janvier 2014

La tombée de la nuit bleuissait le paysage hivernal lorsque Jacques Desmarets déposa sa fille devant le portail des Seron. Anna habitait à proximité de Gevrey-Chambertin, dans une demeure du dix-neuvième siècle rénovée avec goût. Son père était un négociant en vins et sa mère tenait un cabinet dentaire.

— Amuse-toi bien, Vicky ! Tu m'appelles demain matin, à l'heure où tu souhaites rentrer.

— Oui, papa, ou bien la mère d'Anna me ramènera.

— La soirée d'hier était plutôt ratée, soupira Jacques. Nous n'en avons pas discuté avec toi par la suite car tu es remontée dans ta chambre, mais j'étais vraiment gêné. Guy n'aurait pas dû te faire peur ni frapper son fils devant nous.

— Arthur a l'habitude, ce n'est pas la première fois que mon oncle perd patience. Quand maman m'a giflée parce que j'étais enceinte, c'était la première fois pour moi. Je trouvais ça injuste et j'étais désespérée.

— Je m'en doute, Vicky, mais disons que, sous son calme apparent, Catherine peut vite devenir violente. Le sang chaud des Quinot, plaisanta-t-il d'un ton amer.

— N'y pense plus, papa, ça ne sert à rien de se tourmenter. Mamie m'a appris qu'il fallait se concentrer sur l'avenir.

— C'est vrai. Hélas, le passé conserve ses droits. Arthur en veut à Mélinda d'avoir pris la place de Corinne. Pauvre garçon, il adorait sa mère. Mon Dieu, quelle femme exquise c'était ! En confidence, Mélinda ne lui arrive pas à la cheville, que ce soit sur le plan de l'élégance, de la beauté ou de l'intelligence.

Victoire écoutait son père sans l'interrompre, malgré son envie de rejoindre Anna.

— Je m'en souviens, papa. J'aimais beaucoup tante Corinne.

— Va vite, je te retiens avec mes bavardages. Surtout, sois prudente, ma chérie.

— Sois tranquille, nous ne bougerons pas de la maison, Anna et moi. Et ses parents sont là.

L'adolescente descendit enfin de la voiture et franchit le portail. Jacques la suivit des yeux jusqu'au perron. À l'idée du prochain départ de sa fille, son cœur se serra douloureusement.

— C'est pour sa sécurité, se dit-il. Ils me prendront tout si je ne cède pas à leur chantage, mais au moins Vicky sera épargnée.

Lorsque son amie la fit entrer, la maison parut bizarrement déserte à Victoire. Désorientée par le silence et le peu de lampes allumées, elle garda son sac à dos contre sa poitrine.

— Tes parents sont sortis, Anna ? Tu m'avais dit qu'ils seraient là.

— Il y a eu un changement de programme, Vicky !

Un soir de premier janvier, ils ne savaient pas à quelle invitation répondre. Ils dorment à Dijon. Dépêche-toi, enlève ta veste et pose ton sac. J'ai préparé de quoi grignoter dans le salon.

Victoire suivit Anna qui lui avait pris la main. La grande pièce était plongée dans l'obscurité, mais l'adolescente perçut des respirations et des silhouettes. Une panique viscérale la fit reculer.

— Qui est là ? murmura-t-elle.

— Avance, je t'ai fait une surprise !

Soudain une musique s'éleva et simultanément des guirlandes colorées éclairèrent un petit groupe de filles et de garçons qui se lancèrent dans un concert de vœux :

— Bonne année, Vicky !

— Sois la meilleure à Paris !

— La plus belle et la plus heureuse !

Sidérée, Victoire découvrit Rémi, sur la droite, puis David et Vanessa, ainsi que Claudine et Wassim, deux autres élèves de Madame Aurélia. Il manquait Mélisse, une jolie Vietnamienne, qui avait été adoptée par un couple de Dijon.

— On s'est réunis pour te dire au revoir, précisa Anna, toute fière de son idée. Tu vas me manquer et leur manquer à eux aussi ! Sans oublier Rémi, qui s'en va lui aussi.

— Eh oui, on ne pouvait pas se quitter comme ça, renchérit Claudine.

Encore secouée par la peur qui l'avait saisie, Victoire fit l'effort de sourire. Sous l'égide de David, ils s'empressèrent tous de faire honneur aux toasts et aux boissons disposés sur la table basse. Anna ne fut pas dupe de la contrariété de son amie.

— Détends-toi, Vicky, ils ne resteront pas longtemps, lui chuchota-t-elle à l'oreille. En plus il y a ton amoureux…

— Tais-toi, il pourrait t'entendre. Et Vanessa ? Pourquoi tu l'as invitée ? Tu crois vraiment que je vais lui manquer ?

— Elle voulait venir à tout prix. Ton départ doit la rassurer. Allez, profite un peu. J'ai préparé une super playlist, on pourra même danser.

Victoire acquiesça, tout en observant Rémi. Il se servait du soda, sous l'œil amusé de David. Ils éclatèrent de rire en heurtant leur verre respectif.

— C'est sympa, chez toi, Anna, déclara Vanessa, vêtue d'une jupe très courte sur des collants rouges. Alors, Vicky, tu es heureuse d'aller vivre à Paris ?

— Je suis surtout contente, car là-bas, je progresserai plus vite. John Wilde est un excellent professeur, n'est-ce pas, Rémi ?

— Tout à fait, puisqu'il a sélectionné les deux plus brillants élèves de Madame Aurélia, répliqua celui-ci.

Sur ces mots, il s'approcha de Victoire qu'il attira contre lui. Elle se raidit un peu au contact de ce corps masculin, puis elle s'abandonna, dans l'espoir d'un autre baiser.

— Oh, c'est la musique de *Flashdance* ! s'écria Claudine, une petite brune très menue. On danse !

Anna et elle évoluèrent sur le grand tapis qui occupait la moitié du salon. Wassim et David les imitèrent. Rémi, lui, retint Victoire dans ses bras.

— Tu es si jolie, murmura-t-il. Je pense à toi sans arrêt, Vicky.

Bouleversée, elle le regarda avec gravité. Il se pencha un peu pour l'embrasser sur les lèvres très doucement.

— Sais-tu ce que j'aime en toi ? murmura-t-il ensuite. Tu n'es pas comme les autres filles. Tu as de la classe, tu sembles plus réfléchie ! Parfois tu serais presque intimidante.

Rémi caressa ses joues, puis il enroula une de ses longues mèches brunes autour de ses doigts.

— Je te préfère les cheveux défaits, ils sont si beaux.

Sous le charme de sa voix enjôleuse, Victoire nicha sa tête au creux de son épaule. Il lui donna un nouveau baiser et elle ferma un court instant ses grands yeux bleus, comblée par sa tendresse.

— Si on allait danser nous aussi, proposa Rémi. C'est plus moderne que Tchaïkovski, mais j'adore ces rythmes-là.

— Je veux bien, répondit-elle en buvant d'un trait son verre de soda.

Lorsque Victoire se réveilla, sa tête reposait sur un coussin moelleux, mais en se redressant elle constata que celui-ci était calé contre les cuisses de Rémi, qui dormait, le haut du corps appuyé au dossier du canapé.

« Mais... Il est 6 heures », constata-t-elle en regardant sa montre.

La clarté d'une guirlande lumineuse restée allumée lui révéla le désordre qui régnait dans le salon. Une belle lampe avait été renversée, des bouteilles vides jonchaient la table basse. Elle découvrit aussi Claudine allongée sur le tapis, son bras gauche replié en guise d'oreiller.

« Pourquoi ils ne sont pas partis comme prévu... ? »

Angoissée, Victoire chercha à se souvenir de ce qui s'était passé la veille. Soudain elle se revit en train de danser et de rire, entre Rémi et Claudine, tandis que Vanessa et Wassim se livraient à une prestation de hip-hop endiablée. Enfin elle eut l'image de David entraînant Anna à l'étage.

Elle se leva sans bruit, assoiffée et surtout étonnée d'avoir passé la nuit au rez-de-chaussée, près de Rémi. D'instinct, elle vérifia ses vêtements, mais elle avait toujours ses collants et sa robe en lainage, son gilet et ses bottines en cuir.

« Qu'est-ce que j'ai eu ? Pourtant il n'y avait pas une goutte d'alcool. »

En entrant dans la cuisine, qu'éclairait une veilleuse murale, Victoire se dirigea droit vers l'évier. Elle dénicha un verre sur une étagère et put boire de l'eau fraîche.

— Ah, tu es là, fit une voix rauque derrière elle.

— C'est toi, Anna ? hasarda-t-elle en se retournant.

Son amie portait une chemise de nuit courte, dévoilant ses jambes. Sa chevelure noire ébouriffée, elle avait le teint cireux.

— J'ai une de ces soifs, tu peux me donner de l'eau, Vicky ?

— D'abord tu m'expliques ! On devait être seules hier soir, mais personne n'est reparti comme tu le prétendais. En plus je me suis réveillée sur le canapé du salon, à côté de Rémi. Je ne me souviens de rien, encore une fois ! Tu imagines combien c'est terrible pour moi, après ce que j'ai vécu ?

Avec un soupir, Anna s'assit sur une chaise, en esquissant un sourire désolé.

— C'est la faute de David, avoua-t-elle. Il avait

apporté de la vodka et il en a mis en douce dans nos verres de soda. Il vient de me le dire. Je suis tellement en colère contre lui que j'ai préféré descendre. Pour sa défense, il prétend qu'il voulait m'aider à me détendre et ça a marché. On a couché ensemble, mais je m'en souviens à peine. Sans la tache de sang sur mon drap, je n'y croirais pas.

Victoire fut prise de tremblements nerveux, choquée par les mots qu'elle venait d'entendre.

— Tu oses me dire ça ? gémit-elle.

— Excuse-moi, Vicky ! C'est vrai, j'aurais mieux fait de me taire.

— Oui, en effet. Je me sens trahie une fois de plus, et par toi, Anna. J'étais ivre sans le savoir, Rémi aurait pu en profiter.

— Je ne crois pas, lui, c'est un mec bien !

— Heureusement, parce que David s'est comporté de façon honteuse. Tu sais quoi, je m'en vais. Je préfère marcher pendant trois kilomètres plutôt que rester cinq minutes de plus ici. Même si tu n'es pas responsable, je vais avoir du mal à te pardonner, Anna. Au fond, tu t'es servie de moi pour avoir une occasion d'inviter ton cher David. Salut !

Furieuse et au bord des larmes, Victoire sortit de la cuisine. Dans le vestibule, elle enfila son manteau et reprit son sac à dos. Elle fut obligée de retourner dans le salon afin de récupérer son téléphone, or l'appareil avait glissé entre deux coussins du canapé. Rémi sursauta et la considéra avec stupeur.

— Tu t'en vas ? balbutia-t-il.

— Oui ! Si tu veux savoir pourquoi, interroge David.

— Ne pars pas toute seule, il fait encore nuit !

— Je m'en moque. Mon père se lève tôt, il viendra si je lui demande. Bon courage pour ranger tout ce bazar.

Elle fut soulagée de se retrouver à l'extérieur. Il faisait assez doux pour un 2 janvier et Victoire traversa le jardin en suivant l'allée gravillonnée. Sa résolution commença à faiblir une fois sur la route. Il n'y avait ni lampadaire ni lune, et l'éclairage public de Gevrey-Chambertin, à quelque distance de là, dissipait à peine l'obscurité environnante.

— Je dois être condamnée à m'enfuir seule dans le noir, se dit-elle en avançant d'un pas rapide.

Sa déception était à la mesure de son amitié pour Anna, qu'elle considérait comme la sœur dont elle avait souvent rêvé. Toute la journée, elle s'était réjouie à la perspective de leur soirée ensemble, en se promettant de sceller davantage encore le lien qui les unissait.

— On avait prévu d'évoquer tous nos bons souvenirs, de choisir un film sur la danse, murmura-t-elle.

Le bruit d'une course sur le goudron la fit ralentir. Rémi la rejoignit très vite. Il avait pris le temps de mettre sa parka et son écharpe.

— Je te raccompagne chez toi, Vicky !

— Ce n'est pas la peine, je connais un raccourci en passant par les vignes.

— As-tu appelé ton père ?

— Pas encore.

— Alors je ne te lâche pas ! Dis, quand je suis parti, Anna pleurait dans le couloir, assise par terre. Vous vous êtes disputées ?

Victoire haussa les épaules. Sans jeter un regard à

Rémi, elle obliqua sur une voie perpendiculaire à la route.

— Parle-moi, Vicky ! Qu'est-ce qu'il y a ? Je ne t'ai rien fait, à part m'endormir sur le même canapé que toi.

— Je suis certaine que tu savais pour la vodka ! Je vous ai vus rire, David et toi, en nous servant du soda.

— Je riais parce que je pensais qu'il plaisantait.

— Tu aurais dû vérifier ! C'est grave ce qu'il a fait, et tout ça pour coucher avec Anna ! Tu aurais ri aussi s'il avait drogué nos boissons ?

— N'exagère pas, David ne ferait jamais un truc pareil. Mais tu as raison, Vicky, j'aurais dû lui demander si c'était vrai ou non ! Quand j'y pense, j'ai trouvé que mon Coca avait un drôle de goût. Et on s'est endormis très vite.

— C'est révoltant, ça me rend folle de rage. Laisse-moi, retourne là-bas.

— Pas question que je te laisse rentrer seule chez toi. D'abord parce que je veux te protéger en cas de mauvaise rencontre, ensuite parce que je suis amoureux de toi, et ça ne date pas du baiser dans les vestiaires.

Elle s'arrêta net. Comme il essayait de lui prendre la main, elle le repoussa.

— C'est ridicule. On s'est rencontrés au début du mois de septembre chez Madame Aurélia, ensuite j'ai été absente deux semaines. Tu n'as pas pu tomber amoureux en si peu de temps, et même si c'est le cas, je m'en moque ! Toi et moi, ça n'ira pas plus loin. Je n'ai que quinze ans et demi, tu en as seize, je n'aurais pas dû t'embrasser.

— Mais tu viens de quel siècle ? s'impatienta Rémi. Je sais l'âge que tu as, seulement à notre époque, on brûle souvent les étapes.

— Pas moi, tu comprends ? Anna était obsédée par ça, elle voulait faire l'amour le plus tôt possible. Sur ce point, je suis différente.

— Et ça me plaît, Vicky. Tu me plais et je suis sincère, quand je dis être amoureux.

— Tais-toi, Rémi ! Rentre chez Anna, j'appelle mon père. Je vais lui dire de suivre le chemin vicinal.

Il approuva d'un signe de tête, néanmoins sans s'éloigner. Victoire alluma son téléphone, mais se ravisa.

— Bon, puisque tu es là, je n'ai pas besoin de déranger papa. Tu peux m'escorter jusqu'à l'entrée du château.

— Avec plaisir. On pourra discuter.

Ils se séparèrent une demi-heure plus tard, à la grille de la propriété des Desmarets. Lorsque Rémi tenta de l'embrasser sur la joue, Victoire esquiva ce baiser amical. Elle courut vers sa demeure natale sans daigner se retourner.

Toujours matinale, Catherine entra dans la chambre de sa fille, avec le projet de trier ses vêtements en vue du départ pour Paris. Elle fut surprise de trouver Victoire couchée dans son lit et, de toute évidence, plongée dans un profond sommeil.

« Qu'est-ce que ça signifie ? On a dû la ramener hier soir. »

Touchée par la beauté de son enfant endormie, elle l'admira longuement, en appréhendant tous ces mois qui s'annonçaient, sans son adorable présence.

— Je ne te verrai plus t'entraîner dans ta salle de danse, là-haut. Je n'entendrai plus tes musiques favorites ni ton joli rire.

— Maman ?

— Pardonne-moi, ma chérie, je t'ai réveillée, mais tu étais censée passer la nuit chez Anna.

L'adolescente se redressa. Elle jeta un regard soucieux à sa mère, assise au bord du lit.

— On s'est fâchées !

— Ce ne doit pas être bien grave, vous êtes si proches. Je te parie que vous serez réconciliées ce soir.

— Tout dépendra de moi, Anna était désolée. Je ne veux pas te mentir, je suis revenue à pied. Je n'étais pas seule, Rémi, un des élèves d'Aurélia Novak, m'a raccompagnée.

— Ah, le garçon qui suivra le même cours que toi à Paris ?

— On s'entend bien, il est gentil. Maman, je me sens perdue. On parle rarement toutes les deux, mais je me pose tellement de questions.

— Ce serait le moment ou jamais, alors, répliqua Catherine. Qu'est-ce que tu voudrais savoir ?

— Des choses sur l'amour.

— C'est à cause de Rémi… ?

Embarrassée, Victoire fit oui de la tête. Elle se remémorait les baisers qu'ils avaient échangés, en prenant conscience d'avoir surtout apprécié leur tendresse et leur douceur.

— Il prétend que je lui plais, maman. Moi, j'ignore ce que j'éprouve. Quand as-tu su que tu aimais papa ?

— Mon Dieu, c'est une longue histoire, Vicky.

— Je ne sais pas comment vous vous êtes connus, vous ne me racontez rien de votre passé.

Hésitante, Catherine posa ses yeux bleu-vert sur la bague de fiançailles et l'alliance qui ornaient son annulaire gauche. Elle eut un sourire mélancolique.

— Si je te fais des confidences, évite d'en informer ton père, souffla-t-elle. Jacques serait contrarié.

— Pourquoi ?

— Il estime qu'il vaut mieux tout oublier de ce dur parcours qu'a été notre amour à ses débuts.

De plus en plus intriguée, Victoire se rapprocha de sa mère. Elle lui effleura le bras pour l'encourager.

— Raconte, je t'en prie, ce sera notre secret.

— C'est peut-être préférable que tu sois au courant. Par chance, Jacques vient de partir. Voilà, tu vas tomber des nues, mais, à dix-huit ans, j'étais presque officiellement fiancée à Jean-Charles Mongenot.

— Quoi ? Toi, maman, avec cet homme ?

— Ne m'interromps pas, Vicky, sinon je n'y arriverai jamais. Oui, nos familles étaient associées et cette union arrangeait leurs affaires. Jean-Charles se montrait charmant, galant et il était très séduisant. J'envisageais ce mariage avec joie, sachant combien mes parents y tenaient. Mais le destin s'en est mêlé. Lors d'un banquet, à la fin des vendanges du côté de Cluny, j'ai croisé un jeune étudiant, aux cheveux roux, au regard sombre. Il était habillé d'une chemise écossaise, d'un pantalon en velours côtelé. Je me disais qu'il devait travailler là, comme tant d'autres jeunes. Mais ma belle-sœur Corinne, qui était tout juste mariée à mon frère, est allée saluer cet inconnu avec affection. Peu après, elle me confiait qu'il s'agissait de Jacques

Desmarets, le fils du célèbre Gilles Desmarets, le producteur de nos plus grands crus bourguignons.

— Tu as eu le coup de foudre, maman ?

— Non, je ne sais même pas si ce phénomène existe ! Hélas, le soir Jacques m'a invitée à danser. Les vendangeurs avaient bu et bien mangé, il y avait de la musique.

— Pourquoi dis-tu « hélas » ?

— Jean-Charles Mongenot et son clan n'ont pas apprécié du tout. Mon futur fiancé a fait un esclandre, Jacques l'a frappé, tandis que je prenais la fuite, honteuse. Pourtant je savais déjà que le fils Desmarets, comme les gens l'appelaient, me plaisait. Il y avait eu une sorte de fluide magnétique entre nous deux, une attirance très forte. Pendant la danse j'avais eu envie de l'embrasser, ce qui n'avait jamais été le cas avec Jean-Charles. Sur ce point, nos relations étaient très chastes.

— Que veux-tu dire, maman ?

— Nous avions été éduqués à l'ancienne tous les deux, alors même en prévoyant notre mariage et nos fiançailles, nous échangions juste quelques bises sur la joue, rien d'autre. On ne flirtait pas.

L'expression un peu démodée fit sourire Victoire, ravie de découvrir une page essentielle du passé de ses parents.

— Et ensuite ? demanda-t-elle.

— Conseillée par mes parents, j'ai rompu ma promesse de fiançailles par courrier, reprit sa mère. Jean-Charles était furieux. Il m'a rendu visite et je lui ai reproché sa crise de jalousie, tout en avouant que je n'étais pas amoureuse de lui. Il s'est obstiné à me reconquérir, mais c'était trop tard. J'attendais de revoir Jacques. Seigneur, j'ai attendu trois mois !

— Trois mois sans aucune nouvelle ?

— Corinne le croisait à Dijon. J'ai su ainsi qu'il lui parlait de moi à chaque fois. Nous nous sommes retrouvés par hasard à une grande foire aux vins. J'étais tellement heureuse et ton père aussi. Il était malheureux, pourtant, son frère Damien venait de mourir accidentellement. Au fond, ce deuil l'a poussé à vouloir vivre notre amour au plus vite. De fil en aiguille, nous nous sommes mariés et tu es née au bout de deux ans, ma chérie, notre unique enfant, puisque la nature m'a privée de la joie de te donner un frère ou une sœur.

— Malgré tout, vous êtes restés en bons termes avec Jean-Charles Mongenot, fit remarquer Victoire.

— Bien sûr ! Le jour où il a épousé Frédérique, il m'a même remerciée d'avoir rompu ma promesse, en ajoutant que si nous avions convolé, il n'aurait pas eu le bonheur de rencontrer sa femme. À ce propos…

— Oui, maman, qu'y a-t-il ?

— C'est encore matière à discrétion, Vicky, peu de gens le savent. Frédérique Mongenot est atteinte d'un grave cancer, ses jours sont comptés. Une tumeur au cerveau inopérable.

Tout de suite, Victoire songea à Florian, qui perdrait bientôt sa mère. Il ne paraissait pas affecté par cette menace, ou bien il dissimulait soigneusement son chagrin.

— Merci de m'avoir parlé, maman. C'est triste pour Mme Mongenot ! Et toi, tu n'es pas malade ?

— Je suis en parfaite santé, ma chérie. En fait, je suis soulagée de t'avoir raconté tout ceci. Ne t'inquiète pas, je viendrai le plus souvent possible à Paris et nous pourrons parler encore. Je t'aime, Vicky. Je veux que tu le saches, papa et moi nous regrettons cruellement ce qui t'est arrivé, car nous sommes en partie responsables.

— Non, j'ai eu tort de sortir ce soir-là. Il faut oublier.

— Je m'y efforce, mais ton père en souffre toujours. Allez, debout, ma future danseuse étoile ! Si nous prenions un bon petit déjeuner toutes les deux… Et tu téléphoneras à ton amie Anna, vous ne devez pas vous quitter sur une querelle.

Très émue par leur complicité inespérée, Victoire se jeta au cou de sa mère et l'étreignit. Cette journée de jeudi lui semblait aussi radieuse que la lumière dorée du soleil derrière les rideaux de mousseline.

7

Sur le fil de l'amitié

Château Desmarets, jeudi 2 janvier 2014

La musique du *Casse-Noisette*, du célèbre compositeur Tchaïkovski, résonnait dans la salle de danse où Victoire interprétait la valse de la fée Dragée. Pour l'occasion, elle avait revêtu un long tutu blanc qui frôlait ses chevilles. Ses parents, assis sur un banc, admiraient ses évolutions d'une grâce aérienne. Fait exceptionnel, ils se tenaient par la main, plongés dans la même fascination.

— Vicky est vraiment douée, souffla Jacques. Elle semble prête à s'envoler.

— Une telle légèreté est très appréciée chez les danseuses, admit Catherine. Madame Aurélia dit « avoir de l'élévation. »

— Pourvu que notre fille réussisse et fasse une belle carrière, murmura son mari. Mais était-ce nécessaire ce maquillage ?

— Jacques, tu as assisté à des ballets, évidemment les fards sont indispensables, afin de parfaire le teint et d'agrandir les yeux.

— Vicky n'a pas besoin de ça, du moins pas ici, chez nous. On dirait une jeune femme ainsi. Après ce qu'elle a vécu, la voir aussi séduisante à son âge me rend mal à l'aise.

Son épouse ne répondit pas, afin de se concentrer sur les sauts et les arabesques exécutés par leur fille. Des coups frappés timidement à la porte des combles aménagés la firent se retourner.

— Qui peut venir nous déranger ? soupira-t-elle en ouvrant.

Elle se trouva nez à nez avec Anna, un turban rouge sur ses cheveux noirs et la mine anxieuse.

— Votre employée m'a reconnue, madame, alors elle m'a fait entrer, plaida celle-ci. Elle m'a indiqué où était Vicky. Je voulais lui présenter des excuses et je lui ai apporté un cadeau.

— Colette a eu raison, ceci dit, tu aurais pu téléphoner avant de venir. Patiente un peu, Victoire n'a pas terminé.

— D'accord, je serai discrète, en plus elle ne m'a pas vue.

Perdue dans un rêve, Victoire avait oublié la présence de ses parents. Ayant préparé une bande-son où l'air de la fée Dragée revenait en boucle, elle répétait sans se lasser. Son corps lui obéissait à merveille, tandis que son esprit errait au gré d'images lumineuses. Elle devenait une fée elle aussi, capable de guérir tous les chagrins et même de redonner vie aux défunts.

« Tante Corinne, dansez avec moi, et grand-père Gilles, sois heureux ! Vous n'êtes pas morts, non, et je suis toujours la petite Vicky pure et innocente, pas celle qui a dû avorter, pas celle qui se jetait en robe rouge dans la gueule d'un monstre. »

Elle s'élança encore et se mit à multiplier des sauts de plus en plus haut, au point d'inquiéter son père.

— Arrête, ma chérie ! s'écria-t-il en éteignant la musique. Tu as suffisamment répété. De surcroît, tu as de la visite.

À peine essoufflée, Victoire aperçut son amie immobile derrière sa mère. Son premier mouvement fut de faire non de la tête, puis elle se ravisa.

— Je me change et j'arrive, dit-elle.

Catherine avait acheté un grand paravent en laque noire, à motifs orientaux, qui servait de vestiaire. L'adolescente ôta sa tenue de danse et enfila un jogging sur ses sous-vêtements. D'un geste rapide, elle défit son chignon, avant de secouer ses longs cheveux bruns.

— Voilà, je suis prête, annonça-t-elle en traversant la salle.

Ses parents avaient disparu, mais Anna l'attendait, un paquet assez volumineux sous un bras.

— On peut aller dans ta chambre, Vicky ?

— Bien sûr, ce sera plus intime pour une réconciliation.

— Alors, on est toujours amies !

— Évidemment ! J'étais en colère, et, dans ce cas-là, je m'en prends à tout le monde. L'unique responsable, tu le connais, c'est David. Lui, je ne veux plus le revoir. Il a profité de toi après t'avoir fait boire de l'alcool.

— Moins fort, Vicky ! s'effara Anna. Je n'ai pas envie que tes parents soient au courant.

Elles s'enfermèrent dans la chambre. Anna vit les deux grandes valises à roulettes près du lit.

— Je prends le train avec mamie demain matin à 11 heures, précisa Victoire. Mes parents font le trajet en camion pour transporter un peu de mobilier et des cartons.

— Je crois que je ne réalise pas vraiment, gémit-elle. Tu t'en vas pour de bon, Vicky. Au mieux, on se reverra pendant les vacances de février si je ne vais pas skier.

— Ne change pas tes projets pour moi. Mon avenir est en jeu, alors le reste n'a pas d'importance. Je veux intégrer l'école de l'Opéra de Paris et je n'ai pas droit à l'échec. John Wilde est qualifié pour me faire progresser.

Assise sur le rebord de sa fenêtre, Victoire regardait à peine Anna, qui avait enlevé son blouson en laine et tenait toujours le paquet dans ses bras.

— Je t'offre mon ordinateur portable, déclara-t-elle tout à coup. J'en ai eu un nouveau à Noël, alors j'ai pensé te donner l'ancien. Il marche très bien, je t'ai laissé plein de musiques, des photos. Comme ça, on pourra s'envoyer des mails et surtout se parler par vidéo. Je suppose qu'il y aura Internet dans le studio qu'a loué ta grand-mère ?

— Oui, ma famille fait bien les choses, c'est plutôt un appartement. Nous aurons chacune une chambre, et il y a une grande pièce à vivre, avec un coin cuisine.

Avec une expression solennelle, son amie déballa le paquet et en sortit une sacoche noire, d'où elle extirpa un ordinateur portable métallisé.

— Vicky, tu es enfin une ado normale, qui a un téléphone et cette précieuse machine. Tu pourras faire des recherches, regarder des ballets.

— Merci, Anna, tu es adorable.

Les deux adolescentes s'étreignirent en riant, mais elles avaient une vague envie de pleurer. Pendant plus d'une demi-heure, Anna fit une démonstration d'informatique à Victoire, dont l'intérêt s'épuisa vite.

— Ne t'inquiète pas, j'ai compris, dit-elle.

— OK, alors je peux aborder un sujet sans que tu sois en colère ? S'il te plaît, c'est important pour moi.

— Je parie qu'il s'agit de David ?

— Oui, tu dois m'écouter, Vicky.

— Vas-y, je m'en vais demain, autant savoir ce que tu ressens de vive voix.

— Quand Rémi a couru derrière toi, David est descendu. Il m'a trouvée dans le couloir, assise par terre. Tout de suite il m'a demandé pardon, en me consolant gentiment. Il était si doux, si câlin. Je lui ai fait une litanie de reproches, comme quoi tu nous en voulais terriblement, que tu étais partie en pleine nuit. Je t'assure, il était désolé d'avoir apporté de l'alcool, mais il avait tellement envie de moi qu'il voulait m'aider à me détendre.

Outrée, Victoire se crispa et détourna le regard. Même si elle n'avait aucun souvenir du viol qu'elle avait subi, l'acte sexuel lui paraissait désormais une chose sale et honteuse.

— Il n'est pas gêné de se justifier ainsi, rétorqua-t-elle.

— Finalement, ça a marché, plaida Anna. On est remontés ensemble et cette fois-là, c'était merveilleux. Si tu savais… J'ai éprouvé des sensations fantastiques, je n'étais plus moi-même et je…

— D'accord, mais tais-toi. Je suppose que c'est

agréable, seulement je préfère ne pas en parler. Tant mieux si tu es contente.

— Je ne pense plus qu'à recommencer, ajouta Anna d'un air extasié. Heureusement, je prends la pilule depuis deux mois. Quand j'ai dit à maman que je voudrais faire l'amour avec David, elle m'a emmenée chez un gynéco qui m'a prescrit un contraceptif. Mais tu sais tout maintenant, je clos le sujet.

Soudain songeuse, Victoire compara l'attitude de la mère de son amie avec celle de ses propres parents.

— J'aurais apprécié que maman fasse comme la tienne, lâcha-t-elle d'un ton amer.

— Il n'est pas trop tard, surtout que tu seras souvent avec Rémi à Paris. Je t'ai vue hier soir, vous vous embrassiez et tu semblais aux anges.

— Tu veux savoir pourquoi ? J'ai manqué de tendresse. Chez nous, les effusions sont proscrites, enfin elles l'ont été durant des années. Maintenant maman est plus tendre et papa semble content si je lui saute au cou. J'admets que j'aurais pu passer beaucoup de temps dans les bras de Rémi, mais sans aller plus loin. Un jour peut-être, dans très longtemps. Anna, je suis affamée, c'est l'heure du goûter, Colette devait faire du pain d'épice. Les siens sont les meilleurs de la région.

Victoire dévala l'escalier en riant, pourtant elle avait le cœur serré à l'idée de quitter sa maison, son pays natal. Elle pensait aussi à celui qui avait abusé de son corps d'adolescente et qui vivait peut-être près de là, en toute impunité.

Forêt communale de Marsannay-la-Côte,
chez Janine et Emmanuel Nevers,
vendredi 3 janvier 2014

Emmanuel avait fait encore une fois le tour de la maison, une modeste construction qui datait des années 1920. Tôt le matin, il avait rentré une quantité suffisante de bois de chauffe, empilé sous l'escalier, et acheté de la nourriture pour trois jours.

— Tu es certaine que ça ira, maman ? s'inquiéta-t-il au moment de partir. Je reviens lundi.

— Mais oui, fiston, ne te tracasse pas pour moi. Et je ne suis pas toute seule, il y a Goliath.

En entendant son nom, le grand chien se leva et marcha sans hâte vers Janine Nevers qui le caressa.

— Il a compris que tu t'en allais et qu'il devait me garder, dit-elle avec un sourire. Dépêche-toi, Emmanuel, tu vas rater ton train !

— Maman, au moindre souci, téléphone à ton frère, d'accord ?

— Bien sûr, Jeannot ne me laisserait pas dans l'embarras.

Le jeune homme l'embrassa et prit son sac à dos. Il jeta un dernier regard autour de lui, puis il sortit enfin. Dès qu'il fut au volant de son pick-up, ses pensées revinrent à la fête de Noël organisée par les Desmarets. L'attitude de Victoire lui semblait incompréhensible.

— Pourquoi me regardait-elle ainsi ? s'interrogea-t-il à mi-voix. J'ai senti sa méfiance, et de la peur, comme si je lui avais fait du mal. Et c'est bizarre, elle prétend ne se souvenir de rien.

Il tenta de chasser le ravissant visage de l'adolescente

de son esprit. Mais au bout de quelques kilomètres, parvenu à proximité de Dijon, ce furent les traits de sa sœur qui s'imposèrent à lui.

— Emma, tu étais ma fée, ma princesse, murmura-t-il. Pour mes dix ans, tu m'avais offert un magnifique livre relié sur la faune et la flore. Nous le lisions tous les deux, le soir, près du feu. C'est toi qui avais choisi mon prénom, parce que nous avions comme ça les quatre premières lettres en commun.

Un coup de klaxon le rappela à l'ordre. Il avait dévié vers la voie de gauche, où circulaient des voitures à une vitesse supérieure à la sienne.

— Quel idiot je fais, se reprocha-t-il. Je n'ai pas le droit d'avoir un accident ni d'être blessé ni de mourir. Que deviendrait maman ? Mon oncle Jeannot n'a plus l'âge de veiller sur elle en continu.

Il se concentra dès lors sur sa conduite, mais parfois il disait tout bas, d'une voix durcie.

— Et j'ai promis de démasquer tes assassins, Emma.

Environ quarante minutes plus tard, Emmanuel montait dans le TGV en direction de Paris. Il s'installa sur le siège qui lui était réservé, dans un des wagons de seconde classe. Selon son habitude, il observa les autres voyageurs. Sur le quai, un couple échangeait un baiser passionné, non loin d'une fillette en larmes accrochée à la jupe de sa mère.

— Ce ne sont pas des séparations définitives, soupira-t-il en sortant un livre de son sac.

Mais son regard fut de nouveau attiré à l'extérieur, pour se poser sur une dame élégante, à la chevelure argentée, qui tenait le bras d'une jeune fille.

« Élodie Quinot et Victoire Desmarets… »

Il faillit se relever afin d'aller les saluer, cependant il décida de ne pas bouger. Comme il était proche de la plate-forme d'accès aux wagons, il reconnut la voix douce de l'adolescente.

— C'est par là, mamie, nous sommes en première. Donne-moi ton sac, je n'ai pas de bagages.

— Passe plutôt devant chercher nos places, Vicky !

Un sourire égaya le visage viril d'Emmanuel, le plus souvent empreint de mélancolie. Il songeait que le destin les avait réunis tous trois dans le même train.

« Ce serait l'occasion de discuter avec Mme Quinot, ou même avec sa petite-fille, si elle y consent. »

Le convoi démarra. Pendant un quart d'heure, Emmanuel se plongea dans la lecture du roman policier qu'il comptait terminer avant d'arriver à Paris. Mais l'envie de se dégourdir les jambes finit par l'emporter. Accoutumé à l'exercice physique et à de grandes marches en forêt, il supportait mal l'immobilité. Sans attendre, il se dirigea vers la voiture-bar pour aller boire un café, ce qui l'obligeait à traverser deux wagons de première classe. Au fond du deuxième, il vit Élodie Quinot, un magazine entre les mains et il ne put résister au besoin de lui parler.

— Bonjour, madame, dit-il aimablement.

— Emmanuel, quelle surprise ! Vous avez à faire dans la capitale ?

— Comme chaque début de mois ! Je vous ai aperçues sur le quai, votre petite-fille et vous.

— J'ai envoyé Vicky m'acheter un jus d'orange, pour me réveiller. J'étais tellement angoissée par le départ que je n'ai pas fermé l'œil de la nuit. Vous comprenez, je vais vivre à Paris sans doute plusieurs années. À mon âge, le changement est radical. Enfin, je ne me plains pas, il y a tant à voir, à visiter. J'ai déjà établi un programme.

— Excusez-moi, je ne voudrais pas paraître indiscret, mais pourquoi quittez-vous Dijon ?

— Je dois veiller sur Victoire, qui intègre un cours de danse de haut niveau dans l'espoir d'être admise à l'école de ballet de l'Opéra. Ses parents ne peuvent pas s'absenter plusieurs mois, les vignes, toujours les vignes.

— Naturellement, répondit Emmanuel. Je vous laisse, je suis en manque de caféine.

— Une minute, mon garçon, protesta Élodie à mi-voix. Vous allez croiser ma petite-fille, ne soyez pas trop étonné si elle se montre froide ou refuse de vous dire bonjour. Je serai franche, Vicky a été très perturbée cet automne.

— Je ne comptais pas engager la conversation, madame, juste la saluer poliment.

— Je m'en doute, Emmanuel. Je vous demande pardon, mais on ne sait jamais. Vicky se méfiait de vous à la fête de Noël. J'aurais dû prendre votre défense, mais j'ai préféré ne rien dire. Je fais allusion à la mort tragique de votre sœur. Il vaut mieux que ma petite-fille n'en sache rien.

Oppressé, le jeune homme respira plus vite, en considérant Élodie avec une expression douloureuse. Sans l'émotion sincère qui altérait les traits délicats de son interlocutrice, il aurait pu se montrer désagréable.

— Soyez tranquille, madame, j'évite d'aborder le sujet, surtout en présence d'une enfant de quinze ans. Au revoir.

Emmanuel s'arrêta entre les deux wagons, indifférent aux secousses du train lancé à grande vitesse. Il était blessé par la recommandation inattendue de cette charmante vieille dame, mais également intrigué.

Victoire apparut alors derrière les vitres des portes automatiques. Elle portait une bouteille de jus d'orange et un sachet de viennoiserie. Pour lui faciliter le passage, il actionna le bouton.

— Bonjour, mademoiselle, murmura-t-il.

L'adolescente leva la tête vers lui. Il encaissa l'éclat azur de ses grands yeux.

— Vous êtes Emmanuel Nevers, n'est-ce pas ?

— Oui, je vais à Paris, comme vous. J'ai vu votre grand-mère et nous avons échangé quelques mots.

Victoire acquiesça en silence, comme figée sur place. Elle semblait hésiter.

— C'est vraiment vous qui m'avez ramenée chez moi, ce soir du mois d'août ? interrogea-t-elle en le fixant d'un air inquiet.

— Je n'avais aucune raison d'inventer ça !

— Et j'étais où, je veux dire, à quel endroit ?

— Dans un bois, à quelque distance de la propriété des Colombet, complètement affolée, en train de crier au secours.

— Pourquoi étiez-vous là ?

— Je traquais des braconniers, bien que je ne sois pas habilité à le faire. Je déteste la chasse, encore plus ceux qui la pratiquent de façon barbare. Je vous ai reconnue et j'ai pu vous faire monter dans mon pick-up. Il était tard, je vous ai déposée en bas du perron et vous m'avez affirmé pouvoir aller seule jusqu'à votre chambre.

— Je veux bien vous croire, mais je vous l'ai déjà dit, je ne me souviens absolument de rien. Je me revois dans le parc des Colombet, où j'ai bu et dansé. Après ça, le trou noir. On dirait qu'une page de ma vie a été effacée.

Troublé, Emmanuel écoutait sans l'interrompre. Il en vint à penser que si Élodie Quinot avait proféré cette mise en garde, c'était pour protéger Victoire.

— Vous ne savez rien d'autre ? hasarda celle-ci.

— Non, qu'est-ce que je devrais savoir, à part le fait qu'il vaut mieux ne pas boire d'alcool à votre âge ?

— Gardez vos conseils, rétorqua-t-elle.

Elle lui tourna le dos et s'empressa de regagner sa place auprès de sa grand-mère.

— Tu as dû croiser Emmanuel Nevers, il m'a dit bonjour, s'enquit Élodie d'un ton neutre.

— Oui, je l'ai vu, mais on ne s'est pas adressé la parole, juste un signe de politesse, mamie. Vivement qu'on soit à Paris ! Ce soir, on dîne dans un restaurant avec mes parents, je me ferai belle en leur honneur.

— Tu mettras ta robe en velours noir, hein, ma chérie. Et je te coifferai. L'aventure commence, Vicky.

Forêt domaniale de Châtillon, manoir de Blancarçay, même jour, même heure

Les deux hommes se faisaient face, assis de chaque côté d'un colossal bureau en bois verni. Ils fumaient tous les deux un cigare dont les volutes de fumée traçaient des méandres gris dans la pièce.

— Combien avez-vous de postulantes ? demanda le plus âgé, au crâne à moitié dégarni.

— Quatre filles ont répondu à l'annonce, mais ma secrétaire en a éliminé deux. Vous connaissez nos critères !

— Bien sûr, pas de famille proche, une situation financière désastreuse et un physique correct, voire attrayant si possible. J'aimerais assister aux entretiens, pour une fois.

— Je regrette, ce serait très risqué, cher ami. Des incidents de parcours peuvent se produire, auquel cas mieux vaut préserver votre identité. L'anonymat demeure la meilleure garantie si nous tenons à poursuivre nos divertissements.

— Toutes mes excuses, ma demande était hors de propos. Autre chose, j'ai entendu dire que la petite Desmarets quitte la région pour Paris. On m'a informé qu'elle souffrait d'amnésie dissociative, mais si la mémoire lui revenait ?

— Il y a peu de chance que cela se produise. Si jamais il y avait un souci, nous aviserons. Mais en fin de compte, sa fuite nous aura été plus utile que sa mort. Vous pouvez partir à présent, je dois recevoir mes candidates. Je vous contacterai lorsque tout sera prêt et nous nous reverrons une fois le virement effectué sur mon compte.

L'homme au crâne dégarni se leva avec un sourire carnassier. Il écrasa son cigare dans un cendrier en grès posé devant lui par son interlocuteur.

— Il n'y aura pas de problème de mon côté, ni de celui de mon invité. Nos affaires fonctionnent sans anicroche depuis des années, pourquoi s'inquiéter des détails.

— De quels détails parlez-vous ?

— Je citerai un individu qui nous met parfois des bâtons dans les roues et fourre son nez où il ne faudrait pas. Mon prix sera le vôtre, mais il serait temps d'agir. Lui donner une petite leçon me satisferait.

— Vous faites allusion à Emmanuel Nevers ? rétorqua l'autre homme. Bah, il brasse du vent. Jamais il n'obtiendra de résultat. Il multiplie ses rondes nocturnes, seulement il ne peut pas être partout. Mais même s'il n'a pas découvert la fille dans l'étang, nous devrions assurer nos arrières.

— Si vous le dites ! Au revoir, j'attends de nos nouvelles.

Quelques minutes après son départ, une femme entra, très élégante. Une paire de lunettes retenait sa lourde chevelure d'un gris cendré. Un dossier à la main, elle contourna l'imposant bureau pour s'asseoir.

— C'est l'heure, monsieur, dit-elle d'un ton respectueux.

— Parfait, j'ai hâte de rencontrer ces demoiselles, déclara le maître des lieux. Montrez-moi les photographies qu'elles ont envoyées par mail.

La femme s'exécuta en lui tendant deux feuilles sur lesquelles étaient agrafés des portraits.

— Mignonne, cette blonde. La brune aussi. Excellent choix, Nadège.

— Merci, monsieur. Je vais chercher la première.

Une jolie fille de dix-huit ans, très intimidée, fut introduite. Ses frisettes brunes encadraient un visage ovale, où brillaient des yeux clairs en amande. Habillée d'un jean délavé et d'une veste en polaire, elle détonnait au sein du décor luxueux.

Elle répondit tout bas aux questions qu'on lui posait,

encouragée par le sourire maternel de la secrétaire. Ensuite celle-ci la fit passer dans une pièce voisine, où on lui dirait si elle était engagée ou non.

— Le profil idéal, marmonna l'homme. Juste sortie d'un foyer, aucune famille, en quête du moindre sou, et qui, à mon avis, se drogue à l'occasion. Nadège, ne la faites pas attendre, allez lui annoncer qu'elle est prise. Je préviens Lucas, qu'il la conduise dans sa chambre.

— Bien, monsieur.

Son coup de fil passé, l'homme patienta jusqu'à l'apparition d'une grande fille blonde à l'allure sportive. Ses traits émaciés s'accordaient à la dureté de son expression.

— Vanessa, c'est cela ? avança la secrétaire. En consultant votre lettre de motivation, j'ai lu que vous étiez danseuse classique.

— Disons que j'étudie la danse, madame. Je cherche du travail pour continuer à payer les cours. Les autres élèves ne sont pas au courant, mais je vis seule. Je leur ai raconté que j'allais dans un lycée professionnel, c'est faux ça aussi. Je fais pas mal de petits boulots, dans la périphérie de Dijon.

— Où sont vos parents ? demanda la femme.

— Ma mère était une junkie, une overdose de trop et voilà. Quant à mon père, il s'est barré quand j'avais cinq ans. J'ai besoin de travailler et vous proposez un super salaire. Vous savez, la danse apprend aussi à jouer la comédie, je ne vous décevrai pas si je suis engagée.

— Je vous souhaite la bienvenue, Vanessa, dit l'homme à mi-voix. C'est bien compris, il y a une semaine de formation, durant laquelle vous êtes nourrie et logée ici.

— Oui, et j'ai déjà prévenu ma prof de danse que je serai absente quelques jours. Elle était contrariée, mais elle ne sait pas à quel point je galère pour l'argent.

Lorsque Vanessa s'émerveilla du confort et du charme de sa chambre, elle ne soupçonna pas un instant qu'un piège venait de se refermer sur sa jeunesse et sa détresse. Elle ignorait aussi qu'une autre fille vivait la même joie étonnée, dans une chambre de l'étage. On leur avait fait signer à chacune un contrat pour de la figuration dans un clip musical, avec une clause impérative de confidentialité.

— Zut, je n'ai plus de réseau sur mon portable, déplora-t-elle en jetant son sac à dos sur le lit. Tant pis, de toute façon, je ne dois parler de tout ça à personne.

Elle regrettait juste de ne pas pouvoir envoyer de texto à Wassim, avec qui elle débutait une relation depuis la soirée chez Anna. Mais la semaine passerait vite.

— Et pour le moment, à moi la belle, murmura-t-elle, ravie de cette opportunité inespérée.

Paris, boulevard du Montparnasse,
samedi 4 janvier 2014

Victoire s'était accoudée au balcon de l'appartement, d'où elle pouvait observer l'animation du grand boulevard. Les voitures et les bus défilaient, tandis que les trottoirs grouillaient de piétons. L'adolescente s'était isolée pour téléphoner à son amie Anna.

— J'adore Paris, lui affirmait-elle. Hier, nous avons

pris un taxi, en sortant de la gare. Mamie s'est arrangée pour qu'il nous promène un peu. On a longé les quais, j'ai vu le Louvre, d'autres monuments magnifiques. Je vais me plaire ici.

— Ouais, c'est pas mal, Paris. Maman m'y emmène avant Noël et au mois d'août, parfois.

— La première fois, reconnais qu'on est époustouflé, insista Victoire. Bien sûr, hier soir mes parents m'ont emmenée jusqu'au Palais Garnier. C'est magnifique.

— J'avoue, mais l'école de ballet a été déplacée à Nanterre, c'est moins romantique.

— Peu importe, Anna, un jour je danserai sur la scène de l'Opéra, ballerine ou étoile, je serai au paradis. En plus, on a dîné dans un restaurant sublime, sur les Champs-Élysées.

— Quand on est la fille unique d'un richissime producteur des grands crus de Bourgogne, ma chère, tout devient facile, plaisanta Anna.

— Jalouse ! Tu n'es pas à plaindre, pourtant. Bon, je dois aider mamie à vider les cartons. Mes parents sont sortis faire des achats alimentaires ! Et lundi, je commence les cours intensifs chez John Wilde. Son atelier de danse se trouve à trois arrêts de bus mais j'irai à pied, histoire de m'échauffer.

Le cœur en fête, Victoire se tut un moment. Elle suivit des yeux le vol d'un pigeon, avant de contempler le ciel d'un gris lumineux.

— Et Rémi ? demanda alors Anna. Tu ne l'as pas emporté dans tes valises ?

— Je le reverrai lundi. Il m'a envoyé plein de messages. Madame Aurélia lui a déniché un lointain cousin qui peut le loger, mais du côté d'Auteuil, il devra prendre le métro.

— N'oublie pas d'installer ton ordinateur, Vicky, qu'on se parle par webcam.

— Il est déjà ouvert sur mon bureau. Comme je termine mon année de seconde par correspondance, avec le CNED, je m'en servirai aussi pour mes études.

— Toujours aussi sérieuse ! Je t'abandonne, car j'ai rendez-vous avec David. On va au cinéma.

Anna raccrocha alors que Victoire lui envoyait des baisers de Paris. Au même moment, Élodie rejoignit sa petite-fille sur le balcon.

— Es-tu heureuse, ma chérie ?

— Oui, mamie, et je suis pressée de danser, de progresser, afin d'atteindre mon rêve.

— Et le nôtre, trancha sa grand-mère en riant. À ce propos, je dois t'annoncer quelque chose, une surprise. Catherine vient de m'appeler. Ce soir, nous allons toutes les trois à l'Opéra, voir le ballet *L'Oiseau de feu*.

— Vraiment ? Je suis folle de joie, c'est formidable, mamie ! Papa ne vient pas avec nous ?

— Tes parents reprennent la route demain matin alors Jacques préfère se reposer et vérifier notre aménagement. Avant le spectacle, nous irons dans un magasin spécialisé pour choisir de nouvelles tenues de danse.

Submergée d'une joie incrédule, l'adolescente étreignit sa grand-mère et l'embrassa sur les deux joues.

— Je vous prouverai un jour que vous ne faites pas tout ça pour rien, mamie. Je m'y engage solennellement aujourd'hui.

— Ma chérie, le principal, c'est que tu sois heureuse.

Forêt communale de Marsannay-la-Côte,
chez Janine et Emmanuel Nevers,
nuit du dimanche 5 au lundi 6 janvier 2014

La chambre de Janine Nevers était située au rez-de-chaussée, afin de lui éviter de monter l'escalier, car elle avait de pénibles douleurs aux genoux. Selon son habitude, elle avait laissé la porte qui communiquait avec la cuisine entrebâillée.

Ce soir-là, attristée par l'absence d'Emmanuel, elle avait regardé la télévision très tard, le grand chien au poil fauve couché à ses pieds.

— La solitude ne me vaut rien, avait-elle dit à l'animal. Mais tu es là, toi, grosse bête. Je parie que ton maître te manque autant qu'à moi.

Le sommeil l'avait terrassée dans son fauteuil avant que le générique bruyant d'une émission ne la réveille en sursaut. Elle s'était enfin mise au lit, les doigts noués autour de son chapelet. En dépit de la perte de sa fille aînée et du décès brutal de son époux, Janine restait une fervente croyante, certaine que Dieu, dans son infinie bonté, n'avait pas voulu ces deuils.

— Si seulement mon fiston trouvait une gentille jeune femme à aimer, avait-elle murmuré, déjà somnolente.

Il était 4 heures du matin lorsque les aboiements frénétiques du leonberg l'avaient à nouveau réveillée.

— Qu'est-ce que tu as, Goliath ? s'irrita-t-elle. Veux-tu te taire ! Il doit y avoir des sangliers qui passent, sois sage.

Mais le chien se dressa et posa ses pattes avant au bord du lit en aboyant plus fort. Janine dut s'asseoir pour le repousser.

— Allons, vas-tu te calmer ! Tu ne fais jamais un tel raffut d'habitude… Ou alors tu as besoin de sortir.

La perspective de se relever, d'enfiler son peignoir et des chaussures pour ouvrir à l'animal la décourageait.

— On y va, on y va, gémit-elle. Je t'ai pourtant promené après le souper.

Soudain Goliath bondit vers la cuisine où il se mit à hurler en tournant en rond. Dotées d'un timbre grave, ses clameurs affolées eurent le don d'effrayer Janine. Une fois debout, elle perçut une forte odeur de fumée et le ronflement caractéristique d'un départ d'incendie.

— Seigneur Dieu ! s'écria-t-elle avec un coup d'œil rapide vers la cheminée.

Elle vit le tas de cendres dont elle avait couvert les dernières braises. Quant à la cuisinière à bois, elle était éteinte depuis des heures.

— Jésus Marie Joseph, ça brûle dehors !

Épouvantée, elle s'empara du téléphone pour appeler les pompiers, mais il n'y avait plus de tonalité.

— Je vais me servir du portable ! Emmanuel m'a tout expliqué.

Toute tremblante, Janine réussit à joindre la caserne la plus proche. Ensuite, son sang-froid retrouvé, elle enfila ses bottes en caoutchouc et prit un cabas où elle rangea pêle-mêle des dossiers cartonnés et deux cadres qui trônaient sur le manteau de la cheminée.

— On sort, Goliath, n'aie pas peur, dit-elle au chien qui grattait la porte de ses griffes. Mon Dieu, ça craque de partout et il fait chaud, très chaud.

En lançant un rapide regard dans sa chambre, elle vit des flammes étincelantes se lancer à l'assaut des rideaux. Le cœur lourd, mais déterminée, Janine Nevers ouvrit la porte qui donnait sous un auvent. La clarté démente du feu dispersait l'obscurité. Le leonberg se rua en bas des trois marches du perron, puis il s'arrêta et aboya encore, comme pour lui dire de se hâter.

Ils allèrent tous les deux se réfugier sous le couvert des arbres, de l'autre côté de la clairière où se dressait la maison que le brasier attaquait.

— Quand Emmanuel verra ça, le pauvre ! Misère, ses livres, ses sculptures… Que font les pompiers ?

Le feu détruisait sous ses yeux leur modeste refuge au milieu des bois. Tétanisée par ce terrifiant tableau, Janine trouva du réconfort à caresser la lourde tête du chien.

— Comme si on n'avait pas eu assez de malheur, dit-elle tout bas. Où ira-t-on habiter, maintenant… ?

Elle avait gardé le téléphone portable que son fils avait acheté en cas de coupure de la ligne fixe. Emmanuel s'était chargé d'enregistrer des numéros d'urgence et trois autres contacts.

— Si je dis à mon frère ce qui arrive, il fera une attaque ! Ma cousine Marie tout pareil, à son âge… Jacques Desmarets, ce bon monsieur Jacques, c'est lui que je dois appeler !

Au bout de trois minutes à peine, le viticulteur répondit, malgré l'heure plus que tardive.

— Janine ? Un problème ? J'ai su par Élodie que votre fils est à Paris. Dites-moi.

— Il y a le feu, monsieur, balbutia Janine. Tout brûle ! Sans le chien d'Emmanuel, je serais déjà morte.

Au moment où elle prononçait ces mots, le bruit d'une sirène retentit derrière elle.

— J'arrive d'ici une grosse demi-heure ! Soyez prudente, ma pauvre amie. Dieu merci, les pompiers sont venus.

Catherine avait entendu. Elle saisit son mari par le coude pour le retenir.

— On est rentrés de Paris à minuit, Jacques, tu es épuisé. Ne reprends pas la route, je t'en prie. Si tu avais un accident !

— Laisse-moi, Cathy, j'ai une dette envers ces gens. Je te tiendrai au courant. Et je n'aurai pas d'accident.

— Béatrice, ta mère, disait la même chose le soir où elle a pris sa voiture, et ma belle-sœur Corinne aussi, chaque fois qu'elle partait faire du VTT. Jacques, si les pompiers sont déjà sur place, tu n'as aucune raison d'y aller.

— Si, j'en ai une excellente, cela se nomme l'amitié, Cathy.

Château Desmarets, mardi 7 janvier 2014

Jacques avait accueilli Janine et Emmanuel dans le bureau de son chai, où il recevait ses clients et gérait ses affaires. Il venait de leur servir du café et des biscuits à l'anis.

— Je suis tellement désolé pour vous, mes amis, déclara-t-il. Un incendie est la pire chose à mon sens, car les flammes dévastent tout, les objets familiers et les souvenirs. J'espère que vous avez une bonne assurance.

— Oui, monsieur, mais il faut savoir la cause du feu, répondit sobrement Emmanuel. Ne soyez pas surpris, je penche pour un acte criminel.

— Je sais que vous donnez du fil à retordre aux braconniers, vous pensez qu'il s'agit d'une vengeance ?

— Peut-être. Je ne tirerai pas de conclusions hâtives avant d'avoir le rapport des expertises.

— Je comprends. Ainsi, Janine, vous devez la vie à ce beau chien, dit Jacques en désignant le leonberg, couché aux pieds de son maître.

— Il n'y a pas de doute, monsieur ! Goliath a fait un tel tapage, ça m'a réveillée.

Très pâle, les traits tirés, Emmanuel fixait sans la voir vraiment une statuette en bronze qui trônait sur la table en marqueterie. Elle représentait une vendangeuse en robe longue et coiffe paysanne, sa hotte en osier sur le dos.

— Je compatis sincèrement, mon garçon, ajouta Jacques. Quel choc vous avez dû avoir !

— Maman est vivante, mon chien aussi, et des dossiers très importants pour moi ont été sauvés des flammes. Je n'ai pas à me plaindre, monsieur Desmarets.

— Quand même, j'appellerai votre attitude du stoïcisme, s'étonna celui-ci. Emmanuel, si je vous ai demandé de me rendre visite, c'est pour vous faire une proposition. Je possède une maison où vous pourriez vous installer, votre mère et vous. J'y logeais des employés saisonniers, c'est meublé et propre. Bien sûr, vous ne paierez pas de loyer.

— Merci beaucoup ! s'extasia Janine. Fiston, tu acceptes ?

— Nous n'avons guère d'autre choix, maman. C'est entendu, je vous remercie, monsieur. Ce sera provisoire, le temps de faire reconstruire la maison que mon père avait achetée.

— Restez aussi longtemps que vous voulez, répliqua Jacques en lui serrant la main.

Paris, deux semaines plus tard, mardi 21 janvier 2014

Victoire et Rémi sortaient de l'immeuble où John Wilde avait son atelier de danse, une grande salle au rez-de-chaussée, sous une verrière édifiée durant les années 1920.

Ils bavardaient gaiement, en dépit de leur fatigue. Les cours donnés par l'ancien danseur étoile britannique s'étaient avérés d'un niveau plus ardu que ceux de Madame Aurélia.

— Est-ce que tu tiens le coup, Vicky ? disait gentiment Rémi. Je t'offre un chocolat chaud dans notre brasserie habituelle ?

— Je te l'offre, moi. Et pour info, je suis en pleine forme, encore capable de courir jusqu'à l'arrêt du bus.

Elle lui dédia un adorable sourire complice. Sachant qu'il disposait de peu d'argent de poche, elle tenait à payer leurs consommations.

— Il fait un froid de loup. Cette fois, on ne s'installe pas en terrasse, même si elle est couverte, précisa-t-elle.

— D'accord, mais j'insiste, c'est moi qui t'invite. Ma mère m'a fait un virement, je me sens riche, annonça-t-il.

— Bon, comme tu veux.

Ils s'assirent sur une banquette en cuir rouge, l'un près de l'autre. Victoire demeurait fidèle à l'attitude amicale qu'elle avait instaurée. Rémi respectait sa décision, tout en espérant la faire changer d'avis tôt ou tard. Ils avaient commandé lorsque la sonnerie mélodieuse d'un téléphone retentit.

— Super, c'est Anna, dit-elle en regardant le numéro qui s'affichait.

— Ne parlez pas une heure, sinon je devrai partir, s'inquiéta-t-il tout bas.

Elle fit oui d'un signe de tête, toute contente d'entendre la voix de son amie.

— Comment tu vas, Vicky ?

— Très bien, on boit un chocolat chaud avec Rémi, c'est notre rituel après le cours. Et toi ?

— Je suis sur un petit nuage ! Figure-toi que j'aurai le premier rôle dans le spectacle de fin d'année. Je serai Giselle ! Madame Aurélia m'a choisie puisque Vanessa a arrêté les cours. Elle devait être absente une semaine, mais elle n'est pas revenue depuis la fin des vacances de Noël. Et tu la connais, pas un message ni une lettre de ses parents. Si tu avais vu Madame Aurélia, elle était furieuse ! Du coup, je bosse dur pour être prête au mois de juin. Tu as intérêt à venir m'applaudir ! Et David sera le duc Albrecht, on va travailler les pas de deux ensemble, tu imagines ? C'est trop cool.

— Oui, trop cool, répéta Victoire sans conviction. Mais Wassim doit savoir pourquoi Vanessa a abandonné la danse aussi brusquement ! Ils étaient ensemble, je crois.

— Je ne sais pas ce que ressentait Vanessa, intervint

Rémi en haussant le ton. Wassim, lui, était fou amoureux d'elle.

— Tout le monde le savait, même Madame Aurélia, répondit Anna. Elle l'a interrogé, bien sûr, mais il n'avait reçu aucun texto, aucune nouvelle. Si vous voulez mon avis, Vanessa a fait un caprice de plus et elle a dû s'inscrire ailleurs. Et toi, Vicky, rien de nouveau ?

— Pas vraiment, je te l'ai dit par mail, je me couche tôt et je me lève tôt. J'étudie le week-end.

Rémi avait fini sa tasse de chocolat. Il déposa quelques pièces sur la table et se leva.

— Désolé, je dois m'en aller pour éviter l'heure de pointe dans le métro, expliqua-t-il. À demain, Vicky.

Restée seule, Victoire se sentit plus à l'aise pour discuter avec son amie, sans oser lui confier ses doutes sur sa capacité à interpréter Giselle aussi bien que l'aurait fait Vanessa.

— Tu n'as pas l'air emballée par ma chance, nota Anna. Je te connais, tu me caches quelque chose.

— Mais non, je t'assure. Enfin si ! Je trouve ça bizarre que Vanessa renonce au rôle de Giselle. Elle y tenait vraiment.

— Si tu étais toujours à Dijon, Madame Aurélia t'aurait peut-être accordé ce privilège, Vicky. Sois franche, je ne suis pas assez douée, c'est ça ?

— Pas du tout, tu seras merveilleuse, j'en suis sûre. Sinon, ma mère est venue ce week-end et j'ai appris pour l'incendie qui a détruit la maison des Nevers. Tu es au courant ?

— J'appellerai ça changer de sujet, se moqua Anna. Tant pis, je te pardonne. Ah oui, l'incendie, mon père m'en a parlé. À présent, ces gens logent près de chez moi.

— Je sais, papa leur a prêté l'ancienne fermette que j'aimais tant, à l'orée de la forêt et près de nos vignobles. On allait y jouer en cachette avec Arthur, quand personne ne l'occupait. Au fond, ça m'est bien égal, puisque je vais passer des années à Paris si je deviens ballerine à l'Opéra.

— Tu renierais ton pays natal, notre chère Bourgogne ? ironisa son amie.

— Jamais de la vie, répliqua Victoire. Je reviendrai souvent, entre deux tournées, entre deux ballets, pour me ressourcer. Et souviens-toi, je viens pendant les vacances de février. Tu pourras répéter ton rôle de Giselle dans ma salle de danse, et je serai plus exigeante encore que Madame Aurélia.

Elles éclatèrent de rire, avant de raccrocher. Seule dans sa chambre, Anna essuya ses larmes en haussant les épaules. Si elle se montrait toujours gaie et pleine d'entrain au téléphone, c'était très différent ensuite.

— Tu me manques tellement, Vicky, chuchota-t-elle. Reviens vite, vite… Et zut, c'était toi qui devais jouer Giselle, rien que toi. Je ne suis pas à la hauteur, et tu le sais. Mais tu m'as menti car tu es mon amie, mon amie perdue.

8

Une ombre du passé

Gendarmerie de Gevrey-Chambertin,
lundi 24 février 2014

Le commandant Louis Terrier lisait pour la troisième fois le rapport d'autopsie concernant la jeune fille retrouvée morte au bord de la voie ferrée, à la fin du mois d'août.

— Sylvie Costa, seize ans, marmonna-t-il. Personne ne s'est jamais soucié d'elle, personne n'a cherché à savoir ce qu'elle était devenue.

Une nouvelle recrue, la lieutenante Karen Mathis, fut intriguée par le soupir excédé de son supérieur. Ils étaient seuls dans une salle adjacente au hall d'accueil.

— Un problème, commandant ? s'enquit-elle à mi-voix.

— Je suis encore sur cette enquête, la malheureuse découverte l'été dernier. D'après les analyses de l'eau contenue dans ses poumons, les débris de végétaux relevés sur son corps, elle aurait été noyée dans une mare ou un étang, mais impossible de déterminer lequel. On l'a tuée après l'avoir violée.

— Et vous n'avez retrouvé aucun de ses proches ?

— Non, je connais le schéma, ce sont des filles paumées, placées en foyer ou qui ont fugué de leur famille d'accueil. Si c'était la première fois, je conclurais à un acte isolé, hélas la liste est longue.

De plus en plus intéressée, Karen Mathis abandonna le procès-verbal qu'elle enregistrait sur son ordinateur et alla se poster devant le commandant.

— Est-ce que vous pourriez m'en dire davantage ? demanda-t-elle d'un ton net.

— Mais vous êtes sur une autre enquête avec le brigadier Fort.

— Un trafic de voitures volées, rien de passionnant. Excusez-moi, je fais mon travail, seulement vous venez de parler d'une longue liste ! Il s'agit de crimes similaires ?

Louis Terrier la regarda bien en face, comme pour savoir s'il devait lui répondre ou non. Arrivée de l'île de la Réunion six semaines plus tôt, Karen arborait un bronzage idéal. Métisse, elle était dotée de larges yeux verts par son père irlandais. Il remarqua qu'elle était assez jolie, après n'y avoir prêté aucune attention auparavant.

— En savoir davantage, répéta-t-il. Je n'y vois pas de réel inconvénient, mais je fais allusion à d'anciens dossiers classés sans suite.

— Des *cold cases*, insinua-t-elle.

— Si vous voulez ! Ces derniers mois, je me suis penché sur la question et j'ai consulté les archives. Depuis environ une cinquantaine d'années, de très jeunes filles sont retrouvées nues dans les bois, les forêts ou dans des points d'eau. Elles ont toutes été violées. Comme pour Sylvie Costa, c'étaient toujours de pauvres malheureuses, soit des employées de ferme, soit des pupilles de la Nation, et par la suite des gamines confiées à ce qu'on appelait autrefois la DDASS.

— Et cela s'est passé exclusivement ici, en Côte-d'Or ?

— Non, hélas ! Le cercle des découvertes macabres s'étend aux départements limitrophes, et, dans ce cas de figure, notre brigade n'est pas concernée. Au début, il n'y avait qu'une victime par an, aussi ça faisait très peu de vagues. L'enquête était vite bouclée faute d'éléments.

Impressionnée, Karen finit par s'asseoir sur un tabouret.

— Et il n'y a pas eu d'entorse à la règle ? Une fille qui avait de la famille, un fiancé ? s'enquit-elle.

— Parfois, marmonna Terrier en sortant un gros dossier en carton bleu d'un de ses tiroirs. Si ça vous intéresse, il y a là-dedans tous les renseignements que j'ai pu rassembler.

— Je vous remercie, commandant ! Je ne suis pas d'astreinte ce soir, je vais me pencher sur ces documents.

L'air songeur, il hocha la tête en faisant tourner un stylo entre ses doigts.

— En fait, il y a eu une exception marquante, si toutefois c'étaient bien les mêmes assassins, car je suis persuadé qu'ils sont plusieurs.

Un frisson parcourut le dos de Karen Mathis. Elle eut soin néanmoins d'attendre la suite sans poser de questions.

— La victime avait une famille et un emploi sérieux. Emma Nevers, une vraie beauté ! C'est son frère qui l'a trouvée dans la forêt. Elle avait dix-huit ans, lui en avait onze. C'était en 2001… Le pauvre gosse s'en est difficilement remis, d'autant plus que leur père venait de mourir.

— Nevers ? C'est le même nom que les gens dont la maison a brûlé début janvier.

— En effet, ce sont eux. Janine et son fils Emmanuel, relogés gracieusement par Jacques Desmarets, un des plus riches viticulteurs de la région. Mme Nevers est une brave femme très pieuse, malgré les épreuves qu'elle a endurées.

Karen assimila ces informations d'un air grave. Elle avait une excellente mémoire, ce qui lui avait permis de très vite prendre ses marques au sein de la gendarmerie.

— L'incendie était dû à l'installation électrique, rappela-t-elle. Pourtant une plainte a été déposée contre X !

— Tout à fait. Emmanuel Nevers pense à un incendie criminel, destiné à le mettre en garde, une sorte d'avertissement. Depuis le décès de sa grande sœur, nous sommes certains qu'il mène sa propre enquête, sans y être habilité. Il sombre doucement dans une paranoïa qui ne l'aide pas à reprendre pied.

— Emma Nevers a été violée elle aussi, avant d'être tuée ?

— Je préfère ne pas entrer dans les détails de vive voix, le meurtre était particulièrement barbare. Bien, je rentre chez moi.

— Bonne soirée, commandant.

— Ah, j'oubliais, le studio vous convient ?

— J'en suis très contente et, au moins, j'habite sur mon lieu de travail.

Louis Terrier la salua d'un sourire sans joie. Il sortit de la pièce après avoir enfilé sa parka bleu marine. Karen s'installa de nouveau devant son ordinateur pour attendre l'équipe de nuit. Grâce à ses collègues, elle savait que le commandant était célibataire et sans enfants. On lui avait aussi expliqué qu'il s'était promis d'arrêter les ou le meurtrier de toutes ces jeunes filles.

— Emma Nevers aurait trente et un an si on ne l'avait pas assassinée, murmura-t-elle en fixant le gros dossier bleu. Son frère doit vouloir la venger. Peut-on le lui reprocher, surtout si la police n'a obtenu aucun résultat…

Trois heures plus tard, Karen refermait l'épais dossier cartonné. Oppressée par ce qu'elle venait de lire, elle jeta un regard circulaire sur la pièce à vivre du studio alloué par la gendarmerie.

— Une suite d'atrocités pourtant tombées aux oubliettes, murmura-t-elle.

Elle avait juste allumé une lampe de bureau orientable si bien que l'ambiance lui parut sinistre. Souple et vive, elle se leva pour mettre de la musique.

— Je voudrais tant que les coupables soient démasqués et finissent leurs jours en prison.

Des prénoms résonnaient dans son esprit, d'une Aliette en 1964, venue faire les vendanges près de Beaune, à une Brigitte en 1966, puis ceux de tant d'autres jeunes filles.

— Nadine, Danielle, Juliette, Marie, récita-t-elle en se préparant une tisane. Et, en 2013, Sylvie !

Soudain, cette date l'interpella, lui faisant se remémorer le décès d'Emma Nevers, une des victimes sur laquelle les dossiers du commandant fournissaient peu de précisions et une petite photo de mauvaise qualité. Sans attendre, Karen ouvrit son ordinateur portable pour consulter Internet.

— Qu'elle était belle…

Un portrait illustrait un article publié peu de temps après sa mort. Le journaliste ne donnait guère de détails, ce qui surprit la lieutenante. Mais sur une autre page du Web, elle trouva une photographie récente du frère de la victime, Emmanuel, dont les yeux sombres semblaient appeler à l'aide, tellement ils trahissaient une immense détresse.

Dijon, cours de danse d'Aurélia Novak,
mardi 25 février 2014

Victoire avait poliment refusé de suivre le cours de danse, malgré l'insistance de Madame Aurélia. En pantalon et pull à col roulé, elle s'était assise sur un des bancs, derrière le piano. En vacances pour une semaine, elle avait cependant tenu à accompagner Anna.

Son amie lui avait expliqué que tous les élèves répéteraient les actes du ballet *Giselle* jusqu'à la mi-juin.

— Le pas de deux est déplorable ! s'exclama tout à coup leur professeure. David, on danse aussi avec son cœur ! Si le rôle du duc Albrecht te déplaît, je le donne à Wassim. On reprend, plus d'énergie, plus d'âme ! C'est valable aussi pour toi, Anna.

— Je suis désolée, madame, j'ai la migraine.

— Eh bien, il fallait rester chez toi. Claudine, remplace-la.

Toute fière de l'opportunité, la petite brune s'élança, son corps menu moulé dans un justaucorps bleu ciel. David espéra quelques secondes être renvoyé lui aussi, mais Aurélia Novak lui fit signe de se mettre en position.

Mélodieuse et fluide, la musique d'Adolphe Adam s'éleva de nouveau dans la grande salle. Anna se dirigea droit vers les vestiaires, après avoir lancé un regard impérieux à Victoire. Le plus discrètement possible, celle-ci la suivit.

— Je n'y arriverai jamais, Vicky, c'est comme ça à chaque fois ! Je n'en peux plus des réprimandes, des critiques devant les autres.

— Tu dansais bien, mais David n'était pas du tout investi. Je suis certaine que tu serais plus à l'aise avec Wassim.

— Ouais, peut-être. Au fait, pourquoi Rémi est resté à Paris ?

— Ses parents sont allés le voir. Anna, non, ne pleure pas. Tu dois avoir un moral d'acier si tu veux réussir.

— Réussir, réussir, tu n'as que ce mot-là à la bouche, lui reprocha son amie.

En essuyant ses larmes, elle but une gorgée d'eau minérale à la bouteille qu'elle avait sortie de son casier.

— Tu as vraiment la migraine ? s'enquit Victoire.

— Pas du tout, je vais arrêter, voilà. Finis les cours,

finis les échauffements et les exercices à la barre. Je ne suis pas comme toi, Vicky ! Je tenais à tout prix à faire de la danse classique car tu en faisais depuis tes cinq ans. Mais tu n'es plus là et je me demande pourquoi je continue. Franchement, je préfère rouler en scooter et jouer sur mon ordi.

— C'est faux, tu adores danser. Écoute, puisque tu viens chez moi ce soir, je te ferai travailler le pas de deux. Maintenant on retourne à côté afin de ne pas contrarier Madame Aurélia. Dans une heure, maman passera nous prendre et on rentrera au domaine.

La mine boudeuse, Anna commença à ôter sa tenue, un tutu blanc mi-long.

— Mais qu'est-ce que tu fais ? s'alarma Victoire.

— Tu vois bien, je me change, ensuite je m'en vais.

— Dans ce cas, je vais dire que tu as pris un cachet et que tu te reposes. Inutile d'aggraver les choses.

Pendant leur discussion, Claudine et David avaient donné satisfaction à leur exigeante professeure. Lorsqu'elle vit revenir Victoire, un léger sourire adoucit son expression sévère.

— C'est terminé pour aujourd'hui, annonça-t-elle. Je vous ferai part au prochain cours de la nouvelle distribution des rôles principaux. Vicky, j'aimerais te parler.

— Oui, madame.

Elle était surprise de s'entendre appeler ainsi par Madame Aurélia, néanmoins cela lui fit plaisir.

— Aurais-tu décliné mon invitation à danser aujourd'hui pour ne pas blesser Anna ? demanda-t-elle tout bas. Je voulais juste évaluer les progrès que tu as dû faire sous la férule de John Wilde.

— En quelques semaines, j'ignore si j'ai progressé, madame. Mais je peux revenir ici seule un matin, après-demain si vous voulez.

— D'accord, je t'attendrai jeudi à 10 heures. Je voulais te dire aussi que tu aurais eu le rôle de Giselle, si tu n'étais pas partie pour Paris.

— Vous aviez choisi Vanessa, pourtant.

— Je sais ! C'était ta seule rivale sur le plan technique, mais il lui manquait le don de transmettre de l'émotion. Je ne comprends toujours pas pourquoi elle s'est comportée de manière fort incorrecte. Pas un message d'excuse sur mon téléphone, pas de courrier de ses parents. L'argent qu'ils me doivent, je m'en moque, ce n'est pas le plus important. J'ai une pénible impression que j'ai du mal à analyser.

— Moi aussi, admit Victoire. Quand Anna m'en a parlé, j'ai trouvé ça bizarre de la part de Vanessa. Nous n'étions pas en bons termes, mais elle adorait la danse.

— C'est vrai. Bon, va rejoindre Anna et les autres. À jeudi.

— Vicky, qu'est-ce qu'elle te voulait, Madame Aurélia ? interrogea Wassim, déjà habillé et coiffé de sa casquette noire.

— Rien d'important, on a discuté des cours que je prends à Paris.

— Et alors, comment ça se passe ? s'intéressa-t-il.

— C'est très dur.

Tout de suite, le groupe d'élèves l'entoura. Claudine tendait vers elle son minois de chaton avec un air suspicieux, David l'observait d'un œil dur. Seul Wassim lui souriait sincèrement, un peu penché en avant, car il était le plus grand en taille.

— Est-ce que Rémi s'en sort bien là-bas ? s'enquit Mélisse.

— Souvent mieux que moi, avoua Victoire. Anna, tu es prête ?

Son amie répondit d'un marmonnement incompréhensible. Elle secoua sa chevelure noire, coupée au carré, tout en nouant son écharpe autour de son cou. Ses traits crispés n'auguraient rien de bon.

— Adieu tout le monde ! s'écria-t-elle avant de sortir sur le palier du dernier étage. Je tire ma révérence.

Aussitôt elle s'élança dans l'escalier et descendit les marches à une vitesse folle.

— Fais attention ! s'effraya Victoire. Anna, si tu te casses une jambe…

Elle la suivit à la même allure, en se tenant à la rampe par précaution. Une fois parvenues toutes deux indemnes sur le trottoir, elles échangèrent un regard hostile.

— Tu n'avais pas besoin de prendre des risques, toi la future danseuse étoile !

— Au fond, tu es jalouse, rétorqua Victoire. Tu n'aurais pas dû m'encourager, alors, tu me poussais à viser le plus haut possible.

Un jeune homme très élégant s'approcha d'elles au même instant, ce qui les fit taire. Il les salua d'un signe de tête.

— Quel heureux hasard, nota Florian Mongenot. Je n'avais pas prévu de passer par cette rue. Bonjour, Vicky, bonjour, Anna.

— Bonjour, répondirent-elles en chœur.

Victoire remarqua immédiatement sa pâleur et ses paupières meurtries, ainsi que le pli amer de sa bouche.

— Ma mère vient de mourir, débita-t-il d'un ton neutre. J'étais à l'hôpital et j'ai pu lui dire adieu.

— Je suis vraiment désolée, répondit tout de suite Victoire. Mes parents m'avaient confié qu'elle était très malade.

— Mes condoléances, souffla Anna.

— C'est étrange, mais je suis presque soulagé, déclara-t-il. Je n'en pouvais plus de voir maman souffrir autant. Elle était devenue l'ombre d'elle-même. Mais changeons de sujet. Je me trompe ou vous vous querelliez ?

— Une petite dispute, rectifia Victoire. Surtout, présente mes sincères condoléances à ton père et à ton frère.

— Je n'y manquerai pas.

Florian Mongenot s'efforça de sourire en la regardant. Il la trouvait plus jolie à chacune de leurs rencontres.

— Alors, la vie parisienne ? demanda-t-il sans la quitter des yeux. Notre Bourgogne ne te manque pas trop ?

— Il m'arrive d'être nostalgique quand je pense aux vignes sous le soleil, à la campagne, à la maison et à son parc…

— À ton château et à son sublime parc, rectifia tout bas Anna, surtout par défi.

Victoire lui lança un coup d'œil furibond, avant d'ajouter d'un ton aimable :

— Mais mamie et moi nous allons souvent en promenade dans le jardin du Luxembourg.

— J'avais oublié que tu habitais avec ta grand-mère. Si je viens à Paris, j'aimerais te rendre visite. Tu peux me donner ton numéro de téléphone, Vicky ?

— Bien sûr. Nous t'inviterons à déjeuner.

Agacée, Anna les écoutait. Lorsque Florian Mongenot s'éloigna de sa démarche altière, elle prit Victoire par le bras.

— D'accord, je suis un peu jalouse de toi. Tu es plus douée, plus belle, plus gentille. Florian paraît fasciné quand il te dévisage. Tu plais aux gens, même Madame Aurélia te traite différemment.

— Peut-être par pitié ou bien par compassion. Pour Madame Aurélia, tu vas vite comprendre, Anna, je lui ai tout raconté dans une lettre, en espérant qu'elle me reprenne dans son cours. Et ça a marché. J'avais promis à mes parents de garder le silence, mais tu es au courant aussi. Voilà maman, elle ne peut pas se garer, dépêche-toi, on court. Et je t'en prie, ne fais pas de gaffes. On pourra en parler ce soir.

Abasourdie par cet aveu, Anna promit tout bas. Elles montèrent à l'arrière de la voiture de Catherine, car Élodie trônait sur le siège avant. Il fut immédiatement question du décès de Frédérique Mongenot.

— Nous avons croisé Florian, et il nous l'a annoncé, maman. Comment es-tu déjà au courant ? s'étonna Victoire.

— Jean-Charles m'a laissé un message sur mon portable. Les obsèques se feront dans la plus stricte intimité. Mais je tiens à envoyer des fleurs dès maintenant.

— Va chez notre fournisseur habituel, conseilla Élodie. Il faut des lys et des roses. Mon Dieu, comme c'est triste pour ses fils. Ils adoraient leur mère.

— M. Mongenot doit être malheureux lui aussi, hasarda Anna.

— Lui ! Cet homme est en acier, à l'extérieur et à l'intérieur, affirma la septuagénaire d'un ton amer.

— Maman, épargne-nous ce genre de remarques, soupira Catherine. Jean-Charles n'aurait pas réussi s'il avait manqué de caractère.

Victoire ferma les yeux quelques secondes, afin de revoir le sourire mélancolique de Florian et de se remémorer le son de sa voix.

« Il me plaît toujours, songea-t-elle. À treize ans, j'étais amoureuse de lui parce qu'il était beau et si gentil avec moi. »

Anna lui prit la main pour étreindre ses doigts, en signe de réconciliation.

— Je suis pressée de répéter ce soir, Vicky, murmura-t-elle. On dansera ensemble, tu seras le duc Albrecht.

— J'y compte bien. Tu verras, grâce à moi, tu garderas le rôle de Giselle.

— Que dites-vous, les filles ? s'enquit Élodie. J'ai entendu le joli prénom Giselle. Il s'agit du ballet ?

— Tout à fait, mamie. Un de mes préférés. Un jour, vous viendrez m'applaudir dans ce rôle à l'Opéra.

Près de Gevrey-Chambertin, mercredi 26 février 2014

Victoire et Anna pédalaient sur une route étroite, qui était jadis un ancien chemin tracé entre les vignes du domaine des Desmarets. Elles avaient emprunté les vélos tout-terrain de Catherine et de Jacques, qui les utilisaient rarement.

— Stop, Vicky ! cria soudain son amie. On fait une petite pause et on admire le paysage.

— Tu plaisantes ? Anna, tu dois faire de l'exercice tous les jours pour te maintenir au niveau. Hier soir, tu as dansé merveilleusement le pas de deux.

— Parce que tu étais près de moi !

Elles s'étaient arrêtées à la sortie d'un virage, après une légère côte. Victoire contempla le paysage dont elle connaissait chaque détail. Sous le ciel d'un bleu pâle, parsemé de nuages d'un blanc pur, s'étendaient les vignobles de sa famille.

— Regarde, l'hiver a été si doux que les ouvriers de papa ont commencé la taille, dit-elle. Quand j'étais petite, je voulais les aider et je courais derrière eux en exigeant de me servir d'un sécateur moi aussi.

— En fait, tu es vraiment une drôle de fille, soupira Anna de façon exagérée. Une dernière fois, dis-moi pourquoi tu refuses de sortir avec Rémi. Je suis sûre qu'il est fou amoureux de toi.

— On en a parlé presque toute la nuit, et je n'ai qu'une idée, faire une grande sieste après t'avoir raccompagnée.

— Quand même, Vicky, ce n'est pas si terrible de coucher avec un garçon. Essaie, au moins. Tu ne vas pas rester célibataire toute ta vie à cause de ce qui t'est arrivé.

— Pas toute ma vie, non. Mais je voudrais être amoureuse. Et je vois clair dans ton jeu, tu discutes juste pour te reposer au maximum. Allez, on repart. J'aurais dû choisir un autre itinéraire, on va passer à côté de la maison où logent les Nevers.

— Et alors ? On leur dira bonjour.

Victoire haussa les épaules et se remit à pédaler avec énergie. Anna la suivit en riant. Elles furent vite à proximité de la fermette confortablement aménagée que Jacques avait gracieusement proposée aux Nevers. Janine était dans le jardin clôturé d'une barrière blanche. Un grand chien au poil fauve et noir jeta un aboiement puissant quand il les aperçut.

— On dirait un leonberg. Il est énorme, remarqua Anna.

Au même moment, Janine Nevers les héla gentiment d'un « bonjour, mesdemoiselles », en leur faisant un signe de la main.

— On va la saluer, décida Victoire. Elle me fait de la peine. Je t'ai raconté, son mari a sauvé mon père, et ce pauvre homme est mort un peu plus tard.

Elles posèrent leurs vélos contre un poteau électrique et avancèrent à pied. Toute contente d'avoir de la visite, Janine attrapa le collier du leonberg.

— Ne craignez rien, il n'est pas méchant du tout, leur cria-t-elle. Je peux l'enfermer si vous en avez peur.

— Comment s'appelle-t-il ? demanda Anna.

— Goliath !

— Ah oui, comme le géant terrassé par David d'une pierre en plein front, murmura Victoire.

— C'est ça, mademoiselle Desmarets, s'esclaffa Janine. Mon fils a choisi ce nom à cause de la légende. Alors, on se balade à bicyclette ? Il fait tellement doux. Entrez donc boire un verre d'eau. Je suis toute seule.

Le chien remuait la queue, sa truffe brune entre les barres du portillon. Victoire se sentit poussée à accepter l'invitation, peut-être pour en apprendre davantage sur Emmanuel.

— Votre papa est si aimable de nous avoir relogés, dit Janine une fois qu'elles furent toutes les trois à l'intérieur.

— C'était bien normal, madame. Je vous présente mon amie Anna Seron.

— Alors vous êtes la fille de la dentiste de Gevrey ? Je vais me faire soigner chez votre maman. Mais asseyez-vous !

La joie évidente de Janine touchait Victoire et apitoyait un peu Anna, beaucoup moins sensible. Le leonberg était entré également et venait de se coucher devant la cheminée.

— Vous voyez comme il est brave, notre Goliath ! Figurez-vous qu'il m'a sauvé la vie, la nuit où l'incendie s'est déclaré.

— Mon père me l'a expliqué, vous avez eu beaucoup de chance, concéda Victoire.

Fébrile, Janine disposa des verres sur la table et leur servit de l'eau gazeuse. Ensuite elle ouvrit une boîte en fer contenant des biscuits.

— On ne reçoit jamais personne, mon fils et moi, à part votre papa, qui passe à l'improviste boire un café. Il paraît que vous vivez à Paris, maintenant, mademoiselle Desmarets !

— Appelez-moi Victoire, ou Vicky ! Oui, j'habite boulevard du Montparnasse avec ma grand-mère.

Le chien se releva et l'adolescente ne put résister à l'envie de le caresser lorsqu'il frôla sa jambe, mais Anna recula sa chaise, impressionnée par la taille de l'animal.

— Est-ce que vous vous plaisez ici, madame ? demanda-t-elle pour meubler le silence gêné qui s'instaurait.

— J'ai un plus joli panorama que dans la forêt. Le matin, je vois le soleil se lever sur les vignes. Et puis c'est moins isolé. La maison que mon mari avait achetée se trouvait au milieu d'une clairière. Emmanuel se sentait mieux là-bas, il aime tant les arbres, les sous-bois.

Anna acquiesçait poliment, impatiente de repartir. Elle voulut le faire comprendre à Victoire, mais celle-ci observait un cadre posé sur le buffet, qui contenait une photographie en couleur. Le portrait était entouré par une statuette de la Sainte Vierge Marie et d'un petit bouquet de fleurs en tissu.

— C'est ma fille aînée, Emma, la renseigna Janine qui avait suivi son regard.

— Elle est très belle, dit Victoire.

— Nous l'avons perdue il y a treize ans, et peu de temps avant, c'était mon mari qui nous quittait. J'ai pu emporter le cadre avec les dossiers de mon fils, sinon il aurait brûlé comme toutes nos affaires.

— Je suis désolée, madame Nevers. Mes parents ne m'ont pas dit que vous aviez une fille.

— Eh oui, la grande sœur d'Emmanuel ! Nous la pleurons encore. Mais je suis trop bavarde, mesdemoiselles. Il fait beau aujourd'hui, vous êtes en promenade, et moi je vous ennuie avec mes vieilles histoires.

— Pas du tout, protesta Victoire, qui pouvait à peine détacher ses yeux de l'image d'Emma. Vos deux enfants se ressemblent beaucoup.

— Je sais, ils avaient sept ans d'écart, mais on me disait souvent qu'ils auraient pu passer pour des jumeaux s'ils avaient eu le même âge.

Sur ces mots, la voix de Janine se mit à trembler. Elle essuya les larmes qui roulaient sur ses joues.

— On vous laisse, madame, déclara Anna qui avait bondi de sa chaise et se dirigeait vers la porte.

Victoire la vit sortir en toute hâte sans même se retourner. Gênée par son comportement qu'elle estimait impoli, elle prit le temps de débarrasser leurs verres, puis un élan affectueux lui fit embrasser Janine.

— Au revoir, madame, mon amie est pressée, mais je reviendrai vous voir. Ce doit être terrible de perdre tous ses souvenirs à cause d'un incendie. Si vous avez besoin de vêtements, ma grand-mère en met de côté qui pourraient vous dépanner.

— Que vous êtes mignonne ! Mais j'ai ce qu'il me faut, mon fils s'en est occupé. Ne faites pas attendre votre amie.

Avant de sortir à son tour, Victoire s'attarda près du buffet, fascinée par la beauté d'Emma dont l'abondante chevelure blonde couvrait les épaules. Elle avait les yeux sombres, à l'instar de son frère.

— Excusez-moi si je suis indiscrète, madame. Que s'est-il passé ? Un accident ?

Janine hésita à révéler la vérité à une aussi jeune fille. Elle poussa un soupir et répondit à mi-voix.

— On l'a découverte morte dans la forêt. Il y a eu une enquête mais on n'a jamais su ce qui était arrivé. Je n'aime pas en parler.

— Je comprends… Au revoir, madame, à bientôt…

Pendant le reste du trajet jusqu'à Gevrey-Chambertin, Victoire demeura songeuse, tandis qu'Anna se montrait intarissable. Elles roulaient l'une à côté de l'autre, au ralenti, chacune marquée à sa façon par leur visite chez les Nevers.

— C'était sinistre, on n'aurait pas dû y aller, Vicky ! Cette pauvre dame tremblait comme si elle était malade. Et le chien me faisait peur. Il sentait fort en plus.

— C'est parce que tu n'es pas habituée, vous n'avez pas d'animaux. Et tu aurais pu serrer la main de Mme Nevers avant de sortir.

Douchée par la réprimande, Anna prit de la vitesse et dépassa Victoire, qui ne chercha pas à la rattraper. Elle tentait de concevoir l'immense chagrin qu'avaient dû éprouver Janine Nevers et Emmanuel, quelques années auparavant.

— Ils souffrent toujours, murmura-t-elle.

— Qu'est-ce que tu dis, Vicky ?

— Je pensais à cette jeune fille morte quand j'avais trois ans, et ça me rend triste.

De retour au domaine en fin de journée, Victoire n'osa pas interroger ses parents, qui recevaient un client important et son épouse. Après s'être douchée, elle enfila un pyjama et dîna à la cuisine en compagnie de Colette, ravie de l'aubaine.

Au dessert, elle décida de l'interroger sur la famille Nevers. Leur employée, déjà en train de remplir le lave-vaisselle, eut une moue dubitative.

— Je n'les connais pas bien, ces gens, débita-t-elle à mi-voix. Je suis de Cluny, comme madame Béatrice. Je suis née à une centaine de mètres de l'abbaye ! Quand j'étais gamine, ma mère me la montrait toujours et j'ai pu la visiter, justement avec madame Béatrice. Elle était si douce, si simple. Je l'ai suivie quand elle a épousé monsieur Gilles. Une fois installée ici, j'avais du travail par-dessus la tête, et je devais en plus surveiller les autres domestiques. À l'époque, il y en avait bien plus que maintenant. J'avais d'autres chats à fouetter.

— Mais Emma Nevers a été retrouvée morte dans la forêt, et auparavant son père s'est tué sur notre propriété en tombant du haut d'une cuve. Tout ça quand j'avais deux ou trois ans.

— Justement, j'avais autre chose à penser, car c'est l'époque où madame Béatrice a eu ce terrible accident de voiture. Elle s'est éteinte dans l'ambulance qui la conduisait à l'hôpital. De ça, je m'en souviens, parce que j'ai eu bien du chagrin. Je ne savais même pas où les Nevers habitaient.

Victoire insista de manière détournée, certaine que Colette refusait de lui parler du décès d'Emma.

— Tant pis, je poserai la question à mon père, il est très ami avec eux. Le jour de la fête de Noël, il m'a raconté que Paulin Nevers lui avait sauvé la vie et que sans lui je ne serais pas née.

L'air soucieux, Colette lança des coups d'œil inquiets vers la porte qui communiquait avec le hall d'honneur.

— Ce sont des choses qu'il vaut mieux oublier, marmonna-t-elle enfin. C'est vrai, j'ai lu les journaux. Leur fille, aux Nevers, on l'a assassinée. Il paraît que ce n'était pas beau à voir. Je n'en sais pas plus, et ne dites rien à vos parents. Madame Catherine serait en colère contre moi.

L'esprit agité, Victoire monta dans sa chambre. Elle avait laissé son ordinateur portable à Paris, sinon elle aurait fait des recherches sur Internet.

— L'homme qui a abusé de moi aurait pu me tuer juste après, et abandonner mon corps dans les bois, se dit-elle tout bas, face au miroir de sa salle de bains. J'ai eu de la chance dans mon malheur.

Obsédée par le beau visage d'Emma, elle mit longtemps avant de s'endormir, pour s'éveiller au milieu de la nuit en hurlant de terreur. Son cœur cognait à se rompre lorsque sa mère accourut.

— Vicky, ma chérie, qu'est-ce que tu as ? s'inquiéta Catherine en l'enlaçant tendrement.

— J'ai sûrement fait un cauchemar, maman.

— Raconte-moi. Tu as crié très fort. Est-ce en rapport avec ce que tu as vécu au mois d'août ? Une chose t'est revenue ?

— Non, je t'assure. En plus, je ne me souviens pas de mon rêve.

Victoire aurait voulu rester jusqu'au matin blottie dans les bras de sa mère, mais elle se dégagea délicatement de son étreinte, gênée de lui mentir encore.

— Je suis désolée de t'avoir dérangée, soupira-t-elle. En plus on se lève tôt, tu dois m'emmener à Dijon, Madame Aurélia veut me voir danser.

— Ce n'est rien. Vraiment, tu ne te souviens pas ? Je peux retourner me coucher ?

— Si je me souviens de quelque chose, je te le dirai demain matin.

— Très bien. Repose-toi, ma chérie. Nous partirons à 9 heures.

Une fois seule, Victoire se pelotonna sous sa couette, encore bouleversée par son cauchemar.

— J'ai sûrement fait ce rêve atroce à cause de ce que m'a dit Colette. Il y avait une jeune fille nue dans une eau sombre, elle était morte, sa peau était livide. Moi, je trébuchais en courant et je tombais sur elle. C'était affreux, je m'enfonçais dans l'eau moi aussi... Je me débattais, mais je ne pouvais plus respirer.

Elle chassa de toutes ses forces l'image et les sensations qui l'avaient terrifiée. Pour y parvenir, elle se revit à Paris, dans la brasserie où Rémi et elle prenaient souvent un chocolat chaud, en se promettant d'accepter les baisers de ce beau garçon amoureux d'elle. Enfin elle se représenta les deux actes du ballet *Giselle*, dont la musique lui était si familière.

Ainsi, peu à peu, Victoire réussit à repousser un souvenir bien réel qui se heurtait à la porte close de sa mémoire. Elle s'endormit de nouveau, après avoir souhaité se retrouver le plus vite possible dans l'appartement du boulevard du Montparnasse, sous la douce tutelle de sa grand-mère.

Dijon, cours de danse d'Aurélia Novak,
jeudi 27 février 2014, le matin

Aurélia Novak était assise au piano lorsque Victoire entra dans la salle de danse. La professeure jouait un morceau de Debussy que l'adolescente reconnut aussitôt.

— Bonjour, madame, vous jouez *La Mer* !

— Bonjour, Victoire. Tu as de bonnes bases en musique classique, bravo. Ta mère ne se joindra pas à nous ?

— Elle voulait être là, mais elle a changé d'idée. Je crois qu'elle est préoccupée par le décès d'une de ses relations. Je vais me mettre en tenue, excusez-moi, je me dépêche.

— Il faudra t'échauffer d'abord.

— Pas très longtemps, je me suis levée à 7 heures et j'ai fait beaucoup d'exercices.

Dix minutes plus tard, Madame Aurélia lançait la musique du dernier acte de *Giselle*. Certaine de danser ce rôle, la jeune fille avait emporté un justaucorps et des collants blancs, ainsi qu'une légère jupe en voile.

— À toi de jouer, dit la professeure en s'installant sur un des bancs.

Durant son interprétation, Victoire fit le vide dans son esprit. Elle se glissa dans le personnage de Giselle avec tout son cœur et son talent. Le bruit discret de ses pointes sur le parquet ponctuait arabesques et sauts aériens. Son joli visage exprimait la détresse et le chagrin, autant que son corps mince et délié.

— Tu peux arrêter, déclara soudain Aurélia.

À peine essoufflée, Victoire la rejoignit. Elle avait coiffé ses cheveux en chignon et ses yeux bleus étincelaient de passion.

— J'aurais vraiment aimé t'avoir dans mon cours jusqu'au spectacle de fin d'année. Tu aurais été une Giselle parfaite. Tu as déjà progressé, Vicky. J'ai bon espoir que tu intègres l'école de l'Opéra.

— Je vous remercie. Mais je doute souvent de mes capacités.

— C'est le propre des gens doués. Je te souhaite de réussir, tout en regrettant ton départ. Je pense faire répéter Claudine pour jouer Giselle, et attribuer à Anna le rôle de la princesse Bathilde.

— Pourtant mardi soir, Anna a dormi chez moi et

je l'ai fait travailler. Elle a très bien dansé. Peut-être n'est-elle pas à l'aise avec David…

Madame Aurélia but un verre d'eau avant de secouer la tête. Elle pointa l'index en direction de la poitrine de Victoire.

— Je refuse de tenir compte de ce genre de choses. Certes, il y a parfois des couples mal assortis sur scène, mais il faut savoir dépasser ce souci. Pour ma part, j'ai dansé un pas de deux lors d'une audition avec un garçon que je détestais. Si je ne m'étais pas contrôlée ce jour-là, je n'aurais pas eu la carrière dont je rêvais. Une carrière très brève, certes, mais qui m'a offert des heures de pur bonheur.

Victoire approuva d'un sourire, en songeant à l'harmonie qui existait entre Rémi et elle lorsqu'ils dansaient ensemble.

— Est-ce indiscret de vous demander pourquoi votre carrière a été très brève ?

— Je n'ai pas envie d'en parler ce matin, une autre fois peut-être en serai-je capable !

— Excusez-moi.

— Non, tu avais le droit de me le demander. Victoire, avec de la volonté, du travail, du courage, toi tu pourras atteindre ton rêve. Tu possèdes de façon innée la grâce et l'art de transmettre des émotions, ce qui est essentiel dans un ballet, puisque l'on doit raconter l'histoire par les gestes et les mouvements. Mais trêve de compliments, je voudrais te parler de Vanessa.

Accoutumée aux manières directes d'Aurélia, Victoire ne fut pas surprise de l'entendre passer d'un sujet à l'autre.

— Avez-vous eu de ses nouvelles ?

— Pas du tout. Hier soir, comme je passais en voiture dans la rue où elle est censée habiter, je me suis décidée à sonner chez ses parents afin d'avoir une discussion avec eux et surtout de convaincre Vanessa de revenir en cours. Je pensais que ces gens pouvaient avoir des difficultés financières et j'étais prête à attendre le temps nécessaire. Mais je me suis trouvée en face d'un couple assez âgé, sans enfants, qui ne comprenait rien à mon histoire.

— C'était une fausse adresse ?

— Tout à fait. Je me suis rappelé alors que Vanessa m'avait demandé de ne pas envoyer de courriers à son domicile. Elle prenait les factures en prétendant les remettre à ses parents. De surcroît, l'an dernier, quand j'ai eu besoin de la signature de son père ou de sa mère, elle m'a affirmé avoir été émancipée. Je ne suis pas très douée sur le plan administratif, je n'ai pas insisté, sans compter qu'elle aura dix-huit ans en mars.

Désemparée, Victoire alla s'asseoir sur un des bancs. D'un geste vif, elle défit son chignon et laissa sa longue chevelure brune crouler sur ses épaules.

— Du coup, je suis un peu inquiète, ajouta Aurélia. Cet après-midi, j'interrogerai de nouveau Wassim. Il n'a pas peut-être pas osé me donner la véritable adresse de Vanessa.

— Mais pourquoi m'en parlez-vous, madame ? Je crains de ne pas pouvoir vous aider. Nous n'étions pas proches avec Vanessa, elle me traitait de haut et se moquait souvent de moi.

— Elle t'enviait, tu étais douée et fortunée. Et je pense que ses soucis personnels influaient sur son caractère. Pour être franche, je te parle de tout ça à cause de ce que tu as subi cet été.

— Je ne vois pas le rapport, protesta Victoire sur la défensive.

— Tu es forcément au courant des disparitions de jeunes filles dans notre région. Depuis que j'ai lu ta lettre, je me sens mal. Toi aussi, on aurait pu te retrouver morte au fond des bois. Et qui peut me promettre qu'on ne découvrira pas Vanessa un jour, sacrifiée elle aussi à la folie meurtrière d'un monstre humain… ?

Tout de suite, l'image d'Emma Nevers traversa l'esprit de Victoire qui frissonna.

— Je suis désolée, Madame Aurélia, je n'étais pas au courant. Mes parents ne m'ont jamais rien dit. Jamais !

— De même, ton père a jugé bon de ne pas porter plainte après ton viol ! Je suis navrée, je ne mâche pas mes mots, mais la police demeure impuissante si les gens se taisent.

Au bord des larmes, Victoire se releva. Elle regagna les vestiaires sans répondre à Aurélia Novak.

— Au revoir, madame, lui dit-elle une fois rhabillée, depuis le seuil de la salle de danse. Papa a juste voulu me protéger, en refusant de jeter mon malheur en pâture à la presse. Moi, je veux oublier tout ça et j'y arriverai. Pour Vanessa, j'espère qu'elle reviendra très vite.

9

Se souvenir d'Emma Nevers

Entre Dijon et Gevrey-Chambertin, même jour, jeudi 27 février 2014

Catherine venait de se garer devant l'immeuble qui abritait la salle de danse d'Aurélia Novak. Elle prenait son sac à main lorsqu'elle vit Victoire sortir de l'immeuble, une expression bouleversée sur le visage.

— On s'en va vite, maman, dit-elle en montant dans la voiture.

— Ta professeure s'est montrée trop exigeante, Vicky ? Elle t'a sapé le moral avec des critiques ?

— Non, ce n'est pas ça. Démarre, maman, au cas où elle m'aurait suivie.

— Attends une minute, ma chérie. S'il y a un problème, je préfère en discuter avec cette dame. J'imagine qu'elle aurait voulu te garder ici et qu'elle t'a accablée de remarques désobligeantes. Je vais lui dire ce que j'en pense.

— Il s'agit d'autre chose, maman ! Dépêche-toi, je t'en prie. Et allons chez mamie, je voudrais lui demander qu'on prenne le train dès samedi. Je suis beaucoup mieux à Paris.

Très surprise, sa mère finit par obtempérer, mais elle exigea une explication.

— C'est simple, Madame Aurélia s'inquiète pour une de ses élèves qui a cessé les cours et ne donne pas de nouvelles. Du coup, elle m'a parlé des jeunes filles qui ont disparu dans la région. Je me suis sentie idiote, car je n'étais pas du tout au courant. Papa et toi, vous me l'avez caché, comme vous ne m'avez jamais parlé d'Emma Nevers, qui a été assassinée. Certes, j'étais trop petite quand cela est arrivé, mais je suis en âge de comprendre maintenant, vous auriez pu me le dire.

— Te le dire ? Et pourquoi ? s'insurgea Catherine. Tu as grandi à l'écart des commérages, des rumeurs, et c'était notre volonté. Peut-être vas-tu comprendre, désormais, pourquoi nous t'avons surprotégée ! Nous avions peur, Vicky ! Tu t'en plaignais, seulement nous ne voulions pas te laisser dormir chez tes copines ou passer une semaine avec ta grande amie Anna.

Sidérée, Victoire prit le temps de réfléchir. Dès qu'elle était entrée au collège, ses parents étaient venus la déposer le matin et l'attendre à la fin des cours.

— D'accord, vous avez veillé sur moi, concéda-t-elle. Mais personne ne discutait des disparitions dans mon entourage ni aucun de mes camarades.

— La presse se montrait frileuse, afin de ne pas dénigrer les forces de police. Mais je suis outrée, Aurélia Novak n'avait pas à te perturber en évoquant ces histoires affreuses.

Nerveuse, Catherine s'engagea au ralenti dans une rue perpendiculaire à la précédente.

— Elle sait la vérité, maman, lui assena Victoire. Pour rester dans son cours, je lui ai écrit une lettre en lui racontant mes malheurs. Et ça a marché.

— Mon Dieu, tu es folle ! Vicky, tu avais promis de garder le secret. Décidément, on ne peut pas te faire confiance. Quand Jacques l'apprendra, il sera furieux.

— On n'est pas obligées de lui dire.

— En effet, il vaut mieux éviter, ton père est débordé de travail en ce moment.

— Et pour Emma Nevers ? J'ai vu sa photo hier, quand sa mère nous a invitées à boire un verre d'eau, Anna et moi. Ensuite j'ai interrogé Colette qui m'a avoué qu'il s'agissait d'un meurtre.

Un petit cri de contrariété échappa à Catherine qui freina brusquement pour se garer à nouveau.

— Il fallait que tu entres chez cette femme ! dit-elle d'un ton amer. Ne t'étonne plus d'avoir fait un cauchemar cette nuit. Écoute, à quoi bon fouiller le passé ? Les Nevers ne sont pas de notre famille, et puis je n'ai pas très envie d'en parler. Ta grand-mère Béatrice est morte à la même époque, nous étions tous sous le choc.

— Colette m'a répondu la même chose, soupira Victoire. Vous avez dû lui demander d'être discrète. Maman, tu sais sûrement si Emma Nevers a été violée avant d'être tuée ?

— Tais-toi, mais tais-toi ! cria sa mère en frappant le volant de la paume des mains. Je déteste entendre ces mots dans ta bouche, comprends-tu ?

— Désolée, j'en ai assez de surveiller mon langage. Déjà, au lycée, certaines élèves se moquaient de moi. Je n'étais pas « branchée », trop bien élevée, trop sage.

— On a vu le résultat lorsque tu nous as désobéi, lui rappela Catherine sans pitié.

— Et alors maman ? Il faudrait se cloîtrer jusqu'au mariage ? Même si j'avais enfreint vos règles, j'aurais pu passer une heure ou deux à m'amuser sans courir de danger. Mais non, parce qu'il y a un criminel en liberté et il recommencera. Madame Aurélia m'a dit qu'on pourrait retrouver Vanessa morte au fond d'un bois, comme d'autres victimes.

— Vanessa, c'est la grande blonde qui était très douée, selon toi ?

— Selon Madame Aurélia surtout. Moi, j'évite de juger les autres. Tu sais quoi, maman ? Finalement je vais rentrer à pied chez mamie et je dormirai chez elle. Il y a beaucoup de monde dans les rues, il fait grand jour, je ne risque rien, n'est-ce pas ?

— Mais tes affaires sont au domaine, protesta Catherine. Tu espères en apprendre davantage de ta grand-mère ? Très bien, tu peux passer la journée et la nuit chez elle, à condition de ne pas l'assommer de questions. Et je vais te répondre. Oui, Emma Nevers a été violée avant d'être tuée. Et oui, de telles horreurs se sont déjà produites dans la région. Pour Emma, la gendarmerie a enquêté durant des semaines et des mois sans rien trouver de concluant.

— Donc le coupable n'a pas été arrêté ! C'était il y a treize ans, et depuis ce monstre est en liberté.

— Sans doute, je n'en sais pas plus. Téléphone-moi quand tu seras en sécurité chez mamie, quant à moi je vais réserver vos billets de train pour après-demain.

— Merci et sois tranquille, je suis prudente. En fait,

je me sens tellement mieux à Paris. Pardonne-moi si j'ai été désagréable.

Le cœur serré, Catherine dévisagea sa fille en souriant, avant de lui caresser la joue.

— Au moins, tu as du caractère ! Ne t'inquiète pas, ta réaction était normale. Sache que, de notre côté, papa et moi sommes rassurés de te savoir à Paris, ma chérie.

Elles s'embrassèrent tendrement, pourtant Victoire fut soulagée de s'éloigner et d'être enfin seule. Elle avait besoin de réfléchir et la marche l'y aidait. Ses pas la menèrent sur la place où se dressait la cathédrale Saint-Bénigne, au cœur des anciens quartiers médiévaux soigneusement préservés.

L'imposant édifice offrait sa façade d'un blanc crémeux au soleil. Il s'en dégageait une impression de sérénité et de pureté qui attira Victoire.

— Mamie venait souvent prier là, se dit-elle tout bas. Et si j'allumais une bougie pour Vanessa et une pour grand-père ?

Le profond silence qui régnait dans la cathédrale lui parut apaisant. Elle le troubla en jetant des pièces dans le tronc en fer accroché près de l'étagère à bougies. Elle demeura un long moment les yeux fixés sur les petites flammes qu'un infime courant d'air agitait.

— J'espère vraiment que tu es vivante, Vanessa, souffla-t-elle. Et toi, cher grand-père, merci pour ma salle de danse et merci de m'avoir encouragée à atteindre mon rêve.

L'écho d'un sanglot étouffé lui fit tourner la tête. Elle aperçut un jeune homme debout près d'un pilier.

— Mais c'est Florian…

D'abord indécise, Victoire s'approcha tout doucement de lui. Il perçut sa présence et la regarda d'un air éperdu.

— J'ai droit à un petit miracle, murmura-t-il. Je ne pensais pas te rencontrer ici, Vicky.

— J'allais chez ma grand-mère et, une fois sur la place, j'ai eu envie d'entrer dans la cathédrale. Tu priais pour ta maman ?

— Pas vraiment, je ne suis guère croyant, mais dans certaines circonstances, on implore Dieu de veiller sur ceux que l'on chérissait et qui nous ont quittés. Sortons, je te raccompagne. Tu ne devrais pas être seule en ville.

Surprise, Victoire ne répondit pas à cette remarque tant qu'ils étaient à l'intérieur du sanctuaire.

— Tu plaisantais ? supposa-t-elle une fois sur le parvis. Florian, il est presque midi, il y a beaucoup de monde à cette heure-ci. Ma grand-mère habite tout près et j'ajouterai que je me promène dans Paris sans garde du corps et que je n'ai jamais eu d'ennuis.

— C'est vrai, admit-il en haussant les épaules. Mais je ne plaisantais pas, Vicky. Tu es tellement jolie, des types pourraient t'importuner ou s'en prendre à toi.

Elle scruta attentivement les traits du jeune homme et sonda ses yeux d'un gris bleuté.

— Tu sembles sérieux. Ce ne serait pas à cause de ces filles retrouvées mortes ? Ma prof de danse m'en a parlé ce matin. Moi, j'ignorais tout de ces crimes. Anna qui est toujours bien informée ne m'en a jamais rien dit, ni mon cousin.

— Arthur le Londonien, lança Florian d'un ton ironique. Il a eu bien raison de s'exiler. C'est sûrement à cause des meurtres qui ont endeuillé notre belle région qu'il m'a chargé de veiller sur toi.

D'autorité, Florian la prit par la main et l'entraîna sur la place. Victoire constata qu'il prenait la direction opposée à celle qui les aurait conduits chez Élodie.

— Où allons-nous ?

— Pas loin, Vicky ! Je connais un porche voûté au fond de cette ruelle, où je voudrais juste te prendre dans mes bras, pour pouvoir pleurer sur la mort de ma mère. Je l'adorais, elle était généreuse et douce ! Ses derniers mots me hantent. Bastien les a entendus lui aussi, mais il est resté comme indifférent.

— Qu'est-ce qu'elle vous a dit ?

— « Je vais enfin me reposer, je serai enfin en paix », voilà ce qu'elle a chuchoté, prête à s'éteindre. Et elle souriait...

Ils étaient arrivés sous le porche où il faisait un peu sombre. Très pâle, Florian tremblait de chagrin et, attendrie, Victoire l'enlaça la première. Elle pensait le consoler, mais il se pencha et lui donna un long baiser sur les lèvres. Incapable de réagir, elle éprouva une délicieuse langueur qui se répandit dans tout son corps.

— Je suis désolé, dit-il tout bas.

Cependant, elle ne relâchait pas son étreinte, silencieuse et exaltée. Il devina son attente et l'embrassa encore, en la serrant contre lui. Les yeux fermés, elle découvrit l'éveil subtil du désir et l'accepta avec une sensualité qui affola Florian.

— Pardonne-moi, soupira-t-il en reculant brusquement.

— Pourquoi ? demanda-t-elle d'une petite voix douce.

— Je n'aurais pas dû, c'est tout ! On fait demi-tour et je te ramène chez ta grand-mère.

Il lui reprit la main et elle en fut toute contente, désormais certaine d'avoir toujours été amoureuse de lui. Elle compara en silence les quelques baisers échangés avec Rémi et ceux qu'elle venait de recevoir.

« C'est si différent, merveilleusement différent ! »

Durant le court trajet qui les mena devant la porte d'Élodie, Florian ne prononça pas un mot. Il se décida à parler au moment où Victoire sortit une clef de sa poche.

— Tu vas croire que je suis fou, Vicky, mais je voudrais me marier avec toi plus tard, quand tu auras l'âge. Je suis prêt à exercer à Paris si tu es prise à l'Opéra. Je serai avocat et toi tu deviendras une danseuse étoile. Une fois, Arthur m'a dit que je te plaisais, que tu lui posais beaucoup de questions sur moi.

— Florian, tu me plais depuis toujours, avoua-t-elle. Mais oui, je confirme, tu es fou. Je n'ai pas l'intention de me marier, du moins pas avant longtemps. La danse passe avant tout. Rien ne doit m'empêcher de réussir.

— Je t'attendrai dans ce cas. Un jour, tu seras ma femme, j'en ai la certitude.

— On n'en sait rien ! Tu pourrais déjà venir un week-end à Paris. N'hésite pas à m'appeler.

Victoire imaginait d'autres baisers, sur les quais de la Seine ou dans le jardin du Luxembourg. Fébrile, elle s'empressa d'ouvrir la porte pour résister à l'envie de l'embrasser. Il la contemplait en souriant tristement et elle le trouva d'une beauté irrésistible.

— Au revoir, dit-elle, comme sa grand-mère apparaissait au bout du couloir.

— Au revoir, dit-il avant de s'éloigner à grands pas.

Élodie n'avait pas vu le jeune homme, cependant elle avait entendu une voix masculine.

— Je guettais ton arrivée. Ta mère m'a avertie que tu venais chez moi. Tu n'étais pas seule, à l'instant ! Qui t'a raccompagnée, Vicky ?

— Florian Mongenot. Nous nous sommes rencontrés dans la cathédrale. Je suis sûre qu'il priait pour sa mère, même s'il prétend ne plus croire en Dieu.

— Ah, cette pauvre Frédérique, murmura Élodie. Et toi, ma chérie, que faisais-tu là-bas ?

— Je priais aussi, mamie. Tu as préparé quoi pour le déjeuner ? Je suis affamée.

Perspicace, sa grand-mère croisa les bras sur sa poitrine d'un air inquiet.

— Tu me sembles perturbée, hasarda-t-elle. Est-ce le fait d'avoir vu Florian ou autre chose de plus grave ?

— Maman t'a parlé, répliqua Victoire. Je ne la comprendrai jamais.

— Moi non plus et je peux en dire autant de mon gendre. Bon, viens à la cuisine. J'ai fait du risotto. Nous allons discuter un peu.

Gendarmerie de Gevrey-Chambertin,
même jour, même heure

Le commandant Terrier s'était accordé une heure pour déjeuner dans son logement situé à l'arrière de la gendarmerie. La mine morose devant le plat industriel qu'il avait réchauffé, il écoutait les informations diffusées à la télévision. Quand son téléphone portable sonna, il coupa le son immédiatement. Le numéro qui s'affichait ne lui disait rien.

— Louis Terrier ? s'enquit une voix de femme, dotée d'un très léger accent étranger. C'est Aurélia, tu te souviens de moi ?

— Aurélia Novak ? Quelle surprise ! On ne s'est pas vus depuis cinq ans, je crois bien.

— Tu es disponible ? Je suis à Gevrey-Chambertin, garée près de l'église. Je voudrais te demander un service. Je préfère t'expliquer de vive voix.

— J'arrive, j'ai quarante minutes avant de reprendre le service.

Le gendarme se leva et enfila une veste en daim, soulagé de cette opportunité qui le distrayait de ses tourments intérieurs. En faisant démarrer sa moto, il évoqua le visage énergique d'Aurélia, ses formes sculptées par la danse.

Il la reconnut tout de suite, assise au volant d'une voiture rouge, avec ses cheveux d'un blond nuancé de roux coupés au carré. Elle baissa la vitre dès qu'il se rangea à sa hauteur.

— Je t'offre un café ? proposa-t-il.

— Monte plutôt à côté de moi. Ma démarche est assez confidentielle. Tu vas attirer l'attention si on te croise en compagnie d'une femme.

— Et alors ? Les gens d'ici me conseillent régulièrement de me marier. Mais le célibat me plaît.

— À moi aussi, répliqua-t-elle.

Peu après, il s'installait sur le siège avant, intrigué par l'expression soucieuse d'Aurélia.

— Tu as des ennuis ? s'enquit-il.

— Non, je m'inquiète au sujet d'une de mes élèves, Vanessa Guillet. Elle n'est pas revenue à la rentrée de janvier. C'était une fille très douée qui adorait la danse. Et soudain, plus rien, aucun message d'excuse, aucune nouvelle. Son copain du moment, Wassim, un autre de mes élèves, ignore aussi où elle se trouve. Hier soir, je suis allée à l'adresse que je possédais et les gens qui habitaient là ont été formels. Ils ne l'avaient jamais vue et son nom ne leur disait rien. Je crains un malheur, tu comprends à quoi je fais allusion.

Le commandant sentit son cœur s'emballer. Malgré le temps écoulé, il souffrait encore.

— Tu crains qu'elle ait été enlevée ? avança-t-il entre ses dents.

— Et qu'on la retrouve morte quelque part, précisa Aurélia.

— Une minute, il faut rester logique. Si elle pratiquait la danse depuis plusieurs années, elle avait forcément quelqu'un qui finançait les cours.

— Oui, mais je n'ai jamais vu ses parents, ni un oncle ou une tante ! Vanessa m'a menti sans arrêt et je m'en veux de ne pas avoir été plus vigilante. Elle me racontait que ses parents travaillaient souvent à Paris ou en Belgique, qu'ils ne pouvaient pas assister au spectacle de fin d'année, ni à celui de Noël. Penses-tu, pendant ces soirées, je suis débordée, je gère les plus petits et je ne peux pas m'amuser à discuter avec les familles. De plus, Vanessa me payait toujours en espèces. Je ne me posais pas de questions, c'était la plus âgée de son groupe, elle allait avoir dix-huit ans au début du mois de mars et, pour son âge, elle était très mûre.

— Peut-être comme une fille qui se débrouille seule

dans la vie et le cache parfaitement, nota le commandant.

— Louis, je culpabilise maintenant, j'en suis malade ! Avant de venir ici, j'ai appelé Wassim, avec l'espoir qu'il sache la vérité. Il m'a promis n'avoir aucune adresse, aucune nouvelle. S'il n'y avait pas eu ces disparitions et ces crimes, je me raisonnerais. Je suis désolée si je réveille de très mauvais souvenirs.

Le gendarme serra les poings en hochant la tête. Il fixa le clocher de l'église d'un air infiniment triste.

— Ne t'excuse pas, ça continue depuis Emma, murmura-t-il. Alors les souvenirs dont tu parles sont toujours virulents. À la fin du mois d'août, on a découvert le cadavre d'une jeune fille blonde au bord d'une voie ferrée, entièrement nue. Toujours le même schéma. Cette fois au moins nous avons pu l'identifier, ce qui n'est malheureusement pas le cas de certaines autres victimes.

— Mais Emma, ce n'était pas pareil. Elle avait ses parents, une famille, et vous vous aimiez, Louis. Tu veillais sur elle. Je n'ai pas oublié le jour où nous avons dîné tous les trois dans un restaurant de Mâcon, après avoir été visiter la ville.

— Je l'aimais, oui. Je me demande encore ce qu'elle éprouvait pour le lieutenant de gendarmerie que j'étais alors, âgé de trente ans. Une beauté pareille, qui rêvait de grands voyages, de devenir actrice. J'ai parfois affaire à son frère. Lui aussi, il est marqué à vie et il cherche le coupable.

— Est-ce qu'il sait que tu as eu une liaison avec sa sœur ?

— Non, Emma n'avait pas parlé de moi à ses parents, ni à son frère, qui n'était qu'un gamin.

Aurélia constata que Louis tremblait, les traits crispés. Elle s'en voulut un peu de l'avoir contacté.

— Je n'aurais pas dû t'appeler. Mais je lis les journaux et je suis les infos sur le web. J'ai su pour les précédentes victimes.

— Et tu as fait un rapprochement avec la disparition de Vanessa. Peut-être qu'elle se prostituait pour payer les cours. C'est de plus en plus fréquent chez les étudiantes en manque d'argent.

— Oh non, quelle horreur ! Louis, si tu pouvais te renseigner sur Vanessa, j'ai son numéro de portable, mais on me dit qu'il n'est plus attribué. Si elle menait sa barque toute seule, personne ne s'inquiétera et ça me brise le cœur.

— Ne panique pas, Vanessa a pu partir pour Paris ou bien suivre des amis à l'étranger. Ceci dit, je vais faire de mon mieux dans la mesure de mes moyens, au nom de notre vieille amitié.

— Merci, Louis ! Comment va ta petite sœur ? C'était une de mes premières élèves.

— Agnès s'est mariée et elle est partie vivre à la Guadeloupe. Elle a eu deux garçons et, récemment, elle a ouvert une école de danse moderne. Tu peux consulter son site sur Internet.

Attendrie, Aurélia revit l'adorable Agnès Terrier, à l'époque où elle suivait ses cours. C'était son grand frère, Louis, qui la déposait et la récupérait.

— On a fini par sympathiser, se remémora-t-elle. Tu venais à chaque spectacle et tu achetais un bouquet pour l'exigeante professeure de ta sœur.

— Et tu m'as soutenu de façon formidable après la mort d'Emma. Si on dînait ensemble, un soir ?

— Pourquoi pas, Louis. On vit à une quinzaine de kilomètres l'un de l'autre, et on a laissé un mur de silence s'installer. Mais il y a tant de silences qui ne devraient pas être.

Elle pensait au lourd secret de Victoire Desmarets et à sa promesse de ne pas le révéler…

Dijon, chez Élodie Quinot, même jour, même heure

Une autre version de l'histoire d'Emma Nevers était relatée, dans la cuisine où Victoire déjeunait avec sa grand-mère.

— Catherine t'a dit vrai, à l'époque nous connaissions à peine ces gens, surtout moi qui habitais Dijon. J'allais rarement au château car Herbert était déjà malade. J'étais le plus souvent à l'hôpital, afin de le soutenir dans sa lutte contre le cancer. Toi, tu étais toute petite mais tu dansais déjà dès que tu entendais de la musique.

— C'est bizarre, je n'ai aucun souvenir de ce grand-père !

— Il refusait que tu le voies affaibli et amaigri, de crainte de te faire peur. Nous avons respecté sa volonté. Pour être honnête, je ne sais pas quoi te dire sur Emma Nevers. Certes, je l'ai croisée lorsqu'elle était fillette, ensuite adolescente. On ne peut pas le nier, c'était une beauté.

— Oui, ça m'a frappée sur la photo que j'ai vue chez sa mère. Mamie, j'aurais pu mourir moi aussi ce soir-là.

— Je t'en prie, ne dis pas ce genre de choses. Sans vouloir juger Emma Nevers, des rumeurs désagréables circulaient sur elle. On la prétendait peu sérieuse, elle sortait beaucoup en boîte de nuit et elle aurait eu des aventures avec des hommes plus mûrs.

Troublée par ces paroles, Victoire repoussa son assiette. Elle fit signe à sa grand-mère de ne rien ajouter.

— C'étaient des rumeurs, à mon avis. Emma avait peut-être juste envie de vivre, de s'amuser. On aurait pu dire du mal de moi aussi, si on avait su que j'étais enceinte à quinze ans.

— Ton père s'est chargé de préserver ta réputation ! Est-ce un bien ou un mal, je n'ai pas la réponse. Vicky, pourquoi as-tu décidé de rentrer samedi à Paris ? Tu aurais pu me demander si je n'avais rien prévu ce week-end. Je devais jouer au bridge avec mes amies.

— Je suis désolée. J'en avais assez d'être là, de tourner en rond. Je vais appeler maman pour qu'elle prenne des billets de train pour dimanche, comme prévu. Et je vais aussi lui demander de venir me chercher.

— Quelle girouette tu fais, Vicky !

Élodie lui décocha un regard lourd de reproches, auquel succéda un sourire moqueur.

— Je parie que tu as envie de danser et chez moi, ce n'est guère pratique !

— Comment tu as deviné, mamie ? Je suis tellement nerveuse que j'ai besoin de me défouler, c'est vrai. Et j'aimerais aller chez Anna, une fois à Gevrey, on ne s'est pas quittées en très bons termes. Mais elle m'agace de plus en plus depuis qu'elle…

— Depuis quoi, ma chérie ?

— Eh bien, en fait, elle est avec David et ils ont…

— Ne sois pas gênée, je suis de la vieille école, mais je m'adapte au monde actuel. Passons, j'ai compris. Quand même, ton amie est toute jeune ! De mon temps…

— Oh non, pas ce refrain, mamie. D'ailleurs, à ce propos, quel âge avais-tu, toi, la première fois ?

Le délicat visage d'Élodie se teinta de rose tandis qu'elle s'esclaffait tout bas. Victoire, grâce aux albums photo de la famille, savait combien sa grand-mère était ravissante dans sa jeunesse.

— Disons environ le même âge que ton amie, confessa-t-elle en souriant. Nous étions follement amoureux, Herbert et moi. Il neigeait ce jour-là et nous avons été si heureux. L'amour fait toute la différence, Vicky. Je te souhaite un tel bonheur quand tu rencontreras celui qui t'est destiné.

— Si je le reconnais, mamie. Puisqu'on en discute, Florian me plaît beaucoup.

— Cela ne date pas d'aujourd'hui.

— Il m'a dit tout à l'heure qu'il voulait m'épouser. C'est un peu vieux jeu, mais j'étais touchée.

— Seigneur, ce garçon brûle les étapes. Quelle idée ! Pour ma part, Vicky, je n'apprécierais guère que tu portes le nom des Mongenot. Déjà, quand Catherine a choisi Jacques et quitté Jean-Charles, j'étais aux anges.

— Qu'est-ce que tu lui reprochais, à l'époque ?

— Comment t'expliquer ? Je suis très intuitive, et cet individu me hérissait. Froid, hautain, ambitieux, dur en affaires. Mais ses fils sont beaucoup plus sympathiques. Ils ont dû souffrir eux aussi du caractère de leur père. N'en parlons plus… Et puisque nous en sommes aux confidences, que ressens-tu pour Rémi ?

— De l'amitié ! Il est gentil. En tant que danseur, je l'admire. Lorsque nous répétons un pas de deux, il me donne des ailes.

— C'est formidable. Si tu appelais ta mère à présent. Je crois que Cathy viendra te chercher.

— Pour ne pas m'imaginer seule au milieu d'inconnus dans un bus, de peur que je disparaisse comme les autres filles, comme Vanessa !

Prononcer ce prénom avait libéré l'angoisse que réfrénait Victoire. D'un trait elle révéla les inquiétudes d'Aurélia Novak et ses propres appréhensions.

— Une fois, Vanessa m'a jeté à la figure que tout était facile pour moi car mes parents étaient très riches. J'ai pris ça pour de la jalousie, maintenant je suis sûre qu'elle vivait des choses difficiles. Et ça me rend triste, mamie, tellement triste, surtout s'il lui est arrivé malheur.

Ses grands yeux bleus s'emplirent de larmes. Élodie se leva pour aller la consoler.

— Pleure, tu en as besoin, tu étais sur les nerfs. Ma petite chérie, je te comprends. Tu le dissimules de ton mieux, mais tu es profondément marquée par ce que tu as vécu l'été passé. Soyons positives et espérons très fort que tout va bien pour Vanessa.

Après un dernier sanglot, Victoire prit son téléphone. Elle composa en vain le numéro de sa mère.

— Laisse-lui un message, Vicky.

— Non, je vais prendre le tramway jusqu'à la station de bus. Il ne faut pas exagérer, je ne risque rien. Merci, mamie, ça m'a fait du bien de te parler. Maintenant j'ai hâte d'être à la maison et d'enfiler mon justaucorps et mes pointes. Je pense que je vais danser sur *Coppélia*.

Ce ballet est magnifique avec sa musique d'inspiration slave, ses mazurkas, ses csardas.

— Je sais que tu l'adores. Tu avais d'ailleurs dansé « La valse de la poupée » l'an dernier. Je t'avais trouvée superbe et ton costume était très joli.

— Je l'ai toujours, maman avait tenu à le faire confectionner sur mesure pour que je puisse le garder. Quand j'y pense, j'ai été une enfant gâtée, et je le suis encore.

Victoire songeait à Vanessa, en s'interrogeant sur la manière dont elle réussissait à payer les cours de danse de Madame Aurélia.

— Je te félicite d'en être consciente, répliqua Élodie. Bon, fais à ton idée, mais envoie-moi un message dès que tu seras à Gevrey-Chambertin.

Gendarmerie de Gevrey-Chambertin,
même jour, une heure plus tard

Le commandant Terrier reprit son service d'assez bonne humeur, content d'avoir revu Aurélia. Il trouva la lieutenante Karen Mathis penchée sur une épaisse pile de documents.

— Vous en avez terminé avec les vols de voiture ? s'enquit-il.

— Tout à fait, le suspect est en cellule. Le brigadier Fort a pris sa déposition. En principe, l'homme passera devant le juge dès demain matin.

— Bon travail, Karen. Et là, que faites-vous ?

— J'étudie des constats d'accident ayant eu lieu dans la région depuis quelques années. J'aimerais vous donner mes impressions, si vous êtes disponible.

— Très bien, venez dans mon bureau.

La jeune femme se leva d'un mouvement souple, en prenant un carnet et le dernier dossier qu'elle avait refermé. Terrier remarqua qu'elle n'avait pas attaché ses cheveux châtains, une masse de frisettes frôlant ses épaules. Il s'étonna de noter ce genre de détails.

— Je vous écoute, déclara-t-il en s'asseyant dans son fauteuil. Avez-vous découvert des éléments qui m'auraient échappés ?

Le ton était ironique et il fut perçu comme tel par Karen. Mais elle n'en tint pas compte. Debout de l'autre côté du bureau en métal du commandant, elle ouvrit son calepin.

— J'ai tout relu soigneusement à dater de l'assassinat d'Emma Nevers, commença-t-elle. Les rapports concernant les autres disparitions et les découvertes macabres, mais aussi les constats d'accident, ce qui m'a menée vers la famille Desmarets.

— Des gens respectés dans tout le département, au même titre que les Mongenot. Presque des intouchables, qui procurent de nombreux emplois grâce à leurs vignobles.

— Aux yeux de la loi et de la justice, personne ne peut être qualifié d'intouchable, commandant, s'insurgea-t-elle.

— C'était une façon de parler. Continuez !

— Le père d'Emma, Paulin Nevers, s'est tué accidentellement un an avant la mort de sa fille. Dans un vieil article que j'ai trouvé sur Internet, il est précisé que Jacques Desmarets a veillé sur son épouse et leurs enfants. Et à l'époque du décès d'Emma, Béatrice Desmarets, la mère de Jacques Desmarets, a trouvé elle aussi la mort dans un accident causé par un chauffard dont on n'a jamais retrouvé la trace. Enfin, il y a six ans, Corinne Quinot, la belle-sœur de Jacques et de Catherine Desmarets, a été également tuée par un chauffard alors qu'elle randonnait à VTT sur une piste. Et, bien sûr, il y a eu le décès de Gilles Desmarets.

Irrité, Louis Terrier tapota sur les accoudoirs de son siège. Il affronta d'un air dur le regard vert de la lieutenante.

— Et alors ? aboya-t-il. Les médias font état d'accidents chaque jour, dans toute la France. Quelle relation établissez-vous avec la dernière victime, Sylvie Costa, et même avec le meurtre d'Emma Nevers ? Vous me faites perdre mon temps, là !

Sans se décourager, Karen Mathis poursuivit son exposé d'une voix nette.

— Il n'y a peut-être pas de liens réels, mais ces morts sont trop rapprochées. J'ai l'intuition que tout est lié, sans pouvoir l'expliquer, commandant. Quant à Emmanuel Nevers, s'il mène sa propre enquête sur l'assassinat de sa sœur, on peut supposer qu'il est tombé sur un indice ou a découvert quelque chose. Il persiste à dire que l'incendie de leur maison était criminel, il peut avoir raison. Avec votre permission, j'aimerais l'interroger à nouveau.

— Très bien, vous l'avez ! Mais vous n'êtes pas de la région, les gens se méfieront et je doute qu'ils vous parlent. De plus vous allez remuer un passé douloureux en les incitant à s'interroger sur des décès qu'ils considéraient comme accidentels. Encore une chose : je suis natif de Beaune et je vis ici depuis quarante-deux ans. Alors oui, il y a des chauffards, comme ailleurs, et certaines routes sont dangereuses. Surtout, je suis horrifié que ma terre natale soit souillée par ces actes atroces. Pour être franc, je pourrais devenir fou de rage si on n'arrête jamais les coupables. Vous comprenez ?

Cette fois, Karen se contenta d'approuver. Elle récupéra son calepin et le dossier avant de sortir. Dans le couloir vitré, elle croisa le brigadier Fort.

— Oh, vu ta tête, Terrier est dans ses mauvais jours, lui dit-il. Je viens le chercher, on doit s'occuper du voleur de voitures.

— Bonne chance, souffla-t-elle.

Dijon, même jour, même heure

Victoire devait patienter quarante minutes avant de monter dans le bus pour Gevrey-Chambertin. Un respectable vieux monsieur lui avait dit qu'elle avait raté de peu le précédent.

Assise sur le bord d'un muret, elle décida d'appeler Anna, qui décrocha au bout de plusieurs sonneries.

— C'est toi, Vicky ? murmura-t-elle d'une voix étrange. Tu es où ?

— Je suis encore à Dijon, mais dans une heure environ, je serai à Gevrey. Je rentre en bus, une première ! J'ai prévu de rester avec toi jusqu'à la fin de l'après-midi. J'ai laissé un message à maman, pour qu'elle vienne me chercher chez toi. Si tu as envie, tu peux m'attendre en scooter près de l'église. Prends un deuxième casque.

Anna garda le silence un petit moment, mais Victoire distingua le bruit de sa respiration un peu précipitée.

— Je suis désolée, Vicky, mes parents travaillent et j'ai invité David. Ce n'est pas le jour idéal. Tu comprends ?

— Parfaitement bien, je ne vous dérange pas plus. J'avais quelque chose à te raconter, tant pis.

— Rappelle-moi ce soir, répliqua Anna.

Dépitée, Victoire raccrocha. Elle voulait confier à son amie les délicieuses sensations que lui avaient procurées les baisers de Florian, mais elle avait deviné à quoi étaient occupés Anna et David.

Elle sortit ses écouteurs de son sac à dos et s'apprêtait à choisir un air de Léo Delibes[1] sur son téléphone quand un coup de klaxon lui fit relever la tête. Tout de suite, le regard sombre d'Emmanuel Nevers happa le sien. Il avait baissé la vitre de son pick-up.

— Mademoiselle Desmarets, voulez-vous que je vous ramène ?

Victoire n'hésita pas une seconde, dans son impatience de se retrouver chez elle et de monter jusqu'à sa salle de danse.

— Je vous remercie, dit-elle en s'installant sur le siège avant. J'ai raté le bus précédent.

— Vous prenez le bus, vous ?

— Pourquoi pas ?

— Je suis juste surpris, c'est tout.

Emmanuel ressassait en conduisant l'image de la jeune fille, au moment où il l'avait reconnue. En collants et robe de lainage bleu et veston court en jean, elle avait sur son beau visage une expression d'enfant déçue.

---

1. Compositeur français à qui on doit notamment la musique du ballet *Coppélia*.

— Ma mère m'a raconté que vous étiez passée chez nous, hier, dit-il enfin. Elle vous a décrit comme très polie et aimable.

— J'ai caressé votre chien, Goliath. Et j'ai admiré la photo de votre sœur. Elle était très belle.

Profitant de l'occasion, au risque de contrarier le jeune homme, Victoire espérait ainsi en savoir plus sur Emma.

— Vous lui ressemblez, ajouta-t-elle.

— Merci, mais elle était encore plus éblouissante quand on la voyait bouger, danser et chanter. Je ne me remettrai jamais de sa perte. Mourir à dix-huit ans, c'est un sacrilège, une terrible injustice.

— Je sais la vérité sur sa mort, avoua-t-elle tout bas. Et je tiens à vous remercier infiniment de m'avoir ramenée à la maison, ce soir du mois d'août.

— À quoi bon les demi-mots ou le silence ? rétorqua-t-il d'une voix vibrante d'émotion. Savez-vous aussi que je cherchais ma sœur dans la forêt et que c'est moi qui l'ai trouvée. Je suis hanté par cette vision épouvantable. Alors, en effet, si je croise une adolescente en perdition, je fais en sorte de la sauver. J'ignore ce que vous faisiez là en pleine nuit, dans cet état d'affolement et d'égarement, mais je vous ai peut-être évité un sort affreux.

Le cœur survolté, Victoire avait envie de pleurer. Elle faillit tout lui confier et se retint à cause de la promesse faite à ses parents.

— Je vous assure que je ne me souviens de rien, répondit-elle. Pourtant quelqu'un a téléphoné aux gendarmes pour leur signaler qu'une fille en robe rouge se trouvait près du parc des Colombet, au moment de la fête. Quand le commandant Terrier l'a dit à mon cousin, j'ai eu très peur.

— Pourquoi aviez-vous si peur ? s'étonna Emmanuel.

— J'allais en cachette à cette fête, car mes parents s'étaient absentés. J'étais toute fière de mon escapade, je me sentais légère et jolie dans cette robe rouge. Ensuite tout est confus et, quelques heures plus tard, vous êtes intervenu.

— Dans ce cas, vos parents et votre grand-mère n'ont rien su. Il fallait me le dire, j'aurais pu vous trahir sans le vouloir.

— J'ai fini par leur avouer. Je suis désolée d'avoir été aussi désagréable avec vous, à Noël et dans le train. Disons que j'ai un sale caractère.

— Je vous autorise à être encore plus pénible, tant que vous restez en vie, avec un avenir radieux devant vous. On a brisé le destin de ma sœur, préservez le vôtre. La danse, n'est-ce pas ?

— Oui, la danse classique, s'enflamma Victoire. Je vise haut, le corps de ballet de l'Opéra de Paris.

— Je vous ai applaudie en juin dernier, quand vous avez eu un rôle dans *Coppélia*, il me semble. L'histoire d'une marionnette si mes souvenirs sont bons. Je ne suis pas féru en la matière, mais j'avais bien lu le programme.

Ravie, Victoire lui dédia un grand sourire. Il en reçut la douce lumière et l'étau de son chagrin se desserra un peu.

— Soyez plus prudente à l'avenir, murmura-t-il.

— Je vous le promets, Emmanuel. Et la prochaine fois qu'on se verra, appelez-moi Vicky.

10

Emmanuel Nevers

Château Desmarets, même jour,
jeudi 27 février 2014

Emmanuel Nevers avait insisté pour déposer Victoire devant le portail du domaine. Elle le remercia encore en descendant de la voiture.

— On est amis, désormais, lui rappela-t-elle. Passez le bonjour à votre maman.

— Je n'y manquerai pas, au revoir.

Satisfaite, elle s'élança en courant dans l'allée qui menait au château, sa chère demeure aux toits de tuiles plates vernissées, de plusieurs couleurs, inspirées des remarquables toitures des hospices de Beaune.

— Enfin à la maison, se dit-elle.

Elle avait hâte de monter dans sa salle de danse pour faire ses exercices en musique et répéter la danse de Swanilda, la jeune paysanne qui est jalouse de la marionnette Coppélia.

— Je danserai pour mes parents, mais j'inviterai aussi Colette à venir me voir, cria-t-elle au vent froid, avide de gaieté.

Le chien blanc du contremaître l'accueillit d'un aboiement joyeux. Victoire le caressa et salua les employés regroupés près des anciennes écuries. Tous les hommes lui répondirent avec de francs sourires. Beaucoup d'entre eux l'avaient vue grandir et certains la considéraient comme la future héritière.

À peine entrée dans le hall, elle entendit la voix de son père en provenance du salon. Persuadée qu'il était en compagnie de sa mère, elle posa son sac à dos et sa veste pour les rejoindre.

— Maman, papa, je suis là !

Mais Jacques Desmarets était seul dans la pièce. Il tenait encore le téléphone fixe, qu'il rangea sur sa base. Ensuite, ce qui la surprit, il lui tendit les bras.

— Vicky, ma chérie, j'ai une mauvaise nouvelle, souffla-t-il en l'étreignant.

— Laquelle ? Où est maman ? Elle est quand même allée me chercher et elle a eu un accident !

— Non, Catherine va bien. Assieds-toi, Vicky.

Anxieuse, elle obéit et s'installa sur le canapé. Son père prit place à ses côtés.

— Ta mère et ton oncle Guy ont dû partir en catastrophe pour Londres, où ton cousin est hospitalisé. Arthur a fait une tentative de suicide hier soir.

— Il a voulu mourir ? C'est impossible.

— Pourtant il a bu de l'alcool et avalé un tube de somnifères. C'est son voisin de chambre qui s'est inquiété, car il a entendu des bruits bizarres. Sans cet étudiant, Arthur serait sûrement mort ou dans le coma.

— Quand l'avez-vous appris ?

— Guy a été alerté en pleine nuit. Il a tout de suite planifié le voyage, avant de prévenir Catherine.

Un étau d'incompréhension broyait la poitrine de Victoire. Elle revit son cousin le soir du 31 décembre, quand son père l'avait giflé.

— Papa, je n'ai pas compris qu'Arthur était très malheureux. Il m'envoyait souvent de petits messages anodins mais je ne prenais pas le temps de l'appeler.

Livide, Jacques se frotta le visage à pleines mains. Il semblait avoir du mal à respirer et paraissait très affligé.

— Ne crains rien, ton cousin va déjà mieux. On lui a fait un lavage d'estomac et il est lucide. Tu le verras dimanche, nous allons l'héberger ici quelques semaines. Il ne veut pas habiter sous le même toit que sa belle-mère.

— Dimanche ! Mais c'est le jour où nous repartons, mamie et moi ! Je vais appeler John Wilde pour lui dire que je manquerai les cours de lundi. Je voudrais rester un peu avec Arthur.

— C'est hors de question, Vicky ! Catherine s'occupera très bien de ton cousin. Les cours de Wilde sont très onéreux, je tiens à ce que tu les suives avec assiduité.

Sidérée, Victoire songea que, pour la première fois, son père faisait une remarque sur l'argent qu'il dépensait pour elle.

— Papa, est-ce que tu as des problèmes financiers ? demanda-t-elle tout en ayant l'impression de prononcer une incongruité. Il faut me le dire si je te coûte trop cher !

Du coup, Jacques éclata d'un rire qui sonnait faux, mais elle n'y prêta pas attention.

— Comment peux-tu imaginer une chose pareille ?

Je suis juste plus économe que ta mère et je tiens les comptes avec soin. Pardonne-moi, cette histoire de tentative de suicide me désole. Mais je t'en prie, ne change rien à cause d'Arthur. Au mieux, cherche un train qui part très tôt lundi, ce jour-là le cours de Wilde commence à 14 heures, il me semble.

— Tu es bien renseigné, admit-elle.

— J'ai ton emploi du temps affiché dans mon bureau, ma chérie. Maintenant, je suis navré, mais j'ai rendez-vous avec le maître de chai. Il y a un souci avec la vinification, nous devons vérifier une cuve. Je serai là pour dîner avec toi. Tu peux téléphoner à ta mère, elle te rassurera au sujet de ton cousin.

Tourmentée par le geste désespéré de son cousin, Victoire se rendit à la cuisine. Attablée, un couteau à légumes entre les mains, Colette émincait des carottes.

— Tiens, j'ai de la visite, bougonna-t-elle. Avez-vous faim, mademoiselle ? Il y a du gâteau aux amandes et du thé.

— Je ne pourrai rien avaler.

— Eh oui, il y a encore eu du grabuge dans la famille. Votre maman m'a avertie avant de s'en aller. Si c'est pas malheureux, quand même, vouloir se supprimer à cet âge-là. Tiens, voilà un taxi !

Victoire aperçut le véhicule par la porte-fenêtre qui donnait sur la grande cour ornée de statues et de massifs où pointaient des crocus et des jonquilles.

— C'est ma grand-mère, Colette.

Élodie Quinot régla la course et sortit du taxi. Elle se dirigea directement vers sa petite-fille, qui était sortie l'accueillir.

— Cathy m'a demandé de te tenir compagnie.

Seigneur, notre pauvre Arthur, qu'est-ce qui lui a pris ? J'en suis toute retournée. Je boirais bien du thé.

— Colette en a préparé, viens vite. Je suis contente que tu sois là. As-tu d'autres nouvelles ?

— Je te les dirai plus tard, en tête à tête, chuchota Élodie.

Une demi-heure plus tard, Victoire monta avec sa grand-mère jusqu'à la salle de danse. Elle avait renoncé à son projet d'interpréter Coppélia, mais Élodie l'y encouragea.

— Vicky, tu souhaites devenir une étoile, et tu as tes chances. Crois-tu que tu auras le droit à des états d'âme, un soir de représentation ? Tu devras entrer sur scène et donner le meilleur de ton art, même si tu as le cœur brisé ou des soucis dans ta vie privée.

— Tu as raison, mamie, mais je suis inquiète pour Arthur.

— Eh bien, dis-toi que tu danses pour ton cousin.

— Pour tous ceux que j'aime, répliqua Victoire.

Elles étaient assises sur un banc, contre le mur peint en bleu pâle, près du meuble servant de support à la chaîne hi-fi.

— J'ai proposé à Colette de nous rejoindre, elle me voit très rarement danser, alors dis-moi vite ce que tu sais, mamie.

— Arthur se drogue, cela ne date pas de sa vie londonienne. Il aurait pris cette déplorable manie à Dijon, où il fréquentait des dealers. En Angleterre, sa consommation a augmenté, sans compter l'alcool.

— Je l'ignorais ! Mais est-ce qu'il y a un lien avec son envie de mourir ?

— Quand Guy l'a eu en ligne, Arthur a prétendu avoir de grosses dettes, et qu'on le menaçait. Il aurait eu peur, une sorte d'angoisse démesurée, sans doute accentuée par la drogue, et il a voulu fuir ses ennuis.

— C'est étrange, tout ça, soupira Victoire.

— Nous en saurons davantage dimanche. Cathy veut qu'il se repose au maximum, elle va l'installer dans la chambre qu'il occupait pendant les vacances. À présent, va t'échauffer un peu. Je mets la musique, et toi n'oublies pas d'enfiler le costume de Coppélia.

— Oh non, tant pis, je peux danser en justaucorps.

— Fais ce que je te demande, Vicky !

Le ton ferme et l'autorité souriante de sa grand-mère eurent un effet bénéfique sur la jeune fille. Elle fit ses exercices à la barre, puis des étirements, sous l'œil vigilant d'Élodie.

Lorsque Colette toqua timidement à la porte de la salle, Victoire avait revêtu le costume coloré de paysanne slave, au tutu mi-long. Ses cheveux noirs étaient nattés en couronne autour de son front.

— Je ne grimpe pas souvent jusqu'ici, mais c'est bien beau, le parquet brillant, les miroirs, les lumières, confia l'employée de maison à Élodie.

— Et le lustre en cristal, renchérit celle-ci.

— Monsieur Gilles y tenait tant à cette salle. Oh, qu'elle est jolie, votre petite-fille, habillée comme ça !

L'esprit apaisé, Victoire effectua quelques sauts, pendant que sa grand-mère sélectionnait le morceau choisi. Bientôt la musique l'emporta et elle exécuta avec talent la danse de Swanilda, un des personnages féminins du ballet.

— Bravo ! s'enthousiasma Colette en applaudissant,

quand elle s'immobilisa et salua d'une petite révérence.

— Vicky est douée, mais elle devra travailler dur pour réussir, nota Élodie. Si vous saviez, Colette, combien ce métier exige d'efforts et d'entraînements incessants.

— Moi, je le sais, mamie, déclara Victoire. Et ça ne m'effraie pas. J'aurai toujours le feu sacré. Rien ne m'arrêtera.

Ferme Desmarets, vendredi 28 février 2014

Les aboiements de son chien poussèrent Emmanuel à regarder par la fenêtre de sa chambre. Il jeta un coup d'œil morose sur les étendues de vignes sur lesquelles un pâle soleil hivernal composait un treillis d'ombres fines.

— Je préférais vivre entouré d'arbres, marmonna-t-il. Tiens, les gendarmes, qu'est-ce qu'ils me veulent… ?

Il observa un court instant le break bleu marine qui roulait au ralenti sur le chemin, puis il se rua dans la cuisine où sa mère rinçait la vaisselle de leur petit déjeuner.

— Ta bête fait du raffut, lui dit-elle, penchée sur l'évier.

— On a de la visite, maman, je vais rentrer Goliath. Ne t'affole pas, c'est la gendarmerie.

Emmanuel sortait quand une jeune femme en uniforme se présenta au portillon. Ses frisettes châtain clair lui faisaient une auréole, irisée par la lumière matinale. Comme elle le dévisageait avec insistance, il remarqua surtout ses yeux verts.

— Bonjour, monsieur Nevers, lieutenante Karen Mathis ! Est-ce que je peux entrer ? Le chien ne mord pas ?

— Bonjour ! N'ayez pas peur, Goliath est sociable.

Il traversa le petit jardin clôturé et ouvrit le portillon, adressant un léger signe de tête à l'autre gendarme assis dans la voiture.

— Je vous remercie, monsieur, dit Karen en caressant Goliath qui reniflait ses bas de pantalon. C'est un leonberg, n'est-ce pas ?

— Tout à fait, il aura trois ans cet été. Mais qu'est-ce qui vous amène ? Je dois être dans une heure en forêt domaniale de Plombières.

— C'est au sujet de l'incendie de votre maison.

— Venez à l'intérieur.

Confrontée à la charmante lieutenante, Janine s'empressa de lui offrir un café.

— Volontiers, madame.

— Il est tout frais, mon fils en boit beaucoup, je fais toujours deux cafetières. Voilà une tasse, je vous laisse discuter, j'ai du repassage !

Sur ces mots, elle disparut dans une pièce voisine. Karen ne perdit pas de temps.

— Monsieur Nevers, vous avez déposé une plainte contre X après l'incendie, or les expertises attestent d'un court-circuit dans l'installation électrique. Malgré ce constat, vous prétendez qu'il s'agit d'un acte criminel et je voudrais savoir pourquoi. Lors de votre déposition, vous n'avez donné aucun motif crédible en ce sens.

— J'en suis conscient, et surtout étonné que la gendarmerie s'intéresse à mes déclarations.

— Vous paraissez sérieux et posé. On ne prononce pas une telle affirmation sans raisons valables. Je suis prête à relancer l'enquête, avec l'accord du commandant Terrier si vous m'en dites plus. Avez-vous reçu des lettres de menace ou des appels anonymes ?

Impassible, Emmanuel arborait un sourire songeur. Il but une gorgée de café avant de répondre.

— Je n'ai rien de concret, juste une intime conviction. Il y a dans la région des gens qui se délectent de faire le mal. Ma sœur a été une de leurs victimes. Je l'ai retrouvée au fond d'une combe où coulait un ruisseau, en plein été, dans l'ombre verte de la forêt. Mais il y a eu d'autres jeunes filles sacrifiées bien avant, depuis des années.

— Je suis au courant, le commandant Terrier m'a confié un gros dossier à étudier, déclara Karen.

— Très bien, concéda-t-il, un peu surpris. En fait, si je suis devenu ingénieur, c'était afin de pouvoir inspecter plusieurs zones boisées du pays, ainsi que les étangs et les rivières. Il fallait bien que je gagne ma vie et celle de ma mère, même si Jacques Desmarets s'est montré très généreux avec nous.

Karen Mathis jeta un regard circulaire sur la cuisine équipée, décorée de façon plaisante.

— En vous relogeant ici ? hasarda-t-elle.

— Il n'y a pas que ça, protesta Emmanuel. C'est lui qui a financé mes études et, depuis le décès de mon père, il nous verse une pension. Il se croit redevable puisque papa lui a sauvé la vie et qu'il s'est tué dans l'un des chais. Encore un accident… Je suis désolé, mais je dois me préparer et partir.

— Pourquoi dites-vous « encore un accident » ? insista-t-elle.

— J'étais gamin, maman était dévastée, Emma fuyait la maison et notre chagrin. Elle rêvait de gloire et d'amour. À l'époque, je ne me suis pas posé de questions sur l'accident qui nous privait de notre père. Elles sont venues plus tard, à l'adolescence.

Emmanuel se leva brusquement. Il alla effleurer d'un doigt la photographie encadrée de sa sœur.

— Je dérange sûrement ses assassins en parcourant de nuit les pistes forestières et les bois. Au mois d'août, j'ai pu repérer un 4 × 4 noir, avec des chiens enfermés dans une cage. Mais les plaques d'immatriculation étaient maculées de boue. À mon avis, des braconniers d'un genre très particulier. Excusez-moi, je vais être en retard.

Il n'osa pas évoquer sa rencontre avec Victoire Desmarets, car même s'il était sûr qu'on la traquait ce soir-là, il n'avait encore une fois aucune preuve tangible.

« Hélas, elle ne se souvient de rien et je la sens sincère sur ce point, se dit-il. Plus tard, j'en parlerai, mais avec son accord. »

Aussi intriguée que déçue, Karen Mathis se leva à son tour et s'approcha du buffet pour regarder le cadre. Emma portait une robe rose en tissu très fin, qui soulignait ses formes parfaites. Mais ses yeux sombres exprimaient une sorte de défi et de joie farouche.

— N'oubliez pas une chose, lieutenante, ajouta Emmanuel. L'argent est un atout essentiel pour ceux qui se permettent de tuer, de violer puis d'acheter leur impunité ou de louer les services de gens dévoués et sans moralité. J'aurais pu tenter le concours pour intégrer la police après mon bac, mais il y a trop de procédures à suivre, de règles à respecter.

— Donc vous avez décidé d'enquêter seul, malgré les risques. Monsieur, si l'incendie était vraiment criminel, votre mère aurait pu mourir dans les flammes. J'ai un conseil, arrêtez de jouer les détectives et de cacher des informations si vous en avez trouvé. Au revoir.

Karen scruta les traits séduisants du jeune homme, tandis qu'il enregistrait ses propos non sans être dérouté. Cependant il lut au fond de ses yeux verts une réelle compassion.

— Revenez dimanche, si vous n'êtes pas de service, dit-il soudain. Je serai moins pressé et je pourrai vous montrer mes dossiers. Ma mère passe la journée chez mon oncle Jeannot. J'essaie de la ménager, c'est douloureux pour elle d'entendre parler de ma sœur.

— D'accord, échangeons nos numéros de portable, répliqua Karen d'une voix changée. Si je suis libre, je viendrai.

— Ce sera avec plaisir, murmura-t-il.

En traversant le jardin, la lieutenante Mathis avait le cœur qui battait un peu vite. Emmanuel Nevers en chair et en os la séduisait beaucoup plus encore qu'en photographie.

« Moi qui pensais déjà à lui, ça sera pire maintenant. Mais je reviendrai. »

Château Desmarets, dimanche 2 mars 2014

Allongé sur la courtepointe en patchwork, Arthur était en pyjama sous un peignoir en lainage que Jacques lui avait prêté. Victoire, assise au bout du lit, tenait un plateau sur ses genoux.

— Je t'ai fait un chocolat chaud, même si c'est presque l'heure du dîner, dit-elle d'une voix câline. Tu as deux brioches aussi.

Amaigri, le teint blafard, son cousin était méconnaissable. Des cernes olivâtres sous les yeux, il avait les joues creuses et le nez pincé.

— Je t'en prie, mange un peu, ça te fera du bien, insista-t-elle. Je t'ai laissé dormir tout l'après-midi. Arthur, j'ai besoin de savoir ce qui s'est vraiment passé, la version que répète ton père me paraît douteuse.

Il se redressa sur un coude et la regarda d'un air effaré. Soudain il se mit à pleurer, la bouche tremblante.

— Pardonne-moi Vicky, ma petite Vicky !

— Mais oui, je te pardonne. N'aie pas peur, tu peux me dire la vérité, je ne te jugerai pas. Tu as vraiment eu des ennuis avec des dealers ? Toi qui te vantais de ne jamais toucher à la drogue !

Son cousin secoua la tête avec un rictus qui le vieillissait. Elle déposa le plateau sur la table de nuit pour lui prendre les mains. Il finit par s'asseoir, ses mèches blondes en pagaille.

— J'aurais voulu crever, balbutia-t-il. Je te jure, si je tenais le type qui a appelé les secours, je lui casserai la…

— Tais-toi, ne sois pas grossier et ne crie pas, sinon mamie et maman vont accourir.

— Tout est ma faute, Vicky ! Tu comprends ça ? Tu veux la vérité, la voilà… Je sais ce qui t'est arrivé le soir de la fête, au mois d'août ! Un salaud a abusé de toi après t'avoir fait boire une cochonnerie. Et deux mois plus tard, tu as dû avorter, toi, ma Vicky ! Quand je l'ai su, j'ai décidé d'en finir.

Victoire demeura stupéfaite. Elle eut très chaud, puis un froid affreux la paralysa. Arthur pleurait sans bruit, défiguré par le chagrin.

— Qui te l'a dit ? Mes parents et mamie ont tenu à garder ça secret, par crainte du scandale, pour me protéger.

— Dieu merci, c'était le mieux à faire, admit-il. Vicky, tu étais sincère quand tu disais n'avoir aucun souvenir ? Ou bien tu avais honte et tu ne voulais pas m'en parler ?

Affolée, la gorge nouée, elle eut du mal à répondre. Il la secoua par les épaules.

— Tu aurais dû me le dire, Vicky !

— Mais je ne pouvais pas, j'ai compris qu'on m'avait violée en découvrant que j'étais enceinte. Et rien n'a changé, Arthur, je ne me souviens de rien, le trou noir est intact. Je répète, qui te l'a dit ?

Elle songea à Anna et à Madame Aurélia, cependant la professeure ne connaissait pas son cousin. Quant à Anna, si elle croisait de temps en temps Arthur à Dijon, ils n'avaient aucun lien amical.

— Réponds, insista Victoire.

— Je ne sais pas, j'ai reçu un texto anonyme mercredi soir, et ce que j'ai lu m'a rendu fou, gémit-il. Je me dégoûte, je n'ai même pas eu le courage de t'appeler.

— Pourquoi tu ne m'as pas prévenue ?

— Pour être honnête, j'étais déjà éméché quand j'ai reçu ce fichu message. Le lendemain, j'ai ruminé ça dans ma tête. Tout correspondait et, en plus, on me félicitait.

— Quoi ?

Arthur crispa les doigts sur son portable, un modèle très récent, qui se trouvait à côté de lui.

— Montre-moi ce texto, ordonna-t-elle.

— Je l'ai effacé mais il m'obsède depuis. Le texte faisait penser à un mauvais scénario. Son auteur me disait qu'il s'était bien amusé avec toi, et que tu avais avorté deux mois plus tard dans une clinique de Dijon. Celle des Glycines, où mamie a été opérée il y a deux ans.

— Alors on me surveillait, en déduisit Victoire, toute pâle. C'est terrifiant, Arthur.

— J'ai réfléchi : celui qui m'a envoyé le message est sûrement le type qui t'a violée. Il a dû faire une fixation sur toi et te suivre un peu partout. Il n'y a pas d'autre explication.

Bouleversée, Victoire réussit l'exploit de garder son sang-froid, tout en se sentant à nouveau menacée. En apparence très calme, elle fit le point tout bas.

— Papa a eu tort de ne pas porter plainte quand il a su la vérité. La police aurait pu interroger tous les invités des Colombet. Mon agresseur en faisait partie, c'est évident. Mais comment a-t-il su que j'étais enceinte et que j'avais avorté ? Et toi, idiot, tu as effacé le message ! En plus, au lieu d'essayer de m'aider, tu décides d'en finir ! J'aurais été désespérée de te perdre, souffla-t-elle.

— Et moi, est-ce que tu peux imaginer la culpabilité que j'ai éprouvée ? Vicky, tu es comme ma petite sœur, on a quasiment grandi ensemble. Quand maman est morte, tu étais là, douce, câline. Aux obsèques, tu serrais fort ma main. Ensuite je suis venu vivre ici quelques semaines et je me disais que c'était un paradis, grâce à toi, à ma tante.

Arthur tremblait de tout son corps et respirait avec peine. Au bord des larmes, Victoire le prit dans ses bras.

— Je t'en prie, calme-toi, dit-elle.

— Non, ne me demande pas ça ! Soit je retrouve ce salaud, soit je recommence et, cette fois, je ne me raterai pas. Vicky, c'est moi qui t'ai dit de venir à la fête et tu m'as fait confiance.

— Stop ! Je suis responsable aussi ! Je te suppliais souvent de m'inviter à une soirée où j'irais en cachette de mes parents. Quand j'y pense, j'étais complètement stupide, car les Colombet auraient pu me voir, et en plus mon grand-père était chez eux. Je regrette ce qui s'est passé, mais au moins à cause de ça, j'ai mûri ! Je suis sortie définitivement de l'enfance.

— Par ma faute, Vicky. Tu ne sais pas tout. On m'avait filé plein de fric pour que tu viennes. Je prenais déjà de la drogue et ça coûte cher. Au début, ça m'a paru une sorte de jeu, j'ai cru que tu avais un admirateur secret. Je te le jure, j'ignore encore qui voulait te rencontrer. Alors mercredi soir, en apprenant les conséquences de mes actes, j'ai perdu le contrôle. Je me répétais que je t'avais vendue, trahie, jetée en pâture à un fumier. C'était insupportable, j'en crevais de honte.

Révulsée par ce qu'elle venait d'apprendre, Victoire repoussa brutalement son cousin et se leva pour s'écarter du lit. Elle dévisagea Arthur avec mépris et répugnance.

— Comment es-tu tombé aussi bas ? dit-elle à

mi-voix. Pour de l'argent, pour t'offrir de la drogue... Cette fois, tant pis pour ma réputation, je dois tout raconter à mes parents. On ne peut pas laisser ce genre d'individu en liberté. Il recommencera. J'ai appris des choses récemment, d'autres filles ont été violées et tuées dans la région. Si la police entend ton témoignage et le mien, elle pourra peut-être arrêter le coupable.

La bouche sèche, Victoire se tut un instant. Elle toisa son cousin d'un regard plein d'incompréhension et de douleur.

— Je ne voudrais pas être à ta place, Arthur, trancha-t-elle, prête à quitter la chambre.

— Non, ne fais pas ça ! s'écria-t-il. Si tu parles à ton père, dès que tu passes la porte, je me jette par la fenêtre !

Ils étaient au second étage du château et en surplomb de la cour. Elle recula d'un pas en le considérant d'un air navré.

— Ce serait plus courageux d'aller voir la police, Arthur. Si tu mourais, on n'aurait plus aucune chance de trouver le criminel qui nous a manipulés tous les deux. Et ce serait à mon tour de culpabiliser. Mais mon père a le droit de savoir, je suis désolée. Ne me fais pas de chantage, surtout pas celui-ci. Je te propose une solution, je descends et je vais chercher papa. Il sera le seul à entendre ta version des faits.

— D'accord.

— Autre chose, demain matin très tôt, je pars du domaine avec mamie. Je retourne à Paris et je compte rester là-bas jusqu'aux grandes vacances. Je ne croyais pas te dire ça un jour, mais je refuse de te revoir à l'avenir, sauf si j'y suis obligée. Tu me dégoûtes trop.

En entrant dans le grand salon illuminé, Victoire eut un sourire de convenance. Il y avait là son oncle Guy, très éprouvé, que réconfortaient de leur mieux sa sœur Catherine et aussi sa mère, Élodie. Jacques, lui, se tenait debout près de la cheminée.

— Papa, tu pourrais venir, s'il te plaît ? Arthur voudrait te parler, murmura-t-elle une fois auprès de lui.

— Bien sûr, mais ce serait plutôt à son père d'y aller, Vicky !

— Non, viens, je t'en prie. C'est toi qu'il veut voir.

— Dis à ton cousin que Colette lui prépare un bon potage de légumes, soupira Catherine qui avait entendu.

— D'accord, maman.

— Tu es certaine qu'il ne m'a pas réclamé ? questionna Guy. Mon pauvre gamin, il ne sait plus où il en est.

— Tu le verras un peu plus tard, répondit Victoire.

Résigné à un entretien qui l'ennuierait, Jacques suivit sa fille. Ils étaient sur le premier palier lorsqu'elle s'arrêta.

— Avant, tu dois m'écouter, papa !

D'un trait, elle lui confia tout bas le rôle qu'avait joué son cousin et la cause réelle de sa tentative de suicide. Jacques ne broncha pas, mais son teint devint d'une blancheur de craie.

— Il vaut mieux faire appel à la police, dit-elle en conclusion.

— J'aviserai, répliqua-t-il en gravissant l'escalier à vive allure.

Elle le suivit et ils pénétrèrent ensemble dans la

chambre. Sans dire un mot, Jacques attrapa son neveu par les pans du peignoir et le fit lever. Immédiatement, il lui assena deux paires de gifles d'une rare violence, puis il le jeta de toutes ses forces sur le lit.

— Sale petite crapule, décréta-t-il entre ses dents.

Malgré tout son ressentiment, Victoire eut pitié d'Arthur, dont les joues marbrées se couvraient de nouvelles larmes. Il ne bougeait pas, étendu sur le côté, et il lui fit songer à un animal blessé.

— Pardon, pardon, geignait-il, secoué de frissons.

— Vicky m'a raconté tes exploits. Tu peux passer la nuit ici, afin de ne pas contrarier ta tante. Demain, ton père reviendra te chercher et tu ne mettras plus les pieds sous mon toit. Mais tu vas dire que tu veux t'en aller, c'est compris ? Menteur comme tu l'es, tu trouveras une explication.

— Oui, mon oncle.

— Épargne-moi ce terme, nous n'avons aucun lien de sang et j'en suis soulagé. Vicky, ma chérie, je vous ramènerai à Dijon tout à l'heure, Élodie et toi. On sait désormais ce qui s'est passé. Ma fille a payé très cher tes dérives, Arthur, j'espère que tu porteras ce poids sur la conscience ta vie durant.

Blafard, Jacques Desmarets dut s'appuyer au mur le plus proche. Les poings serrés, il fixait la fenêtre derrière laquelle se devinait le flamboiement du soleil couchant.

— Cette fois, il faudra tout expliquer à la police, papa, insista Victoire. Je t'en prie.

— Je suis sincèrement désolé, ma chérie, mais non, je reste sur mes positions. Le scandale qui en découlerait prendrait des proportions désastreuses pour notre renommée.

— Mais c'est trop grave, papa !

— Ne t'affole pas, ma chérie. Je te le promets, je ferai arrêter et juger les coupables. Ta mère l'ignore et je te demanderai de ne rien lui dire, mais j'ai engagé un détective dès que tu es sortie de la clinique, au mois de novembre. Il m'a déjà fourni certains renseignements. Je vais lui donner les nouveaux éléments dont on dispose, et toi, Arthur, si cet homme veut te rencontrer, tu as intérêt à accepter. Vicky, je veux que tu te concentres sur la danse et tes études désormais. Tu dois savoir une chose importante, j'agis ainsi pour te protéger, tu comprendras plus tard. C'est devenu mon unique souci, entends-tu, te protéger !

Haletant, Jacques lui fit signe d'approcher. Elle obéit et il la prit dans ses bras, en déposant un baiser sur son front.

— Rien ne doit filtrer de cette pièce, affirma-t-il. Ce crétin va exiger de rentrer au bercail, tant pis si ta mère pousse les hauts cris. Arthur n'a pas le choix, il nous doit bien ça.

— Alors, tu ne vas pas en parler à mon père ? demanda celui-ci d'un ton anxieux.

— Non, tu peux ressasser tes bassesses et ta lâcheté, rétorqua Jacques. Je tiens à préserver la pudeur et la réputation de ma fille unique. Vicky, tu t'estimes assez forte pour endurer les regards compatissants et les allusions gênantes, moi je sais que tu en souffrirais. J'agis au mieux et dans ton intérêt.

— Très bien, papa, j'ai confiance en toi. On garde tous les trois le secret, encore un…

Ferme Desmarets, même soir, même heure

Karen Mathis referma le dernier dossier cartonné d'un geste précautionneux. Elle venait de consulter les deux précédents, soigneusement classés par Emmanuel Nevers. Pour se donner une contenance, elle sirota le verre de jus de pomme qu'il lui avait servi.

— Qu'en pensez-vous ? demanda-t-il, accoudé à la table.

— Selon moi, vous avez raté votre vocation, dit-elle en lui souriant. Votre mère avait raison, vous auriez dû entrer dans la police. À quelques détails près, Terrier a regroupé les mêmes informations que vous.

— Suis-je autorisé à connaître ces détails ?

— Vous êtes mieux renseigné sur le meurtre dont votre sœur a été victime, avoua Karen. Mais le commandant Terrier était seulement lieutenant à l'époque. Peut-être qu'il n'a pas participé à cette enquête-là.

Un sourire amer naquit sur les lèvres au dessin sensuel du jeune homme.

— Je ne ménagerai jamais personne tant que je n'aurai pas l'assassin d'Emma en face de moi, déclara-t-il. En ce qui concerne Louis Terrier, ses supérieurs ont pu découvrir qu'il avait une liaison avec ma sœur, ou bien il leur a dit de lui-même, par honnêteté.

Abasourdie, Karen scruta les traits séduisants d'Emmanuel, comme pour vérifier s'il proférait une vérité ou un mensonge.

— Le commandant ne m'en a pas parlé, précisa-t-elle.

— Emma avait dix-huit ans et lui la trentaine. J'ai découvert leur relation en lisant le journal intime de ma sœur, quand j'étais adolescent. Elle ne précisait pas qu'il était gendarme, mais elle citait son prénom et son nom. D'après ce que j'ai lu, Louis Terrier l'adorait et la choyait, peut-être n'était-il pas aimé autant en retour. Je suppose aussi qu'il devait avoir un solide alibi pour le jour de sa mort.

— Vous le soupçonnez ?

— Non, Emma avait disparu depuis deux jours quand je l'ai retrouvée. Ma mère ne s'inquiétait pas, elle avait l'habitude. Mais moi, à onze ans, j'avais un affreux pressentiment, à cause des mots que ma sœur m'avait chuchotés à l'oreille. Je les connais par cœur : « Petit frère, j'ai un rendez-vous avec des gens du spectacle. Ce soir, en rentrant je te dirai si j'ai signé un contrat. Que ce soit oui ou non, je rapporterai un gâteau et de la limonade. C'est promis ! »

— Et elle n'est pas revenue.

— Emma avait des défauts, sauf celui de mentir, et elle tenait toujours ses promesses. Alors, après ces deux jours, j'ai pris un foulard dans sa chambre et je l'ai fait sentir à notre chien de l'époque, un berger allemand. Il m'a guidé dans la forêt, j'ai marché des heures, tenté de rebrousser chemin, car je me disais que ma sœur n'avait pas pu aller si loin à pied, que le chien suivait la piste d'un cerf ou d'un sanglier. Je me trompais, ce brave animal m'a conduit jusqu'au corps ensanglanté d'Emma.

Emmanuel se mordit les lèvres avec une expression de pure détresse, celle qui avait frappé Karen sur la photographie du jeune homme. Sans réfléchir, elle lui prit la main.

— Je vous plains ! Vivre des tels moments d'horreur à

onze ans, il y a de quoi être marqué à vie. Je comprends mieux pourquoi vous menez votre propre enquête.

— Sans grand résultat, soupira-t-il.

Il lui étreignit les doigts, réconforté par son geste et sa présence chaleureuse.

— Merci d'être là, Karen, et de compatir, ajouta Emmanuel. Je dois bientôt partir chercher maman chez mon oncle, sinon je vous aurais préparé à dîner. La solitude me pèse parfois.

— Vous avez votre mère…

— C'est différent. Je reçois rarement une jolie femme qui répand du soleil autour d'elle.

Troublée, Karen eut un léger rire. Elle referma son blouson avant de se lever.

— Vous dites ça car je vous ai confié venir de la Réunion, hasarda-t-elle. J'avoue que mon île me manque un peu.

— Pourquoi l'avoir quittée ? s'enquit-il en se levant lui aussi.

— Une rupture pénible. Mon ex allait se marier et je refusais d'assister à son bonheur.

Elle ne pouvait pas détacher ses yeux verts de ceux, noirs et tendres, d'Emmanuel.

— Je vous laisse, dit-elle très vite, de crainte de l'embrasser.

— On se reverra, Karen ? Si vous voulez, je vous emmènerai à l'endroit où j'ai trouvé ma sœur. J'y vais une fois par mois et j'ai dressé une sorte d'autel en sa mémoire. Ce n'est pas une promenade très gaie, mais elle m'est indispensable.

— Je suis partante. Téléphonez-moi, je vous accompagnerai.

Ils demeurèrent l'un en face de l'autre, sensibles à l'attrait irrésistible qu'ils éprouvaient.

— Au fait, le commandant Terrier n'a pas besoin de savoir que je suis au courant de sa liaison avec ma sœur. Il finira sans doute par vous l'avouer.

— Sans doute ! Au revoir, Emmanuel.

En sortant de la maison, Karen se pencha pour caresser le leonberg, couché sur le seuil côté jardin.

— À bientôt, Goliath, dit-elle en souriant. Et votre berger allemand, a-t-il vécu longtemps après le triste jour où il vous a mené jusqu'à Emma ? Ces races n'atteignent pas un âge avancé.

— Il était jeune ! Il aurait pu vivre des années, mais on l'a empoisonné. Des boulettes de viande contenant de l'arsenic jetées à l'arrière de chez nous. Je l'ai beaucoup pleuré.

— Les gens capables de ça sont cruels et stupides !

— Je n'ai jamais su qui s'en est pris à lui, comme je ne saurai peut-être jamais non plus qui a mis le feu à notre maison, répondit-il.

— Je vous aiderai, Emmanuel, c'est une promesse et moi aussi je tiens mes engagements.

11

La colère d'un père

Dans le train entre Dijon et Paris,
lundi 3 mars 2014

Depuis le départ du train, Victoire feignait de dormir, la tête appuyée contre son écharpe en laine roulée en boule. Elle avait aussi mis ses écouteurs, reliés à son téléphone, afin d'avoir de la musique.

— Nous aurions pourtant eu besoin de discuter, se plaignit tout bas sa grand-mère, assise en face d'elle.

Elles étaient seules dans le compartiment de première classe. Pour se distraire, Élodie tentait de s'intéresser à la revue qu'elle avait achetée dans le hall de la gare. Mais toutes ses pensées revenaient à son petit-fils Arthur.

— J'aurais préféré rester encore aujourd'hui au domaine, dit-elle un peu plus fort. Tu dors, Vicky ?

La jeune fille eut soin de ne pas bouger, en affectant une respiration régulière. Elle se sentait incapable de parler du sujet qui tourmentait sa mère et sa grand-mère. Leur réaction était normale, puisqu'elles ignoraient la vérité sur Arthur, mais de son côté, Victoire en voulait terriblement à son cousin. Elle était furieuse aussi contre son père, car il persistait dans sa volonté de tout cacher à la police.

Le passage du contrôleur l'obligea à ouvrir les yeux.

— Ton billet, ma chérie, lui demanda Élodie. Il fallait me le donner si tu voulais dormir jusqu'à Paris.

— Ah oui, il est dans mon sac.

Elle le sortit et le tendit d'un geste las. Le contrôleur lui lança un regard amusé et s'en alla.

— Si tu allais me chercher un café, Vicky ! Je n'en ai pas bu ce matin, il était si tôt.

— D'accord, mamie, je m'achèterai un jus d'orange.

Victoire traversa le wagon en espérant confusément croiser Emmanuel Nevers, comme cela s'était déjà produit. Mais il y avait peu de voyageurs et elle se retrouva vite confrontée de nouveau à sa grand-mère.

— Tu es toute triste, Vicky, déclara Élodie. Ne t'inquiète pas trop pour ton cousin. Il va remonter la pente. Mais vouloir mourir aussi jeune… J'en suis malade, je t'assure, j'ai passé une mauvaise nuit. Arthur a toujours été d'une nature sensible. Il est très fragile et je ne comprends pas pourquoi il ne veut pas rester avec Catherine.

— Il a choisi de faire sa convalescence chez lui, mamie. Et sa belle-mère n'est pas si désagréable. Excuse-moi, je voudrais me reposer encore, je dois être en forme pour le cours de cet après-midi.

— John Wilde te ménagerait s'il savait ce qui s'est passé ! Dis-lui s'il se montre sévère.

— Non, mamie, il faut garder ça secret, comme toujours ! Et si tu avais envie de rester à Dijon, il fallait me le dire. Je pourrais me débrouiller.

— Ne dis pas de sottises ! Tu t'imagines faisant les courses et la cuisine… Et seule le soir, la nuit ?

— Mais tu te sacrifies pour moi ! Je dois absolument intégrer l'école de ballet de l'Opéra. À Nanterre, je serais interne et tu reprendrais ta vie habituelle à Dijon.

— En effet, si tu étais interne, ce serait différent, approuva Élodie. Nous verrons, cependant tes parents s'angoisseraient. Nous avons un exemple de ce qui peut arriver. Si Guy n'avait pas envoyé Arthur finir son lycée à Londres, il n'y aurait pas eu de soucis.

— D'après ce que j'ai compris, Arthur devait se perfectionner en anglais pour la faculté qu'il visait, murmura Victoire avec effort, pour donner le change.

Sur ces mots, elle cala sa joue contre son bras replié et ferma les yeux.

— Fais un effort, ma chérie, protesta Élodie. Hier, ta mère, Guy et moi, nous avons eu une conversation assez pénible afin de mieux cerner les problèmes d'Arthur. Tu as passé beaucoup de temps avec lui, il ne s'est pas confié à toi ?

— Il m'a dit qu'il se droguait et qu'il buvait, rien d'autre.

— C'est déjà affligeant ! Mais se suicider pour une dette que lui réclamait un dealer, nous n'y croyons pas. En plus, si Arthur m'avait demandé cet argent, je lui aurais viré sur son compte. Alors nous nous sommes posé une question. Et si ton cousin était homosexuel ? Il n'y en a jamais eu chez nous, mais cela expliquerait son geste désespéré.

Du coup, Victoire se redressa et fixa sa grand-mère de son regard bleu, brillant d'indignation.

— Tu t'entends parler, mamie ? Il n'y en a jamais eu dans la famille ! On dirait vraiment que tu parles d'une maladie ou de quelqu'un d'anormal. Et puis comment peux-tu en être certaine ? Il y a tellement de secrets dans notre famille !

Stupéfaite par la réaction virulente de sa petite-fille, Élodie en demeura d'abord bouche bée. Ensuite, vexée, elle riposta.

— Déjà ne hausse pas le ton avec moi, Vicky ! Quelle mouche te pique ? Décidément, tu es d'une humeur de dogue. Et qu'insinues-tu avec tes secrets ?

Si Victoire regrettait un peu de s'être emportée, elle ne le montra pas mais elle désigna son cœur de la main, un éclat d'intense désarroi dans les yeux.

— Je suis malheureuse et stressée, mamie. On m'a caché trop de choses graves. Papa continue à exiger le silence sous le prétexte de me protéger. Me protéger de quoi, de qui ? J'en ai assez.

Élodie secoua la tête. Elle se remit à feuilleter son magazine en alignant des soupirs exagérés.

— Ton cousin, mon petit-fils chéri, a failli mourir, reprit-elle enfin. Tu aurais dû l'encourager à avouer ce qui le torturait. De plus, tu te trompes complètement, je n'ai aucun a priori sur l'homosexualité. Les mentalités ont évolué depuis des années, j'en suis consciente. Mais un adolescent traumatisé par la perte de sa mère adorée, s'il se découvre différent des autres, peut en souffrir ou bien ne pas l'accepter.

Au supplice, Victoire se retint difficilement de crier la vérité. Cependant elle respecta les consignes de son père, qui l'avait suppliée encore une fois le matin même de se taire.

— Oui, mamie, Arthur est peut-être homosexuel, lâcha-t-elle dans l'espoir de mettre fin au débat.

— Alors j'avais raison, et tu n'osais pas me le dire !

— Mamie, j'ai dit « peut-être », car je n'en sais vraiment rien. À mon avis, Arthur adore les filles, il m'a assez souvent parlé de ses conquêtes.

— Il a pu te mentir, exagérer ses propos pour cacher ses véritables inclinations ! Seigneur, comme c'est compliqué la vie actuelle. Dors, ma chérie, si tu es fatiguée. Guy a promis de me tenir informée, de toute façon.

— Mon oncle tiendra parole, sois tranquille.

Derrière l'écran de ses paupières closes, Victoire revoyait le visage défait de son cousin, ses grimaces lorsqu'il se plaignait. Elle eut soudain l'impression que l'ancien Arthur avait disparu pour faire place à un garçon ravagé par la drogue et l'alcool.

« Je ne lui pardonnerai jamais, songea-t-elle. Jamais ! »

Son téléphone vibra au même instant. C'était un message de Florian Mongenot : « Vicky, je pense à toi. Je viendrai à Paris dans deux semaines, le week-end du 15 et 16 mars et j'espère te voir. Je t'embrasse. »

— Qui est-ce ? demanda sa grand-mère.

— Florian. Il nous rendra visite dans une quinzaine de jours.

— Je l'inviterai à déjeuner. Lui aussi sera choqué quand il saura pour Arthur. L'été dernier, je les ai souvent vus ensemble à Dijon, dans cette grande brasserie près de la cathédrale.

— Tu es sûre, mamie ? s'étonna Victoire.

— Quand même, j'ai de bons yeux, ma chérie. Et crois-moi, ils avaient l'air de très bien s'entendre.

Château Desmarets, même jour, même heure

Contrariée par la décision d'Arthur de quitter le domaine, Catherine était sortie pour rendre visite à son frère et à sa belle-sœur, qui habitaient à une dizaine de kilomètres. Elle voulait échafauder un plan avec eux.

— Mon neveu est malade et déprimé, il ne sait pas ce qu'il dit, avait-elle affirmé à son mari avant de partir. Mélinda sera de mon côté, elle m'aidera à convaincre Guy.

— Fais ce que tu veux, Cathy, mais Arthur a sans doute besoin de renouer le contact avec son père, sinon il n'aurait pas insisté pour rentrer chez lui.

Le départ de son épouse arrangeait Jacques, si bien qu'il eut soin de ne pas protester. Elle avait à peine franchi le portail qu'il monta au second étage et entra dans la chambre où avait dormi le jeune homme.

— Debout, ordonna-t-il en tirant violemment sur la couette.

— Tout de suite, oui, je me lève, balbutia Arthur qui était déjà réveillé. Papa est là ?

— Non, pas encore, mais si besoin, je te reconduirai moi-même au bercail. D'abord, tu vas me dire tout ce que tu sais. Il n'y a personne ici, à part Colette qui ne sortira pas de la cuisine.

— Je t'ai déjà tout dit, se défendit-il. Oncle Jacques, il faut me croire.

— Justement, le problème est là, je ne te crois pas. Tu mens comme tu respires ! Je veux le nom de celui qui t'a payé pour attirer Victoire à cette maudite fête !

Quand je pense que mon père est mort là-bas ce soir-là… Finalement, c'était mieux pour lui, il n'aura jamais su qu'on avait piétiné l'honneur de sa petite-fille qu'il adorait.

En pyjama, tremblant de tout son corps, Arthur recula et s'adossa au mur, à un mètre de la fenêtre. Il jeta vers l'extérieur un coup d'œil halluciné.

— Je ne sais pas qui m'a payé, Jacques. Si j'avais su que j'entraînais Vicky dans un piège, j'aurais tout fait pour la sauver ! Je te le jure…

Les poings serrés, les mâchoires crispées, Jacques était effrayant. Il se contenait de son mieux, mais il brûlait d'envie de frapper Arthur.

— Ne jure pas, espèce de lâche ! vociféra-t-il. Et ne pense pas à ouvrir cette fenêtre et à sauter, je serai plus rapide que toi et, si je te touche, ton père ne te reconnaîtra pas. Comprends-tu, espèce d'abruti, que tu dois parler, me donner un nom, des noms !

— Arrête de me faire peur, Jacques ! hurla Arthur. Que tu sois furieux, c'est normal, mais là on dirait que tu deviens fou.

— J'ai de sérieuses raisons de l'être, puisqu'on s'en est pris à ma fille ! Franchement, tu as cru qu'un type voulait rencontrer Victoire, rien d'autre ?

— Oui, je me suis dit qu'il était amoureux d'elle.

— Combien on t'a payé ?

— De quoi me convaincre d'accepter ! J'avais des ennuis alors j'ai sauté sur l'occasion, mais si tu savais comme je regrette, comme j'ai honte de moi. C'est pour ça que j'ai voulu mourir.

— Combien ? insista Jacques en le fixant durement.

— Mille euros.

Soudain Arthur éclata en sanglots et tomba à genoux. Il cachait son visage entre ses mains, dans une attitude puérile qui exaspéra davantage le viticulteur.

— Tu peux pleurer, le mal est fait, marmonna-t-il.

Tout en le surveillant, Jacques réfléchissait afin de démêler les quelques renseignements en sa possession. On avait menacé Gilles Desmarets de s'en prendre à sa famille s'il ne cédait pas à un mystérieux individu certains de ses vignobles.

« Peut-être que mon père se trouvait à cette fête ce soir-là afin de se confier à Gérard Colombet, son unique associé et un de ses plus fidèles amis. Mais il ne pouvait pas soupçonner la présence de Victoire. »

— Je suis désolé, gémissait Arthur, haletant.

— Tu as de quoi l'être, pauvre imbécile. Allons, cherche bien dans ta cervelle de drogué ! Tu serais capable d'identifier le type qui t'a donné l'argent ? C'étaient des espèces ?

— Oui, dans une enveloppe que je devais récupérer sous le siège de mon scooter.

— Et celui qui t'a demandé d'inviter ta cousine, tu l'as forcément vu !

— Tout s'est passé par messages sur mon téléphone. Je te le jure, je n'ai vu personne, et je ne pouvais pas deviner ce qui allait se passer.

À bout de patience, Jacques se rua sur lui et le releva d'une poigne hargneuse. Il le plaqua contre le mur.

— Écoute-moi bien ! Je n'ai pas l'intention de raconter tes exploits à mon beau-frère ni à Catherine. Et pour le moment, je tiens à ne rien ébruiter de cette affaire. Fais un effort, il n'y a eu aucun intermédiaire ? J'ai peu de moyens de pression sur toi, si je te défigure, si je te blesse, je ne pourrai pas justifier cet acte de violence. Aussi en dernier recours, je fais appel à ton sens de l'honneur, s'il t'en reste une goutte dans les veines. Tu prétends avoir voulu mourir à cause de ta faute, mais ce serait mieux de m'aider. Je dois trouver ceux qui ont brisé la jeunesse de ma fille. Ta cousine que tu disais aimer comme une petite sœur !

Après un temps de réflexion, Arthur renifla, toujours tenu aux épaules par Jacques.

— Il y a quelque chose… Florian Mongenot était au courant, avoua-t-il dans un souffle.

— Florian Mongenot ? Qu'est-ce que tu inventes ?

— Je n'invente rien, mais à mon avis, lui aussi pensait que c'était une sorte de plaisanterie sans danger.

Cette fois, le père en colère perdit le contrôle. Il gifla à la volée le jeune homme puis il s'écarta vite pour éviter de le frapper encore.

— Une plaisanterie, articula-t-il d'une voix rauque. Vous êtes vraiment inconscients et stupides. J'en aurai le cœur net. Maintenant tu vas t'habiller, je te ramène tout de suite chez toi. Et fais ce que j'ai dit hier.

— Oui, c'est promis, je dirai que je voulais être à la maison, Jacques, mais pour Florian, je suis sincère, il n'est pas mêlé à ça. Jamais il ne ferait de tort à Vicky, parce qu'il l'aime.

— Ah ! Il l'aime ! Et si c'était lui le salaud qui a abusé d'elle ? Dépêche-toi, je dois aller chez les Mongenot.

Par précaution, Jacques s'empara du téléphone d'Arthur, qui était posé sur la table de chevet.

— Je le prends, au cas où tu voudrais prévenir Florian, dit-il d'un ton sec.

Château des Mongenot, même jour, midi

Toujours porté par la rage qui grondait en lui, Jacques Desmarets se gara en bas de l'escalier d'honneur du château. Si Frédérique et Jean-Charles Mongenot désignaient ainsi leur demeure, c'était en fait un joli manoir du dix-neuvième siècle, entouré d'élégantes dépendances.

— J'espère que Florian est là ce matin, marmonna-t-il en descendant de son pick-up. Un lundi matin, après les obsèques de sa mère, il n'a pas dû aller à la fac.

Il dut respirer à fond plusieurs fois pour se calmer, soucieux de faire preuve de sang-froid. Sans en indiquer la raison, il avait annoncé sa visite et déjà Jean-Charles Mongenot descendait le large escalier en pierre. En grand deuil, sa silhouette paraissait encore plus élancée et altière.

— Bonjour, Jacques, s'écria-t-il. J'avoue être surpris par votre visite. Ce n'est pas dans vos habitudes.

Les deux hommes échangèrent une poignée de main, en s'observant mutuellement.

— Je suis navré si je vous importune juste après les obsèques de votre épouse, mais je dois absolument parler à votre fils aîné. C'est personnel.

— Mon fils souffre de fortes migraines, et pour l'instant il se repose. Le décès de sa mère l'a beaucoup affecté.

Les traits anguleux de Mongenot s'étaient durcis sous le pâle soleil de février. Jacques perçut de l'irritation au fond de ses yeux gris.

— Il s'agit de mon neveu Arthur, précisa-t-il. Catherine et son frère l'ont ramené de Londres hier, où il était hospitalisé à la suite d'une tentative de suicide. Sachant que votre fils et mon neveu se connaissent bien, je voudrais discuter avec Florian.

— Une tentative de suicide ? répéta Jean-Charles tout bas. Je comprends mieux la situation. Venez, cher ami.

Le conventionnel « cher ami » hérissa Jacques, qui n'avait jamais considéré Mongenot comme un ami et, selon lui, c'était réciproque. Ils se fréquentaient au cours des foires au vin et s'invitaient de temps en temps à dîner, cependant il demeurait entre eux le souvenir lointain d'un bal de vendanges. Ce jour-là, la jolie Catherine Quinot avait cédé au charme de l'un pour rompre avec l'autre.

— La jeunesse d'aujourd'hui est souvent en danger sans de solides valeurs et une discipline stricte, commenta Jean-Charles en faisant entrer son visiteur dans le hall du manoir.

— Arthur a pourtant reçu une excellente éducation, et son père l'a élevé dans le respect de nos traditions. Mais la mort prématurée de sa mère a changé la donne, rappela Jacques.

— Cette charmante Corinne ! Quelle mort affreuse, et le chauffard qui l'a tué n'a jamais été retrouvé.

— Non… Il y a beaucoup trop de coupables impunis !

— Je suis entièrement de votre avis. Une minute, j'appelle Florian sur son portable et je lui dis que vous tenez à le voir.

— Merci.

Tout en se préparant à rencontrer le jeune homme, Jacques étudiait le décor qui l'entourait. Des arbustes à fleurs égayaient les murs lambrissés de chêne sombre, chacun planté dans des pots en grès, posés à même le carrelage noir et blanc. Il remarqua enfin des trophées de chasse, un cerf, des chevreuils et deux sangliers, qu'il était sûr de n'avoir jamais vus auparavant.

— Mon épouse les détestait, aussi les avais-je rangés dans une remise, expliqua le maître des lieux qui avait suivi son regard. À présent, plus rien ne la dérange... Mais j'ai eu la délicatesse de solliciter son accord lorsque nous nous sommes dit adieu, à l'hôpital. Florian ne répond pas, peut-être qu'il dort encore. Si vous reveniez en fin de journée ?

— Je ne pourrai pas, je suis débordé de travail.

— Eh bien, je vais le réveiller, passez au salon, cher ami.

Les nerfs à vif, Jacques déambula dans l'immense pièce d'un luxe discret. Il contempla les tableaux, qui représentaient tous des paysages et des édifices de Bourgogne. Celui où figurait la célèbre roche de Solutré retint son attention. Il avait emmené Victoire là-bas lorsqu'elle avait dix ans.

Le cœur lourd, il se souvint que la fillette, éblouie par le panorama qui s'étendait autour d'eux, avait déclaré qu'elle habiterait là quand elle serait grande.

— Ma petite chérie, souffla-t-il. Si je dois tout perdre pour te protéger, je le ferai. Ta vie et ton bonheur n'ont pas de prix.

Il en était là de ses amères cogitations lorsque son téléphone vibra dans la poche de son veston. Comme Florian tardait à se présenter, il répondit en se plaçant au fond du salon, près d'une autre statue en bronze, plus imposante et qui trônait sur une stèle en marbre.

— Cathy, ce n'est pas le moment, je te rappellerai ! Tu veux sûrement me parler de ton neveu que j'ai déposé chez lui.

— Tu es chez les Mongenot, n'est-ce pas ? avança-t-elle.

— Comment le sais-tu ?

— Arthur m'a tout raconté quand je l'ai aidé à s'installer dans sa chambre. Mélinda n'a pas daigné s'occuper de lui, et Guy était en ville. Je t'en prie, ne dis rien à Florian ! Pense à notre fille. Même si tu essaies de travestir la raison de ta visite, il devinera que cela concerne Vicky, surtout si tu es furieux ou si tu le menaces. Réfléchis, une fois que Florian aura des doutes sur ce qui est arrivé pendant la soirée du mois d'août, il en parlera à Jean-Charles. C'est ton principal concurrent pour les crus de grand prix. Il en profitera pour répandre la rumeur et Victoire sera en ligne de mire. Imagine combien elle souffrirait ! Florian ne doit pas apprendre ce qui est arrivé à notre fille. Jacques, s'il n'est pas trop tard, suis mon conseil, pour notre Vicky.

— Tu oublies une éventualité, Catherine ! Si c'était Florian le coupable ? chuchota-t-il de peur d'être surpris.

— Arthur me promet qu'il n'a pas pu s'en prendre à Vicky.

— Les promesses d'un drogué qui vend l'honneur de sa cousine pour mille euros ! Il te l'a dit, ça aussi ?

— Bien sûr, je sais tout et crois-moi, je suis horrifiée, mais j'ai la certitude qu'Arthur ne me mentirait pas sur un sujet aussi grave. Il s'est confessé de lui-même, en pleurant dans mes bras. Je t'ai appelé au plus vite pour te mettre en garde.

— J'aviserai, quelqu'un vient, répliqua son mari en coupant la communication.

Florian était sur le seuil de la pièce, vêtu d'un pull noir et en pantalon de velours beige. Son père se tenait derrière lui.

— Je vous laisse discuter, on m'attend sur une parcelle de vigne, je dois surveiller la taille, une opération décisive. Voulez-vous déjeuner ici, Jacques ? Notre gouvernante servira le repas vers 13 h 30.

— Non, je vous remercie, Jean-Charles, je suis très occupé également sur l'exploitation.

Jacques et Florian se retrouvèrent seuls. Le jeune homme se rapprocha de la cheminée monumentale où brûlaient des bûchettes empilées avec soin.

— Bonjour, monsieur. Mon père m'a dit pour Arthur. Je suis désolé pour lui, mais j'ignore en quoi je peux vous être utile.

— C'est quand même un ami d'enfance ? Mon épouse et moi, nous nous sommes dit que tu devais être mieux informé sur sa consommation de drogue notamment.

Confronté au regard limpide de l'aîné des Mongenot, Jacques réalisa qu'il avait foncé tête la première et qu'il aurait dû réfléchir avant d'agir. S'il exigeait des explications sur l'odieuse conduite d'Arthur et de Florian, il serait contraint de dévoiler ce qu'avait subi Victoire.

— Mon père a dû vous dire que j'avais une terrible migraine. Nous sommes en deuil, il aurait été plus correct de patienter avant de venir ici.

La colère submergea à nouveau Jacques Desmarets qui d'une main vive, ébouriffa ses mèches rousses, une de ses manies s'il était sous tension.

— Je n'ai pas de leçons de politesse à recevoir de toi. Déjà, épargne-moi tes « monsieur », tu m'appelais par mon prénom lorsque tu es venu vendanger au domaine, il y a trois ans. Je suis ici pour éclaircir un problème qui me tient à cœur. Je jouerai cartes sur table, mon garçon, décréta-t-il. En fait, Arthur étant chez nous hier, je l'ai questionné sur ce qui l'avait poussé au suicide. Il a mis en avant sa dépendance à la drogue, sa tendance à boire beaucoup. Selon lui, il était traqué par des dealers des bas quartiers de Londres.

— Franchement, ça ne m'étonne pas, l'interrompit Florian. Arthur a l'art de se mettre dans des situations périlleuses. Si vous saviez combien de fois je lui ai prêté de l'argent, des sommes qu'il ne pourra jamais me rembourser. Il n'y avait pas moyen de le raisonner. L'été dernier, il m'a même fait une sorte de chantage. J'étais écœuré qu'il tombe aussi bas !

Intrigué, Jacques scruta attentivement les traits pâles de son jeune interlocuteur.

— À quel propos ?

— Une plaisanterie douteuse qui impliquait Vicky. Il m'a raconté une histoire bizarre, comme quoi une de ses relations de Dijon souhaitait la rencontrer. On lui offrait mille euros s'il réussissait à la faire venir chez les Colombet. Je lui ai dit de refuser, car c'était une absurdité et peut-être un piège. Il m'a répondu que, dans ce cas-là, je n'avais qu'à lui donner la même somme. À cette condition, il n'inviterait pas sa cousine à la fête. Je l'ai payé et Victoire n'est pas venue. Pour en être certain, je m'y suis rendu assez tard, personne ne l'avait vue et puis les pompiers étaient sur place, une vraie panique régnait.

— Et mon père avait succombé à une crise cardiaque, ajouta Jacques.

La version de Florian le déroutait totalement, mais très vite, son chagrin et sa fureur se retournèrent contre Arthur, qui avait dû gagner deux mille euros puisqu'il s'était tenu à son plan initial. Comme ivre de haine, un vertige lui fit fermer les yeux.

— Mon neveu n'est qu'une sale petite crapule, débita-t-il en clignant des paupières. Toi, Florian, je t'accorde le bénéfice du doute, et si tu dis la vérité, je te remercie d'avoir voulu protéger ma fille. Cet argent, je te le rembourserai.

— Ce n'est pas la peine, Jacques. J'aime beaucoup Vicky. Mes sentiments sont profonds, je m'en suis rendu compte à Noël, quand je l'ai revue. Elle distribuait des cadeaux aux enfants de vos employés et elle était adorable. Je l'attendrai le temps qu'il faudra, comme nous avons environ quatre ans d'écart.

Abasourdi, le viticulteur approuva en silence. Son intuition lui soufflait que Florian n'était peut-être pas coupable.

— Est-ce que ma fille t'apprécie ? s'enquit-il.

— Je crois, oui.

— Eh bien, qui sait, vous aurez peut-être un avenir ensemble, marmonna-t-il. Au revoir, je dois rentrer au domaine. Je suis vraiment désolé, pour ta mère, c'était une femme très douce et généreuse.

— Je sais, merci, Jacques. Au revoir.

Florian guetta les bruits de pas décroissants du

visiteur qui traversait le hall et sortait sur le perron à balustrade. Ensuite il entendit une voiture démarrer.

— Quelle galère, se dit-il en s'allongeant sur une méridienne tapissée de velours rose.

Un bras replié sur ses yeux, que la lumière torturait, il put se détendre et respirer à son aise.

— Je l'ai échappé belle. Si cet imbécile d'Arthur ne m'avait pas téléphoné tôt ce matin, je n'avais plus aucune chance avec Vicky, encore moins avec sa famille. Mais je suis rassuré, il m'a promis qu'il ne s'était rien passé de grave. En plus je m'en serais aperçu. Victoire est de plus en plus jolie et radieuse, elle m'a même embrassé. Dans quinze jours, je la reverrai à Paris. Et la prochaine fois que je croise Arthur, je lui ferai comprendre qu'il n'a plus intérêt à entraîner ma future femme dans ses plans foireux.

Ce monologue à mi-voix l'avait apaisé, pourtant saisi d'une vague crainte, il se redressa un peu afin de vérifier s'il était bien seul.

— C'est bon, il n'y avait personne et le problème de cette maudite soirée du mois d'août est réglé désormais, soupira-t-il. Maman, si tu es là, quelque part près de moi, sois en paix ! Avant que tu me quittes, je t'ai promis de mener une existence honorable, je tiendrai parole. Je ne suis plus le même, déjà… Il faut me croire, maman.

Château Desmarets, même jour, six heures plus tard

La clarté du soleil couchant déclinait derrière les rideaux de la fenêtre. Catherine et Jacques gisaient sur leur lit, tous deux à demi-nus. Après la violente querelle qui les avait opposés en début d'après-midi, ils s'étaient jetés en larmes dans les bras l'un de l'autre. De baisers en baisers, ils avaient échoué dans leur chambre, où une frénésie sexuelle s'était emparée d'eux. Chaque conflit se terminait ainsi en règle générale, et ils se moquaient d'eux-mêmes, puisqu'ils se réconciliaient sur l'oreiller, selon l'expression populaire.

— Je te désire toujours autant, avoua Jacques en caressant les seins de sa femme. Tu as gardé tes formes menues de jeune fille et ça me plaît. Cathy, je ne cesserai jamais de t'aimer.

— Moi aussi je t'aime, malgré tes colères, tes coups de tête et tes bouderies, répliqua-t-elle, une main sur son torse parsemé d'un duvet d'or rouge. C'est si bon de faire l'amour, mon chéri. On s'envole pour notre paradis…

— Au fond, tu as bien fait de m'appeler à midi quand j'étais chez les Mongenot.

— Heureusement que tu as décroché ! Jacques, je suis si triste à cause d'Arthur.

— Je préfère éviter le sujet, nous nous sommes suffisamment heurtés, mais je veux bien te consoler, Cathy.

Il l'attira plus près de lui, repris par un désir impérieux. Elle sentit le sexe de son mari sur sa cuisse et s'écarta un peu.

— Non, pas tout de suite, protesta-t-elle. Je t'en prie, aide-moi à trouver une idée. Comment vais-je faire pour dissimuler à mon frère la faute épouvantable qu'a commise Arthur ? Guy se posera des questions si je ne reçois plus mon neveu et si je le tiens éloigné de

Victoire. Ils étaient si proches, comme frère et sœur. Je me sens impuissante devant ce désastre.

— Dis-lui d'envoyer Arthur à l'étranger, n'importe où, en prétendant que c'est pour son bien. De toute façon, Vicky ne veut plus jamais voir son cousin et je suis du même avis. Vous avez bien de la famille établie en Nouvelle-Zélande… ?

— Tu as raison, la sœur de mon père, ma tante Perrine, qui a épousé un Britannique. Ils ont eu trois enfants plus jeunes que moi, et des petits-enfants. Jacques, ce serait idéal ! Arthur se perfectionnera en anglais, là-bas. Un bon argument pour convaincre mon frère.

— Vous êtes restés en contact, il me semble.

— Des courriers pour les anniversaires et les fêtes, quelques mails avec des photos. Arthur n'aura pas le choix, il devra accepter l'exil. Il m'a tellement déçue. J'irai en parler à Guy dès demain matin. D'ici là, tu mérites toute ma gratitude.

Ils échangèrent un long baiser passionné. Jusqu'à la tombée de la nuit, ils s'abandonnèrent à de savants ébats amoureux, plus unis que jamais.

Dans la cuisine, Colette écoutait la radio sur un transistor qu'elle possédait depuis une vingtaine d'années. Affairée à préparer le dîner, la litanie des informations la confortait dans son opinion.

— Le monde va de plus en plus mal, ronchonnait-elle au gré des discours des présentateurs. Madame et monsieur s'en fichent ! Ces deux-là, ils ont failli s'entretuer en début d'après-midi, maintenant allez savoir ce qu'ils font là-haut, claquemurés dans leur chambre.

Un sourire malicieux plissa ses joues couperosées. Elle

continua à émincer des blancs de poireaux en se souvenant de ses rêves d'amour, quand elle avait seize ans.

Paris, boulevard du Montparnasse, même jour

Victoire était accoudée à la rambarde du balcon, heureuse de retrouver l'animation étourdissante de la capitale. Le ciel bleu pâle commençait à s'assombrir, tandis que les vitrines, les lampadaires et les fenêtres des immeubles voisins s'illuminaient.

— Contente d'être de retour ? lui demanda Rémi qui ne la quittait pas des yeux.

— Très contente ! Et le cours de John Wilde était formidable cet après-midi.

— Parce qu'il t'a fait des compliments pour la première fois !

— Mais non, j'adore sa manière de nous faire travailler, sa rigueur et le choix des musiques.

— Stravinsky et son *Sacre du printemps*, répliqua-t-il. C'est vrai, ça change un peu.

Élodie toqua à la porte-fenêtre, fermée pour préserver la chaleur dans l'appartement. Elle leur fit signe qu'ils passeraient bientôt à table.

— On arrive, encore cinq minutes, mamie ! cria Victoire.

— Ta grand-mère est formidable, tu as de la chance, dit Rémi en souriant. Crois-tu que je serai invité à dîner chaque fois que je te raccompagnerai ?

— Peut-être, mais aujourd'hui c'était exceptionnel. Je n'avais pas envie de prendre le bus toute seule. Je suis un peu stressée à cause de certaines histoires.

— Tu as eu des ennuis pendant tes vacances ? Vicky, tu peux tout me dire, je suis ton ami.

— Le plus grave, c'est la disparition de Vanessa. Madame Aurélia s'inquiète beaucoup et moi aussi.

Très vite, à mi-voix, Victoire évoqua les crimes commis sur des jeunes filles dans leur région.

— Mes parents ont réussi à me cacher ces horreurs, et, le plus étrange, c'est que je n'en ai pas entendu parler au lycée, même par Anna. Et toi, tu le savais ?

— Plus ou moins, ma mère y faisait allusion de temps en temps après avoir regardé les infos à la télé. Mais pour moi, ça restait des faits divers tragiques, comme il s'en produit partout dans le monde. Mon père est professeur d'histoire, alors quand j'étais gamin, il me racontait toutes les atrocités engendrées par l'humanité au fil des siècles, les guerres de Religion, le massacre de la Saint-Barthélemy, les supplices qu'imposaient les inquisiteurs aux hérétiques… J'en faisais des cauchemars.

— Ce n'est pas étonnant ! Rémi, tu ne te souviens de rien à propos de Vanessa ? Un détail, n'importe quoi.

— Non, désolé. Tu es là, près de moi, et je profite de ces instants inespérés. Je suis ton ami, mais ça ne m'empêche pas d'être amoureux.

Confuse, Victoire détourna la tête. Elle se revoyait dans les bras de Florian, bouche contre bouche. La saveur enivrante de leurs baisers l'obsédait.

— Je t'en prie, ne dis pas ça, ça me gêne, Rémi. Je n'éprouve que de l'amitié pour toi. Rencontre une autre fille, il y en a de ravissantes au cours de danse.

— Elles ne m'intéressent pas, Vicky. Toi seule me…

— Je ne suis plus libre, l'interrompit-elle d'un trait.

Je comptais te le dire demain soir, mais je préfère ne pas attendre. J'ai revu un garçon qui me plaît depuis longtemps et il viendra à Paris dans deux semaines.

— D'accord, je m'incline, répliqua-t-il d'un ton fataliste. Au moins, ça a le mérite d'être clair et net. Mais on reste amis, je saurai m'en contenter.

— Bien sûr. Mamie me fait signe, on doit rentrer au chaud.

Espérant un début d'idylle entre sa petite-fille et Rémi, qu'elle estimait charmant et d'une bonne éducation, Élodie se montra pleine d'entrain au cours du dîner. Elle remarqua à peine la mine morose de leur invité.

— Comment trouvez-vous ma recette de bœuf bourguignon, mon garçon ? demanda-t-elle au milieu du repas. Je l'ai cuisiné chez moi, à Dijon, et transporté dans un récipient hermétique. En dessert, j'ai préparé des crèmes au caramel.

— Tout est délicieux, madame.

— Il faudra revenir, Rémi ! Je vais vous remplumer.

— Mamie, un danseur doit être musclé sans une once de graisse, protesta Victoire. Si je t'écoutais, je prendrais trois kilos à chaque repas. Ah, j'ai un appel de papa. Excusez-moi, je vais répondre dans ma chambre.

Elle s'enferma et se posta près de la fenêtre. Tout de suite Jacques évoqua l'infamie d'Arthur et ses conséquences.

— Je savais que vous étiez bien arrivées à Paris, mais je devais te parler. Tu es seule, ma chérie ?

— Oui, papa, ne crains rien.

— Surtout, comme nous en avons convenu, ne dis

rien à Élodie. Le choc serait trop pénible pour elle. Il y a du nouveau : ta mère est au courant car Arthur lui a tout avoué ce matin. Nous avons eu une terrible dispute, parce que je lui avais caché la vérité, mais c'est terminé, nous sommes réconciliés.

— Tant mieux ! Papa, c'est gentil de m'appeler pour me dire ça, mais j'ai envie de tout oublier grâce à la danse. Dès que j'y pense, je ressens de la haine pour mon cousin, et ça m'oppresse.

— Je te comprends, moi j'aurais pu le tuer de mes mains. Ne t'inquiète pas, Catherine fera l'impossible pour qu'il quitte la France. Nous avons un plan, l'envoyer chez ta grand-tante Perrine, en Nouvelle-Zélande, aux antipodes de toi.

— Ce sera parfait, papa. Je suis désolée, mamie m'attend pour le dessert, on se rappellera demain.

— Accorde-moi une minute, Vicky. Ne le prends pas mal, mais je préférerais que tu ne voies plus Florian Mongenot.

— Mais pourquoi ? Je l'aime beaucoup, il a même prévu de me rendre visite à Paris.

Sidéré, Jacques perdit patience. Il haussa le ton, les doigts crispés sur son téléphone.

— C'est hors de question, ma chérie. Florian a vingt ans, il n'a pas à te fréquenter, tu es mineure. Je m'y oppose, entends-tu. Si tu n'en tiens pas compte, je t'enverrai étudier la danse aux États-Unis, où une cousine pourrait te loger.

— Mais papa, Florian n'a rien fait de mal ! Ou alors tu n'oses pas me l'avouer… J'en ai assez, donne-moi une raison valable et je t'obéirai.

— Je me méfie de lui et de tous les individus

masculins de la région, c'est tout. Vicky, tu agiras à ta guise lorsque tu auras dix-huit ans. Pour le moment, tu dois te concentrer sur la danse, ton admission à l'école de l'Opéra.

— Florian n'a pas à payer pour Arthur ! s'indigna-t-elle. Tu l'assimiles à son père parce que Jean-Charles aurait dû épouser maman. C'est injuste.

— Ne profère pas de telles sottises ! Fais ce que je te dis, de mon côté je veillerai à remettre Florian à sa place.

— Très bien, encore une fois, je cède à tes ordres, mais ça me rend triste, très triste.

— J'en suis navré, bonsoir, ma chérie.

Jacques avait raccroché, la laissant désorientée et déçue. Elle attendit un peu avant de retourner auprès de sa grand-mère et de Rémi, afin de leur présenter un visage serein.

— Tu as eu des nouvelles de ton cousin, ma chérie ? s'enquit Élodie d'un air inquiet.

— Oui, mamie, il se rétablit. Nous en discuterons plus tard.

— Je déguste la crème au caramel et je m'en vais, indiqua Rémi. J'ai une demi-heure de métro, je ne dois pas m'attarder.

Il observa discrètement Victoire, qui lui parut bouleversée. Quand il remercia Élodie, une fois prêt à partir, il fut surpris de voir la jeune fille enfiler son blouson en jean.

— Je te raccompagne jusqu'au rez-de-chaussée, annonça-t-elle en lui souriant gentiment. Mamie, ne débarrasse pas la table, je le ferai. Regarde ton émission, c'est l'heure.

— Volontiers ! À bientôt, mon garçon.

Dès qu'ils furent sur le palier, elle prit la main de Rémi. Ils descendirent ainsi l'escalier, mais parvenus dans le vestibule, la minuterie s'éteignit. À la faveur de l'obscurité, Victoire enlaça le jeune homme et l'embrassa sur les lèvres. Il répondit à son baiser, en la serrant contre lui.

— Qu'est-ce que ça signifie, Vicky ? murmura-t-il ensuite.

— Je ne sais pas trop, mais n'espère rien de sérieux, je t'en prie, répondit-elle en tremblant. Je t'expliquerai un jour, pas ce soir.

— D'accord. À demain, Vicky, dit-il en l'embrassant encore.

— À demain… On dansera sur *Le Sacre du printemps*, toi et moi.

12

Vanessa

Dijon, cours de danse d'Aurélia Novak,
samedi 8 mars 2014

Les mains enfouies dans les poches de son blouson en cuir noir, le commandant Terrier observait la grande salle de danse, déserte et silencieuse. Il se tenait dans l'espace tapissé de moquette, à la limite du grand parquet, près de l'entrée des vestiaires.

— Tu es toujours aussi ponctuel, Louis.

— Nous avions rendez-vous à 20 heures, je suis là. Tu as fait quelques changements, mais je crois me revoir ici même, il y a des années, lorsque je venais chercher ma sœur.

— Agnès te faisait souvent attendre, sûrement parce qu'elle était fière que tu la voies en tenue.

— Je me souviens, elle prétendait s'entraîner encore même si le cours était fini. C'est une époque révolue, hélas. Bon, trêve de nostalgie, où veux-tu aller dîner ?

— Chez moi, ce n'est vraiment pas loin, répliqua Aurélia. J'ai une bonne bouteille de vin et j'ai commandé des plats chinois.

— Où habites-tu ? Dans le quartier ?

— Je t'emmène, dit-elle avec un petit sourire. Viens, on passe par mon bureau.

Intrigué, il la suivit et il fut très surpris de la voir tirer un rideau rouge qui dissimulait une porte assez étroite.

— Peu de gens ont eu le privilège de découvrir mon humble logis, lui fit remarquer Aurélia.

Un escalier en colimaçon menait à un deux-pièces aménagé avec goût. La fenêtre d'une kitchenette donnait sur la verrière qui surplombait la salle de danse.

— Quand j'ai acheté l'endroit, l'agence devait ignorer l'existence de cet étage, car la porte était tapissée et moi-même j'ai cru à un placard. Un jour, j'ai pu ouvrir à l'aide d'un passe et je suis montée. C'était délabré, poussiéreux, mais plein de charme.

— Je parierais qu'on a dû y cacher des résistants ou des Juifs pendant l'Occupation, hasarda Terrier. En tout cas, tu as fait des merveilles, on se croirait dans un décor de théâtre.

— Merci, tu es gentil. Assieds-toi.

L'air mélancolique, Aurélia Novak prit place à une table ovale où étaient disposés le vin, deux verres et une coupelle garnie d'olives.

— Je suppose que tu n'as rien trouvé concernant Vanessa ? demanda-t-elle. Sinon tu m'aurais téléphoné.

— J'ai fait des recherches à titre personnel, pendant mon temps libre. Tant qu'un membre de sa famille n'aura pas signalé sa disparition, je suis bloqué. Maintenant elle est majeure et elle peut se trouver n'importe où.

— C'est trop facile, Louis ! Dans ce cas, une fille de

dix-huit ans livrée à elle-même, sans lien de parenté avec quiconque, peut devenir la proie d'un prédateur sexuel et être rayée de la surface de la terre ! Personne ne la cherchera, personne ne la pleurera.

— Ne t'enflamme pas, Aurélia, et laisse-moi parler. Je t'avais dit que je ferai au mieux dans la mesure de mes moyens. Je me suis arrangé avec un collègue pour savoir où le téléphone portable de Vanessa avait borné pour la dernière fois. C'était devant la gare, à Dijon. Depuis, il est intraçable. Mais elle a pu le perdre ou le jeter et en acheter un nouveau. Autre chose, j'ai mis Karen Mathis au courant.

— Qui est-ce ?

— Une nouvelle recrue arrivée de l'île de la Réunion. Tu sais à quel point je m'acharne à enquêter sur ces disparitions qui ont abouti à des crimes odieux. La lieutenante Mathis voudrait travailler sur les dossiers les plus récents. Du coup, elle a publié un avis de recherche sur le Web, en prétendant être une amie de Vanessa et en demandant si quelqu'un l'aurait vue récemment.

— Il faut y croire, les réseaux sociaux peuvent s'avérer utiles.

En disant cela, Aurélia eut néanmoins une mimique de perplexité. Elle se décidait à déboucher le vin lorsque Terrier lui prit la bouteille des mains et s'en chargea. Il la servit la première.

— Ne te tracasse pas trop, recommanda-t-il. C'est tout à ton honneur de te soucier de Vanessa, et j'ai l'impression que ça te tient vraiment à cœur.

— Tant de gens sont indifférents de nos jours. Louis, nous sommes de vieux amis, cependant nous ne savons presque rien de nos passés respectifs. Quand ta sœur était mon élève, nous discutions de la pluie et du beau temps, ainsi que des progrès d'Agnès. Tu ne m'as jamais parlé de vos parents, et je ne t'ai rien dit sur ma jeunesse. C'est mieux ainsi. Un jour peut-être, je te ferai des confidences, si j'ai beaucoup bu auparavant.

— Tu n'es pas obligée, répliqua-t-il. Quant à moi, c'est très simple. Ma mère est morte d'un cancer, le mal du siècle, quand j'avais environ quatorze ans. Agnès était encore un bébé qui commençait tout juste à trottiner. Mon père nous a élevés, puis il s'est remarié. Dès la majorité de ma sœur, sa seconde épouse et lui sont partis vivre dans le Sud, à Sète. Nous restons en contact, sans enthousiasme.

— C'est un peu dommage.

— Mais non, trinquons à l'avenir !

Deux heures plus tard, au moment de se séparer, elle le retint par la main. Il lut du désir dans ses yeux et il capitula. Leurs bouches s'unirent pour un baiser voluptueux, qui les mena jusqu'au lit de la chambre, où ils oublièrent la solitude dont ils souffraient, ainsi que leurs chagrins secrets.

Ils somnolaient entièrement nus parmi un fouillis de draps, quand Aurélia entendit sonner son téléphone portable. Elle vit s'afficher le numéro de Victoire Desmarets et répondit aussitôt.

— Bonsoir madame, je suis désolée si je vous réveille, je sais qu'il est tard, mais Rémi s'est souvenu de quelque chose à propos de Vanessa. Vous n'avez toujours aucune nouvelle ?

— Bonsoir, Vicky ! Non, aucune nouvelle. Tu ne me déranges pas, dis-moi vite.

— Ce soir Rémi consultait des annonces de casting sur mon ordinateur, car il voudrait gagner de l'argent pour aider ses parents à payer son stage d'été à l'école de danse de l'Opéra. Et là, il s'est rappelé que Vanessa lui avait parlé d'un projet de clip, pendant une fête chez Anna, avant mon départ pour Paris. Elle lui a dit qu'elle allait sans doute gagner une petite fortune, mais qu'elle ne partagerait pas l'info, ce sont ses mots. Rémi s'en moquait, et sur le moment, il a pensé qu'elle se vantait. Ils avaient un peu bu, alors…

Sur le qui-vive, Aurélia ne releva pas l'aveu murmuré par Victoire.

— Un projet de clip, répéta-t-elle. Elle aurait répondu à une annonce de casting ?

Également bien réveillé, Terrier l'écoutait avec attention. Il tressaillit soudain, submergé par une réminiscence.

— J'ai préféré vous le dire tout de suite, comme vous étiez très inquiète, ajouta Victoire. Vanessa a dû être engagée et, si le tournage avait lieu loin de Dijon, elle reviendra ensuite.

— Je te remercie, Vicky. Notre dernière rencontre s'est mal terminée, j'en suis désolée.

— Il ne faut pas, je n'aurais pas dû réagir ainsi, Madame Aurélia. Je dois raccrocher. N'hésitez pas à m'envoyer un message si vous apprenez quelque chose, je suis inquiète moi aussi.

— Je te le promets, Vicky.

Aurélia enfila son pull qui gisait sur le tapis. Elle se tourna vers Louis et l'interrogea d'un regard impérieux.

— J'ai cru comprendre qu'il s'agissait d'un casting pour un clip, déclara-t-il. C'était Victoire Desmarets ?

— Oui, elle a suivi mon cours de septembre à décembre, mais à présent elle habite Paris avec sa grand-mère. Une jeune fille très douée et très courageuse. J'espère qu'elle fera une brillante carrière.

Une fois encore, Aurélia fut tentée de révéler le secret de Victoire, mais elle répugnait à trahir la confiance que lui avait accordée l'adolescente. Le commandant Terrier se rhabilla, les traits tendus. Il revoyait la belle Emma qui rêvait tout haut de célébrité.

— Ces annonces pour tourner dans un film ou un clip, elles peuvent servir de piège, avança-t-il.

— Tu as raison, on tient peut-être une piste, Louis. Tu t'en vas déjà ?

— Je reprends le travail à 6 heures, je dois rentrer, Aurélia. Demain matin, j'informerai Karen Mathis de cette histoire de casting.

— D'accord, dépêche-toi, j'irai fermer à clef tout à l'heure.

Il se pencha et déposa un baiser sur son front, dont elle savoura la tendresse.

Forêt communale de Marsannay-la-Côte,
samedi 22 mars 2014

Karen Mathis marchait derrière Emmanuel Nevers, précédé par son chien leonberg. La forêt bruissait de chants d'oiseaux qui semblaient célébrer le retour du printemps. Il avait beaucoup plu depuis le début du mois, et si certaines zones étaient très humides, des fleurettes blanches et mauves en avaient profité pour éclore au ras du sol.

— C'est encore loin ? s'enquit la jeune lieutenante. Elle s'était équipée de bottes en caoutchouc, mais elle portait un pantalon en toile beige et une veste cintrée, en daim fauve.

— Vous êtes fatiguée ? demanda-t-il.

— Non, je suis sportive, ce n'est pas ça. Je me représente le chemin que vous avez parcouru enfant, en suivant votre berger allemand, et ça me rend triste. En plus, je vous ai fait attendre trois semaines avant de pouvoir vous accompagner.

— C'est déjà très gentil d'avoir tenu votre parole. Je doutais de vous revoir, sauf si j'allais sous un faux prétexte à la gendarmerie.

— Le commandant Terrier était chargé de plusieurs affaires et je devais le seconder. Un trafic de drogue, des cambriolages. Je procède aussi à des recherches sur Internet. Emmanuel, j'ai une question : pourquoi vous recueillir à l'endroit où votre sœur a dû mourir ? Ce serait plus simple d'aller au cimetière et moins éprouvant. Je pense à votre maman, est-ce qu'elle vient parfois dans la forêt avec vous ?

— Non, je ne lui imposerais pas ça, la pauvre. En fait, Emma a été incinérée, comme notre père. C'était leur volonté à tous les deux, nous l'avons respectée. Leurs urnes sont dans le caveau de ma famille paternelle, au cimetière de Gissey-sur-Ouche, à quelques kilomètres de là. J'y conduis maman à la Toussaint, elle n'aime guère y aller. J'avais gardé un peu de cendres de ma sœur, dans un pot en grès, que j'ai placé sous mon autel. Je vous montrerai.

— D'accord, je comprends mieux.

Mal à l'aise, Karen s'estimait trop sentimentale. Si elle n'avait pas eu un coup de cœur pour le jeune ingénieur, jamais elle n'aurait accepté de le suivre ainsi, dans une partie de la forêt de plus en plus envahie de broussailles. Ils avaient depuis un bon moment quitté le sentier et avançaient au milieu de fougères rousses, de branchages secs et cassants.

— Nous sommes presque arrivés, déclara Emmanuel.

Ils descendirent une légère pente qui les amena au fond d'une combe où se dressaient trois gros rochers. Un filet d'eau courait dans une rigole tapissée de mousses.

— Ne tombez pas, Karen, recommanda-t-il. Je m'en voudrais de vous causer un arrêt de travail.

Spontanément il lui tendit la main, sous le regard d'ambre du leonberg qui s'était assis et humait le vent.

— Merci d'être si galant, répliqua-t-elle. Mais vous savez, à la Réunion, je pratiquais la randonnée en montagne. Je suis même montée jusqu'au Piton des Neiges, un imposant volcan éteint.

Malgré cette précision, il étreignit plus fort ses doigts. Elle renonça à se libérer et ils atteignirent ainsi l'autel dédié à Emma. C'était une pierre plate calée dans le creux du tronc d'un énorme chêne à la ramure majestueuse.

— J'ai apporté des narcisses. Dès que la saison s'y prête, je mets des fleurs fraîches, indiqua Emmanuel.

Il lâcha enfin sa main pour sortir de son sac à dos un bocal de forme allongée, qui contenait les narcisses d'un blanc pur. Mais Karen n'y prêta guère attention, ses yeux verts rivés sur une plaque en porcelaine où figurait la photographie d'Emma. Des bibelots l'entouraient : un chat et un chien en résine, une fée aux ailes déployées. Elle aperçut aussi le petit pot en grès, fermé par un couvercle scellé à la cire. La gorge nouée, elle se détourna, en pensant à Vanessa, la jeune fille disparue dont son supérieur et elle cherchaient en vain la trace.

Très grave, Emmanuel disposa son bouquet de narcisses dans un vase qu'il avait rempli d'eau à la source.

— Pour moi, ce lieu est sacré, avoua-t-il. Un peu de ma sœur repose au pied de ce chêne. C'est un arbre remarquable, vieux de deux siècles. Quant à la source, les anciens du pays la disaient miraculeuse. J'en bois une gorgée à chacune de mes visites.

Karen acquiesça en silence, tout en étudiant les environs. Sa logique d'investigatrice reprenait le dessus sur l'émotion qu'elle avait ressentie quelques minutes plus tôt. Cependant, comme Emmanuel se recueillait devant l'autel, elle patienta avant de l'interroger.

— Nous pouvons repartir, soupira-t-il au bout de dix minutes. D'habitude, je reste au moins heure, mais aujourd'hui je ne suis pas seul et c'est agréable de vous avoir à mes côtés.

— Prenez votre temps, je ne suis pas pressée.

— Il vaut mieux remonter, nous suivrons une allée forestière pour rejoindre ma voiture.

Ils étaient à une centaine de mètres de la combe lorsque Karen livra ses impressions.

— Emmanuel, je n'ai pas pu m'empêcher de réfléchir, près de l'autel. L'endroit est difficile d'accès, on ne peut pas s'y rendre, même en 4 × 4. Je suis désolée d'évoquer le meurtre de votre sœur, mais il est évident qu'elle a été tuée sous cet arbre ou bien à proximité.

— C'étaient les conclusions de l'enquête. Le sang d'Emma a imprégné la terre autour de la source, d'où ma démarche de lui rendre hommage à cet emplacement.

— Je le conçois sans peine, néanmoins la scientifique a dû analyser soigneusement les lieux. On n'a rien découvert sur son agresseur ?

— Rien, ce sont des gens très précautionneux.

— Ah, vous aussi, comme le commandant, vous croyez qu'ils sont plusieurs ?

— J'en ai la conviction, Karen. Mais oublions un peu ces ombres malfaisantes. Je suis si bien avec vous, enfin avec toi.

— Je ressens la même chose, dit-elle en s'approchant de lui. Je ne veux pas tricher, Emmanuel. J'aurais pu t'appeler bien avant, car j'avais très envie de te revoir. J'ai résisté en imaginant que tu n'étais peut-être pas libre.

Il l'attira dans ses bras et doucement il caressa ses cheveux frisés, d'un châtain doré.

— Il y a un an environ, j'ai mis fin à une relation sans réel intérêt. Mais dès que je t'ai vue, tu m'as attirée, comme un aimant, un très joli aimant.

Enlacés, ils s'embrassèrent longuement, appuyés au large tronc d'un hêtre. Une soudaine averse les obligea à se séparer. Ils coururent en riant sous la pluie, jusqu'au pick-up qui abrita leur première étreinte, fébrile et voluptueuse.

Impassible, le leonberg s'était couché près du véhicule et montait la garde.

Sur le trajet du retour, Karen se répétait qu'elle avait promis à Emmanuel de l'aider. Il roulait à une vitesse modérée, en lui jetant souvent des regards attendris auxquels elle répondait d'un sourire radieux.

— On se revoit quand ? s'enquit-il. Et comment ? Tu loges à la gendarmerie et chez moi, il y a maman. Nos chambres sont contiguës et la cloison est fine. Quant à ma voiture, elle n'est pas confortable.

— On trouvera bien une solution. Si on commençait par dîner ensemble un soir ? proposa-t-elle. Et je tiens à préciser que je ne suis pas comme ça d'ordinaire, je ne brûle pas les étapes. Mais tu me plais vraiment, alors j'ai craqué.

— Je ne vais pas m'en plaindre, Karen. Tu es directe aussi !

— Franche et directe, oui. C'est parfois compliqué pour moi. Emmanuel, je prends le risque de te dire quelque chose, car je m'en voudrais si je te cache ce que je sais. Pour l'instant, il n'y a pas d'enquête officielle, mais je te fais confiance, ça restera entre nous deux.

— Tu as ma parole.

— Une jeune fille de dix-huit ans, Vanessa, a disparu depuis le début du mois de janvier, une élève du cours de danse d'Aurélia Novak, à Dijon. C'est une grande amie du commandant et, pour diverses raisons, elle a sollicité son aide. Je fais des recherches de mon côté, via les réseaux sociaux.

— Je devine les raisons, répondit Emmanuel d'un ton âpre. Vanessa avait dû donner une fausse adresse à sa professeure, elle prétendait avoir des parents souvent absents… Personne ne se soucie de sa disparition, si bien que la police ne pourra rien faire. Il y a eu un cas similaire en 2010, tu vérifieras dans les dossiers de Terrier. C'était Marina Rivet. Elle était majeure et suivait une formation à ses frais, en se prostituant pour pouvoir la payer. Ce détail, la police l'a appris plus tard. Son corps dénudé a été découvert dans le petit étang de Satenay.

— En effet, j'ai lu le rapport d'autopsie il y a quelques jours. Marina était morte par noyade et on l'avait violée. Je dois absolument retrouver une personne apparentée à Vanessa. Chaque jour, je crains d'apprendre qu'elle a été tuée elle aussi, comme les autres.

Emmanuel se gara à l'entrée d'un chemin. Il dévisagea Karen avec une expression chaleureuse, puis il lui caressa la joue.

— Il s'agit peut-être d'autre chose, du moins je l'espère. Une histoire d'amour, un travail dans une région voisine. Merci de m'en avoir parlé et de me faire confiance. Je peux chercher de mon côté.

— Elle s'appelle Vanessa Guillet. Blonde, assez grande, jolie.

— Je n'oublierai pas.

Il effectua une manœuvre et reprit la route qui traversait des étendues de vignobles. Il pleuvait encore et le paysage gris lui semblait d'une infinie tristesse.

Paris, gare de Lyon, vendredi 16 mai 2014

Victoire faisait les cent pas dans le hall de la gare de Lyon. Elle regardait souvent l'heure car Anna venait passer le week-end à Paris pour la première fois et son train arrivait dans dix minutes.

— Je peux te laisser maintenant ? lui dit Rémi qui se tenait à ses côtés. On dîne toujours tous les trois demain soir ?

— Oui, j'ai réservé à la pizzeria, celle qui est près de chez mamie. Merci de m'avoir accompagnée. Je ne suis jamais à l'aise au milieu de la foule.

— Je te servirai de garde du corps aussi souvent que tu me le demanderas, Vicky.

Il déposa un baiser sur ses lèvres et s'éloigna en lui adressant un grand sourire. Mais il se retourna deux fois pour l'admirer à distance, fasciné par sa silhouette élancée, ses formes adorables sous le tissu fleuri de la robe d'été qu'elle portait. Le vêtement s'arrêtait à mi-cuisses et dévoilait ses jambes façonnées par la danse. Elle avait tressé ses longs cheveux bruns en une épaisse natte sur le côté droit.

— Un peu court à mon goût, avait commenté Élodie le matin, lorsque Victoire était sortie de sa chambre. Mais la veste beige et la coiffure sont parfaites.

— J'ai renoncé à mon jean et à ma chemise écossaise, mamie, tu devrais être contente, lui avait répondu la jeune fille.

Au moment d'aller sur le quai indiqué, le train en provenance de Dijon étant annoncé, Victoire regrettait de ne pas avoir mis son jean noir préféré, agacée par les coups d'œil intéressés de quelques hommes.

Si elle n'avait pas retrouvé la mémoire de son agression, Victoire avait lu de nombreux articles sur Internet, notamment les témoignages de victimes de viol, d'abord droguées, et qui n'en gardaient aucun souvenir ou juste des bribes d'images.

— Vicky, Vicky !

Anna l'appelait et lui faisait signe, tout en tirant derrière elle une valise à roulettes. Victoire se précipita vers son amie. Elles s'embrassèrent et s'étreignirent, entre rires et larmes.

— Tu as dû changer de wagon, Anna, je t'attendais devant la voiture 3.

— Un type me harcelait de sous-entendus, il me posait des questions, finalement j'ai cherché une autre place. Tu es super belle, Vicky ! Un look classique, mais ça te va bien.

— Merci, toi aussi tu es ravissante ! Tes cheveux ont poussé et tu as encore minci.

— Tu n'avais pas remarqué quand on discute en vidéo ?

— Non, pas du tout !

— On le fait trop rarement. Tu te couches tôt, ou bien tu étudies. Je suis assoiffée, on va boire quelque chose dans une cafétéria ?

Répandue sur ses épaules, la chevelure noire et très lisse d'Anna brillait au soleil qui filtrait à travers la verrière. Vêtue d'une combinaison short sur un tee-shirt blanc, un foulard coloré noué autour du cou, elle semblait très à l'aise.

— Je suis si contente que tu aies pu venir, affirma Victoire.

— C'était l'occasion idéale pour convaincre mes parents. Tu as eu seize ans lundi, je devais fêter ton anniversaire, même avec un peu de retard. Comme tu ne reviens pas chez toi avant début août, j'ai obtenu gain de cause.

— Heureusement ! Mais je suis folle de joie de faire le stage d'été à l'école de ballet de l'Opéra. Douze jours au mois de juillet. J'ai choisi d'être interne, c'était possible. Je voudrais y être déjà. Parfois les cours sont donnés par des danseurs de l'Opéra. C'est un stage de perfectionnement intensif et les conditions sont rigoureuses. Je dois être en excellente santé et ne pas me blesser d'ici là. Rémi est inscrit lui aussi.

— Un couple promis à devenir de futures étoiles ! s'écria Anna avant d'éclater de rire.

— Nous ne sommes pas un couple, se défendit Victoire.

— Tu es toujours aussi sérieuse, je plaisantais. Mais vous êtes ensemble, comme David et moi.

— D'accord, seulement il y a une différence. Tu sais laquelle.

— Eh oui ! Au fond, c'est peut-être mieux de ne pas franchir trop vite ce fameux cap, soupira Anna. J'aurais dû patienter, je t'expliquerai plus tard.

Elles s'installèrent à une petite table, devant une cafétéria où Victoire commanda des sodas et des sandwichs, car il était presque midi.

— On aura déjeuné comme ça, dit-elle. Il ne faut pas être en retard au cours de John Wilde. Il veut bien que tu y assistes, car tu es une élève de Madame Aurélia.

— Je ne le suis plus pour longtemps, je ne reprendrai pas en septembre. Claudine sera Giselle, au spectacle de la fin juin, moi je joue la princesse Bathilde, on me verra à peine sur scène. J'ai travaillé dur pour rien, enfin je le ressens comme ça.

— C'est dommage, tu devrais persister, Anna.

— J'en doute, en plus mes parents ne m'encouragent pas à continuer. Donne-moi plutôt des nouvelles détaillées, car ces dernières semaines, on communiquait surtout par mails et au téléphone, tu n'oses rien me dire.

— Ma vie est réglée comme une horloge. Je suis d'une sagesse exemplaire, j'obéis à mes parents qui me surveillent par le biais de ma grand-mère. Avec Rémi, rien n'a changé non plus depuis ce soir du mois de mars où je me suis jetée à son cou. On se tient par la main dans la rue, on s'embrasse sur un banc du jardin du Luxembourg, quand on peut aller s'y promener. Je ne suis pas amoureuse de lui, mais je l'adore.

Songeuse, Anna but la moitié de son soda. Elle hésitait à aborder un sujet précis.

— Et Florian Mongenot ? Toujours aucun signe de lui ?

— Non, malgré mes messages. Papa prétend qu'il n'y est pour rien, mais je suis persuadée qu'il lui a interdit de me contacter, quitte à se mettre d'accord avec Jean-Charles Mongenot.

— On se croirait au dix-neuvième siècle, Vicky. Florian pourrait très bien t'appeler s'il voulait ou même venir à Paris, il est majeur.

— Il dépend de son père, puisqu'il ne gagne pas encore d'argent.

— Ouais, on a dû menacer de lui couper les vivres et ça lui a suffi pour renoncer à toi, belle mentalité, décréta Anna.

— Il ne m'aimait pas vraiment, voilà tout, répliqua Victoire. Tant pis, je rencontrerai bien un jour un homme merveilleux. Je ne suis pas pressée. Il y a des choses plus graves. Tu te rends compte, Vanessa a disparu depuis quatre mois et deux semaines. Madame

Aurélia m'écrit par mail assez souvent, mais la piste du casting dont je t'ai parlé n'a rien donné.

— N'y pense plus, je suis sûre que Vanessa s'amuse bien je ne sais où. Vicky, on est enfin toutes les deux jusqu'à dimanche soir. Alors on devrait oublier les ombres au tableau, les tiennes et les miennes.

— Non, pas question, je veux savoir ce qui ne va pas.

— David devient distant, presque froid, avoua Anna. Hier, j'avais prévu de dormir chez lui. Ses parents étaient d'accord, ils m'aiment bien et ce n'était pas la première fois que je passais la nuit chez eux. Mais il a refusé pour sortir avec ses copains. Je ne l'intéresse plus, à mon avis, maintenant qu'on a couché ensemble. Il doit avoir une autre fille en vue, sûrement Claudine. Quand ils dansent sur *Giselle*, je ressens leur attirance.

— En fait, c'est à cause de David que tu veux arrêter les cours de Madame Aurélia, s'indigna Victoire.

— Peut-être ! Bon, c'est à toi de parler. Après on sera bien débarrassées, affirma Anna avec un sourire malicieux.

— Mais je t'ai déjà presque tout dit, par mail et au téléphone. Les rendez-vous chez la psychologue, la visite de maman qui m'a emmenée chez une gynécologue, car j'ai enfin eu mes règles. Tu es même au courant de l'ignoble traîtrise d'Arthur, qui du coup mène la belle vie en Nouvelle-Zélande en guise de châtiment. C'est lui le véritable coupable de ce qui m'est arrivé et, là-bas, ma grand-tante le traite en petit prince, car comme mamie et mon oncle Guy, elle ignore tout.

La voix de Victoire tremblait d'émotion. Elle en avait les larmes aux yeux.

— Tu comprends pourquoi je préfère me taire. Bon, j'ai malgré tout un petit secret.

— J'en étais sûre, dis vite.

— Ma grand-mère s'est inscrite à un club de bridge et elle y va le samedi après-midi. Alors, la semaine dernière, j'ai invité Rémi. Je voulais essayer d'aller plus loin que les baisers, mais je n'ai pas pu. Dès qu'il m'a caressée un peu partout, je me suis affolée et j'ai bondi du lit, après l'avoir repoussé en pleurant. Il n'a pas insisté et il m'a consolée. Anna, je ne pourrai jamais faire l'amour, ça me terrifie.

— Tu devrais lui expliquer pourquoi tu as eu cette réaction, Vicky, murmura son amie.

— Non, je ne veux pas qu'il sache. Je lui ai dit que j'avais peur car c'était la première fois.

— Mais c'est la vérité, au fond.

— Sous un certain angle, oui, tu as raison. Pourtant, quand Florian m'embrassait, j'avais l'impression que c'était possible.

Elles continuèrent à échanger des confidences dans le bus qui les conduisait jusqu'au cours de danse de John Wilde. Il fut surtout question de sexualité et d'amour.

— Zut, on a failli manquer l'arrêt ! s'écria soudain Victoire. Anna, vite, n'oublie pas ta valise.

Elles descendirent du bus et marchèrent à vive allure jusqu'à l'immeuble où John Wilde avait son atelier de danse. Rémi les accueillit à l'entrée de la salle, son jeune corps athlétique moulé dans le collant et le maillot noir qu'exigeait le professeur, pour les filles et les garçons.

Durant plus de deux heures, Anna admira les

évolutions de Victoire et de Rémi, après les échauffements et les exercices à la barre. Elle put juger de leurs progrès et s'émerveiller de la grâce infinie de son amie, qui offrait à ses arabesques et à ses sauts aériens une rare harmonie.

Elle eut le temps aussi d'observer les expressions de John Wilde, lorsqu'il suivait Victoire des yeux. L'ancien danseur étoile semblait enchanté.

« Vicky réussira, c'est la plus douée, songea Anna. J'ai hâte de l'applaudir sur une grande scène, à l'Opéra, dans *Le Lac des cygnes*... »

Le cours terminé, elle demeura rêveuse, sagement assise sur sa chaise. Tout en étant consciente de son niveau moyen en danse, elle décida de ne pas renoncer.

— Tu étais si formidable, Vicky, que j'ai envie de persévérer, annonça-t-elle quand elles sortirent de l'immeuble escortées par Rémi. Je ne ferai pas carrière, mais bien plus tard, si tu ouvres une école de danse, je serai ton assistante.

— Vraiment, Anna ? Je suis ravie, s'enthousiasma Victoire. Tu as entendu, Rémi ?

— Oui, et ça me fait plaisir. Madame Aurélia ne t'aurait pas laissée partir, de toute façon. Elle t'a retiré le rôle de Giselle, mais, selon moi, c'était pour te pousser à travailler davantage.

— Dis donc, tu me traites de paresseuse ! s'esclaffa Anna.

Ils rirent tous les trois, heureux du ciel bleu au-dessus d'eux et du vent printanier qui agitait doucement le feuillage d'un vert tendre des arbres, comme une promesse d'été et de sérénité.

Côte-d'Or, commune d'Arc-sur-Tille,
samedi 17 mai 2014

Lucienne et Émile, des retraités, promenaient leur épagneul au bord du plan d'eau des Sirmonot. C'était une douce soirée et le couple admirait les reflets du soleil se coucher sur la surface lisse de l'étang.

Occupé à ranger son matériel à une trentaine de mètres d'eux, un pêcheur les salua d'un signe amical. Tout était tranquille à cette heure crépusculaire, et quand un héron survola le chemin, Lucienne le montra à son mari d'un air réjoui. Au même instant, leur chien aboya.

— Il attraperait bien ce grand oiseau qui ose le narguer, s'esclaffa Émile.

— Ou alors il a vu un poisson de belle taille ! Remets-lui sa laisse, regarde, il va plonger ! s'affola son épouse. Après il trempera la banquette arrière de la voiture.

Le retraité ne fut pas assez rapide. L'épagneul sauta dans l'eau et se mit à nager en faisant des cercles.

— Sors de là, Miro ! ordonna Émile.

Intrigué, le pêcheur s'approcha. Il portait des cuissardes en caoutchouc vert.

— Ce n'est pas très profond au bord, vous voulez que j'aille chercher votre chien ? proposa-t-il.

— Non, monsieur, ce n'est pas la peine, il va revenir tout seul, affirma Lucienne.

— Qu'est-ce que c'est ? Je vois du blanc, s'étonna le pêcheur. Ne bougez pas, je dois vérifier. On dirait un corps !

Ces quatre mots suffirent à rompre la paisible atmosphère qui régnait au bord de l'étang. Repoussé par l'homme qui était entré dans l'eau, le chien regagna la berge. Lucienne, à force de sonder du regard le fond vaseux, distinguait à son tour une forme livide.

— Mon Dieu, c'est une femme ! hurla-t-elle. Émile, elle a dû se noyer !

— Appelez la police ! s'égosilla le pêcheur. Elle est morte ! Quel malheur, on dirait qu'elle est toute jeune…

Une heure plus tard, les bords du plan d'eau étaient envahis par les pompiers et deux véhicules de police. Lucienne et Émile s'étaient réfugiés dans leur voiture afin de ne pas assister au repêchage du corps.

Ils furent soulagés de pouvoir quitter les lieux après avoir été interrogés, ainsi que le pêcheur.

— Quel choc j'ai eu ! répétait ce dernier, le teint blême. Il y a plus de dix ans que je viens là, si je m'attendais à trouver une noyée. La pauvre gosse, elle était toute nue.

Il fallut encore plusieurs heures à la scientifique pour inspecter la berge et le fond de l'eau autour de l'endroit où gisait le cadavre. Ensuite, on envoya aux gendarmeries du département la photo de la jeune morte, à fin d'identification.

Gendarmerie de Gevrey-Chambertin,
dimanche 18 mai 2014

Le commandant Terrier reçut la photographie alors qu'il s'installait devant son ordinateur. Le jour s'était levé, il était 6 heures du matin et les oiseaux chantaient dans la haie toute proche.

Son cœur manqua un battement en reconnaissant Vanessa Guillet. Le cliché avait été pris à la morgue. Les cheveux blonds toujours humides, la peau blafarde, elle semblait dormir. Mais il avait tellement étudié sa physionomie qu'il n'avait aucun doute.

— Bon sang, Aurélia avait raison.

Révolté, il serra les dents et les poings. Il se calma vite, pour fournir le nom de la victime à ses collègues. Enfin il appela Karen qui allait prendre son service.

— On a retrouvé Vanessa, je suis certain que c'est elle. Le rapport de l'autopsie pratiquée hier soir atteste qu'il s'agit du même mode opératoire que pour les autres victimes.

— Oh non…

Elle retarda le moment d'avertir Emmanuel, avec qui elle devait dîner le soir même. Assise près de son supérieur, la lieutenante Mathis détailla la photographie à son tour.

— Je vais contacter nos collègues d'Arc-sur-Tille, décréta Louis Terrier. Ensuite je préviendrai Aurélia Novak. Elle seule peut formellement identifier Vanessa et témoigner de sa disparition.

La mauvaise nouvelle terrassa Aurélia, qui, le dimanche, s'accordait un petit déjeuner au lit. Sous le coup de l'émotion, elle repoussa son plateau. Sa tasse de café se renversa et le liquide brun macula le boutis à fleurs qu'elle affectionnait.

— Saleté de vie, gémit-elle avant de sangloter.

Cependant, à midi, quand Terrier la rejoignit à

proximité de la morgue, rien ne transparaissait de sa crise de larmes. En tailleur noir, un foulard beige autour du cou, elle adressa un sourire à son ami et amant.

— Je le savais, Louis, avoua-t-elle tout bas. C'était dans mon cœur, une sorte de pressentiment.

— Je suis navré, dit-il. Tu vas tenir le coup ?

— Si tu es près de moi, ça ira. Pauvre petite Vanessa... Qui va enquêter ?

— La gendarmerie d'Arc-sur-Tille. Je leur ai expliqué que tu m'avais signalé sa disparition, mais en éludant nos recherches officieuses. Écoute, je te dis l'essentiel, je n'ai pas voulu le faire au téléphone. La mort remonte à hier matin. Elle a été droguée, aussi j'espère qu'on l'a noyée alors qu'elle était inconsciente. Le viol n'a pas été déterminé, mais elle aurait eu des rapports sexuels peu de temps avant sa mort. Les analyses ne sont pas terminées. Pour l'ADN, aurais-tu quelque chose qui lui appartienne ? On n'a aucune pièce d'identité et Guillet était un nom d'emprunt.

— Peut-être dans les vestiaires ! Allons-y, Louis, je ne me sens pas très bien.

— Courage, c'est un dur moment à passer, mais ce ne sera pas long.

Paris, jardin du Luxembourg, même jour

Victoire et Anna entouraient Rémi, qui les tenait toutes les deux par la taille. Le trio ne passait pas inaperçu. En pantalon de toile grise et chemise blanche, le jeune danseur arborait un sourire qui faisait pétiller ses yeux verts. Le teint doré, ses cheveux châtains éclaircis par le soleil, il s'amusait de l'intérêt que lui portait la gent féminine.

— Tu as plus de succès que nous, lui reprocha Anna.

— C'est normal, je suis plus grand et j'exhibe deux jolies filles. Ah, j'adore le dimanche, jour du repos absolu !

— On pourrait vivre tous les trois à Paris, suggéra Victoire, silencieuse jusque-là. Enfin, quand on aura dix-huit ans. Mamie serait soulagée de retourner habiter Dijon et sa chère maison. Et on garderait l'appartement.

— Si tu es admise à l'école de ballet de l'Opéra, tu seras interne, de toute façon, lui fit remarquer Anna. Mais l'idée me tente. J'obtiens mon bac de lettres et je viens étudier à la Sorbonne, on aura nos week-ends.

Rémi s'arrêta brusquement, en contemplation devant un magnolia fleuri. Il désigna le ciel de Paris d'un geste tragique.

— Moi, j'ai peu de chance d'intégrer cette prestigieuse école, et même si j'étais admis, mes parents ne pourraient pas financer mes études. Aussi je vais me perfectionner en danse moderne et courir les castings. Anna, tu sais que je me suis souvenu d'un projet de clip dont parlait Vanessa pendant la soirée chez toi ?

— Qu'est-ce que tu crois, Rémi ? Vicky me dit tout ou presque tout.

— Madame Aurélia a consulté plein d'annonces parues en janvier, elle n'a rien trouvé, ajouta Victoire. C'est étrange quand même.

— Wassim est persuadé que Vanessa a rencontré

quelqu'un et l'a suivi, répliqua Anna. Maintenant il joue les amoureux éconduits et dit du mal d'elle. Selon lui, il n'était pas le premier et...

— Tais-toi, je t'en prie !

— Mais Vicky, ne sois pas aussi bloquée sur ce sujet-là !

— Je te demande de te taire, insista Victoire. Tant que je n'aurais pas revu Vanessa bien vivante, je ne veux rien entendre sur elle.

Elle s'écarta de Rémi, qui voulait lui prendre la main, et alla s'asseoir sur un banc. Il y avait beaucoup de gens dans le jardin du Luxembourg, en ce dimanche ensoleillé. La jeune fille observa deux enfants qui jouaient à se lancer un ballon, puis une femme enceinte, au bras de son mari. Le couple fit une halte pour admirer le groupe de statues ornant la fontaine Médicis.

« Les gens sont heureux, du moins ils en ont l'air, songea-t-elle. Et moi j'ai ce poids sur moi, ces angoisses, ce maudit trou noir. J'ai été violée, j'ai avorté... Parfois je voudrais le crier au monde entier. Seule la danse m'aide à respirer, à oublier. »

Son téléphone sonna tandis qu'Anna et Rémi se tenaient devant elle, prêts à poursuivre leur balade.

— C'est Madame Aurélia, leur dit-elle. Je réponds, ne faites pas de bruit. En plein air, j'entends mal.

— Mets le haut-parleur, souffla Rémi.

La voix rauque d'Aurélia Novak tremblait en prononçant son prénom. Tout de suite alarmée, Victoire n'osa pas lui poser de questions. Son cœur cognait dans sa poitrine, dans l'attente de l'horreur qu'elle pressentait.

— Ce que je craignais tant est arrivé, Vicky, on a

découvert le corps de Vanessa dans un plan d'eau. La police a d'abord pensé à un suicide, mais il s'agit en réalité d'un crime. Je tenais à te le dire.

— Je vous remercie, madame. Anna et Rémi écoutaient, ils sont sous le choc, et moi aussi. C'est tellement horrible.

— Excuse-moi, je te rappellerai ce soir, je suis encore au commissariat. Du cran, ma petite. Toi, au moins, tu as échappé au pire, soupira Aurélia.

Bouleversée, elle avait parlé étourdiment, mais après avoir raccroché, elle eut conscience de son erreur.

— Victoire était avec ses amis et ils m'entendaient. Anna est au courant, mais Rémi…

Toute pâle, Victoire rangea son téléphone dans la poche de sa veste. Elle demeurait tête baissée, afin d'éviter le regard de Rémi, qui se penchait un peu.

— À quoi as-tu échappé, Vicky ? s'étonna-t-il à mi-voix.

— Laisse-la, tu vois bien qu'elle tremble de tout son corps, intervint Anna. Et je ne vaux pas mieux, j'en ai la chair de poule. En plus, je disais du mal de Vanessa, tout à l'heure.

— Tu peux t'éloigner un peu, s'il te plaît ? lui dit Rémi.

— D'accord, mais je reviens vite.

Il s'assit à côté de Victoire et la prit par l'épaule. Elle n'eut aucune réaction, même lorsqu'il essuya les larmes qui coulaient sur ses joues.

— Vicky, je t'en prie, réponds-moi, à quoi tu as échappé ?

— Comment peux-tu m'interroger à ce sujet

alors qu'on vient d'apprendre la mort de Vanessa… Madame Aurélia était troublée, elle a dit n'importe quoi. J'étais son élève. Au fond, j'aurais pu me présenter à un casting, moi aussi, et disparaître, mourir. Tu devrais rentrer à Auteuil, Anna et moi, on va prendre un bus.

— Ne réagis pas comme ça, Vicky ! Je t'aime, j'ai de quoi être inquiet.

— Sois gentil, va-t'en, Rémi.

— Très bien, je pars, mais tu as tort, tu peux avoir confiance en moi, même si tu ne m'aimes pas.

Saisie d'un vertige, Victoire cacha son visage entre ses mains. Elle revoyait l'atroce image de son cauchemar, cette jeune noyée blonde et nue, sous l'eau sombre. Maintenant la morte avait les traits de Vanessa.

13

« La marche blanche »

Boulevard du Montparnasse,
même jour, dimanche 18 mai 2014

Élodie se prélassait devant la télévision lorsque Victoire entra en trombe dans l'appartement, suivie de près par Anna. Elles avaient toutes les deux une expression tragique et sa petite-fille pleurait en silence.

— Qu'est-ce qui s'est passé ? s'affola-t-elle. Vicky, vous avez eu des ennuis ? Où est Rémi, il devait rester avec vous jusqu'à 18 heures.

— Vanessa est morte, mamie ! Elle a été retrouvée nue dans un plan d'eau. Je n'ai pas d'autres renseignements, alors je voudrais qu'on rentre à Dijon ce soir, par le même train qu'Anna. Je dois voir Madame Aurélia. C'est elle qui m'a annoncé la mauvaise nouvelle.

— Seigneur, quelle horreur ! gémit Élodie en se levant, après avoir coupé le son de l'émission qu'elle regardait. Vicky, calme-toi, tu trembles comme une feuille.

— Je n'arrive pas à la raisonner, madame, déclara

Anna. Elle s'est querellée avec Rémi, qui est parti. Nous étions dans le jardin du Luxembourg quand on a reçu l'appel.

Un peu affolée, Élodie approuva en secouant la tête. Elle ne savait pas si elle devait céder à la demande de Victoire.

— Que feras-tu de plus à Dijon, ou chez toi, au château ? fit-elle remarquer maladroitement.

— Je n'en sais rien, mamie, j'ai besoin d'agir en tout cas. On pourrait rendre hommage à Vanessa. Puisqu'on ignore où elle logeait, je voudrais mettre une photo d'elle sur le trottoir, en bas de l'immeuble du cours de danse. Il faudrait des bougies, des fleurs. Personne ne s'est préoccupé d'elle, à part Madame Aurélia.

— Je comprends, respire un peu, lui conseilla sa grand-mère. Il faudrait l'accord de tes parents, tu ne peux pas rater tes cours de danse.

L'air égaré, Victoire sortit son téléphone portable de sa poche et l'agita d'une main nerveuse.

— Maman est une grande amie de John Wilde, je vais lui dire de lui expliquer la situation. Il peut m'accorder une semaine de congé. Reste à Paris si tu préfères, mamie ! De toute façon, je ne voyagerai pas seule, je serai avec Anna.

Sur ces mots, Victoire alla s'enfermer dans sa chambre sans avoir proposé à son amie de venir.

— Ma valise est prête, madame, murmura celle-ci. Je crois qu'il vaut mieux céder à Vicky. Ne vous inquiétez pas trop, je veillerai sur elle.

— Je laisse ses parents prendre la décision, Anna. Mon Dieu, j'en ai mal au cœur.

Élodie dut s'asseoir, profondément choquée par

la mort de Vanessa. Elle s'interrogeait sur un point précis, sans oser le dire à haute voix.

« Cette petite a-t-elle été violée elle aussi ? Dans notre malheur, nous avons eu de la chance, Vicky n'a pas été tuée. Seigneur, je n'aurais pas survécu à son décès. »

L'écho d'une discussion houleuse, ponctuée de cris de révolte et de sanglots, résonnait dans la pièce voisine.

— J'ai l'impression que Mme et M. Desmarets ne sont pas d'accord, insinua Anna. Ils doivent lui déconseiller de rentrer.

— Si c'est le cas, je ne pourrai pas m'opposer à eux, soupira la septuagénaire. Et si tu veux mon avis, Vicky a tort de manquer les cours de danse, surtout à quelques semaines du stage d'été.

À présent, le silence régnait derrière la porte de la chambre. Élodie eut une mimique dubitative, à laquelle Anna répondit d'une petite grimace anxieuse. Elles patientèrent encore, sans se dire un mot, et enfin Victoire réapparut, son sac à dos bien rempli à bout de bras.

— J'ai pris le strict nécessaire, décréta-t-elle d'un ton dur. C'est bon, mes parents acceptent que je vienne. S'ils avaient refusé, je serais quand même montée dans le train. Anna, tu peux regarder sur Internet pour trouver des places ?

— Des places en première classe, précisa Élodie. Nous avons deux heures avant de commander un taxi, je vais préparer un petit bagage, puisque j'ai laissé des vêtements d'été chez moi, à Dijon. Vicky, ta mère va prévenir John Wilde ?

— Oui, mamie, à contrecœur bien sûr. Tant pis, les choses doivent changer, j'ai été catégorique sur ce point. J'étais prête à témoigner auprès des services de police si je ne pouvais pas rentrer pour soutenir Madame Aurélia.

Tout de suite, sa grand-mère eut une expression de pure panique, en désignant Anna d'un regard impérieux.

— Je lui ai tout raconté depuis longtemps, mamie. J'en avais assez de te le cacher. Nous pourrons parler plus librement à l'avenir.

— Mon Dieu, Vicky, et la promesse faite à ton père ?

— Je n'ai pas de sœur, je devais me confier à ma seule amie.

— Ne vous tracassez pas, madame, je n'ai rien dit à personne, ajouta très vite Anna.

— Au fait, il faut quatre places, lui précisa Victoire. Rémi nous rejoint à la gare. Je lui ai envoyé un message pour annoncer mon départ, il m'a répondu qu'il voulait venir aussi. Au fond, il connaissait Vanessa depuis presque deux ans. J'en ai profité pour lui présenter des excuses.

Médusée, Élodie observait sa petite-fille. Après les tremblements et les larmes, elle se tenait très droite, les traits sculptés par une mystérieuse volonté. Ses intonations un peu sèches et son regard bleu évoquaient irrésistiblement Gilles Desmarets.

— Vicky, tu as vraiment hérité de ton grand-père, j'en suis troublée. Je l'ai rencontré lors des fiançailles de Catherine avec Jacques et c'était un homme très particulier, à la fois fort séduisant mais aussi d'un tempérament de feu. Il avait soixante ans, on lui en donnait vingt de moins. Quelque part, cela me rassure quant à ton avenir. Tu es comme lui, de ceux qui ne reculent devant rien et contrôlent leur destin.

— Mamie, je n'ai pas fait ça, loin de là. Je me suis jetée tête la première dans un piège. Mais une chose est sûre, je ne renierai jamais mon ascendance Desmarets. Dépêchons-nous, je vais t'aider à faire ta valise.

Malgré toute sa bonne volonté, Élodie en voulait un peu à sa petite-fille. Dès qu'elles furent seules dans sa propre chambre, elle exposa ses griefs tout bas.

— Tu me déçois, Vicky ! Tu as fait du chantage à tes parents, qui se dévouent pour toi, pour tes études de danse et ton confort matériel. Tu ne t'es jamais dit que ton père avait sans aucun doute d'excellentes raisons pour agir ainsi ? Imagine qu'il ne puisse pas porter plainte au sujet de ce qui t'est arrivé ?

— De mon viol, mamie, emploie le mot exact. Maman fait comme toi, elle refuse de le prononcer.

— En effet, parce que ce terme en lui-même exprime le caractère atroce et criminel d'un acte de violence que tu as subi, ma petite chérie. Serais-tu vraiment allée parler à la police ?

— Tout à fait, en mon âme et conscience, pour mettre fin à ces meurtres, à ces viols !

— Et Rémi, il est au courant lui aussi ?

— Non, et je ne veux pas qu'il le sache.

— Et alors, tête de linotte, si tu racontes tout à des policiers, crois-tu que ton amoureux restera dans l'ignorance ?

— Je voulais contacter un commissariat ici, à Paris, précisa Victoire d'une voix moins ferme. Mamie, j'ai deviné que maman et toi vous dissimulez soigneusement des secrets, ces terribles secrets de famille que l'on emporte souvent dans sa tombe. Sois honnête, dis-moi la vérité.

— Pas aujourd'hui, Vicky, nous avons un train à prendre. Je paierai aussi la place de Rémi, ce brave garçon ne roule pas sur l'or. Il risque de contrarier John Wilde en s'absentant plusieurs jours. Il n'a pas ta mère pour le défendre, lui.

— Peut-être, qui sait, mamie ? Madame Aurélia sera soutenue par tous les élèves du cours auquel participait Vanessa…

Le TGV roulait à travers la campagne française en direction de Dijon. Derrière les vitres défilaient des champs de céréales, des pâturages, des villages et parfois des maisons isolées dont la vision fugace, bizarrement, éveillait chez Victoire une étrange émotion.

Assis en face d'elle, Rémi l'observait discrètement, toujours intrigué par les paroles d'Aurélia Novak.

— Il faudrait que tu téléphones à notre professeure, Vicky, suggéra-t-il après un long silence. Elle ne s'attend pas à nous voir dès demain matin.

— Je préfère attendre que Madame Aurélia me rappelle. Et toi, tu as prévenu tes parents ?

— Oui, ils ont compris ma démarche quand je leur ai dit qu'une des élèves du cours de danse était décédée. Rien n'a filtré dans la presse, j'ai évité de parler d'un crime.

— Pareil chez moi, marmonna Anna. Dites, madame, est-ce que je peux dormir avec Vicky ce soir ?

Elle s'adressait à Élodie, qui était plongée dans la lecture d'un magazine consacré à l'archéologie.

— Si cela arrange tes parents, il n'y a pas de souci, répliqua-t-elle en lui souriant. Mais tu vas manquer le lycée, si tu rends visite à Aurélia Novak.

— Le lundi matin, j'ai deux heures d'études, alors, ce n'est pas très grave, j'irai l'après-midi. Ma mère est d'accord.

— Il n'y a donc pas de problème, trancha Élodie d'un ton las. Il faudra m'aider à préparer un dîner en arrivant chez moi. J'ai des plats au congélateur.

Toujours rêveuse, Victoire songeait cette fois à Emmanuel Nevers. Elle se disait que le jeune homme allait être très ému en apprenant la mort de Vanessa. Désormais certaine de son innocence, elle éprouva une vive compassion pour lui, et, de nouveau, l'image de sa sœur Emma traversa son esprit.

« J'irai voir Mme Nevers pendant mon séjour, et si je croise Emmanuel, je le remercierai encore une fois de m'avoir ramenée au château. Il m'a peut-être sauvé la vie… »

Ce fut peu après qu'elle reçut un message d'Aurélia, qui lui demandait si Rémi et elle ne pouvaient pas quitter Paris au moins une journée.

« Nous sommes dans le train, madame, et nous avons prévu de venir vous rendre visite demain. »

Victoire envoya vite sa réponse, satisfaite de sa décision.

Dijon, cours de danse d'Aurélia Novak,
mardi 20 mai 2014, en fin d'après-midi

La pluie ruisselait sur la verrière qui dispensait la lumière du jour dans la salle de danse. Aucun élève ne l'occupait, comme si un vent mauvais avait chassé la joyeuse animation qui y régnait le plus souvent.

Victoire, Anna, Claudine et Mélisse étaient assises

en tailleur sur la zone tapissée de moquette, près des vestiaires, mais Wassim, Rémi, David et Axel se tenaient debout, tous les quatre adossés au mur.

— Je vous remercie sincèrement d'être là et de me soutenir, déclara Aurélia Novak en les regardant tour à tour. Grâce à l'appui d'un ami, j'ai obtenu une interview et j'ai pu parler à une journaliste très à l'écoute. Je refusais que Vanessa soit oubliée, que sa mort passe inaperçue. Avez-vous lu l'article de ce matin ?

— J'ai apporté le journal, indiqua Wassim. Grâce à la photo de Vanessa en danseuse publiée en première page, les gens vont être touchés.

— Il fallait frapper un grand coup, renchérit sa professeure. Aux infos, ils citaient la découverte d'une jeune inconnue dans le plan d'eau des Sirmonot, mais en jouant sur le suspense : « suicide ou accident » ! Pourtant la police est formelle, il s'agit d'un crime.

— Ce matin, madame, ils disaient à la radio que, d'après l'autopsie, la victime a pu être violée avant d'être tuée, déclara David. Les types qui font ça, il faudrait leur…

— Tais-toi, je te prie, nous avons compris, protesta Aurélia d'un ton sec. Le principal, c'est avoir l'appui des médias.

— Pourquoi, madame ? interrogea Claudine.

— Je voudrais mettre en place une marche blanche ! Vous savez tous ce que c'est ?

— Je crois que j'en ai vu une à la télévision, répondit Mélisse, les larmes aux yeux. Les gens défilent pour rappeler la mort injuste d'une personne ?

La jolie Vietnamienne se frotta les yeux, très choquée par la mort de Vanessa, qui lui témoignait de la sympathie.

— C'est à peu près ça, Mélisse, répliqua Aurélia. En fait, depuis certaines affaires criminelles, il est devenu fréquent d'organiser une marche silencieuse de soutien ou de protestation, surtout si la victime est un enfant ou un adolescent. Nous devrons être nombreux afin d'attirer l'attention. Vous avez vingt-quatre heures pour convaincre vos familles d'y participer. Ce serait bien que chacun ait une rose blanche à la main, si possible.

— Je doute que mes parents viennent, soupira Victoire, mais je leur demanderai.

— Tu sauras les persuader, j'en suis sûre. Autre chose, selon Rémi, Vanessa aurait évoqué un casting pour un clip, au début du mois de janvier. Malgré toutes mes recherches, je n'ai trouvé aucune annonce en ce sens, mais je vous en prie, ne répondez plus à une offre de ce genre, même si elle est très attrayante sur le point de la rémunération.

— Mais madame, à Paris il y a beaucoup d'annonces de ce genre, ce ne sont pas toutes des pièges, avança Rémi.

— Moi, à dix ans, j'ai fait de la figuration dans un film tourné dans la région, s'écria Claudine. Ma mère m'accompagnait, c'était cool.

— Il faut savoir faire le tri, ou alors bien se renseigner, prôna Anna.

Ils se mirent tous à discuter à voix basse, ce qui composa quand même une rumeur pénible pour leur professeure.

— Du calme, s'il vous plaît. J'ai encore quelque chose à vous dire. Une marche blanche sans un proche de la victime est possible et j'y étais résignée. Cependant, l'article paru ce matin, ainsi que la photo, ont eu un résultat inespéré. La grand-mère de Vanessa a reconnu sa petite-fille. Cette dame va bientôt arriver, accompagnée par un policier. Je vous demanderai d'être assez silencieux, pour ne pas l'intimider. Elle a dû auparavant se rendre au commissariat et à la morgue. Vous pouvez concevoir son émotion.

Seule Victoire savait qu'Aurélia Novak avait prévu de faire transporter à ses frais le corps de Vanessa dans un service de pompes funèbres. Elles s'étaient longuement entretenues la veille au téléphone, à une heure tardive.

— Vanessa n'a jamais parlé de sa grand-mère, s'étonna Wassim. Finalement, elle mentait toujours. Madame, pourquoi elle ne s'est pas confiée à moi ? Je m'en fichais bien qu'elle soit riche ou en galère !

— Par orgueil, par peur de perdre sa liberté, hasarda David. Les filles comme elle, on les envoie en foyer.

Sa voix un peu traînante vrillait les nerfs déjà malmenés de Victoire. Elle s'était promis de l'éviter, ce qui se révélait difficile dans de telles circonstances.

— Que sais-tu des filles comme Vanessa ? le reprit-elle avec froideur.

— Pas plus de choses que toi, qui es née avec une cuillère en argent dans la bouche et a sûrement été baptisée aux grands crus du pays, lui assena-t-il en riant.

— Arrête tout de suite, David, tu es idiot, lui reprocha Anna. Tu t'es montré insultant envers Vanessa et aussi avec Vicky, qui a un cœur, elle au moins.

On frappa au même instant. Sculpturale dans une longue robe noire, Aurélia se hâta vers la porte principale, qu'elle ouvrit en grand.

— Bonsoir, madame, dit-elle gentiment en serrant la main d'une vieille femme très maigre, de taille moyenne, un peu voûtée.

Elle faisait peine à voir. Vêtue d'un imperméable marron démodé, elle avait un foulard grisâtre sur ses cheveux très blancs. Des bas beiges que l'on devinait épais, moulaient ses mollets presque squelettiques. Ses chaussures en faux cuir et à lacets semblaient très usées.

— Je vais vous présenter quelques-uns des camarades de votre petite-fille. Trois n'ont pas pu venir. Entrez, madame Guérinet.

Le cœur serré par l'apparence misérable de la visiteuse, Victoire dut encaisser un second choc, en reconnaissant le commandant Terrier, en civil et un léger sourire sur les lèvres.

— Qu'est-ce qu'il fait là ? chuchota-t-elle à l'oreille d'Anna.

— Ce doit être le policier ! Il est plutôt pas mal.

— Il était à l'enterrement de mon grand-père Gilles. Il nous a interrogés, Arthur et moi.

— Vicky, n'aie pas peur, enfin. En plus si tu fais cette mine de coupable, il va s'en apercevoir.

Sur un geste explicite d'Aurélia, Wassim et Rémi allèrent chercher un fauteuil et une chaise dans le bureau. Adèle Guérinet put s'asseoir, les doigts crispés sur la poignée de son sac à main.

— Voulez-vous un verre d'eau ? proposa Claudine. Ou bien un soda, madame ?

— Rien du tout, merci, marmonna celle-ci.

Aurélia donna le prénom et le nom de ses élèves qui un à un saluèrent d'un signe de tête. Louis Terrier profita lui aussi de ses présentations fort rapides.

— Alors elle venait danser ici, la gosse ? questionna soudain la vieille femme. Si je pouvais m'douter qu'elle était toujours à Dijon. Pensez un peu, elle m'donnait des nouvelles en téléphonant chez une voisine, jamais une carte postale ni une bafouille. Elle racontait avoir un bon emploi à Paris, dans le spectacle. C'était plus plaisant que Montceau-les-Mines, où elle est née.

Sa voix éraillée sonnait bizarrement dans le silence qui s'était instauré. Tous l'écoutaient, découvrant ainsi un pan de la courte vie de Vanessa.

— Pauvre gamine, je l'avais prise chez moi quand son père, un bon à rien, s'est séparé de ma fille. Elle travaillait dur et n'avait pas le temps de s'occuper de la petite, mais l'argent, il est vite passé dans la drogue. Et puis un jour, on m'a annoncé qu'elle avait fait une overdose.

Louis Terrier fixait Aurélia avec insistance, comme pour la réconforter. Victoire commença à se rassurer, mais Anna, fine mouche, en tira une conclusion.

— C'est son amant, ton commandant, souffla-t-elle.

— Mais non, et puis chut, écoute.

Après avoir repris sa respiration, Adèle Guérinet poursuivit son affligeant récit.

— Vanessa, elle dansait tout le temps, chez nous. Quand mon mari était encore vivant, il l'applaudissait et elle éclatait de rire. Mon Dieu, dire que je l'ai vue, ma gamine, toute froide et raide à la morgue.

Mélisse éclata en sanglots, effrayée par ces derniers mots. Rémi la prit par l'épaule pour la consoler.

— Madame Guérinet, à quel âge Vanessa est-elle partie de chez vous ? demanda Aurélia.

— Quinze ans ! Un type l'a embarquée dans sa

voiture pour la conduire à Dijon. Ils s'embrassaient en pleine rue, j'en ai eu honte, ce jour-là. Maintenant, on va l'enterrer.

La pauvre femme se mit à pleurer. Une grimace de chagrin crispa son visage sillonné de rides profondes. Soudain elle jeta des coups d'œil désespérés sur ceux qui l'entouraient.

— Dites, était-elle heureuse au moins ? balbutia-t-elle. Sûrement, si elle pouvait danser.

— Tout à l'heure, madame, je vous montrerai d'autres photos de votre petite-fille, qui a eu le premier rôle dans mes deux derniers galas de fin d'année, déclara Aurélia. Vous pourrez les emporter.

— Revenons à l'essentiel, intervint alors Louis Terrier de son timbre grave et sonore. Madame Guérinet, la professeure de votre petite-fille souhaite faire une marche blanche pour elle. Seriez-vous d'accord pour y participer ? Cela donnera plus de poids à la manifestation. Ce serait jeudi matin.

— Ah, une marche blanche, oui, j'ai vu ça à la télé. Mais j'ai pas les sous pour coucher en ville, et ça coûte cher l'hôtel.

— Je paierai tous vos frais, affirma vite Aurélia. Je vous en prie, c'est important. Je tiens à cette action, car dans notre région et même dans les départements voisins, trop de jeunes filles ont été abusées et assassinées. Il faut que cela cesse ! Je voudrais inciter les forces de l'ordre à plus de vigilance, et peut-être encourager des victimes qui auraient survécu à témoigner.

— Je comprends ça, madame. Si vous m'payez une chambre, je veux bien défiler avec les autres gens.

— Je vous remercie !

Le commandant Terrier paraissait satisfait de l'issue de la rencontre. Il s'apprêtait à se lever lorsqu'il capta l'éclat d'un regard très bleu embué de larmes. Immédiatement, il identifia la ravissante Victoire Desmarets.

« Ma parole, elle tremble d'émotion, se dit-il. J'avais averti Aurélia que ce serait dur pour ces jeunes, l'étalage de la misère et la dérive fatale d'une jolie fille de leur âge. »

Château Desmarets, mercredi 21 mai 2014

Jacques Desmarets recevait ce matin-là un visiteur un peu particulier. Ils se trouvaient tous deux dans la bibliothèque, où le viticulteur disposait d'un bureau. Le meuble en chêne sombre le séparait de Paul Védrenne, le détective qu'il avait engagé au mois de novembre.

— Faisons vite, mon épouse ne devrait pas tarder, elle est allée chercher notre fille à Dijon, dit-il d'un ton excédé.

Ils se voyaient de préférence dans le chai principal de l'exploitation, où une pièce agréablement agencée servait à accueillir les clients et les négociants.

— Je suis navré, monsieur Desmarets, je n'ai rien de très intéressant. Je vous ai apporté les photographies que j'ai prises ces trois dernières semaines au cours de la surveillance de Florian Mongenot. Ce jeune homme mène sa vie d'étudiant en droit, il sort rarement le soir, mais en fin de journée, il voit souvent une jeune personne, Ingrid Keller, qui fréquentait auparavant votre neveu Arthur. Mais rien n'indique qu'il a cherché à contacter votre fille. Sinon, je n'ai toujours pas découvert qui vous envoie ces menaces sur votre téléphone portable. Les messages viennent d'un appareil prépayé, sûrement détruit à chaque fois.

— Faites des efforts, je vous paie assez cher ! s'emporta Jacques. J'ai déjà cédé deux de mes meilleures parcelles à un mystérieux individu par le biais de transactions informatiques, mais je n'ai reçu aucune garantie en retour.

— Je comprends votre inquiétude, monsieur Desmarets, mais maintenant que ceux qui vous menaçaient ont eu ce qu'ils voulaient, je pense qu'ils vont respecter leur part de l'accord et ne plus chercher à nuire à vos proches.

— Jusqu'à la prochaine fois. Tenez, voici votre chèque du trimestre. Continuez d'enquêter.

— Si je peux me permettre, avant de vous quitter, j'aimerais vous donner un conseil. Il me manque des éléments pour bien faire mon travail, notamment à propos de votre fille Victoire. Je suis censé découvrir qui tenait à la rencontrer ce samedi 24 août, l'an dernier. Pourquoi persistez-vous dans cette voie s'il n'y a eu aucune conséquence grave ?

— Tout simplement parce qu'il y aurait pu en avoir. On lui tendait un piège en rapport avec le chantage exercé sur mon père, qui est mort ce soir-là.

— Mlle Desmarets est hors de danger maintenant qu'elle habite Paris.

— Je n'en sais rien ! Vous avez dû lire la presse et écouter les infos. Un prédateur sexuel rôde dans notre région et il vient de faire une nouvelle victime, une élève du cours de danse où allait ma fille. Et si tout était lié, monsieur Védrenne ?

— Je ferai de mon mieux pour vous rassurer sur ce point ! Au revoir, monsieur Desmarets.

— Je vous raccompagne !

Les deux hommes sortaient du château lorsque Catherine déboula dans la cour, au volant de sa voiture rouge. Jacques aperçut Élodie Quinot sur le siège passager, Victoire et Anna à l'arrière.

— Contentez-vous de les saluer à distance et partez vite, dit-il au détective.

— D'accord, je comprends, monsieur.

Paul Védrenne fit ce qu'on lui demandait. Il s'était garé près des anciennes écuries du domaine et il s'empressa de démarrer. Deux kilomètres plus loin, il se gara sur le bas-côté et sortit son téléphone de sa sacoche.

— Tout se déroule bien, Desmarets ne se doute de rien, il est pathétique, tellement il est facile à duper. Je continue à lui faire croire que je n'ai aucune piste sérieuse. Maintenant j'attends votre virement, précisa-t-il à son interlocuteur avant de couper la communication.

Très élégante en tailleur de lin beige, Catherine Desmarets rejoignit son mari et lui prit le bras.

— Qui était ce monsieur, Jacques ? Il n'a pas l'allure de nos clients habituels.

— Un vieil ami de pension qui a débarqué sans prévenir.

— Tu lui as offert un café ?

— Non, il était pressé.

— Tu aurais quand même pu nous présenter, Jacques !

— La prochaine fois ! J'étais surpris aussi, car tu as ramené ta mère et Anna. Je pensais que nous serions seuls avec notre fille.

— Nous t'expliquerons tout à l'heure, murmura Catherine.

Victoire accourait, en tunique brodée et en jean noir. Elle étreignit son père et l'embrassa sur les deux joues.

— Papa, tu me manques tant, se plaignit-elle en se laissant câliner. Mais tu as mauvaise mine ! Tu n'as rien de grave ?

— Je suis juste très fatigué, ma chérie ! Je dors peu et mal. Va vite demander à Colette de préparer un déjeuner copieux, puisque nous serons cinq à table.

— D'accord, tu m'accompagnes, Anna ?

— Attends, je n'ai pas dit bonjour à ton papa. Je peux vous faire la bise, monsieur?

— Volontiers, chère enfant, plaisanta-t-il.

Élodie approchait des marches en arc de cercle du perron. Elle portait une robe en soie grise qui l'amincissait encore.

— Mon cher gendre, je sollicite l'hospitalité jusqu'à demain, et quelques nouvelles de mon petit-fils. Je voulais parler à Arthur par Internet, en vidéo, mais Vicky prétend que cela ne fonctionne plus sur son ordinateur. Peut-être y arriverons-nous sur le vôtre ?

— Nous verrons ! Entrez au frais, Élodie, le soleil tape dur pour la saison. Toi aussi, Cathy, viens.

— Je vais faire un tour à la cuisine pour vérifier le menu.

Élodie ne perdit pas de temps dès qu'elle se retrouva dans le hall circulaire du château.

— Jacques, Vicky compte vous demander de

participer à la marche blanche pour Vanessa, demain matin. J'ai financé les roses blanches qui seront livrées à Mme Novak, puisque le défilé part du bas de son immeuble. Je vous en prie, ne refusez pas ! Vous êtes une personnalité de la région, à l'instar de votre père. Nous avons une excellente raison de réclamer justice pour ces jeunes victimes.

— Vous irez, Catherine aussi ?

— Bien sûr, ainsi que les parents des élèves du cours de danse, l'adjoint au maire également. La grand-mère de Vanessa marchera en tête, auprès d'Aurélia Novak.

— Je dois réfléchir, Élodie. Si vous voulez mon opinion, ce genre d'action ne résoudra rien, même si les médias s'en régalent. Cela ne fera pas avancer les recherches de la police, ni les miennes. Vanessa est morte, il vaut mieux prier pour elle.

— Croyez-vous que je n'ai pas prié ? J'étais dans la cathédrale à 8 heures ce matin. Enfin, faites à votre idée, mais Vicky est très touchée par le décès de son ancienne camarade. Je dirais même intimement secouée par cette tragédie. Elle m'a confié qu'elle aurait pu mourir dans des circonstances similaires, et cette idée la hante.

Anna et Victoire les surprirent en pleine conversation après avoir traversé la salle à manger ensoleillée. Catherine, qui les suivait, s'attarda dans la grande pièce décorée selon son goût. Les murs étaient peints en vert sapin, les boiseries en blanc ivoire, afin d'être assorties au mobilier de style Louis XV, du même ton. Des rideaux en mousseline à plumetis, d'un vert pastel, voilaient la lumière vive du mois de mai.

— Mon beau-père s'irritait de chaque changement,

se remémora-t-elle tout bas. Pourtant c'est beaucoup plus gai à présent.

Elle retint un soupir en se souvenant des teintes brunes de jadis, des meubles imposants en bois sombre, rehaussés de sculptures de fruits et de fleurs.

— Cathy ?

Son mari avançait vers elle, les traits tirés. Il la serra contre lui avec une passion contenue.

— Les filles sont montées et ta mère se repose au salon avant le repas, expliqua-t-il. Plus tard, essaie de contacter Arthur qu'elle puisse discuter avec lui. Il faudra calculer le décalage horaire.

— Je le ferai, ne t'inquiète pas, sinon maman finirait par soupçonner quelque chose. Jacques, la découverte de Vanessa agite tout le pays… Est-ce le même monstre qui a tué Emma Nevers et les autres ?

— J'en suis presque certain, Cathy, et d'autant plus désespéré. Le pire, c'est que je ne supporte plus de savoir notre Vicky ici. Parfois, j'ai envie de vendre le château, toutes mes terres, pour vous emmener vivre à l'étranger. L'angoisse finira par me tuer.

— Non, non, ne dis pas ça, gémit-elle en l'enlaçant. Nous devons être forts, Jacques. Et nous le serons.

Dijon, chez Aurélia Novak, jeudi 22 mai 2014

La salle de danse, cette fois, était envahie par les élèves les plus âgés, mais aussi par ceux du cours réservé aux filles et garçons entre dix et treize ans. Avec la permission de leurs parents, ils avaient insisté pour participer.

En pantalon et chemisier blanc, Aurélia Novak devait orchestrer le départ de la manifestation. Elle avait accepté la proposition de Victoire, malgré les réticences de Claudine et de David.

— Vous êtes sûre, madame ? insista celui-ci. Franchement, défiler en tenue de danse, ça n'a aucun sens.

— L'essentiel est de marquer les esprits et d'émouvoir, rétorqua sa professeure. J'avais les tutus blancs des Willis, puisque j'ai régulièrement programmé le ballet *Giselle*.

— Oui, mais les Willis sont des fantômes de jeunes femmes qui sortent la nuit pour entraîner leur ancien fiancé dans la mort, exposa Claudine. C'est lugubre.

— Dans la foule qui assistera au défilé, personne ne le saura, ou bien peu, insista Victoire. Vanessa rêvait de danser le rôle de Giselle. Et ce sera joli, tous ces tutus blancs.

— Et nous, on doit marcher en collant noir, protesta encore David. C'est ridicule.

— Nous n'avons pas le temps pour des querelles aussi stériles ! s'impatienta Aurélia. Inutile de tergiverser, seules les filles porteront une tenue de danse. Mais Wassim, Rémi et toi, David, vous arborerez une écharpe blanche. Dépêchons-nous, la grand-mère de Vanessa nous attend sûrement au rez-de-chaussée.

— Maman et mamie lui ont donné des vêtements corrects, chuchota Victoire à l'oreille d'Anna. Nous serons filmés par la chaîne régionale, il fallait quand même rendre cette pauvre dame présentable. Mais je suis déçue, papa a refusé de venir.

Morose, son amie acquiesça d'un signe de tête, puis

elle se remit à observer Claudine et David, dont les chuchotements et les rires étouffés l'exaspéraient.

— Regarde, ils sont très complices, beaucoup trop à mon goût. Si ce n'était pas le jour de la marche blanche, j'irais leur dire ce que j'en pense.

— Tu n'as qu'à en profiter pour rompre avec David, il ne te mérite pas.

Aurélia Novak frappa dans ses mains afin de regrouper tous ses élèves.

— J'ai reçu un message du commandant Terrier, c'est l'heure. Nous défilerons surtout dans les rues du quartier médiéval, ensuite nous irons jusqu'à la mairie, pour terminer la marche devant la cathédrale Saint-Bénigne.

— Oui, madame, on est prêts, répliqua Rémi.

Il avait mis une chemise blanche sans col, large et d'une coupe impeccable. En le regardant, Victoire le trouva beau et séduisant, au point d'en éprouver un léger pincement au cœur.

« Je suis sotte, il m'aime et je le tiens à l'écart. »

En tête de la marche blanche, il y avait Aurélia et la grand-mère de Vanessa, entourées par les plus jeunes élèves et leurs parents. Au second plan, la foule admirait une dizaine de danseuses en tutu blanc, dont le jupon en tulle descendait à mi-mollets. Elles avaient toutes les cheveux dénoués sur leurs épaules, mais portaient une couronne de fleurettes blanches autour du front.

Petit à petit, les gens emboîtaient le pas au groupe qui suivait maintenant la rue Bossuet, obligeant les voitures à se garer ou à ralentir. Victoire avait lancé de fréquents regards sur les façades des maisons à colombage. Perdue dans ses pensées, elle tentait d'oublier la forme actuelle de Vanessa, réduite à l'état de cadavre dans le tiroir de la morgue.

— Vicky est très pâle, confia Rémi à Wassim. Pourtant il fait chaud.

— Tu peux aller lui demander si elle se sent bien, on change de place.

Amoureux de Vanessa avant sa disparition, il tenait entre ses mains une photographie agrandie et collée sur un panneau en carton. Les curieux tendaient le cou pour voir à quoi ressemblait la victime pour qui on réclamait justice. Ils découvraient une jolie blonde coiffée d'un chignon, effectuant une arabesque.

Catherine et Élodie s'étaient placées derrière les jeunes filles en tenue de danse. Comme tous ceux conviés à défiler, elles brandissaient une rose blanche. Le silence recueilli des manifestants était impressionnant.

— J'ai envie de pleurer, maman, je n'imaginais pas que ce serait aussi émouvant, souffla Catherine.

— Moi, j'ai versé ma larme quand la grand-mère de Vanessa m'a embrassée. Pauvre femme, elle était si contente d'avoir de nouveaux vêtements.

Des journalistes photographiaient la marche blanche et deux d'entre eux la filmaient en changeant souvent de position. Anna observait leur tactique et se composait une expression tragique si elle se croyait dans la ligne de mire des caméras.

— Vicky, est-ce que ça va ? s'enquit Rémi qui avait pu se rapprocher d'elle.

— Oui. J'aurais dû manger ce matin, mais je ne pouvais rien avaler. Et on marche tout doucement depuis deux heures, je me sens bizarre.

— Ne fais pas un malaise, on sera bientôt près de la cathédrale et on fera une pause.

Il se fondit parmi la foule, aussitôt remplacé par Emmanuel Nevers. Victoire le reconnut et eut un faible sourire.

— Vous êtes venu ! Hier après-midi, j'étais au château et je voulais rendre visite à votre maman. En fait, j'espérais vous croiser et vous inviter à participer aujourd'hui à notre marche blanche. Mais j'ai eu peur de vous faire de la peine à tous les deux. Qui vous a averti ?

— Une amie fort bien renseignée. Je devais être là en mémoire de ma sœur. Tenez, ça vous soutiendra.

Le jeune ingénieur lui remit une barre vitaminée aux amandes. Elle le remercia tout bas avant de la croquer en deux bouchées.

— Vous êtes ravissante en danseuse, dit-il encore. Je vous en prie, soyez très prudente, même à Paris. Excusez-moi, je retourne près de mon amie.

Lorsque Rémi fut de retour, un bonbon à la menthe au creux de la main, Victoire l'accepta également, en constatant qu'ils étaient enfin au pied de la cathédrale.

— Que fait-on ensuite ? s'enquit-elle.

— On revient chez Madame Aurélia en prenant d'autres rues, lui indiqua Anna. Et là, en ce moment, un prêtre discute avec la grand-mère de Vanessa.

Il y avait des mouvements lents parmi les manifestants et des conversations à mi-voix s'élevaient. Rémi s'éloigna sur un appel de ses parents. Discrètement, Victoire recula, oppressée d'être cernée de toutes parts. Elle avait besoin de s'isoler un peu pour respirer à son aise.

— Vicky... Enfin, tu es là.

Un bras masculin venait de la prendre d'autorité par la taille pour l'entraîner en arrière. Elle reconnut la voix de Florian et son parfum aux fragrances de citron.

— Lâche-moi tout de suite, murmura-t-elle.

Il obéit aussitôt mais il plaqua deux bises sonores sur ses joues. Enfin il l'admira de la tête aux pieds.

— Tu es sublime, Vicky ! C'est un costume pour le *Lac des cygnes* ?

— Non, pas du tout, pour le ballet *Giselle*.

— Ah, tu n'as pas tes pointes ?

— Pour marcher dans les rues et les saccager ! Madame Aurélia nous a acheté des ballerines en cuir blanc. Voilà, tu es renseigné, je retourne près des autres.

— Mon père m'a interdit de te téléphoner ou de te rendre visite à Paris, sous peine de sévères sanctions. Vicky, j'en ai terriblement souffert, tu dois me croire. Mais on ne s'oppose pas à Jean-Charles Mongenot. Aie confiance en moi, je n'ai pas changé d'avis, je t'attendrai le temps nécessaire. Et je suis vraiment désolé pour votre amie Vanessa. C'est affreux de mourir en pleine jeunesse. Elle aurait été violée, selon les infos de ce matin. J'ai suivi la marche blanche, car ce crime me répugne, et puis j'avais l'espoir de te revoir.

— C'est fait, tu m'as revue, trancha Victoire. Oubliemoi, Florian, je suis très heureuse avec Rémi, qui est à Paris lui aussi. Tiens, le voilà. Il devait s'inquiéter.

Rémi hâta le pas, étonné de retrouver la jeune fille en compagnie d'un inconnu. D'instinct, il la prit par les épaules et elle se blottit contre lui.

— Je te présente Florian Mongenot, Rémi, dit-elle. Le fils d'un viticulteur et un ami de mon cousin Arthur, celui qui est Nouvelle-Zélande.

— Bonjour, marmonna Rémi. Ta mère te cherche, Vicky, on repart dans cinq minutes.

Après avoir salué Florian d'un geste de la main, elle lui tourna le dos. Furieux, celui-ci serra les dents, malade de jalousie, maudissant en silence son père et Jacques Desmarets.

Forêt domaniale de Châtillon, manoir de Blancarçay, même jour, le soir

Les trois hommes, assis dans de confortables fauteuils en cuir, regardaient le journal régional sur une télévision à écran plat. La fumée de leur cigare se répandait dans la pièce, dont les volets étaient clos. Une lampe de bureau dispensait une faible clarté derrière eux.

— Une marche blanche, ironisa le plus âgé, au crâne dégarni. Et ces pitreries font pleurer dans les chaumières !

— Ces actions ont un impact certain sur la police et sur ceux qui exercent dans le milieu de la justice, commenta un second personnage, avec un accent étranger.

— Messieurs, je vous avais mis en garde, vous auriez dû patienter un peu, décréta le troisième individu d'un ton froid. Les investigations vont reprendre, d'autant plus qu'il y a eu une victime au mois d'août.

Il se tut brusquement, ayant identifié une des filles en tenue de danse. Le caméraman s'était attardé sur sa beauté et ses grands yeux bleus.

— L'exquise petite Victoire Desmarets, dit-il. Son père ne craint pas de la montrer ! Ma foi, il doit être rassuré sur le sort de sa charmante enfant à cause de ce prétendu contrat qu'il croit avoir signé. Au fond, je lui accorde quelques mois de repos, puisque j'ai obtenu ce que je voulais. Quant à vous, messieurs, convenons de laisser passer une année avant vos prochains divertissements.

— Une année ? Mais je suis prêt à payer davantage ! s'indigna le chauve.

— Je refuse, ce serait beaucoup trop risqué pour nous tous. Du temps de mon prédécesseur, le délai entre deux parties de chasse était d'un an. Je renoue avec la tradition. Si vous n'êtes pas satisfaits, je ferai affaire avec d'autres clients. Un conseil, rentrez chez vous. Le manoir sera vide pendant de longs mois, au cas où la police viendrait par ici.

— Dans ce cas, je m'incline. Contactez-nous en temps voulu, cher ami, proféra l'homme à l'accent étranger en se levant.

— Une minute, je vous prie, protesta le maître des lieux.

Une des dernières images du reportage de la chaîne régionale montrait Aurélia Novak et Catherine Desmarets, qui réconfortaient une vieille femme en larmes.

— Tiens, tiens, c'est très intéressant. Décidément, le monde est petit.

Sur ces mots énigmatiques, un sourire carnassier sur les lèvres, il éteignit l'appareil afin d'escorter ses invités jusqu'au sous-sol, une ancienne cave aménagée en garage.

— Au revoir, messieurs, vos petits jeux seront encore plus exaltants après une longue attente.

Quelques heures plus tard, il n'y avait plus âme qui vive entre les murs du manoir de Blancarçay.

14

Le temps qui passe

Deux ans plus tard,
Paris, dimanche 22 mai 2016

La lumière du soleil couchant envahissait la petite chambre. Ses reflets d'incendie sublimaient la beauté de Victoire, allongée sur le lit. Sa longue chevelure brune brillait doucement, son teint de pêche était ravivé, tandis que son regard bleu se faisait plus intense, sous cette étrange clarté. Mince mais dotée de formes douces, la pratique de la danse lui conférait une silhouette gracieuse et élégante.

— Je t'aime, murmura Rémi qui caressait ses seins à travers le tissu léger de son corsage. Vicky, c'est vraiment pénible d'être séparés toute la semaine. Et quand on se retrouve, on passe seulement quelques heures ensemble le dimanche.

— Tu savais que ce serait ainsi, soupira-t-elle. Tu étais le premier à m'encourager quand j'ai passé le concours d'entrée à l'école de l'Opéra. J'ai eu la chance inouïe d'être admise, six mois avant mes dix-sept ans et je tenais à être interne. C'est plus pratique et j'adore l'ambiance.

— Ce n'était pas de la chance, mais la reconnaissance de ton talent. Tu as un don exceptionnel.

— N'exagère pas, se défendit-elle, toujours modeste. Comme dit Madame Aurélia, un don doit s'accompagner d'un travail acharné. Rémi, depuis plus d'un an j'ai le privilège de suivre les cours de la meilleure école de danse du monde. C'est souvent très dur, et, le soir, je suis épuisée.

— Tu réaliseras ton rêve, j'en ai la conviction, répondit-il.

— Seulement si je réussis le concours en juin pour intégrer le corps de ballet de l'Opéra. Et là encore ce ne sera que le début de nombreuses étapes. Je serai d'abord quadrille, puis coryphée, sujet et première danseuse, avant de devenir enfin étoile.

Les mains de Rémi s'égarèrent sur le ventre de Victoire, puis elles se glissèrent sous le haut de son legging noir, afin d'effleurer la toison soyeuse, au seuil de son intimité.

— J'ai envie de toi, Vicky, souffla-t-il à son oreille d'une voix changée. C'est si bon de faire l'amour tous les deux. Tu veux bien ?

— Non, Rémi, pas aujourd'hui, s'il te plaît. Il y a exactement deux ans, c'était la marche blanche pour Vanessa. Je n'arrête pas d'y penser et j'ai l'impression étrange qu'il s'est écoulé à peine quelques mois. J'avais tant de chagrin. Chaque fois que je téléphone à Emmanuel ou à maman, j'ai peur qu'ils m'annoncent qu'il y a eu une nouvelle victime.

— Ah, ton grand ami Emmanuel, marmonna-t-il.

— Tu n'es quand même pas jaloux ! Je le considère comme un grand frère. Et puis sa mère est tellement gentille, je me sens bien chez eux. Quand je rentre au château pour un week-end ou quelques jours, j'aime bien passer un peu de temps avec Janine et Emmanuel.

— D'accord, c'est ton droit le plus strict, pendant que je me morfonds à Paris.

Rémi renonça à la moindre tentative de caresses. Il déposa un léger baiser sur le front de Victoire et se leva. Désormais âgé de dix-neuf ans, il souffrait des fréquents refus de la jeune fille lorsqu'il la désirait.

— Fin juin, tu rentres chez tes parents pour y passer un mois et demi, dit-il d'un ton agacé. Moi, je travaille dans un snack de la gare Montparnasse pour payer le loyer de ce studio. On se reverra quand ? En septembre... ?

— Mais oui, répliqua-t-elle en s'étirant. Rémi, je suis désolée, je t'ai déjà conseillé de t'intéresser à une autre fille que moi. On se querelle trop souvent, toujours à cause de la même chose. Tu me reproches d'être tiède, presque absente, quand on couche ensemble.

— C'est un peu nul de ma part, sans doute.

— Je n'y peux rien si je suis moins enthousiaste que toi dans ces moments-là.

— Bien sûr, tu n'es pas amoureuse. J'ai attendu encore un an après la marche blanche, et, un soir, tu as bien voulu essayer. Tu as employé ce mot, qui aurait pu me décourager.

— Et tu as obtenu ce que tu voulais, soupira-t-elle.

Exaspérée, Victoire s'assit en tailleur sur le lit et attacha ses cheveux à l'aide d'une pince. Elle se sentait coupable, sans oser se défendre.

— Je n'y peux rien, décréta-t-elle. Mais ce sont des instants agréables, car tu es tendre, câlin, délicat, et surtout je te connais bien, alors je suis en confiance. Continuons ainsi, si tu parviens à t'accommoder de ma prétendue tiédeur.

Il alla s'accouder à la fenêtre ouverte et, songeur, il alluma une cigarette.

— C'était peut-être mieux avec ton premier petit ami, interrogea-t-il sans la regarder. Je suis quasiment sûr que tu as eu une expérience sexuelle avant moi. Désolé d'être direct, je suis sûr que tu n'étais pas vierge.

Ulcérée, Victoire demeura muette de stupeur. Elle se revit nue sous le corps de Rémi, craintive et affolée, quand il entrait en elle doucement. Très vite, il avait oublié toute retenue, en quête de sa propre jouissance, mais elle n'avait eu aucun plaisir, occupée à cacher ses réticences.

— Tu aurais dû me poser la question beaucoup plus tôt, rétorqua-t-elle. Pourquoi ce soir ?

— Je ne voulais pas être indiscret, c'était si merveilleux de faire enfin l'amour avec toi. Ensuite, je n'y ai plus pensé. De mon côté, je n'étais pas vierge non plus. Mais…

Elle lui lança un regard hostile, si bien qu'il crut bon se justifier.

— J'ai connu deux filles avant toi. Pour l'une d'elles, c'était sa première fois et je t'assure qu'il y avait une différence avec toi, sur le plan purement anatomique.

— Quel romantisme ! se moqua froidement Victoire.

Un sentiment d'injustice la dominait, qui se mua en colère.

— Très bien, tu veux la vérité ? reprit-elle. Au fond,

ça me soulagera que tu sois au courant. J'ai eu dix-huit ans, je suis majeure, j'ai le droit de dire ce que je veux à qui je veux maintenant.

C'était un besoin soudain de briser au moins le secret qui lui appartenait en propre. D'un mouvement souple, elle bondit du lit et s'accouda au rebord de la fenêtre, près de Rémi.

— Vicky, de quelle vérité s'agit-il ? Tu n'es pas obligée de me la dire. J'ai été stupide d'aborder ce sujet, mais j'étais vexé tout à l'heure et je le suis souvent, car je ne te rends pas heureuse sur ce plan-là.

Malade de nervosité, elle prit une profonde inspiration pour se calmer et, sans plus réfléchir, elle avoua ce qui lui était arrivé en août 2013. Elle racontait vite, en fixant la coupole du Sacré-Cœur, en face d'eux. Les pierres d'un blanc pur captaient elles aussi le flamboiement du soleil, pareil à un disque de feu orangé.

Plus elle parlait, plus elle tremblait. En évoquant le rôle joué par Emmanuel Nevers, qui l'avait sans doute sauvée d'une mort certaine, elle retint un sanglot. Mais quand elle dut expliquer l'ignoble trahison de son cousin, l'indignation raffermit sa voix.

— Voilà ! Comprends-tu pourquoi je suis incapable de savoir si c'était mieux pour moi, ce samedi soir où on m'a imposé ma première fois, alors que j'étais inconsciente ? conclut-elle avec une intonation ironique.

Rémi était profondément choqué. Il demeura silencieux un instant, le souffle court.

— Vicky, pardonne-moi ! s'écria-t-il en la prenant dans ses bras. Mon petit cœur, je suis tellement désolé que tu aies enduré tout ça, et moi j'ose te faire des reproches.

— Il y aura bientôt trois ans cet été que c'est arrivé, mais je n'ai toujours pas retrouvé la mémoire, dit-elle tout bas. Sans la danse, je n'aurais pas surmonté cette épreuve. Je me répétais que rien ne devait m'arrêter et surtout danser, me donner tout entière à la musique, m'aidait à faire le vide dans mon esprit. Ensuite Vanessa a disparu et tout de suite j'ai eu un mauvais pressentiment. Souvent je pense qu'elle a été victime du même monstre que moi. Hélas, personne ne l'a sauvée. Comprends-tu pourquoi j'ai autant d'amitié pour Emmanuel ? Mais il ne sait rien, je suis incapable de lui avouer pour le viol…

— Est-ce que Madame Aurélia faisait allusion à ça, l'après-midi où elle nous a annoncé la mort de Vanessa ? Je me suis posé des tas de questions sur les mots qu'elle avait prononcés : « Toi au moins tu as échappé au pire ! » La preuve, je n'ai pas pu les oublier. Vicky, c'était l'occasion de tout me dire, ce jour-là. Qui d'autre est au courant ?

— Madame Aurélia, mes parents, ma grand-mère, Anna, et toi maintenant. Une psychologue de Dijon également, et celle que je consultais ici. Mais j'ai arrêté de la voir.

Rémi la serra plus fort contre lui. Il caressait ses longs cheveux bruns, ses joues, comme si elle était une enfant malade.

— J'ai du mal à l'accepter, je suis révolté, écœuré, avoua-t-il. Mais je t'admire, Vicky ! Tu as eu un courage incroyable de dissimuler ce que tu avais enduré, ce viol abject, l'avortement, et en plus ton cousin qui se rend complice du crime ! S'il revient en France, je le retrouverai et je lui ferai payer cher.

Sincèrement bouleversé, Rémi cherchait comment prouver sa compassion et son amour. Il couvrit le front de Victoire de petits baisers, en la berçant un peu. Tout devenait plus clair pour lui, des réactions parfois déroutantes de la jeune fille à ses angoisses démesurées lors de la disparition de Vanessa. Il se remémora également sa crise de rage chez Anna, parce que David avait ajouté de la vodka dans leurs sodas.

— C'est bizarre, depuis la marche blanche, il n'y a pas eu de découverte macabre dans notre région, nota alors Victoire. Ou bien les corps ont été soigneusement enterrés, cette fois. J'ai pu en discuter avec Emmanuel pendant les vacances de Noël. Selon lui, c'était volontaire de la part de l'assassin de laisser la victime à fleur d'eau ou près d'une voie ferrée, comme une sorte de défi. Mais il n'y a jamais d'indice, ni de traces d'ADN.

Il faisait sombre maintenant dans la minuscule chambre du studio. Rémi se sentit oppressé entre ces quatre murs où il se contentait de dormir et, trop rarement, de recevoir Victoire qui lui accordait une rapide étreinte.

— On ferait mieux de sortir, proposa-t-il. On pourra parler en se baladant et boire quelque chose.

— Oui, allons-y. On étouffe ici. C'est moi qui t'invite !

Ils dévalèrent les cinq étages en se tenant par la main. Un poids s'était envolé de la poitrine de Victoire. Délivrée de son lourd secret, elle voulait s'amuser et profiter de l'air très doux du soir.

— On va sur les quais de la Seine, décida-t-elle. Je rêve d'un cappuccino et d'une pâtisserie.

— Il vaut mieux prendre le métro, dans ce cas.

Sous un sourire complice, Rémi n'était pas dans le même état d'esprit que la jeune fille, dont les aveux l'obsédaient. Il ne pouvait s'empêcher d'imaginer son corps adorable soumis à la perversité d'un inconnu et ces images le torturaient.

Un peu plus tard, ils s'installaient à la terrasse d'une grande brasserie, non loin de Notre-Dame. Majestueuse, la cathédrale illuminée se dressait sur le ciel nocturne, suscitant la fascination de Victoire.

— Quand je gagnerai bien ma vie comme danseuse, je louerai un appartement qui aura vue sur la cathédrale, déclara-t-elle. Peut-être que ça m'aidera à supporter la vie parisienne, si agitée. Je ne le dis pas à mes parents ni à mamie, mais j'ai souvent la nostalgie de la Bourgogne. C'est ma terre natale.

Un serveur approchait d'une allure désinvolte, un plateau vide sous le bras. Rémi commanda leurs consommations.

— Tu y iras en juillet, Vicky, la campagne sera superbe.

— Et si tu revenais au château au mois d'août, comme l'an dernier… Après avoir travaillé dans ton fameux snack, puisque tu y tiens.

— Pourquoi pas, ça me plairait. C'était un séjour enchanté pour le citadin que je suis. Sans oublier que je n'avais jamais habité un château. J'étais au paradis, on était ensemble du matin au soir, on se promenait le long des vignes, on bavardait dans le parc, sous la tonnelle. Les fleurs de la glycine sentaient si bon, et nos baisers étaient délicieux. Sans compter ta salle de danse, où nous avons répété plusieurs pas de deux.

— Celui des vendangeurs, dans l'acte I de *Giselle*, a charmé mes parents, lui rappela-t-elle. Ils t'ont fait beaucoup de compliments et tu les méritais. Rémi, je voudrais que toi aussi tu atteignes ton rêve. Je sais très bien que tu restes à Paris pour moi, alors que tu as l'opportunité d'entrer dans la compagnie de danse de l'Opéra de Lyon grâce à John Wilde. Ne sacrifie pas ta carrière, je t'en supplie. Nous nous verrons autant que possible.

— Vicky, si j'accepte cette offre, ça équivaut à une rupture. On sera trop loin l'un de l'autre.

— Sois raisonnable, tu es un excellent danseur et c'est ta passion à toi aussi. Ne gâche pas tout. On sera amis notre vie durant.

Victoire lui souriait, d'une beauté émouvante. Il admira la courbe de ses lèvres, le dessin de ses sourcils bruns, son cou dégagé par le chignon qu'elle avait fait avant de sortir.

— Qui serait assez fou pour t'abandonner, mon cœur ?

— Un dénommé Rémi Berger qui commencerait à éblouir le public lyonnais et me rejoindrait un jour sur la scène de l'illustre Palais Garnier.

— Bon, on fait un pacte, répondit-il à regret. Si tu es admise dans le corps de ballet de l'Opéra de Paris, je pars pour Lyon. J'ai encore un mois pour donner ma réponse. Si tu échoues, je ne te quitte pas et j'essaie de te consoler.

— D'accord, dit-elle aussitôt. Donc je réussirai.

Elle lui prit la main d'un air déterminé, tandis que Rémi, attristé, lui étreignit les doigts.

— J'en suis sûr, mon cœur, répliqua-t-il. Et je te

perdrai, mais en étant très fier de toi et heureux de te savoir comblée.

— Merci de dire ça, tu es si gentil.

— Je m'efforce de l'être, ce n'est pas toujours évident, répondit-il à mi-voix. Là, notamment, je pense sans cesse à ce que tu m'as confié tout à l'heure. À mon avis, le pire dans ton histoire, c'est la conduite de ton père qui a refusé de porter plainte. Quel père digne de ce nom ferait ça ? Moi qui le trouvais sympathique, il m'inspire du mépris à présent.

— Je t'interdis de critiquer papa, répliqua-t-elle tout bas. Il n'a rien dit à la police pour me protéger et je lui fais confiance. Est-ce qu'on peut parler d'autre chose ? En plus, le serveur revient.

Ils se turent quelques minutes, mais de nouveau tête à tête, Rémi enchaîna sur le même sujet.

— Tu veux continuer à nier les conséquences de cette tragédie sur toi, Vicky ? Depuis que tu m'as parlé, c'est comme si on avait levé un voile de mes yeux, qui m'empêchait de te voir telle que tu es vraiment. Tout est plus clair pour moi, ta passion obsessionnelle pour la danse, ces séances d'entraînement où tu t'épuises, tes silences, tes angoisses d'être seule au milieu d'une foule et le reste, ta tiédeur dans un domaine particulier.

— Baisse d'un ton, il y a du monde, on peut t'entendre. Rémi, si tu insistes, je vais regretter de t'avoir parlé. Je me sentais mieux, et tu gâches tout.

— Vicky, je ne peux pas m'empêcher de me dire que tu croises peut-être ton agresseur quand tu es à Dijon et chez toi, au château. Si c'était ce type, Emmanuel, ton prétendu ami ? Il te manipule peut-être en jouant les bons samaritains. Si ce n'était pas un hasard qu'il soit sur les lieux au moment où tu t'enfuyais ?

— Tu te trompes, Rémi, c'est impossible ! Sa sœur est morte comme Vanessa après avoir été violée, précisa-t-elle tout bas. Depuis il recherche les coupables. En plus, il est en couple avec une lieutenante de gendarmerie, Karen, que j'apprécie aussi.

À bout de patience, Victoire repoussa brusquement sa chaise et se leva. Elle prit un billet dans son sac et le posa sur la table avant de s'éloigner au pas de course. Les clients assis en terrasse, témoins de la scène, virent Rémi s'élancer pour la rattraper.

— Ah, ces jeunes ! Ils n'ont même pas bu une goutte de leur café, fit remarquer le serveur.

Effrayée, Victoire avait dû s'arrêter. Elle tâtait sa cheville, après avoir trébuché à cause d'une fissure sur le trottoir.

— Tu t'es fait mal ? s'affola Rémi qui l'avait rattrapée. C'est une entorse, une foulure… Vicky, dis-moi !

— Non, ça va ! J'ai eu très peur de m'être blessée à cinq semaines du concours.

— C'est ma faute, je suis désolé.

— Peu importe, je n'aurais pas dû courir, c'était imprudent. Je vais appeler un taxi pour rentrer directement à Nanterre. C'est fini, nous deux, vraiment fini. Je te souhaite de rencontrer une fille qui te convienne et de réussir en tant que danseur.

— Mais Vicky…

Il tenta de l'enlacer, mais elle se débattit de toutes ses forces, avec une expression pathétique. Honteux, il recula de quelques mètres.

— Va-t'en ! Une page se tourne, murmura-t-elle. Adieu, Rémi. N'essaie pas de me revoir.

Château Desmarets, dimanche 5 juin 2016

Un orage s'annonçait, à grand renfort de bourrasques chaudes et de lointains grondements de tonnerre. Derrière les fenêtres de la bibliothèque, le ciel se couvrait de nuages couleur de plomb. Assis sur le même canapé, se tenant par la main, Catherine et Jacques se perdaient en amères conjonctures sur l'avenir du domaine viticole. Ils venaient de confier à Élodie la gravité de leur situation.

— Seigneur, pourquoi m'avoir dissimulé vos ennuis pendant aussi longtemps ? s'insurgea-t-elle. Vous me jugiez incapable d'encaisser le choc ? J'ai eu des soupçons bien souvent, mais là je tombe des nues.

— Nous voulions te tenir à l'écart puisque tu habitais à Paris et que tu veillais sur Victoire, plaida Catherine. Tu te serais inquiétée sans cesse. Moi-même, j'ignorais à quel point nous étions en danger. Jacques s'est décidé à tout m'avouer assez récemment.

— Je vis un enfer depuis trois ans, insista celui-ci. La mort de mon père a été le départ de cette sinistre machination que je vous ai exposée de mon mieux.

— Maintenant que je suis informée, Jacques, je me dis que le décès de votre père n'était peut-être pas accidentel. Hélas, Gilles agissait comme vous, il gardait secrètes les menaces qu'il recevait. Il serait grand temps de tout dire à la police, suggéra Élodie d'un ton anxieux.

Accablé, le viticulteur passa les mains sur ses cheveux roux, qui grisonnaient déjà sur les tempes.

— Je ne peux pas, je suis pris au piège, affirma-t-il. Cathy, autant montrer à ta mère ce que j'ai reçu la veille de l'avortement qu'a subi Vicky.

Gênée, Catherine ouvrit le tiroir d'un secrétaire de style Empire. Elle en sortit une grande enveloppe.

— Je te préviens, maman, tu vas être épouvantée. J'ai vu ces ignominies il y a deux semaines et je ne suis pas encore remise. Mais j'ai enfin compris les prises de décision de Jacques. On le faisait chanter avec ces images et des avertissements odieux.

L'enveloppe entre les doigts, Élodie aurait volontiers bu une goutte d'alcool. Mais elle se contenta de respirer à fond avant de regarder les feuilles qu'elle avait retirées d'un coup sec.

— Mon Dieu ! Non, quelle horreur ! Qui a osé ? s'écria-t-elle, des sanglots dans la voix. Il faut tout brûler !

— Surtout pas ! Si je me résigne à alerter la police, j'en aurai besoin, expliqua Jacques.

Catherine détournait la tête pour ne pas apercevoir les clichés où sa fille de quinze ans était livrée à la lubricité d'un homme dont le visage était coupé par le tirage. On devinait à sa silhouette qu'il n'était pas de première jeunesse. On avait laissé à Victoire son soutien-gorge, et sur un fond de tissu noir, son corps faisait songer à celui d'une statue en marbre blanc. Le plus atroce, c'était son regard vide, comme halluciné.

Devant la pâleur alarmante de sa belle-mère, Jacques se leva et s'empara d'une bouteille de brandy, dans un petit meuble qui faisait office de bar. Il lui en servit un demi-verre, ainsi qu'à son épouse qui pleurait en silence. Il en but également une rasade.

— Lisez les messages à présent, conseilla-t-il. Qui m'en voudrait, après ces mots-là, d'avoir obéi tout de suite ?

Revigorée par l'alcool, Élodie mit ses lunettes qu'elle gardait dans la poche de son cardigan. Elle découvrit avec effroi qu'on menaçait de faire publier les photographies de sa petite-fille sur Internet avant de l'enlever et de la tuer si Jacques prévenait la police et s'il ne cédait à toutes les exigences notées au dos de la page.

— D'abord le déshonneur, puis la mort, gémit Catherine.

— Et bientôt la ruine, renchérit son mari.

— Jacques, je viens de lire que vous avez vendu vos meilleurs cépages, s'effara Élodie. Combien vous en a-t-on donné ?

— Rien, c'était le prix pour sauver notre fille, rétorqua-t-il. Un an plus tard, j'ai dû signer un contrat garantissant que je céderai aussi tous mes vignobles, afin de protéger Catherine et Vicky pendant encore un an. Bizarrement, ces derniers mois je n'ai pas reçu de messages, pourtant l'échéance est dépassée.

— Et quel genre de menaces recevait votre père ? Gilles n'était pas un homme facile à impressionner, avança encore Élodie, à présent envahie d'une exaltation presque guerrière.

— On voulait ses vignes, on lui demandait d'effectuer des transactions par le biais d'un logiciel sur le web, sinon Victoire serait la première à en souffrir, et Catherine la deuxième. D'où viennent ces attaques ? Je l'ignore. J'avais engagé un détective mais il n'a rien trouvé alors je me suis passé de ses services. J'ai même fini par le soupçonner d'être un de leurs complices.

Après ces révélations, Jacques se tut. Il se sentait démuni et toujours désespéré. Des grondements à l'extérieur firent écho à sa poignante détresse.

— L'orage éclate, indiqua Catherine en courant se poster près d'une des fenêtres.

Des éclairs blancs sillonnèrent le ciel, et il tonna de plus en plus fort. Jacques tressaillait à chaque fois.

— Mon cher gendre, il y a forcément une raison si vous m'avez dévoilé tout ceci. Comment puis-je vous aider ?

— En nous donnant ton avis sur nos projets, maman, précisa Catherine qui était revenue s'asseoir. Nous avons beaucoup réfléchi, Jacques et moi, et nous avons prévu de parler à Gérard Colombet, en lui confiant dans quelle impasse nous sommes. Il ne devrait pas tarder. C'était un fidèle ami de Gilles et son associé. Tu le connais bien toi aussi, vous êtes presque de la même génération.

— Gérard est plus jeune que moi de six ans, admit Élodie. Je suis septuagénaire depuis peu, il est encore dans la soixantaine. Mais en effet, c'est un homme d'honneur.

— Pourtant la propriété des Colombet est au cœur du problème ! s'enflamma Jacques d'un ton âpre. Mon père y est mort, et le même soir on a drogué Victoire pour abuser d'elle, peut-être là-bas, chez eux.

— Non, le viol n'a pas pu avoir lieu chez les Colombet, protesta Élodie. Cathy, Jacques, vous n'avez pas l'intention de montrer ces photos à Gérard ?

— Il n'en est pas question, maman ! Mais nous

souhaitons l'interroger. La demeure où réside sa famille depuis le début du siècle dernier date de 1752, nous avons pu le savoir en cherchant sur Internet. Bien sûr, elle a été restaurée à plusieurs reprises et agrandie. Peut-être possède-t-elle d'autres caves, ou un début de souterrain. Ce soir-là, Victoire était dans le parc où se déroulait la fête, on a pu l'emmener à l'écart. Ces affreux clichés n'ont pas été pris en plein air.

— J'ai confiance en Gérard Colombet, insista Jacques. Sans révéler ce qui est arrivé à notre fille, je lui dirai qu'on me fait chanter avec des menaces de mort sur notre famille, et mon père avant moi. Quand il sera au courant, je compte solliciter son aide pour sauver ce qui reste de mes vignes. Il pourrait me les acheter à un prix modique, ainsi elles seraient à son nom. S'il refuse, j'ai un plan qui nous mettrait hors de danger.

— Dites-moi, Jacques, soupira sa belle-mère.

— Aux grands maux les grands remèdes ! s'exclama-t-il, tandis qu'un terrible coup de tonnerre ébranlait les vitres. Je suis prêt à tout. Nous envisageons de partir aux États-Unis, où nous vivrons sous une fausse identité. Bien malin qui nous trouvera de l'autre côté de l'Atlantique.

— Dans ce but, nous pensons vendre mes terres de Cluny et le manoir dont j'ai hérité au décès de papa, ajouta Catherine. Quant au château, si nous le mettons en vente, ça paraîtra suspect aux yeux de ceux qui veulent notre perte. Il y aurait l'alternative de le louer.

— Vous délirez tous les deux ! s'insurgea Élodie. Et Victoire ? Si elle réussit le concours d'entrée et qu'elle est admise dans le corps de ballet de l'Opéra de Paris, elle refusera de s'exiler, surtout si on lui cache encore la vérité. De surcroît, on n'abandonne pas une exploitation comme la vôtre, Jacques. Vous devez vous battre, anéantir vos ennemis ! Allez tout raconter à la police !

— Mais ces gens sont redoutables, ils utilisent Internet et disposent de moyens très au point. Je les imagine pareils à des ombres maléfiques et toutes puissantes.

Un véritable déluge s'abattait à l'extérieur. La pluie ruisselait sur les fenêtres et un vent de tempête secouait les tilleuls du parc. Il faisait si sombre dans la pièce que Catherine alluma les lampes et le lustre.

— Nous serons obligés de parler à notre fille, soupira-t-elle. Quelle que soit notre décision, Victoire devra savoir la vérité, tu as raison, maman. Mon Dieu, nous n'avions pas conscience de notre bonheur, auparavant.

Taciturne, son mari l'attira contre lui. Catherine nicha sa tête brune au creux de son épaule.

— Quitter la France est sans doute la seule solution, dit-elle tout bas. Moi qui suis née en Bourgogne, près de Cluny, j'accepterai de vivre à l'autre bout du monde si nous pouvons être en paix, sans cette peur qui ne nous lâche plus. Jacques dépérit, maman. Il a enduré seul ce calvaire pour préserver ma tranquillité.

— Et il y a aussi ces crimes commis sur des jeunes filles, dit-il à mi-voix. Vanessa, la dernière victime, était proche de Vicky et d'Anna. J'en ai tiré une conclusion : ceux qui ont abusé de mon enfant et menaçaient de la tuer auraient sûrement fait en sorte qu'on assimile sa mort à celles de toutes ces pauvres gamines. Je n'oublierai jamais les hurlements rauques de Janine Nevers quand on lui a ramené le corps d'Emma.

— Je t'en prie, je ne veux pas y penser, gémit Catherine.

— L'heure tourne et Gérard n'est toujours pas là, fit remarquer Élodie afin de faire diversion.

— Peut-être qu'il attend la fin de l'orage pour prendre le volant, supposa Jacques. Je vais appeler chez lui.

Gérard Colombet demeurait injoignable sur sa ligne fixe et sur son portable. Il était veuf depuis trois ans et n'avait pas eu d'enfants, mais son épouse et lui, se sachant stériles, avaient adopté un garçon d'origine brésilienne, rebaptisé Corentin dès son arrivée en Côte-d'Or. Il avait désormais vingt-deux ans et il finit par répondre, après plusieurs tentatives de Jacques.

— Je suis navré, monsieur Desmarets, dit-il d'une voix altérée par le chagrin. Les gendarmes sont là, mon père a eu un accident alors qu'il était en route pour chez vous. Un problème de freins, paraît-il. La voiture a dérapé et a percuté un mur. Papa est mort sur le coup.

Livide et secoué de frissons nerveux, Jacques se répandit en condoléances avant de raccrocher. Il tenait à peine sur ses jambes, terrassé par un intolérable sentiment de culpabilité.

— Vous voyez, ils sont partout ! Ils ont dû savoir que Gérard venait au château et ils l'ont tué pour l'empêcher de me parler et de m'aider. Mon Dieu, je vais devenir fou !

Une main à hauteur de son cœur, Jacques s'affala

sur le canapé. Des larmes de rage et d'impuissance coulaient le long de son nez. Catherine les essuya du bout des doigts, avec une infinie tendresse.

Ferme Desmarets,
dimanche 19 juin 2016

Victoire était sortie du jardin et marchait sur le chemin, suivie par le leonberg, pour discuter avec Anna, qui l'avait appelée.

— Et alors, Vicky, tu m'envoies un texto pour me dire que tu es chez tes parents depuis vendredi soir, mais tu n'es toujours pas venue me voir.

— Ne te fâche pas, je viendrai en fin d'après-midi. Là, je déjeune chez les Nevers, ensuite je répète ma chorégraphie pour le concours. On repart mardi pour Paris avec mamie et maman. Elles veulent me soutenir jusqu'au grand jour, le 30.

— Le compte à rebours commence, plaisanta son amie. Moi je n'ai pas le droit de sortir, je révise pour les épreuves du bac. Je ne peux pas le rater si je veux choisir une université à Paris. Ce sera super, on habitera toutes les deux dans l'appartement de ta grand-mère.

— J'espère, Anna, ce serait idéal. J'ignore ce qui se passe, mais l'ambiance est tendue au château. Papa devient économe à l'excès, du coup je crains qu'il ait de gros soucis financiers. Il aurait même vendu des parcelles de vignoble, ses meilleurs cépages. Et il s'accuse du décès de Gérard Colombet parce qu'il l'avait invité et que ce pauvre monsieur s'est tué au début du trajet.

— Oui, ça a fait du bruit dans la région. Nous

sommes allés à l'enterrement, mes parents et moi. Il y avait un monde fou, des gens de tout le pays. J'ai revu Florian et Bastien Mongenot. Bastien me plaît vraiment, et je crois que c'est réciproque. On verra pendant les vacances, je lui ai donné mon numéro de portable. Florian était accompagné par Ingrid, l'ex de ton cousin. Ils ont l'air de s'apprécier.

— Vraiment, ça m'est égal, Anna. Et David, toujours avec Claudine ?

— Évidemment, ils forment un couple parfait dans *La Belle au bois dormant* de notre cher Tchaïkovski. De ton côté, tu n'as pas renoué avec Rémi ?

— Non, il est parti pour Lyon. Je suis soulagée.

— Si tu le dis… Mais j'y pense, tu ne pourras pas assister au spectacle de Madame Aurélia !

— Je sais, le 25 juin, je serai à Paris. Anna, on bavardera ce soir. Karen me fait signe, le repas est servi. Je ne veux pas être impolie en les faisant attendre.

— D'accord, et si tu ne viens pas, je débarque au château.

Victoire coupa la communication et s'empressa de regagner le jardin. Emmanuel était sorti lui aussi et Karen le tenait par la taille d'un geste possessif.

— Le gratin dauphinois va refroidir, Vicky ! lui cria le jeune ingénieur.

— Pardon, je devais répondre à Anna.

— Ton amie d'enfance, c'est ça ? dit la lieutenante d'un ton un peu sec.

— Ma seule amie, avec vous deux, répliqua Victoire, en entrant la première dans la maison.

Tout heureuse d'avoir de la visite, Janine Nevers vérifiait la disposition de la table.

— Regarde, Vicky, mon fils m'a acheté un joli service en grès pour remplacer celui de mon mariage, qui a été détruit pendant l'incendie. C'était de la porcelaine de Limoges, je l'aimais beaucoup. Enfin, celui-ci me plaît bien. Et mon frère m'a offert six verres en cristal, à Noël.

Tout en approuvant d'un grand sourire, Victoire nota que Karen et Emmanuel étaient restés dans le jardin. La porte avait même été refermée.

— Ah, les amoureux s'accordent cinq minutes d'intimité, s'esclaffa Janine. J'aimerais bien qu'ils se marient, depuis deux ans qu'ils se fréquentent. Karen serait magnifique dans une belle robe blanche. Je l'ai dit à Emmanuel, quand les travaux de la maison de la forêt seront terminés, avant l'hiver en principe, il pourra habiter là-bas avec sa chérie. Et moi, si M. Desmarets veut bien, je préférerais rester là. Je me sens moins isolée, au milieu des vignes. À l'automne, les vendangeurs me disent tous bonjour, je les entends causer et rire depuis mon jardin. C'est gai, ça fait de l'animation.

— Oui, quand j'étais fillette, j'adorais la période des vendanges. Je courais partout et je mangeais plein de raisins en cachette. Après, j'avais mal un peu au ventre.

Janine éclata de rire, avant de tapoter tendrement l'épaule de Victoire.

Dans le jardin inondé de soleil, Emmanuel caressait son chien, assis à ses pieds. Il évitait ainsi d'affronter le regard vert de Karen, qui lui expliquait sa déconvenue en murmurant.

— J'adore ta mère et je suis toujours contente de

déjeuner ici le dimanche, si je peux venir. Aujourd'hui, j'ai échangé mes heures d'astreinte avec un collègue pour être là, avec toi. Tu aurais dû me dire que vous aviez invité Victoire.

— En quoi elle te dérange ? chuchota-t-il.

— Tu es différent quand elle est là, voilà. Tu t'occupes surtout d'elle. Ce n'est plus une ado perdue, j'ai le droit d'être un peu jalouse. En plus, elle est très belle.

— Un peu jalouse, rien que ça ! Karen, tu es très jalouse et ça me fatigue. Toi aussi tu es très belle et je t'aime. Tu n'as pas à t'inquiéter. Avec Victoire, on s'amuse à dire que je suis son parrain et elle ma filleule. Et si on fait le compte, elle vient rarement au château, encore moins chez nous. Maman l'a invitée pour l'encourager car elle passe un concours important à la fin du mois. Si elle le réussit, tu seras tranquille, nous ne la verrons plus. Sauf si nous allons l'applaudir dans un ballet.

Karen fit la moue et finit par sourire. Comme Emmanuel se redressait, elle noua ses bras dorés autour de son cou et l'embrassa sur la bouche.

— Je t'aime trop, voilà, souffla-t-elle ensuite. Bon, allons-y, ma future belle-mère doit s'impatienter.

— Ah, j'ignorais que j'avais parlé mariage, s'étonna-t-il en riant.

Cette pique, pourtant dite gentiment, acheva de contrarier Karen. Elle entra dans la maison d'un air boudeur. Victoire s'était assise et lui adressa un sourire hésitant. Emmanuel la suivait, talonné par le chien qui se coucha sous la table.

— Est-ce que ça va, Karen ? demanda-t-elle.

— Très bien ! Et toi, tu dois avoir le trac pour ton concours ? Emmanuel m'a mise au courant. Alors tu auras tes chances d'être danseuse étoile ?

— Même si j'intègre le corps de ballet, je ne deviendrai pas forcément une étoile. Il faut franchir beaucoup d'étapes, mais c'est mon rêve, mon unique rêve.

— Les filles de ton âge rêvent plutôt d'amour, hasarda Karen.

— Pas moi, il n'y a que la danse qui compte.

Agacé, Emmanuel entreprit de servir sa mère, puis, un peu distrait, il donna une large part de gratin à Victoire.

— Tu dois prendre des forces, précisa-t-il. Suis les conseils de ton parrain. Karen, ton assiette…

— Ils me font rire, avec leur jeu, s'exclama Janine sans voir l'expression furibonde de la jeune métisse. Ils ont inventé ça un week-end l'année dernière et ça dure, ma foi. Tu es un peu sa petite sœur, à mon fiston, Victoire.

Sur ces mots, Janine lança un regard mélancolique vers le cadre où Emma semblait les observer depuis l'au-delà, dans l'éclat de sa jeunesse, si belle et si blonde, pour l'éternité.

15

Des jours de bonheur

Paris, boulevard du Montparnasse,
lundi 4 juillet 2016

La pièce principale de l'appartement était encombrée de valises, mais aussi de trois gros bouquets, la plupart en train de faner, même si on avait eu soin de les mettre dans l'eau. Élodie et les parents de Victoire s'étaient empressés de lui faire livrer des fleurs, avant même de connaître le résultat du concours. Mais l'un des bouquets avait été livré sans carte, et Élodie avait avancé qu'il devait avoir été envoyé par John Wilde ou Aurélia Novak.

— Vicky, tu vas t'user les yeux à force de regarder ton ordinateur, décréta Catherine en riant. Jacques, raisonne-la.

— Je la comprends ! Elle est tellement heureuse. Et vive le progrès, maintenant chaque participant est filmé et reçoit sa vidéo par mail.

— Oui, ainsi on peut étudier ses erreurs ou ses exploits, commenta Victoire, rayonnante.

Elle visionnait sans s'en lasser sa prestation lors du

concours, où elle avait remporté d'excellentes notes en dansant sur une musique de Stravinsky.

— Je n'arrive pas à y croire, ajouta-t-elle. J'intègre le corps de ballet de l'Opéra de Paris. Vous me verrez un jour sur la scène du Palais Garnier, comme dans mes rêves les plus fous !

Élodie et Catherine échangèrent un sourire ému, tandis que Jacques se penchait pour embrasser sa fille.

— J'étais malade de trac, papa ! Alors j'ai imaginé que vous étiez là, derrière les membres du jury, avec Madame Aurélia et John Wilde.

— C'est dommage que ce concours interne se déroule à huis-clos, bougonna Élodie.

— Quand je passerai le concours de promotion, et j'en ai l'intention pour gravir plus vite les échelons, vous pourrez venir, il est ouvert au public et il a lieu au Palais Garnier.

— Tout à fait, John Wilde m'en a parlé lorsque je l'ai eu au téléphone, insista Catherine. Pour ce concours de renommée mondiale, la presse est présente ainsi que des mécènes de l'Opéra. Il y a également le Cercle Carpeaux qui s'intéresse à un élément prometteur de l'école, en vue de lui décerner un prix de danse. Tu dois viser haut, ma chérie.

— Je ne vous décevrai pas, répondit Victoire en relançant la vidéo de sa prestation. C'est vraiment moi ? Je me reconnais à peine… Mais je dois encore progresser, pour vite passer coryphée, sujet, puis première danseuse et ainsi avoir des rôles plus ou moins longs en solo, avant de devenir enfin une étoile.

— Je suis fier de toi, ma petite Vicky, lui dit son père qui regardait lui aussi l'écran de l'ordinateur. Sur la scène, tu sembles n'éprouver aucune difficulté, tu évolues avec une telle légèreté, une telle grâce ! Je sais que tu as travaillé très dur pour ce résultat, durant des années, des mois, chaque jour ou presque. Ton grand-père serait comblé, s'il savait que tu as réalisé son rêve… et le tien.

— Pendant l'épreuve, je me disais qu'il était là et me donnait des ailes, papa.

Debout derrière sa fille, Jacques savourait ces instants de bonheur. Il avait rejoint son épouse la veille du concours et, depuis son arrivée, il éprouvait une impression de sécurité, comme s'il était dans une ville du bout du monde et enfin délesté de ses tourments.

— Après tout, nous ne sommes pas obligés de rentrer ce soir à Dijon, avança-t-il d'un ton enthousiaste. Si nous allions au bord de la mer, en Normandie ? Vicky, il y a longtemps que tu n'as pas profité de l'air marin !

— Pourquoi pas, Jacques, renchérit Catherine. Il est juste 14 heures, nous pourrions dîner là-bas pour fêter la réussite de Vicky.

Élodie, occupée à nettoyer le coin cuisine, préféra ne pas s'en mêler. Ils avaient rangé tout l'appartement, qui serait inhabité pendant quatre semaines et elle n'avait pas envie d'y dormir ni de les accompagner dans leur périple.

— Je suis désolée, papa, déclara Victoire en refermant enfin la vidéo. J'ai hâte d'être chez nous, au château. Je voudrais rendre visite à Mme Nevers et à son fils, leur raconter comment s'est passé le concours.

— Décidément, tu t'es attachée à ces gens, Vicky, nota sa mère.

— Ils sont accueillants et chaleureux. M. Nevers a sauvé papa, et Emmanuel m'a sûrement sauvé la vie.

Ses parents acquiescèrent d'un signe de tête. Ils savaient que leur fille n'avait pas dit toute la vérité au jeune ingénieur sur ce qui s'était passé le samedi 24 août, trois ans auparavant.

— En plus, papa, j'ai promis à Anna de l'accompagner demain pour les résultats du bac. Elle est presque certaine de l'avoir et elle a déjà eu des réponses positives de plusieurs universités à Paris. Je vous en ai parlé, on habitera là toutes les deux. On pourra payer le loyer, moi je gagnerai environ deux mille euros, comme quadrille. Mme et M. Seron sont d'accord, ils participeront aux frais.

— Nous en discuterons avec eux, ma chérie, trancha Jacques. Donc tu n'as pas envie de déguster des fruits de mer avec nous ? Pour une fois que j'étais prêt à faire une petite folie, moi qui ne m'accorde aucun moment de détente.

— C'est vrai, papa, pardonne-moi, mais nous irons une autre fois, quand je reviendrai pour commencer à travailler à l'Opéra. Ils ont programmé *La Bayadère* en novembre et les répétitions débutent dès septembre. Pendant leur première année, les quadrilles se contentent d'y assister et on doit pouvoir remplacer une danseuse, si elle se blesse. Mais ça m'est égal, je suis folle de joie.

Exaltée, Victoire sauta au cou de son père afin de le cajoler. Elle s'inquiétait un peu de ses traits tirés et de son idée subite d'aller en Normandie. Ce genre d'initiative ne lui ressemblait pas.

— Papa, personne ne t'a jamais empêché de prendre

des vacances. Et je suis souvent allée à la mer, avec maman. Tu te souviens, on louait une villa en Bretagne, sur la presqu'île de Quiberon.

— Et vous emmeniez Arthur, rappela Élodie. Mon petit-fils me manque, à part de rares conversations au téléphone où il se contente de me demander si je vais bien, je ne sais plus rien de lui. Mais je serais capable de monter dans un avion et de lui rendre visite en Nouvelle-Zélande, ou même de le ramener. Je reverrais ma belle-sœur Perrine, à l'occasion.

Un silence consterné suivit sa déclaration. Catherine aborda vite un autre sujet.

— Il faudra me montrer les messages de félicitation que tu as reçus, Vicky, dit-elle avec un sourire de convenance. Ce garçon que tu avais invité au château et qui suivait les cours de John, tu as dû lui annoncer ta réussite ?

— Rémi Berger ? Il a été engagé dans le corps de ballet de Lyon, on ne se voit plus. Mais oui, je lui ai envoyé un texto et il m'a répondu, précisa Victoire en allumant son téléphone. Tu veux que je te le lise ?

— Volontiers, les autres aussi, ma chérie.

Elles auraient inventé n'importe quel prétexte afin de ne pas parler d'Arthur.

— Mais oui, lis-les, Vicky, insista son père.

— Rémi m'a écrit : « Je savais que tu réussirais. Je te souhaite de briller parmi les étoiles de l'Opéra de Paris. Je t'embrasse. » Madame Aurélia à présent : « Ma petite Vicky, poursuis ta voie enchantée vers ces sommets que tu désirais atteindre. »

Élodie mit fin à la séance de lecture d'un cri indigné. Elle n'était pas dupe et se plaça devant eux.

— Qu'est-ce que vous me cachez encore ? s'emporta-t-elle. Je me plaignais de l'absence de mon petit-fils, et vous faites tous les trois comme si vous n'aviez rien entendu ! Dites-moi ce qui se passe ! Arthur a replongé dans la drogue ? Ou bien il est gravement malade… ?

Sa voix avait tremblé et elle en avait les larmes aux yeux. Navrée, Catherine s'empressa de la rassurer par de bonnes paroles, qui firent fuir Victoire. Elle se réfugia dans sa chambre, en reléguant son cousin aux oubliettes.

— Ça y est, je fais partie du corps de ballet de l'Opéra, et il paraît qu'on peut passer directement de quadrille à sujet grâce à des auditions, murmura-t-elle. Si je vise l'excellence, j'y arriverai.

Rêveuse, la jeune fille esquissa un pas de danse. Elle regarda une à une les photos des idoles de son grand-père Gilles, qui étaient accrochées au-dessus de son lit.

— Anna Pavlova, Margot Fonteyn, Yvette Chauviré et Rudolf Noureev, et bien sûr Aurélie Dupont et Marie-Agnès Gillot, récita-t-elle d'un ton respectueux. Je ne pourrai jamais vous égaler, mais vous êtes mes modèles. Je vous dis à bientôt… À vous aussi !

Un rire cristallin lui échappa, car elle saluait les clichés de Claude Bessy et de Patrick Dupont. Victoire vouait surtout une vive admiration à Claude Bessy, qui avait dirigé l'école de danse de l'Opéra de Paris durant des années. C'était son idole.

— J'ai lu tous les articles sur vous, dit-elle tout bas à une des photographies en couleur.

La danseuse étoile aux cheveux si blonds semblait lui sourire et la jeune fille se promit de réussir une carrière aussi brillante que la sienne.

Ce jour-là, rien ne pouvait ternir la joie démesurée

qu'elle ressentait. Fébrile, elle continua de lire les messages affichés sur l'écran de son téléphone. Celui d'Emmanuel la touchait beaucoup : « Merci de nous avoir annoncé ta réussite, Vicky ! Maman a beaucoup prié pour toi, comme si tu étais sa fille. Je te dis bravo et nous fêterons ça autour d'une pile de nonnettes[1], ces gâteaux que tu aimes tant. »

Quant à Anna, elle lui avait envoyé une série de symboles figurant des cœurs et des applaudissements.

— Vicky, appela son père en toquant à sa porte avant d'entrer. Viens m'aider à descendre les bagages, je te prie. Il y a un petit changement de programme. Cathy et moi nous nous offrons une escapade à Cabourg si cela ne t'ennuie pas de prendre le train avec ta grand-mère.

— Bien sûr que non, papa, je suis heureuse pour vous deux. Dans mon souvenir, vous n'êtes presque jamais partis en amoureux, même pas un week-end.

— Ma petite chérie, si tu savais combien je t'aime, souffla Jacques en l'étreignant. Tu es ravissante, mais tu es généreuse aussi. Ne change pas, même si tu deviens une célèbre danseuse étoile.

— Je te le promets, papa.

Gendarmerie de Gevrey-Chambertin,
mardi 5 juillet 2016

Le commandant Louis Terrier sifflotait tout en parcourant la déposition d'une plainte, où il était

1. Spécialité de Bourgogne, petits gâteaux au pain d'épice fourrés de confiture.

question d'un litige entre voisins. Son équipe, hormis la lieutenante Mathis, était partie sur le lieu d'un cambriolage.

— Vous êtes de bonne humeur, nota celle-ci, occupée à trier des documents.

— Il faut bien garder le moral, Karen. Toi, tu me sembles un peu tendue.

Au fil des mois, il avait fini par la tutoyer. Il se montrait assez paternel envers la jeune femme, qu'il appréciait beaucoup. Sans se décourager, tous deux continuaient à enquêter sur le meurtre de Sylvie Costa, l'affaire de Vanessa Guérinet étant confiée au commissariat de Dijon.

— Parce que je suis sotte, sans doute, avoua-t-elle. Certaines choses futiles me rendent morose. Du coup, le soir, j'appelle mes amies à la Réunion, ce qui ruine mon forfait. En fait, je me sens isolée ici.

— Tu fréquentes pourtant Emmanuel Nevers ! Je ne veux pas être indiscret, mais c'est toi qui m'as parlé la première de votre relation. C'est un type bien, malgré sa tendance à la paranoïa.

— Sur ce plan, je l'ai raisonné. Au début, comme j'admettais ses soupçons, je me suis penchée sur les rapports d'expertise pour l'incendie, mais il n'y a rien d'anormal. Ceci dit, commandant, si j'avais vécu la même expérience que lui à onze ans, je serais sûrement traumatisée. Et vous êtes de mon avis, sa sœur a été violée et tuée par la même clique d'assassins que les autres jeunes filles. Sur ce point, en se fiant au mode opératoire, le doute n'est pas permis.

— Le détail perturbant, c'est le facteur temps, répliqua Louis Terrier. Tu as lu les dossiers comme moi, ça dure depuis une cinquantaine d'années. Il y a peut-être des corps que l'on n'a pas encore découverts.

— Même récemment, insinua Karen. J'ignore si la marche blanche pour Vanessa a eu un impact ou si ces criminels sont devenus plus prudents.

Elle avait touché un point sensible, son supérieur ayant fait un constat identique.

— Oui, ça me rend malade d'y penser, reconnut-il. Si ces malheureuses sont enterrées, elles seront d'autant plus oubliées, à jamais disparues. Souviens-toi de la grand-mère de Vanessa, qui s'est finalement manifestée grâce à la photo de sa petite-fille diffusée partout. Je dois mettre la main sur ces monstres, sinon ils continueront. Il peut s'agir d'une secte ou d'une organisation secrète, dont les chefs doivent se succéder.

— C'est fort possible, admit Karen en regardant l'heure à la pendule. Mais comment les mettre hors d'état de nuire ? Nous pourrions avancer si une de leurs victimes en réchappait et pouvait témoigner... Excusez-moi, commandant, mais je déjeune avec Emmanuel à midi, je serai là dans une heure et demie. Le petit resto que vous m'avez conseillé est tout proche, vous m'appelez en cas d'urgence.

— Pas de souci, vas-y !

Resté seul, Louis Terrier consulta son téléphone portable. Il avait reçu deux nouveaux messages très courts d'Aurélia, après celui où elle lui annonçait le succès de Victoire au concours.

— Ma parole, on dirait un vieux couple, se moqua-t-il, un peu attendri cependant. Elle aime bien cette petite Desmarets. Bon, je suis invité à dîner ce soir.

La liaison qu'ils entretenaient depuis deux ans avec

Aurélia avait adouci leur solitude respective. Ils se voyaient selon leur disponibilité afin de partager un bon repas, suivi d'ébats amoureux où dominaient la tendresse et la complicité.

— À ce soir, répondit-il succinctement, en souriant à l'écran de son appareil, comme si Aurélia était en face de lui.

En chemisette et pantalon de treillis, Emmanuel lisait le menu, sous le regard vert de Karen, qui venait de le rejoindre. Elle s'était changée très vite pour déjeuner dans une jolie robe noire à fines bretelles. Un collier en or autour du cou, elle avait relevé en chignon la masse dorée de ses frisettes.

— Je prends le plat du jour, déclara le jeune homme. Et toi ? Nous sommes pressés tous les deux.

— Je sais, mais c'est une pause précieuse à mes yeux. On passe si peu de temps ensemble.

Il prit la main qu'elle lui tendait. Leurs doigts se nouèrent sur la nappe d'un jaune pâle.

— Dimanche, j'ai mon après-midi, tu pourrais m'emmener voir les travaux de ta maison, pardon, de notre future maison, proposa-t-elle. Ta mère m'a dit qu'elle serait habitable en novembre. J'ai de la chance, ce n'est pas loin de Gevrey-Chambertin, ce sera parfait pour mon travail.

Tout de suite embarrassé, Emmanuel différa sa réponse. La serveuse lui sauva la mise quelques minutes. Karen commanda deux plats du jour et de l'eau gazeuse.

— Je ne pourrai pas ce dimanche, répondit-il ensuite. Ou bien nous irons avec maman et Victoire.

Nous lui avions promis un repas de fête si elle était admise dans le corps de ballet de l'Opéra. Cette semaine, je ne suis pas libre, elle non plus. Nous avons fixé ça à dimanche prochain.

Soucieuse de dissimuler sa jalousie, Karen eut un sourire conciliant. Elle était prête à bien des efforts pour ne pas contrarier l'homme qu'elle aimait.

— Comme je préférerais y aller seule avec toi, je patienterai, affirma-t-elle. J'ai vu des photos d'avant l'incendie mais je ne me représente pas vraiment la forêt autour, la clairière.

— Je te remercie, tu es un ange, mon ange !

Ces mots doux la récompensèrent et elle serra plus fort la main d'Emmanuel. Il lui adressa un clin d'œil.

— Je voulais te le dire bien plus tôt, mais j'ai eu tort d'être jalouse de Victoire, ajouta Karen. C'est une gentille fille et très simple pour une gosse de riches.

— La qualifier ainsi est réducteur, on ne choisit pas la famille où l'on vient au monde, répliqua-t-il. Et Jacques Desmarets, son père, est un homme simple lui aussi, loyal et généreux.

— Je n'en doute pas, Emmanuel, mais tout est plus facile quand on naît et qu'on grandit chez des personnes fortunées. Victoire n'aurait pas pu atteindre son rêve si elle avait été d'un milieu modeste. Tu l'as bien écoutée, quand elle parlait de sa vie à Paris ? Sa grand-mère tout aussi riche qui leur loue un appartement, ses tenues de danse sublimes, les cours par correspondance et les stages d'été hors de prix... Et quand même, elle habite un château.

Karen se tut, inquiète de voir Emmanuel s'assombrir

sous son auréole de mèches blondes. Il la sonda de ses prunelles noires.

— Si ce n'est pas de la jalousie, ça, c'est de l'envie, dit-il à mi-voix.

La serveuse arrivait et déposa une carafe d'eau et une corbeille de pain tranché. Karen essaya d'arranger les choses.

— Tu as raison, mon chéri, parfois je suis envieuse, ça vient de mon enfance. Mes parents manquaient toujours d'argent et j'en avais honte, à l'école. J'étais mal habillée, je rêvais de jouets trop chers.

— Je suis désolé pour toi, je l'ignorais.

— J'évite de me plaindre, maintenant j'ai un métier. Si tu me racontais comment tu es devenu ami avec Victoire ?

— C'est notre petit secret, mon ange, répondit-il sur le ton de la plaisanterie.

— De mieux en mieux, riposta Karen d'un ton perplexe.

Emmanuel n'avait aucune intention de trahir la confiance que lui avait accordée la jeune fille en lui avouant son escapade chez les Colombet et sa perte de mémoire. Il demeurait persuadé qu'elle avait pu fuir ses agresseurs à temps. Seule sa mère était au courant et il lui avait fait promettre de ne jamais en parler, même pas à Victoire.

— Bon appétit !

La serveuse leur avait servi deux assiettes garnies et repartait déjà. Karen commença à manger sans poser d'autres questions.

— Je te taquinais, il n'y a rien de mystérieux, répondit-il enfin. Jacques Desmarets nous a présentés pendant une fête de Noël qu'il donne pour ses employés et ses relations. Il a expliqué à sa fille que mon père lui avait sauvé la vie et…

— Je sais tout ça. Sans ton père, Victoire ne serait pas née, elle me l'a raconté elle-même.

— Par la suite, je l'ai ramenée une fois au château en voiture, car elle avait raté son bus. En fait, ça vient de ma mère aussi. Un jour, Victoire et Anna lui ont rendu visite. Plus tard, elle est revenue seule bavarder avec maman et, de fil en aiguille, on s'est liés d'amitié. Je dirai que Goliath a joué également un grand rôle. Victoire l'adore et mon chien le lui rend bien. Es-tu satisfaite ?

— Oui et non, puisque tu as parlé d'un petit secret !

— Karen, je plaisantais.

— D'accord, moi aussi.

Elle eut un rire qui sonnait un peu faux, reprise par des soupçons imprécis. Emmanuel lui semblait distant et elle aurait voulu entendre des promesses de vie commune ou bien faire des projets ensemble.

— Il y a combien de chambres dans la maison de la forêt ? demanda-t-elle gaiement. Je te l'ai dit un soir, je voudrais tant fonder une famille avec toi.

L'appétit coupé, il posa ses couverts et but un verre d'eau.

— Je l'ai fait reconstruire telle qu'elle était, murmura-t-il. Il y a trois chambres. Karen, nous n'en sommes pas là. Je sais que ma mère espère un mariage, des petits-enfants, mais je ne veux rien prévoir. Tant que les assassins d'Emma seront en liberté et en mesure de nuire encore, de tuer, je ne pourrai pas vivre comme tu le souhaites. Et je refuse de laisser maman seule, même si elle prétend pouvoir s'en accommoder.

— Ton oncle Jeannot a proposé de l'accueillir chez lui. Il est veuf, ils se tiendront compagnie. Emmanuel, tu sacrifies ta jeunesse à une ombre. Si tu ne comptes pas t'engager avec moi, je ferais mieux de retourner à la Réunion. Je croyais que tu m'aimais.

Karen avait beau chuchoter, les clients d'une autre table les observaient. Excédée à l'idée de se donner en spectacle, elle se leva, prit sa veste et quitta l'établissement. Affolé, Emmanuel alla régler la note et sortit à son tour. Elle marchait vers sa voiture, son beau corps moulé dans la robe noire qui dévoilait ses jambes et ses bras dorés. Il devina qu'elle pleurait et courut pour la rattraper.

— Pardonne-moi, Karen, dit-il en l'enlaçant. Je ne voulais pas te faire de peine, j'ai juste été honnête. Mais je t'aime, je ne veux pas te perdre. Je t'en prie, donne-moi du temps.

Elle balbutia un « oui » en sanglotant. Il l'embrassa et son baiser passionné fut le meilleur gage de ses sentiments.

— On pourra au moins vivre tous les deux dans ta maison, souffla-t-elle, haletante. Ta mère viendra avec nous, ça ne me dérange pas, puisque j'ai souvent des horaires compliqués.

— Nous verrons, mais pour ça, tu dois rester ici, en métropole, insista Emmanuel. Ne m'abandonne pas, Karen. Grâce à toi, j'ai repris goût à tant de choses… Rire, se promener, faire l'amour.

— N'aie pas peur, je reste, dit-elle en séchant ses larmes. Même si je le voulais vraiment, je serais incapable de te quitter.

Château Desmarets, vendredi 8 juillet 2016

Anna et Victoire préparaient la salle de danse du château. Elles avaient accroché des guirlandes lumineuses sur le mur faisant face à la barre et au grand miroir. Rieuses et toujours complices, elles veillaient au moindre détail.

— Tu as eu une super idée, Vicky, déclara son amie. J'aurais tellement voulu être à Paris la veille du concours, pour te soutenir.

— Tu as eu ton bac et moi aussi, c'est plus important.

— Hier soir, j'ai envoyé mon dossier d'inscription en licence de lettres modernes à la Sorbonne. On va être colocataires, ce sera fantastique.

— Tu devras respecter mes horaires, Anna. J'ai besoin de me coucher tôt, et, pour le ménage, on partagera les tâches !

— C'est promis ! Si tu savais comme j'ai hâte de faire mes bagages. Dès qu'on s'installe, je décore ma chambre, car je n'ai pas les mêmes goûts que ta grand-mère.

Victoire approuva en souriant, occupée à sélectionner les deux morceaux de musique sur lesquels elle allait danser.

— Anna, tu devrais mettre les coussins que j'ai montés de ma chambre sur les deux bancs, il y aura assez de place pour mon public. Voyons, je recompte… Mamie, mes parents, Janine et Emmanuel, toi et Colette. C'est déjà assez intimidant. Il manquera Madame Aurélia qui avait autre chose de prévu.

— S'il te plaît, Vicky, dis-moi ce que tu as choisi de danser !

— Non, je veux vous faire la surprise. Je répète depuis mardi pour être au point. Mais je te donne un indice, je vais rejouer ma prestation du concours. Quelle heure est-il ? 16 heures, mes invités arrivent dans vingt minutes environ. Pour le thé qui suivra, Colette a fait des macarons et des biscuits aux noisettes.

Survoltée, Anna inspecta de nouveau la grande salle au parquet luisant de propreté. Victoire avait voilé les petites fenêtres au ras du sol à l'aide de plusieurs carrés de tissu noir, car, selon elle, la lumière du jour nuirait à l'ambiance qu'elle désirait.

— Pendant que tu descendras chercher mes spectateurs, je mettrai mon costume, dit-elle à son amie.

— Tu as le trac, Vicky ?

— Bien sûr, un peu moins que le jour du concours, mais je l'ai quand même. Ce serait pire si Karen avait pu venir…

— Pourquoi ? Tu as peur des gendarmes ? plaisanta Anna.

— Je crois qu'elle est jalouse de moi, pourtant Emmanuel l'aime vraiment, il me l'a dit. Parfois, elle me lance des regards un peu froids.

— Dans ce cas, bon débarras ! Surtout ne stresse pas, tu auras un public de choix, tout à l'heure, et tu feras un triomphe.

Dans le salon, assise dans un fauteuil, Catherine essayait de faire bonne figure devant sa mère et son mari. Si elle avait d'abord été enthousiasmée par l'idée de Victoire, la perspective de voir Janine Nevers et son fils dans le château la rendait très nerveuse.

— Ne fais pas cette mine, lui reprocha Élodie. Qu'est-ce qui te tracasse ? Vicky ne va pas se blesser en dansant et je suis contente de voir sa prestation du concours ailleurs que sur un écran d'ordinateur.

— Je devine ce qui dérange Cathy, avança Jacques. Les Nevers sont invités !

— Eh bien oui, je n'ai pas osé refuser lorsque Victoire me l'a annoncé. Elle était si joyeuse !

— Tu es un peu ridicule, Cathy, trancha Élodie. Ces gens sont très corrects, il me semble. Emmanuel est un jeune homme charmant et sa pauvre maman est la discrétion incarnée. S'il s'agit d'un problème de milieu social, je te rappelle que votre employée de maison est invitée elle aussi.

— Et à mon humble avis, renchérit Jacques, Janine et son fils seront encore plus mal à l'aise que toi. Ils ont accepté pour faire plaisir à Victoire. Deviendrais-tu snob, tout à coup ?

— Ce n'est pas ça du tout, tu te trompes. Je suis désolée, mais j'ai l'impression qu'ils ont la mort sur eux, murmura Catherine. Depuis la tragique affaire d'Emma Nevers, j'ai du mal à les approcher.

Consterné par l'étrange aveu de son épouse, Jacques leva les bras au ciel. Après leur bref séjour à Cabourg, où ils avaient connu un bonheur parfait, l'entendre tenir ce genre de propos le peinait beaucoup.

— Chacun porte quelque chose, Cathy, dit-il d'un ton amer. Nous, les Desmarets, nous avons le crime ignoble dont a été victime notre unique enfant, il est sur nous, et il s'y ajoute ces odieuses menaces qui nous détruisent peu à peu. Dieu m'est témoin, je pensais à avoir droit à quelques jours de bonheur, et tu remues le couteau dans la plaie.

— Ne dis pas une chose pareille, Jacques, j'ai juste exprimé mon ressenti, plaida Catherine. J'entends une voiture, ce sont eux. Accueille-les, maman, je t'en prie. Je monte me remaquiller et je vous attendrai tous là-haut, dans la salle de danse.

Anna, qui dévalait le grand escalier, la croisa sur le premier palier.

— Vous êtes prête à admirer notre étoile, madame ? s'écria-t-elle. Vicky a le trac, elle m'envoie chercher ses invités.

— Très bien ! Tu es radieuse, Anna, cette robe toute fleurie te met en valeur. Tu aurais pu danser, toi aussi…

— Oh non, madame, je ne suis pas assez douée.

— Ma fille pense le contraire. Descends vite, les Nevers sont arrivés.

Préposée aux éclairages, Anna fit baisser d'intensité les fines ampoules du lustre dont l'éclat se réglait avec une télécommande. La pénombre ambiante aida Janine Nevers à se détendre. Comme le supposait Jacques, la petite femme au chignon gris tremblait d'appréhension en entrant dans le château. Soutenue par Emmanuel, elle avait gravi chaque marche sans rien voir du décor qui l'entourait, par crainte de paraître indiscrète.

À présent, assise sur un des bancs entre son fils et Colette, elle retenait un soupir de soulagement. Lorsqu'un spot à la lumière chaude révéla la silhouette de Victoire, elle oublia tout.

— Mesdames, messieurs, mademoiselle, je vais danser sur un air extrait du ballet *Petrouchka*, d'Igor Stravinsky. Vous verrez ainsi ma prestation du concours.

Sur ces mots, la jeune fille salua, svelte et gracieuse dans un justaucorps et des collants blancs. Elle avait mis un court jupon en tulle brodé et des rubans multicolores ornaient sa longue natte brune.

Jamais son visage délicat n'avait paru aussi harmonieux. Dès les premières notes de musique, elle s'élança sur ses pointes, afin d'incarner la marionnette dont est amoureux le clown nommé Petrouchka. Vive, aérienne, un sourire éblouissant sur les lèvres, Victoire effectuait sauts et arabesques avec aisance. Fascinés, ses sept spectateurs se laissaient séduire par autant de talent et de prouesses techniques. Dès qu'elle salua, de fervents applaudissements retentirent.

— Bravo, ma chérie ! cria Élodie.

— Comme c'était beau, chuchota Janine.

Emmanuel acquiesça en silence, mais il serra fort la main de sa mère pour lui transmettre sa propre émotion. Quant à Colette, en habituée, elle hochait la tête de satisfaction.

Déjà, Anna modifiait l'éclairage en suivant les consignes de son amie, qui se changeait derrière le grand paravent en laque noire.

— Maintenant, c'est la vraie surprise, commenta Élodie en tapotant le bras de Catherine.

— Oui, je suis intriguée, mais très fière de Vicky.

Victoire réapparut en tutu blanc, sa natte roulée en chignon sur la nuque et couronnée de deux petites ailes blanches serties de strass. Nimbée d'une clarté bleuâtre, presque fantomatique, elle s'inclina devant son public.

— Maintenant, en hommage à la célèbre ballerine russe Anna Pavlova, souvent considérée comme la meilleure danseuse classique de tous les temps, je vais vous interpréter « La mort du cygne », chorégraphie composée sur l'andante du *Carnaval des animaux* de Camille Saint-Saëns. Anna Pavlova a séduit les foules du monde entier dans ce rôle et je ferai de mon mieux, sans espoir de jamais l'égaler.

Jacques se retint d'applaudir ce petit discours prononcé d'une voix douce et ferme. Mais la mélodie s'élevait, qui tout de suite le bouleversa, autant que les mouvements de sa fille.

La musique exprimait une poignante mélancolie et une infinie tristesse, en accord avec le corps fuselé de Victoire, tendue sur ses pointes et imitant une lente démarche d'agonie. Très bientôt, Élodie, Janine, Catherine et Colette en eurent les larmes aux yeux.

« Ses bras miment des battements d'ailes, analysait Anna, la gorge nouée. Ah, une arabesque, encore ces petits pas et elle se replie sur elle-même, une fois sur le sol. »

Pour Emmanuel, c'était une révélation. Il ignorait tout du ballet classique, cependant il perçut avec acuité combien la jeune fille vivait intensément cette « mort du cygne ». Le cœur serré, il découvrait aussi sa beauté de femme, par la grâce inouïe de ses gestes et la douleur muette qui sublimait ses traits adorables. Il sut qu'il ne pourrait jamais oublier cette danse lente ni cette musique subtile.

« Quel prodige, je ne croyais pas cela possible », songea-t-il.

Lorsque le silence s'instaura et que Victoire se releva d'un bond léger, elle fut encore applaudie, mais plus longtemps et de manière moins tapageuse.

— Nous sommes tellement émues, avoua Élodie. Merci, ma chérie, merci…

Catherine et Jacques félicitèrent leur fille en l'embrassant et en la câlinant. Très timide, Janine Nevers patientait à l'écart.

— Vous avez aimé ? lui demanda Victoire après avoir couru vers elle.

— C'était magnifique, ma petite, j'en suis toute remuée. Tu danses comme une fée.

— Et toi, Emmanuel, est-ce que ça t'a plu ?

— J'ai vécu des instants magiques. Tu étais merveilleuse, Vicky. Je te souhaite de faire une carrière à la mesure de ton talent, répondit-il. Mais une artiste aussi douée doit recevoir un bouquet.

Il recula pour aller prendre les fleurs qu'il avait dissimulées derrière le banc. Victoire reçut une gerbe de roses parfumées, dont les teintes pastel la ravirent.

— Elles viennent de notre jardin, dit Janine en souriant. Ce sont des rosiers anciens qui embaument. Emmanuel a ajouté un peu de feuillage pour faire joli.

— Je vous remercie tous les deux d'être venus et aussi pour les fleurs. Je pourrais pleurer tellement je suis heureuse.

Emmanuel résista à l'envie de la prendre dans ses bras, ne sachant plus ce qu'il éprouvait pour elle. Troublé, il prit même ses distances.

— Allons savourer le goûter qu'a préparé Colette, proposa Catherine. Une table est mise en terrasse, derrière le château. Vicky, encore bravo. Nous t'attendons, change-toi vite.

— Oui, maman !

Dès qu'elles se retrouvèrent seules dans la salle de danse, Anna pinça Victoire à la taille.

— Toi alors ! « La mort du cygne », rien que ça. Tu aurais dû m'avertir, j'aurais pris un mouchoir. Tu te rends compte, j'ai failli sangloter. Vicky, tu étais exceptionnelle.

— Vraiment ? C'est étrange, la musique me faisait mal au cœur et je me sentais fragile, prête à mourir de chagrin. Quand je répétais, je n'y étais pas aussi sensible, je m'appliquais surtout à suivre la chorégraphie. Mais là…

— Dis-moi, Vicky, tu as les larmes aux yeux.

— C'est confus, je revivais mon désespoir d'il y a trois ans, les gifles de maman, la clinique, la honte et la colère. N'en parlons plus, Anna ! Tu as été formidable en tant qu'assistante son et lumière.

Victoire ôta à regret ses pointes, son tutu blanc et ses petites ailes en fausses plumes. À l'abri du paravent, toute nue, elle se souvint de Vanessa, que l'on avait découverte ainsi, exposée à tous, impudique contre son gré.

— Qu'est-ce que j'ai ? marmonna-t-elle.

Soudain pressée de revoir le soleil et les tilleuls centenaires du parc, elle enfila ses sandales, mit ses sous-vêtements et sa nouvelle robe, d'un bleu ciel assorti à son regard. Puis elle dénoua ses cheveux qui ruisselèrent le long de son dos.

— Je suis prête, Anna, annonça-t-elle.

— Toujours éblouissante, en plus, soupira son amie.

Cette fille, Karen, a peut-être raison d'être jalouse. Si elle avait vu la façon dont Emmanuel te regardait en t'offrant les roses.

— Ne dis pas de sottises, d'abord Karen Mathis est une femme, pas une fille. Une superbe jeune femme toute bronzée, sculpturale et aux yeux d'un vert incroyable. Je te la présenterai bientôt, tu comprendras. En plus, Emmanuel est comme un grand frère pour moi.

— Je m'incline, Vicky, dépêchons-nous, je suis affamée.

Colette avait repris son rôle, proche de celui d'une gouvernante à demeure. Elle refusa de s'asseoir à la table du thé pour servir les six personnes rassemblées à l'ombre tiède du château, en face du grand parc planté d'arbres de diverses essences.

— Gilles, mon père, tenait à avoir des magnolias, confia Jacques à Emmanuel, qu'il savait passionné de botanique. Ils ont très bien poussé.

Les deux hommes se lancèrent dans une conversation autour des bois et des forêts du département. Si Anna et Victoire faisaient honneur aux biscuits et aux macarons, Janine affirmait qu'elle se contenterait de thé.

— Je vais m'vexer si vous goûtez pas à mes douceurs, plaisanta Colette. Allez, madame Nevers, juste un macaron, ils sont à la vanille.

Catherine l'encouragea à son tour, touchée par l'évidente gentillesse de Janine. Elle avait honte à présent et voulait prouver à son mari sa bonne volonté.

Sa mère la félicita d'un clin d'œil attendri. Elles

se mirent ensuite à discuter des formidables prestations de Victoire, tout en contemplant les pigeons du domaine qui volaient et se posaient sur la terrasse, en quête de miettes. Leur roucoulement était devenu si familier qu'on n'y prêtait presque plus attention.

— Jacques avait raison, Cathy, il faut profiter du bonheur, s'il se présente, comme aujourd'hui, prêcha Élodie. On ne sait jamais de quoi demain sera fait, dit-on.

16

Le clan Mongenot

Château Desmarets, mardi 19 juillet 2016

Allongée sur une natte en paille, Victoire observait le jeu des rayons de soleil dans le feuillage dense du tilleul qui lui faisait de l'ombre. Seulement vêtue d'un débardeur rose et d'un short en jean, elle lisait un roman que sa mère lui avait offert pour son anniversaire. Lorsque son téléphone sonna, elle vérifia l'identité du correspondant avant de répondre.

— Anna ? Tu es de retour ? demanda-t-elle, pleine d'espoir.

— Non, je suis encore au bord de la Méditerranée, mais on prend la route demain matin. Maman prête notre villa à une de ses amies, alors on doit tout laisser impeccable. Et toi ?

— Le repos complet, à part des balades à vélo, mes exercices à la barre, et la lecture…

— Rien d'autre ?

— Le calme absolu, Anna. Mes parents sont partis à Beaune, ils voulaient revoir les hospices et prendre des photos. Mamie est à Dijon et joue au bridge avec ses amies de pension. Dis, ça tient toujours, on s'installe à Paris dès le premier août et on passe tout le mois là-bas ?

— Bien sûr, ma mère a prévu de nous rendre visite souvent et de faire des achats. Je vais renouveler ma garde-robe. À demain soir, tu peux venir dormir chez moi. Je t'embrasse.

Son amie avait déjà raccroché. Victoire s'étendit à plat ventre, afin de continuer à étudier. Dans la partie du parc où elle se trouvait, on pouvait à peine l'apercevoir du château, or quelqu'un approchait d'un pas rapide en suivant une allée étroite.

— Ce doit être Colette, pourtant elle vient rarement par ici, et je lui avais dit que je travaillais.

Elle fut très étonnée de reconnaître Florian Mongenot, en pantalon de toile beige et chemise blanche, sa veste sur le bras. Il regardait sous les arbres, de l'autre côté du sentier tapissé de gravillons, mais il ne l'avait pas encore vue.

« J'aurais le temps d'aller me cacher », se dit Victoire, le cœur cognant à grands coups.

Elle se redressa un peu pour se lever, et Florian capta ce mouvement dans sa vision latérale. Tout de suite il obliqua dans sa direction.

— Salut, Vicky, cria-t-il. Votre employée de maison m'a indiqué où je pourrai te trouver.

— Bonjour, répondit-elle en bondissant sur ses pieds, soudain consciente de ne pas porter de soutien-gorge.

Florian fit le même constat après un furtif coup d'œil vers la pointe de ses seins, sous le léger tissu rose.

— Qu'est-ce que tu viens faire ici ? demanda-t-elle

d'un ton dur. Tu aurais pu téléphoner pour annoncer ta visite.

— Oui, j'aurais pu, si tu n'avais pas changé de numéro depuis un an et des poussières, rétorqua-t-il.

— Même avant, sur mon ancien numéro, tu ne m'as jamais appelée ! s'enflamma-t-elle. Tu ne répondais pas à mes messages et tu n'es pas venu à Paris pour obéir à ton père bien sagement.

Vite, elle ramassa son classeur et son livre, qu'elle tint devant sa poitrine en guise de bouclier.

— Tu es encore plus belle, murmura Florian. Toute dorée par le soleil, avec tes longs cheveux sombres que j'ai toujours envie de toucher.

À la fois flattée et agacée, Victoire faillit lui lancer une pique sur Ingrid, d'une blondeur lunaire, et qui se prétendait sa fiancée, d'après Anna.

— Qu'est-ce que tu veux ? dit-elle sobrement.

— Si on s'asseyait pour parler ? suggéra-t-il. Vicky, déjà je tenais à te présenter des excuses, en effet. Je rêvais de t'envoyer des messages et de te retrouver à Paris, mais ton père a mis son véto, en s'adressant également au mien. Jean-Charles Mongenot, le tyran de la famille, n'a pas perdu de temps. Soit je te laissais en paix, soit il me coupait les vivres. J'ai dû accepter pour finir mes études et obtenir l'examen du barreau. C'était l'unique manière de gagner mon indépendance. Je voulais te dire tout ça le jour de la marche blanche mais tu ne m'en as pas laissé le temps. Maintenant je suis enfin libre, ayant de plus hérité du côté de ma mère.

— Et alors ? ironisa-t-elle. Tu pouvais m'écrire et me dire ce qui s'était passé, j'aurais compris. Je me doutais que mon père y était pour quelque chose.

Victoire lui tourna le dos, puis elle s'assit en tailleur sur la natte en paille. Florian s'installa à ses côtés.

— J'ai pensé à désobéir pour te téléphoner et même rouler de nuit jusqu'à Paris. Mais chez nous, dans le clan Mongenot, une promesse est sacrée, or j'avais donné ma parole. De surcroît tu étais très jeune. Ton père menaçait de porter plainte pour détournement de mineure, ce qui m'aurait empêché d'être avocat.

Florian ne put résister et il prit entre ses doigts une épaisse mèche des cheveux bruns de la jeune fille. Au passage, sa main effleura son épaule nue, dont la peau était tiède.

— Pardonne-moi, Vicky, souffla-t-il. Je croyais que tu n'avais pas été affectée par mon silence et même que tu t'en moquais bien, comme tu étais très proche de Rémi Berger.

— Qui t'a dit ça ?

— Ta grand-mère. Je l'ai croisée dans la rue des Forges, la veille de Noël, l'an dernier.

— Tu as pris de mes nouvelles ?

— Non, je n'ai pas osé, mais elle m'en a donné. J'ai su que tu avais intégré l'école de l'Opéra et que tu passais ton temps libre avec Rémi Berger, un jeune danseur.

Il se tut brusquement, si bien que Victoire lui fit face pour le dévisager. Florian Mongenot était incontestablement très beau. Il se dégageait de lui une douceur pleine de gravité et une mélancolie évidente. Elle lut enfin dans ses yeux gris-bleu une timide joie.

— Je suis si heureux d'être avec toi, avoua-t-il. Tu te souviens de nos baisers, au fond de cette ruelle ?

— Peut-être, mentit-elle.

— Moi, le goût de tes lèvres, ta tendresse, ton abandon, tout ceci me hante.

Troublée, Victoire s'écarta de lui. Un rayon de soleil se posa sur un de ses bras et elle eut la soudaine envie de s'allonger à nouveau, paupières closes, dans l'attente d'un baiser de Florian. Elle s'interrogeait sur le mystère des attirances physiques, car le simple contact des doigts du jeune homme sur son épaule, peu de temps avant, l'avait comme électrisée, ce qui ne s'était jamais produit avec Rémi.

— Je vais rentrer au château, déclara-t-elle. Nous n'avons plus rien à faire ensemble. Tu es avec Ingrid, moi je vais vivre à Paris où je suis admise dans le corps de ballet de l'Opéra, mon plus grand rêve.

— Je suis au courant ! Je t'ai fait envoyer un bouquet de freesias et de roses jaunes à l'adresse que j'avais, boulevard du Montparnasse. Mais sans mettre de message.

— C'était toi ?

— Oui, je voulais des fleurs parfumées.

— Comment as-tu appris que je passais ce concours et que j'avais été reçue ? Ce bouquet est arrivé le lendemain matin…

— Très facilement. Cette année, Bastien a été scolarisé dans le même lycée que ta grande amie Anna car il avait redoublé sa terminale. Elle est très bavarde et s'intéresse à mon frère. Elle parle beaucoup de toi, voilà. Vicky, je veux que tu le saches, Ingrid ne compte pas. Nous sortons en boîte, nous nous amusons, seulement je ne ressens rien pour elle. C'est toi que j'aime et ça ne changera jamais.

Victoire ne bougeait pas, désireuse d'en apprendre

davantage sur Florian, mais aussi de l'accabler de reproches. La façon dont il avait évoqué sa relation avec Ingrid la choquait. Pendant qu'il luttait contre le désir de l'embrasser, elle réfléchissait.

— Tu ne rentres pas au château ? la défia-t-il, s'enhardissant à lui caresser la joue.

— Si, bien sûr, mais auparavant je voudrais te dire que tu te conduis mal vis-à-vis d'Ingrid. Je la connais à peine, je cède sans doute à la solidarité féminine. Pourquoi lui faire croire que vous allez vous fiancer, puisque tu ne l'aimes pas ?

Florian éclata de rire. Il s'étendit brusquement sur la natte, les bras croisés sous sa tête.

— On raconte ça à nos parents, Vicky ! Ingrid n'est pas celle que tu penses. Tu l'ignores sans doute, c'est elle qui a initié ton cousin à la drogue à l'époque où ils étaient ensemble. Et pas n'importe quelle drogue, des produits forts. Pauvre Arthur, il était pris au piège, ensuite. Tu sais, je lui en veux encore, au fond tout est sa faute, l'intervention de ton père et la réaction du mien.

— De quoi parles-tu ?

— De la soirée chez les Colombet, où ton crétin de cousin t'a invitée juste pour empocher de l'argent. Et moi je l'ai payé dans le but qu'il annule ce marché stupide. Vicky, ton père ne t'a rien dit ? Je lui ai exposé la situation le matin où il est arrivé fou de rage chez nous. Il m'accusait d'être mêlé à cette histoire. C'était en février 2014, juste après la tentative de suicide d'Arthur. Ma mère venait d'être inhumée.

Abasourdie, Victoire secoua la tête. Elle comprenait mieux à présent l'attitude de son père, qui lui avait interdit de revoir Florian.

— Un petit malin, ton cousin. Il m'a soutiré mille euros, mais je m'en moquais bien. J'aurais donné plus pour t'éviter d'être harcelée par un de ses copains. Quand je suis allé chez les Colombet, c'était pour vérifier si Arthur ne m'avait pas berné, mais personne ne t'avait vue et ça m'a rassuré.

— Je suppose que je dois te remercier pour ton geste, même si c'est avec beaucoup de retard, dit-elle tout bas.

— Un baiser me suffirait.

— Papa a dû douter de ta bonne action, car juste après, il a exigé que je n'aie plus aucun contact avec toi. Je suis désolée, Florian, mais j'ai confiance en lui.

— Et pas en moi ? Juste un peu, Vicky ?

— Un petit peu, admit-elle, charmée malgré tout par son timbre grave et suave, par son sourire enjôleur.

Victoire se revit à Dijon, blottie contre lui, leurs bouches unies pour des baisers dont elle n'avait pas oublié, elle non plus, la grisante harmonie. Un court instant, elle fut tentée de se coucher près de lui et de l'embrasser la première, une fois encore. Forte de son expérience avec Rémi, la raison lui revint. Si elle se retrouvait dans les bras de Florian, il pourrait perdre le contrôle et d'instinct, elle était certaine qu'il serait difficile de l'arrêter.

— Je rentre, tu peux me raccompagner, dit-elle en se levant. J'étais tranquille en train de lire. Colette n'aurait pas dû te dire où j'étais, en plus elle doit savoir que tu n'es pas le bienvenu ici.

— J'ai su l'amadouer en prenant un air de chien battu, plaisanta-t-il. Cette brave femme m'a même expliqué que tes parents se trouvaient à Beaune, l'occasion était trop belle, je devais en profiter.

Florian la suivit, les mains dans les poches. Mais Victoire ne prit pas l'étroite allée bordée d'arbustes à fleurs. Elle passa sous les tilleuls, plantés en ligne.

— Tu as laissé la natte en paille par terre, fit-il remarquer. S'il pleut, elle s'abîmera.

— Le ciel est dégagé et j'ai l'intention de retourner travailler là-bas après ton départ.

— Ou bien je t'invite à faire une promenade dans mon cabriolet. On traverse les vignobles Desmarets et on roule jusqu'à ceux des Mongenot.

Il l'avait saisie au coude pour la retenir. Elle se libéra et s'appuya au tronc d'un arbre, éprouvant une langueur exquise qu'elle attribua à la chaleur, au vent parfumé par l'été, à la présence de Florian. Il l'attirait irrésistiblement et elle ferma les yeux. Un frisson la traversa lorsqu'il posa ses lèvres sur les siennes.

Prudent, il prolongea son baiser, sans hardiesse ni audace, pour l'éveiller au plaisir. Victoire s'abandonna de nouveau à la volupté, l'esprit vide, le cœur affolé. Quand il caressa ses seins, elle trembla de plaisir, mais aussitôt elle lui échappa.

— Non, ça suffit, balbutia-t-elle. Je t'en prie, laisse-moi.

Elle s'éloigna en courant pour le fuir et se souvenir en toute sécurité du désir grisant qu'il lui avait inspiré. Colette la vit franchir la porte-fenêtre de la cuisine et fronça les sourcils.

— Vous avez eu chaud, on dirait, vous avez les joues en feu !

— Je faisais du jogging ! La prochaine fois, Colette,

dis aux éventuels visiteurs que je ne suis pas là. J'ai rencontré Florian Mongenot dans le parc. Mon père n'aurait pas apprécié.

— Toutes mes excuses, plaida celle-ci. Mais ce jeune homme apportait des invitations de la part de M. Mongenot. Il organise une belle fête samedi soir. Vos parents sont conviés et vous aussi. Tenez, il les a oubliées là, sur le buffet.

Encore essoufflée, Victoire ouvrit l'enveloppe en papier ivoire. Elle lut le texte inscrit en lettres dorées :

Nous avons le plaisir de vous inviter à la fête que nous donnons samedi 23 juillet au manoir Mongenot. Une dégustation de nos meilleurs crus sera proposée. Tenue de soirée exigée.

— Tu peux les jeter, Colette, nous n'irons pas, dit-elle en brandissant les trois cartons en bristol.

— Quel dommage ! s'insurgea Florian, qui se tenait sur le seuil de la pièce. Mon père a réservé un orchestre et fait monter un plancher sur la pelouse, sous un dais immense. Tu pourras danser, Vicky ! Sais-tu valser ?

— C'est sûr qu'elle connaît la valse, se vanta Colette. Madame Catherine aussi.

Bizarrement exaltée, Victoire chercha des arguments pour refuser, tout en ayant envie d'y aller.

— Je n'ai pas de tenue de soirée, décréta-t-elle.

— Viens en ville, je t'achète une robe.

— Ne vous tracassez pas, jeune homme. Victoire et sa mère font à peu près la même taille. Madame Catherine lui prêtera une robe ! Quand on peut se distraire, il ne faut pas hésiter.

— Vous êtes la sagesse incarnée, Colette, fanfaronna Florian en saluant d'un élégant geste de la main. À samedi, Victoire !

Sans lui fournir l'occasion de protester, il se dirigea vers son cabriolet blanc et se mit au volant, sous l'œil admiratif des ouvriers agricoles du domaine. La luxueuse voiture démarra au quart de tour et son conducteur effectua une manœuvre habile dans la cour. Trois minutes plus tard, il avait disparu du champ de vision de Victoire.

— Quel prétentieux ! murmura-t-elle.

— C'est le fils aîné du clan Mongenot, il peut se le permettre, répliqua Colette. Un beau gars, en plus, le portrait de son père en moins fier. Le cadet, Bastien, il tient de sa mère, Frédérique, pour le physique, mais au moral, c'est le plus jeune qui a hérité du caractère paternel.

— Je me demande bien pourquoi tout le monde surnomme cette famille le clan Mongenot, murmura Victoire.

Colette se pencha sur l'évier à deux bacs pour rincer une tasse et des verres. Elle se sécha les mains avant de s'asseoir à la table, ses mains noueuses jointes sur le bois sombre.

— Depuis que je travaille au château, j'ai toujours entendu les gens de la région les appeler comme ça. Il paraît que ce serait à cause du grand-père de Jean-Charles Mongenot. Un type autoritaire et brutal, qui menait ses enfants et petits-enfants à la baguette. Ses employés lui disaient « maître », sa femme aussi. Enfin, ce sont peut-être des rumeurs.

— Peut-être, hasarda Victoire.

Château Desmarets, mercredi 20 juillet

Infatigable, Victoire s'entraînait dans la salle de danse du château. Elle avait lancé une playlist de musique de ballets et improvisait des chorégraphies après de nombreux échauffements à la barre. Ses parents n'étaient pas rentrés la veille, s'étant accordé une nuit à Beaune.

« Chère maman, cher petit papa, on dirait qu'ils vivent une seconde lune de miel, comme a insinué Colette hier soir. »

Elle avait dîné à la cuisine, dans l'espoir de faire parler leur employée.

— Je suis sûre que tu sais beaucoup de choses sur ma famille, lui répétait-elle.

— Rien que je n'ai pas raconté, rétorquait Colette.

— Sais-tu comment je vais appeler le château ? s'était écriée Victoire. Le château des secrets, parce qu'il y en a un peu partout.

Ce nom lui plaisait et il tournait encore dans son esprit tandis qu'elle effectuait une série de sauts.

— Tu vas finir par te blesser, lui lança-t-on depuis la porte. Surprise !

— Anna, tu disais que tu ne serais pas là avant ce soir !

Victoire traversa la salle et étreignit son amie.

— Maman a préféré rouler de nuit, on est arrivés à l'aube et j'ai dormi jusqu'à 14 heures. Ensuite, je suis montée sur mon scooter et me voilà, juste à temps pour le goûter. Colette fait des tartelettes aux fraises et elle m'a promis qu'il y aurait de la chantilly.

— Tu auras ma part, je ne dois pas prendre de poids et rester dans une excellente condition physique. Pendant le concours, les juges tenaient compte également de ces critères. Anna, j'avais hâte de te voir parce que je dois t'avouer une chose très importante. Attends, je me change.

— Qu'est-ce qui s'est passé pendant mon absence ?

— Hier après-midi, Florian m'a rendu visite dans le parc.

Passionnée, Anna écouta le récit de Victoire, qui insista sur le geste presque chevaleresque du jeune homme, prêt à payer plus de mille euros pour contrecarrer le plan d'Arthur.

— Franchement, ton cousin est un sale voyou !

— Pire que ça. Il m'a sacrifiée pour s'acheter de la drogue. En plus, il avait dû toucher l'argent de celui qui voulait me faire venir. Il aurait affirmé à mon père ne pas connaître son identité, mais plus j'y pense, plus je suis persuadée qu'il s'agissait d'une de ses relations.

— Tu crois, Vicky ?

— Oui, ça me paraît évident. À cause de tous les crimes commis dans la région, j'avais déduit que j'avais été victime des monstres qui en sont coupables. Maintenant je penche plutôt pour un acolyte d'Arthur, qui a abusé de moi après m'avoir droguée. Sinon je serais morte, comme Vanessa et les autres, comme la sœur d'Emmanuel.

Songeuse, Anna mordillait l'ongle de son pouce, une de ses manies qui exaspérait Victoire. Elle lui prit la main afin de l'en empêcher.

— Aujourd'hui aussi, Florian m'a embrassée. C'était magique, encore plus que la première fois, à Dijon.

— Ce que j'ai su deux mois plus tard, puisque tu ne m'avais rien dit.

— Là tu es au courant dès le lendemain, alors ne te plains pas. Anna, c'est tellement différent d'avec Rémi. J'avais envie de me coucher sur l'herbe pour faire l'amour.

Des bruits de talon dans l'escalier menant au grenier firent taire Victoire. Sa mère fit irruption dans la salle de danse, très élégante dans une robe en soie beige, un collier de perles autour du cou. Ses boucles brunes auréolaient son visage aux traits fins.

— Tu es de retour, Anna, dit Catherine d'un ton aimable. Je cherchais Vicky, son père et moi voudrions lui raconter notre escapade à Beaune. Les hospices sont magnifiques en cette saison, le soleil se reflète sur les toitures qui brillent et les couleurs des tuiles sont mises en valeur.

— On descend, maman. Je me suis beaucoup entraînée et hier soir j'étais au lit à 21 heures.

— Colette m'a montré les invitations à la fête des Mongenot, cela nous fera du bien d'y aller. Mais il te faut une robe de circonstance.

— Nous sommes invités aussi, mes parents et moi, précisa Anna.

— Vraiment ? s'étonna Victoire.

— Papa est négociant en vins fins, M. Mongenot et lui font souvent des transactions compliquées que maman et moi nous ne cherchons pas à comprendre.

Elles descendirent toutes les trois au rez-de-chaussée, dans la salle à manger de style Louis XV, où Colette avait servi le thé et les fameuses tartelettes aux fraises. Jacques les attendait, assis dans un fauteuil près d'une fenêtre ouverte.

— Je vais vous laisser entre vous, annonça Anna après avoir dégusté une pâtisserie nappée de crème. Je suis venue à l'improviste.

— Tu ne nous déranges pas, affirma Victoire.

— J'ai dit à ma mère que je reviendrai vite. On s'appelle ce soir ou demain. Au revoir, madame, au revoir, monsieur.

Après le départ d'Anna, Catherine adressa un curieux sourire à sa fille.

— Rejoins-moi dans mon dressing d'ici un quart d'heure, ma chérie. Nous devons faire des essayages. Si aucune de mes robes de cocktail ne te plaît, nous irons à Dijon t'en acheter une. Ce sera l'occasion de passer embrasser ta grand-mère.

— Je me contenterai d'une de tes toilettes, maman. Déjà, j'étais certaine que vous refuseriez l'invitation.

— Tu t'es trompée, Vicky, répondit Jacques. J'avais l'intention de parler affaires avec Jean-Charles, cette fête sera une bonne occasion. Nos rapports ont toujours été un peu froids, néanmoins c'est un homme avisé et loyal sous son allure hautaine.

— D'accord, j'ai dû rester sur mes impressions de fillette. Il me faisait un peu peur, car il criait fort et ne souriait jamais.

— Ne t'inquiète pas, ma chérie ! Nous serons tous les trois et rien ne nous oblige à rester longtemps. Mais ce serait incorrect de refuser. J'ai le défaut de ton grand-père Gilles, qui se montrait souvent asocial et s'enfermait dans un cercle restreint en ce qui concernait notre domaine viticole. Je dois être plus mondain…

— Toi, papa ? Vas-tu porter un smoking samedi soir ? se moqua-t-elle.

— Non, un costume suffira, même s'il me coûte de quitter ma tenue de *gentleman-farmer*, pour reprendre ton expression favorite.

Sa mère étant sortie de la pièce, Victoire attira une chaise qu'elle cala contre le fauteuil de son père.

— Florian Mongenot est venu en personne porter ces invitations, déclara-t-elle. Papa, sois honnête, est-ce que tu l'as soupçonné d'être mêlé à ce qui m'est arrivé ? Il prétend avoir donné mille euros à Arthur pour me protéger. C'était louable de sa part, alors pourquoi m'as-tu ordonné de ne plus le voir et de ne plus lui téléphoner ? J'ai eu du chagrin, car il me plaisait vraiment et il me plaît toujours.

— Je me méfiais, au cas où il m'aurait menti, ma chérie.

Jacques tourna son visage au teint vif vers sa fille. Elle le fixait, attendrie par ses tempes grisonnantes et le désordre de ses cheveux roux. Il la contemplait de son regard sombre, où elle crut déceler une immense lassitude.

— Tout va bien, si ce garçon te plaît, soupira-t-il. Je t'avais juste prié de patienter jusqu'à tes dix-huit ans. Ceci dit, depuis quelques mois, mon opinion a évolué envers Florian. Il est avocat, en quête d'un cabinet sérieux où débuter, et, ma foi, on ne peut pas lui enlever une chose, il est bel homme. S'il t'aime sincèrement, c'est à toi de décider.

— Merci, papa ! Je t'aime tant.

Elle noua ses bras autour de son cou pour déposer un baiser affectueux sur sa joue, qui piquait un peu.

— Tu ne t'es pas rasé ce matin, le sermonna-t-elle en riant.

— Je n'ai pas eu le temps. Cathy est toujours pressée. Va plutôt dénicher une robe, je me repose. De cette fenêtre, je peux admirer mes vignes, mes chais, et l'air frais me fait du bien.

Victoire s'éloigna de sa démarche légère. Une fois seul, Jacques scruta le paysage avec un rictus amer, navré de mentir à son enfant adorée. Ils étaient bien passés à Beaune, où ils avaient déjeuné, mais ils se rendaient chez un notaire de Cluny pour signer la vente du manoir appartenant à Catherine, ainsi que les terres attenantes.

« Et moi, j'ai cédé à un nouveau chantage, songeait-il. Sans l'argent de Catherine, je serais pratiquement ruiné, puisqu'on m'a dépouillé de mes meilleurs vignobles... »

Il éprouva cependant un regain de réconfort, en pensant à la promesse faite à son épouse le matin même. D'abord il solliciterait des conseils auprès de Mongenot, en lui révélant qu'on le faisait chanter depuis trois ans, menaces de mort à l'appui. Cependant il ne comptait pas lui dévoiler l'agression dont sa fille avait été victime.

« Et dès que notre Vicky sera à Paris, je raconterai toute l'histoire à la police. Je ne peux plus reculer, et Cathy voit sans doute juste, si on arrive à prouver que j'ai signé les actes de vente sous la contrainte et qu'on arrête les coupables de cet odieux chantage, je pourrai récupérer mes vignes. »

Colette, qui venait desservir la table, le trouva immobile, à la même place, les traits tirés et une main sur son cœur.

— Vous êtes souffrant, monsieur ? s'alarma-t-elle.

— Juste fatigué, Colette, nous avons beaucoup roulé

en vingt-quatre heures. Si vous pouviez m'apporter un verre de whisky, l'alcool me requinquera.

— Tout de suite, monsieur Jacques.

Au premier étage du château, dans le dressing de Catherine, Victoire jouait les mannequins en défilant devant sa mère. Elles riaient beaucoup, en commentant les modèles.

— Trop sérieux pour mon âge, maman !

— Oui, et la couleur marron glacé ne te va pas.

— Celle-ci est chic, mais trop grande !

— Si tu la choisis, il faudra la retoucher. Ma parole, tu es plus mince que moi. Non, en fait elle ne convient pas à ton âge.

— Ne dis pas comme mamie que je dois porter du bleu, à cause de mes yeux.

Catherine ouvrit un deuxième placard, après avoir assisté à trois autres essayages peu concluants.

— J'ai gardé mes toilettes d'avant mon mariage, précisa-t-elle. Elles sont vintage, comme on dit en ce moment, enfin elles datent des années 1990. Tiens, regarde celle-ci, je l'adorais.

— Maman, je la trouve affreuse.

Victoire examina une à une les jupes et les robes, le plus souvent avec une petite grimace dépitée.

— Je viens d'avoir une idée ! s'enflamma-t-elle. Ce serait original, en accord avec moi-même, à condition d'ajouter des bijoux, un foulard en mousseline et de jolies chaussures.

— Je crains le pire, s'esclaffa Catherine. Ma chérie, nous ne nous sommes jamais autant amusées ensemble. Alors, ton idée ?

— Tu sais combien je m'attache à certaines choses, maman, j'ai rapporté de Paris le sublime tutu noir que mamie m'a offert, dans ce magasin consacré à la danse, près de l'Opéra. Le jupon en tulle est vaporeux à souhait, il m'arrive à mi-mollets. Tu te souviens, le décolleté est en V. Imagine, des escarpins, un grand foulard drapé sur mes épaules et ton collier de saphirs, qui fait penser à une parure du Moyen Âge !

Sidérée, sa mère prit place sur un tabouret et tenta de visualiser l'effet possible.

— Toutes les femmes et les jeunes filles auront des robes hors de prix, Vicky ! Te présenter en tenue de danse, ce serait très audacieux.

— Pourquoi ? Avec des accessoires, les gens croiront que c'est une toilette à la dernière mode. Je ne veux pas te faire dépenser de l'argent pour quelques heures chez les Mongenot.

— Tu es gentille, ma chérie, mais tu parles comme si nous avions des soucis financiers, ton père et moi. Bien, va mettre ce tutu et reviens me voir. Lorsque nous aurons finalisé ton idée, nous demanderons son avis à Jacques. Vicky, si je te prête mon collier, il ne faudra surtout pas le perdre.

— Je ferai très attention, maman.

Le résultat subjugua Catherine et bluffa Jacques Desmarets. Il ne s'aperçut pas immédiatement que sa fille portait une tenue de danse.

— Tu es splendide, ma chérie ! D'où sort cette robe noire ? Mon Dieu, je te ferai valser et tu éblouiras tout le monde.

— Papa, c'est un tutu de grande marque.

Elle défila devant lui, sa gorge ornée du collier en argent serti de saphirs taillés en gouttes d'eau. Une étole presque transparente, d'un bleu pâle, voilait ses épaules, et elle avait mis des escarpins noirs.

— Notre fille fera sensation ainsi, Jacques ! s'enthousiasma Catherine. Pour la coiffure, je lui ai déconseillé un chignon, qui ferait trop danseuse, justement.

— Je laisserai mes cheveux dénoués, proposa Victoire.

— Non, ça manque de classe. Tu pourrais faire deux fines tresses de chaque côté et les attacher derrière, ce qui retiendra le reste de ta superbe chevelure, Vicky, décida sa mère.

— Tu m'aideras, maman.

Enchanté par leur gaieté et leur complicité, Jacques eut un bon sourire. Il se prit à rêver de sortir enfin de l'enfer où il se débattait depuis des mois.

— Mes chéries, murmura-t-il. Je voudrais que ces instants durent toujours.

Victoire en fut peinée, sensible aux accents bouleversés de son père. Elle courut l'embrasser encore.

— Pendant des années, les manifestations affectueuses étaient proscrites entre nous, papa, et, petite fille, j'en ai beaucoup souffert. Alors maintenant, j'en profite, je peux te câliner aussi souvent que j'en ai envie. Toi aussi, maman.

Elle retourna vers Catherine et l'étreignit, tout en déposant un baiser sur sa joue.

— Nous étions si sévères et si distants, Vicky, souffla-t-elle. Pardonne-nous, j'ignore pourquoi nous avions cette attitude. Au fond, nous avons été bien punis…

— Ne dis pas ça, je t'en prie, lui reprocha Victoire. C'est du passé. Et à présent, je vais me changer pour aller me balader à vélo. Je passerai saluer Janine et j'irai peut-être chez Anna.

— Sois prudente, ma chérie, recommanda Jacques. Je n'aime pas te savoir seule sur la route.

— À VTT, je prends les chemins, papa, n'aie pas peur.

Ses parents la suivirent des yeux lorsqu'elle quitta la salle à manger. Ils partageaient la même crainte.

— Il y a eu trop de chauffards dans le pays qui ont fauché des personnes chères, soupira le viticulteur. Moi-même, sans Paulin Nevers, je serais mort brûlé.

— Jacques, tu as entendu Vicky, c'est le passé. Les accidents sont monnaie courante, hélas.

— Alors viens près de moi, Cathy, et tiens-moi la main. Tu es le meilleur remède pour apaiser mon cœur.

Ferme Desmarets, une heure plus tard

Janine Nevers arrosait ses plates-bandes où poussait une quantité de fleurs semées à la fin du printemps par son fils. Seuls les rosiers avaient été plantés des dizaines d'années plus tôt, à l'instigation de Gilles Desmarets.

— Tiens, j'ai de la visite ! s'exclama-t-elle quand un crissement de freins lui parvint du chemin. Mais c'est la petite Vicky !

— Bonsoir, madame, répondit Victoire en calant son vélo contre le mur d'enceinte du jardin.

— Quand même, appelle-moi Janine ! On se connaît bien maintenant.

La jeune fille ouvrit le portillon, surprise de ne pas voir le leonberg se ruer à sa rencontre.

— Où est Goliath ?

— Tu vas avoir de la peine ! Emmanuel l'a emmené chez le vétérinaire de Chenôve, parce que cette brave bête était mal en point. Il vomissait et tremblait. Penses-tu, depuis que notre berger allemand a été empoisonné, il y a de ça plusieurs années, mon fils se méfie. Pourtant, comme je lui ai dit, le chien a pu manger quelque chose de mauvais, une charogne ou une herbe toxique, en voulant se purger.

— Mais Goliath ne déambule jamais dans la campagne, et les animaux connaissent d'instinct les bonnes plantes, affirma Victoire.

Attristée, elle s'inquiétait beaucoup, pour Emmanuel et pour le leonberg.

— Je vais attendre avec vous, madame, pardon, Janine… Votre fils téléphonera, dans tous les cas.

— Seigneur Dieu, si Goliath meurt, ce sera terrible pour Emmanuel. Entre donc, on va boire un verre de limonade. Tu es toute pâle, du coup.

La maison parut singulièrement vide à la jeune fille, sans le regard ambré du chien et sa présence imposante.

— On a eu tant de malheurs, déjà, se lamenta Janine.

— Je sais et je suis désolée pour vous deux.

— Tu as un cœur d'or, Vicky. Grâce à toi, j'ai bu du thé sur la terrasse d'un château. Je n'arrête pas de penser à cette belle journée, où tu as si bien dansé.

— Moi aussi, j'étais heureuse de vous inviter ! Et si j'appelais Emmanuel ? Il est parti vers quelle heure ?

— Il y a un bon moment, essaie si tu veux.

Victoire tomba sur la messagerie du jeune homme. Elle n'insista pas, mais lui envoya un texto. Janine hocha la tête d'un air soucieux. Elle servit de la limonade, puis chuchota, comme si des témoins invisibles pouvaient l'entendre.

— En plus, ça ne va pas fort entre Karen et mon fils, avoua-t-elle. Dimanche, on l'avait invitée à déjeuner mais elle n'est pas venue. Emmanuel m'a dit qu'ils s'étaient querellés.

— Mais pourquoi ?

— Ils devaient habiter notre maison de la forêt au mois de novembre, et il n'a pas trouvé l'occasion de la conduire là-bas pour qu'elle la visite. Je te le dis en confidence, Karen a du caractère et il ne faut pas la contrarier.

— Janine, écoutez, une voiture arrive ! s'écria Victoire. C'est sûrement Emmanuel.

— Va vite voir ! Mon Dieu, si son chien est mort, tu le sauras tout de suite.

— J'y vais, j'espère que Goliath est là, bien vivant.

Elle se précipita à l'extérieur et traversa le jardin au pas de course. Une fois sur le chemin, elle découvrit Emmanuel au volant de son pick-up. Il la vit approcher et s'empressa d'ouvrir la portière, pour descendre du véhicule.

— Est-ce que ça va ? demanda-t-elle. Ta maman m'a dit que Goliath était malade.

— Oui ça va, Vicky ! Je suis soulagé, mon chien n'avait rien de grave. Il reste cette nuit au cabinet vétérinaire, et je le récupère demain matin.

— Je suis si contente ! s'écria Victoire en lui sautant

au cou. Je ne voulais pas que tu sois malheureux… Et j'adore ton chien.

Les bras d'Emmanuel se refermèrent sur elle, dont la joie presque enfantine le bouleversait. Mais sous ses mains, ses doigts, c'était un tendre et joli corps de femme qu'il tenait. Il la repoussa délicatement, avec un grand sourire.

— Maman doit se faire du souci, allons la rassurer, Vicky.

— Elle n'osait pas sortir, dépêchons-nous.

Il la suivit sans hâte, en la revoyant encore une fois qui dansait de toute son âme « La mort du cygne ». Ce jour-là, il était tombé amoureux d'elle, fasciné par sa grâce ineffable et par la douleur secrète qu'il avait décelée dans le moindre de ses gestes. Il s'était promis de ne jamais se trahir, et il se savait désormais prisonnier de ce serment.

17

Un dernier tour de valse

Château des Mongenot, samedi 23 juillet 2016

Le soleil se couchait sur le parc qui entourait le château des Mongenot. Catherine se promenait au bras de son mari, à l'écart du vaste dais blanc abritant l'orchestre et la piste de danse.

— Tu es vraiment ravissante dans cet ensemble vert, lui dit Jacques. Je ne suis pas le seul à l'avoir remarqué, Jean-Charles te regardait avec insistance.

Elle eut un rire très jeune, consciente de son élégante minceur mise en valeur par une robe moulante en taffetas émeraude, sur laquelle elle portait une veste légère, dont les manches s'arrêtaient avant le coude. Comme unique bijou, elle avait choisi son collier de perles naturelles, qui valait une petite fortune.

— Tes compliments font toujours plaisir, Jacques, avoua-t-elle. Sinon, pour être sincère, ce parc ne me plaît guère. Il y a très peu d'arbustes d'ornements et de fleurs, beaucoup de buis taillés, et tout est trop géométrique à mon goût. Mais au moins il y a un bassin et une fontaine.

— La statue d'où jaillit l'eau représente un cheval cabré, elle date sûrement de la construction du manoir, car tu es d'accord, Cathy, ce n'est qu'un joli manoir du début du siècle dernier, couvert en ardoise, un détail d'importance qui me choque, ironisa Jacques.

— Nous pourrions dire la même chose de notre château, mon chéri, répliqua-t-elle tout bas. Mais il y a une différence, notre charmante demeure a beaucoup plus de style grâce à ses toitures colorées et sa tour.

— Une tour où nous n'entrons jamais, répliqua-t-il. Je voulais la faire restaurer, mais ce serait très coûteux.

Ils échangèrent un regard complice, un peu triste cependant. La musique leur parvenait, étouffée par la rumeur constante des conversations.

— Retournons parmi la foule, lui dit Catherine. À quelle heure pourras-tu t'entretenir avec Jean-Charles ?

— Après le cocktail, ou plutôt, dans notre belle langue française, après l'apéritif et le buffet froid.

— Jacques, tu es incorrigible, mais je t'aime.

— Une chance que n'a jamais eu le maître des lieux, répliqua-t-il en lui donnant un rapide baiser sur les lèvres.

— Attention à mon maquillage ! Et on nous observe !

— Qui donc ?

— Notre fille, qui fait sensation dans sa toilette improvisée. Son amie Anna n'est pas mal non plus, mais choisir du rouge bordeaux à son âge… Pour moi, c'est une petite faute de goût, et elle n'aurait pas dû se refaire une coupe au carré.

— Tu es sévère, j'estime qu'Anna a un physique qui sort de l'ordinaire, avec ses yeux noirs en amande et ses cheveux lisses tout aussi noirs. Tu as raté ta vocation, tu aurais dû travailler dans la mode, Cathy.

Elle retint un soupir, consciente d'avoir passé des années de loisir absolu, sans même seconder son mari dans la gestion du domaine.

— J'aurais aimé être enseignante, maîtresse d'école, lâcha-t-elle soudain. C'est sans doute la raison qui m'a fait éduquer Vicky de manière aussi stricte, en la poussant à lire beaucoup et à donner le meilleur d'elle-même.

Debout près d'un buis taillé en une boule parfaite, Victoire regardait ses parents et les trouvait bien assortis. Son père arborait un costume trois pièces gris, une chemise blanche et une cravate bleu marine.

— Papa a de l'allure, souffla-t-elle à Anna.

— C'est vrai et ta mère aussi. Il n'y a que moi pour me sentir déguisée ! Vicky, je ne suis pas du tout à l'aise dans cette robe. En plus, j'ai dû prendre mon scooter pour venir, puisque maman a changé d'avis au dernier moment. Elle n'avait pas envie de s'habiller et de voir des gens. Bien sûr papa lui obéit au doigt et à l'œil. Moi, je voulais être là à tout prix, alors j'ai conduit en jogging et je me suis garée derrière la haie, près du portail. Par chance une des employées du traiteur m'a vue dans l'embarras et elle m'a permis de me changer dans l'arrière-cuisine du château. J'ai enfilé cette horreur de robe couleur lie-de-vin, une idée de ma mère, encore une fois, et je me suis maquillée dans les toilettes. J'étais un peu stressée, je crois que j'ai laissé la clef sur le scooter.

— Parfait ! Comme ça, si je veux m'en aller, je te

l'emprunte, maintenant que tu m'as appris à m'en servir.

— Tu n'as pas intérêt, Vicky, j'y tiens et si tu tombais, tu endommagerais ta précieuse petite personne de danseuse, se moqua Anna.

— Je plaisantais et tu es adorable, je te le promets. Le tissu te moule beaucoup et le décolleté est un peu plongeant, mais ça va encore.

— Si je croise Bastien, peut-être qu'il sera enchanté, anticipa Anna. As-tu vu Florian ?

— Non, c'est un comble, il se déplace pour me remettre les invitations et il n'est même pas là, soupira Victoire. Pourtant il déjà fait presque nuit.

— Si on allait grignoter une des merveilles du buffet, suggéra Anna. Tout le monde commence à manger et à boire. Il paraît qu'ils ont prévu un feu d'artifice.

— Comment tu le sais ?

— La serveuse qui m'a aidée était très au courant. Viens, je meurs de faim.

Victoire s'avança la première vers la longue table nappée de blanc où étaient disposés plusieurs plats de toasts et de sushis, ainsi que des saladiers remplis de fruits.

— Il y a du champagne, s'extasia Anna en prenant une coupe sur le plateau que lui présentait un serveur en habit noir.

— Ne bois pas trop, fit une voix derrière les jeunes filles.

C'était Bastien, le fils cadet du clan Mongenot. Ses boucles d'un châtain clair entouraient son visage au teint pâle. Moins grand que son frère aîné, il fixait Anna de son regard brun.

— Tu es en beauté, lui dit-il. Je te réserve une danse. Bonsoir, mademoiselle. Victoire, c'est ça ?

— On se connaît depuis longtemps, Bastien ! Tu joues à quoi, en m'appelant mademoiselle, rétorqua-t-elle.

— Au mondain, c'est de circonstance, riposta-t-il. Pour une fois que mon père organise une fête. Il y a un monde fou, vous ne trouvez pas ?

— Et où est Florian ? demanda Anna, afin d'éviter à son amie de poser la question.

— Dans sa chambre, entre les bras de sa belle Ingrid. Ils ne vont pas tarder à descendre. Franchement, on est bien plus tranquille à l'intérieur. Si je te faisais visiter le château, Anna ?

Celle-ci adressa aussitôt un coup d'œil suppliant à Victoire qui lui répondit d'un « oui » à peine audible, assorti d'un sourire un peu forcé.

— On revient vite, Vicky.

Ils s'éloignèrent main dans la main sur la pelouse. Restée seule, Victoire ressassa la déception qui lui serrait le cœur. Elle se sentait stupide d'avoir cru aux discours de Florian et à son amour pour elle.

Au même instant, l'orchestre, composé de quatre musiciens, un pianiste et trois violonistes, commença à jouer une valse.

— Ma chérie, tu as l'air triste, s'étonna Catherine qui venait de retrouver sa fille parmi les invités de plus en plus nombreux.

— Je m'ennuie déjà, maman. On rentre bientôt ?

— Pas tout de suite, ton père attend Jean-Charles avec qui il doit avoir un entretien très important pour notre exploitation. Anna t'a abandonnée ? Je l'ai croisée qui faisait les yeux doux à Bastien.

— Ce n'est pas ma nounou, elle a le droit de s'amuser, se défendit Victoire. Heureusement qu'il y a de la musique.

— Et des délices à déguster. Je suis sûre que tu n'as presque rien avalé. Goûte les sushis, ils sont fabuleux. Ou bien prends des fraises, elles ne te feront pas grossir.

Mélinda Quinot se glissa vers la table. Catherine poussa un cri de surprise en reconnaissant sa belle-sœur.

— Vous étiez invités, Guy et toi ? lui dit-elle en l'embrassant.

— Oui, évidemment. J'étais très amie avec son épouse. Comme il y a une dégustation des crus les plus renommés après le feu d'artifice, ton frère était intéressé, même s'il n'a plus ses vignobles. Jean-Charles souhaite élargir encore sa clientèle. Tu n'as peut-être pas remarqué, Catherine, mais il y a beaucoup d'étrangers. Certains sont des sortes de secrétaires venus négocier des contrats pour leurs richissimes patrons.

La voix aiguë de Mélinda vrillait les nerfs de Victoire. Elle recula un peu, ayant aperçu son père près de la piste de danse.

— Je vous laisse discuter, dit-elle.

— Attends une minute, Vicky ! Tu es superbe, l'ado boudeuse s'est métamorphosée en une séduisante jeune femme. Mais c'est la fameuse parure en saphirs que tu portes... Je n'avais pas eu l'occasion de voir ce bijou de près. Quelle excentricité aussi, de porter un tutu !

— Je suis sûre que peu de gens l'ont remarqué. On m'a félicitée pour ma robe en me demandant où je l'avais achetée. Papa me fait signe, à plus tard.

En tête à tête avec Catherine, Mélinda changea de ton. Elle but une gorgée de champagne, en regardant de tous les côtés.

— Guy doit bavarder quelque part, murmura-t-elle. Cathy, nous avons de mauvaises nouvelles d'Arthur. Sa grand-tante Perrine se ronge les sangs, à cause de ses frasques et de ses fréquentations douteuses. La pauvre femme, qui n'est plus toute jeune, n'en peut plus. Arthur compte revenir en France bientôt, mais je ne veux pas de lui à la maison. Il me déteste et je ne supporterai plus ses insultes et ses caprices. Si tu pouvais t'en occuper ? Tu souffriras moins de l'absence de ta fille si tu as ton neveu au château.

— C'est hors de question. Excuse-moi, je vais chercher mon frère et lui expliquer où est son devoir, et le tien, Mélinda.

Sur ces mots énoncés sèchement, Catherine se fondit dans la foule, d'où s'élevaient des rires et des exclamations affectées. Déterminée à s'expliquer avec Guy, elle se rapprocha de la terrasse en surplomb du château, où des hommes s'étaient regroupés et fumaient leur cigare.

Jacques accueillit sa fille avec un sourire rêveur. Il avait une coupe de champagne à la main et semblait écouter la musique.

— Papa, tu me fais de la peine, tout seul ici, avoua Victoire. Prends au moins un siège, il y a des fauteuils en osier près de l'orchestre. Ou alors on danse, nous ne serons pas les premiers, je compte déjà trois couples sur la piste.

— Ne t'inquiète pas pour moi, ma chérie. Je

contemple le décor, les buis sentent bon et j'admire toutes ces lumières qui font briller les bijoux de ces dames. À ce propos, le collier de saphirs te va à merveille. Un vrai trésor, qui est dans la famille Quinot depuis trois générations.

— Les femmes que je croise n'ont d'yeux que pour lui, papa ! Si tu avais vu Mélinda le regarder ! On l'aurait dit prête à me l'arracher du cou.

— Mélinda et Guy sont là ? Je l'ignorais.

— Moi aussi, de toute façon, il y a tellement de monde, c'est difficile de s'y retrouver. N'oublie pas, tu dois m'inviter pour une valse.

— Mais ils jouent l'inévitable *Beau Danube bleu*, Vicky, je l'ai assez entendu.

— Un morceau incontournable, papa, rectifia-t-elle. Ah, cette fois, c'est la *Valse de l'Empereur*, toujours de Strauss. Le rythme est plus lent et l'air est si joli. Viens vite, papa ! Tu m'as promis une valse.

— Ma chérie, choisis un autre cavalier, j'attends Jean-Charles.

— S'il arrive, il n'aura pas de mal à te trouver, insista-t-elle. Je t'en prie, sinon je m'en vais à pied.

— Pitié, ma chérie, ne me fais surtout pas de chantage, d'accord, allons danser !

Jacques Desmarets était un cavalier à la mesure de sa fille dont les escarpins paraissaient à peine toucher le parquet. Ils évoluaient en totale harmonie, sans se quitter des yeux, avec un léger sourire de bonheur. Le long tutu noir de Victoire voletait autour de ses jambes au dessin parfait et elle se donnait tout à cette valse dans les bras de son père. On s'arrêtait pour les observer et ils incitèrent un autre couple à monter sur la piste, si bien que l'orchestre reprit le même morceau.

— Papa, regarde, chuchota tout de suite Victoire. Mélinda danse avec Jean-Charles Mongenot.

— Pourquoi es-tu surprise ?

— Je n'en sais rien, ils ont l'air de bien se connaître.

— Sans doute, nous sommes tous nés en Bourgogne et nous y avons grandi, étudié, rencontré notre épouse… Les Quinot étaient des concurrents des Mongenot, avant. Jean-Charles devait me chercher, ne te vexe pas, Vicky, si je m'éclipse avec lui une petite heure…

— Bien sûr que non, papa, mais ça m'intrigue ! Pourquoi as-tu besoin de ses conseils ?

—La curiosité est un vilain défaut, ma chérie, souffla-t-il à son oreille en riant tout bas.

À l'écart de la foule d'invités, Anna entendait à peine la musique, entraînée par Bastien Mongenot dans un dédale de couloirs sombres.

— Nous sommes au troisième étage, précisa-t-il, celui réservé jadis aux domestiques. Combien de petites bonnes ont subi sans oser protester les outrages de mon arrière-grand-père, le terrifiant Arnaud Mongenot ?

— Ne dis pas ça, c'est répugnant ! s'indigna-t-elle. Pourquoi tu m'as emmenée ici ? Nous sommes presque sous les toits.

— On sera tranquilles, ma puce, personne ne nous dérangera. Viens voir, il y a une petite chambre que j'ai aménagée.

Il ouvrit une porte sur sa gauche et fit entrer la

jeune fille. Il lâcha sa main pour allumer un briquet et enflammer la mèche d'une bougie neuve, posée dans un bocal en verre.

— On a tout le nécessaire, un divan, un peu de lumière douce, des préservatifs. Anna, depuis le temps que j'attends ce moment...

Il l'enlaça aussitôt avec brusquerie et s'empara de sa bouche de la même façon impérieuse. Le souffle coupé par ce baiser frénétique, Anna se laissa caresser les seins et le bas du dos, mais elle se débattit lorsque Bastien la poussa vers le divan.

— Qu'est-ce que tu as ? Ne joue pas les effarouchées, David m'a dit que tu étais un bon coup !

Furieuse, parce qu'il tentait de relever le bas de sa robe, elle le gifla de toutes ses forces.

— Il t'a dit ça ? Un bon coup ! Quels abrutis vous faites tous les deux ! On ne traite pas les filles comme ça !

Le regard mauvais, Bastien se frottait la joue. À dix-neuf ans, il avait accumulé les étreintes hâtives dont il tirait son plaisir.

— Allez, ne fais pas l'idiote, dit-il d'un ton dur.

— Ne t'inquiète pas, j'ai été assez idiote pour croire que tu me plaisais et que c'était réciproque. J'ai compris mon erreur.

Anna sortit en courant de la chambre et claqua la porte. Elle fit demi-tour et parcourut le même itinéraire d'un pas rapide, pressée de se retrouver sur le palier du deuxième étage, et d'atteindre le rez-de-chaussée.

— Quel salaud ! répétait-elle.

Parvenue au premier étage, une fille qui titubait la bouscula. Elle reconnut Ingrid à ses cheveux d'un blond pâle et à sa haute taille, due à ses origines nordiques.

— Tiens, tu es passée entre les mains de ce cher Bastien, débita-t-elle d'une voix éraillée.

— Et toi, entre celles de Florian, rétorqua Anna.

— Florian ? Non, cet imbécile n'est pas là. Il ne voulait pas qu'on nous voie ensemble pour ne pas blesser ta petite copine la danseuse, Victoire. Heureusement, il y avait d'autres types disponibles.

Le regard d'Ingrid était voilé et elle continuait à vaciller, en riant avec exagération.

— Tu as trop bu. Tu ferais mieux d'aller t'allonger, si tu descends à la fête, tu vas te couvrir de honte !

Adossée au mur, Ingrid secoua la tête. Elle portait une robe en lamé bleu foncé très courte et très décolletée.

— Comprends-tu, le beau Florian m'avait interdit de venir, mais j'étais là dès 17 heures, balbutia-t-elle. Il était en colère et il s'est barré au volant de sa belle voiture.

Anna hésitait à la laisser seule en haut des marches. Elle la prit par le coude, pour la conduire dans une chambre.

— Tu es complètement ivre, Ingrid, insista-t-elle.

— Il n'y a pas que l'alcool capable de détendre l'ambiance. Tiens, tu en veux ? C'est cadeau, deux petits cachets roses et tu remonteras voir ce pauvre Bastien que tu as dû frustrer.

— Qu'il reste seul là-haut, je m'en fiche, et garde tes cachets, je ne me droguerai jamais.

Subitement, Ingrid se laissa glisser sur le sol et resta appuyée contre le mur, avec un sourire halluciné.

— Je vais chercher quelqu'un, lui dit Anna. Je reviens.

Elle pensait demander l'aide d'une des serveuses et continua à dévaler les marches. Une fois au niveau du hall, elle se dirigea vers un large couloir, qui selon elle, devait mener à l'office. En passant devant une porte double, en chêne sombre, elle reconnut la voix de Jacques Desmarets, qui s'exprimait avec véhémence.

— Que dois-je faire, Jean-Charles ? Je vis un véritable enfer depuis trois ans ! On menace de mort ma femme et ma fille. J'ai dû céder mes meilleures parcelles de vignes, pour garantir leur survie ! Je voulais tout dire à Gérard Colombet, le plus fidèle ami de mon père, mais…

— Mais il s'est tué en voiture, le jour où il se rendait chez vous. Son fils me l'a expliqué.

— Oui, et ce n'était pas un hasard, j'en suis certain. J'ai même l'impression d'avoir tué de mes mains cet homme en qui j'avais confiance. Catherine veut que je raconte toute l'affaire à la police, qu'en pensez-vous ?

— Jacques, pourquoi ne m'avoir rien dit auparavant ? Vous êtes victime d'une redoutable machination. Si j'avais été au courant, je vous aurais conseillé de mon mieux. Il suffisait d'envoyer Catherine et Victoire à l'étranger et de tout de suite alerter la police. Ces contrats que vous auriez signés sont-ils valides ?

— Il me semble, oui. Je n'avais qu'une idée, protéger mon épouse et mon unique enfant.

— Que pouvons-nous faire à présent ! s'écria Mongenot. Je veux vous aider, Jacques, mais comment ?

Les deux hommes se mirent à murmurer et leurs voix s'éloignèrent.

Sidérée par ce qu'elle venait d'apprendre, Anna s'éloigna le plus silencieusement possible. Elle renonça à secourir Ingrid dans l'immédiat, afin de retrouver Victoire au plus vite.

« Mais non, elle ignore ce qui se passe, son père a dû lui cacher, raisonna-t-elle. Je dois juste lui dire que Florian n'était pas avec Ingrid, qu'il est parti. Est-ce qu'il se drogue lui aussi ? Je suis sûre que Bastien avait pris quelque chose. »

Elle avançait sans trop savoir où aller, quand une serveuse sortit des toilettes du personnel et poussa une autre porte. Anna reconnut l'arrière-cuisine où étaient préparés les plats du traiteur.

— Mademoiselle, appela-t-elle.

La jeune femme en robe noire et petit tablier blanc, se retourna et l'observa d'un air intrigué.

— Que désirez-vous ? interrogea-t-elle d'un ton aimable.

— Il y a une personne malade, sur le palier du second étage, si vous pouviez envoyer quelqu'un voir si elle va mieux. On m'attend à l'extérieur. Est-ce que je pourrais passer par les cuisines ? Ce serait plus rapide pour moi.

— Allez-y, on prépare les sorbets, faufilez-vous sans gêner mes collègues. Je vais monter moi-même m'occuper de cette personne. Je crois savoir de qui il s'agit. Ingrid Keller, n'est-ce pas ? Elle a fait un scandale cet après-midi et elle abuse de certaines substances. La gouvernante de M. Mongenot nous l'a dit.

— Très bien, je vous remercie ! Courage…

Assise dans un fauteuil en osier, Victoire regardait sans grand intérêt des jeunes couples qui dansaient un slow sous un éclairage tamisé. L'orchestre, dont le répertoire était très varié, répondait aux demandes des invités avec empressement.

— C'est démodé, le slow, se moqua une fille qui passait près de la piste. J'espère qu'après le feu d'artifice, il y aura de la musique moderne. Il paraît qu'une sono est installée, qu'on puisse bouger un peu. Tu n'es pas d'accord ?

— Pas vraiment, répondit Victoire.

— Salut, beauté, je me présente, Sarah, une cousine de Florian et de Bastien.

La dénommée Sarah portait un tailleur blanc et avait les cheveux teints en rose et presque rasés. Elle arborait de larges cercles en or à ses oreilles.

— Victoire Desmarets, une invitée.

— Tu es la fameuse Vicky ! s'exclama Sarah en se penchant pour mieux l'étudier. On a beaucoup parlé de toi aujourd'hui, la merveilleuse danseuse classique, qui a tourné la tête de Florian.

— Excuse-moi, je vais rejoindre ma mère, déclara Victoire, exaspérée par ses manières et son ton pointu.

— C'est ça, va voir ta maman ! Ingrid disait vrai, tu es la parfaite oie blanche.

— Non, je suis un cygne, rétorqua la jeune fille en se levant.

— Trop drôle !

Il faisait nuit noire à présent et des flambeaux avaient été allumés autour du bassin. Les gens allaient et venaient, se croisaient et discutaient en riant, dans l'attente du feu d'artifice annoncé. Victoire chercha sa mère en vain, ce qui acheva de l'exaspérer. Enfin elle aperçut Mélinda, en grande conversation avec une femme à l'accent anglais.

— Je suis désolée de vous interrompre, leur dit-elle. Mais je ne vois pas ma mère.

— Si tu trouves Guy, elle ne sera pas loin. Tout à l'heure, ils se querellaient sur la terrasse. Mary, je te présente ma nièce, qui a réussi le concours pour intégrer le corps de ballet de l'Opéra de Paris, rien que ça, s'esclaffa Mélinda.

— Félicitations, mademoiselle, minauda la Britannique.

— Merci, madame.

De nouveau, Victoire traversa la foule, en quête d'un de ses parents, même si elle supposait que son père était toujours à l'intérieur du manoir, avec Jean-Charles Mongenot.

— Pardon, pardon, répétait-elle en se frayant un chemin entre les invités.

— Je vous en prie, passez, répondit un homme en s'écartant à peine.

Il avait un très léger accent lui aussi et une voix grave. Par réflexe, elle le dévisagea, prête à le remercier. L'inconnu avait l'avant du crâne dégarni et des traits empâtés. Sa silhouette de colosse détonnait avec son smoking noir aux revers pailletés, sur une chemise en soie également noire.

— Passez, mademoiselle, insista-t-il.

Mais Victoire ne pouvait plus bouger. Son cœur cognait à grands coups et elle avait la bouche sèche, à cause du regard que l'homme posait sur son corps.

Ses yeux sombres avaient un éclat étrange tandis qu'il lui souriait, exhibant des dents d'un blanc étincelant.

— Non, je ne peux pas, souffla-t-elle sans savoir pourquoi elle prononçait ces mots.

Ses oreilles bourdonnaient, son front se perlait d'une sueur froide et soudain sa mémoire lui redonna les souvenirs du samedi 24 août, trois ans plus tôt. Elle eut l'impression de recevoir une décharge électrique qui traversait son esprit et annihilait le trou noir où se terraient des images atroces et des sensations insoutenables.

— Non, non, dit-elle encore avant de s'enfuir.

Tout recommençait pour Victoire. Elle devait échapper au regard pervers de l'inconnu, courir et trouver un refuge. En une succession fulgurante de flashs défilaient les instants où une fille de son âge lui avait dit de rejoindre Arthur dans une cave où il faisait de la musique. Elle l'avait suivie sans méfiance, amusée de longer un passage voûté où il faisait sombre.

« Ensuite, je suis entrée dans une pièce basse, tapissée de tissus noirs, et un homme, cet homme, m'a attrapée par la taille. Je n'avais pas la force de me défendre… Il a enlevé ma robe, il m'a jetée sur un matelas drapé de noir. Je le fixais et il riait en se déshabillant… »

Horrifiée, Victoire courut encore plus vite. Elle bousculait tous ceux qui la ralentissaient, les mains tendues en avant, bouche bée.

— Vicky ?

Anna l'avait vue de loin, lancée dans sa fuite folle. Inquiète, elle comprit aussitôt que son amie ne l'avait même pas entendue.

— Qu'est-ce qu'elle a ? marmonna-t-elle. Je ne la vois plus !

Au même instant, les premières fusées du feu d'artifice montèrent vers le ciel nocturne piqueté d'étoiles. Hésitante, Anna faillit suivre la direction qu'avait prise Victoire, mais elle se demanda s'il ne valait pas mieux questionner ses parents.

— Peut-être que Mme Desmarets voulait rentrer et Vicky courait pour ne pas la faire attendre. Non, c'est autre chose ! Florian est revenu et il lui aura fait de la peine.

Malgré ses suppositions, un signal d'alarme résonnait dans le cœur d'Anna.

— Mon scooter, se dit-elle. Peut-être qu'elle va le prendre, il ne faut pas si elle pleure…

Une main amicale se posa sur son épaule. En se retournant elle découvrit Jacques Desmarets et Jean-Charles Mongenot.

— Ah, vous êtes là monsieur ! s'écria-t-elle en s'adressant au père de Victoire. Je ne sais pas ce qui se passe, mais Vicky est partie, elle avait l'air affolée. J'ai peur qu'elle se serve de mon scooter, j'ai laissé la clef dessus.

— Où l'avais-tu garé ?

— Derrière la haie, du côté de la route, parce que j'étais en jogging, et je voulais passer par le parc pour trouver un endroit où me changer.

— Quelle idée ! Vous pouviez entrer et vous garer près de l'office, maugréa Mongenot.

— Je dois rattraper ma fille, décréta Jacques d'un ton anxieux. Elle ne sait même pas conduire ces engins.

— Si, monsieur, je lui ai appris l'an dernier. Enfin

le strict nécessaire, Vicky faisait un tour près de chez moi, et elle mettait mon casque.

— Dans ce cas, rassurez-vous. Victoire va revenir. Elle devait s'ennuyer et elle aura eu envie de faire une balade, hasarda Jean-Charles.

— En robe et en escarpins, sans nous avertir ? répliqua Jacques. Il y a eu un problème, j'en suis certain. Anna, cherche ma femme et préviens-la. Je prends ma voiture. Mon Dieu, où sont mes clefs ?

Il avait crié, car des fusées pétaradaient ou produisaient des sifflements assourdissants avant de projeter sur le ciel noir des gerbes de formes éblouissantes, de diverses couleurs.

— Je vous emmène, proposa alors Mongenot. Si j'avais une fille, je serais sans doute aussi soucieux que vous, Jacques. Déjà mes fils me donnent du fil à retordre. Venez, mon 4 × 4 est par là, j'ai eu soin de le garer en dehors du parking prévu pour mes invités.

— Merci, Jean-Charles.

Malade d'angoisse, Anna les vit s'éloigner et disparaître derrière une haie de lauriers. Peu après, elle perçut le grondement d'un puissant moteur.

— Maintenant je dois chercher Mme Desmarets.

Par chance, les gens s'étaient regroupés et alignés afin d'admirer le feu d'artifice. Catherine se tenait presque au milieu, un vague sourire sur les lèvres. La clarté dorée d'une fusée se refléta sur son collier de perles, un détail dont Anna se souviendrait durant des années.

Victoire approchait de la route, il ne lui restait plus qu'à franchir le large passage bordé de chaque côté par les haies de laurier. Hagarde, elle ne s'était pas retournée une seule fois, poussée par l'énergie affolée des bêtes traquées. Elle vivait à nouveau sa fuite désespérée d'un autre soir d'été.

Incapable de réfléchir et d'adopter un comportement sensé, elle suffoquait et portait sans cesse une main à son cou, comme pour le libérer d'une poigne invisible. Le lourd collier de saphirs lui fit soudain l'effet d'un carcan oppressant et elle l'arracha d'un geste brutal.

Des souvenirs continuaient à la dévaster, d'une cruelle précision après tant de mois enfouis dans les limbes de son inconscient.

Elle se croyait encore dans la cave et il lui semblait sentir des mains avides autour de sa taille, sur ses seins. Elle se revit livrée à l'homme qui la déflorait avec une sauvagerie ignoble, totalement impuissante mais sensible à la douleur. Malgré l'air frais de la nuit, elle respirait une odeur de tabac qui lui donnait la nausée.

En dépit des mises en garde des psychologues qui l'avaient suivie, Victoire était obsédée par la nécessité absolue de fuir, comme si l'homme au crâne dégarni était sur ses talons et voulait la tuer. Dans le chaos de son esprit, elle pensa tout à coup au scooter d'Anna comme au seul moyen de mettre la plus grande distance entre elle et celui qui l'avait violée. En quittant l'enceinte du parc, elle le vit sur sa droite et un cri de soulagement jaillit de sa poitrine.

— Le scooter est bien là, oui, chuchota-t-elle en jetant le casque de son amie sur l'herbe du bas-côté.

Haletante, elle monta dessus et tâtonna pour trouver la clef. Enfin elle put le démarrer et le faire avancer.

S'éloigner en roulant fut une véritable délivrance, même si elle ignorait encore où aller.

Cependant d'instinct, elle prit la direction de sa maison, le château Desmarets. Au bout d'un kilomètre, un peu de lucidité lui revint et au sein de la terreur qui la ravageait, se dessina le visage d'Emmanuel. Il était celui qui l'avait déjà sauvée une fois et elle décida de se rendre d'abord chez lui.

— Il y aura sa maman si gentille, le chien, et lui, Emmanuel ! On préviendra la police. Oui, on pourra joindre Karen, balbutia-t-elle.

Son téléphone était dans le petit sac à main en cuir noir qui complétait sa tenue de fête, mais elle se rappela l'avoir jeté près du casque parce qu'il la gênait pour faire démarrer le scooter et tenir le guidon.

Elle pleurait sans vraiment s'en rendre compte, ce qui altérait sa vision. Après avoir traversé un bois, ce fut un espace dégagé où s'étendaient des hectares de vignobles. De toute sa volonté, la jeune fille luttait contre de nouvelles images, mais ses efforts demeurèrent vains.

— Mon grand-père, il est arrivé, il hurlait, il avait une cravache à la main, marmonna-t-elle. C'est lui qui m'a fait lever, qui m'a remis ma robe. Il m'a giflée pour que je réagisse... J'ai pu m'enfuir, mais l'homme l'a frappé. Non, non, il l'a tué. Et l'incendie ? Oui, je sentais de la fumée.

De plus en plus calme, comme revenue à la réalité, Victoire guetta le croisement qu'elle devait prendre pour rejoindre le château Desmarets. Elle s'imagina passant devant le portail et continuant jusqu'au chemin qui menait chez les Nevers. Sa respiration se faisait plus régulière et les battements de son cœur reprenaient un rythme presque normal.

— La police doit arrêter cet homme, il est sûrement toujours là-bas, je le décrirai…

Soudain elle entendit un bruit de moteur, à quelques mètres de la route vicinale qu'elle voulait emprunter. Une voiture noire arriva et la doubla à une grande vitesse pour se rabattre brusquement, l'obligeant à freiner. Mais rien ne pouvait empêcher l'impact du scooter contre l'aile avant du véhicule. La violence du choc la déséquilibra et la projeta sur le goudron, la tête la première. Sonnée, blessée aux mains, aux genoux et au front, elle resta allongée au milieu de la route.

Avant de sombrer, elle vit les feux arrière de la voiture qui poursuivait sa route et elle songea à de gros yeux rouges étincelants. Puis ce fut la bienfaisante plongée dans le silence et le noir, alors qu'un 4 × 4 blanc approchait. Jean-Charles Mongenot freina à son tour, si rudement que les pneus crissèrent sur les petits cailloux entre l'asphalte et la terre du talus. Jacques en descendit en s'égosillant.

— Vicky ! Mon Dieu, Vicky !

Il se rua vers sa fille inanimée au moment où la voiture noire qui avait provoqué la chute de Victoire revenait à une allure folle. Ébloui par les phares, Jacques tenta de soulever son enfant inerte. Saisi d'épouvante, il nota la blancheur de ses bras nus sur le sol sombre, le sang qui maculait la mousseline bleu pâle du foulard noué autour de ses épaules. Dans un élan désespéré d'amour paternel, il se coucha sur ce corps adoré pour la protéger.

— Attention, Jacques ! vociféra Mongenot.

Sous ses yeux effarés, la voiture avait tout d'un monstre aveugle qui heurta le viticulteur de plein fouet et roula sur lui sans ralentir une seconde avant d'accélérer et de disparaître dans la nuit.

Tout de suite Jean-Charles Mongenot appela le 15, en expliquant avec précision le lieu de l'accident. Il contacta aussi les pompiers, sans oser faire un pas vers les deux corps étendus l'un près de l'autre. Ses traits hautains trahissaient une immense colère. Il se décida à examiner les victimes, mais un autre véhicule déboula en klaxonnant et il reconnut le cabriolet blanc de son fils aîné. Catherine en descendit.

— Qu'est-ce qui s'est passé ? hurla-t-elle. Seigneur, ils sont morts !

Livide, elle demeura figée, car ses jambes ne la soutenaient plus. Florian la soutint d'un bras secourable. Tous deux fixaient d'un air égaré l'effroyable tableau.

— Non ! Jacques ! Vicky, non ! gémit Catherine en sanglotant. Ce n'est pas possible, non !

Quant à Florian, il était paralysé par l'horreur de ce qu'il voyait. Aucun mot ne put franchir ses lèvres.

— N'avance pas, Cathy, recommanda Jean-Charles. J'ai prévenu les secours.

— Je veux les voir, les embrasser, implora-t-elle.

— Attends, je vais vérifier, il y a peut-être une chance de les sauver, répondit-il. Florian, occupe-toi de Catherine.

Sur ces mots il se pencha d'abord sur Jacques et il chercha à percevoir un pouls. Il fit de même pour Victoire.

— Je suis désolé, c'est fini pour ton mari, annonça-t-il. Mais ta fille est encore vivante.

— Tu en es sûr, papa ? réussit à demander Florian d'une voix tremblante. Surtout, ne la bouge pas, il faut attendre le SAMU.

Tout s'était déroulé en à peine un quart d'heure. L'écho du bouquet final du feu d'artifice leur parvint, comme une affreuse pointe d'ironie.

18

Les cœurs en deuil

Près du château des Mongenot,
même soir, samedi 23 juillet 2016

Anna arriva sur le lieu de l'accident en même temps que les pompiers et l'ambulance du SAMU. Prévenue par un message de Florian, elle avait trouvé Guy Quinot dans la foule et l'avait supplié de l'emmener. L'oncle de Victoire était aussi affolé qu'elle et il avait conduit les doigts crispés sur son volant, en murmurant ce qui ressemblait à une prière.

— Oh non, gémit-elle en apercevant des corps gisant sur la chaussée. Qu'est-ce qui a pu se passer ?

Les gyrophares clignotaient et des infirmiers entouraient déjà les deux victimes. Assise sur le siège avant du 4 × 4 de Jean-Charles Mongenot, Catherine se balançait d'avant en arrière, les yeux mi-clos pour ne plus rien voir.

— Est-ce que je peux lui parler ? demanda Anna à Florian en la désignant d'un geste. Et pourquoi M. Desmarets est-il inanimé ?

— Je n'en sais rien, lâcha-t-il. Fais ce que tu veux !

Il fumait cigarette sur cigarette, immobile comme une statue, assommé par la tragédie qui venait de se jouer là, tout en ignorant encore comment elle s'était produite. Guy Quinot, désemparé, renonça pour l'instant à aborder sa sœur et il alla interroger Jean-Charles Mongenot pour se renseigner.

Toute tremblante, Anna s'approcha de Catherine, sans susciter de réaction de sa part.

— C'est affreux ce qui s'est passé, madame. Je m'en veux tellement, je n'aurais pas dû laisser Vicky toute seule.

Devenue veuve en quelques minutes et incertaine sur le sort de sa fille, Catherine faisait peur à voir. D'une pâleur cireuse, elle avait un regard éteint et ne pleurait même pas.

— Madame, je suis désolée pour votre mari, mais Vicky va survivre, j'en suis sûre. On s'occupe d'elle en ce moment. Regardez, un médecin lui pose une perfusion.

— Tout est fini, fini, articula péniblement Catherine. Qu'est-ce que je vais faire sans Jacques ? Mon amour, tu n'avais pas le droit de m'abandonner. Je n'ai même pas pu danser une dernière valse avec toi... Mais pourquoi ?

Accablée, Anna prit une petite bouteille d'eau minérale qui n'avait pas été ouverte dans le vide-poche de la portière.

— Buvez un peu, madame, ça vous fera du bien, dit-elle.

— Plus rien ne me fera du bien. Laisse-moi, tout est ta faute. Vicky a pris ton scooter, un engin dangereux qu'elle ne savait pas conduire.

Ignorant elle aussi les circonstances de l'accident, Anna reçut l'accusation en plein cœur. Elle sanglota plus fort, en reculant doucement.

— Si Victoire meurt, je ne te le pardonnerai jamais et tu m'auras tuée aussi, car je me supprimerai ! Hors de ma vue. Va-t'en !

Une clameur hystérique suivit cet ordre balbutié. Catherine continua à hurler, en frappant à l'aveuglette l'intérieur du 4 × 4. Une infirmière accourut aussitôt.

— La pauvre dame fait une crise de nerfs, je vais lui donner un calmant, souffla-t-elle à Anna.

Les cris de Catherine avaient mis fin à l'étrange immobilité de Florian. Il fit trois pas et s'assit dans l'herbe du talus, le visage caché entre ses mains.

Mais Jean-Charles Mongenot tenait bon et surveillait chaque geste des urgentistes. Il observait surtout Victoire qu'on avait couchée sur une civière, en l'enveloppant d'une fine couverture dorée, et devant la jeune fille au front maculé de sang, son regard d'acier exprimait une profonde consternation.

Lorsqu'une voiture de gendarmerie se gara à une dizaine de mètres, il marcha droit vers le commandant Terrier et Karen Mathis qui en sortaient, tous deux la mine grave.

— Comment une chose pareille a-t-elle pu arriver ? leur cria-t-il d'une voix rauque. Il faut retrouver cet assassin ! Je n'ai pas pu voir qui conduisait, les vitres étaient teintées. Pareil pour les plaques d'immatriculation, ce fou roulait en pleins phares et j'ai été ébloui.

— Déjà, gardez votre calme, monsieur Mongenot, lui conseilla Louis Terrier d'un ton ferme. La lieutenante

Mathis et moi-même allons interroger tous les témoins de l'accident.

— Il n'y avait que moi, précisa celui-ci. Mon fils et Mme Desmarets sont arrivés juste après. Ensuite son frère, Guy Quinot, est venu lui aussi, avec Anna Seron, une amie de Victoire. Je tiens à le dire, Jacques Desmarets est mort en héros, il a voulu protéger sa fille de son corps.

Karen tressaillit de surprise et un sentiment d'horreur la submergea, le pompier qui les avait alertés n'ayant pas donné l'identité des victimes. Glacée, elle se tourna vers l'ambulance du SAMU prête à démarrer après avoir pris en charge la blessée, qu'ils avaient diagnostiquée dans un état très grave.

— Je veux accompagner mon enfant, déclara alors Catherine, soutenue par son frère.

Guy était allé la chercher pour l'exhorter à rester auprès de Victoire.

— Montez vite, madame, le pronostic vital de votre fille est engagé, indiqua le médecin. Il faut l'opérer sans tarder.

— Merci, docteur. Si elle meurt, je dois lui tenir la main.

L'injection qu'on lui avait faite s'était avérée efficace pour l'aider à reprendre le contrôle de ses nerfs. Avec une expression distante, Catherine s'installa dans l'ambulance après avoir lancé un ultime regard sur le cadavre de son mari, que les pompiers avaient dissimulé sous une couverture.

— Quel malheur, ma sœur ne s'en remettra jamais, affirma Guy Quinot. Commandant, je n'ai rien vu, je me suis contenté de conduire Anna sur place. Est-ce que je peux retourner auprès de mon épouse ? Jean-Charles Mongenot donnait une grande réception, nous étions tous réunis là-bas.

— Allez-y, nous irons de toute façon au château. À présent, je voudrais savoir ce qui s'est passé dans le détail, déclara Louis Terrier. Monsieur Mongenot, je vous écoute.

— Je suis à votre disposition, cependant il serait judicieux d'interroger d'abord Anna Seron. C'est cette demoiselle qui nous a prévenus, Jacques et moi.

— Prévenus de quoi ?

— Elle était inquiète, car elle avait vu Victoire partir en courant, dans un état proche de la panique.

Bientôt Anna subissait les regards conjugués des deux gendarmes et de Mongenot. Bouleversée, elle répondit de son mieux.

— J'ai dû entrer dans le château pour aller aux toilettes. J'avais laissé Vicky un quart d'heure plus tôt ou vingt minutes, je ne sais plus… Elle devait rejoindre sa mère. Et quand je suis sortie, je l'ai cherchée. On se connaît depuis l'école primaire et…

— Respirez un peu, lui dit gentiment Karen.

— Je m'en veux tellement, avoua Anna en pleurant. Donc je l'ai cherchée et, tout à coup, je l'ai aperçue qui courait vers l'entrée du parc. Elle avait un air bizarre. Je l'ai appelée, mais elle n'a même pas entendu. C'est ma faute, Mme Desmarets a raison. J'avais dit à Vicky pour mon scooter…

— Que lui aviez-vous dit ? demanda Karen d'un ton très doux.

— Eh bien, que j'avais oublié la clef dessus, hoqueta Anna.

— Vous êtes venue à une soirée en scooter et dans cette tenue ? s'étonna Louis Terrier.

— Non, je me suis changée dans l'arrière-cuisine. Mes parents ne voulaient plus m'emmener et moi j'avais promis à Vicky d'être là. Seulement, elle a pris mon scooter. Je ne sais pas pourquoi elle a fait ça…

Personne n'avait vu Florian se relever et les rejoindre pour pouvoir écouter le témoignage d'Anna. Son père finit par le remarquer et lui fit signe de se joindre à eux.

— Es-tu responsable du départ précipité de Victoire, Florian ? Tu l'auras harcelée ou bien Ingrid se sera moquée d'elle ? tonna Mongenot.

— Pas du tout, papa ! Si tu te souciais de moi, tu saurais que j'ai quitté le château vers 17 heures. Je suis revenu pendant le feu d'artifice et, tout de suite, Mme Desmarets m'a prié de l'emmener en voiture. Elle supposait que sa fille avait pris la route de Gevrey. J'ai assez de chagrin comme ça, n'en rajoute pas !

— Ne me parle pas sur ce ton, je ne le tolérerai pas, Florian. Excusez-moi, commandant, j'ai assisté à une double tentative de meurtre, il y a de quoi être nerveux.

— Un meurtre ? répéta Anna, secouée de frissons.

— Abrégeons, je vous dis ce dont j'ai été témoin, décréta Jean-Charles Mongenot. Jacques Desmarets était très angoissé en apprenant que sa fille était partie, de plus Mlle Seron nous avait confié que Victoire avait peut-être emprunté son scooter. J'ai tout de suite proposé mon aide à Jacques, car il n'avait pas ses clefs de voiture. Nous avons pris mon 4 × 4, et j'ai roulé jusqu'ici. Il m'a semblé voir des feux arrière au loin… Cette malheureuse enfant gisait sur la route et aussitôt son père s'est rué vers elle. À ce moment-là une voiture noire, selon moi responsable de l'accident, est revenue à toute vitesse, sans doute après avoir fait demi-tour plus loin. J'ai crié afin d'avertir Jacques, qui s'apprêtait à examiner Victoire.

Les mâchoires crispées, il se tut et ferma les yeux un instant, en reprenant son souffle.

— Tout s'est déroulé si vite, ajouta-t-il. La voiture a foncé, tandis que mon pauvre ami se couchait sur le corps de sa fille et ils ont été heurtés de plein fouet, puis on a roulé sur eux. C'était une vision abominable.

Louis Terrier hocha la tête, sidéré par ce récit. Il jeta un coup d'œil dans la direction du scooter, renversé sur le côté.

— Karen, il nous faut des renforts, et préviens la scientifique. Je vais regarder s'il y a des traces de peinture sur cet engin.

Il alluma sa lampe torche et Anna distingua alors de larges taches de sang sur le goudron.

— Je ne me sens pas bien, je voudrais rentrer chez moi, gémit-elle. Quelqu'un pourrait me ramener ?

— Pour l'instant, vous devez rester avec nous, dit Karen en lui effleurant l'épaule d'un geste compatissant.

— C'est vous la fiancée d'Emmanuel Nevers ? s'enquit Anna tout bas. Karen… Vicky vous aime bien. Dites, ils vont pouvoir la sauver à l'hôpital ?

— Nous le saurons en temps voulu, répliqua la lieutenante. Avez-vous une idée de ce qui aurait pu pousser Victoire à quitter la fête aussi vite ? Une querelle avec quelqu'un ? Elle devait être vraiment affolée pour emprunter votre scooter sans mettre le casque.

Florian ne prononçait pas un mot, d'une pâleur morbide. Il alluma encore une cigarette et son père lui en demanda une.

— Je ne sais pas, enfin si, peut-être, balbutia Anna.

Elle se sentait piégée par sa promesse de ne rien révéler du lourd secret de son amie. Pourtant il lui paraissait presque évident que Victoire avait pu croiser son agresseur et retrouver la mémoire, ce qui justifierait sa fuite.

— Comment ça, peut-être ? insista Karen.

— En fait, Vicky était triste, elle avait peut-être envie de s'en aller, parce que Bastien Mongenot prétendait que son frère était en compagnie de sa fiancée Ingrid, dans une chambre.

Très gênée, Anna avait parlé tout bas, mais Florian avait entendu. Il avança d'un pas en toisant son père.

— Et voilà, ton précieux cadet a fait des siennes ! s'exclama-t-il. Bastien ne sait que mentir, boire et surtout il ne respecte rien ni personne ! J'étais parti du château dans l'espoir qu'Ingrid s'en irait. J'avais l'intention d'être tranquille avec Victoire, de lui parler de mes projets. Cette petite vermine qui me tient lieu de frère a tout gâché ! Papa, si Vicky meurt cette nuit, je ferai un malheur !

— Ne te donne pas en spectacle ! ordonna Mongenot.

De retour, Louis Terrier avait saisi l'essentiel de la diatribe de Florian. Il rangea sa lampe torche d'un air pensif.

— Le plus important, ce n'est pas tant le motif qui a poussé Victoire Desmarets à quitter la fête, mais le fait qu'on ait tenté de la tuer. On a pu couper volontairement sa trajectoire pour provoquer sa chute. Les analyses de la police scientifique le confirmeront ou non. Un chauffard ordinaire aurait poursuivi sa route, il n'aurait pas fait demi-tour pour achever sa victime, en l'occurrence ses victimes.

— Commandant, nous n'étions pas censés arriver aussi vite, aussi j'en déduis que seule Victoire était visée, décréta Jean-Charles. Rien ne laissait prévoir l'acte désespéré de Jacques, qui a voulu faire un bouclier de son corps et en est mort.

Troublée par le terme « chauffard », Karen s'écarta un peu du groupe. Deux ans auparavant, elle avait fait remarquer à son supérieur le nombre inquiétant de décès par accident chez les Desmarets et les Quinot, dont deux liés à des chauffards qui n'avaient jamais été arrêtés.

« Je le rappellerai au commandant, ce n'est pas un hasard, j'en ai la conviction », se dit-elle.

Karen pensa ensuite à Emmanuel, à qui elle devrait annoncer l'accident et ses conséquences. L'image poignante de Victoire sur la civière, le front en sang, lui donna envie de pleurer. Il n'y avait plus une once de jalousie en elle, juste du chagrin et de la révolte.

Forêt domaniale de Châtillon, manoir de Blancarçay, une heure plus tard

La grosse voiture noire, de marque étrangère, roulait depuis quelques minutes au ralenti sur une piste privée menant au manoir de Blancarçay. Des rideaux de lierre recouvraient la façade décrépite de l'édifice à l'aspect abandonné. Cependant portes et fenêtres étaient soigneusement fermées et barrées de l'intérieur. Le long des murs, des pancartes signalant des pièges à loup décourageaient les curieux.

Nul ne pouvait soupçonner les aménagements modernes que Blancarçay abritait, dont un grand garage souterrain auquel on accédait à l'aide d'un code. Afin de mieux dissimuler cette entrée, des planches grisâtres tapissaient un battant en métal, d'une solidité à toute épreuve.

Le puissant véhicule s'y engouffra dès que le système d'ouverture pivota. Les phares allumés, le moteur grondant, il était pareil à un monstre repu qui irait se réfugier au fond de sa tanière.

Sa mission accomplie, le conducteur soupira de soulagement. Il serait payé au tarif promis et il se prépara à prendre une bonne nuit de sommeil dans le calme de la plus grande forêt de Bourgogne.

CHU de Dijon, dimanche 24 juillet 2016,
6 heures du matin

Élodie avait rejoint sa fille à l'hôpital vers minuit. Catherine s'était résignée à la prévenir lorsqu'on avait emmené Victoire en salle d'opération et qu'elle s'était retrouvée seule, terrassée par un désespoir insupportable.

Assises dans une salle d'attente, elles avaient prié ensemble, après avoir beaucoup pleuré dans les bras l'une de l'autre. À présent, sans avoir pu dormir une minute, elles espéraient avoir enfin des nouvelles de l'intervention.

— Mon Dieu, que c'est long, Cathy !

— Oui, quelqu'un devrait venir, au moins pour nous tenir au courant. J'ai perdu mon mari, je ne peux pas perdre ma petite Vicky. Si elle était morte, nous le saurions déjà, n'est-ce pas, maman… ?

— Sûrement. Courage, ma chérie, certaines opérations durent des heures.

— Je ne parviens toujours pas à y croire, murmura Catherine. Au début, quand j'ai découvert l'accident et quand je les ai vus tous les deux étendus sur la route, j'étais tellement choquée que je n'écoutais rien, mes oreilles bourdonnaient, comme si j'allais faire un malaise. J'avais l'impression que je pouvais mourir de douleur, que mon cœur allait s'arrêter.

— Ce n'est pas surprenant, Cathy. Moi-même, quand tu m'as annoncé cette tragédie, j'ai failli m'évanouir.

— Heureusement que tu es là près de moi, maman. Et maintenant nous savons toutes les deux ce qui s'est vraiment passé, grâce à Jean-Charles qui a pris la peine de me téléphoner, vers 2 heures du matin… J'ai décidé de tout raconter à la police, comme Jacques comptait le faire dans quelques jours. On a voulu tuer ma fille et mon pauvre amour est mort.

Le chagrin suffoqua Catherine qui se plia en deux sur son siège et se lamenta tout bas, en larmes.

— Je descends nous chercher des cafés, tu en as besoin, et moi aussi, lui dit Élodie en se levant.

— Merci…

— Consulte tes messages, ton appareil a vibré. Ce doit être ton frère.

— Oui, je vais lui répondre.

Une fois sa mère partie, Catherine évoqua les derniers jours qu'elle avait partagés avec son mari.

« Nous sommes allés à Beaune, admirer l'Hôtel-Dieu, et puis à Cluny… Nous étions joyeux, au fond, de déjeuner en tête à tête au restaurant, de dormir à l'hôtel. Et nous nous sommes aimés avec passion, comme si nous avions peur d'être séparés. Jacques, ce sera difficile de vivre sans toi. »

Elle envisagea de se suicider si Victoire ne survivait pas, dans l'espoir d'être réunis tous les trois dans l'au-delà. Une nouvelle vibration de son téléphone la tira de ses amères songeries.

— Oh, je n'ai pas envie de parler, murmura-t-elle.

En découvrant les deux messages qu'on lui avait envoyés, Catherine eut le souffle coupé. Ce n'était pas Guy et le numéro affiché lui était inconnu. Elle lut tout bas : « Si vous savez quelque chose des engagements de votre défunt mari, ne parlez pas à la police, car votre fille sera condamnée si elle vit encore ! Gardez le silence en toutes choses, dans le cas contraire, votre mère et vous en paierez le prix. »

Terrifiée, elle se leva et se mit à marcher le long du couloir tout proche, en regardant de tous côtés, comme si des ombres menaçantes rôdaient dans l'hôpital. Ravagée par une panique viscérale, Catherine effaça immédiatement les deux textos d'une main tremblante.

— Madame Desmarets ?

Une infirmière en blouse bleu clair, un masque sur le bas du visage, était sortie d'un ascenseur et venait de l'appeler.

— Oui ? Comment va ma fille ? demanda-t-elle, ayant reconnu la jeune femme.

— Elle a subi de très lourdes interventions mais elle les a supportées. Pour l'instant, les docteurs ne peuvent pas se prononcer sur son état, même si les chirurgiens ont fait de leur mieux.

— Je voudrais la voir, je vous en supplie !

— Votre fille est dans le coma à la suite d'un sérieux traumatisme crânien, madame. Patientez une heure, le temps que nous l'installions dans une chambre avec l'équipement nécessaire. Je viendrai vous chercher.

— Mais elle est vivante, vous me le promettez ?

— Oui, madame.

Le regard de l'infirmière évitait celui de Catherine qui s'en aperçut.

— Dites-moi ce qu'il y a, s'il vous plaît. Mon mari est mort cette nuit au cours du même accident, je m'accroche à l'espoir de garder notre enfant, ma fille unique.

— Les médecins vous expliqueront mieux que moi, madame.

Le cœur serré, Catherine acquiesça d'un signe de tête. Elle retourna d'un pas hésitant vers la salle d'attente, toujours en tenue de soirée. Sa mère s'apprêtait à y entrer, suivie par Anna qui portait les gobelets de café.

— Bonjour, madame, dit la jeune fille dans un souffle timide. Je n'ai pas osé vous téléphoner, alors j'ai demandé à mon père de me déposer devant l'hôpital.

— Anna m'a aperçue dans le hall et nous sommes montées ensemble, précisa Élodie. Elle est très inquiète pour Vicky. En sais-tu davantage, Cathy ?

— Asseyons-nous, répondit celle-ci. Victoire a été

opérée, elle est encore vivante mais dans le coma. Je pourrai la voir dans une heure. C'est bien d'être venue, ma petite Anna. Je te dois des excuses pour cette nuit, je t'ai accusée à tort, mais j'étais comme folle...

— J'ai bien compris, madame. Je m'en veux encore, pourtant le commandant Terrier m'a expliqué ce qui s'est passé quand nous sommes retournés chez les Mongenot. Pour moi, ça ne change rien. Si Vicky n'avait pas pu faire démarrer mon scooter, elle serait peut-être partie à pied, par les bois ou les vignes, et tout cela ne serait pas arrivé.

Élodie prit une profonde inspiration, en prenant la main de sa fille pour lui avouer à mi-voix.

— Anna pense que Victoire a reconnu son agresseur, parmi la foule des invités. Si elle a retrouvé la mémoire en le voyant, cela explique tout. Elle devait être profondément choquée, et elle s'est enfuie en n'ayant plus toute sa lucidité. Sinon elle aurait mis le casque ou elle vous aurait cherchés, ton mari et toi, pour vous avertir.

— Mais elle a quand même réussi à faire démarrer le scooter, nota Catherine. Mon Dieu ! Pourquoi je n'étais pas avec elle ? Je n'aurais jamais dû chercher mon frère, nous nous sommes querellés et cela n'en finissait pas.

— J'avais envie de l'expliquer aux gendarmes, dit Anna. La lieutenante, Karen Mathis, a dû sentir que je n'osais pas lui parler. Ils vont m'interroger encore, madame. Qu'est-ce que je dois faire ?

— Ne leur dis rien, tu as compris, rien ! Du moins pas tout de suite.

— Cathy, ils ont tué Jacques, et notre Vicky est dans

le coma ! s'indigna Élodie. Réfléchis un peu, enfin... La police doit retrouver l'assassin qui conduisait la voiture. C'est sans aucun doute le même homme qu'il y a trois ans. Il aura compris qu'il était démasqué et il a voulu la faire taire.

— Maman, aie pitié. Je suis incapable de réfléchir en ce moment. Laisse-moi un peu de temps. Je voudrais voir Vicky et embrasser Jacques une dernière fois, mais j'ignore où est son corps.

— Voulez-vous que je pose la question à Karen Mathis ? Elle m'a donné son numéro de portable, proposa Anna.

— Volontiers, c'est gentil. Mais surtout ne dis rien.

Consternée par l'obstination de sa fille, Élodie termina son café et se plongea dans une contemplation morose de la ville, qui s'étendait sous la baie vitrée. Du troisième étage où elle était, Dijon rutilait sous la lumière vive du soleil matinal, avec ses nombreux clochers et ses milliers de toitures d'ocre brun. Malgré ses yeux embués de larmes contenues, elle distingua l'éclat argenté de l'eau, dans le canal de Bourgogne, qui reliait la Saône à la Seine.

Toutes trois demeurèrent silencieuses, sans avoir conscience des minutes qui s'écoulaient. Enfin une infirmière apparut.

— Vous pouvez venir, madame Desmarets, dit-elle avec un sourire contraint.

— Je vous suis, s'écria Catherine.

CHU de Dijon, chapelle de Bon Espoir,
même jour, un peu plus tard

Emmanuel fixait la sculpture du Christ en croix qui ornait le mur de la chapelle, au-dessus d'un petit autel en bois verni. Il priait en silence pour Victoire, hanté par le souvenir de cet après-midi où elle avait dansé « La mort du cygne ».

— Ne t'inquiète pas, ils vont la sauver, chuchota Karen, assise près de lui sur le banc.

— Comment ne pas m'angoisser ? répondit-il aussi bas. Tu es certaine qu'un médecin va appeler le commandant Terrier ?

— Oui, en priorité, et il me transmettra l'information.

— Quel langage technique et froid, souffla-t-il.

— Excuse-moi, c'est une manie professionnelle.

— Victoire est entre la vie et la mort, alors savoir enfin ce que les prochaines heures lui réservent n'est pas une banale information pour moi.

— Je suis désolée, je me suis mal exprimée. Tu es à cran, c'est normal, mais ne passe pas tes nerfs sur moi.

Il lui lança un regard de côté, où elle lut une immense détresse et de la peur.

— Je voudrais juste comprendre comment un tel malheur a pu se produire, ajouta-t-il. Après ton coup de fil, cette nuit, je suis allé marcher et, loin de la maison, j'ai hurlé de rage. Ensuite j'ai pris la route tout de suite pour venir t'attendre sur le parking de l'hôpital.

— As-tu averti ta mère ? Tu ne t'en vas jamais aussi tôt le dimanche matin.

— Cela dépend, il m'arrive d'aller me promener en

forêt dès l'aube. Je préviendrai maman quand on aura des nouvelles de Vicky. Si seulement je savais pourquoi elle s'est enfuie ainsi de cette maudite fête.

— Son amie Anna semble en avoir une idée. Si je la mets en confiance, elle me parlera. Emmanuel, on retrouvera celui qui voulait tuer Victoire. On dirait que les chauffards servent de prétexte pour nuire à cette famille depuis des années. La mort de Jacques Desmarets s'ajoute à celle de sa mère Béatrice et de Corinne, la première épouse de Guy Quinot, le beau-frère du défunt. Le commandant Terrier m'a écoutée, cette fois, et il m'a demandé d'étudier à nouveau certains dossiers.

Oppressé, Emmanuel respirait mal. Il serra les poings, avant de se lever.

— J'ai besoin d'air, Karen. Je reviens vite.

Il se dirigeait vers la porte de la chapelle lorsque Élodie Quinot entra, un peu voûtée, secouée de sanglots. Anna lui tenait le bras, elle aussi en larmes. Il crut que son cœur allait s'arrêter de battre.

— Vicky est morte, c'est ça ? murmura-t-il.

— Ah, c'est vous, Emmanuel, soupira la septuagénaire. Non, ma petite-fille s'accroche à la vie mais elle est dans le coma. Catherine a pu la voir et moi, je l'ai aperçue, de derrière une vitre. Mon Dieu ! Ma pauvre chérie, toute brisée, si blanche. Anna, je dois m'asseoir et prier.

Avec un hochement de tête navré, Élodie marcha jusqu'au banc le plus proche. Karen s'était levée pour lui présenter ses condoléances, en raison du décès de son gendre.

— Et toi, tu as vu Vicky ? demanda Emmanuel à Anna.

— Non, car je n'ai aucun lien de parenté. Je pourrai peut-être lui rendre visite plus tard.

— Bien sûr, il faudra l'entourer de notre affection, lui parler. Elle va vivre, j'en ai la certitude, affirma-t-il d'une voix vibrante d'émotion et de soulagement.

Anna connaissait très peu le jeune homme, mais elle savait combien Victoire l'appréciait.

— Vous êtes son ami, comme moi, je dois vous dire la vérité, chuchota-t-elle. Même si Vicky sort du coma, même si elle guérit, la vie ne l'intéressera plus.

— Pourquoi ?

— Les docteurs ont dit qu'elle serait infirme… Alors elle ne pourra plus jamais danser, vous comprenez. Plus jamais.

Désemparé, Emmanuel mesura l'ampleur pathétique de cette révélation. La gorge nouée, il quitta la chapelle et se rua vers le hall. De toute son âme meurtrie, il refusait de croire à ce qu'il venait d'entendre. Et encore une fois, il revit la jeune danseuse interprétant avec grâce et sincérité l'agonie d'un cygne.

Karen avait assisté à la scène, sans pouvoir saisir le sens des paroles d'Anna car le commandant Terrier l'avait appelée au moment où elle saluait Élodie qui s'était mise à prier après avoir marmonné des remerciements.

— Si nous sortions d'ici ? Je t'offre un café, proposa-t-elle à la jeune fille.

— Non, je n'ai pas le temps, j'ai téléphoné à ma mère pour qu'elle vienne me chercher. Je dois l'attendre sur le parking.

— D'accord, un autre jour alors. Tu as mon numéro,

et je vais essayer de réconforter Emmanuel. Je devine ce que tu lui as dit, mon supérieur m'a informée à l'instant.

— Comment l'a-t-il su ?

— L'équipe médicale l'a contacté, le commandant leur avait demandé de le faire pour les besoins de l'enquête. Tu n'étais pas obligée d'en parler tout de suite à Emmanuel, il est très sensible et même fragile moralement.

— J'ai trouvé normal de lui dire la vérité, répliqua Anna, qui était sur la défensive.

— Fais un effort, je suis sûre que tu sais pourquoi ton amie s'est enfuie, persista Karen. En te taisant, tu nous empêches peut-être de suivre une piste. Nous avons passé la nuit à interroger tous les invités de Jean-Charles Mongenot, sans résultat.

Partagée entre l'ordre véhément de Catherine et sa volonté d'aider la police, Anna eut soudain un air soucieux.

— Vicky est très belle, un homme a pu lui manquer de respect, hasarda-t-elle. Dans ces soirées où tout le monde déambule dans un parc, un sale pervers peut importuner une fille ou une femme sans se faire remarquer.

Intuitive, Karen avait constaté le ton hargneux d'Anna, en prononçant les trois mots « un sale pervers ». D'autorité, elle la prit par l'épaule et l'entraîna vers un espace à l'écart qui donnait sur une cour plantée d'arbustes.

— Tu supposes qu'un homme aurait imposé des attouchements à Victoire et qu'elle aurait pris peur ?

— C'est possible… Moi aussi, j'ai eu des ennuis

parce que je faisais confiance à Bastien Mongenot. On était dans la même terminale, il me plaisait et je croyais que c'était réciproque. Hier soir, si je ne l'avais pas giflé, je pense qu'il m'aurait forcée à coucher avec lui dans une ancienne chambre de bonne du château.

— Quoi ? Et tu n'en as parlé à personne ?

— Je me suis débrouillée toute seule, et ensuite j'ai cherché Vicky. Je lui aurais raconté.

Ulcérée, Karen lança vers le ciel gris perle un regard éperdu. Enfin elle dévisagea Anna.

— Il t'aurait violée, précisa-t-elle. Certes, tu n'en serais pas morte puisque ce jeune idiot tient à sa place dans la haute société. Mais c'est en minimisant ce genre d'agression que les femmes n'obtiennent pas justice et sont en danger. Prends l'exemple de Vanessa, elle a pu suivre un type qui lui promettait monts et merveilles et on l'a violée et tuée.

Tremblante de nervosité, Anna recommença à pleurer, tout en réfléchissant. Bientôt l'attitude de Catherine Desmarets lui sembla incohérente et elle l'attribua au choc que lui avait causé l'effroyable accident.

« Son mari est mort, Vicky sera infirme dans le meilleur des cas, elle refuse de parler, pourtant Mme Quinot était d'accord. »

Pleine d'espoir, Karen sentait qu'Anna hésitait et elle s'écarta d'un mètre, en lui tournant le dos, afin de déclencher la fonction d'enregistrement sur son téléphone qu'elle remit ensuite dans la poche de sa veste.

— Je vous ai menti tout à l'heure, ma mère ne peut pas venir avant midi. En fait, il est arrivé quelque chose d'affreux à Vicky, il y a trois ans, au mois d'août 2013. Ses parents ont gardé le secret, et elle n'avait pas le droit de me le dire, mais nous sommes de vraies amies, presque des sœurs, alors elle m'a tout raconté. Je trahis ma promesse, j'espère qu'elle me pardonnera.

— Je t'écoute, Anna…

Forêt communale de Marsannay-la-Côte, même jour, quatre heures plus tard

Agenouillé au pied de l'autel dédié à sa sœur, Emmanuel caressait son chien, assis près de lui. Le halètement du leonberg, que la chaleur de juillet incommodait, se mêlait aux innombrables chants d'oiseaux.

— Emma, combien de fois mon cœur se brisera sans cesser de battre, interrogea tout bas le jeune homme. Je suis en deuil depuis que tu m'as laissé, moi ton petit frère qui vivait sous ton aile. Emma, on a voulu faire du mal à celle que je chérissais, sans oser l'aimer. Protège-la, je t'en prie, si tu es au Ciel.

Alerté par des bruits de pas, Goliath émit un sourd grognement, avant d'aboyer de son timbre grave. Mais il se tut très vite, pour lancer un court jappement amical.

— J'étais certaine de te trouver ici, soupira Karen qui enjambait le ruisselet de la source.

— Il ne fallait pas te déranger, répondit-il.

— Je peux m'asseoir ?

— Mais oui. Je me préparais à rentrer, j'ai promis à maman de lui tenir compagnie. Elle a tellement pleuré, la pauvre.

— Tu lui as dit pour Victoire ? s'enquit Karen en prenant place sur l'herbe tout près d'Emmanuel.

— Je devais faire vite, je craignais qu'elle l'apprenne par les informations de midi. Heureusement, la télévision était éteinte et j'ai pu lui annoncer la mauvaise nouvelle en douceur.

— En principe, rien ne filtrera encore dans les médias, le commandant Terrier l'a exigé et, si l'on en croit Jean-Charles Mongenot, il fera jouer ses relations pour que la presse ne divulgue pas l'identité des victimes. Tu imagines la fébrilité des journalistes, les gros titres sur la famille Desmarets et la talentueuse jeune danseuse au destin tragique.

Emmanuel perçut le trouble de sa compagne qui alignait des mots d'un ton dur, tout en retenant son envie de pleurer.

— Qu'est-ce qu'il y a, Karen ? Tu étais à l'hôpital et tu n'oses pas me dire ce que tu sais.

— N'aie pas peur, Victoire est toujours vivante. J'ai pu discuter avec sa grand-mère et elle me téléphonera si l'état de sa petite-fille empire ou s'améliore. J'étais avec le commandant qui se démenait pour rester en charge de l'enquête. Il a eu gain de cause. Sinon, la scientifique a relevé des traces de peinture noire sur le scooter et Terrier avait raison, des particules de pneu ont permis d'établir la trajectoire de la voiture, qui a bien coupé la route à Victoire, provoquant ainsi sa chute. Si nous avions affaire à un chauffard alcoolisé, il se serait enfui. Jacques Desmarets serait indemne et ta filleule de cœur ne serait sûrement pas aussi grièvement blessée.

— Ma filleule de cœur, répéta-t-il, un peu surpris.

— Emmanuel, à dater d'aujourd'hui, je ne pourrai plus te tenir au courant de l'enquête, il ne faudra pas m'en vouloir. Un élément capital va orienter nos investigations.

— Quel élément ? Dis-moi, Karen !

— Anna m'a priée de ne pas te mêler à ça car Victoire ne voulait pas que tu le saches. Mais j'ai promis de t'aider dans ta propre enquête, il y a plus de deux ans, aussi j'estime que tu as le droit d'écouter cet enregistrement.

D'un geste tendre, elle étreignit les doigts tièdes du jeune homme qui lui adressa un sourire plein d'appréhension. Ils s'étaient beaucoup querellés ces dernières semaines, et il avait même été question d'une rupture. Cependant, face au chagrin et à l'injustice, ils se réconcilièrent d'un regard et d'un baiser.

— Merci d'être là, Karen, mon ange que je malmène trop souvent, murmura Emmanuel.

— Je te préviens, tu vas être bouleversé, murmura-t-elle. Il s'agit de Victoire, que j'admire profondément désormais pour son courage et sa volonté.

Sur ces mots, elle appuya sur une touche et la voix flûtée d'Anna s'éleva au sein de la forêt, évoquant les terribles épreuves qu'avait endurées et surmontées son amie Vicky, dont l'unique rêve était de danser…

19

Témoignages

Forêt communale de Marsannay-la-Côte,
même jour, dimanche 24 juillet 2016

Le ciel se couvrait de nuages d'un gris sombre, et un vent chaud agitait le feuillage des chênes. Karen avait repris son téléphone, désormais silencieux. Elle le rangea dans sa poche sans oser regarder Emmanuel. Maintenant elle s'en voulait de lui avoir fait écouter le court témoignage d'Anna, ponctué de reniflements et de soupirs. Il avait une expression hallucinée et gardait les poings serrés, comme pour frapper un ennemi visible de lui seul.

— Je suis désolée, j'imagine ce que tu as ressenti, dit-elle.

— Non, tu ne peux pas savoir, répliqua-t-il en haussant le ton. Depuis trois ans, j'étais naïvement content parce que je croyais l'avoir sauvée. Mais non, non ! On a abusé de Victoire, et elle avait quinze ans. Mon Dieu, je vais devenir fou !

— Qu'est-ce que tu as dit ? s'écria Karen. Pourquoi croyais-tu l'avoir sauvée ? Emmanuel, explique-toi !

— Anna a dû sciemment ne pas parler de mon rôle ce soir-là, déclara-t-il. Je la plains, ce devait être difficile de trahir son amie d'enfance.

— À quel rôle fais-tu allusion ? s'impatienta sa compagne. J'ai besoin de comprendre.

— Il s'agit du petit secret dont j'ai nié l'existence, l'autre jour au restaurant, avoua-t-il d'une voix changée. Ce samedi 24 août, j'étais à deux kilomètres environ de chez les Colombet. Mon pick-up était garé à l'entrée d'un chemin et j'avais exploré tout le bois après avoir repéré un 4 × 4 noir avec des dobermans à l'arrière. Et soudain j'ai entendu appeler au secours, une voix féminine. Je crois n'avoir jamais couru aussi vite dans la direction des cris. J'ai distingué une silhouette en robe rouge, qui titubait en hurlant. Il y avait un peu de lune, alors j'ai tout de suite reconnu Victoire Desmarets, dans un état d'affolement indescriptible. Je suis parvenu à la rassurer et à l'emmener jusqu'à ma voiture. Elle était échevelée, hagarde, et sentait l'alcool. Évidemment, j'ai pensé à ma sœur et aux autres victimes, sans aucune certitude ni preuve.

— Comment as-tu pu la reconnaître aussi vite ? demanda Karen d'un ton sec.

— Je l'avais souvent vue de loin, pendant les vendanges, et parfois je la croisais qui faisait du vélo. Nous avons grandi sur la même commune et mon père travaillait pour M. Desmarets ! Peu importe, au fond… Je l'ai conduite au château, jusque dans la cour, et elle semblait calmée. Je m'en souviens très bien, elle m'a même dit qu'elle pouvait monter sans aide dans sa chambre.

— Savais-tu que les Colombet organisaient une fête ce soir-là ou te trouvais-tu par hasard dans ce bois ?

— Oui, j'étais au courant. J'avoue m'être dit que Victoire venait peut-être de chez eux. Il y avait deux solutions pour moi. Soit elle était ivre ou avait pris de la drogue. Soit on avait voulu l'agresser sexuellement et elle avait pu s'échapper à temps. Hélas, je me trompais sur ce point précis, il était trop tard. Je me souviens de lui avoir dit : « Ils arrivent, venez, je vous ramène chez vous. »

— Pourquoi, si tu n'avais pas de preuves ? s'enquit Karen.

— À cause des chiens dans le 4 × 4 qui aboyaient, et j'avais cru entendre des bruits de voix. Mais je n'étais sûr de rien. Quand j'ai raconté ça à ma mère, elle n'a pas douté une seconde. À son avis, j'avais sauvé Victoire d'une mort certaine.

— Donc, ta mère était au courant elle aussi !

Furieuse, Karen bondit sur ses pieds et elle s'éloigna pour marcher sous le couvert des arbres. Elle allait et venait, les mains sur les hanches.

— Qu'est-ce que tu as ? lui cria Emmanuel.

— Ce que j'ai, je vais te le dire, rétorqua-t-elle en revenant vers lui et en le dévisageant d'un regard dur. Nous sommes ensemble depuis deux ans et tu ne m'as jamais parlé de ce soir-là, moi qui te faisais confiance ! Tu as agi comme les parents de Victoire en dissimulant un élément capital pour l'enquête du commandant Terrier.

— Mais quand j'ai pu parler à Vicky, le jour de la fête de Noël au château, elle m'a affirmé n'avoir aucun souvenir. Je lui ai dit que je l'avais ramenée chez elle, mais ça aussi elle l'avait oublié. Je sentais que je lui faisais peur, je voulais me justifier. Plus tard, dans le train pour Paris, elle m'a demandé où je l'avais rencontrée. Je le lui ai expliqué, en lui déconseillant de boire de l'alcool à l'avenir. Elle semblait posée, sereine, j'en ai conclu qu'il ne lui était rien arrivé de grave.

— Tu faisais erreur ! s'enflamma Karen. Une chose est sûre, Victoire disait vrai, elle ne se souvenait de rien. En plus, une fois au château, elle a dû se doucher et laver sa robe, en éliminant toute trace d'ADN. Même si ses parents avaient porté plainte pour viol, avant ou après l'avortement, ces indices étaient perdus. Mais les Desmarets n'ont rien fait, par crainte du scandale et soi-disant afin de préserver la réputation de leur fille. Leur attitude me rend folle de rage, et la tienne aussi.

Emmanuel se leva brusquement. Il commença à gravir la pente douce, le chien sur ses talons.

— Ce n'est pas le lieu pour une dispute, dit-il. Rien ne doit troubler le repos de ma sœur.

— Arrête avec ton délire, lui reprocha-t-elle en le suivant. On n'est pas dans une église, ni dans une chapelle !

— Tout dépend de nos croyances. Nous continuerons le débat loin d'ici. Je suppose que tu as garé ta voiture près de mon pick-up ?

— Je suis venue à moto, le commandant m'a prêté la sienne.

Ils n'échangèrent plus un mot jusqu'à l'allée balisée menant à un emplacement servant de parking.

— Qu'est-ce que tu me reproches, Karen ? demanda enfin Emmanuel.

— Ton silence au sujet de Victoire ! Ne me dis pas que tu jugeais sans signification le fait de la trouver dans un bois en train d'appeler au secours. Tu as dû forcément faire le lien avec les crimes précédents.

— Ai-je dit le contraire ? Bien sûr, j'y ai pensé, et aujourd'hui, après avoir écouté le témoignage d'Anna, je n'ai presque aucun doute. Mais à l'époque, je voulais croire qu'elle avait simplement trop bu et s'était égarée dans les bois. Après ce samedi soir, elle a repris sa vie de lycéenne, à Dijon, et au début de l'année suivante, elle est partie pour Paris avec sa grand-mère. Chaque fois que je lui parlais, j'étais rassuré et j'en concluais que je m'étais fait des idées.

— Tu te mens à toi-même, Emmanuel. Je suis sûre qu'au fond de toi, tu gardais la conviction de l'avoir sauvée et, en effet, tu as dû lui éviter de finir étranglée ou noyée, puisque les bruits que tu as entendus ce soir-là indiquaient certainement qu'ils étaient sur ses traces et qu'ils allaient la tuer.

Haletante, Karen s'immobilisa en reprenant son souffle. Incapable de refouler sa colère, elle jeta une pique cruelle à l'homme qu'elle aimait.

— Tu aurais dû signaler au commandant Terrier ce qui s'était passé dès le lendemain. Victoire avait rayé de sa mémoire le traumatisme de son viol, mais je te rappelle que son grand-père est mort ce samedi-là, une très étrange coïncidence. Si tu avais parlé plus tôt, on aurait interrogé Victoire et peut-être qu'elle ne serait pas dans un lit d'hôpital, condamnée à vivre en fauteuil roulant et à ne plus jamais danser.

Outré par les propos de Karen, il la regarda avec une infinie tristesse. Il avait l'impression d'être en face d'une inconnue.

— Tu oses m'accuser d'être responsable de la

tragédie d'hier ! Mais qu'est-ce que ça aurait changé si j'avais déclaré avoir ramené Victoire complètement ivre chez elle ? On venait de découvrir le corps de Sylvie Costa au bord d'une voie ferrée. Tu penses que Terrier se serait soucié d'une gamine quittant une fête ? Il aurait pensé à un caprice ou à une querelle d'amoureux.

— J'en doute vraiment. Tu seras convoqué demain à la gendarmerie et tu es susceptible d'écoper d'une peine légère pour entrave à la justice.

— Dans ce cas, allons-y immédiatement, trancha Emmanuel. L'opinion du commandant Terrier sur ma prise de position de l'époque m'intéresse.

— Très bien, je le préviens de ta visite, dit Karen en prenant ses distances d'un pas rapide. Cette fois, c'est bien fini entre nous.

Gendarmerie de Gevrey-Chambertin,
un peu plus tard

Louis Terrier accueillit la lieutenante Mathis et Emmanuel Nevers d'un coup d'œil excédé. Il invita le jeune ingénieur à s'asseoir d'un geste de la main. Karen préféra rester debout, mais son expression froide intriguait le commandant.

— Je vous écoute, dit-il. Monsieur Nevers, vous avez une déposition à faire ? Je suis très occupé. Mes hommes sont chez Jean-Charles Mongenot pour interroger les invités présents hier soir au château, et je dois les rejoindre.

— Commandant, j'ai commis une faute et je tiens à

vous l'avouer, déclara Karen. Étant la compagne épisodique d'Emmanuel Nevers, lui-même un grand ami de Victoire Desmarets, je lui ai fait écouter le témoignage d'Anna Seron.

— Un enregistrement n'est guère valide, tu le sais. J'ai donc convoqué cette jeune fille demain matin pour faire les choses dans le respect de la procédure. Mais tu n'avais pas à divulguer ces informations.

— Considérez que c'est un mal pour un bien, comme on dit, décréta Emmanuel. Karen jugeait nécessaire que j'apprenne la vérité à propos de Victoire. Du coup, je lui ai révélé un autre élément en rapport avec le crime commis sur une adolescente de quinze ans, ce dimanche 24 août 2014.

— Précisez, je vous prie.

En quelques phrases explicites, Emmanuel relata tout ce qu'il avait dit à sa compagne auparavant.

— J'aurais fait obstruction à la justice, paraît-il, conclut-il avec un sourire ironique. Cette justice que je réclame depuis si longtemps pour ma sœur Emma, pour les autres victimes de ces monstres insaisissables. N'hésitez pas, je suis prêt à en assumer les conséquences.

Remué au plus profond de son cœur à l'évocation d'Emma, Louis Terrier baissa la tête avant de répondre.

— Vous n'êtes pas le seul à avoir gardé le silence, monsieur Nevers. Aurélia Novak, la professeure de danse de Victoire, était au courant du viol et de l'avortement. Elle est disposée à témoigner elle aussi. Mais il faut encore que cette affaire soit en relation avec l'accident qui a coûté la vie de Jacques Desmarets et grièvement blessé sa fille.

— Je sais ce qui s'est passé, Karen me l'a dit, il est évident qu'on voulait la tuer ! s'écria Emmanuel.

— Anna m'a parlé des deux psychologues qui ont suivi son amie, ajouta Karen. Victoire était avertie. Elle pouvait subir un terrible choc moral en retrouvant la mémoire, une chose fort possible si elle était confrontée à son agresseur. Pour moi, commandant, ce serait l'explication la plus probable. Même une jeune fille très sensible ne s'enfuirait pas ainsi pour une déception sentimentale et…

— Nous ferons le point tout à l'heure, Mathis, l'interrompit sèchement Louis Terrier. Monsieur Nevers, vous pouvez partir. Si j'ai besoin de votre déposition, je vous convoquerai.

— Il n'y a pas de problème, commandant, je viendrai.

Après le départ d'Emmanuel, Karen jugea bon de protester d'un ton véhément.

— Là, je ne vous comprends pas, dit-elle. Si vous aviez été informé de la fuite affolée de Victoire, qui s'était rendue chez les Colombet en secret, cela aurait pu vous aider dans votre enquête sur la mort de Sylvie Costa. Dans l'état où Emmanuel avait trouvé Victoire, il y avait présomption de violence sexuelle et on pouvait encore prélever de l'ADN sur ses vêtements ou son corps.

La mine sévère, Terrier se leva et enfila sa veste. Il observa Karen d'un regard furibond.

— Peut-être que je n'y aurais pas pensé, même en ayant eu le témoignage d'Emmanuel, décréta-t-il. Le souci n'est pas là ! Si tu es devenue gendarme pour régler tes comptes avec tes éventuels fiancés, change de métier. Je te le répète, ta vie privée ne doit pas interférer dans une enquête.

— Mais commandant…

— Je ne veux rien entendre. Tu n'avais pas à faire écouter l'enregistrement ni à menacer Nevers d'une peine quelconque, surtout sans avoir sollicité mon avis. Prends un congé si tu ne peux plus garder ton sang-froid.

— Je suis désolée, j'ai cru bien faire, plaida Karen.

— Tu t'es trompée et, sur ce coup, tu me déçois. Je considère comme très important l'incident d'il y a trois ans, et j'ai prévu une perquisition chez Corentin Colombet, le fils adoptif de la famille. Seulement je suis dans une situation d'urgence, ce dimanche. Le préfet m'a appelé deux fois, il veut communiquer avec la presse en raison de la personnalité de Jacques Desmarets, qui était un notable de la région. Mongenot m'envoie des messages pour se plaindre d'avoir encore mon équipe chez lui. Et toi, tu me fais perdre mon temps en poussant Emmanuel Nevers à venir témoigner.

— Non, il a décidé lui-même de vous parler.

— Sais-tu ce que ça représente de l'avoir assis en face de moi ? Je me suis souvenu d'un pauvre gosse de onze ans qui sanglotait dans le cimetière de Gissey-sur-Ouche. Je me tenais à l'écart, mais je le voyais serrer contre lui l'urne contenant les cendres d'Emma. Courageusement, il a arrêté de pleurer pour la déposer dans le caveau de la famille, et ensuite, il a tenté de réconforter sa mère. J'ignore s'il s'en rappelle, mais je suis allé lui parler. J'ai dit que j'étais capitaine de gendarmerie et que je ferais tout pour arrêter l'assassin de sa sœur. Alors il m'a souri en me remerciant. Et il attend toujours, comprends-tu, Karen ?

Bouleversée, elle fut incapable de répondre, dans sa hâte de rattraper Emmanuel pour lui demander pardon.

CHU de Dijon, le lendemain,
lundi 25 juillet 2016

Catherine avait passé la nuit au chevet de sa fille, en somnolant dans un fauteuil. Il était midi et elle alla de nouveau se pencher sur son enfant endormie, d'une pâleur de nacre.

— Est-ce vraiment toi, Vicky ? murmura-t-elle. Je te revois en train de danser, de sauter, ou bien de courir dans le parc. Ma chérie, je t'en prie, il faudra te réveiller, ouvrir tes beaux yeux bleus.

Elle caressa la main de Victoire et en étreignit les doigts tièdes. L'équipement médical indispensable aux patients dans le coma l'avait un peu rebutée la veille, mais à présent elle en faisait abstraction.

Les infirmières venaient régulièrement surveiller les appareils mis en place et la rassuraient de quelques mots et d'un sourire.

— Vicky, cet après-midi je dois aller au château. Ta grand-mère m'a prêté des habits pour que je me change, mais je ne suis pas à mon aise. Je vais prendre quelques affaires. Je reviens vite, ma chérie.

Le cœur lourd, Catherine regarda encore une fois le ravissant visage de sa fille, dont la tête était entièrement bandée. À partir de la taille, un drap dissimulait le corps de Victoire, cachant une partie de sa jambe droite, maintenue en l'air par un système adapté.

— Et je dois m'occuper des obsèques de ton papa, dit-elle tout bas. Tiens bon, Vicky, je n'ai plus que toi.

Élodie entra dans la chambre au même instant. D'habitude toujours pimpante et énergique, elle semblait avoir vieilli de dix ans.

— Je t'attendais, maman. Je suis obligée de m'absenter, avec la peur de la trouver morte à mon retour.

— Mais non, ne perds pas espoir, Cathy. Nous devons parler à Vicky, l'encourager et lui dire combien nous l'aimons. Ah, j'oubliais... Jean-Charles Mongenot souhaite te voir, je l'ai croisé dans le hall. Je suppose qu'il veut te proposer son aide. J'avais mal jugé cet homme par le passé. Il est plus empathique qu'il n'en a l'air.

— Je n'ai pas envie de discuter avec lui ni avec personne, maman, toi exceptée, bien sûr.

Catherine prit sa mère dans ses bras et elles puisèrent un réconfort mutuel au contact l'une de l'autre.

— Sois prudente au volant, recommanda soudain Élodie. Maintenant que Jacques n'est plus là, on pourrait s'en prendre à toi. Quand vas-tu parler à la police ?

— Je t'en prie, maman, j'aviserai de la situation après l'enterrement de mon mari. Demain matin, j'irai le voir au funérarium, il sera prêt pour son ultime départ. J'ose à peine évoquer le décès de Jacques devant Vicky si jamais elle m'entendait, c'est possible même dans le coma. Ce matin, les infirmières et le docteur m'ont conseillé de lui parler et de la toucher, afin de stimuler ses sens. Fais-le aussi, je t'en supplie.

— Je te le promets, Cathy. Sois tranquille.

Même si Catherine avait voulu éviter Jean-Charles Mongenot, elle n'aurait pas pu. Il faisait les cent pas dans le hall principal, en observant chaque personne de son regard gris.

— Ah, vous êtes là, dit-il quand il la reconnut, à la sortie d'un ascenseur.

— Bonjour, soupira-t-elle. Il ne fallait pas vous déranger. Si vous m'aviez envoyé un message, je vous aurais dit de ne pas venir.

— Je me sens responsable de vous, à présent, et je devais vous entretenir de quelque chose au plus vite.

— D'accord, accompagnez-moi jusqu'à ma voiture. J'ai grand besoin d'air frais et de soleil, je suis transie.

— Déjà, le plus important, dites-moi comment va votre fille ?

Malgré ses réticences initiales, Catherine éprouva du soulagement à se confier.

— Son coma ne serait pas très profond selon le neurologue qui l'a examinée. Cependant son état exige des soins constants. Il faut maintenir la circulation sanguine par des perfusions, la ventiler, mais ils ne l'ont pas intubée, Dieu merci. Cela dit, son bassin est fracturé et la colonne vertébrale a été atteinte. Sa jambe droite présente aussi deux fractures. On lui donne de la morphine pour éviter qu'elle souffre. Sans le geste de mon mari, elle serait morte sur le coup. Elle ne pourra plus danser. Vous imaginez le choc qu'elle aura en se réveillant ? Je devrais lui annoncer le décès de son père et briser à jamais son rêve d'être une étoile de l'Opéra.

Mongenot approuva d'un air grave. Dès qu'ils se

retrouvèrent à l'extérieur, il la prit par le bras d'un geste amical.

— Catherine, samedi soir, Jacques m'a avoué l'enfer qu'il vivait depuis presque trois ans. Je suis au courant des menaces sur votre fille et vous, et des sacrifices qu'il a dû faire, afin de vous protéger. Tout d'abord, j'étais abasourdi, puis indigné. Je lui ai promis mon aide, sans me douter qu'il allait mourir peu après. Je manquerais à tous mes devoirs si je ne respectais pas ce serment.

— Ah, il a eu le temps de vous révéler le cauchemar où nous nous débattions ! Je suis restée dans l'ignorance de trop longs mois. Jacques a fini par tout me raconter. Mais que pouvez-vous faire ?

— Déjà, vous pouvez compter sur mon soutien, ma chère amie, et sachez que je conçois votre douleur. J'ai tant souffert lors du décès de Frédérique, mon épouse adorée.

— Au moins, vous avez pu lui dire adieu !

— Oui, je l'ai embrassée en répétant que je l'aimais.

— Si seulement j'avais eu cette consolation... Jean-Charles, puisque vous savez la vérité sur notre situation, je peux bien vous le dire, hier matin, j'ai reçu des messages effrayants. Si je parle à la police, ce que Jacques avait prévu de faire, ma mère en payera le prix, et Vicky aussi, si elle est encore vivante.

— Montrez-les-moi !

— J'avais tellement peur, je les ai effacés immédiatement. Je n'ai pas osé l'expliquer à maman. Ces nouvelles menaces me rendent malade, surtout en ce moment où je suis seule et où ma fille chérie lutte contre la mort.

Elle contenait ses larmes, mais un sanglot nerveux la secoua. Mongenot s'inquiéta tout de suite.

— Il ne faut pas conduire dans votre état, Catherine. Je peux vous ramener au château.

— Je vous remercie, Jean-Charles, mais je dois pouvoir me déplacer seule, avec ma voiture. Je vais me calmer. Durant des années, j'ai appris à dominer mes émotions, j'y parviendrai encore une fois.

— Là n'est pas le problème, rétorqua-t-il. Qu'avez-vous décidé de faire ? Comptez-vous prévenir la police ?

— Qu'en pensez-vous ? Peut-être aurons-nous une protection efficace si je m'adresse directement au commissaire de Chenôve. Et comment ces gens le sauraient-ils ?

Soudain affolée, Catherine jeta des regards alarmés autour d'eux. Comme un homme l'avait fixée quelques secondes, elle se mit à trembler.

— Il nous a salués, la rassura Mongenot. Je le connais, il s'agit d'un chirurgien réputé du CHU.

— Ils sont peut-être partout, gémit-elle. Je suis terrorisée !

— Prenez le volant, si vous en êtes capable, et n'ayez crainte, je vous suivrai jusqu'au château Desmarets. Je suis votre ami. Pour la police, laissez-moi étudier la question.

— Merci, Jean-Charles, je me sens perdue, mais je vous fais confiance.

Gendarmerie de Gevrey-Chambertin,
même jour, deux heures plus tard

Louis Terrier faisait le point avec la lieutenante Mathis et le brigadier Fort. Après un rapide regard sur les documents étalés sur son bureau, il fit tourner un stylo entre ses doigts.

— Ce matin, j'ai reçu Anna Seron, qui a fait sa déposition et l'a signée. Certains détails manquaient dans l'enregistrement que tu avais fait, Karen. Notamment la relation entre Victoire et Florian Mongenot. Il se prétendait très amoureux de notre victime et il avait personnellement porté les invitations à la fête au château Desmarets. J'ai convoqué ce jeune homme en fin de journée. Selon Anna, son amie éprouvait aussi des sentiments pour Florian et avait été blessée de le savoir en compagnie d'Ingrid Keller.

— Un mensonge de son frère Bastien, précisa Karen.

— De toute évidence, oui, trancha le commandant. Autre chose, j'ai également reçu Mme Aurélia Novak, l'ancienne professeure de danse de Victoire. Elle aussi savait pour le viol et l'avortement, mais elle avait promis à son élève de garder le secret. Le témoignage de Mme Novak s'ajuste à celui d'Emmanuel Nevers. En effet, elle a songé qu'un des jeunes invités des Colombet avait drogué l'adolescente avant d'abuser d'elle. Si la décision des Desmarets de ne pas porter plainte l'a révoltée, Aurélia Novak a insisté sur la capacité de résilience de Victoire. Elle confirme que la jeune fille, une fois installée à Paris, était très stable et uniquement passionnée par la danse. Si bien que, même lors de la disparition de Vanessa, elle n'a pas vraiment établi un lien entre ces deux affaires criminelles.

— On ne peut pas toujours tenir ses promesses quand un aveu est susceptible de faire avancer une enquête, déclara le brigadier, un père de famille de trente-six ans.

— Je suis de ton avis, insista Karen. À la place de Mme Novak, j'en aurais parlé à qui de droit.

Sur ces mots, elle défia son supérieur de ses yeux verts, car elle n'ignorait rien de sa liaison avec la professeure de danse.

Le commandant Terrier demeura impassible, néanmoins il avait été très déçu par l'attitude d'Aurélia, qui s'était efforcée de respecter son engagement envers Victoire. Même si elle lui avait dit avoir souvent été tentée de lui avouer, il était amer et triste.

— De votre côté, qu'a donné la perquisition au domicile des Colombet ? s'enquit-il d'un ton neutre.

— Nous n'avons rien trouvé, commandant, affirma Karen. Corentin Colombet s'est montré coopératif, il nous a laissés visiter la maison, les communs et les caves. Mais le samedi 24 août 2013, il se trouvait au Brésil, où il séjourne souvent depuis sa majorité car il a encore de la famille à Rio.

— Cependant, à propos du décès de son père adoptif, il a émis des doutes sur les causes de l'accident.

— Pourquoi ? s'étonna Terrier. Gérard Colombet conduisait un modèle ancien de voiture, c'était un peu sa lubie et il dépensait une fortune pour acquérir des véhicules de collection. En conséquence, il n'y avait pas d'airbag et les freins ont lâché sur une route inondée par l'orage.

— Mais il se rendait chez les Desmarets, rappela Karen.

— Et alors ? C'était un ami de longue date de Gilles Desmarets et l'associé de Jacques, indiqua le commandant. Ceci dit, nous nous trouvons confrontés à beaucoup de coïncidences. Il faut creuser encore. Brigadier, allez rendre visite au garage où se trouve la voiture de Colombet.

— Tout de suite, commandant.

Karen fit le mouvement de se lever, mais Terrier lui fit signe de patienter.

— Où en es-tu avec Emmanuel ? demanda-t-il à mi-voix.

— Je ne l'ai pas revu et il ne répond pas à mes messages. Je lui ai présenté mes excuses, j'ai fait le maximum sans résultat. Hier, j'étais si furieuse que j'ai rompu. Nous étions dans la forêt de Marsannay-la-Côte, j'étais sûre de le retrouver là-bas… Il y est allé en quittant l'hôpital.

— En raison de son travail ces temps-ci ?

Confuse, Karen se mordilla la lèvre inférieure. Après une brève hésitation, elle préféra être franche.

— Emmanuel a dressé une sorte d'autel en mémoire de sa sœur, à l'endroit précis où il l'a découverte. C'est émouvant, il a prélevé un peu de ses cendres dans un pot en grès. Il fleurit une pierre plate, coincée dans le creux d'un très vieux chêne. Il l'a décoré avec des bibelots qui devaient appartenir à Emma.

— Il ne guérira jamais de cette perte, concéda Terrier. Pour ma part, je n'ai pas eu le courage de retourner à cet endroit.

— Commandant, j'ai été odieuse avec lui ! Je lui ai

dit d'arrêter son délire parce qu'il refusait de troubler l'âme de sa sœur.

— Si vous vous réconciliez, souviens-toi que la colère peut causer de sérieux dégâts dans un couple. Passons ! J'ai étudié le rapport concernant les interrogatoires des invités de Mongenot, soit une soixantaine de personnes, en ajoutant les employés du traiteur et les trois domestiques.

— Vous avez un témoignage valable ?

— Personne n'a rien vu d'insolite. Une des serveuses confirme avoir parlé à Anna quelques minutes avant le début du feu d'artifice. Parmi ceux qui n'avaient jamais vu Victoire, soit de potentiels clients de Mongenot et leurs épouses ou compagnes, certains disent l'avoir remarquée parmi la foule, surtout des femmes et surtout à cause du superbe collier de saphirs qu'elle portait ce soir-là.

— Est-ce qu'on a retrouvé ce bijou ? s'enquit Karen.

— Non, pourtant le parc a été fouillé.

— Donc, on ne peut pas prouver notre théorie comme quoi Victoire aurait retrouvé la mémoire de son agression étant confrontée au coupable.

— Ouais, le mystère demeure, marmonna Louis Terrier.

Château Desmarets, même jour, même heure

Les sanglots convulsifs de Colette résonnaient dans tout le rez-de-chaussée du château et achevaient de briser le cœur meurtri de Catherine.

— Qu'elle se taise ! Comme si j'ignorais qu'elle a

pleuré Béatrice, ma belle-mère, et « monsieur Gilles » ! Maintenant c'est ton tour, Jacques, mon amour, soupira-t-elle en claquant la porte de la bibliothèque afin de ne plus entendre gémir son employée.

Depuis qu'elle errait en solitaire dans chaque pièce, Catherine s'adressait à son mari, l'imaginant à ses côtés. Elle avait ainsi l'impression de lui redonner un peu de vie.

— Je dois cacher tous les documents que tu as montrés à maman, dit-elle encore. J'aurai toujours l'opportunité de les remettre à la police si je me décide à la contacter.

Elle prit une mallette qui fermait grâce à un code pour y ranger les photographies de Victoire prises lors de son viol, ainsi que les contrats de cession des vignobles. D'un geste déterminé, elle déposa aussi ses bijoux à l'intérieur.

— Nous aurions dû nous enfuir, Jacques, tu avais raison ! Notre Vicky pouvait danser même à l'autre bout du monde, et elle aurait compris la nécessité de disparaître. Maman serait venue avec nous. C'est dans ce but, mon amour, que j'ai vendu le manoir de Cluny et d'excellentes terres agricoles.

En prévision des jours qu'elle passerait à l'hôpital, Catherine avait choisi un pantalon en lin bleu et le corsage assorti. Un bandeau retenait en arrière ses boucles brunes, ce qui la rajeunissait.

— Où cacher la mallette ? murmura-t-elle. Je sais… Qui irait fouiller là-haut ?

Le fait d'agir atténuait son désespoir. Elle avait l'intention de se battre et ne reculerait pas. Le plus silencieusement possible, elle fit coulisser un pan d'étagères remplies de livres, qui dissimulait une étroite porte ronde.

— L'accès à notre tour, Jacques, soliloqua-t-elle encore. C'était une idée de ton père pour empêcher les enfants de monter au sommet. D'abord la précaution vous concernait, ton frère Damien et toi, ensuite c'était pour décourager les recherches de Victoire et d'Arthur ! On leur a même raconté que la porte de la tour avait été murée et ils cherchaient son emplacement sous le lierre.

Curieusement, malgré la solide fortune qu'il avait à sa disposition, Gilles Desmarets n'avait jamais songé à restaurer la tour qui donnait son cachet au château. Il s'était contenté de refaire la toiture à grands frais avec les mêmes petites tuiles vernissées qu'il affectionnait.

— C'est dommage, Jacques, on aurait dû la faire aménager et la louer en gîte, marmonna Catherine en pénétrant dans une salle ronde, envahie de gravats et morceaux de bois vermoulus.

Un escalier en pierre claire menait aux étages dont les planchers s'étaient en partie effondrés. Les marches suivaient une spirale parfaite, que l'on ne pouvait pas emprunter à deux, tellement le passage était exigu.

Chaussée de mocassins en cuir, elle s'élança vers la partie de charpente qui lui était visible.

— J'aime tant cet endroit, s'avoua-t-elle.

Le dernier étage avait conservé son sol composé d'énormes planches de châtaignier, un bois réputé imputrescible. L'espace circulaire, équipé de meurtrières et de créneaux, s'abritait sous le toit en poivrière. Il y faisait très chaud en cet après-midi d'été.

Un sourire mélancolique sur ses traits délicats,

Catherine Desmarets dénicha sans peine une cache que lui avait montrée son mari au retour de leur voyage de noces en Grèce.

— Je soulève cette planche juste au-dessus de la dernière marche avec le tournevis que j'ai pris, et voilà.

Une cavité aménagée sous l'escalier en pierre offrait un replat où la mallette s'encastra facilement. Satisfaite, elle remit la planche et redescendit.

— Je te promets de faire au mieux pour notre fille, Jacques ! Demain je te reverrai enfin, au milieu d'une nuée de fleurs. Les gens du pays t'aimaient, ils seront nombreux à te rendre hommage.

Lorsque Catherine déverrouilla la porte de communication entre la bibliothèque et le salon après avoir soigneusement dissimulé l'accès à la tour, le silence qui régnait dans le château la surprit. Colette avait cessé ses lamentations et la cour semblait déserte derrière les hautes fenêtres voilées par des rideaux en mousseline beige.

Elle se dirigea vers le hall où se dressaient les deux valises qu'elle avait laissées dans sa chambre.

— Qui est monté les chercher ?

— Moi, madame, répondit son employée en sortant de la salle à manger.

— Merci beaucoup, je peux partir à présent. Je compte passer plusieurs jours à Dijon, chez ma mère. On se relaiera au chevet de Vicky. Si tu veux, Colette, profites-en pour prendre un congé.

— Et qu'est-ce que j'en ferai, de mon congé ? Je n'ai plus de famille, madame. C'est chez moi, ici ! Je garde le château, ne vous en faites pas.

— Fais à ton idée, tu m'appelles sur mon portable si tu as un souci.

— Oui, madame. Dites, vous me donnerez des nouvelles de la petite ?

Impatiente de retourner à l'hôpital, Catherine promit d'un « oui » à peine audible. Elle chargea ses bagages dans le coffre de sa voiture, sous le regard inquiet du contremaître.

— Qu'est-ce qu'il y a, Denis ?

— Comment allons-nous faire sans monsieur Jacques ?

— Ne changez rien, faites comme si mon mari était toujours là ! Voyez avec le maître de chai pour l'organisation des tâches les plus urgentes.

— Et quand ont lieu les obsèques, madame ?

— Jeudi à 15 heures. Bien sûr, ce jour-là vous n'avez pas à venir travailler. Au revoir, Denis. Je suis pressée.

Elle s'installa au volant et démarra en souriant de façon machinale. Mais, après avoir franchi le portail, elle dut freiner et s'arrêter car Emmanuel Nevers se tenait au milieu de la route.

— Que voulez-vous ? interrogea-t-elle d'un ton irrité.

Il se pencha un peu et la considéra froidement, au point que Catherine faillit remonter la vitre.

— N'ayez pas peur, je ne vous ferai aucun mal, dit-il en se redressant. Je tenais juste à voir à quoi ressemble une mère capable de sacrifier sa fille pour préserver la renommée de ses vins, de sa riche famille.

— Qu'est-ce que vous inventez ? Laissez-moi en paix, ou bien ayez la politesse de respecter mon deuil et mon chagrin de savoir ma fille condamnée à devenir infirme, si elle sort du coma. Vous devriez avoir honte de me harceler ainsi !

— Madame Desmarets, je suis désolé pour votre mari, mais il est encore le plus coupable. Anna m'a parlé, Victoire a été violée et elle a dû subir un avortement. Si vous aviez porté plainte, vous auriez peut-être sauvé Vanessa Guérinet, la jeune fille de la marche blanche. Et il n'y aurait pas eu d'accident samedi soir.

Livide, Catherine coupa le moteur. Elle sortit de la voiture et s'approcha d'Emmanuel.

— Nos histoires de famille ne vous concernent pas, jeune homme. Alors oubliez les bavardages d'Anna, ce n'est qu'une gosse stupide. Vicky vous appréciait, mais je n'ai jamais bien compris pourquoi. Ne vous mêlez de rien, sinon cette fois, je porterai plainte, mais contre vous.

— Sous quel prétexte ? riposta-t-il. J'ai le droit de vous aborder et de vous reprocher une lourde erreur.

Hors d'elle, Catherine le repoussa de la main, se retenant de le gifler.

— Maintenant, c'est moi qui gère le domaine, lui assena-t-elle d'une voix stridente. Alors votre mère et vous, prenez vos clics et vos clacs et quittez la maison où vous habitez sans même verser de loyer. Et sachez une chose, Jacques et moi, nous avons agi au mieux pour protéger notre enfant, notre Vicky ! Nous étions des victimes, nous aussi.

Sidéré, Emmanuel s'éloigna en haussant les épaules tandis que la voiture fonçait vers la départementale. Sa colère, qu'il estimait légitime, se dispersait au vent chaud de juillet. Il ignorait s'il devrait déménager ou si Catherine Desmarets reviendrait plus tard sur sa décision.

— J'aurais dû me taire, se dit-il. Mais quand même, ces gens ont eu tort, ou alors ils ont d'autres secrets inavouables…

L'esprit en déroute, il s'engagea sur un chemin qui traversait une parcelle de vignes.

— Vicky, je voudrais tant te voir, te tenir la main, soupira-t-il. Mon beau cygne aux ailes brisées…

20

Le cygne endormi

CHU de Dijon, vendredi 29 juillet 2016

Élodie et Catherine étaient sorties de la chambre pour laisser les infirmières procéder aux soins quotidiens de Victoire. Elles s'arrêtèrent dans un renfoncement du couloir, où des chaises étaient disposées autour d'un distributeur de boissons.

Elles discutaient à mi-voix, unies par le chagrin et l'angoisse.

— Maman, je voudrais raconter à Vicky les obsèques de Jacques mais je n'ose pas. D'après les médecins, son coma est léger, de stade 2. Si je lui apprenais la mort de son papa et qu'elle m'entendait, ce serait trop cruel. J'imagine son esprit prisonnier de ce corps inerte, qui réagirait par une souffrance morale insoutenable. Elle ne pourra ni pleurer ni crier.

— Il n'y a pas d'urgence à lui en parler, Cathy, ce serait peut-être mieux d'attendre son réveil.

— Tu as raison. Plus tard je lui dirai combien la cérémonie religieuse était magnifique, avec toutes ces fleurs dont le parfum emplissait l'église. Pour la musique, j'avais choisi le requiem de Mozart, puisque Jacques l'aimait beaucoup. Au cimetière, j'ai vu sangloter les épouses de nos employés, et notre maître de chai a fait un discours émouvant. Tu aurais dû venir, maman.

— J'ai pu suivre l'essentiel des funérailles à la télévision régionale, mais en baissant le son au minimum, ne crains rien. Cela dit, heureusement, la presse a été discrète en évoquant juste un tragique accident dû à un chauffard, qui serait activement recherché. Et puis je ne pouvais pas laisser Vicky toute seule, tu le sais bien. J'ai passé la journée à lui tenir la main, en la contemplant.

Catherine approuva d'un air distrait. Elle se revoyait dans la chambre mortuaire, devant le cercueil capitonné de velours blanc.

« Jacques était si beau, si paisible. J'ai pu l'embrasser, mais ses lèvres étaient glacées. J'aurais voulu le réchauffer… Mon Dieu, donnez-moi la force de vivre sans lui. »

— Jean-Charles m'a été d'un précieux secours, déclara-t-elle soudainement. Lorsque je suis allée dire adieu à mon mari, il m'a accompagnée et il m'a attendue. C'est un homme en acier, sa présence me rassurait. Ensuite il a pris en main tout le côté administratif, sans oublier l'organisation des obsèques.

Élodie ne fit aucun commentaire, mais elle jeta un regard inquiet à sa fille, presque certaine que Mongenot tenterait de la reconquérir, la sachant veuve.

— J'ai pris des décisions, aussi, de mon propre chef, car je dois m'accoutumer à diriger le domaine, ajouta alors Catherine. Confrontée à deux alternatives, j'ai choisi de lutter et non de fuir.

— Que veux-tu dire ?

— Je toucherai bientôt l'argent des ventes que j'ai signées, à Cluny. Nous aurions pu quitter la France toutes les trois et nous réfugier aux États-Unis, comme l'envisageait Jacques. J'en ai parlé à Jean-Charles qui est au courant de nos problèmes.

— Dernière nouvelle ! Que sait-il exactement ? s'insurgea Élodie.

— Maman, le soir de la fête, Jacques lui a confié l'enfer que lui faisaient vivre tous ces chantages et ces menaces odieuses, en lui demandant son aide. Jean-Charles s'est engagé à le soutenir et, malgré son décès, il refuse de faillir à sa parole. Il a promis de nous protéger et surtout il va s'occuper de récupérer nos vignobles. D'après lui, des contrats signés dans de telles conditions ne sont pas valides.

— Seigneur, que tu es crédule, Cathy ! À ma connaissance, Mongenot n'est pas un policier aguerri ni un truand ! Comment règlerait-il une situation aussi complexe, sans nous mettre en danger de surcroît ? Si tu ne le fais pas, je m'en chargerai. Je dirai ce qui se passe réellement au commandant Terrier.

La réaction de Catherine fut à la mesure de la détermination d'Élodie. Elle se rapprocha de sa mère avec une expression farouche.

— Je te l'interdis ! décréta-t-elle tout bas d'un ton hostile. Tu ignores sûrement ce que cette petite idiote d'Anna est allée raconter à Emmanuel Nevers. Il sait que Vicky a été violée et qu'elle a dû avorter. Ce blanc-bec a osé me faire la morale en me jetant à la figure que nous étions des parents indignes.

— A-t-il vraiment tort ? répliqua Élodie. Je vous

poussais à porter plainte, Jacques ne voulait pas. Même si je sais pourquoi désormais, il aurait peut-être mieux fait, en considérant la suite des événements.

— Bien sûr, tu défends ce malade mental et sa mère ! Tant pis pour eux, je lui ai ordonné de plier bagage. Je ne veux plus d'eux sur nos terres.

— Tu n'as pas fait une chose pareille, Cathy ? Pour le coup, tu ne respectes pas la volonté de Jacques.

Les larmes aux yeux, Élodie scrutait les traits durcis de sa fille, en redoutant l'effet du terrible drame qu'elle vivait sur son caractère. Catherine avait hérité de l'impulsivité des Quinot et de leur intransigeance.

— Ne me regarde pas ainsi, maman, de toute façon, même sans cette altercation, je les aurais congédiés. J'ai besoin de cette maison pour loger Arthur qui rentre en France la semaine prochaine.

— Arthur revient enfin, quel bonheur ! Guy a dû lui annoncer le terrible malheur qui nous frappe. Mais pourquoi le loger près du château, il pourrait habiter chez moi, à Dijon.

La joie fragile de sa mère eut le don d'attendrir Catherine. Elle poussa un léger soupir en lui prenant la main.

— Peut-être, nous aviserons quand il sera là. Nous avons tant à faire, maman. Il faut téléphoner au directeur du corps de ballet de l'Opéra pour mettre fin au contrat de Victoire et nous occuper de résilier la location de l'appartement boulevard du Montparnasse.

— Je m'en occuperai, Cathy. Je te propose de nous accorder ce week-end pour réfléchir à la meilleure solution. Je te laisserai le choix final, alerter ou non la police. Tu es encore très choquée, c'est normal que tu te poses des questions. Si nous retournions dans la chambre, à présent ?

— Vas-y, maman, je vais prendre une boisson, j'ai sans cesse la bouche sèche tellement je suis bouleversée.

— Très bien, essaie de te détendre un peu.

Catherine s'accorda un temps de répit, désorientée par les sautes d'humeur dont elle était victime. Du matin au soir, elle était partagée entre la fureur et le désespoir. Elle aurait juste voulu revenir quatre ans en arrière, avant tout ce chaos.

« Nous étions tellement heureux, Vicky allait au collège et elle passait ses heures de loisir à danser, se remémora-t-elle. J'avais tant de projets pour notre fille, tant de jolis rêves. »

Des bruits de pas la firent sursauter. Elle découvrit deux gendarmes dont l'uniforme bleu foncé contrastait avec le cadre aseptisé et les murs clairs de l'hôpital.

— Bonjour madame Desmarets, je voudrais vous parler, déclara le commandant Terrier.

— Lieutenante Mathis, précisa Karen.

— Est-ce urgent ? se récria Catherine. Ma fille a besoin de moi. J'allais à son chevet, sa chambre est à côté.

— Je suis navré de vous importuner dans ces circonstances, madame, cependant j'ai déjà patienté jusqu'à aujourd'hui.

— Vous étiez à l'enterrement de Jacques, n'est-ce pas ?

— Oui, en civil, et en compagnie de ma collègue. Nous vous avons présenté nos condoléances.

— Je m'en souviens, mais je ne pensais pas vous revoir ici. Eh bien, je vous écoute, commandant.

— Vous ne souhaiteriez pas aller dans un lieu plus isolé ? s'étonna-t-il.

— Je n'ai rien à cacher, répliqua Catherine.

Elle resta assise, si bien que Terrier prit place sur la chaise voisine de la sienne. Il misa sur la gentillesse, sensible à la panique qu'il avait lue dans son regard et conditionné par les recommandations du préfet. Le mot d'ordre était de ménager l'épouse de Jacques Desmarets, dont le décès brutal endeuillait tout le monde viticole.

— Madame, ce ne sera pas long. Anna Seron nous a révélé de son plein gré le secret qu'elle gardait depuis trois ans sur l'agression dont a été victime votre fille. Vous comprendrez que son témoignage me fait considérer l'accident de samedi dernier sous un angle différent.

Louis Terrier exposa son point de vue de façon concise et efficace, tandis que Karen demeurait debout face à Catherine Desmarets dont le visage crispé trahissait une colère contenue.

— J'ai une question, madame, dit-il enfin. Pourquoi votre époux et vous-même avez-vous refusé de porter plainte ? Selon Anna Seron, c'était par crainte du scandale et pour sauver la réputation de Victoire.

— Tout à fait, commandant. Notre fille n'avait pas envie d'être la cible des journalistes ni de supporter la curiosité de ses camarades de lycée. Elle voulait oublier cet incident et pouvoir continuer à étudier et à danser.

— Ce n'est pas l'avis de son amie. Saviez-vous que Victoire se plaignait auprès d'Anna, qui était sa confidente ? Elle lui a dit à plusieurs reprises qu'elle en voulait à ses parents et même qu'elle les méprisait, car ils laissaient un criminel impuni.

— Anna est une petite sotte qui invente n'importe quoi ! protesta Catherine en haussant les épaules. Je peux vous assurer que Vicky nous aimait et respectait nos décisions. Elle avait entière confiance en son père. J'admets que nous aurions sans doute agi d'une autre manière si elle n'avait pas perdu la mémoire des heures où l'on a abusé d'elle.

— Donc vous maintenez qu'il n'y avait aucune autre raison ? intervint Karen. Pourtant lundi, vous avez dit à Emmanuel Nevers que votre mari et vous étiez aussi des victimes, en réponse aux reproches qu'il vous faisait.

— Mon Dieu, ce triste individu s'est empressé de rapporter mes paroles ! Mais évidemment, nous étions aussi traumatisés que notre fille quand nous avons su pour le viol. C'était une période cauchemardesque, dont nous avons eu beaucoup de mal à nous remettre. À ce propos, j'espère que vous ne divulguerez pas le témoignage d'Anna.

— Pour l'instant, nous n'avons aucun intérêt à répandre cette information, affirma Terrier.

— Je vous remercie, pensez à Victoire, à son avenir si elle se rétablit. Maintenant, excusez-moi, je veux retourner au chevet de mon enfant.

Catherine se leva et jeta la canette de soda dans la poubelle d'un geste rageur. Le commandant, qui avait bondi sur ses pieds, lui fit signe d'attendre.

— Madame, nous cherchons la vérité et je n'ai pas l'intention de nuire à une jeune fille qui a déjà beaucoup souffert ! Vous ne vous êtes pas demandé pourquoi Victoire s'est enfuie de la fête samedi ?

— Si, bien sûr, et je me le demande encore… Avez-vous interrogé Florian Mongenot ?

— Oui, ce jeune homme est profondément affligé par l'état de votre fille et il affirme ne pas l'avoir vue ce soir-là, ce que nous avons vérifié.

— Dans ce cas, poursuivez votre enquête, commandant. Au revoir.

Elle s'éloigna sans leur accorder un regard. Ils la virent entrer dans la chambre dont la porte se referma.

— À ce rythme, nous n'avancerons guère, commenta Louis Terrier. Il faut souhaiter que Victoire sorte rapidement du coma. Elle seule pourra nous expliquer ce qui s'est passé chez les Mongenot.

— Si elle s'en souvient, répliqua Karen.

— Soyons optimistes, son témoignage serait essentiel. Toi, ne trépigne pas et va vite rejoindre Emmanuel à la chapelle, puisqu'il t'a donné rendez-vous là-bas. On se retrouve dans une demi-heure sur le parking.

À une dizaine de mètres d'eux, l'esprit de Victoire errait dans les circonvolutions de sa mémoire. Après l'effroyable choc de l'accident, elle avait sombré dans une totale inconscience, suivie d'un profond sommeil dû aux heures sous anesthésiant.

Ensuite, peu à peu, des rêves étaient venus qui la ramenaient dans l'univers enchanté de l'enfance. Émerveillée, elle les dépeignait comme si elle regardait un film passionnant, mais ses lèvres ne frémissaient même pas.

« On joue tous les deux avec Arthur, c'est au fond

du parc, là où il y avait le cabanon du jardinier. On a pris une pelle et on creuse la terre sous un arbre parce qu'il pleut. On veut que la pluie remplisse le trou. Ah, ça y est, on patauge dans la boue… »

Intérieurement Victoire souriait, ravie de se retrouver petite fille de cinq ans, fascinée par son cousin de sept ans. Toutes les bêtises qu'ils avaient faites défilaient en une série d'images colorées, parfois même elle croyait entendre de la musique.

« Là, on sort en cachette de chez ma tante Corinne. Arthur a volé des biscuits dans un placard de la cuisine. On grimpe le sentier pour atteindre le sommet de la roche de Solutré. J'ai peur des éclairs, du tonnerre… Oh, là c'est le jour où j'avais perdu mon ours en peluche. Je l'ai retrouvé dans les anciennes écuries ! Arthur lui avait arraché les yeux. Je pleure, je lui dis qu'il est méchant. »

Elle revoyait les yeux bleu-gris de son cousin, son visage rond sous ses boucles d'un châtain tirant sur le blond. Cette fois-là, les visions s'étaient brouillées, comme voilées par la brume, et Victoire avait pleuré, sans larmes ni grimaces sur ses traits impassibles.

« Arthur a disparu », se répétait-elle, affolée.

De retour dans la chambre, Catherine tenta vainement de se calmer. Assise au chevet de Victoire, Élodie lui lança un coup d'œil anxieux.

— Qu'est-ce que tu as ? chuchota-t-elle.

— Tout est la faute d'Anna, qui n'a pas su se taire. Le commandant Terrier et sa collègue sont venus me poser des questions, ici, à l'hôpital. Ces gendarmes se moquent bien de ma douleur, de la perte que j'ai subie et même de l'état de ma fille. Ils se rengorgent de savoir ce qui est arrivé à Vicky il y a trois ans. On dirait qu'ils veulent des détails !

— Tu exagères vraiment, Cathy, ils font leur métier. J'espère qu'ils vont vite arrêter le coupable.

— Par quel prodige, il doit être loin… Maman, j'ai une faveur à te demander, ne laisse pas entrer Anna dans cette chambre, encore moins Emmanuel Nevers et sa mère. Ces trois-là, je ne veux plus les croiser.

— Moins fort, j'ai tellement peur que Vicky perçoive certains mots. Elle n'a aucune réaction, mais soyons prudentes.

— Mon Dieu, si seulement je savais quoi faire ! J'ai envie d'appeler Jean-Charles, il m'a répété de ne pas hésiter à le contacter. Je sors un quart d'heure pour lui téléphoner. Je vais lui demander de me rejoindre en ville, nous déjeunerons ensemble s'il est libre.

— Est-ce nécessaire de te rapprocher autant de Mongenot ? Fais quand même attention. Il n'a pas besoin d'en savoir trop, notamment sur Vicky.

Catherine prit son sac à main et son cardigan sans daigner lui répondre.

— Ta maman est à bout de nerfs, ma chérie, soupira-t-elle en pressant doucement les doigts de sa petite-fille. Tiens, si je racontais mes souvenirs… Qu'est-ce qui te plairait ? Peut-être l'enfance de Cathy et de Guy. Après notre mariage, ton grand-père et moi vivions près de Cluny, dans ce beau manoir dont ta maman a hérité et qu'elle vient de vendre un prix mirobolant. J'ai connu des années de bonheur auprès d'un mari très amoureux et de nos chérubins. Enfin, ils n'ont pas ressemblé longtemps à des angelots. Guy était turbulent et coléreux, il n'en faisait qu'à sa tête. Il a bien changé depuis, car il se plie en quatre pour satisfaire Mélinda. Quant à Catherine, elle pouvait être douce ou se montrer assez capricieuse, jusqu'à taper des pieds en criant ses exigences.

Un peu mélancolique, Élodie se tut pour ne pas évoquer son troisième enfant, une fille prénommée Madeleine.

— Ma première née, dit-elle dans un souffle. Herbert et moi, nous avons préféré ne jamais révéler son existence à Cathy et à Guy. Ma belle-sœur Perrine devait être sa marraine. C'est elle qui est allée chercher un prêtre pour la baptiser juste avant l'envol de sa petite âme innocente. Nous n'avons jamais su ce qui lui était arrivé, elle avait huit jours et semblait en bonne santé.

Sans s'en rendre compte, elle avait serré plus fort la main de Victoire et elle eut la nette impression de sentir un mouvement de retrait. Survoltée, elle scruta son visage.

— Ma chérie, Vicky, tu m'entends ? Seigneur, peut-être que tu vas te réveiller !

Élodie sonna avec insistance et une infirmière se présenta à peine deux minutes plus tard.

— Mademoiselle, je suis sûre que ma petite-fille a bougé, comme si je lui faisais mal en serrant sa main un peu fort.

Avec un sourire de convenance, la jeune femme examina Victoire et l'écran lumineux qui affichait ses constantes.

— Il peut s'agir d'un signe favorable, madame, ou d'un simple réflexe nerveux en réponse à la stimulation que vous avez effectuée sans le vouloir. Un docteur passera en fin d'après-midi, vous pourrez en discuter avec lui.

— Je vous remercie, je suis sûre que c'est bon signe.

Tremblante d'espoir, Élodie se mit à prier.

Karen s'impatientait, assise sur un des bancs de la chapelle de Bon Espoir. Lorsqu'elle était entrée dans l'édifice, un couple se recueillait en silence devant l'autel. Mais Emmanuel, toujours ponctuel, ne s'y trouvait pas.

— Qu'est-ce qu'il fait ? se demanda-t-elle à mi-voix. Il est en retard de dix minutes.

Elle s'apprêtait à consulter son téléphone quand il entrouvrit la porte en bois verni.

— Ne parlons pas ici, viens, murmura-t-il.

Ils ne s'étaient pas revus depuis dimanche. Un peu inquiète même s'ils avaient communiqué par mails et par textos, Karen le suivit jusqu'à l'extérieur.

— Je suis arrivé par le boulevard Jeanne-d'Arc, expliqua-t-il sans lui accorder l'ombre d'un sourire. J'ai mis longtemps avant de pouvoir me garer.

— Tu aurais dû m'envoyer un message, je pensais que tu étais en panne ou que tu avais changé d'avis.

— À quel sujet, Karen ?

Il la fixait de ses yeux sombres aux cils dorés. Ses cheveux blonds brillaient au soleil et elle eut envie de l'embrasser, tout en songeant qu'il n'avait jamais autant ressemblé à sa sœur.

— Dans ton mail de lundi matin, tu écrivais que tu me pardonnais. Et l'après-midi tu m'as appelée. Si tu savais comme mon cœur battait fort !

— Je voulais seulement que tu transmettes au commandant Terrier les paroles de Mme Desmarets, rien d'autre. Karen, on peut très bien pardonner à quelqu'un ses erreurs ou son comportement, mais ça ne signifie pas qu'une blessure est guérie.

— Emmanuel, je suis désolée si je t'ai blessé, mais je t'ai dit pourquoi j'étais aussi en colère. Tu m'as quand même menti pendant presque deux ans.

— Garder le silence sur une chose personnelle n'équivaut pas à un mensonge, du moins à mon sens. Séparons-nous en bons termes. Si tu n'avais pas rompu dimanche, je l'aurais fait ces jours-ci, par honnêteté.

— Tu m'as donné rendez-vous pour me dire ça ?

— Oui, c'est plus correct. Et je voulais t'avertir que j'ai pris un congé d'une semaine. Nous retournons dans notre maison de la forêt, maman et moi. Mon oncle vient nous aider et il me prête sa camionnette. Sincèrement, je suis content de prendre mes distances avec le château maintenant que Jacques Desmarets est décédé. Je devais te le préciser, au cas où tu nous aurais rendu visite pour les besoins de l'enquête. Enfin, toi ou Louis Terrier.

— Et Victoire, quel rôle joue-t-elle dans notre rupture ?

— Pourquoi poses-tu cette question ? Vicky a failli mourir, elle est dans le coma et condamnée à devenir infirme. Ne la mêle pas à ça. Tu en as assez fait.

Désemparée, Karen retenait ses larmes. Elle s'accrocha à lui en le tenant par le bras, mais il se dégagea en reculant.

— Tu es d'une froideur odieuse, Emmanuel ! Qu'est-ce que j'ai fait de si grave ?

— Sans doute raconter à ton supérieur que j'avais dressé un petit sanctuaire pour ma sœur. Quelqu'un y est allé, j'ai trouvé un bouquet de roses rouges au pied du chêne. Dans mon délire, celui dont tu m'as accusé, je pensais que c'était notre endroit, à Emma et à moi. Je t'ai emmenée là-bas, mais je le regrette.

— Je ne pouvais pas prévoir que le commandant irait !

Le téléphone de Karen avait déjà sonné deux fois. Ayant un nouvel appel, elle se décida à répondre.

— C'est Terrier, il m'attend. Emmanuel, je t'en prie, tu ne peux pas tirer un trait sur tout ce que nous avons vécu ! Je t'aime, moi.

— Je sais, mais je n'ai rien à t'offrir en retour. Mes sentiments ne sont pas à la hauteur des tiens et je n'ai pas les mêmes désirs que toi. Je n'ai pas envie de me marier ni de fonder une famille. Au revoir, Karen.

Elle lui tourna le dos et s'en alla en réprimant les sanglots qui la faisaient trembler. Quand il la vit arriver, Louis Terrier devina que le rendez-vous s'était mal passé.

— Excusez-moi pour le retard, balbutia-t-elle. C'est fini avec Emmanuel, bien fini.

— J'ai peut-être de quoi te consoler ! Nos collègues de Selongey ont découvert une voiture noire avec son conducteur à l'intérieur, un homme d'une quarantaine d'années mort depuis plusieurs heures. Ils m'ont contacté, car j'avais lancé un avis de recherche à toutes les gendarmeries de la région, et, d'après les premiers constats, le véhicule aurait une trace de choc à l'aile avant droite.

— Est-ce suffisant pour prouver qu'il s'agit du chauffard de samedi soir ?

— Non, ce serait un peu léger, mais ils ont aussi découvert un collier de saphirs dans un boîtier caché sous le siège passager. Le fermoir est cassé, comme si on avait arraché le bijou à celle qui le portait. On y va, Karen ? C'est à une quarantaine de kilomètres d'ici.

— Bien sûr, commandant.

CHU de Dijon, chambre de Victoire,
même jour, une heure plus tard

Fidèlement assise au chevet de sa petite-fille, Élodie avait à peine touché au contenu de son plateau-repas.

— Ta maman déjeune avec Jean-Charles Mongenot, confia-t-elle à Victoire. Elle m'a quand même prévenue par un message. Ma petite chérie, ton rire et ton sourire me manquent, ta jolie voix, et ton regard si bleu. Je serai infiniment soulagée quand tu te réveilleras, mais j'appréhende aussi ce qui suivra, car tu auras tant de peine, tant de regrets.

Elle caressa le poignet de Victoire, puis lui reprit la main.

— Je te revois dans ton premier tutu de danseuse, d'un rose délicat. Tu avais déjà eu un justaucorps, des collants et des chaussons en cuir rose, mais ce tutu ! Tu rayonnais de fierté en tournant sur toi-même, avec un air émerveillé. Tu avais six ans, Vicky, et nous étions réunis au château. Ton grand-père Gilles, toujours en deuil de sa chère Béatrice, était venu pour déjeuner. Il t'admirait en silence et maintenant que j'y pense, à cette époque, tu étais la seule à pouvoir l'attendrir…

Élodie se tut brusquement en observant la porte

restée entrebâillée. Elle se leva pour aller la refermer, certaine qu'une personne avait jeté un coup d'œil curieux dans la chambre.

— Les visites commencent, récrimina-t-elle. Des journalistes peuvent en profiter.

Par acquit de conscience, elle regarda dans le couloir et, tout de suite, elle vit Emmanuel sur sa gauche, appuyé au mur et très pâle.

— C'était vous ? demanda-t-elle tout bas.

— Oui ! Bonjour madame, je n'osais pas frapper.

— Il fallait, je serais sortie vous parler à défaut de vous faire entrer. Ma fille s'y oppose, et vous n'êtes pas le seul, Anna a droit au même traitement.

— Je ne voulais pas forcément voir Vicky, mais c'est pénible de n'avoir aucune nouvelle. Ma mère s'inquiète autant que moi. Nous étions devenus très proches, tous les trois.

— Vicky est toujours dans le coma. Catherine et moi nous nous relayons à son chevet pour qu'elle ne soit jamais seule. Je suis au courant de votre altercation et de ses conséquences. Votre mère doit être triste de déménager !

— Nous serions partis en automne de toute façon. Le plus gros des travaux dans notre maison de la forêt sont terminés. Nous pouvons y habiter même si des aménagements intérieurs sont en cours.

— N'en veuillez pas trop à Catherine. En ce moment, elle est très perturbée, c'est compréhensible après une telle tragédie.

— Je ne lui en veux pas du tout, j'ai eu tort de l'importuner, sous le coup de la colère, de la révolte, quand j'ai su…

— Emmanuel, je vous comprends, coupa Élodie en soupirant. Sachez que je suis en colère et révoltée depuis bientôt trois ans. Bon, puisque vous êtes là, je vais descendre prendre un cappuccino et une pâtisserie à la cafétéria. Cela me fera une pause, je passe des heures ici car ma fille est très occupée. Je vous confie notre Vicky. Parlez-lui surtout, les infirmières insistent sur ce point.

Stupéfait, le jeune homme approuva d'un signe de tête, sans vraiment croire à sa chance.

— Je vous remercie, madame, balbutia-t-il. Vous êtes d'une rare gentillesse.

— Disons que j'essaie de l'être, Emmanuel. Si j'avais trouvé Anna dans ce couloir, je lui aurais aussi proposé d'entrer et de veiller un peu sur ma petite-fille. Patientez deux minutes, je récupère mon sac à main et je vérifie si Vicky est présentable. Je la connais, si elle apprend à son réveil que ses amis l'ont vue dans cet état, sa pudeur en souffrira.

Rendu muet par l'émotion, il acquiesça d'un faible sourire.

En s'asseyant près du lit, Emmanuel avait la gorge nouée. Il retardait l'instant de dévisager Victoire, affligé de voir tout ce matériel médical autour d'elle. Enfin il lui lança un regard éperdu.

— Je suis si malheureux pour toi, souffla-t-il. Tu es faite pour la lumière et le mouvement, pour la joie de danser. Vicky, je t'en prie, ne nous abandonne pas.

Il contempla ses traits harmonieux, le dessin de ses lèvres où si peu de couleur affluait. Sa longue chevelure brune était divisée en deux nattes nouées d'un ruban bleu.

— Tu vas vivre et guérir, ajouta-t-il. Quand je t'ai vue danser, j'avais l'impression que tu aurais pu t'envoler et nous échapper. Mais non, tu restais près de nous et tu avais ton sourire adorable. Vicky, j'ai hâte que tu ouvres les yeux, même si je ne suis pas là, même si je n'ai pas le droit de venir ici.

Sans réfléchir, Emmanuel s'empara de la main de Victoire, qui lui sembla toute menue entre la sienne. Ce simple contact lui donna envie de pleurer.

— Pourquoi as-tu choisi de danser « La mort du cygne » ce jour-là ? murmura-t-il. C'est étrange, mais j'ai eu une sorte de pressentiment à la fin de la musique, comme si tu étais blessée au fond de toi. Maintenant je comprends mieux quelle douleur tu exprimais, Vicky. N'aie pas peur, tu es toujours un cygne, d'une beauté exquise, un cygne endormi.

Certains mots avaient atteint l'esprit de Victoire, pareils à des minuscules aiguillons qui la poussaient à rechercher des images ou bien des scènes de sa jeune vie. Enfin elle se retrouva au soir de son premier gala de danse.

« J'ai huit ans… Les autres élèves et moi, nous dansons "La valse des fleurs", dans *Le Casse-Noisette*… de Tchaïkovski. Je suis si contente de mon costume, d'être devant le public. Il y a mes parents et mon grand-père Gilles, mamie aussi. Et là, nous saluons sous les applaudissements… Oh, la salle de danse du château. J'ai eu la surprise en revenant de vacances, papa m'a emmenée dans le grenier et il a allumé le lustre. Maman et grand-père Gilles sont venus aussi. Il y avait un tutu blanc sur un tabouret. J'ai douze ans, oui, et folle de joie, je danse pour eux… Papa avait mis un air du *Lac des cygnes*. »

À l'instar d'Élodie, le jeune homme perçut un frémissement qui parcourait les doigts de Victoire.

— Est-ce que tu m'as entendu ? demanda-t-il plein d'espoir. Vicky, c'est moi, Emmanuel. Où es-tu ? Peut-être rêves-tu que tu danses ? Quel ballet ? *Le Lac des cygnes* ou *La Belle au bois dormant*…

D'un geste nerveux, il essuya ses larmes, sans cesser de lui presser doucement la main.

— Je ne peux pas m'empêcher de pleurer, Vicky, parce qu'on t'a fait tant de mal, moi qui croyais t'avoir sauvée, ce soir où tu courais dans le bois, en robe rouge, terrorisée.

De nouveau, les doigts de Victoire tressaillirent. Fébrile, Emmanuel ne s'aperçut pas qu'elle clignait des paupières. Cette fois, les mots la projetaient au sein d'un univers malsain, où il faisait très sombre, où l'air sentait le cigare et la sueur.

« Non, non, je ne peux pas me défendre. L'homme me tient, il m'enlève ma robe et me touche partout. Je tombe sur un matelas, tout est noir, les murs, le drap sous moi. Et il me fait très mal, j'entends son rire, sa respiration… Je suis sûre de mourir. Et là je cours, je m'enfuis. L'étang, il y a une fille de mon âge étendue sous l'eau, je vois ses cheveux blonds. Je hurle très fort, et quelqu'un vient, j'ai peur, j'ai si peur. »

Rien ne transparaissait de ces réminiscences sur le visage de Victoire, mais les battements de son cœur s'étaient accélérés, ce dont témoignait l'écran lumineux à gauche du lit.

— Courage, Vicky ! Je t'aime, mais c'est un secret, chuchota Emmanuel qui ne regardait qu'elle.

Élodie entra quelques minutes plus tard. Elle avait

un doux sourire et posa un sachet en papier sur la table amovible.

— C'était agréable de prendre l'air, avoua-t-elle. Je suis sûre que vous n'avez pas déjeuné, aussi vous ai-je acheté une petite collation.

— Merci beaucoup, madame. J'avais hâte de vous le dire, il s'est passé quelque chose quand je parlais à Victoire, j'ai senti bouger ses doigts. Il faudra le dire au médecin.

— J'ai eu la même impression tout à l'heure, mais l'infirmière n'était guère surprise. Le docteur passe en fin de journée, il l'examinera et j'en saurai plus. Ayons foi en Dieu, et prions pour que Vicky se réveille bientôt.

— Oui, je l'espère. Je vous laisse, madame, ma mère m'attend pour faire des cartons. Encore merci pour tout.

Dès qu'elle fut seule dans la chambre, Élodie reprit sa place près du lit. Songeuse, elle se demanda ce qu'avait pu dire Emmanuel à sa petite-fille.

— Sûrement de bonnes paroles, marmonna-t-elle. Il semble très attaché à notre pauvre chérie…

Au grand désarroi de sa mère, Catherine revint vers 15 heures, mais en lui annonçant aussitôt qu'elle était en compagnie de Jean-Charles Mongenot et de son fils Florian.

— N'aie pas cet air outragé, maman, ils sont dans le couloir, pas dans la chambre. Enfin, Florian voudrait voir Vicky ! J'en ai appris des choses, ma fille et lui étaient amoureux…

— Mais tu as bu, Cathy ? s'indigna Élodie. Tu tiens à peine sur tes jambes et tu bredouilles !

— J'ai le droit, non ? Quelques verres d'un cru renommé du Château Mongenot, pour arroser un excellent repas.

— Tu devrais avoir honte.

— Non, pas du tout ! Désormais, je serai protégée, et toi aussi, maman. Viens discuter avec Jean-Charles pendant que Florian reste un peu auprès de Vicky.

— Demande d'abord l'avis d'une infirmière, il ne faut pas trop de visites, Cathy.

— Ce sera la première depuis son hospitalisation, et je lui accorde juste cinq minutes.

Exaspérée, Élodie lança à sa fille un regard furieux, mais elle sortit de la chambre en la tenant par le bras.

— Certes, tu ne pouvais pas prendre le volant dans cet état, marmonna-t-elle. Il valait mieux qu'on te ramène.

Jean-Charles et Florian s'inclinèrent d'un même élan devant la septuagénaire avant de lui serrer la main.

— Eh bien, allez-y, jeune homme, dit-elle d'un ton sec. La prochaine fois, téléphonez-nous auparavant.

— Oui, madame, mais j'ignore quand il y aura une prochaine fois. Je pars demain pour Paris où je dois intégrer un cabinet d'avocats. J'ai déjà signé un bail pour un studio à proximité de mon lieu de travail. En fait, c'est ce que je voulais expliquer à Victoire samedi soir. Elle était admise dans le corps de ballet de l'Opéra, aussi je tenais à la suivre dans la capitale. Nous en avions parlé ensemble. Nos rêves sont brisés, cependant je suis obligé de respecter mes engagements.

Très surprise, Élodie approuva en silence, puis elle désigna la porte de la chambre.

— Dépêchez-vous, et n'hésitez pas à lui parler,

dit-elle d'une voix lasse. Cathy, si nous allions un peu plus loin, près du distributeur d'eau, j'ai la bouche sèche.

— Est-ce que je vous importune, chère madame ? s'enquit alors Jean-Charles Mongenot.

— Pas encore, mais je vous rappelle que nous sommes à l'hôpital, pas dans un salon, rétorqua Élodie étourdiment.

— J'en suis conscient, j'ai passé des semaines ici, au chevet de mon épouse, précisa-t-il. Je recevais parfois mon maître de chai dans le couloir ou dans ce genre d'endroit, où il y a des chaises et de quoi se désaltérer.

— Pardonnez-moi, Jean-Charles, je ne sais plus où j'en suis, et ma fille ne vaut guère mieux.

Embarrassée, Élodie but deux gobelets d'eau fraîche sous le regard impénétrable de Mongenot.

— Je pense le contraire, Catherine a eu la grande sagesse de me confier ce qu'elle n'osait pas vous dire, lui assena-t-il.

— Maman, il dit la vérité, lundi j'ai reçu des messages affreux sur mon téléphone. Si je parlais à la police, je te condamnais à mort, Vicky et moi également.

— Si tu parlais de quoi, Cathy ?

— Je suppose qu'il s'agit du chantage exercé sur Jacques, des vignobles qu'il a dû céder pour nous protéger.

— En conséquence, je vous recommande de prendre ces menaces très au sérieux, insista Mongenot. Florian n'est pas au courant, n'en dites pas un mot s'il arrive. Madame, et vous Catherine, je vous en conjure, laissez-moi me charger de tout ceci. J'ai des relations influentes, de la fortune, je vous tirerai de ce guêpier.

— Nous n'avons pas le choix, maman, gémit Catherine. Et c'était la décision de Jacques de solliciter l'aide de Jean-Charles. J'ai si peur qu'il survienne un nouveau malheur.

— Très bien, je m'incline, et je vous remercie, décréta Élodie. Les véritables amis sont si rares.

— J'en ai fait l'expérience, admit-il. Ah, voici mon fils !

Le teint blême, Florian s'approchait. Les deux femmes virent qu'il avait pleuré.

— J'avais besoin de parler à Vicky, expliqua-t-il d'une voix mal assurée. Comme il n'y a rien de confidentiel, autant que vous le sachiez tous, je lui ai dit que je l'aimais de toute mon âme et que je l'épouserais. Je me moque qu'elle soit infirme, je passerai ma vie à la choyer et à la rendre heureuse. Au revoir, mesdames. Papa, je t'attends en bas, dans le hall.

Florian leur tourna le dos et se dirigea vers l'ascenseur le plus proche, après avoir semé la stupeur et l'incrédulité.

21

Le collier de saphirs

Selongey, même jour, dans l'après-midi,
vendredi 29 juillet 2016

L'endroit était paisible, une clairière à une centaine de mètres de la route départementale. On y accédait par un large chemin de terre. Non loin de là coulait la Venelle, une rivière dont l'eau était basse, en cette saison.

Des gendarmes avaient délimité un périmètre de sécurité autour de la voiture, afin d'isoler le puissant véhicule noir, de marque étrangère. Les yeux rivés sur l'aile avant gauche, un peu éraflée, le commandant Terrier s'entretenait avec le légiste de la police scientifique.

Karen avait été chargée de mettre sous scellés les objets trouvés dans la voiture, dont le collier de saphirs.

— C'est bien celui que portait Victoire le soir de la fête. Anna Seron avait pris son amie en photo avec son téléphone, et elle nous en a envoyé trois, dit-elle au brigadier Fort, qui venait de les rejoindre.

Elle admirait le bijou, rangé dans une pochette en plastique transparent.

— Il paraît qu'il vaut une petite fortune, commenta son collègue. Il fait ancien.

— Oui, et il pèse son poids. Je suppose qu'il était dans la famille depuis longtemps, hasarda Karen.

Malgré tous ses efforts, elle pensait toujours à Emmanuel. Il lui avait paru hostile et d'une froideur anormale. Afin de se concentrer sur ce nouvel élément de leur enquête, elle se promit de téléphoner au jeune homme le soir même.

— Mathis, Fort, j'ai reçu un rapport intéressant ! s'écria Louis Terrier en marchant vers eux. Notre homme avait un casier et ce n'est pas celui d'un enfant de chœur.

Il désigna d'un geste de la main le corps allongé sur un brancard et enfermé dans une housse.

— C'est quand même étonnant, fit remarquer Karen. Ce type avait ses papiers d'identité sur lui et il n'avait pas quitté la région alors qu'il a foncé sur deux personnes pour les tuer !

— Il était sûrement très alcoolisé ce soir-là, comme il l'était au moment de sa mort, d'après les premiers constats du légiste. Il n'y a pas de doute possible. Il s'appelle Régis Garin, quarante-cinq ans, il a purgé deux peines de prison pour violences sexuelles et cambriolages.

Il y eut un temps de silence, pendant lequel Louis Terrier se demanda où se trouvait cet homme à l'époque du meurtre d'Emma Nevers.

— Ce pourrait être lui qui aurait agressé Victoire il y a trois ans ? interrogea Karen tout bas.

— On ne peut rien affirmer, il faudra vérifier les dates où il était incarcéré, mais ça signifierait que ce type réussissait à se mêler à la foule lors de soirées mondaines. Manifestement il se trouvait au château Mongenot samedi dernier. J'ai constaté qu'il portait des vêtements élégants, de qualité, des chaussures de marque. Il pouvait très bien passer pour un invité.

— De quoi est-il mort ? demanda le brigadier Fort.

— Une forte dose de poison l'a tué en quelques minutes. Le légiste pense à du cyanure. L'a-t-il ingurgité de son plein gré ou de force, ce sera difficile à déterminer…

— J'ai retrouvé dans le vide-poche un petit flacon qui sera analysé, précisa Karen. On trouvera peut-être des empreintes dessus.

— Quoi d'autre ? s'enquit le commandant.

— Une arme, un revolver caché sous le tapis de la malle arrière, ainsi que des munitions. Il n'avait pas de téléphone, mais j'ai découvert une enveloppe contenant des photos d'un style particulier. On y voit des jeunes filles nues ou en sous-vêtements, dans des poses très érotiques, mais le visage masqué, répondit-elle à mi-voix. Le profil de Garin correspond bien à celui d'un prédateur sexuel.

— Ouais, reste à déterminer pourquoi il est venu mourir ici, soit en se suicidant, soit victime à son tour d'un complice. Allez, on rentre à Gevrey, nous en saurons plus avec l'autopsie du corps et les analyses des échantillons prélevés dans la voiture et sur Garin, déclara Terrier. Mais quelque chose me chiffonne, c'est un peu trop facile, tout ça !

— C'est ce que je pensais, avoua Karen. On dirait qu'on nous sert le coupable sur un plateau, avec les preuves nécessaires.

— En même temps, ça se tient, avança son supérieur. Bien sapé, Régis Garin, qui a un physique agréable, se fond dans la foule. Il a pu repérer Victoire Desmarets, qui est très jolie et, de plus, exhibe un collier hors de prix. Il fait d'une pierre deux coups, il essaie de l'entraîner à l'écart, mais elle lui échappe et il a juste le temps de lui arracher le bijou du cou. Vu son passé, elle cède à la panique et, affolée, s'enfuit sur le scooter. Il la rattrape et décide de la faire tomber, sûrement pour l'enlever. Mais il n'a pas prévu l'arrivée du père de la jeune fille et de Mongenot. À mon avis, il a vu des phares dans son rétroviseur, et là, il fait demi-tour pour tuer Victoire, qui peut le décrire… Hélas, Jacques Desmarets se jette sur son enfant pour la protéger.

— Sous cet angle, oui, c'est cohérent, admit le brigadier.

Le commandant et Karen continuèrent à échafauder des hypothèses durant le trajet du retour vers Gevrey-Chambertin.

— Régis Garin n'est sans doute qu'un maillon de la chaîne, déclara Terrier. Pour le moment, l'unique meurtre dont on peut l'incriminer, c'est celui de Jacques Desmarets.

— De toute façon, il ne sera pas jugé puisqu'il est mort, nota Karen. Au fond, c'était le meilleur moyen de l'empêcher de parler, au cas où il aurait été arrêté par la police.

— Mais ce type gagnait beaucoup d'argent ! La voiture est à son nom et c'est un modèle coûteux.

— Il a pu s'enrichir en prostituant ces filles dont il gardait les photos, commandant. On dirait une sorte de catalogue. Ce soir, je vais étudier chaque cliché à la loupe. Si je pouvais identifier une de ces malheureuses et faire un lien avec les précédentes victimes, nous aurions une piste.

— Moi, je rechercherai les antécédents de Régis Garin pour établir les périodes précises où il était en prison.

— Je suis prête à travailler des heures, lui confia Karen. J'avais prévu d'appeler Emmanuel, je renonce. Il était vraiment différent aujourd'hui. Je le reconnaissais à peine.

— Explique-moi, si ça te soulage d'en parler.

— Je ne savais pas qu'il pouvait être aussi froid, presque méprisant, jusqu'à me repousser d'un geste énergique, quand je lui ai pris le bras. Bien sûr, il m'a tenu le discours habituel pour rompre ! Ses sentiments n'étaient pas aussi forts que les miens, il ne voulait pas se marier ni avoir des enfants. Et puis je l'ai senti vraiment furieux, parce que je vous ai parlé de l'autel dédié à sa sœur et que vous y êtes allé porter un bouquet de roses rouges.

— Qu'est-ce que tu racontes, Karen ? Je n'ai pas mis les pieds là-bas. Si quelqu'un a déposé des fleurs, ce n'est pas moi.

— Mais qui, alors ?

— Emma était très belle et attirante, un autre admirateur a pu se rendre là où elle est morte.

— Commandant, je dois le dire à Emmanuel, il saura que je ne suis pas en cause.

— Bien sûr, envoie-lui un message. S'il le faut, j'irai lui parler.

— Merci, j'espère qu'il me croira. Et vous avez

raison, d'autres gens doivent savoir où sa sœur a été tuée.

Gendarmerie de Gevrey-Chambertin,
samedi 30 juillet 2016

Le chant joyeux des oiseaux célébrant le lever du jour réveilla Karen, qui s'était assoupie trois heures plus tôt, assise à son bureau, ses bras croisés en guise d'oreiller.

— Tiens, un café et un croissant, marmonna le brigadier Fort. Le commandant m'a dit de te laisser dormir un peu, mais comme tu as ouvert les yeux, te voilà servie.

— Merci, c'est gentil, Antoine, soupira-t-elle avant de s'étirer. On a bossé très tard, hier soir.

— Pour ma part, j'ai fait une nuit blanche, précisa Louis Terrier, posté près de la fenêtre entrouverte. Mais ça en valait peut-être le coup, n'est-ce pas Karen ?

— Votre « peut-être » est de trop, il gâche tout, commandant, dit-elle avec une moue dubitative.

— Aurélia Novak sera ici vers 9 heures, je lui ai demandé de venir au plus vite, annonça-t-il. Elle seule est capable d'identifier Vanessa sur ces saletés de photos.

Le capitaine Mesnard entra dans la salle au même moment. Après une semaine de congé, il reprenait du service.

— Content de vous revoir ! s'exclama Terrier en lui serrant la main. Je vais avoir besoin de toute l'équipe. Karen, tu feras un récapitulatif rapide de l'affaire en cours à Mesnard. Sinon, en priorité, je vous montre un portrait de Régis Garin pris avant d'être écroué pour la première fois. Certes, il est plus jeune, mais je préfère utiliser cette photo. Il faudra la présenter au personnel des Mongenot, à celui du traiteur et aux artificiers engagés samedi 23. Toi, Karen, tu iras au CHU dès ce soir, au cas où Catherine Desmarets l'ait vu au cours de la fête. Tu l'informes et tu pourras lui dire que le collier de saphirs est en sécurité. N'oublie pas de passer chez les Seron en partant, Anna aussi pourrait se souvenir de lui.

— Commandant, et tous les invités ? s'enquit le brigadier. Des couples venaient de Londres, d'autres de Suisse.

— Mongenot a pu faire filmer ou photographier la fête. Il faut lui poser la question et récupérer toutes les images si c'est le cas. On doit avoir la certitude que Garin se trouvait sur les lieux et qu'il a agressé Victoire, mais rien n'atteste qu'il conduisait la voiture. Au travail…

Aurélia Novak arriva à la gendarmerie un peu avant 9 heures. Vêtue d'une longue robe beige, un turban sur ses cheveux blond roux, elle semblait très déprimée. Louis Terrier la fit entrer dans son bureau, dont il referma la porte.

— Toi, ça ne va pas fort, souffla-t-il. Tu veux un café ?

— Non, mon cœur me joue des tours depuis l'accident. Je n'ai pas eu le courage d'aller à l'hôpital. J'ignore si je serais bien accueillie par Élodie et Catherine Desmarets. Et puis voir Vicky dans le coma, en la sachant condamnée à ne plus danser, ce serait trop dur.

— Assieds-toi, je t'apporte un verre d'eau.

— Ce n'est pas la peine, je suis pressée, j'ai un cours privé à 11 heures, deux élèves dont les parents ont emménagé récemment à Dijon. Elles veulent tester mes méthodes.

— D'accord, voici les photos, soupira-t-il en ouvrant un dossier cartonné. Je te préviens, Aurélia, ça fait mal de voir ces gosses se livrer à ce genre d'exhibitions. Tiens, c'est celle-ci où nous avons un sérieux doute, Karen et moi. J'ai pensé que tu pourrais peut-être reconnaître la silhouette de Vanessa, ou bien sa manière de se tenir. Prends ton temps, c'est très important. Si tu l'identifies, ça nous permettra d'élargir nos recherches sur Garin et ses complices, car il en a, j'en ai l'intime conviction.

Elle étudia longuement le cliché en couleur où une jeune fille blonde, en guêpière rouge et bas noirs, prenait une pose très suggestive. Ensuite elle utilisa la loupe que lui proposait le commandant. Malgré le masque en satin dissimulant une partie du visage, elle n'eut aucun doute.

— C'est Vanessa, affirma-t-elle. Regarde, elle avait un grain de beauté au-dessus du sourcil droit, et je suis sûre de moi, ce sont ses jambes. En tant que professeure, j'observe beaucoup l'anatomie de mes élèves.

— D'où ma demande, Aurélia. Tu n'as rien de plus évident ?

— Je vais essayer, Louis.

Il s'enhardit à lui caresser l'épaule dont la peau était chaude sous la bretelle de sa robe.

— Tu me manques, ma douce, chuchota-t-il à son oreille.

— Ne me distrais pas… Là, ça y est, j'ai trouvé grâce à la loupe. Sur sa main gauche, elle avait une cicatrice de brûlure, en forme de croissant de lune. Mon Dieu, pauvre Vanessa, à quoi l'a-t-on réduite, avant de l'assassiner ?

— Elle a servi de jouet à des pervers pendant quelques mois. Ensuite, ils l'ont tuée.

Aurélia retourna la photo afin de ne plus la voir. Terrier rangea les tirages dans le dossier.

— Tu n'as pas besoin de visionner le reste, dit-il. Avec Karen, nous y avons passé la nuit dans l'espoir d'identifier une des filles retrouvées ces dernières années. Par chance, j'ai cru reconnaître Vanessa.

D'un mouvement souple, Aurélia se leva et reprit son sac à main. Elle lança un coup d'œil désolé au commandant qui la fixait d'un air tendre.

— Je suis contente d'avoir pu t'aider, Louis. Pour nous deux, laisse-moi du temps. Je vais partir en Bretagne au début du mois d'août. M'évader un peu me fera du bien, nager, respirer l'air marin. On se verra à mon retour.

— J'y compte bien, murmura-t-il. Je tiens à toi, Aurélia.

— Je sais, et n'aie crainte, c'est réciproque.

Deux minutes après son départ, Karen frappa à la porte du bureau, restée entrouverte.

— Alors, commandant ?

— Nous avions raison, c'était Vanessa. Cette fois, on doit remonter la filière, et vite.

Dijon, dans le hall principal du CHU, même jour

Élodie Quinot repéra tout de suite Karen, qui était en uniforme et détonnait parmi les nombreuses personnes déambulant dans le hall. Elle lui fit signe avant de la rejoindre près d'une rangée de sièges.

— Bonjour, madame, je me présente, lieutenante Mathis.

— Je ne vous avais encore jamais rencontrée, mademoiselle, mais Vicky m'a souvent parlé de vous.

— Oui, on se voyait certains dimanches, chez Janine et Emmanuel. Comment va Victoire ? Il n'y a pas d'amélioration au bout d'une semaine ?

— Nous avons l'impression qu'elle réagit à certains stimuli, mais très faiblement. Je l'ai laissée à la garde de son amie Anna. Vous souhaitiez la voir également, n'est-ce pas ?

— En effet, mais vous n'étiez pas obligée de descendre, je pouvais monter. En fait, votre fille Catherine m'a communiqué votre numéro de portable puisqu'elle ne pouvait pas être présente.

— Elle doit régler de nombreux problèmes sur l'exploitation. Son mari était l'âme du domaine viticole, alors sans lui, tout se complique. Avez-vous du nouveau ?

— Hier, nous avons retrouvé le responsable de l'accident, mais il était mort. Je devais montrer la photo de cet homme à Mme Desmarets, précisa Karen. J'ai pu lui expliquer la situation et finalement je lui ai envoyé le portrait sur son téléphone. Il faudrait aussi montrer le portrait à votre fils Guy et à son épouse Mélinda, car ils étaient invités à la soirée, comme Anna. Le commandant Terrier tient à ce que vous regardiez vous aussi cette photo.

— Pourquoi ? Je n'étais pas au château Mongenot, et, croyez-moi, je le regrette amèrement. Je n'aurais pas quitté Victoire une seconde. Très bien, montrez-moi le faciès de celui qui a brisé notre famille.

Karen lui tendit son appareil après avoir affiché la photo de Régis Garin. Élodie observa longuement le meurtrier, sans faire de commentaires.

— C'est troublant, dit-elle enfin. Comment dire, il me semble avoir déjà vu cet individu. Mais où et quand, je ne parviens à m'en souvenir. Pouvez-vous m'envoyer l'image ? Peut-être qu'en me concentrant, la mémoire me reviendra.

— Je le fais tout de suite. Mais faites un effort, madame, je vous en prie, insista Karen.

— Je vais prendre un peu l'air. Vous feriez mieux de monter, je préfère qu'Anna reste là-haut, près de Vicky. Je vous le dis en confidence, je lui ai proposé de venir car Catherine s'absentait jusqu'à ce soir. Hier, j'ai fait de même pour Emmanuel, je l'ai laissé entrer. Ma fille serait furieuse si elle apprenait que j'enfreins ses consignes, mais tant pis. J'estime qu'entendre des voix familières et amicales peut aider Vicky à se réveiller.

— Vous disiez qu'Emmanuel avait pu voir Victoire hier ? murmura Karen dont le cœur était pris dans un étau.

— Vous ne le saviez pas ?

— On ne s'est pas vus avec l'enquête en cours, je n'ai pas de temps libre.

— Je comprends, mais montez, je vous reverrai à l'étage…

Une fois dans l'ascenseur, Karen jeta un coup d'œil impartial à son reflet, dans le miroir mural qui lui faisait face.

— Il me répétait que j'étais belle, mais il me rejette. Je suis sûre qu'il est tombé amoureux de Victoire. Tout à l'heure, j'irai chez lui et il devra me dire la vérité.

En entendant frapper à la porte de la chambre, Anna sortit aussitôt. Elle eut un sourire de politesse confrontée à Karen, qui la salua d'un air morose.

— Vous avez pu parler à la grand-mère de Vicky ? s'enquit-elle.

— Oui, elle m'a conseillé de monter t'interroger. Je peux entrer ? Ce ne sera pas long, juste une photo à te montrer.

— On sera mieux dans le couloir, protesta Anna qui avait les yeux un peu rouges. J'ai pleuré, mais c'est horrible de voir Vicky dans cet état. Je n'arrive pas à comprendre pourquoi on lui veut autant de mal.

Intimement contrariée, Karen tendit son téléphone à la jeune fille d'un geste nerveux.

— As-tu vu cet homme à la soirée au château Mongenot ?

— Je ne crois pas, non. Il y avait tellement de monde, et puis je vous l'ai raconté, j'ai fait la sottise de suivre Bastien à l'intérieur. Je m'en veux, j'aurais dû rester avec Vicky.

— Tu devrais surtout dénoncer son comportement à son père ou à tes parents, rétorqua Karen. Tu ne dois pas être la seule qu'il traite de cette façon.

— Mais c'était ma faute, je n'aurais pas dû accepter d'aller avec lui ! Je retiendrai la leçon.

C'était le genre de paroles qui exaspéraient Karen. Elle saisit la main d'Anna et l'étreignit.

— Non, tu n'as rien fait de mal. Ce jeune crétin s'en tirera toujours à bon compte si tu ne dis rien. Vraiment, ça me rend folle, comme Victoire qui a enfoui son secret comme une coupable alors qu'elle était une victime. Anna, je voudrais la voir, lui parler…

— Ce n'est pas une bonne idée, je suis désolée. Sa mère et sa grand-mère font très attention à ne rien dire sur la mort de M. Desmarets ou sur le fait qu'elle sera handicapée à vie, incapable de danser.

L'arrivée d'un médecin, escorté par deux infirmières et un interne, mit fin aux hésitations d'Anna. Elle souffla un au revoir à Karen et les suivit dans la chambre. Élodie apparut à son tour, la mine affolée.

— Mon Dieu, j'ai failli manquer la visite du docteur. Pour cet homme sur la photo, je me suis trompée, je ne l'ai jamais vu. Excusez-moi, mademoiselle, je vous laisse. Bien sûr, nous sommes à la disposition du commandant Terrier en ce qui concerne son enquête…

— Merci, madame, répondit Karen alors que la porte se refermait déjà derrière Élodie.

Désabusée et profondément triste, la jeune femme quitta l'hôpital en ressassant ses soupçons.

Ferme Desmarets, même jour,
en fin d'après-midi

Le rez-de-chaussée de la maison était encombré de cartons, parmi lesquels le leonberg se faufilait en suivant les allées et venues de son maître comme une ombre.

— Ton chien est inquiet, ce remue-ménage ne lui plaît pas, soupira Janine. Je suis pareille, j'en perds la tête.

— Repose-toi un peu, maman, je vais commencer à charger la camionnette. Je ferai un premier voyage demain matin.

— On était pourtant bien à notre aise ici… Mais je me doutais que Catherine Desmarets serait moins accommodante que son mari. Monsieur Jacques, c'était la bonté même.

Emmanuel acheva de remplir un panier de torchons propres et soigneusement pliés qu'il avait sortis d'un tiroir. Il ajouta quatre ronds de serviette en bois sur lesquels étaient gravés des prénoms.

— Paulin, Janine, Emma et Emmanuel, lut-il tout bas.

— Tu te souviens ? C'est ton papa qui les avait fabriqués dans un morceau de tilleul. J'y tiens beaucoup.

— Comment ont-ils échappé à l'incendie ?

— Je les avais confiés à mon frère parce que j'avais trop de peine chaque fois que je les voyais. Du coup Jeannot me les a rapportés quand on s'est installés là.

Sa mère poussa un soupir, sans oser avouer à son fils qu'elle appréhendait les journées en solitaire en pleine forêt, dans une maison refaite à neuf, mais où tous ses souvenirs s'étaient consumés.

— Pardonne-moi, maman, je n'ai pas pensé à toi, déplora Emmanuel. Je n'aurais jamais dû aborder Catherine Desmarets alors qu'elle était désespérée et sur la défensive.

Il vint s'accroupir devant la chaise où Janine hochait la tête en retenant ses larmes.

— Il y a une solution, murmura-t-il d'un ton câlin. Ton frère t'a invitée à habiter chez lui. Tu te sentiras bien près des vignes, à l'orée d'un bois et en plus dans un hameau où tu auras des voisins. Mon oncle Jeannot est de bonne compagnie. Il a réussi à me faire rire hier alors que je broyais du noir.

Attendrie, Janine caressa la joue de son fils qui lui souriait. Elle était tentée d'accepter, mais son cœur de mère l'en dissuadait.

— Comme ça, je t'abandonnerai, alors que tu as quitté Karen et que notre petite Vicky est gravement blessée ? Je ne peux pas te laisser seul quand tu es aussi malheureux. Si au moins tu te réconciliais avec ta jolie lieutenante, ça me rassurerait.

— Ce n'est pas possible, maman.

Goliath se mit à aboyer et à grogner en grattant à la porte. Emmanuel se leva et regarda par la fenêtre. Karen se tenait de l'autre côté du portillon, toute nimbée d'or par le flamboiement du soleil qui déclinait sur l'horizon.

— Nous avons de la visite ? demanda Janine.

— C'est la jolie lieutenante, répliqua-t-il. Je lui avais dit qu'elle pouvait encore me trouver à cette adresse pendant quelques jours. Fais-toi chauffer de la soupe, maman, je reviens vite. J'en profiterai pour promener Goliath.

Emmanuel proposa à Karen de marcher sur le chemin de terre qui traversait une grande parcelle de vignes. Elle paraissait tendue et mal à l'aise, ce qu'il perçut aussitôt. Se doutant qu'il était en cause, il lui présenta des excuses.

— Je suis navré pour hier, à l'hôpital, j'étais vraiment furieux et, dans ce cas, je me contrôle mal.

— Tu m'as presque fait peur, je ne t'avais jamais vu dans cet état, admit-elle. Je suis venue chez vous car tu ne réponds pas à mes messages.

— J'avais éteint mon téléphone, pour ne pas être dérangé. C'était à quel sujet ?

— Ce n'est pas Terrier qui est allé déposer un bouquet de roses rouges sur l'autel dédié à ta sœur. Il était vraiment surpris et, tel que je le connais, il ne jouait pas la comédie. Il est prêt à te le confirmer de vive voix.

— D'accord, je suppose qu'il n'a aucun intérêt à mentir. Sur ce point aussi, je me suis emporté un peu vite. Après tout, s'il aimait Emma, il était en droit de lui offrir des fleurs.

Le leonberg s'aventurait entre les rangs de vigne, en frôlant les raisins encore verts de sa truffe humide. Soudain un lapin détala et Emmanuel rappela son chien, prêt à s'élancer sur les traces de l'animal. Goliath s'arrêta tout de suite et quémanda une caresse.

— C'est bien, tu as obéi.

L'indifférence dont témoignait Emmanuel agaça Karen. Elle le devança et lui barra le passage.

— Et tu ne te demandes pas qui a pu apporter ce bouquet ! Il n'y avait pas une carte, une lettre ? insista-t-elle.

— Il n'y avait rien, mais je l'ai laissé où il était, pourtant j'avais envie de le jeter dans un fossé ou de le piétiner, même si les roses étaient innocentes.

— Qui piétinerait des fleurs ? Décidément tu ne vas pas très bien ces jours-ci.

— Il y a de quoi, non, entre l'accident de samedi et cet enregistrement que tu m'as fait écouter !

— Bien sûr, je m'en doutais, tu penses uniquement à ta petite Vicky ! Je sais que tu as pu la voir hier. Dis-moi, c'était avant ou après m'avoir traitée comme une paria ?

— Après, puisque tu veux des précisions. Je devais lui parler.

Les yeux verts de Karen étincelaient d'une colère amère. Elle dévisagea Emmanuel avec une expression désespérée.

— Tu me rejettes pour une fille de dix-huit ans, qui va passer sa vie en fauteuil roulant ! Et même si elle guérissait, saurais-tu la rendre heureuse ? Je me fonde sur mon expérience, c'est vraiment difficile d'être avec toi. Si tu veux mon avis, il serait temps que tu fasses le deuil de ta sœur. Aucune femme ne supportera de te partager avec le fantôme d'Emma, moi la première ! Au fond, tu ne m'as jamais aimée.

Il contempla le ciel un instant avant de répondre, fasciné par les nuages irisés de pourpre par le couchant.

— Karen, comment t'expliquer ? Il y a plusieurs sortes d'amour. J'adorais ma sœur, qui était mon idole. Toi, je t'ai désirée et tu m'offrais beaucoup de tendresse. Je t'aimais aussi, mais à mes sentiments se mêlait une attirance charnelle contre laquelle je ne pouvais lutter. Ce que j'éprouve pour Vicky me surprend, c'est encore un autre amour, plus pur, plus évident. Je l'admire, je la respecte et je voudrais la protéger. Cependant je n'ai pas l'intention de lui avouer ce que je ressens, c'est là où tu fais erreur. Je préfère rester son ami, son grand frère. Elle ne saura jamais combien elle compte pour moi.

Touchée en plein cœur, Karen lui tourna le dos et fit demi-tour. Elle se répétait les paroles d'Emmanuel pour mieux le détester et pouvoir renoncer à lui.

— Rentrons à présent, dit-il tout bas. J'ai des cartons à charger et maman n'a pas le moral.

— J'aurais pu t'informer d'un nouvel élément dans l'enquête, le commandant m'y avait autorisée, mais je n'ai plus envie, lui lança-t-elle en marchant le plus vite possible. Tu n'auras qu'à lire le journal lundi matin ou écouter les infos. Le préfet a fourni des renseignements à la presse.

Confusément, Karen espérait qu'il l'interrogerait malgré tout, afin d'être encore un peu près de lui. Mais Emmanuel demeura silencieux.

— On a retrouvé le chauffard, lâcha-t-elle quand même. Il était mort au volant de sa voiture, empoisonné au cyanure.

— Vous connaissez son identité ?

Intrigué, il l'avait rattrapée et il la retenait par le coude. Elle jubila intérieurement avant de répondre.

— Son identité et sa photo ! Tu veux la voir ?

— Oui, pour mieux le maudire.

Karen alluma son portable et le brandit sous le nez du jeune homme.

— Régis Garin, quarante-cinq ans, avec un casier assez lourd, précisa-t-elle.

La réaction d'Emmanuel fut immédiate. Il s'empara du téléphone et fixa l'écran d'un air sidéré.

— Je l'ai déjà vu ! De quand date cette photo ?

— De huit ans, Garin entrait en maison d'arrêt dans

l'attente d'un procès pour agression sexuelle sur une femme lors d'un cambriolage. Emmanuel, tu es sûr de toi ?

— Tout à fait, ce type venait chez nous. Il prétendait bosser pour une agence de mannequins et avoir repéré Emma dans la rue, à Dijon. Je m'en souviens très bien. Il avait abordé ma sœur qui lui avait donné notre adresse. Elle a posé pour lui dans la clairière plusieurs fois.

— À quelle date ?

— Emma était encore mineure, donc ce devait être quelques mois avant d'être assassinée. Maman s'inquiétait, d'autant plus que notre père était mort. Ma sœur comptait aller à Paris avec cet homme et il affirmait qu'elle ferait carrière. Mais il ne portait pas ce nom-là, plutôt un prénom à l'anglaise… William ! Emma disait « Will ».

— Ils ont eu une liaison ?

— J'avais dix ans environ, même si c'était le cas, ils ont dû être discrets. Mais je ne crois pas, car elle sortait déjà avec Louis Terrier.

— Tu as raison ! Le commandant n'a pas dû le croiser, sinon il l'aurait reconnu lui aussi. Je l'appelle.

Fébriles, ils en oubliaient leur querelle et leur rupture. Karen courut jusqu'à sa voiture, tandis que son téléphone sonnait dans le vide.

— Pourquoi il ne répond pas ? enrageait-elle.

— Attends-moi, je vais dire à maman de ne pas s'inquiéter, et je laisse Goliath dans la maison.

Emmanuel fut vite de retour, tandis que Karen discutait enfin avec Louis Terrier. L'échange lui parut véhément et fort rapide.

— Très bien, commandant, j'y vais tout de suite, dit-elle avant de couper la communication.

— Où vas-tu, Karen ?

— Le commandant a mis longtemps à décrocher, il dînait quelque part, mais je dois récupérer le bouquet de roses pour le faire analyser. On peut relever des empreintes digitales ou des traces d'ADN. Il m'attendra à la gendarmerie d'ici une heure et demie.

— Je t'accompagne, c'est plus prudent ! Il nous faut des lampes, il fera bientôt nuit. J'emmène Goliath.

— Merci, traverser seule la forêt au crépuscule me stressait un peu, mais je l'aurais fait…

Forêt communale de Marsannay-la-Côte,
même soir

Il faisait très sombre sous les grands arbres et divers bruits, ténus ou plus sonores, s'élevaient autour des jeunes gens. Impassible, le leonberg les précédait, sans grogner ni se hérisser, ce qui rassurait Karen.

— N'aie pas peur, dit Emmanuel. Tout ce que tu entends vient de créatures inoffensives, si on les compare à certains humains. Les battements d'ailes, ce sont les oiseaux nocturnes, il y a des chouettes et des hiboux moyen duc qui poussent des cris aigus. Des branchages secs craquent sous le pas des renards ou sous la course d'un sanglier.

— Tu as l'habitude d'être dans les bois la nuit, pas moi. Nous sommes encore loin ?

— Je croyais que les gendarmes ignoraient la peur, ironisa-t-il.

— Mais je ne suis pas si peureuse. À la Réunion, je nageais dans une crique où des requins pouvaient s'approcher de la plage.

— C'est bien plus risqué qu'une balade en forêt. Courage, je t'ai fait prendre un raccourci, d'où les fougères et les ronces. J'espère que le bouquet de roses sera encore là. Un chevreuil a pu s'en régaler…

En dépit de la légère angoisse qu'elle ressentait, Karen se réjouissait d'être auprès d'Emmanuel. Grâce au faisceau de sa lampe torche, elle distinguait son visage et son regard noir, où se devinait une étrange exaltation.

— Nous arrivons, indiqua-t-il enfin. Écoute le murmure du ruisseau… Je ne te l'ai jamais dit, mais Emma m'emmenait jouer ici quand j'étais tout gamin. Elle me faisait boire l'eau de la source et me parlait des druides et des chênes sacrés.

— Vous veniez là, déjà ? Pourquoi la tuer à cet endroit ? Peut-être qu'elle fuyait et voulait se réfugier dans cette combe… D'autant plus qu'il n'y a pas d'accès en voiture.

— En moto-cross, si, c'est possible.

Emmanuel braqua sa lampe sur la pierre plate qui servait d'autel. Les fleurs d'une teinte incarnat resplendirent aussitôt, enveloppées d'un papier vert.

— J'ai cherché la signification des roses rouges, souffla Karen. C'est l'amour passion, mais aussi le sang, les blessures. Est-ce que tu as touché l'emballage ?

— Non, j'étais choqué et furieux, je suis reparti aussitôt.

— Je mets des gants pour le porter. On n'a plus qu'à refaire le trajet en sens inverse.

— Attends, c'est le moment de mettre les choses au

point avec l'ancien amant de ma sœur, ton commandant… Je dois lui apporter un cahier.

Sans rien ajouter, Emmanuel creusa à pleines mains dans la terre brune au pied de l'arbre. Il se mêlait à l'humus des feuilles rousses de l'automne précédent des brindilles et de menus cailloux. Il dégagea ainsi une boîte en fer, d'où il sortit un sac en plastique qui protégeait un épais cahier de l'humidité.

— Le journal d'Emma, précisa-t-il. Il y a de fortes chances qu'elle fasse allusion au prétendu William. Quand je l'ai lu, c'était il y a plus de huit ans. J'ai pu oublier certains passages qui ne m'intéressaient pas.

— C'est formidable, mon chéri ! s'exclama Karen. Pardon, je me suis un peu emportée. Mais il y a deux semaines, je pouvais encore t'appeler mon chéri.

— Dépêchons-nous, conseilla-t-il en guise de réponse.

Le commandant Terrier fronça les sourcils en voyant Emmanuel entrer dans son bureau, suivi par Karen qui portait le bouquet de roses.

— Bonsoir, monsieur Nevers, lui dit-il. Alors voici ces fameuses fleurs déposées anonymement à l'endroit où vous honorez la mémoire de votre sœur. Karen, il faudrait les mettre à l'abri dans la remise des scellés. Nous les ferons analyser dès demain matin.

— Commandant, comme je vous l'ai dit brièvement par téléphone, Emmanuel se souvient très bien de Régis Garin. Il se prétendait agent de mannequins et se faisait appeler William ou Will.

— Votre témoignage peut se révéler capital, affirma Terrier d'un ton enthousiaste. Nous avançons enfin.

— Je vous confie aussi le journal intime d'Emma, que je gardais précieusement et que je suis le seul à avoir lu, ajouta Emmanuel. Il peut contenir des renseignements importants sur cet assassin. Cela me coûte, mais je suis prêt à d'autres sacrifices si l'on peut mettre fin aux agissements épouvantables de ces criminels. Régis Garin est l'un d'eux, il n'a pas pu tuer toutes les victimes répertoriées. Pour les plus anciennes, il n'était même pas né.

— Je suis d'accord avec vous, concéda Louis Terrier.

— Les faits commencent à se recouper si l'on tient compte des clichés retrouvés dans la voiture de Garin, renchérit Karen. Ces prédateurs attirent leurs proies par de belles promesses, soit le tournage d'un clip, soit une carrière de mannequins. Je vais lancer des recherches sur Internet et étudier les annonces trop alléchantes.

— Nous ferons le point plus tard, l'interrompit son supérieur d'un air impérieux.

— Ah oui, bien sûr, il faut respecter la confidentialité au cours d'une enquête, décréta Emmanuel avec un sourire de défi. Même les membres de vos familles n'ont rien le droit de savoir, pourtant vous auriez pu devenir mon beau-frère, commandant ! Sur ce, bonsoir, et prenez soin de ce cahier. Ma sœur l'a touché et c'est son écriture. Pour moi, il est sacré.

22

Des larmes dans la nuit

CHU de Dijon, chambre de Victoire,
samedi 30 juillet 2016, même soir

Une veilleuse diffusait une faible clarté blanchâtre dans la chambre. Catherine s'était assise près de la fenêtre, perdue au sein d'un chaos de pensées contradictoires. De son siège, elle regardait à intervalles réguliers vers le lit.

— Ta grand-mère est rentrée chez elle pour passer une bonne nuit de sommeil. Il paraît que tu peux m'entendre, ma chérie, mais je suis sûre que non. Ce sont des histoires, les gens dans le coma qui nous écoutent ! Tu ne bouges pas, je t'ai tenu la main en vain, moi je n'ai rien senti du tout. Et aussi, ce soir, je suis un peu ivre. C'est mal, comme m'a dit ta grand-mère tout à l'heure, mais l'alcool aide à calmer la douleur, surtout celle du cœur. Je suis si malheureuse, Vicky.

Elle se tut, afin d'avaler une gorgée du café que lui avait monté Élodie avant de partir.

— Sais-tu ce qu'elle m'a dit ? Que je me conduisais en gamine irresponsable et que je devais me reprendre, ajouta Catherine d'une voix pâteuse. Je dois me reprendre, alors que Jacques est mort, oui ton papa est mort, et que toi tu es là, inerte, absente, déjà paralysée. Tu ne pourras plus jamais danser, ma chérie, tu as une jambe cassée, deux fractures... Et le bassin brisé, la colonne vertébrale touchée, alors tu imagines les dégâts. Oh, mon Dieu, j'ai la migraine en plus.

Une infirmière entra au même instant. Elle alluma le néon au-dessus du lit, ce qui fit gémir Catherine.

— Pitié, éteignez !

— Mais j'ai besoin de lumière, madame Desmarets. Est-ce que vous allez bien ?

— Non, pas du tout ! Vous avez d'autres questions stupides à me poser ? Je voudrais qu'on me redonne ma vie d'avant, et c'est impossible. Mon mari me manque et ma fille est réduite à ce pauvre corps brisé !

— Je vous en prie, madame, ne parlez pas si fort ! Vous avez bu alors que vous prenez des anxiolytiques. C'est fortement déconseillé et même dangereux.

— D'abord, comment vous savez ce que j'avale, balbutia Catherine en se levant. On me surveille, c'est ça ?

— Vous me l'avez dit hier soir quand je faisais ma ronde dans cette partie de l'étage. Et je vois bien que vous êtes ivre. Vous devriez mettre le fauteuil en position allongée et vous reposer.

— Je ferai ce que je veux, mademoiselle ! Occupez-vous de ma fille et laissez-moi tranquille.

Désemparée, l'infirmière vérifia les constantes de Victoire et sa perfusion, puis elle sortit en se promettant de revenir un peu plus tard. Dès que la pénombre revint, Catherine se pencha sur Victoire et scruta son visage, dans l'espoir d'y déceler un sourire ou un clignement de paupières.

— Vicky, je t'en supplie, réveille-toi ! J'ai besoin de savoir pourquoi tu as fait ça ! Ta vie entière est gâchée et la mienne aussi. Qu'est-ce qui t'a pris de grimper sur ce maudit scooter, hein ? Si tu as eu peur de quelqu'un, tu pouvais courir le dire à tes parents !

Totalement égarée, Catherine serra très fort la main qui gisait sur le drap, sans se soucier du cathéter. Elle refusait cet avenir où son unique enfant, si douée pour la danse, serait condamnée à se déplacer en fauteuil.

— Sais-tu ce que j'ai fait cet après-midi ? Je suis allée chez nous, au château, avec Jean-Charles. Il est très gentil avec moi, je t'assure. Nous avons déjeuné là-bas, et ensuite je lui ai remis les contrats que ton pauvre papa avait signés pour te protéger. Il a fallu grimper en haut de la tour, mais ces ignobles photos sont restées dans la mallette que j'ai bien cachée. Tu ne dois jamais les voir, ma chérie. Ensuite j'ai beaucoup bu et j'avais envie de m'amuser, d'être comme avant, jeune et libre. Tu entends, Vicky ? En fait, si tu n'avais pas couru à une fête rien que pour nous désobéir, Jacques serait encore là, et toi tu pourrais tenir tes promesses, devenir une étoile de l'Opéra de Paris. C'est fini, fini. Tu ne danseras plus jamais. Jamais !

Nauséeuse, Catherine dut s'asseoir au chevet de sa fille. Elle continuait à lui broyer les doigts en se lamentant.

Les propos véhéments de sa mère, suivis d'une sensation de douleur, avaient ramené Victoire sur les rives de sa conscience. Chaque mot s'était glissé dans son esprit pour le torturer et le forcer à assimiler ces effrayantes révélations. Sans être certaine qu'elles étaient vraies, elle se débattait en vain, incapable de manifester son désespoir.

« Papa est mort, mais comment ? s'interrogeait-elle. Je ne pourrai plus danser, plus jamais... Je me souviens, oui, j'ai eu un accident. La voiture m'a coupé la route, je suis tombée. Mais papa n'était pas là. Maman, lâche ma main, j'ai mal. »

D'autres douleurs physiques lui étaient perceptibles, comme lointaines. Elle se revit soudain à la fête chez les Mongenot.

« Nous avons dansé la *Valse de l'Empereur*, papa et moi ! Il me souriait et j'étais heureuse. Plus tard, il y a eu cet homme, son regard, son crâne presque chauve. C'était lui dans la cave. Je me suis enfuie en scooter, je voulais aller chez Emmanuel. Maman, qu'est-ce qui s'est passé ? Tu as dit que tout était ma faute. Papa est mort, non, je ne veux pas. »

Affolée, Victoire nia cette intolérable information. Elle tenta de fuir encore une fois, le plus loin qu'elle le pouvait, vers le monde merveilleux de son enfance, là où son père existerait et la consolerait.

Lorsque l'infirmière entra à nouveau dans la chambre, elle eut soin de ne pas allumer le néon. Catherine s'était endormie, toujours assise près du lit, la tête renversée en arrière. Mais l'écran lumineux au-dessus d'elle indiquait des mesures alarmantes.

« Oh non, elle sombre dans un coma plus profond, se dit-elle en jetant un coup d'œil effrayé sur Victoire. »

Elle courut immédiatement chercher le médecin de garde qui préconisa d'intuber la jeune fille.

— Sa perfusion était débranchée, regardez l'état de sa main, dit-il d'un ton dur.

— Lors de mon premier passage, tout était en ordre, docteur.

Une autre infirmière arriva. Leurs éclats de voix et le remue-ménage autour du lit tirèrent Catherine de sa somnolence.

— Mais qu'est-ce que vous faites ? demanda-t-elle, peinant à retrouver sa lucidité.

— Votre fille tombe dans un coma plus profond, nous devons l'intuber pour l'aider à respirer, expliqua le médecin. Avez-vous touché au cathéter ?

— Je ne crois pas, mais j'étais si fatiguée. Je ne sais plus…

Une chape de honte s'abattit sur Catherine, qui se souvenait d'avoir accablé Victoire de reproches, sous l'effet conjugué de l'alcool et des médicaments. Un cri de chagrin jaillit de ses lèvres, tandis qu'une infirmière la faisait se lever pour l'éloigner du lit.

— Nous faisons au mieux, madame, restez à l'écart quelques minutes.

— Docteur, la jeune fille a pleuré, vous voyez ces larmes le long de son nez et sur ses joues, souffla une des infirmières.

— Effectivement, concéda-t-il. C'est incompréhensible, cela indiquerait une réaction du cerveau à un stimulus, mais en même temps, elle s'est enfoncée dans un coma de stade 3. Un arrêt cardiaque pourrait se produire, il faut faire vite…

— Qu'est-ce que vous avez dit ? marmonna Catherine. Mon Dieu, ma chérie, ma petite chérie, pardon.

Cette fois, Victoire n'entendait plus rien. Elle gambadait dans le parc du château Desmarets, pieds nus, ses chaussons en cuir rose contre son cœur. En tutu blanc, les cheveux coiffés en chignon, elle rejoignait son père et son grand-père, qui lui faisaient signe en souriant. Ils se tenaient tous deux sous le kiosque drapé de glycine en fleurs, dont elle percevait le suave parfum.

— Papa, papi, j'ai répété et là, je vais danser pour vous deux !

Jamais elle n'avait appelé Gilles Desmarets papi, mais il ne protestait pas, l'air plus détendu qu'il ne l'avait jamais été.

— Que tu es jolie, Vicky, lui cria-t-il. Ma petite ballerine !

Charmée par ce terme, elle esquissait une révérence, en effleurant du bout des doigts les bords de son tutu. Enfin son père la soulevait par la taille et la faisait tournoyer en l'air.

— Que vas-tu danser, ma chérie ? demandait-il.

— La valse de la fée Dragée, dans le *Casse-Noisette* ! Papa, tu n'es pas mort, je suis si contente.

La musique du ballet retentissait sous les arbres centenaires et la fillette commença à danser, ayant oublié de mettre ses chaussons. Son père l'admirait, habillé de son pantalon en velours côtelé et d'une chemise blanche qui resplendissait au soleil. Victoire sautait, prête à s'envoler, en multipliant les entrechats et les arabesques. Une joie surhumaine dilatait son cœur, tandis qu'elle ne touchait même plus l'herbe verte et douce qui tenait lieu de parquet ciré.

— Mais cette petite a des ailes, s'esclaffait son

grand-père. Il n'y a rien de plus beau que la danse classique, tu es de mon avis, Jacques ?

— Bien sûr ! Et rien de plus précieux que ma Vicky.

Ravie, l'enfant se jetait au cou de son père qui la câlinait en l'embrassant. Tout était idéal, au sein de cet univers coloré où la mort n'oserait jamais semer le malheur.

Gendarmerie de Gevrey-Chambertin,
lundi 1er août 2016

Le commandant Terrier leva la tête un instant pour observer la pluie d'été qui tombait dru derrière les fenêtres. Il eut une pensée pour Aurélia, bien arrivée en Bretagne la veille, sous une averse et au bord d'un océan déchaîné, d'après son message.

Lorsque Karen entra, ses frisettes dorées constellées de gouttes d'eau, il la salua d'un vague sourire. Le capitaine Mesnard la suivait de près. Depuis la veille, ils étaient chargés tous les deux d'interroger le maximum de personnes se trouvant à la soirée des Mongenot. Ils disposaient du portrait de Régis Garin datant d'une dizaine d'années mais aussi d'une photo de lui prise à la morgue.

— Alors, quelqu'un a-t-il reconnu Garin ? s'enquit-il d'un ton sec.

— Non, commandant, répondit Karen. Hier nous sommes allés chez le traiteur et chez des invités résidant dans le département, ce matin au château Mongenot.

— Personne n'a vu ce type samedi dernier, renchérit

Mesnard. Soit il était planqué, soit il n'avait pas cette allure-là. Il suffit d'une paire de lunettes en verre fumé, d'une perruque, bref avec des accessoires, on peut tromper son monde.

— Dans ce cas, comment Victoire Desmarets l'aurait-elle reconnu ? rétorqua Terrier. Non, il devait la guetter pour se manifester au bon moment, si elle était à l'écart de la foule. Et on n'est pas près d'avoir le témoignage de cette jeune fille, puisqu'elle a plongé dans un coma de stade 3 dans la nuit de samedi à dimanche, comme je vous l'ai annoncé hier. Le médecin-chef du service s'est engagé à me tenir informé.

Karen approuva d'un hochement de tête. Elle se représenta Victoire inerte dans un lit d'hôpital, intubée et perfusée, et son cœur se serra.

— C'est quand même mystérieux, le coma, la médecine a fait de gros progrès, mais, parfois, ils sont démunis face à certains patients, décréta le capitaine Mesnard. Une de mes tantes a passé six mois dans le coma et elle s'est réveillée un matin sans séquelles.

— Espérons surtout que cette jeune fille se rétablisse, lui répondit Terrier. Faisons le point à présent. Personne n'a remarqué Régis Garin pendant la soirée des Mongenot, qui de leur côté n'ont pas pris de photos ni de films de leur soirée. Pourtant cet homme était forcément sur place, puisqu'on a retrouvé le collier de saphirs dans la voiture avec laquelle il a causé un tragique accident. J'ai reçu le rapport détaillé de son autopsie et le légiste est formel, il n'y a pas de traces manifestes qu'on l'ait obligé à avaler le poison.

— Mais si Victoire l'a reconnu comme son violeur, nous avons au moins une certitude : ce type faisait partie d'un réseau de proxénétisme dont a été victime Vanessa Guérinet. Avant d'être tuée, elle devait se prostituer sous la contrainte, ajouta Karen.

— Ou bien elle était consentante si on lui avait promis des sommes faramineuses, trancha le commandant. Il nous reste un gros travail, à savoir tenter d'identifier les autres filles. Garin avait réuni une cinquantaine de photos. Il y a de fortes chances qu'on retrouve une ou plusieurs victimes de ces dernières années. Mesnard, vous pouvez partir.

— Oui, c'est l'heure. Merci, commandant.

Après le départ du capitaine, Louis Terrier eut une moue agacée. Karen ôta sa veste et s'assit en face de lui.

— Rien non plus dans le journal intime d'Emma ? demanda-t-elle à mi-voix.

— En fait, ça dépend pour qui, lâcha-t-il. Il est très peu question de ses rencontres avec Garin, qu'elle appelle en effet Will ou William. Mais je tiens une place plus importante, et ça ne m'étonne pas qu'Emmanuel ait vite compris, même ado, que nous avions une liaison. Ceci dit, Emma écrit en grande partie sur ses rêves secrets, sur ses envies d'être célèbre. Néanmoins, deux phrases m'ont intrigué. Tiens, je les ai recopiées sur un feuillet.

Karen prit le papier et lut tout bas : « Papa a payé cher son héroïsme. S'il n'avait pas sauvé la vie de Jacques Desmarets, il serait toujours avec nous. »

— J'admets que c'est étrange. Il faut interroger Janine Nevers.

— J'allais justement t'envoyer chez elle. Une chose me surprend beaucoup. Emmanuel avait dix ans lors du décès de son père, mais il a découvert le journal de sa sœur bien plus tard. Ces phrases auraient dû éveiller sa curiosité et le marquer.

— À mon avis, commandant, si c'est le cas, il le dira quand il le voudra. Je commence à le cerner, il pratique la dissimulation, j'ignore dans quel but.

Karen eut une moue fataliste et se leva pour remettre sa veste. Il pleuvait toujours.

— Je préviens Janine de ma visite, précisa-t-elle. Ils sont en plein déménagement, je préfère être sûre de la trouver.

— D'accord, je t'attends, car nous aurons peut-être un petit départ de piste en relation avec tous ces accidents autour de la famille Desmarets que tu m'avais signalés.

— Et de la famille Quinot, renchérit-elle.

Ferme Desmarets, un quart d'heure plus tard

La pluie avait cessé et le ciel se dégageait à l'ouest, dévoilant un pan de ciel bleu. Dès qu'elle s'engagea au ralenti sur le chemin, Karen vit tout de suite une voiture rouge garée devant le portillon des Nevers. Elle la dépassa pour s'arrêter dix mètres plus loin. Le pick-up d'Emmanuel n'était pas là.

Elle entra dans le jardin où des éclats de voix lui furent perceptibles, en provenance de la maison.

— On dirait Mme Desmarets…

Après avoir frappé trois fois, la porte s'ouvrit sur Janine qui avait pleuré et tremblait encore d'émotion.

— Ah, c'est toi, Karen ! Viens, j'ai de la visite.

— Tiens, la gendarmerie, ironisa Catherine en

reconnaissant la jeune lieutenante. Vous me servirez de témoin ! Mon neveu Arthur sera là dans la soirée et je lui ai promis qu'il logerait ici, mais les Nevers occupent toujours les lieux. Je vais appeler mon contremaître pour qu'il me rejoigne avec deux de ses employés pour faire place nette.

— Madame Desmarets veut leur faire enlever nos derniers cartons et les petits meubles que mon fils m'a achetés, expliqua la malheureuse Janine, effarée. Mais il a beaucoup plu, nos affaires vont s'abîmer !

— Vous n'aviez qu'à partir plus vite ! Votre fils a fait la sourde oreille, tant pis pour vous ! s'égosilla Catherine.

— Madame Desmarets, je me permets d'intervenir ! Vous n'êtes pas obligée d'être aussi agressive, lui dit Karen. Pour ce soir, votre neveu peut dormir au château, où les chambres ne doivent pas manquer.

— Non, Arthur ne posera pas un pied chez moi. J'ai promis à mon frère de le loger là et je le ferai. Ne cherchez pas à comprendre ! Nous avons suffisamment de problèmes, ces gens en profitent, et comme on me l'a conseillé, je dois me faire respecter. Mon mari était trop généreux de toute façon, on abusait de sa gentillesse. Les Nevers n'ont pas payé de loyer, donc il n'y a pas de préavis. J'ai le droit de récupérer cette maison tout de suite !

Pendant sa diatribe, Janine considérait d'un air affolé les quatre gros cartons empilés près de la porte, à côté d'une jolie table en marqueterie et d'une étagère vide.

— Où est Emmanuel ? s'enquit Karen.

— Il a rempli l'arrière du pick-up avec mes outils

de jardinage, la brouette et aussi le canapé-lit qui nous appartient pour les apporter dans notre maison de la forêt. Mon mari l'avait baptisée comme ça. C'était pour qu'on dorme là-bas dès ce soir. Et demain on serait revenus faire du ménage.

Gênée par la présence de la jeune gendarme, Catherine fit semblant de vérifier la propreté de la cuisine. Un léger bruit musical démontra qu'elle avait reçu un message.

— Vous avez de la chance, déclara-t-elle en revenant, son téléphone à la main. L'avion de mon neveu aura du retard, il dormira dans un hôtel de l'aéroport cette nuit. Alors tenez parole, madame Nevers, demain midi, je ne veux plus voir une trace de vous sous ce toit !

— Bien sûr, on va se débrouiller. Je suis désolée, madame Desmarets.

— Oui, c'est ça, vous allez me débiter la litanie de tout à l'heure, vous avez mal aux jambes, au dos ! Et moi je peux me plaindre également ! Je dois avaler des cachets du matin au soir pour ne pas mourir de chagrin. Ma propre mère m'interdit d'approcher Vicky, soi-disant parce que j'avais bu et que je me suis mal occupée de ma fille ! Ne faites pas cette tête, lieutenant je ne sais plus qui.

Sur ces mots, Catherine sortit sans oublier de claquer la porte. Sidérée, Karen tapota affectueusement l'épaule de Janine.

— Quelle furie ! marmonna-t-elle. Asseyez-vous, je vous donne un verre d'eau. Je suis contente d'être arrivée à temps, sinon elle vous aurait mise dehors…

— Je ne lui en veux pas, Karen. Mme Desmarets n'a

jamais manqué de rien. Elle est née dans une famille très riche et ensuite elle a vécu sous l'aile de son mari qui la choyait. Elle était fière de Victoire et de son don pour la danse. Maintenant qu'est-ce qui lui reste ? La voici veuve, comme moi, sa fille unique est dans le coma... Le malheur rend méchantes certaines personnes. Tu sais, après la mort de Paulin, je tenais le coup pour les enfants et puis Emma a été assassinée. Là, si je n'avais pas eu Emmanuel, je me serais pendue à la première poutre. Mais le temps apaise la douleur... Au fait, pourquoi tu me rendais visite ?

Très embarrassée, à cause de la pénible scène dont elle venait d'être témoin, Karen prit place près de Janine.

— Nous avons encore des chaises, plaisanta-t-elle.

— Elles sont aux Desmarets, comme la table et les buffets.

— Janine, Emmanuel a dû vous parler du journal intime de votre fille ?

— Oh oui, il m'a montré le cahier quand il l'a découvert, mais j'ai refusé de le lire. Emma était mûre pour son âge, elle aimait s'amuser, danser. J'avais peur de ce qu'elle pouvait raconter et je voulais garder une belle image de ma petite.

— Je vous comprends. Votre fils nous l'a confié au cas où nous trouverions des renseignements sur le responsable de l'accident, Régis Garin. Le commandant Terrier l'a lu et deux phrases l'ont intrigué, à propos du décès de votre époux. Tenez, il les a notées, lisez-les. Je suis navrée si cela vous rappelle de mauvais souvenirs.

Karen l'observa attentivement et elle remarqua la

crispation nerveuse qui altérait les traits si doux de Janine.

— Emma n'acceptait pas la mort de son papa, soupira-t-elle en lui redonnant le feuillet. Comme elle lisait beaucoup de romans, je crois qu'à l'époque, elle a imaginé des choses…

— Quelles choses ?

— Des sottises, des histoires de règlements de compte ! J'avais beau lui répéter que mon mari avait glissé du haut d'une cuve et fait une terrible chute, Emma niait l'évidence.

— Est-ce qu'il y a eu une enquête ?

— Non, mais monsieur Jacques a promis qu'il veillerait sur nous, et son assurance m'a versé une indemnité.

Karen n'osa pas poser d'autres questions, afin de respecter les larmes silencieuses de Janine, secouée par ce rappel d'un passé éprouvant.

— Emmanuel a pensé lui aussi que l'incendie était un acte criminel, censé le décourager de mener sa propre enquête sur ces jeunes filles violées et tuées, hasarda-t-elle. Au début, j'y ai cru, ensuite j'ai changé d'idée. Maintenant je me demande s'il n'avait pas raison.

— Alors ça voudrait dire qu'on aurait voulu tuer Paulin ! Non, ça ne tient pas debout, qui pouvait en vouloir à mon mari ? répliqua Janine. Il ne cherchait d'ennuis à personne.

— Je m'en doute, mais Emma n'a pas pu écrire ça sans une raison valable.

Un vigoureux aboiement résonna dans le jardin, annonçant le retour d'Emmanuel et de son chien. Le cœur de Karen fit un bond dans sa poitrine lorsque le jeune homme entra, toujours aussi séduisant.

— Je m'en vais, dit-elle aussitôt. Janine, courage, si vous m'y autorisez, je vous rendrai visite dans votre maison de la forêt. J'apporterai des pâtisseries.

— Je n'y serai que ce soir. Demain je m'installe chez mon frère Jeannot. Mais on te recevra avec plaisir. Et merci pour tout à l'heure, Karen.

— Qu'est-ce que tu fais ici ? s'étonna Emmanuel.

— Raccompagne-moi, je t'expliquerai.

Il ne dépassa pas le portillon, après avoir déchiffré à son tour les deux phrases.

— Aujourd'hui je pense comme Emma, affirma-t-il. Quand j'ai lu ça, je me suis dit que ma sœur se trompait et exagérait. Elle savait quelque chose, et je crois aussi qu'il y aura d'autres accidents bientôt, en apparence fortuits, en réalité soigneusement préparés. Mais c'est à la police de démêler l'écheveau, pas à moi. Je ne peux plus me mettre en danger. En ce moment, je me préoccupe uniquement de ma mère et de Vicky, surtout de Vicky. Au revoir, Karen.

Elle répondit d'un signe de tête et courut vers sa voiture, humiliée et malade de jalousie.

CHU de Dijon, chambre de Victoire,
mardi 2 août 2016

Depuis plus de quarante-huit heures, Élodie ne quittait guère la chambre de sa petite-fille. Une terrible angoisse lui coupait l'appétit et le sommeil, si bien qu'elle avait très mauvaise mine et souffrait de vertiges.

Pour tromper sa peur et s'occuper l'esprit, elle laissait la télévision allumée en coupant le son. Le défilement des images la berçait et parfois elle somnolait, sans lâcher la main de Victoire. C'était encore le cas lorsque la porte s'ouvrit en douceur sur Catherine et Guy.

— Pauvre maman, dit ce dernier. Elle est épuisée. Je pourrais la remplacer si je n'étais pas pris par mon travail.

— Tu es disponible la nuit, il me semble, répliqua sa sœur. Moi, elle m'interdit de veiller ma fille.

— On peut la comprendre, tu as dépassé les bornes, Cathy !

Leurs chuchotements réveillèrent Élodie qui s'étonna un peu de découvrir ses deux enfants près du lit.

— Ah, vous venez en force, ironisa-t-elle. Ce n'était pas la peine d'amener ton frère, Catherine, je ne t'aurais pas empêchée d'entrer. Vicky a besoin de toi et moi aussi, pour sortir prendre l'air et me détendre un peu.

Guy Quinot se pencha et l'embrassa sur le front. Elle lui caressa la joue en retour.

— Je ne boirai plus, maman, je te le promets, déclara alors Catherine. Si tu savais combien je me suis reprochée d'être ivre au chevet de Vicky et d'avoir fait n'importe quoi. Je le répète, je suis désolée, et j'ai compris la leçon. L'alcool, c'est terminé, j'ai même arrêté les anxiolytiques. Désormais je m'enivre de colère et, en fait, cela me donne de l'énergie.

— Pourtant, ce n'est pas le meilleur moyen de garder les idées claires, commenta Guy. Moi, quand je suis furieux, je deviens vite dangereux.

Il poussa un gros soupir en jetant un rapide coup d'œil sur sa nièce.

— Pauvre Vicky, ça me brise le cœur de la voir dans cet état, avoua-t-il. Je déconseillerai à Arthur de rendre visite à sa cousine, ce serait trop dur pour lui. Il est toujours fragile psychologiquement.

Élodie acquiesça d'un petit sourire inquiet. Affligée par l'état de Victoire, elle osait à peine se réjouir du retour de son petit-fils. Mais Catherine avait renoncé à protéger sa mère et son frère.

— Au sujet d'Arthur, les Nevers ont libéré la maison où il ne dérangera personne, ni Mélinda, qu'il traitait de marâtre, ni moi. Guy, je dois clarifier la situation. Déjà, j'ai eu ma tante Perrine au téléphone et, selon elle, ton fils continue à se droguer et à se conduire de façon honteuse.

— Cathy, nous l'avons exilé, plaida Élodie. C'était une erreur de l'éloigner alors qu'il avait fait une tentative de suicide.

— Je m'y suis opposé, maman, mais ma sœur et mon beau-frère ont lourdement insisté, se plaignit Guy.

— Nous avions nos raisons, trancha Catherine. J'en ai assez de me taire, de faire semblant. Arthur est responsable de ce qui est arrivé à Victoire, il y a trois ans !

— De quoi parles-tu, Cathy ? s'étonna Élodie. Et puis est-ce le lieu idéal, au chevet de Vicky ?

— Même si elle nous entendait, elle ne serait pas surprise, maman.

— Je le suis, moi, décréta Guy. Qu'est-ce qui s'est passé il y a trois ans ? Encore un secret !

Catherine réalisa un peu tard que son frère ignorait tout du viol qu'avait subi sa nièce, cependant elle persévéra.

— Tu l'aurais appris tôt ou tard, le commandant Terrier le sait et cette lieutenante aussi. Arthur a invité Victoire à la fête organisée chez les Colombet. Notre fille n'avait pas le droit de sortir à cette époque, elle s'y est rendue en cachette, profitant de notre absence. Je résume, Guy, ton fils touchait mille euros si ma fille allait là-bas ! Et là-bas, Vicky a été droguée et violée. Mais elle ne se souvenait de rien, et, deux mois plus tard, Jacques et moi nous avons découvert cela en même temps que sa grossesse. Elle a dû avorter à la clinique des Glycines.

— Seigneur, c'est impossible, marmonna son frère. Qu'est-ce que tu racontes, Cathy ?

— La stricte vérité et quand Arthur a tout appris, il a été horrifié par son rôle dans ce drame et il a voulu mourir. Voilà, c'est dit.

Livide, Guy Quinot porta la main à son front, où perlait une sueur froide. Quant à Élodie, elle demeura bouche bée, frappée de plein fouet par cette révélation.

— Une minute, Cathy, mon fils était à Londres quand il a fait sa tentative de suicide. Comment a-t-il su ce qui était arrivé à sa cousine ? Ton mari et toi vous aviez soigneusement dissimulé cette ignoble affaire de viol, bien sûr.

— Oui, c'était pour préserver la pudeur et la réputation de notre fille, ainsi que la renommée de notre exploitation. Sinon, en réponse à ta question, il paraît qu'Arthur aurait reçu des messages sur son téléphone, d'un correspondant anonyme, mais très renseigné sur ce qu'avait enduré Vicky.

— Bon sang, c'est une histoire de fous, rétorqua Guy. Et toi, maman, tu étais au courant ?

— Je l'ai su la première, puisque Victoire habitait chez moi et souffrait de malaises, de nausées... Mais j'ignorais à quel trafic immoral s'était abaissé Arthur. Mon Dieu, à présent je n'en doute plus, notre famille est maudite ! Quels crimes ont pu commettre nos ancêtres pour que nous soyons punis ainsi ? Je n'en peux plus. Excusez-moi, je sors respirer de l'air pur. Et je m'expliquerai avec mon petit-fils, il devra venir chez moi, en ville. Tu t'y engages, Guy ?

— Si tu veux, maman ! Je me chargerai également de lui dicter une nouvelle ligne de conduite. D'abord, je dois me remettre de mes émotions. Si j'avais su... Il fallait tout me dire au lieu de me pousser à envoyer Arthur à l'autre bout du monde.

Catherine et son frère se retrouvèrent seuls. Ils observaient Victoire en silence lorsqu'un docteur entra, suivi par une infirmière et un interne.

— Madame, monsieur, dit le médecin, j'étais dans la chambre voisine et j'ai entendu votre dispute. Tenez vos réunions de famille chez vous ou bien soyez discrets. Cette jeune fille est notre patiente et elle a besoin de repos et de calme. De plus, il n'est pas indispensable d'être à son chevet du matin au soir.

— D'accord, docteur, je suis désolée, et nous ferons attention désormais, répondit Catherine.

Élodie marchait sous le soleil revenu, un gobelet de thé à la main. Le vent était tiède et soulevait ses boucles argentées.

— Nous vivons un cauchemar, se disait-elle tout bas. Pauvre Jacques, s'il avait su que ses jours étaient comptés. Il ne méritait pas une mort aussi violente, mais qui le mérite ! Et Vicky, pourquoi le sort s'acharne-t-il sur elle…

— Madame Quinot !

Elle se retourna, ayant reconnu la voix de Karen Mathis, teintée d'un léger accent chantant.

— Oui, que voulez-vous ? demanda-t-elle en faisant face à la jeune femme.

— Je venais voir votre fils, je suis allée chez lui et son épouse m'a dit qu'il était ici, au CHU. En fait, Guy et Mélinda Quinot étaient invités à la soirée donnée par Jean-Charles Mongenot et je n'ai pas encore pu leur montrer les photos du responsable de l'accident.

— De ce sale assassin, rectifia Élodie, qui avait les nerfs à vif.

— Votre belle-fille affirme ne l'avoir jamais vu, mais votre fils aurait pu le croiser.

— Et même si c'était le cas, qu'est-ce que cela changerait ? Mon gendre ne ressusciterait pas pour autant et Vicky ne se réveillerait pas, indemne et capable de danser.

— Nous enquêtons sur cet homme, madame, afin de démanteler un réseau de criminels sexuels. Le moindre indice nous aiderait.

— Dans ce cas, cherchez qui a envoyé un texto à mon petit-fils lorsqu'il se trouvait à Londres. Le message faisait allusion au viol de Victoire et à son avortement. Du coup, Arthur a voulu mourir. Je viens de l'apprendre de la bouche de ma fille ! J'en ai la nausée… Ce garçon que je chérissais tant aurait invité sa cousine chez les Colombet à la demande d'un mystérieux individu qui le payait mille euros pour avoir satisfaction. Je refuse d'y croire, car c'est une abomination.

Toute tremblante, les yeux noyés de larmes, Élodie se tut brusquement, en mesurant l'importance qu'aurait son cri du cœur pour la police.

— C'était un secret, gémit-elle en vacillant sur ses jambes. Encore un secret, toujours des secrets. Mademoiselle, je me sens mal…

Élodie lâcha le gobelet de thé à l'instant où Karen la prit par la taille pour la faire asseoir sur le banc le plus proche.

— Respirez, madame, je reste avec vous, dit-elle gentiment. Il vous faudrait de l'eau fraîche.

— Ce n'est rien, je suis solide, mais je n'aurais pas dû vous parler de tout ceci. Catherine n'a plus aucune limite, elle a lancé une sorte de bombe avec cette histoire. Guy doit être aussi mal en point que moi. Qu'allez-vous décider maintenant ?

Karen dominait de son mieux l'exaltation qu'elle éprouvait. Un nouvel élément venait de lui être donné et il lui semblait susceptible de faire progresser l'enquête d'un bond inespéré.

— D'abord, je vais avertir le commandant Terrier. Votre petit-fils sera convoqué et il devra témoigner. Si vous êtes capable de marcher, je vous raccompagne.

— Merci ! Je vous tiendrai le bras, par prudence.

Lorsqu'elles sortirent de l'ascenseur, Guy Quinot quittait la chambre de sa nièce. Il aperçut tout de suite sa mère et Karen. La mine sombre, il les attendit sans faire un pas de plus.

— Bonjour monsieur, lieutenante Mathis ! Je suis passée à votre domicile ce matin et votre épouse m'a indiqué où vous trouver.

Élodie les laissa discuter pour rejoindre sa fille, qui était assise au chevet de Victoire.

— Maman, tu es très pâle, nota Catherine. Je suis navrée de t'avoir assené la vérité de façon aussi directe, mais il était grand temps, comme Arthur devait revenir. Comprends-tu pourquoi je ne veux pas de lui au château ? Pourquoi j'ai poussé mon frère à l'envoyer en Nouvelle-Zélande ?

— Je ne suis pas encore gâteuse et je n'ai jamais été stupide, alors j'ai compris. Mais où est-il ? Est-ce que tu l'as revu ?

— Non, et quant à savoir où s'attarde ce jeune crétin, mon frère l'ignore. Arthur lui a téléphoné hier, juste quelques minutes, en lui expliquant qu'il passerait un jour ou deux à Paris. Qu'il y reste, je préférerais ne jamais le revoir.

— Il doit absolument rentrer, Cathy, soupira Élodie. J'ai tout dit à Karen Mathis. Elle a déjà prévenu le commandant Terrier pendant qu'elle me raccompagnait jusqu'ici. J'étais tellement bouleversée, je n'ai pas réfléchi.

— Eh bien, tant mieux, les dés sont jetés, répliqua Catherine. Confronté à la police, Arthur finira peut-être par avouer ce qu'il sait.

Gendarmerie de Gevrey-Chambertin,
vendredi 5 août 2016

Arthur Quinot venait de sortir tête haute du bureau où Karen et le commandant Terrier l'avaient interrogé.

— Quelle engeance, ces gosses de riches ! lança ce dernier d'un ton furibond.

— Ce garçon en est un exemple frappant, je suis d'accord !

— Sois franche, Karen, tu crois à sa version des choses ?

— Elle se tient, et Arthur Quinot paraissait sûr de lui, même s'il avait consommé de la drogue. C'était facile à deviner.

— Oui, j'ai remarqué aussi. Mais je n'allais pas le placer en cellule, il n'avait sûrement rien sur lui.

— Si, beaucoup d'arrogance. Enfin nous avons sa déposition maintenant, même si elle n'est pas d'une grande utilité dans la mesure où il ignore l'identité de celui qui lui a demandé d'inviter Victoire.

— Et, bien sûr, il persiste à dire qu'il n'a pas vu sa cousine ce soir-là, tout en ayant empoché mille euros, bougonna Terrier.

— Quant au message qu'il a reçu à Londres, on aurait pu retracer l'appel, mais il a évidemment changé de téléphone durant son séjour en Nouvelle-Zélande, déclara Karen. Malgré tout, je l'ai senti sincère quand il parlait de sa tentative de suicide. Peut-être qu'il dit la vérité pour la soirée chez les Colombet.

Louis Terrier se leva et alla se poster à la fenêtre. Arthur avait disparu de son champ de vision.

— Récapitulons, Karen, dit-il d'une voix lasse. Si Régis Garin était chargé d'enlever des jeunes filles ou de les piéger, le cas de Victoire me semble quand même différent. Ce samedi 24 août, il y a eu une sorte de surenchère afin qu'elle vienne à cette fête. Elle était visée personnellement, mais par qui et pourquoi ? J'ai l'intuition qu'on l'a attirée là-bas dans un but bien précis, si je me base sur tous les documents que j'ai étudiés au sujet des crimes commis dans la région. C'était une fille couvée par des parents richissimes, des notables du pays de surcroît. Si elle disparaissait, ça créait un événement tragique dont les médias se seraient emparés, et sans doute le commissaire de Chenôve aurait enquêté à ma place.

— C'est vrai qu'elle n'a pas le même profil que les autres victimes, admit Karen. Il faut garder espoir, Victoire pourrait se réveiller bientôt du coma.

— Je sais, elle a manifesté des signes positifs, comme ouvrir les yeux et remuer les doigts. Mais selon le médecin-chef que j'ai eu en ligne avant-hier, elle pourrait avoir des séquelles neurologiques, ou bien avoir des problèmes de concentration et d'élocution. Il faut de longs mois pour être vraiment rétabli d'une période de coma, si par chance on se rétablit.

— Mais Victoire n'aura passé qu'une dizaine de jours dans cet état, elle peut aussi très vite retrouver la parole.

Terrier haussa les épaules sans lui répondre. À son attitude absente, Karen sut qu'il réfléchissait et, pour ne pas le déranger, elle relut la déposition d'Arthur Quinot. Le jeune homme lui avait déplu, à cause de ses coups d'œil méprisants et des airs de martyr qu'il prenait à chaque question.

— De toute façon, c'est un fourbe, pour avoir monnayé la venue de sa cousine de quinze ans à une fête, marmonna-t-elle.

— Que dis-tu ? s'enquit le commandant, tiré de ses cogitations.

— Je pensais tout haut ! Mais je crois qu'on aurait dû pousser Arthur Quinot dans ses retranchements. Il a très bien pu nous mentir.

— On le convoquera de nouveau si on en a la preuve. Au fait, j'ai eu les résultats pour le bouquet de roses et c'était décevant. De toute évidence, Emmanuel n'est pas le seul à honorer la mémoire de sa sœur. Les empreintes sur le papier enveloppant les fleurs sont celles de Mme Ginette Devenais, chez qui Emma travaillait comme vendeuse. Je l'ai eue en ligne, elle m'a expliqué que c'était la deuxième fois qu'elle allait sur les lieux où on avait retrouvé le corps de cette jeune fille pour qui elle avait une grande affection. Mais là, elle a tenu à apporter des fleurs. Du coup, j'ai envoyé un message à Nevers, afin de lui donner l'info. Il m'a répondu un « merci », rien d'autre.

— Vous voulez que j'aille interroger cette femme, commandant ?

— Non, ce serait une perte de temps. J'ai rendez-vous chez le préfet, continue plutôt à étudier les clichés trouvés dans la voiture de Garin.

— Jusque-là, je n'ai pu identifier aucune des filles à cause des masques noirs qu'elles portent. Je compare la forme du visage, la couleur des yeux et l'implantation des cheveux, avec les photos prises à la morgue, mais c'est difficile. À plus tard, commandant, je me remets au travail.

Au bout de deux heures d'un labeur minutieux, Karen tressaillit de soulagement. Elle posa la loupe dont elle se servait et s'étira.

— J'en ai trouvé une, enfin ! Marie Savart, qui devait avoir dix-neuf ans lors de son décès en 2012. Elle a été découverte dans une mare par un retraité qui ramassait des champignons dans la forêt des Bertranges.

Le profil habituel, aucune famille connue et elle avait grandi en foyer à Mâcon.

Comme le brigadier Fort venait la saluer, Karen sollicita son avis. Il étudia avec sérieux les deux photos.

— Oui, ça me semble correspondre. Le dessin des sourcils et le regard très clair. Mais personnellement, je n'oserais rien affirmer.

— Mais il y a ce gros grain de beauté à la naissance du sein gauche et la chevelure blonde, très bouclée. Si je tenais ceux qui ont tué sans pitié toutes ces malheureuses !

— On les côtoie peut-être tous les jours, ces criminels, lui rétorqua son collègue. Ils se fondent dans notre société, sous une allure convenable, comme Régis Garin.

— C'est possible, hélas, concéda Karen d'un air soucieux.

23

Le château des secrets

CHU de Dijon, chambre de Victoire,
lundi 8 août 2016

Anna avait baissé le store de la fenêtre, gênée par la lumière vive du début d'après-midi. Comme elle l'avait dit à ses parents en riant gentiment, elle était de garde au chevet de son amie jusqu'à 18 heures.

— Il fait une chaleur affreuse, Vicky, soupira-t-elle en se rasseyant sur le siège placé près du lit. Je suis si contente, il paraît que tu as encore ouvert les yeux ce matin, juste quelques secondes, mais c'est déjà un progrès. Et tu n'es plus intubée depuis mercredi dernier. Tu ne fais rien comme tout le monde, ça ne m'étonne pas. Eh oui, tu es revenue à un coma plus léger.

D'un geste délicat, la jeune fille prit la main de Victoire dans la sienne.

— Maintenant, j'aimerais bien que tu bouges les doigts si tu comprends mes bavardages. Tu sais, j'ai pleuré de joie quand ta mère m'a téléphoné pour me dire que je pouvais venir te voir. Aujourd'hui, ta grand-mère et elle sont parties à Paris avec ton oncle Guy pour vider l'appartement. Elles seront de retour tard ce soir. Au fond, ce n'est pas grave si on n'habite pas là-bas toutes les deux. J'ai annulé mon inscription à la Sorbonne et j'irai en fac de lettres, ici, à Dijon. On se verra souvent dès que tu iras mieux.

Pleine d'espoir, Anna scruta le beau visage de Victoire, où il lui sembla déceler des frémissements. Elle continua à parler, d'un ton chaleureux.

— Demain, Emmanuel viendra, Vicky, et ce sera grâce à moi. Je me suis décidée à raconter un détail d'importance à ta mère, dont tu ne lui avais rien dit. Ta grand-mère aussi l'ignorait, mais Emmanuel t'a sûrement sauvé la vie en te ramenant au château le soir où il t'a trouvée dans les bois. Pourquoi tu avais caché ça à tes parents ? Enfin, moi j'étais au courant et, du coup, ton grand ami aura le droit de te rendre visite. Ta mère lui a même téléphoné pour le remercier. Tout s'est arrangé entre eux. Vicky ? Je n'ai pas rêvé, tes doigts ont tremblé.

Le souffle court, Anna fixait leurs mains enlacées. Elle eut une idée et la mit immédiatement à exécution.

— On fait un jeu, je te pose des questions et tu me réponds en clignant des paupières. Si c'est trop dur pour toi, tu me dis oui en agitant tes doigts, et non tu ne fais rien. D'accord ?

Elle perçut un léger mouvement. Le cœur battant, elle demanda tout bas à Victoire si elle l'entendait et de nouveau, il y eut la même réaction.

— Merci, Vicky, je suis sûre que tu vas te réveiller très bientôt. Attention, je te demande une chose pénible. As-tu reconnu ton agresseur pendant la fête chez les Mongenot et as-tu retrouvé la mémoire ce soir-là ?

Cette fois, elle eut beau attendre, Victoire demeura

impassible. Une infirmière entra après avoir toqué un léger coup à la porte. Elle la salua, puis elle vérifia la perfusion et les constantes sur l'écran.

— Le rythme cardiaque s'est accéléré, nota-t-elle à mi-voix. La tension remonte.

— C'est peut-être parce qu'elle m'entend et essaie de me répondre, hasarda Anna.

— Ne vous faites pas trop d'idées, mademoiselle. Certains malades se réveillent partiellement sans avoir d'interactions avec leurs proches.

— Mais ses doigts ont bougé.

— Il peut s'agir d'un signe positif ou d'un simple réflexe. Continuez à la stimuler quelques minutes, ensuite laissez-la se reposer. Je vais bientôt venir la chercher pour une série d'examens.

— Est-ce qu'elle souffre beaucoup ?

— Non, nous faisons en sorte de la soulager. À tout à l'heure, mademoiselle. C'est gentil de lui tenir compagnie.

Touchée, Anna approuva d'un sourire, cependant elle n'osa pas poursuivre sa tentative de communiquer avec Victoire.

— Repose-toi, je suis là, je veille sur toi, souffla-t-elle. Mais je ne lâche pas ta main, au cas où tu voudrais te manifester.

Songeuse, la jeune fille contempla son amie plongée dans cet étrange sommeil qu'était le coma. Elle la revoyait chez les Mongenot, vêtue de son long tutu noir, la chair nacrée de son décolleté ornée du collier de saphirs.

— Tu étais sublime, Vicky. Mais je t'ai abandonnée et je le regrette encore. En plus, en fuyant Bastien, cet obsédé sexuel, j'ai surpris une conversation entre ton père et Jean-Charles Mongenot. Je me demandais si je devais te répéter ce qu'ils avaient dit. Je crois que ta mère et ta grand-mère étaient dans la confidence, mais pas toi. J'aurais pu en parler à Karen Mathis, bizarrement j'ai eu peur. Oui, peur qu'on te fasse encore du mal si tu apprenais la vérité. Est-ce que j'ai tort ou non ? Dis-moi, Vicky.

L'esprit en pleine confusion, Victoire était retournée dans ses plus lointains souvenirs. Elle avait perçu les questions de son amie, mais, troublée par les deux dernières, elle avait vite rejoint le parc ensoleillé, où elle dansait sans contrainte. Dans ce passé enchanté, son corps de fillette lui obéissait et elle lui imposait des exercices incessants.

« Je ne suis jamais fatiguée, c'est merveilleux, se disait-elle. Et il y a toutes les musiques que j'aime. Je deviens une étoile, rien ne m'est impossible. »

Lorsqu'elle arrêtait d'enchaîner des figures de danse, elle se promenait, le plus souvent avec son père qui lui témoignait une tendresse exubérante. Victoire avait également rencontré une dame charmante, dont la ressemblance avec sa mère la mettait en confiance. Elle s'était d'ailleurs présentée comme étant sa tante Madeleine.

Elle la vit apparaître à nouveau, tandis qu'elle tournoyait sur la pelouse pareille à du velours vert.

— Tu es encore là, ma jolie petite nièce, lui dit-elle. Je t'avais pourtant conseillé de te réveiller.

— Oui, mais je veux rester avec papa et toi, puisque tu es ma tante.

— Catherine et Guy ne savent pas que j'ai existé, seule maman me chérit encore dans son cœur. J'étais un bébé quand mon âme s'est envolée. Je n'ai pas connu la joie de courir dans un jardin ni celle de recevoir des jouets à Noël. Vicky, si tu restes avec nous, tu seras privée de tant de choses précieuses.

Madeleine était belle, avec des boucles brunes comme Catherine et des yeux très bleus. Mais surtout, sa voix était suave et son sourire d'une douceur angélique.

— Je ne crois pas, tante Madeleine. Si je me réveille, papa sera mort et, moi, je ne pourrai plus danser. Alors je préfère vivre ici pour l'éternité.

— Et ceux qui t'aiment ? Tu dois penser à eux ! Tes blessures guériront, celles du corps et celles du cœur.

Boudeuse, Victoire s'élança et fit une arabesque, puis une autre. À présent, elle était chaussée de ses pointes en satin rose et elle multiplia entrechats et sauts aériens.

— Je sais ce qui m'est arrivé, cria-t-elle à sa tante. Mais je dois oublier, ne plus revoir cet homme ni la jeune fille blonde sous l'eau. Elle était morte, toute blanche. À force de danser, je me débarrasserai de ces images horribles.

— Ma pauvre enfant, tu devrais les affronter et te battre pour la justice. Les criminels seront punis.

— Non, non, je ne veux pas.

Forêt communale de Marsannay-la-Côte,
chez Emmanuel Nevers, même jour, même heure

Janine et son frère Jean, surnommé Jeannot depuis sa prime enfance, s'étaient invités à déjeuner chez

Emmanuel. Le jeune homme, amusé par leur initiative, préparait du café, sa mère ayant fait un pain d'épice.

— Je suis désolé de vous recevoir dans ces conditions, dit-il en leur souriant. Pour le moment, je campe dans la maison. Je dors sur le clic-clac et je cuisine sur une plaque électrique.

— Tu as pu faire réchauffer le coq au vin que j'ai apporté, c'est le principal, le rassura Janine.

— C'était un régal, mais je vais doubler de volume si ma sœur me nourrit comme ça, s'esclaffa Jeannot.

— Plains-toi, ça ne te fera pas de mal, tu es aussi sec qu'un sarment de vigne, répliqua celle-ci.

Emmanuel servit le café, en jetant un coup d'œil à sa montre, car il avait un rendez-vous dans moins d'une heure.

— Venez un dimanche la prochaine fois, maman, indiqua-t-il gentiment. J'ai repris le travail et on m'attend du côté d'Arc-en-Tille.

— Comment feras-tu demain pour aller passer un peu de temps avec Vicky ? s'inquiéta Janine.

— Je me suis arrangé, et je ne manquerai cette opportunité pour rien au monde. Le revirement de Catherine Desmarets était tellement inattendu, je dois en profiter, elle pourrait revenir sur sa décision.

Janine et son frère échangèrent alors un regard complice, qui échappa au jeune homme.

— Cause donc à ton neveu, Jeannot, ça ne prendra pas cinq minutes.

— Bah, s'il est pressé, je lui dirai un autre jour, protesta le sexagénaire en triturant de la mie de pain.

Il avait six ans de plus que sa sœur. Ancien ouvrier

agricole, il mettait sa retraite à profit pour jardiner et bricoler. Emmanuel se félicita d'avoir poussé sa mère à emménager chez son oncle, un bon vivant jovial et affectueux.

— Jeannot, de quoi tu voulais me parler ? s'enquit-il d'un ton encourageant.

— D'une idée que j'ai eue, et ta mère est d'accord. Il s'agit de la petite Desmarets, qui est toujours dans le coma. Voilà, j'ai pensé que tu pourrais l'aider.

— Comment ça ?

— Janine et moi, depuis un sacré bout de temps, on est sûrs que tu as hérité du don de ton arrière-grand-père de Gissey-sur-Ouche, Anselme, celui qui était rebouteux. Les gens venaient de loin se faire soigner. Il devinait où se situait le mal et, crois-moi, il a soulagé beaucoup de monde.

Emmanuel reposa sa tasse de café avec une mimique gênée. Sa mère lui prit la main.

— Je n'ai jamais voulu t'ennuyer avec ça, fiston, mais je m'en suis aperçue très tôt. Si ton père était encore vivant, notre Emma aussi, je te l'aurais dit, hélas on a été si malheureux, tous les deux, après leur décès... Je n'y ai plus pensé. Hier soir, au coin du feu, j'ai parlé de Vicky à mon frère et il m'a rappelé toutes les guérisons dues à Anselme.

— Maman, je suis navré, mais ce sont de vieilles histoires enjolivées par les années écoulées. Et personnellement, je n'ai jamais constaté avoir le moindre don dans ce domaine.

— Ah oui ? Et mon entorse, tu m'as passé de la pommade et, le lendemain, je gambadais. Quand Emma s'était froissé un muscle, tu étais gamin, tu as prétendu pouvoir la guérir et ça a été immédiat. J'en aurai des exemples, mais tu es pressé.

— Le don d'un rebouteux, mon neveu, il se transmet, ajouta gravement Jeannot. Il a pu sauter des années. Et bon sang, ça ne coûte rien de tenter le coup. Tu poses ta main gauche sur le front de cette jeune fille et tu lui prends les mains, tu verras bien...

— Que j'aie ce don ou non, je serai incapable de réparer les dommages corporels provoqués par l'accident. Les fractures se consolident seules, sous un plâtre, mais Vicky est grièvement blessée au bassin et même à la colonne vertébrale.

Sur ces mots, Emmanuel se leva et enfila sa veste en toile. Janine insista encore.

— Tu n'y crois pas, pourtant les hôpitaux font appel aux passeurs de feu, maintenant, pour soulager les grands brûlés. La science, c'est bien beau, mais il ne faut pas nier certaines choses inexplicables. Promets-moi d'essayer au moins, si tu es seul avec Vicky !

— Je ne peux pas te le promettre, maman. Je suis vraiment désolé, je dois partir.

— Et ton chien, qu'est-ce qu'on en fait en s'en allant ? s'écria son oncle.

— Je l'emmène. Vous pouvez fermer à clef et la garder, j'ai un double dans le pick-up.

Il les embrassa avec douceur, attendri par leur touchante volonté d'aider Victoire. Dès qu'il fut au volant, et contre toute logique, il chercha dans ses souvenirs d'autres anecdotes que celles citées par sa mère.

« C'étaient des coïncidences, se dit-il en se moquant de lui-même. Si seulement je pouvais faire des miracles... »

CHU de Dijon, chambre de Victoire,
mardi 16 août 2016

Élodie et Catherine attendaient le retour de Victoire, à qui on faisait passer de nouveaux examens. Les deux femmes ne songeaient même pas à discuter, tellement elles avaient hâte de revoir la jeune fille et d'en savoir plus sur son état.

Une nette amélioration avait été constatée par les médecins et elles espéraient de bonnes nouvelles.

— C'est déjà un gros progrès que Vicky nous regarde, finit par murmurer sa grand-mère. La semaine dernière, quand je l'ai vue les yeux ouverts, ses beaux yeux si bleus, j'ai fondu en larmes.

— Anna prétend que ma pauvre chérie a tenté de parler, mais elle ne pouvait pas bien articuler, renchérit Catherine. Maman, j'ai un aveu à te faire.

— Je t'écoute, ce n'est pas trop grave ? S'il s'agit de Jean-Charles Mongenot, j'en ai vraiment assez de t'entendre seriner son prénom du matin au soir. Tu me répètes que c'est un ami exemplaire et qu'il se montre très respectueux, mais je n'ai pas confiance en lui. Il voulait t'épouser jadis, à présent il est veuf et tu es veuve.

— Pour qui me prends-tu ? Il n'y a même pas un mois que Jacques est mort. Il me manque terriblement et je l'aime toujours. Mais j'ai besoin de Jean-Charles qui est un homme d'affaires aguerri. En ce moment, il fait l'impossible afin d'invalider les contrats signés sous la menace. Et sans nous mettre en danger, puisque la police n'est pas au courant.

— Très bien, je ne te ferai plus de reproches, dans ce cas. Tu as fait de réels efforts et je ne t'ai pas assez félicitée. Tu n'as pas bu une goutte d'alcool depuis quinze jours et tu n'abuses pas des anxiolytiques.

— J'étais tellement malheureuse et folle de rage envers le monde entier. Maman, avoue que je suis raisonnable, Anna rend souvent visite à Vicky et Emmanuel Nevers aussi.

Conciliante, Élodie caressa la joue de sa fille qui retint sa main, le temps d'y déposer un léger baiser.

— As-tu remarqué, au sujet du jeune Nevers, combien sa présence s'est révélée bénéfique pour Victoire ? Les infirmières me l'ont dit encore hier soir, dès que je suis arrivée dans le couloir. Il paraît qu'elle lui aurait souri et il a pu la faire boire.

— Sans doute que Vicky a entière confiance en lui ! Je me suis comportée en dépit du bon sens avec Janine et son fils. Enfin, grâce à leur départ, Arthur s'est installé dans la maison des vignes, où il étudie sans créer de remous. Guy s'est montré intraitable et j'en suis soulagée.

— On doit continuer à le tenir loin de Vicky, renchérit sa mère. Le commandant Terrier n'a retenu aucune charge contre lui, mais il n'a pas le droit de quitter le département. Et cet aveu, alors ?

Catherine se tourna vers la fenêtre. Elle but avidement le verre d'eau qu'elle s'était servi un peu plus tôt.

— Ce samedi où j'étais ivre et où j'avais pris des cachets, j'ai débité des horreurs à Vicky. Je lui ai dit que tout était sa faute, la mort de son père, l'accident, et le fait qu'elle ne pourrait plus jamais danser, brisant ainsi ses rêves et les miens.

— Seigneur, comment as-tu pu accabler ta fille ainsi ? s'indigna Élodie.

— Depuis, je lui ai demandé pardon plusieurs fois, mais peut-être qu'elle n'a rien entendu ? J'appréhende le jour où elle se réveillera vraiment. Soit elle saura la vérité, soit nous devrons lui annoncer ce qu'il en est et cela la dévastera.

Le cœur lourd, Élodie ne répondit pas. Elle pleurait sans bruit sur le sort tragique de sa petite-fille.

— Maman, je crois qu'ils nous ramènent Vicky ! s'écria Cathy.

La porte s'ouvrit en grand sur le médecin en chef du service. Il observa un court instant les deux infirmières qui guidaient le lit à l'emplacement habituel. Victoire avait les yeux fermés et semblait profondément endormie.

— Votre fille ne devrait pas tarder à reprendre conscience, madame Desmarets. J'ai effectué une suite de tests et ils sont positifs. Continuez à lui parler, à la stimuler.

— Et ses fractures, son bassin ? s'inquiéta Élodie.

— Un de mes confrères viendra plus tard vous donner le résultat des radios.

Il sortit aussitôt, suivi de près par les infirmières. Catherine se pencha sur Victoire et lui effleura le visage du bout des doigts.

— Ma chérie, courage, murmura-t-elle. Je t'aime tant, n'aie pas peur. Je veille sur toi.

Elle exerça une légère pression autour des doigts de sa fille, mais, à sa grande surprise, celle-ci retira sa main comme pour éviter tout contact.

— Maman, viens voir, appela Catherine. On dirait

que Vicky refuse que je la touche. Essaie à ton tour, qu'on sache si son geste était volontaire.

— Tu te fais des idées, Cathy, soupira sa mère en étreignant avec délicatesse les doigts de Victoire.

Elle reçut en retour une sorte de caresse au creux de sa paume et un regard d'une infinie tristesse.

— Tu me vois, Vicky, c'est mamie ! Ma chérie, je suis là.

— Ma... mie...

— Je suis là, répéta Élodie.

Un « oui » à peine audible lui répondit. Catherine avait reculé et, le front appuyé à la vitre de la fenêtre, elle était sûre désormais que Victoire savait l'atroce vérité et souffrait le martyre.

CHU de Dijon, chambre de Victoire,
jeudi 18 août 2016

Sa veste en toile sur le bras, Emmanuel s'arrêta devant la porte de la chambre. Il avait quitté le chantier sur lequel il menait une inspection, Élodie Quinot l'ayant supplié de venir au plus vite à l'hôpital. Mais comme elle avait raccroché sans lui donner de précisions, il luttait contre l'angoisse.

« Son état a pu empirer », se dit-il en frappant deux légers coups.

— Ah, Dieu merci, vous êtes là ! s'écria Élodie en sortant le rejoindre dans le couloir. Vicky vous réclame, enfin j'ai cru deviner votre prénom. Elle l'a répété plusieurs fois et je lui ai promis que vous alliez arriver.

— Vous avez eu de la chance, il y avait beaucoup de bruits autour de moi et mon téléphone était sur vibreur. Qu'est-ce qui se passe ?

— Je pense à une violente crise de désespoir mais elle refuse de communiquer. Elle pleure en silence, je n'en peux plus de la voir ainsi. Pourtant le médecin qui l'a examinée ce matin est optimiste. Il m'a affirmé qu'elle n'avait aucune séquelle et retrouverait vite une meilleure élocution. Pour ses fractures à la jambe, elles sont en bonne voie aussi, grâce à un système qu'ils ont posé lors des opérations. J'ai oublié le nom exact, un clou modulaire, je crois… Je vous la confie, Emmanuel.

— Vous partez ?

— Je m'absente environ trois heures. Catherine est chez moi, au bord de la dépression, et je lui ai promis de l'accompagner chez son médecin traitant. Il faut comprendre ma fille, Vicky refuse de la regarder, d'être touchée par elle.

— Il y a forcément une explication, madame.

— Bien sûr, et je vais vous la confier. Cathy a tenu un discours affreux à notre chérie… La mort de Jacques, le fait qu'elle ne pourrait plus danser, et d'autres cruautés. Évidemment, elle n'était pas dans son état normal. Voilà, vous êtes au courant, faites au mieux.

Écœuré, Emmanuel eut un geste d'impatience. Il était à nouveau révolté par l'inconséquence de la mère de Victoire.

— C'est honteux, lâcha-t-il. Comment a-t-elle osé ?

— De l'alcool, un paroxysme de colère et de douleur morale. Cathy s'en veut et je crains un geste désespéré de sa part. Pour l'instant, sa belle-sœur Mélinda la surveille.

Élodie ajusta la bandoulière de son sac sur son épaule et tapota le poignet du jeune homme.

— Vous êtes le seul capable de réconforter Vicky. Je ne suis pas aveugle, dès que vous êtes venu régulièrement à son chevet, ma petite chérie a fait des progrès considérables. Appelez-moi en cas de problème. J'ai commandé un taxi, il doit m'attendre.

Victoire avait reconnu la voix d'Emmanuel et lorsqu'il entra, elle le fixa de ses grands yeux bleus. Il lui adressa un doux sourire.

— Bonjour, Vicky, j'ai fait au plus vite. Attends, je pose ma veste et ma sacoche.

Il s'installa près du lit, sur le siège où il avait déjà passé des heures. Malgré ses doutes, il s'était efforcé de suivre les conseils de sa mère et de son oncle, au cours des dix derniers jours. À chacune de ses visites, il prenait entre ses paumes la tête de la jeune fille. Dans ces moments-là, elle souriait souvent, en gardant les yeux fermés.

— Tu souffres d'un immense chagrin, n'est-ce pas ? murmura-t-il. Tu voudrais crier, mais tu ne peux pas.

— Je veux mourir, articula-t-elle d'une voix étouffée.

— Mais non, Vicky, si tu as survécu à l'accident, ça signifie que tu dois vivre. Est-ce que tu sais qu'il y a eu un accident ?

Victoire cligna deux fois des paupières, sa façon de dire oui quand elle n'avait pas envie de faire l'effort de parler.

— Écoute-moi, Vicky, je peux imaginer combien tu es triste et pourquoi tu préférerais mourir. Ne te fatigue pas, réponds-moi en serrant ma main. As-tu entendu ta mère t'annoncer des choses affreuses ? Oui, d'accord… Donc tu sais que ton père est mort ? Oui… Mais il s'est sacrifié pour te protéger et c'est la plus belle preuve d'amour qu'il pouvait te donner. Je ferais comme lui si j'avais un enfant.

Le cœur lourd, Emmanuel vit des larmes embuer les yeux mi-clos de Victoire. Elles roulaient sur ses tempes et il prit un mouchoir en papier pour les essuyer.

— La danse, souffla-t-elle. Plus danser, non… Mourir.

Il hocha la tête sans cesser de caresser sa main. Sensible à la tendresse de ce geste, elle y répondit en agitant doucement les doigts.

— Je ne vais pas te mentir, Vicky, peut-être que tu ne seras jamais une danseuse étoile, mais tu pourras vivre et être heureuse, même en fauteuil roulant. Il y aura la musique, les fleurs dans la cour du château, le chant des oiseaux à l'aube, le vent sur les vignes, et qui t'empêchera de lire, de voyager, de te baigner dans l'océan ?

Elle poussa un soupir en pleurant toujours. Emmanuel perçut cependant la détente de son corps meurtri.

— Rien n'est ta faute, insista-t-il. Tu sais que j'ai perdu mon père et ma sœur adorée. La douleur est là, elle ne s'en ira pas, seulement j'ai appris à la supporter. J'ai eu des moments de joie en me promenant dans la forêt, en découvrant la saveur des baisers et le plus beau de ces moments, c'était de te voir danser « La mort du cygne ».

Cette fois, Victoire lui étreignit la main et un cri rauque lui échappa.

— La valse avec papa, balbutia-t-elle ensuite. Bonheur…

— Le bonheur, tu le retrouveras si tu en as le courage, lui dit-il. Vicky, je te dois la vérité. Tu as besoin de savoir ce qui s'est passé durant ton coma. Tu veux bien que je te raconte tout ?

— Oui.

— Je commence par le plus important, ce qui risque de te blesser dans ta pudeur. Anna n'a pas eu le choix. Les gendarmes enquêtaient après l'accident. Il fallait arrêter le vrai coupable, celui qui t'a coupé la route au volant d'une voiture noire. Ton amie a dû avouer ce que tu as vécu il y a trois ans, lors de la soirée chez les Colombet. Karen me l'a dit, alors j'ai compris. Je ne t'avais pas vraiment sauvée, on t'avait fait du mal, beaucoup de mal.

La respiration de Victoire devenait saccadée. Les bips de l'écran de contrôle s'accéléraient.

— La fille blonde, dans l'étang, morte, noyée. Si, si, tu m'as sauvé la vie, parvint-elle à bégayer en le fixant d'un air égaré.

Affolé par sa réaction, Emmanuel faillit sonner pour appeler une infirmière.

— Calme-toi, implora-t-il. Pardon, je te fais souffrir encore plus. Il faut te reposer maintenant.

— Non, continue, parrain.

Il se mit à rire pour ne pas pleurer à son tour. Vite, il lui prit la main et la couvrit de petits baisers. Ensuite, certain de l'aider à vouloir vivre, il lui confia tout ce qu'il savait.

— Merci, chuchota Victoire quand il eut terminé.

— Est-ce que tu souhaites toujours mourir ? demanda-t-il tout bas, en caressant sa joue.

— Non, je veux guérir.

Deux mois et une semaine plus tard,
CHU de Dijon, nouvelle chambre de Victoire,
mardi 25 octobre 2016

Une pluie torrentielle s'abattait sur la ville aux cent clochers. Adossée à deux oreillers, Victoire regardait des extraits de ballet classique sur son ordinateur portable. Un bandeau en velours rose dégageait son front et retenait en arrière sa longue chevelure brune qui ruisselait sur ses épaules.

— Mamie, la musique ne te dérange pas ?

— Mais non, c'est si joli. En plus, elle n'est pas forte.

Pour s'occuper les mains, Élodie Quinot s'était remise au tricot, un loisir qu'elle affectionnait dans sa jeunesse. Elle posa un instant son ouvrage sur ses genoux afin de contempler sa petite-fille.

— Tu as un teint superbe, aujourd'hui, et je suis contente, car tu t'es maquillée.

— Je me prépare à vivre en mettant tous mes atouts sur le haut de mon corps, répliqua Victoire d'un ton dur.

Elle referma brusquement son ordinateur en le rangeant à côté de son lit, où une table amovible était encombrée de livres, de cahiers et d'une trousse.

— Tu ne m'as pas parlé des vendanges, mamie ! Je devrais m'y intéresser à l'avenir, puisque je n'aurai pas d'autres revenus. À la télévision, on évoquait un millésime rare et le miracle bourguignon, je ne sais plus trop…

— Ah vraiment ? Je n'ai pas fait attention. Mais

une chose est sûre, l'année s'annonçait désastreuse à cause de plusieurs épisodes de gel. Certains vignerons auraient perdu presque quatre-vingts pour cent de leur récolte. Disons que le reste se révélera peut-être d'une extraordinaire qualité.

— Et chez nous ? Comment maman a-t-elle géré cette période qui donnait tant de travail à… à papa ?

— Jean-Charles Mongenot l'a soutenue efficacement. Je ne peux pas nier qu'il se dévoue pour aider Catherine. Vicky, ma chérie, tu devrais pardonner à ta mère. Quand elle vient te voir, tu es d'une froideur qui la torture.

— Je la reçois malgré tout et je l'écoute me présenter encore et encore des excuses. À propos, mamie, il y a une question que je voulais te poser bien plus tôt, mais j'ai dû oublier. Durant mon coma, j'ai beaucoup rêvé, enfin, je me demande si c'étaient des rêves ou des hallucinations, ou bien même une errance dans un autre monde. J'étais la plupart du temps dans le parc de notre château, avec papa et mon grand-père Gilles… Je dansais sans arrêt, car je n'étais jamais fatiguée. Et j'ai rencontré une femme d'une quarantaine d'années, une personne douce et charmante, qui m'affirmait être ma tante Madeleine.

Muette de stupeur, Élodie cessa de tricoter. Son cœur cognait si fort qu'elle eut un léger vertige.

— Qu'est-ce que tu as dit, Vicky ?

— C'était sûrement la sœur de maman, elles se ressemblaient tellement, mais Madeleine avait un côté angélique. Comme je voulais rester avec papa, elle me disait que je devais me réveiller et vivre. Serait-ce encore un secret de famille, mamie ?

Le buste très droit, ses traits sublimés par une sourde colère qui ne la quittait plus, Victoire fixait sa grand-mère de son regard d'un bleu pur.

— Comment est-ce possible ? murmura celle-ci. Herbert et moi, nous n'avons jamais parlé de Madeleine. Seule ta grand-tante Perrine le savait et…

— Madeleine m'a dit qu'elle était bébé quand elle est morte.

— Mon Dieu ! Alors tu as vraiment vu ma première fille, ma toute petite, sanglota Élodie.

— Ne pleure pas, mamie. J'ai raconté certains de mes rêves au psy de l'hôpital, notamment celui-ci. Il pense que j'ai pu créer ces scènes et ces images, après avoir entendu des mots en relation.

— En effet, comme il fallait te parler, j'évoquais mon passé, et un jour je t'ai confié avoir eu un enfant avant Catherine et Guy, une adorable poupée que j'avais prénommée Madeleine. Tu aurais imaginé ta tante ?

— Peut-être, en lui prêtant des traits similaires à ceux de maman, les mêmes boucles brunes, la forme du visage, mais avec des yeux très bleus.

— Comme les tiens… Oh, Vicky, je suis désolée pour tous ces secrets qui ont pesé lourd sur nos familles.

— Pourquoi ton mari et toi avez-vous caché l'existence de Madeleine ? Catherine et mon oncle ont le droit de savoir qu'ils auraient pu avoir une grande sœur !

— Nous étions si malheureux, Herbert et moi. Sans doute que nous nous sentions en faute, car nous l'avions laissée seule dans sa chambre, âgée de huit jours. Quatre ans plus tard, à la naissance de Guy, nous avons voulu oublier ce drame. Ma belle-sœur Perrine était établie en Nouvelle-Zélande, mes parents et ceux de mon mari ont promis de respecter notre décision.

— Je comprends, mamie. Mais tu devrais parler de Madeleine à tes deux autres enfants, et ça te ferait du bien de lui redonner une place dans la famille.

— Tu as raison, ma chérie.

— Sinon, quand partons-nous pour Paris ?

— Jeudi matin très tôt. Je voyagerai avec toi dans l'ambulance, ma chérie. Pendant ton hospitalisation là-bas, je logerai dans un studio tout proche.

— Est-ce bien la peine de tenter cette intervention, soupira Victoire. J'aimerais tant rentrer au château. Maman a prévu de m'installer dans la bibliothèque.

— Nous en sommes loin, Vicky. Sois patiente, après cette opération, nous reviendrons à Dijon et tu habiteras chez moi. Ce sera plus pratique pour suivre les séances de rééducation.

— À quoi bon ? Même si je retrouve l'usage de mes jambes, je ne pourrai plus danser. Mamie, j'en ai assez d'être enfermée, de recevoir des visites et de faire semblant d'aller bien.

— Ici, tu reçois des soins indispensables et tu es entourée d'affection, Vicky. Anna vient dès qu'elle peut, et ne dis pas le contraire, je t'ai entendue rire en l'écoutant te raconter ses histoires d'étudiante. Florian Mongenot t'envoie des mails pleins de sympathie… Ton oncle t'a offert un nouvel ordinateur, Mme Novak fleurit ta table de chevet, et il y a Janine et Emmanuel.

Victoire acquiesça d'un signe de tête, en songeant

à la timide tendresse de Janine Nevers qui lui apportait des plats cuisinés spécialement pour elle, du bœuf bourguignon, des galettes au miel. Quant à Emmanuel, il passait le dimanche à son chevet et ils jouaient au Scrabble ou discutaient littérature. Pour lui, elle redevenait la petite Vicky capable de plaisanter et d'espérer.

— Tu oublies d'autres visiteurs, mamie, déclara-t-elle soudain. S'ils pouvaient ne plus venir m'importuner, je serais soulagée.

— Le commandant Terrier et sa collègue Karen, précisa sa grand-mère. Ne leur en veux pas, ils étaient tellement déçus que tu ne te souviennes de rien ! Vicky, tu me promets que c'est toujours le cas ?

Agacée, Victoire marmonna un oui déterminé. Élodie reprit son tricot, attristée par le changement de sa petite-fille.

— Tu n'es plus la même, osa-t-elle insinuer. J'hésitais à t'en parler, mais tu es devenue dure et intransigeante.

— Je n'ai pas eu le choix, mamie. Sinon j'aurais fait en sorte de mourir. Descends déjeuner à la cafétéria, ça te sortira un peu de cette chambre, moi, je vais me reposer.

— Ce n'est pas de refus, ma chérie, merci.

Une fois dans l'ascenseur, Élodie lissa ses boucles grises d'une main tremblante, submergée par l'amertume. Ses pensées menèrent une ronde infernale où tournoyaient d'autres secrets.

« Mongenot n'a pas résolu le problème des contrats signés par Jacques. La production de cette année ne rapportera rien à Catherine. Heureusement qu'elle a vendu le manoir de Cluny. Et si l'opération prévue à

Paris échoue ! En plus elle comporte de gros risques, on ne l'a pas dit à Vicky. Mon Dieu, donnez-moi la force de tenir bon, malgré tout. »

Elle traversa le hall principal d'un pas languide, hantée par ses idées noires.

« J'ignore même si nous sommes encore menacées, selon Mongenot la mort de Jacques aurait suffi à ces escrocs, à ces assassins. Je serai plus tranquille à Paris, mais nous y resterons juste trois semaines. Est-ce que j'aurai le courage de rencontrer Arthur là-bas, maintenant qu'il s'est inscrit dans une faculté de Nanterre... ? Non, je n'ai plus de petit-fils, je ne supporterai pas d'être en face de lui. Catherine m'a dit qu'il avait laissé dans un désordre indescriptible la maison des vignes... »

Dans la cafétéria, son plateau à la main, Élodie choisit une table à l'écart, afin de s'isoler des clients, assez nombreux à cette heure-là.

« Vicky, pour moi au moins tu te montres gentille ! Quand je pense que tu as vu Madeleine en rêve, ou dans une dimension que nous atteignons aux frontières de la mort. Vicky, ma chérie, j'ai l'intuition que tu nous mens à tous. Mais pourquoi ? »

Dans sa chambre, Victoire réfléchissait aussi, en observant l'écran de son ordinateur, qu'elle avait rallumé dès le départ de sa grand-mère. Son fond d'écran représentait Anna Pavlova dans son costume de cygne. L'illustre danseuse était assise, ses admirables jambes allongées, et, courbée en avant, elle étendait ses bras, pour mimer l'agonie.

— J'ai pris la même position dans la salle de danse du château, ma salle de danse...

Une moue mélancolique sur le visage, elle cliqua sur un dossier intitulé « Personnel » et ensuite sur un second dossier nommé « Danse ». Il contenait de nombreuses photos d'elle, de ses cinq ans à l'année en cours, mais il s'y trouvait aussi un document de texte.

— Mon testament, murmura Victoire avec une expression proche de la joie. Je le relis encore une fois, pour décider ce que j'en fais…

Testament d'une infirme de dix-huit ans

On peut mourir à chaque instant, sans le pressentir. Depuis que je suis sortie du coma, on me berce de bonnes paroles, on m'incite à l'espoir, mais je n'en ai aucun.

J'écris cette confession après m'être renseignée auprès d'un docteur sur l'opération que je vais subir à Paris, préconisée par un grand chirurgien et acceptée par ma mère avec fébrilité.

Je sais désormais que je peux ne jamais me réveiller, une fois anesthésiée. Comme je me moque de vivre ou de mourir, je prends le risque.

Ma famille est une ruche bourdonnante de secrets, alors j'ai fait de même, je n'ai rien dit en prétextant un nouveau trou noir. Même Emmanuel ignore que je me souviens de tout et ce tout me ronge, me ravage.

Je revois bien trop souvent la face odieuse de l'homme qui m'a violée. Il n'est plus très jeune, il empeste le cigare et il est brutal, avide de faire souffrir, de détruire. Parfois, je crois avoir encore ses mains sur mes seins, sur mes cuisses et j'ai envie de hurler.

Je sais aussi que mon grand-père Gilles a voulu

me secourir et qu'ils ont dû le tuer. Le commandant Terrier et Karen sont venus m'interroger à plusieurs reprises, mais j'ai joué les amnésiques, en leur répétant que j'ignorais pourquoi je m'étais enfuie en scooter. Ils m'ont montré la photo de l'homme qui m'a poursuivie, celui qui a roulé sur papa et moi. Là, j'ai été sincère, car je ne l'avais jamais vu. Karen m'a précisé qu'il était mort et ça m'a rassurée. Mais mon violeur, lui, je pourrais le dessiner avec son crâne dégarni, son nez écrasé et ses petits yeux sombres, son regard de pervers.

Tout est ta faute, m'a dit maman lorsqu'elle croyait que je ne l'entendais pas. Je voudrais bien lui pardonner, je ne peux pas. Si elle pouvait éprouver la douleur que ses accusations m'ont causée, elle ferait une vraie dépression nerveuse. J'ai sombré, j'ai fui de nouveau avec la volonté de disparaître.

Bien avant la première visite des gendarmes, Anna m'avait parlé, mon amie, ma sœur de cœur. J'ai su grâce à elle qu'on faisait chanter mon père, mais qu'il refusait d'alerter la police parce que maman et moi, nous étions menacées de mort. Par amour pour nous, mon cher petit papa a cédé ses plus prestigieux vignobles. Oui, Anna a surpris une discussion le soir de la fête au château Mongenot, et Jean-Charles avait promis d'aider son ancien rival.

Je pense sincèrement que rien n'est fini, que nous sommes toujours en danger. Je me soucie peu de mon propre sort, mais je veux protéger mamie et maman, comme papa nous a protégées, d'où mon silence et ces secrets que je vous révèle.

Alors, dans ce testament, je demande pardon à tous

ceux à qui je mens, mamie et maman, le commandant et Karen, et à toi, Emmanuel, mon grand frère, mon parrain. Je vous aime.

Victoire Desmarets
Le 14 octobre 2016, à Dijon.

Perplexe, Victoire referma le document. Bouleversée de l'avoir relu, elle hésitait à le jeter. Finalement, elle préféra le déplacer et le dissimuler parmi des fichiers que personne ne serait tenté d'ouvrir.

— Mes cours de philo, qui irait chercher là, surtout si je suis morte, si j'ai rejoint papa, grand-père et Madeleine…

Derrière la large fenêtre, il pleuvait toujours, mais une pluie fine qui voilait à peine le ciel lourd de nuages. La jeune fille imagina les vignes au feuillage roux perlé de gouttelettes, puis elle suivit l'allée gravillonnée qui menait au château, où rien n'avait changé. Les pigeons étaient perchés sur le toit des anciennes écuries, le chien blanc du contremaître déambulait dans la cour pavée. Elle redonna vie à Jacques Desmarets, qu'elle fit surgir d'un chai, dans sa tenue de *gentleman-farmer*, ses cheveux roux au vent.

— Papa, tu me manques tant. Tu étais le maître et l'âme de notre château des secrets, et si j'y retourne un jour, ce sera pour te venger et découvrir toute la vérité sur ceux qui nous ont brisés. Je te le promets.

Table

De la même autrice
aux éditions Calmann-Lévy :

L'Orpheline des neiges, 2010
Le Rossignol de Val-Jalbert, 2011
Les Fiancés du Rhin, 2012 ; 2019
Angélina. Les mains de la vie, 2013
Les Soupirs du vent, 2013
Angélina. Le temps des délivrances, 2014
Les Marionnettes du destin, 2014
Angélina. La force de l'aurore, 2015
Les Portes du passé, 2015
Le Val de l'espoir, 2016
L'Ange du lac, 2016
Le Scandale des eaux folles, 2016
Les Amants du presbytère, 2017
Les Sortilèges du lac, 2017
La Galerie des jalousies (3 vol.), 2017
Amélia, un cœur en exil, 2017
Abigaël, messagère des anges (6 vol.), 2018
Le Refuge aux roses, 2018
Astrid, la reine bien-aimée, 2019
L'Orpheline de Manhattan (3 vol.), 2019

Le Cachot de Hautefaille, 2019
L'Amour écorché, 2020
Lara. La Ronde des soupçons, 2020
Lara. La Valse des suspects, 2020
Les Feux de Noël, 2020
Le Mystère Soline (3 vol.), 2021
Les Enquêtes de Maud Delage (3 vol.), 2021
Abigaël ou les Voix du passé, 2022
Abigaël ou la Force du destin, 2022
Abigaël ou le Secret des anges, 2022
Le Château des secrets (3 vol.), 2023

Flashez ce code
et rejoignez sur Facebook
Les Amis de Marie-Bernadette Dupuy
(le seul vrai groupe)

Marie-Bernadette DUPUY

EST AU LIVRE DE POCHE

PAPIER CERTIFIÉ

Le Livre de Poche s'engage pour l'environnement en réduisant l'empreinte carbone de ses livres. Celle de cet exemplaire est de :
700 g éq. CO_2
Rendez-vous sur www.livredepoche-durable.fr

Composition réalisée par Soft Office

Achevé d'imprimer en France par
CPI BUSSIÈRE (18200 Saint-Amand-Montrond)
en novembre 2024
N° d'impression : 2081660
Dépôt légal 1re publication : février 2024
Édition 06 - novembre 2024
LIBRAIRIE GÉNÉRALE FRANÇAISE
21, rue du Montparnasse – 75298 Paris Cedex 06

85/4640/3